Frühstück für einsame Herzen

Weltbild Taschenbuch

Die Autorin

Rowan Coleman wuchs im englischen Hertfordshire auf und wollte eigentlich immer schon Schriftstellerin werden. Nach ihrem Studium arbeitete sie sieben Jahre lang in einem Verlag und als Buchhändlerin, bis sie 2001 in einem Zeitschriftenwettbewerb als Autorin entdeckt wurde. Ihr erster Roman erschien 2002. Seitdem hat sie eine ganze Reihe von erfolgreichen Romanen und Jugendbüchern geschrieben. Die Autorin lebt mit ihrer Familie in Hertfordshire.

Rowan Coleman

Frühstück für einsame Herzen

Roman

Aus dem Englischen
von Theresia Übelhör

Weltbild

Die englische Originalausgabe erschien 2010 unter dem Titel
The Happy Home for Broken Hearts bei Arrow Books, London.

Besuchen Sie uns im Internet:
www.weltbild.de

Übersetzung: Theresia Übelhör
Projektleitung: usb bücherbüro, Friedberg/Bay.
Redaktion: Sandra Lode, Mannheim
Umschlaggestaltung: zeichenpool, München
Umschlagmotiv: www.shutterstock.com
Satz: Lydia Kühn
Druck und Bindung CPI Moravia Books s.r.o., Pohorelice
Printed in the EU
ISBN 978-3-86800-939-2

2015 2014 2013 2012
Die letzte Jahreszahl gibt die aktuelle Ausgabe an.

Für Freddy, geboren am 22. August 2009

Knapp ein Jahr zuvor

Ellen wappnete sich gegen die unerbittliche Weite des strahlend blauen Himmels, der sich endlos über ihrem Kopf wölbte, und fragte sich, ob ein solch makelloser Tag einem Anlass wie diesem wirklich angemessen war. Kein Windhauch bewegte die Blätter der Eichen ringsum, und die Wärme der Sonne drang durch ihren Blazer und das Baumwollshirt hindurch, sodass ihr ein paar Schweißtropfen zwischen den Schulterblättern hinabrannen. Allein das Gewicht der Hitze schien sie niederzudrücken, ihre Rippen zusammenzupressen und ihr Herz zuzuschnüren.

Ellen, die um jeden Atemzug rang, musste gegen den Drang ankämpfen, einfach davonzulaufen und sich einen kleinen, stillen, dunklen Ort zu suchen, an dem sie wieder atmen, die Augen schließen und so tun könnte, als wäre das alles nicht geschehen. Wäre ihre jüngere Schwester nicht da gewesen, die ihren Arm so fest hielt, dass sie am nächsten Tag gewiss blaue Flecken haben würde, hätte sie das vielleicht wirklich getan. Aber Hannah war da, stützte sie, hielt sie zurück, half ihr – *zwang* sie –, das durchzustehen, egal, wie gern Ellen sich abgewandt hätte. Hannah hatte ihr auch geraten, etwas Leichtes und Bequemes anzuziehen, ein Kleid oder einen Rock, aber Ellen war ihren Grundsätzen treu geblieben und hatte sich für einen dunklen Hosenanzug entschieden. Der passte ihr, war seriös und einem so wichtigen Anlass angemessen.

Komisch, dachte Ellen, ohne einen Hauch von Belustigung zu empfinden, während sie sich entschlossen auf einen einzelnen leuchtend grünen Grashalm konzentrierte, der über ihrer Schuhspitze lag, dass es am Tag ihrer Hochzeit geregnet hatte. Aus einem stahlgrauen Frühlingshimmel war ohne Unterlass ein kalter Nieselregen niedergegangen.

Sie hatten gelacht, Ellen und ihr frisch angetrauter Ehemann, wann immer sie sich ihre Hochzeitsfotos anschauten, wie sie vor der Kirche standen, die Zähne wegen der Kälte zu einem starren Grinsen zusammengebissen. An diesem Tag hatte Ellen das Wetter nichts ausgemacht, die Kälte, die auf ihren nackten Armen Gänsehaut hervorrief, oder der feine, prickelnde Nieselregen, der ihr ständig aufs Gesicht fiel und die dick aufgetragene Mascara von ihren Wimpern löste. An jenem Tag hatte sie nichts anderes gebraucht, um den Elementen zu trotzen, als die Gewissheit, dass der Mann, der jetzt ihr Ehemann war und der, was sie noch immer unfassbar fand, sie allen anderen Frauen vorgezogen hatte, neben ihr stand, ihre Hand hielt und dass es von nun an immer so sein würde. Jener verregnete, neblige, trübe Tag war ihr Freund gewesen.

Dieser Tag jedoch, dieser makellose Julitag, der so gnadenlos um sie herum ablief, war ihr Todfeind, ein Raubtier, das nur darauf lauerte, dass sie aus der Deckung kam, das darauf wartete, hervorzustürzen und sie in Stücke zu reißen, denn heute war der Tag der Beerdigung ihres Mannes, und eine Welt ohne ihren Mann wurde zu ihrem Feind, entschlossen, mit jeder ihm zur Verfügung stehenden Waffe über sie herzufallen. Während die Beerdigung Schritt für Schritt vollzogen wurde, dachte Ellen an zu Hause, an die kühlen, sauberen Fliesen ihres Küchenfußbodens, die Zuflucht ihres dunklen Schlafzimmers, in dem die Vorhänge seit dem Tag, an dem Nick gestorben war, zugezogen blieben. Zu Hause war es leichter zu glauben, dass er nicht von ihr gegangen war; zu Hause fühlte sie sich noch immer sicher.

Ellen, die jede weitere Sekunde, die sie am Grab ihres Mannes stehen musste, unerträglich fand, zuckte zusammen, als sie spürte, wie ihr Sohn ihre geballte Faust aufdrückte und seine Finger zwischen die ihren schob. Sie blickte zu dem zehnjährigen Charlie hinab und schaffte es, ihm ein Lächeln zu schenken; im Gegenzug drückte er ihre Hand. Er stützte sie, wurde Ellen beschämt klar. Im Gegensatz zu ihr meisterte er die Situation furchtlos und ertrug das Unerträgliche mit jener Art von Tapferkeit, die ihr Mann an den Tag gelegt hätte. Charlie machte ihr Mut, und sie beschloss, sich nicht anmerken zu lassen, wie verängstigt, verloren, panisch, verwirrt, verletzt und beraubt sie sich fühlte. Sie würde ihn nicht sehen lassen, dass sie in diesem Augenblick, während sie unter dieser sengenden Sonne an Nicks Grab stand, keine Ahnung hatte, wie sie ohne ihren Mann von einer Minute zur nächsten weiterleben konnte, geschweige denn bis zum nächsten Tag, der nächsten Woche, dem nächsten Jahr.

Sie wusste nur, dass sie sich danach sehnte, wieder zu Hause zu sein.

1

Langsam glitt die Spitze seines Schwertes zwischen ihr Spitzenmieder, und mit jedem Atemzug öffnete ihre bebende Brust es ein bisschen weiter und enthüllte mehr von ihrem darunter verborgenen milchweißen Fleisch …

»Mum.«

»Bitte, Captain, wenn Ihr ein Gentleman seid, dann – oh, bitte …«, flehte Eliza, deren Herz sowohl von Angst als auch von uneingestandener Sehnsucht erfüllt war, als der düstere Blick des Captains über ihre zierliche Gestalt wanderte.

»Mum?«

»Jetzt seid Ihr mein«, sagte er mit einer Stimme, die vor Verlangen ganz heiser war. »Genau wie dieses Haus jetzt mein ist, genau wie es dieses Schwert immer war!« Eliza rang nach Luft, und ihre Augen weiteten sich beim Anblick der anschwellenden Waffe des Captains. »Freundet Euch mit dem Gedanken an, dass Ihr mein seid und dass ich möchte, dass Ihr mir zu Willen seid, zuerst körperlich, dann auch mit dem Herzen …«

»Mu-uuum!«

Ellen fuhr hoch, als die Stimme ihres Sohnes sie schließlich aus dem siebzehnten Jahrhundert und der abgedunkelten Kammer mit der verriegelten Tür riss, in der ein junges puritanisches Mädchen gerade von ihrem verwegenen royalistischen Entführer vergewaltigt werden sollte, und sie wieder an ihren Küchentisch in Hammersmith zurückbrachte. Als sie Charlie neben sich stehen sah, schob sie einen Hefter über das neueste Manuskript von Allegra Howard, das ihr von dem Verlag, für den sie freiberuflich arbeitete, zum Korrekturlesen zugeschickt worden war, und blickte ihren Sohn an.

»Ja, mein Lieber?«, fragte sie freundlich.

»Was bedeutet hier ›anschwellend‹?«, fragte Charlie neugierig und mit großen Augen. Ellen wand sich. Wie lange hatte ihr elf Jahre alter Sohn da gestanden und über ihre Schulter hinweg mitgelesen?

»›Anschwellend?‹ Das bedeutet … hm, schnell wachsend oder keimend, wie … wie, na ja, wie Knospen im Frühling.«

»Wie kann eine Waffe, zum Beispiel ein Schwert, denn anschwellen?«, wollte Charlie wissen, der sie mit seinen blauen Augen ansah und den Blickkontakt hielt. »Es ist doch aus Stahl, oder? Aus hartem Stahl. Stahl schwillt nicht an.«

»Offenkundig nicht!«, pflichtete Ellen ihm bei. »Das muss ich korrigieren! Ich weiß nicht … diese Autoren, die haben keine Ahnung von Metaphern. Ich schwöre dir, das würde ich selbst besser hinbekommen. Und, was willst du zum Abendessen haben?«, fragte Ellen, obwohl sie die Antwort kannte, weil sie jeden Tag gleich ausfiel.

»Möglicherweise ist es eine Metapher«, sagte Charlie beiläufig und lockerte seine Schulkrawatte. »Vielleicht nutzt die Autorin das anschwellende Schwert ja zum Beispiel als Metapher für die Erektion des Mannes.«

»Charlie!«, rief Ellen aus und verschränkte die Arme über dem anstößigen Manuskript, als könnte sie damit verhindern, dass es weitere Indiskretionen preisgab.

»Was ist?«, sagte Charlie. »Ich spreche mit dir doch nur über Literatur, Mum.«

»Charlie, du bist erst elf … du solltest nicht reden über …«

»Erektionen?«, wiederholte Charlie. »Ich sollte mit meiner Mutter nicht über Erektionen reden? Mit wem denn sonst?«

Ellen machte den Mund auf und schloss ihn wieder, weil ihr keine Antwort einfiel. Der Gedanke »Wenn Nick bloß da wäre« schoss ihr nun mindestens zum tausendsten Mal seit seinem Tod vor elf Monaten durch den Kopf. Aber Nick war nicht da, und Ellen musste endlich lernen, ohne ihn zurechtzukommen – etwas, was sie glaubte, immer wieder neu lernen zu müssen.

»Na ja, weil du erst elf bist und ich mir nicht sicher bin, ob das für einen Jungen in deinem Alter das Richtige ist …«

»Ich bin fast zwölf«, erinnerte Charlie sie.

»Du hast erst in zwei Monaten Geburtstag, Charlie. Wünsch dich nicht älter, als du bist …«

Die beiden schauten sich eine Sekunde an, und ein unausgesprochener Gedanke hing zwischen ihnen.

»Die Mutter von James Ingram redet mit ihm die ganze Zeit über Sex«, forderte Charlie sie heraus und überbrückte mit geübter Leichtigkeit die Kluft zwischen ihnen. »James Ingrams Mutter hat ihm gesagt, dass er sie alles fragen kann, und sie ist *Buchhalterin*. Sie verdient sich ihren Lebensunterhalt nicht mit der Lektüre von Pornos, wie du.«

»P…! Charlie, du weißt genau, dass ich nichts dergleichen lese. Ich redigiere, wie du weißt, Liebesromane für Cherished Desires. Und wenn … wenn du irgendwelche Fragen hast, kannst du natürlich jederzeit zu mir kommen.« Ellen spürte, dass ihre Wangen rot anliefen. »Gibt es etwas … worüber du mit mir reden willst? In Sachen Sex?«

Charlie sah sie lange an, und Ellen entdeckte schließlich das verschmitzte Funkeln in seinen ansonsten ausdruckslosen Augen.

Er neckte sie auf eine Weise, wie er es immer getan hatte. Todernst und gleichzeitig gewürzt mit Humor und etwas, was Ellen häufig für Verärgerung hielt. Oder vielleicht war es Frustration, denn er veränderte sich so rasch, dass es ihr häufig nicht gelang, mit ihm Schritt zu halten.

»Hm – nein – das wäre zu gruselig!«, antwortete Charlie grinsend. »Und ich halte James Ingram sowieso für einen Freak.«

Wie würde Nick darüber lachen, dachte Ellen. Er würde am Abend zwischen neun und zehn Uhr von der Arbeit nach Hause kommen, und sie würden in der Küche stehen, er gegen die Arbeitsplatte gelehnt, während sie für ihn kochte, und er würde lachen und etwas sagen wie: »Typisch mein

Sohn.« Mit einiger Mühe unterdrückte Ellen ihre Tränen und lächelte Charlie an.

»Und, wie war es heute in der Schule?«

»Wie immer, aber ich muss die schriftliche Erlaubnis abgeben, du weißt schon, für die Klassenreise zum Skifahren … darf ich jetzt mit oder nicht?«, fragte er, und Ellen wurde klar, dass sie die direkteste Frage zum Thema Sex, die ihm in den Sinn kommen konnte, dieser hier vorgezogen hätte.

»Tja, Charlie … die Sache ist die …«

Ellen lehnte sich auf ihrem Stuhl zurück und fragte sich, wie sie ihm nur beibringen sollte, was sie selbst noch immer nicht recht begriff. Sie und Charlie waren pleite.

Nicks Steuerberater, Hitesh, war kurz vor Mittag vorbeigekommen. In den vergangenen Monaten hatte er sie regelmäßig besucht und sich Ellen zuliebe bemüht, das finanzielle Chaos zu ordnen, das Nick ihr unwissentlich hinterlassen hatte. Ellen war Hitesh unendlich dankbar dafür, vor allem, weil keiner von ihnen wusste, ob und wie sie ihn jemals für die viele Zeit, die er ihr opferte, würde entlohnen können. Er hatte ihr am Telefon mitgeteilt, dass sie, da jetzt zumindest ihre Angelegenheiten geregelt werden konnten, versuchen sollte, sich zu erinnern, ob sie nicht noch irgendwelche Geldanlagen oder Ersparnisse besaß. Ellen hatte sich an nichts dergleichen erinnern können. Um die Geldangelegenheiten hatte sich immer Nick gekümmert, Nick hatte sich um alles gekümmert.

Als Hitesh wieder gegangen war, hatte sie sich ein Käsesandwich sowie eine Tasse Tee gemacht und hatte lange am Tisch gesessen und, ohne wirklich etwas zu sehen, den Stapel gespülter Töpfe angestarrt, die wie ein lange verlorener Schatz auf dem Abtropfbrett glänzten.

Sie hatte zwei Möglichkeiten: Die Situation anzugehen, wie Hitesh ihr geraten hatte, sich ihr Einkommen und ihre Ausgaben anzuschauen, um genau zu erkennen, wie schlimm ihre Lage war, oder den ersten ihr vorliegenden Teil des jüngsten Romans von Allegra Howard, *Das aufgerichtete Schwert,* zu Ende zu lesen.

Ellen hatte das Manuskript mitten im Kapitel niederlegen müssen, als Hitesh gekommen war. Sie war gezwungen gewesen, sich gerade in dem Moment von der Geschichte loszureißen, als die temperamentvolle, und doch unschuldige Heldin, die begehrenswert war, ohne sich dessen bewusst zu sein, die junge Eliza Sinclair, Nichte eines Anhängers der Parlamentarier, von dem ungestümen, dennoch überaus gut aussehenden, brutalen und und doch verletzlichen Captain Rupert Parker in ihrem eigenen Heim festgehalten wurde, nachdem die Royalisten das Haus ihres Onkels für den König beschlagnahmt und sämtliche Bewohner gefangen genommen hatten. Der Captain, der vom ersten Augenblick an von der dunkelhaarigen, blauäugigen Eliza verzaubert war, bewunderte ihre makellose Schönheit, insbesondere ihre wohlgeformten, üppigen Brüste unter ihrem bescheidenen puritanischen Kleid. Da er sein Verlangen nicht unter Kontrolle halten konnte, hatte er beschlossen, sich seine Gefangene zu Willen zu machen, trotz ihrer Proteste und vergeblichen Versuche, ihm zu entkommen. Ellen war gezwungen gewesen, genau in dem Moment ihre Lektüre zu unterbrechen, als die Eichenstufen unter seinen Schritten ächzten und knarrten, während Eliza, die hilflos und allein hinter einer verschlossenen Tür in der Falle saß, angstvoll abwartete. Es hatte Ellen fast umgebracht, diesen Abschnitt nicht fertig lesen zu können.

Deshalb war ihr, nachdem Hitesh gegangen war, die Entscheidung leicht gefallen, und innerhalb weniger Sekunden hatte sie sich in der Hitze dieser verschlossenen Kammer wiedergefunden und mit Eliza gekämpft, um sich gegen ihr kaum verständliches Verlangen nach einem Mann zur Wehr zu setzen, den sie eigentlich hätte hassen müssen, nach dem sie sich aber dennoch verzehrte.

Dann hatte Charlie über Erektions-Metaphern geredet

und sie nach der Klassenreise zum Skifahren gefragt, und Ellen hatte sich an genau dem Ort wiedergefunden, an dem sie am wenigsten sein wollte, nämlich in der Realität.

»Es ist kein Geld da«, hatte Hitesh ihr am Küchentisch erklärt. Er sprach leise und langsam, als wollte er sichergehen, dass sie ihn wirklich verstand.

»Gar keines?«, fragte Ellen. »Aber die Versicherung, der Einspruch … du hast gesagt …«

»Ich habe gesagt, dass ich es versuche, und das habe ich getan – du weißt, dass ich an dem Fall dran war, seit die vor Monaten die Auszahlung verweigert haben, und dass ich mich fast ein Jahr lang mit denen herumgestritten habe«, erinnerte Hitesh sie, nippte an dem Glas mit eisgekühlter Limonade, die sie ihm eingeschenkt hatte, und öffnete seinen obersten Hemdknopf. »Nick war bestens versichert, hätte er Krebs bekommen oder wäre er von einem Bus überfahren worden, dann würde es dir gut gehen, du wärst für den Rest deines Lebens versorgt. Aber so war es nicht. Tod durch riskantes Fahrverhalten, Ellen, *sein* riskantes Fahrverhalten. Ich weiß, dass du das alles nicht noch mal hören willst –, aber die Schleuderspuren auf dem Asphalt, die Entfernung zwischen der Straße und der Stelle, an der man das Auto gefunden hat, der Zustand des Fahrzeugwracks. Der Blutalkoholspiegel. Es hat sich herausgestellt, dass er diese Kurve mit etwa hundertneunzig Stundenkilometern genommen hat und sein Alkoholspiegel knapp oberhalb des zulässigen Grenzwerts war. Ich bin mit meinem Latein am Ende: Es gibt keine weitere Einspruchsmöglichkeit oder Schlichtungsstelle, an die ich mich noch wenden könnte. Die Versicherungsgesellschaft interessiert sich nicht für dich, Ellen, genauso wenig wie für die Höhe deiner Hypothek oder dafür, wie viele Jahre Nick seine Beiträge bezahlt hat. Bei einem durch riskantes Verhalten selbstverschuldeten Todesfall zahlt sie nicht. Du wirst von der Versicherung kein Geld bekommen.

Es tut mir leid, aber wir müssen der Tatsache ins Auge sehen und uns überlegen, was wir als Nächstes tun sollen.«

Ellen drehte ihren Ehering immer wieder um den Finger. Sie hörte Hitesh, aber nichts von dem, was er sagte, schien real zu sein. Im letzten Jahr hatte sie einfach wie normal weitergemacht, zumindest in finanzieller Hinsicht. Sie und Nick hatten fast zwanzigtausend Pfund auf ihrem Sparkonto gehabt, und Hitesh hatte ihr geholfen, das Geld auf ihr Haushaltskonto zu überweisen, das ihr über die Runden helfen sollte, bis die Versicherung gezahlt hatte. Das sollte eigentlich eine vorübergehende Maßnahme sein, doch Monat um Monat war vergangen, und es war noch immer keine Auszahlung erfolgt. Alles, die Hypothekenrate, die Strom- und Gasrechnung und alles andere, was eben bezahlt werden musste, wurde direkt vom Haushaltskonto abgebucht. Voller Zuversicht, dass sich alles lösen würde, hatte Ellen nicht einmal daran gedacht, den schwindenden Kontostand zu überprüfen. Doch jetzt eröffnete ihr Hitesh, dass dieses Geld zur Neige ging. Und was dann?

»Hitesh, das Geld, das wir auf unserem Sparkonto hatten … das ist fast aufgebraucht? Ist da nicht noch etwas vom Betrieb übrig?« Nick hatte eine kleine, aber erfolgreiche Werbeagentur geführt, zumindest hatte er allen, einschließlich Ellen, immer erzählt, wie gut sie lief. Als sich die Rezession bemerkbar machte, hatte er auf ihre viktorianische Villa mit den fünf Schlafzimmern und auf seinen Mercedes in der Einfahrt gedeutet und Ellen gesagt, dass sie sich keine Sorgen zu machen brauchte.

»Werbung ist konjunktursicher«, hatte er sie beruhigt und ihr einen Kuss auf die Stirn gedrückt. Es war Hitesh zugefallen, der nicht nur Nicks Steuerberater, sondern auch dessen Testamentsvollstrecker war, einen großen Teil des vergangenen Jahres damit zu verbringen, die Geschäftsangelegenheiten abzuwickeln – eine komplizierte Angelegenheit, die zu verstehen Ellen nicht einmal versuchen wollte.

»Löhne, Pacht, Rechnungen … Nick war bei allem im Rückstand, und er war auch mit der Zahlung der Steuern im Verzug. Ich habe für ihn bei der Finanzbehörde einen Aufschub erwirkt, um seinen Zahlungsfluss in Ordnung zu bringen … aber er hat es nicht geschafft. Von dem wenigen vorhandenen Firmenkapital ist das meiste ans Finanzamt geflossen, und du kannst von Glück reden, dass du am Ende niemandem Geld *schuldest.*«

»Es ist nur … ich verstehe nicht, wie … ist es wirklich so schlimm?« Ellen war fassungslos. »Nick hat mir nie etwas gesagt, er hat mir nie den Eindruck vermittelt, dass es schlecht läuft, dass wir uns einschränken sollten.«

»Du weißt, dass Nick ein Mann mit traditioneller Einstellung war. Er wollte dich nicht beunruhigen, und hätte er den Unfall nicht gehabt, dann hättest du wahrscheinlich nie davon erfahren. Er hätte das alles in Ordnung und auf den richtigen Weg gebracht.« Hitesh lächelte freundlich. »Ich weiß nicht, wie er es gemacht hat, aber er hat es immer geschafft.«

»Du meinst, dass wir schon einmal in einer solchen Lage waren?«, fragte Ellen gereizt, unsicher, ob sie tatsächlich wissen wollte, dass die Ruhe und Sicherheit ihres Ehelebens schon einmal in Gefahr gewesen waren.

»Nun«, sagte Hitesh und wich ihrer Frage aus, »ich habe mir deine Ausgaben angeschaut. Das tilgungsfreie Hypothekendarlehen, das ihr auf dieses Haus aufgenommen habt, ist beträchtlich. Wenn du heute versuchen würdest, dir so viel Geld zu leihen, würde keine Bank überhaupt mit dir verhandeln. Und du bist für weitere drei Jahre an eine feste Zinsrate gebunden, was schade ist, weil die Zinssätze so gesunken sind – du würdest nur einen Bruchteil von dem bezahlen, was du jetzt berappen musst, wenn Nick sich für eine Hypothek mit variablen Zinsen entschieden hätte. Falls du versuchen solltest, zu verkaufen und den Kredit abzulösen, würden die Ablösungsgebühren in die Tausende gehen, deshalb …«

»*Was?* Was kann ich machen?«, fragte Ellen. Zum ersten Mal sickerte die Wahrheit über ihre tatsächliche Lage in ihr Bewusstsein. In all den Monaten seit Nicks Tod hatte sie sich ganz darauf konzentriert, von Minute zu Minute ohne ihn zu leben, und das war für sie mehr als genug an Herausforderung gewesen, das war es noch immer. Und jetzt war die Zeit abgelaufen, und sie würde etwas für sich selbst tun müssen, würde eine Möglichkeit finden müssen, mit dieser Situation fertigzuwerden … und sie hatte keine Ahnung, wie das gehen sollte. Ellen verschränkte die Finger in ihrem Schoß zu einem festen Knoten, während sie spürte, wie die Panik in ihr aufstieg und ihr die Brust zuschnürte.

Hitesh hielt inne, und Ellen war sich nicht sicher, ob es an der Wärme des Tages lag, dass er sich so unwohl fühlte, oder an dem, was er ihr – wie er wusste – würde mitteilen müssen.

»Genau … nun, schauen wir uns die Fakten an. Dieses Haus hat eine gute Größe, eine gute Lage … Du und Charlie, ihr könntet ausziehen und es vermieten. Die Miete würde die Hypothekenzahlung decken, bis du ohne Gebühren verkaufen und den Kredit tilgen kannst. Natürlich musst du trotzdem eine Möglichkeit finden, wie du den Lebensunterhalt für dich und Charlie finanzieren kannst, aber die Miete für eine Dreizimmerwohnung würde natürlich nur einen Bruchteil deiner aktuellen Belastungen bedeuten …«

»Unser Zuhause an eine andere Familie vermieten? Du meinst, wir sollten ausziehen?« Ellen schluckte, weil ihr Mund plötzlich ganz trocken war.

»Nein, du wirst nicht die gleichen Einnahmen erzielen, wenn du es im Ganzen vermietest, wie wenn du Einzelzimmer an junge Berufstätige oder vielleicht Studenten vermietest. Du willst deine Einkünfte doch maximieren. Tja, es ist ein bisschen heikel, zu vermieten, ohne die Hypothek in ein Darlehen zum Kauf der Immobilie mit dem Ziel, sie zu vermieten, umzuwandeln. Aber ich kenne einen Immobilienmakler, der so etwas unter der Hand übernimmt …«

»Aber das ist unser *Zuhause.*« Ellen konnte ihre eigenen geflüsterten Worte kaum hören. »Das ist Charlies Zuhause, sein Zufluchtsort. Du weißt, wie es ihm seit dem Unfall gegangen ist. Aber er hat zumindest sein Zuhause, sein Zimmer, seine Habseligkeiten. Das kann ich ihm nicht auch noch wegnehmen. Das kann ich nicht.«

Hitesh seufzte, kniff seinen Nasenrücken zwischen Daumen und Zeigefinger zusammen und schloss kurz die Augen. Als er sie wieder aufschlug, suchte er Ellens Blick und zwang sie, ihm in die Augen zu sehen.

»Ellen, du weißt, dass Nick ein Freund von mir war. Shamilla und ich betrachten dich und Charlie als zur Familie gehörend. Ich sehe dich nicht gern in dieser Lage. Wenn ich etwas anderes tun könnte, würde ich es machen, das verspreche ich dir –, aber es gibt keinen anderen Ausweg. Nick hat sich für unbesiegbar gehalten, er hat nie daran gedacht, dass auch er nur aus Fleisch und Blut ist wie wir alle. Er wusste, dass alles von ihm abhing, dass er es bringen musste, dass er ein Wunder vollbringen musste, wie er es immer getan hat … das war jene Art von Risiko, die er brauchte. Aber dieses Mal konnte er nicht alles wieder in Ordnung bringen. Und obwohl er es nicht wollte, hat er dir ein Chaos hinterlassen. Tja, wenn du in diesem Haus bleiben willst, ohne dass es zu einer Zwangsversteigerung kommt, dann musst du entweder sofort zweieinhalbtausend Pfund pro Monat auftreiben, nur um überleben zu können, oder du musst dir das noch einmal überlegen. Wenn ich sage sofort, dann meine ich es auch … du hast nicht genügend Geld auf dem Konto, um die Hypothekenrate zu bezahlen, die im nächsten Monat fällig wird.« Hitesh beugte sich vor, seine Stimme klang sanfter. »Es tut mir leid, dass ich so brutal sein muss, aber so ist es nun mal. Ich muss dafür sorgen, dass du die Lage erkennst. Gibt es jemanden, der dir helfen könnte … ich weiß, dass Nicks Eltern verstorben sind, aber vielleicht könnten deine …?«

»Sie haben kein Geld«, antwortete Ellen und dachte an ihre Mum und ihren Dad in ihrem eisigen Bungalow in Hove, die so gut wie ausschließlich von ihrer staatlichen Grundrente lebten.

»Dann brauchst du einen anderen Plan.« Hitesh legte eine Pause ein. »Nutze den heutigen Tag, um über deine Möglichkeiten nachzudenken. Diskutiere die Sache mit irgendjemandem durch. Falls du einen anderen Ausweg findest, dann ist das großartig. Falls nicht, dann melde dich bei mir, und ich stelle den Kontakt zu diesem Immobilienmakler her.«

Und Ellen hatte sich Zeit gelassen. Aber sie hatte sich entschlossen, nicht nachzudenken. Wie hätte sie das tun können? Wie konnte sie an etwas denken, das so unbegreiflich und unwiderruflich war wie Nicks Tod?

Wenn Nick bloß da wäre. Dieser Gedanke schoss ihr durch den Kopf, bevor sie ihn aufhalten konnte.

*

»Und?«, fragte Charlie. »Darf ich?«

»Ich weiß noch nicht«, antwortete Ellen ausweichend. »Ich muss darüber nachdenken. Das ist weit weg, und du bist noch nie Ski gefahren. Ich bin mir nicht sicher, ob ich möchte, dass du so weit weg bist. Das klingt in meinen Ohren gefährlich.«

»Die Treppe hinaufzusteigen klingt auch gefährlich«, beschwerte sich Charlie frustriert. »Mum, wenn du mich nicht mitfahren lässt, halten mich alle für ein Muttersöhnchen. Dann glauben die, ich kriege mein Essen in der Schule vom Sozialamt bezahlt! Du musst aufhören, mich wie ein Kleinkind zu behandeln. Ich werde schon nicht sterben, weißt du. Ich bin nicht Dad.«

Ellen senkte den Kopf und spürte die Wärme des Manuskripts unter ihren Fingern, als steige das Feuer zwischen Eliza und Captain Parker zwischen den Zeilen auf. Lediglich ein paar dünne Blätter entfernt wartete eine ganz andere Welt auf sie … ohne Schulden, ohne tote Ehemänner oder wütende Jungen, die nicht wussten, was sie da sagten und warum. Eine Welt, in der leidenschaftliche Männer dich von deinen Problemen losrissen, dich so sehr entzückten, dass du dich wie im Delirium unterwarfst, weil sie dich mit ihrer Liebe eroberten. Eine Welt, in der du nichts weiter zu tun brauchtest, als unwiderstehlich zu sein. Wie konnte sie Charlie erklären, dass sie ihr Herz nicht davon überzeugen konnte, obwohl sie wusste, dass er nicht mit seinem Vater gleichzusetzen und es höchst unwahrscheinlich war, dass sie ihn so plötzlich und gewaltsam verlieren würde, wie sie Nick verloren hatte?

»Und, was möchtest du heute zum Essen haben?«, fragte Ellen, erschöpft vom ständigen Ansturm der Gefühle, die in ihrem Kopf tobten.

Seit Nicks Tod hatte Charlie jeden Abend das gleiche gegessen wie am letzten Tag, als er seinen Vater lebend gesehen hatte: Fischstäbchen, Weißbrot, Tomatenketchup und Frosties mit fettarmer Milch. Ellen hatte der Reihe nach einen Arzt, einen Kinderpsychologen und eine Ernährungsberaterin aufgesucht, und alle hatten ihr gesagt, das Beste sei, ihn einfach gewähren zu lassen, solange es seine Gesundheit nicht beeinträchtigte, aber jedes Mal, wenn sie ihm etwas von dieser allzu kurzen Liste vorsetzte, kam Ellen sich wie eine Versagerin vor: Eine Mutter, die nicht einmal ihren eigenen Sohn richtig ernähren konnte, weder mit der Art von Lebensmitteln, die er essen sollte, noch mit der Liebe und Sicherheit, die er spüren musste, um diese essen zu können. Es war ein Beweis, dass Charlie trotz all ihrer Bemühungen, dagegen anzukämpfen, seit sie Nick verloren hatten, stetig von ihr weggedriftet war und sich ihr mit jedem Tag ein bisschen weiter entzog. Es war nicht nur das Geld, das ihr die Zustimmung zu dieser Reise zum Skifahren so schwer machte. Es war der für sie unerträgliche Gedanke, dass er so weit weg wäre, noch weiter weg als jetzt, da er direkt neben ihr stand. Ellen glaubte nicht, dass Charlie sie wirklich für den Tod seines Vaters verantwortlich machte. Es war eher, dass er über sein verbliebenes Elternteil enttäuscht zu sein schien. Der ruhige, liebe kleine Junge, der er einmal gewesen war, strebte jeden Tag mehr danach, von seiner Mutter absolut unabhängig zu werden, und Ellen war sich sicher, dass auch dieser Skiausflug … wieder etwas war, was er ohne sie tun konnte. Je mehr er darum kämpfte, sich von ihr loszumachen, desto mehr wollte sie ihn an sich binden, ihn als diesen wunderbaren kleinen Jungen belassen, der bei Nicks Beerdigung ihre Hand gehalten hatte.

Charlie senkte den Kopf, seine Schultern hoben sich mit einem Seufzer, und dann schlang er die Arme um Ellens Hals und lehnte den Körper an ihren. Sie spannte sich an, weil sie von der liebevollen Geste, die so ungewohnt geworden war, so überrascht wurde, dass sie die Gelegenheit verpasste, die Umarmung zu erwidern, bevor Charlie zurückwich.

»Tut mir leid, Mum«, sagte er mit gesenktem Blick. »Tut mir leid, dass ich manchmal ein solches Ekel bin. Ich weiß nicht, warum ich solches Zeug sage. Ich bin ein Idiot.«

»Nein, das bist du nicht.« Zögernd legte Ellen die Hände sanft auf Charlies Schultern und blickte ihm in die Augen. »Charlie, das letzte Jahr … wir haben mit einer Menge fertig werden müssen, du und ich. Und du … du warst alles andere als ein Idiot. Du warst ein fantastischer, starker, tapferer kleiner Junge.« Innerlich zuckte Ellen über die Wahl ihrer Worte zusammen. »Zu lernen, ohne Dad zurechtzukommen, das ist für uns beide schwer, und manchmal tun und sagen wir Dinge, die wir nicht so meinen. Das spielt alles keine Rolle, solange wir uns lieb haben und zusammenhalten.«

Charlie hielt den Blickkontakt für eine Sekunde, als wollte er noch etwas sagen, etwas Wichtiges. Aber stattdessen zuckte er mit den Achseln und zog sich aus ihrer Umarmung zurück.

»Mir ist es sowieso egal, wenn die anderen in der Schule mich für einen Schwulen, einen Zigeuner und Proll halten«, sagte er gereizt, und die Überreste der süßen Jungenhaftigkeit verflogen so schnell, wie sie aufgetaucht waren. »Es spielt vermutlich nicht wirklich eine Rolle, ob ich zum Skifahren gehe. Emily Greenhurst fährt auch nicht mit, und die spielt E-Gitarre.«

»E-Gitarre. Tatsächlich?« Charlie nickte. »Charlie, ich will ehrlich sein. Ich bin mir mit dieser Klassenfahrt nicht sicher. Das ist eine Menge Geld, und wir sind noch dabei, unsere Finanzen zu ordnen«, sagte Ellen ausweichend. Es gab einen Menschen, den sie um Hilfe bei der Bezahlung dieser Fahrt bitten könnte, auch wenn der Gedanke, Charlie gehen zu lassen, ihr panische Angst einjagte. Diese Klassenfahrten waren immer absolut sicher, redete Ellen sich trotz ihrer instinktiven Bedenken ein. Die Schule musste heutzutage sicherstellen, dass nichts passierte … obwohl es vor ein paar Wochen diesen Fall in den Nachrichten gegeben hatte, bei dem ein Junge bei einem Kanuunfall ertrunken war. Ellen unterdrückte ihre Besorgnis. Sie wollte nicht, dass Charlie der Einzige unter seinen Freunden war, der nicht mitfahren durfte, auch wenn diese mysteriöse Emily Greenhurst nicht mitkam. Ellen wusste, dass ihre jüngere Schwester Hannah ihr das Geld geben würde, wenn sie bereit war, darum zu bitten, aber sie war nicht sicher, ob sie das wollte, nicht einmal Charlie zuliebe. Hannah, die Kluge, Schöne, Erfolgreiche, hatte es sich seit Nicks Tod zur Aufgabe gemacht, häufig bei Ellen vorbeizukommen. Immer wieder hatte sie Ellen angeboten, ihr bei den Rechnungen behilflich zu sein oder sie und Charlie zum Essen einzuladen … und Ellen wusste, dass sie über die Fürsorglichkeit und Hilfsangebote ihrer kleinen Schwester gerührt und ihr dafür dankbar sein sollte, aber das fiel ihr schwer. Hannah war immer so mühelos durchs Leben geglitten, die Welt hatte sich um sie herum immer zusammengefügt. Fast ihr ganzes Leben lang hatte

Ellen den Eindruck gehabt, hinter ihrer kleinen Schwester herzuhinken, mühsam durchs Leben zu stolpern, während Hannah sich einen Weg bahnte wie ein strahlender Shootingstar. Und dann hatte Ellen Nick kennengelernt, und zum ersten Mal in ihrem Leben hatte sie etwas gehabt, was Hannah nicht hatte. Eine liebevolle Beziehung, einen Ehemann und einen Sohn, ein richtiges Familienhaus. Und wie dumm und albern es auch sein mochte, während sie diese Dinge besessen hatte, hatte Ellen sich ihrer Schwester ebenbürtig, ja ihr sogar überlegen gefühlt. Aber jetzt waren Ellens Schätze bis auf einen alle entweder dahin oder im Begriff, verloren zu gehen, und es würde ihr sehr schwerfallen, Hannah um Hilfe zu bitten. Selbst für Charlie.

»Ich versuche es, so gut ich kann, ja? Und bitte bezeichne Menschen nicht als Prolls oder Zigeuner. Oder als schwul, wenn du das als Beleidigung verstehst.«

»Aber es ist in Ordnung, wenn man es als Kompliment benutzt?«, foppte Charlie sie. »Zum Beispiel, ach, Simon Harper, du bist so wunderbar schwul!«

»Charlie!« Ellen unterdrückte ein Schmunzeln. »Du bist fast zwölf Jahre alt. Du weißt, was richtig und was falsch ist … versuche, daran festzuhalten, ja?«

»Okay.« Charlie grinste. »Ich glaube aber wirklich, dass Simon Harper schwul ist.«

»Also Fischstäbchen?« Ellen lächelte und hoffte wie immer, dass seine Antwort eines Tages anders ausfallen würde.

»Ja, bitte, Mummy.«

Ellen wusste nicht, was ihr das Herz mehr brach, die Narben, die der Tod seines Vaters bei ihr hinterlassen hatte, oder die Tatsache, dass ihr kleiner Junge manchmal, nur für einen flüchtigen Augenblick, vergaß, sich wie ein Erwachsener zu gebärden.

2

Tja, meiner Meinung nach war das ja zu erwarten«, sagte Hannah, die den dritten Löffel Zucker in ihren schwarzen Kaffee rührte. Ellens Schwester, knapp acht Jahre jünger als sie, lebte von Kaffee und Zigaretten und sah ärgerlicherweise trotzdem gut aus. »Schlank wie eine Gerte und genauso biegsam« ... es war bekannt, dass sie sich mit diesem Satz potenziellen Liebhabern vorstellte, und das war so gut wie jedes männliche Wesen im Umkreis von zehn Kilometern. »Du musst tun, was dieser Steuerberater sagt. Du musst dich einschränken, das Haus vermieten und eine kleine Wohnung für dich und Charles suchen. Ich meine, Ellie, es besteht doch nur aus einem Haufen Backsteinen. Es ist ja nicht einmal so, als hättest du mit Nick euer ganzes Eheleben hier verbracht, als hätte er dich an eurem Hochzeitstag hier über die Schwelle getragen. Ihr habt hier nur ein paar Jahre gelebt, und ich habe nie begriffen, warum ihr euch ein so riesiges Haus gekauft habt, wo doch nur ihr drei darin wohnen würdet ...« Hannah geriet ins Stocken, da ihr klar wurde, dass sie wieder einmal voll ins Fettnäpfchen getreten war, und sie rührte wie wild ihren Kaffee um und konnte Ellen einen Moment nicht in die Augen blicken. Sie wussten beide, dass Ellen und Nick, als sie das Haus kauften, geplant hatten, eine große Familie zu gründen, ein richtiges Familienhaus für eine richtig große Familie. Aber die Umstände hatten sich geändert, und dieser Plan hatte sich schon lange vor Nicks Tod als unmöglich erwiesen. Ellen verspürte in ihrem Inneren einen heftigen Schmerz. Es war doch typisch für ihre Schwester, dass sie jene Details ansprach, die sie am meisten verletzten, wenn sie ihr Heim als einen Haufen Backsteine bezeichnete. Es war so viel mehr: Es war ein Symbol für ihr bisheriges Leben … und wie es hätte weiter verlaufen sollen.

»Jedenfalls … es ist nur ein Haus«, fuhr Hannah stotternd fort. »Eine Erinnerung an alles, was du … was du verloren hast. Ein Neuanfang … das ist genau das, was du brauchst. Dieses Haus ist doch nur eine Last, und zwar eine, die du nicht gebrauchen kannst.«

Für einen Moment schwieg Ellen. Sie hatte nach Hiteshs Besuch zwei Tage gebraucht, bis sie sich dazu durchringen konnte, ihre Schwester anzurufen, und natürlich hatte sie Hannah wirklich nicht zum Kaffee eingeladen, um sich ihre Meinung und Ratschläge anzuhören. Die beiden Frauen waren in jeder Hinsicht so verschieden, dass sie sich vor Nicks Tod kaum getroffen oder miteinander gesprochen hatten – abgesehen von den gebotenen Anlässen, zum Beispiel an Geburtstagen oder an Weihnachten. Doch nach seinem Tod war Hannah viel häufiger vorbeigekommen, was Ellen, wie sie vermutete, hätte rühren sollen, da ihre kleine Schwester sich bemühte, für sie da zu sein, obwohl keine von ihnen die andere wirklich mochte oder verstand. Aber Hannah vermittelte Ellen nicht dieses Gefühl: Aus irgendeinem Grund hatte sie den Eindruck, dass Hannah nur aus eigenem Interesse in ihrer und Charlies Nähe sein wollte, als wäre sie diejenige, die von Nicks Tod abgelenkt werden müsste. Hannah hatte Ellen bald nach der Beerdigung, als sie an ihrem Tiefpunkt angekommen war, in ihrem Zimmer liegend aufgefunden, den Kopf unter dem Kissen vergraben, und hatte sich vorsichtig auf den Bettrand gesetzt.

»Mum hat Sandwiches mit Eiern und Mayo gemacht«, hatte sie gesagt. »Möchtest du eines?«

Ellen hatte nicht geantwortet.

»Schau …« Hannah hatte die Hand ausgestreckt und ihr auf die Schulter gelegt. »Ich weiß, wie schrecklich, wie fürchterlich das ist … aber du musst daran denken, dass du ihn zumindest für eine Weile gehabt hast. Er hat immerhin zu dir gehört, und jeder hat das gewusst. Und er wird immer zu dir gehören.«

Ellen, die nicht in der Lage gewesen war, ihre Schwester anzusehen, hatte sich einfach ein weiteres Kissen über den Kopf gezogen und sich in den Schlaf geweint. Aber später, als Hannah anfing, ihr regelmäßig Besuche abzustatten, dachte sie über das nach, was sie an jenem Vormittag gesagt hatte, und fragte sich, ob ihre Schwester, die persönliche Dramen und Lebenskrisen so sehr liebte, sie sogar ein wenig beneidete. Falls Hannah Trauer und die Aufmerksamkeit, die sie nach sich zog, glamourös fand.

Ellen konnte einfach nicht fassen, wie unterschiedlich sie beide in jeder Hinsicht waren.

Häufig fragte sie sich, ob das an ihrem Altersunterschied liegen konnte. Sie war Anfang der Siebzigerjahre geboren, als die Welt noch ein optimistischer und freundlicher Ort war. Hannah dagegen, ein absolutes Überraschungsbaby, war zu Beginn der Achtziger auf die Welt gekommen, strampelnd und nach mehr schreiend, und sie verkörperte allem Anschein nach das Jahrzehnt, in das sie hineingeboren wurde – eine kecke und selbstsichere, leistungsorientierte Person, die stets nach mehr Erfolg, mehr Besitz gierte.

Jetzt, mit fast achtunddreißig, hatte Ellen dunkle Haare, einen dunklen Teint und jene grünen Augen, die Nick so geliebt hatte, und das, was Allegra Howard als eine gut gebaute, wunderschön kurvige Figur beschrieben hätte. Nicht etwa, dass Ellen viele Gedanken auf ihre Figur verschwendet hätte, die sie unter Jeans aus dem Supermarkt und T-Shirts verbarg, von denen die meisten Nick gehört hatten. Ellen hatte nie zu jenen Frauen gehört, die großen Wert auf ihr Äußeres legen. Nick hatte ihr häufig gesagt, dass dies einer der Gründe war, warum er sie so liebte. Er hatte sie im Schlafzimmer als seine Taschen-Venus bezeichnet, als eine Göttin, die nur er bewundern dürfe, deren verborgene Reize für alle, bis auf ihn, ein Geheimnis blieben.

Ellen lebte in der Welt, die Nick für sie geschaffen hatte, und brach nur selten daraus aus. Sie lebte in ihrem Zuhause, in ihren Büchern und für ihren Mann und ihren Sohn. Das war ein angenehmer, tröstlicher Kokon gewesen, eine kleine Welt, und jetzt hatte sie Mühe, die Energie aufzubringen, aus dieser kleinen Welt aufzutauchen, obwohl sie gar nicht wusste, ob sie diese überhaupt verlassen wollte. Ellen mochte die Welt da draußen nicht; sie brauchte sie nicht. Ihr Leben war begrenzt, kleinteilig und reich an jenen Einzelheiten, die nur ihr wichtig waren, und genau so wollte sie es haben, gerade jetzt.

Hannah dagegen blühte auf, wenn sie Aufmerksamkeit erregte. Sie war groß, größer als alle anderen Familienmitglieder einschließlich ihres Vaters, und unglaublich langbeinig. Sie hatte ihr glamouröses Aussehen schon lange perfektioniert, indem sie ihre von Natur aus rötlichen Haare mit einer monatlichen kastanienbraunen chemischen Färbung auffrischte, sodass sie in üppigen und glänzenden Wellen bis zur Mitte des Rückens fielen, und sie zählte zu den wenigen Glücklichen, die trotz schmaler Hüften und flachem Bauch ein von Natur aus üppiges Dekolleté besaßen, das sie ihren vielen Bewunderern zur Schau stellen konnte. Mit gerade einmal dreißig Jahren gehörte sie zu den wenigen weiblichen Fondsmanagern bei der T. Jenkins Waterford Vermögensverwaltung. Sie hatte die Finanzkrise der letzten Monate erfolgreicher überstanden als viele ihrer Kollegen, die sie am Straßenrand zurückgelassen hatte, ohne sich auch nur einmal umzublicken. Ellen wusste, dass Hannah ein sechsstelliges Einkommen erzielte und wahrscheinlich genügend Geld auf verschiedenen Konten liegen hatte, um ihr Haus sofort kaufen zu können, wenn sie es denn gewollt hätte. Wäre es nicht um Charlies Skiausflug gegangen, hätte Ellen im Traum nicht daran gedacht, Hannah darum zu bitten, ihr finanziell unter die Arme zu greifen. Der wahre Grund, warum es Ellen so schwer fiel, Hannah um Hilfe zu bitten, war der, dass sie wusste, dass ihre Schwester ihr und Charlie gerne helfen würde, dass es Hannah sogar eine Freude wäre, und dagegen sperrte Ellen sich. Das war kein Impuls, auf den sie stolz war, vor allem wenn er bedeutete, dass Charlie am Skiausflug seiner Klasse nicht teilnehmen konnte, insbesondere da sie ihre eigenen Motive nicht wirklich verstand. Falls Hannah sie beneidete, beruhte das ja vielleicht auf Gegenseitigkeit … für Hannah war das Leben immer so einfach gewesen. Auch wenn sie immer wieder einiges missverstand und Fehler machte, so hatte es doch immer den Anschein, als arrangiere sich das Universum um sie herum, um alles wieder in Ordnung zu bringen und alles besser zu machen. Ellen hatte sich, bevor Hannah angekommen war, selbst ins Gebet genommen und sich eingeredet, dass es bei dieser Bitte nicht um sie ging, sondern um ihren Sohn … dennoch zögerte sie und schaffte es nicht, das Thema zur Sprache zu bringen.

»Dieses Haus ist nicht nur ein Haufen Backsteine … es ist Charlies Zuhause«, stellte sie stattdessen leise fest und nippte an dem schaumigen Cappuccino, den sie mit der ausgeklügelten und teuren Maschine zubereitet hatte, die Nick ihr zu ihrem letzten Geburtstag geschenkt hatte, obwohl sie meistens Tee trank. »Und als Nick und ich dieses Haus gekauft haben, war es für uns etwas Besonderes, weil es das Haus war, von dem wir immer geträumt hatten. Der Ort … der Ort, an dem wir zusammen alt werden wollten. Nick wollte in der Garage einen Laden für Oldtimer-Motorräder aufziehen, und ich wollte anfangen, Geschichten zu schreiben, weißt du, nur zum Spaß, und sie ihm am Abend vorlesen. Und als … als uns klar wurde, dass wir keine weiteren Kinder bekommen würden, haben wir beschlossen, die Zimmer im Dachgeschoss, wenn Charlie alt genug sein würde, in eine kleine Wohnung für ihn auszubauen, damit er seine Privatsphäre hätte, und wir wollten uns einen Hund oder zwei anschaffen … einen Labrador und einen Red Setter. Nick hat sich immer einen Red Setter gewünscht.«

Ellen blickte zu Hannah auf, deren Miene sich beim Zuhören so angespannt hatte, als verärgerte sie schon allein der Gedanke an ein so alltägliches und häusliches Dasein. Ellen wusste, dass Hannah so wenig von dem, was sie sagte, begriff, dass sie genauso gut in einer Fremdsprache hätte reden können.

»Ja, aber Ellie … dazu wird es jetzt nicht mehr kommen«, stellte Hannah gereizt fest. »Begreifst du das denn nicht? Nick ist tot!« Fassungslos schwieg Hannah eine Sekunde, als würde auch sie die Nachricht zum ersten Mal hören. Sie schluckte und holte Luft. »Dein Leben hat sich verändert, es wird nicht mehr so sein, wie du dachtest. Du musst aufwachen und dich der Tatsache stellen.«

Ellen schnappte nach Luft. »Ich denke, du solltest lieber gehen«, sagte sie, schob ihren Stuhl zurück und reichte Hannah ihre Handtasche.

»Ellie … bitte … lass das!« Hannah beugte sich über den Tisch vor und legte die Hände auf Ellens Unterarm. »Wirf mich nicht hinaus, ich versuche doch bloß, dir zu helfen.«

Ellen schüttelte den Kopf. »Nein, Hannah … du versuchst nicht zu helfen. Du versuchst, hier hereinzumarschieren und mir zu sagen, wie sinnlos und erbärmlich mein Leben ist und dass ich das alles einfach beiseitewischen soll, alles, was mir von Nick geblieben ist, beiseitewischen und irgendwo in einer winzig kleinen Wohnung leben soll, nur weil das für mich das Vernünftigste ist, und weil es ja nur ich, die langweilige Ellen bin … was mit mir geschieht, spielt dabei überhaupt keine Rolle, oder? Tja, seit wann hast du jemals das Vernünftigste getan? Bloß weil nichts von dem, was für mich wichtig ist, dir wichtig erscheint, heißt das noch lange nicht, dass du das Recht hast, darauf herumzutrampeln.«

Hannah starrte sie eine Sekunde an. »Alles, was dir wichtig ist, ist auch mir wichtig. Ich will für dich und Charles nur das Beste. Du kennst mich doch, Ellen … Takt ist nicht gerade meine Stärke. Hast du noch nie etwas von liebevoller Strenge gehört? Ich weiß, dass ich wie ein herzloses Biest klinge, aber nicht nur ich denke so, auch dein Steuerberater, Mum und Dad … wir alle machen uns Sorgen um dich, Ellen. Du kannst nicht einfach in dem Glauben, dass am Ende alles schon in Ordnung kommen wird, den Kopf in ein Buch nach dem anderen stecken. Im wahren Leben gibt es diese Art von Happy Ends nicht … es gibt keinen großen, dunkelhaarigen und gut aussehenden Fremden, der nur darauf wartet, dich zu retten …« Hannah zögerte, und Ellen fragte sich, ob sie da nicht ein Beben in ihrer Stimme vernahm. »Oder sonst jemanden von uns. Und ich weiß, dass es schwer ist. Ich weiß, dass Nick alles für dich und Charles getan hat … du bist nicht daran gewöhnt, dich um alles selbst zu kümmern. Aber jetzt musst du es. Du musst es, sonst wird der Schlamassel, in dem du steckst, nur immer schlimmer, bis es keinen Ausweg mehr gibt, und was wird dann aus Charles, wenn dein Haus zwangsversteigert wird und du nicht einmal das mehr hast?«

Ellen sank auf ihren Stuhl zurück. Hitesh, Hannah, ihr Vater am Vorabend am Telefon … sie alle hatten recht. Sie musste etwas unternehmen, aber Ellen hatte nicht nur keine Ahnung, was sie tun sollte, sie hatte von nichts einen Schimmer. Sie schloss kurz die Augen und unterdrückte den Wunsch, Hannah zu sagen, dass sie gehen sollte. Hannah hatte recht, sie musste etwas unternehmen, und wenn irgendjemand auf eine Idee kommen könnte, was zu tun sei, dann war es Hannah, die clevere, einfallsreiche Hannah. In ihrem Privatleben mochte sie ja von einer Katastrophe zur nächsten taumeln, doch wenn es um Problemlösungen und unkonventionelle Ideen ging, war Hannah unschlagbar.

»Okay«, sagte Ellen. »Okay. Ich weiß, dass du recht hast. Aber es ist Charlie, an den ich denke. Er hat so viel verloren … ich will nicht, dass er auch noch sein Zuhause verliert. Es muss doch einen anderen Ausweg geben, oder?«

»Tja, zunächst einmal könntest du mehr verdienen«, antwortete Hannah und kaute auf ihrer Unterlippe herum, wie sie es schon als kleines Mädchen immer getan hatte. »Ich meine, die Arbeit, die du für diesen Verlag erledigst, Nacktes Verlangen, oder wie der heißt ... wie viele Bücher redigierst du für den?«

»Na ja, das variiert ... Simon weiß, welche Autoren mir liegen, deshalb wartet er, bis er ein neues Werk von denen bekommt. Irgendwo zwischen einem und zwei alle paar Monate.«

»Tja, das ist fürs Erste schon mal verrückt.« Hannah sprach schnell, und die Wörter sprudelten mit einer Geschwindigkeit von tausend Kilometern pro Stunde aus ihrem Mund, als hätte der Tag nicht genügend Stunden, um alles zu sagen, was sie zu sagen hatte. »Vor allem, da du nur ... wie viel ... fünfzehn Pfund die Stunde bekommst? Du musst unbedingt aufhören, an diese Manuskripte wie an ein Hobby heranzugehen, und anfangen, sie als Gelegenheit zum Geldverdienen zu betrachten. Die bringen Hunderte dieser Bücher heraus, stimmt's? Die geilen alten Weiber können gar nicht genug davon bekommen, richtig? Wenn du aufhören würdest, sie tatsächlich zu lesen und dich nur darauf konzentrieren würdest, *tsi* zu *ist* zu korrigieren, dann könntest du wahrscheinlich ein Manuskript oder zwei pro Woche schaffen. Und was diesen Simon anbelangt ... das ist der Schwule, nicht wahr?«

»Wir wissen nicht, ob er schwul ist, nur, dass er Junggeselle ist«, warf Ellen ein, obwohl sie zugeben musste, dass die Wahrscheinlichkeit, dass ein so gut gekleideter und attraktiver Mann wie Simon Merry mit Mitte vierzig noch immer als Single lebte, ziemlich gering war, es sei denn, beziehungswütige Frauen zählten nicht zu seinen Vorlieben, und trotzdem schien es in seinem Leben auch deutlich an Männern zu mangeln. Ellen vermutete, dass er sein Privatleben einfach gern privat halten wollte, und zollte ihm dafür Respekt.

»Ja, Single, über vierzig, nie verheiratet, und leitet einen gut gehenden Verlag, der schlüpfrige Reißer produziert – aber hallo? Wenn der nicht schwul ist, dann bin ich keine atemberaubende Rothaarige, und das bin ich ja offensichtlich. Wie auch immer … rede mit ihm. Vielleicht kann er mehr tun, als dir hin und wieder ein paar Krümel hinzuwerfen. Vielleicht könnte er dich fest anstellen … oder vielleicht kann er seine Beziehungen spielen lassen. Ellen, du hast deine Fähigkeiten, von deinem hervorragenden Diplom in Geschichte ganz zu schweigen, auf das du, nachdem du Nick kennengelernt hast, nie aufgebaut hast. Du musst deine Verdienstmöglichkeiten maximieren. Wie viel verdienst du derzeit pro Monat?«

Ellen spitzte die Lippen. Hannahs Gesprächsstil konnte ziemlich gnadenlos sein, aber sie spürte, dass Hannah sich bemühte, auf eine Idee zu kommen, deshalb ließ sie sich darauf ein. »Nicht genug, um die Hypothek, die Rechnungen und Charlies Fischstäbchen zu bezahlen. Nicht einmal, wenn ich pro Tag ein Buch lese, was ich nicht tun will. Ich möchte sie nicht durcharbeiten, als handele es sich um Wegwerfware. Das sind *Bücher*, Hannah. Wunderbare Bücher, an denen jemand sich monatelang abgemüht und denen er all seine Sorgfalt und Aufmerksamkeit gewidmet hat. Ich möchte sie mit dem Respekt behandeln, den sie verdienen.«

»Wir reden hier über Nullachtfünfzehn-Nackenbeißer, Ellen, nicht über Kandidaten für den Booker-Preis. Jeder weiß doch, dass Autoren sie nach Schema F wie am Fließband produzieren. Ich habe im *Guardian* gelesen, dass die sogenannten Autoren dann, wenn die Heldin nicht alle zehn Seiten vergewaltigt wird, ihren Job nicht richtig machen.«

»Tja … nichts als Unwissenheit und Vorurteile«, stellte Ellen gereizt fest und überlegte insgeheim, dass sie die durchschnittliche Zahl der Vergewaltigungen pro Buch zwar noch nie ausgerechnet hatte, aber dass Hannah mit ihrer Feststellung wahrscheinlich gar nicht so falsch lag. In dieser neuen Allegra Howard hatte es jedenfalls den Anschein, als läge Eliza deutlich über dem Vergewaltigungsdurchschnitt.

»Okay … wenn du also ein bisschen mehr arbeiten würdest, könntest du vielleicht die Hälfte dessen verdienen, was du brauchst, um den Hypothekenkredit zu bedienen. Lass uns andere Möglichkeiten bedenken … wie kannst du Geld verdienen, wenn du mit Charles hier im Haus wohnen bleibst … na ja, selbst wenn ihr beide an Ort und Stelle bleibt, stehen drei ziemlich große Schlafzimmer leer … *ich hab's!*« Hannah klatschte in die Hände, ihre Augen strahlten, sie war offensichtlich mit sich zufrieden.

»Du hast was?«, fragte Ellen beunruhigt.

»Du wirst Vermieterin. Du nimmst Untermieter auf! Du hast es ja selbst gesagt … die Zimmer im Dachgeschoss bilden schon jetzt praktisch eine abgeschlossene Wohnung, weil es da oben ja ein Klo und eine Dusche gibt … die bringt siebenhundert Pfund im Monat ein. Sechshundert für das andere große Zimmer mit dem angrenzenden Bad, und ich weiß ja, dass du Charles nicht aus seinem Zimmer vertreiben willst, aber selbst dieses dritte Zimmer ist etwa fünfhundert wert. Das wird die Hypothek mehr oder weniger abdecken, und was du mit dem Redigieren verdienst, kannst du für den Lebensunterhalt nutzen. Ellen, ich habe alle deine Probleme gelöst, du kannst mir jetzt dafür danken!«

Hannah strahlte sie mit freudig funkelnden Augen an, und Ellen sehnte sich danach, aufzustehen und zu gehen, allerdings war das hier ihre eigene Küche. Hannah hatte genau das getan, was Ellen vorhergesehen hatte, sie hatte sich etwas einfallen lassen, worauf sonst keiner gekommen war, und das konnte Ellen aus der Patsche helfen, wenn sie es sich genauer überlegte, aber mit der Idee konfrontiert, Fremde in ihr Haus aufzunehmen, war ihr erster Impuls davonzurennen. Während Hannah auf ihre Reaktion wartete, zappelte Ellen auf ihrem Stuhl herum und hatte das Gefühl, eigentlich an einem ganz anderen Ort sein zu müssen. Und dann wurde ihr klar, dass dieser andere Ort das Buch war, an dem sie gerade arbeitete. Eine Scheinwelt, in der sie sich sicherer und geborgener fühlte als in der, in der sie tatsächlich lebte, war inzwischen ihr einziger Zufluchtsort. Ellen seufzte. Sie wollte unbedingt herausfinden, wie Elizas Pläne genau aussahen, um den Fängen ihres ruchlosen Onkels zu entkommen, der sie nach seiner Rückkehr von einer geheimen Mission für Charles I. dem Captain wieder entrissen hatte. Aber diverse Finanzprobleme würden nicht in dem vom Bürgerkrieg zerrissenen England gelöst werden.

Ellen blickte zu Hannah auf, die sie eingehend musterte.

»Aber Untermieter?«, sagte Ellen. »Zwei, vielleicht drei Fremde im Haus? Ich bin mir nicht sicher, ob das für Charlie gut wäre … und außerdem habe ich keine Ahnung, was man als Vermieterin alles zu tun hat. Ich meine, wie würde ich die Rechnungen aufteilen? Würde ich den Mietern Frühstück machen müssen? Wo würden sie sitzen?«

»Wo würden sie …? Ellen, das würde wie eine Wohngemeinschaft sein. Sie würden für sich selbst kochen, und du könntest einen bestimmten Betrag auf ihre Miete aufschlagen, um die Nebenkosten zu decken … du musst einen Mietvertrag aufsetzen, aber ich bin mir sicher, dass wir höchstwahrscheinlich einen Standardvertrag aus dem Internet herunterladen und ausdrucken können. Du würdest eine Kaution verlangen, ein paar Hausregeln aufstellen … wie zum Beispiel, dass man nicht nackt im Wohnzimmer erscheinen darf. Wahrscheinlich wirst du kaum merken, dass sie da sind, schließlich sind wir hier in London. Wir sind nicht alle scharf darauf, herumzuhängen und uns mit den anderen anzufreunden, oder? Und denk doch bloß, du könntest für immer und ewig in deinem geliebten Haus bleiben, wenn du willst.«

Ellen war sich nicht sicher, welches von Hannahs Worten sie gerade im Innersten getroffen hatte, doch plötzlich wusste sie, dass Hannah recht hatte. Sie war als Einzige auf eine Idee gekommen, die es ihr und Charlie ermöglichen würde, in ihrem Haus zu bleiben und trotzdem zu überleben. Ja, es bedeutete, dass sie ihr Haus wildfremden Leuten öffnen musste, die Zufluchtsstätte, von der Nick ihr versprochen hatte, dass sie hier immer die Tür vor der Welt verschließen und sich sicher fühlen könnte. Doch Ellens Ansicht nach gab es dazu keine Alternative. Nick hatte sein Bestes getan, um sich um sie zu kümmern und sie zu beschützen. Er hatte sie vor der Welt abgeschirmt, sich zu einem Puffer zwischen ihr und den Unbillen der Welt gemacht. Aber das konnte er nun, da er tot war, nicht mehr tun, mochte er es noch so sorgfältig geplant haben. Hannah hatte ihr einen Ausweg gewiesen, so mangelhaft er auch sein mochte, und Ellen war trotz allem dankbar, dass sie Hannah hatte, eine Schwester, die stets eine Lösung fand.

»Okay«, sagte Ellen bedächtig. »Also, erklär es mir Schritt für Schritt … was hätte ich zu tun?«

3

Eliza spürte, wie sich die Kante des Tischs in ihr Kreuz bohrte, als ihr Onkel sich ihr näherte und sein großes Gewicht auf sie niederdrückte, und sein schlechter, nach Wein stinkender Atem war heiß und feucht an ihrem Hals.

»Nein!« Eliza setzte sich zur Wehr und trat nach ihm, aber ihre zierliche Gestalt konnte nichts gegen diese unförmige Masse ausrichten.

»Aber ich sage Ja, liebste Nichte!«, knurrte er geifernd, während seine dicken Finger die Wölbungen ihrer Brüste begrapschten. »In all den Jahren habe ich beobachtet, wie du unter meinem eigenen Dach zu einer höchst verlockenden Frucht herangereift bist, einer reifen, verbotenen Frucht, die ich selbst nicht pflücken durfte. Ich habe geglaubt, meine liebe verstorbene Frau hätte dich zu einer unschuldigen, bescheidenen Jungfer herangezogen … und doch besudelst du dich bei der erstbesten Gelegenheit mit einem Royalistenschwein! Und jetzt werde ich dich bestrafen, meine Liebe, du bist nichts als eine gemeine Hure … und solange dein Captain fort ist, werde ich dich benutzen, wie es mir gefällt. Ob du meine Nichte bist oder nicht … du gehörst mir!«

Ein helles, durchdringendes Klingeln ertönte. Ellen seufzte und schob das Manuskript über den Tisch von sich. Die Türglocke hatte geläutet und mit ihrem lauten, aufdringlichen Klingeln die morgendliche Ruhe zerrissen. Telefone konnte man einfach ignorieren. Auch Türglocken konnte man ignorieren, nicht aber dieses Mal. Dieses Mal musste Ellen die Tür öffnen … ihre erste Untermieterin war genau pünktlich angekommen.

Sabine Neumann war von der Berliner Filiale von T. Jenkins Waterford vorübergehend hierher versetzt worden. Sie sollte drei Monate im Londoner Büro arbeiten und brauchte eine Unterkunft. Sobald Ellen der Idee ihrer Schwester, wie sie Geld verdienen konnte, zugestimmt hatte, hatte Hannah sich auf ihren BlackBerry gestürzt, weil sie sich an eine E-Mail vom Vortag mit der Suche nach einer vorübergehenden Unterkunft erinnerte.

»Das ist perfekt«, zwitscherte Hannah, die sehr zufrieden mit sich war. »Sie braucht eine Unterkunft, und du willst ja nicht, dass irgendein alter Spinner auf deiner Türschwelle aufkreuzt. Ich regle das gleich, ich sage ihr, dass das Zimmer mit dem angrenzenden Bad zur Verfügung steht. Lass uns die Zimmer im Dachgeschoss noch zurückhalten, weil wir dafür möglichst viel bekommen wollen. Ich gebe den Mietpreis ein, und schwuppdiwupp … die Mail ist abgeschickt!«

»He … warte mal … woher wissen wir, dass sie keine Spinnerin ist?«, fragte Ellen, deren Panik wuchs, während ihre stets entschlussfreudige Schwester ihre Idee schon wenige Sekunden, nachdem sie darauf gekommen war, in die Tat umsetzte.

»Sie arbeitet für meine Firma.« Hannah zuckte mit den Schultern.

»Du weißt, dass auch Ted Bundy, der Serienmörder, einen Job hatte«, erklärte ihr Ellen.

»Wir durchlaufen bei den Einstellungsgesprächen alle dieses Assessment-Programm … deshalb hätten sie eine Verrückte sicher erkannt. Allerdings haben sie *mich* eingestellt, also wer weiß?« Ellen lachte nicht. »Jedenfalls ist sie eine Deutsche und wird bestimmt ordentlich, effizient, ruhig und manierlich sein.«

»Wenn du dich auf rassistische Klischees verlassen willst, dann schon«, murmelte Ellen.

Hannahs BlackBerry zirpte. »Siehst du? Genau, wie ich gesagt habe, effizient. Sie hat schon geantwortet und … sie möchte das Zimmer haben! Gut, aber ... was soll ich ihr bezüglich der Bettwäsche, Handtücher und so weiter sagen ... möchtest du, dass sie ihre eigenen Sachen mitbringt, oder hast du genug? Ich sage ihr, dass sie ihre eigenen Sachen mitbringen soll, schließlich willst du nicht am Ende jede Menge Wäsche am Hals haben, oder?« Hannah, die ganz in ihrem Element war, strahlte Ellen an, und Ellen fühlte sich kurz an ihre Schwester als kleines Mädchen erinnert, als sie es schaffte, sich ohne Stützräder auf ihrem Fahrrad zu halten. Ellen hatte einen ganzen Sommer gebraucht, um Hannah das Radfahren ohne Stützräder beizubringen, und ihr Gesichtsausdruck, als sie an der jubelnden und klatschenden Ellen vorbeigerollt war, war genau der gleiche gewesen wie jetzt. Ellen stellte fest, dass sie lächelte.

»Eines ist vermietet, zwei sind noch frei«, fuhr Hannah fort. »Du solltest dich ebenfalls umhören, Ellie, aber in der Zwischenzeit könnte ich eine Annonce für *Time Out* entwerfen, oder?«

»Ich weiß nicht, ich bin mir nicht sicher ... das wären dann wirklich Fremde«, sagte Ellen zögernd, und jene flüchtige Erinnerung an einen Sommervormittag verschwand rasch.

»Ich gebe meine E-Mail-Adresse und meine Telefonnummer an ... du wirst dich also um gar nichts kümmern müssen, und ich verspreche, dass ich alle Spinner aussortiere, sobald ich mich mit ihnen verabredet habe. Lass mal sehen ... ›Zimmer zu vermieten. Wohngemeinschaft in guter Lage. Unbedingt Nichtraucher. Keine Haustiere.‹ Perfekt. Ich stelle das gleich auf deren Website ein und ... da ... schon gepostet. Ich bezahle das mit meiner Kreditkarte, du kannst es mir ja zusammen mit dem Geld für den Skiausflug zurückzahlen, sobald die Mieteinnahmen zu sprudeln beginnen.«

Ellen blinzelte. »Hannah! Aber ich habe dich gar nicht gebeten, mir Geld für Charlies Reise zu leihen ... warte mal ... woher weißt du überhaupt davon?«

»Charlie hat mich vor ein paar Tagen angerufen und gefragt, ob ich ihm das Geld vorstrecken kann. Ich habe gesagt, dass er das selbstverständlich haben kann, aber natürlich erst, nachdem ich mit dir darüber geredet habe. Also, wann brauchst du es? Ich könnte dir jetzt gleich einen Scheck ausstellen, wenn du willst.« Hannah lächelte freudig, weil sie offenkundig den Eindruck hatte, in ihrer neuen Rolle als gute Fee eine Glückssträhne zu haben. »Das macht dir doch nichts aus, Ellie? Nach dem Jahr, das er hinter sich hat, wird ihm ein Tapetenwechsel, eine Chance, seine Flügel ein bisschen auszubreiten, unglaublich gut tun, nicht wahr? Und es ist ja nicht so, als würde ich dir das Geld schenken, es ist nur geliehen … das ist alles.«

Ellen fühlte sich überrumpelt. Seit Nicks Tod hatte Hannah keine Mühe gescheut, eine besondere Beziehung zu ihrem Neffen aufzubauen. Sie hatte ihn schon immer gemocht, aber jetzt hatte er sich ganz offiziell zu ihrem Augapfel entwickelt, und Charlie liebte das, liebte die gemeinsamen Ausflüge, die Einkaufsbummel und Kinobesuche. Er liebte seine coole Tante Hannah, und es wurmte Ellen gewaltig, dass er sich mit seiner Tante wohler zu fühlen schien als mit seiner eigenen Mutter. Trotzdem war es Ellen nie in den Sinn gekommen, dass er die Sache selbst in die Hand nehmen und Hannah anrufen und sie um Geld bitten würde. Ellen war so daran gewöhnt, über jedes Detail seines Lebens Bescheid zu wissen, dass die Erkenntnis, dass er eine Welt außerhalb der ihren hatte, sie wie ein Schock traf. Mehr als das, unbewusst war sie froh gewesen, einen Grund zu haben, um ihn mit dem Klassenausflug nicht so weit verreisen lassen zu müssen. Einen anderen Grund als denjenigen, der sie wirklich beunruhigte, nämlich der Gedanke, dass er, verletzlich und unbeschützt, unterwegs sein würde.

»Ich bin mir nicht sicher, ob er bereit ist, so weit von Zuhause entfernt zu sein …«, hob Ellen an.

»Es muss dich mit Sorge erfüllen, ihn gehen zu lassen«, stellte Hannah fest. »Aber das musst du, Ellie. Jetzt ist genau der richtige Zeitpunkt, an dem er lernen sollte, seine Flügel auszubreiten und die Welt zu entdecken. Wir würden das, was ihm zugestoßen ist und ihn verändert hat, hassen, nicht wahr? Dass ihm seine Lebensfreude geraubt wird.«

»Willst du damit etwa behaupten, dass ich das tue? Dass ich ihm die Lebensfreude raube?« Ellen war gekränkt.

»Nein, nein! Ich sage, dass du noch immer trauerst, es ist ja noch kein Jahr her. Es würde nicht schaden, Charlie eine Auszeit zu geben … sie findet ja erst im Februar statt, diese Klassenreise … also lass uns doch einfach einig sein, dass ich dir das Geld leihe, das du mir irgendwann zurückzahlst, und dass wir, wenn die Sache spruchreif wird, sehen, wie du dich damit fühlst. Wie wäre das?«

Ellen nickte stumm.

»Jedenfalls solltest du dieses Zimmer in Ordnung bringen. Heute ist … Mittwoch, und Sabine kommt am Freitag … dir bleiben also noch zwei Tage, um alles vorzubereiten.«

»Sie kommt so bald? Hannah, das ist zu früh. Ich habe keine Zeit, darüber nachzudenken und mit Charlie darüber zu sprechen, was er davon hält, wenn Fremde im Haus wohnen. Weißt du, nicht alle führen ein so hochtouriges Leben wie du.«

»Das kannst du wohl sagen.« Hannah spitzte die Lippen, während sie einen Augenblick mit ausdrucksloser Miene Ellens Gesicht musterte. »Ellie, die Zeit ist abgelaufen … du hast keine Möglichkeiten mehr, es hinauszuzögern. Wenn ich eines weiß, dann, wann es Zeit ist, aktiv zu werden, und jetzt ist es so weit. Außerdem, was gibt es da zu diskutieren? Du hast keine andere Wahl. Charles wird das verstehen, er ist ein kluger Junge. Ich könnte mit ihm reden, wenn du willst.«

»Nein, nein … ich rede nachher mit ihm, wenn er aus der Schule zurück ist.«

»Okay, gut, mach du das … und mit ein bisschen Glück haben wir im Handumdrehen deine freien Zimmer belegt.«

* * *

»Guten Morgen. Ich bin Sabine Neumann.« Ellen blickte etwas verblüfft auf die perfekt manikürte Hand, die ihr entgegengestreckt wurde. Sabine Neumann sah ganz anders aus, als Ellen sie sich vorgestellt hatte. Zu ihrer Schande hatte sie erwartet, dass die deutsche Geschäftsfrau eher männlich wirken würde, mit einer Kurzhaarfrisur und sehr strengem Auftreten, über fünfzig Jahre alt. Sie hätte sich nicht gründlicher täuschen können.

Sabine war etwa in Ellens Alter und hatte lange blonde Haare, die ihr in natürlichen Locken über die Schultern fielen. Sie besaß ein strahlendes Lächeln und blaue Augen, die wirklich zu funkeln schienen. Statt eines strengen Businesskostüms, das Ellen erwartet hatte, trug sie ein weißes T-Shirt über ausgeblichenen Jeans, dazu ein paar rote Schuhe von Converse. Das war ein Outfit, in dem sich Ellen sich selbst niemals vorstellen konnte, nicht ausgefallen oder ausgeflippt, sondern selbstbewusst und stilvoll.

»Willkommen, Sabine«, sagte Ellen, die sich plötzlich selbst nachlässig gekleidet und männlich vorkam. »Kommen Sie doch bitte herein. Ich hoffe, dass hier alles nach Ihrem Geschmack ist. Ich habe noch nie Untermieter gehabt und bin noch gar nicht daran gewöhnt. Ich bin mit der Etikette überhaupt nicht vertraut, aber ich hoffe, dass Sie es mir sagen, wenn ich etwas falsch mache.«

»Okay, das tue ich gern«, antwortete Sabine mit kaum merklichem Akzent und blickte sich im sonnendurchfluteten Flur um. »Ihr Haus ist hübsch, sehr viktorianisch … genau, wie ich es mir vorgestellt habe.«

»Danke«, sagte Ellen und warf einen Blick auf die restaurierten Eichendielen, die in der Morgensonne in dunklem Gold leuchteten, und auf die hellgrüne und cremefarbene Wandfarbe, die Nick für den Eingangsbereich ausgesucht hatte und die diesen zu einem so warmen und einladenden Raum machten. Sie hatten eine Ewigkeit damit zugebracht, Trödelmärkte abzuklappern, um die perfekte Lampe zu finden, und hatten sich schließlich für eine schlichte kleine Kristalllampe entschieden. Ellen stellte beim Blick nach oben fest, dass sie dringend abgestaubt werden musste. Sogleich hatte sie Nick auf seiner Trittleiter vor Augen, wie er fluchend mit der Lampe gekämpft hatte, während die von den Glastropfen eingefangenen Sonnenstrahlen auf dem Boden und an den Wänden tanzten.

»Und das ist Ihre Familie?« Sabine war zu einem an der Wand hängenden Foto von Ellen, Nick und Charlie hinübergegangen. Es war wenige Monate vor Nicks Unfall aufgenommen worden und war Nicks Idee gewesen. Eines Tages war er nach Hause gekommen und hatte Ellen gesagt, dass sie eine Aufnahme ihrer Familie machen lassen sollten, etwas Dauerhaftes, auf das sie zurückblicken konnten, sodass sie sich, egal, welche Veränderungen die Zukunft bringen mochte, immer daran erinnern würden, wie es einmal gewesen war. Ellen erinnerte sich, dass sie darüber ziemlich verdutzt gewesen war, und ihn gefragt hatte, ob irgendetwas nicht in Ordnung wäre, ob er sich über irgendetwas Sorgen machte. Aber er hatte nur gelacht, ihr wie gewöhnlich durch die Haare gewuschelt und gesagt, dass sie nicht so dumm sein sollte, dass das wahre Leben nichts mit jenen Büchern voller Tragödien und Intrigen zu tun hatte, von denen sie so besessen war. Er hatte eine Fotografin ausfindig gemacht, die ihm zusagte, und sie war ins Haus gekommen, hatte das selten genutzte Wohnzimmer mit weißen Laken verhängt und Sitzkissen ausgelegt. Ellen erinnerte sich, dass Nick und Charlie sie zum Lachen hatten bringen müssen, damit sie sich entspannte, nachdem die Fotografin ihnen die ersten Digitalaufnahmen auf ihrem Laptop gezeigt hatte. Nick hatte gescherzt, es wäre, als würde er hier zusammen mit einer altjüngferlichen Tante abgelichtet. Sie hatten ihr so lange alberne Witze erzählt, bis Ellen die Kamera schließlich vergessen hatte. Und jetzt hing das Bild von ihnen hier an der Wand. Dieser eingefangene Moment, als sie sich lachend zusammen auf den Kissen rekelten, Arme um Nacken, umeinander verschlungene Beine.

»Sie haben großes Glück, eine so wunderbare Familie zu haben«, stellte Sabine fest.

»Ich, tja ... na ja, die hatte ich ... habe ich.« Ellen kämpfte gegen das vertraute Prickeln aufsteigender Tränen an. »Nick, mein Mann, ist letztes Jahr bei einem Autounfall ums Leben gekommen. Jetzt gibt es nur noch mich und Charlie ... deshalb die Vermietung.«

Sabine nickte.

»Tut mir leid. Mein Mann ist nicht tot«, informierte sie Ellen und kniff dabei ihren hübschen Mund zu einem schmalen Strich zusammen. »Mein Mann ist in Berlin, ich habe ihn verlassen. Ich habe es keine Sekunde länger ertragen können, dieses verlogene, herumhurende Schwein zu sehen. Das ist nicht fair, oder? Es würde mir nichts ausmachen, wenn mein Mann tot wäre, aber Sie ... Sie haben Ihren geliebt, und jetzt haben Sie ihn verloren. Das Leben ist nicht fair.« Sabine zuckte mit den Achseln, als hätte sie gerade einen Bus verpasst, den sie nicht unbedingt hatte erreichen wollen, und stellte einen Fuß auf die unterste Treppenstufe. »Und, darf ich jetzt vielleicht das Zimmer sehen?«

Das Telefon läutete, als Ellen Sabine gerade allein ließ, damit sie ihre Taschen auspacken konnte, und sie betete darum, dass es nicht Hannah mit der Ankündigung eines weiteren aufgezwungenen Untermieters war.

Ellen versuchte noch immer, sich an den Gedanken zu gewöhnen, dass eine Fremde in ihr Haus und in ihr Leben einzog, die Bemerkungen zu ihren Fotos machte und ihr von ihrem Privatleben erzählte. Hannah, Hitesh, ihre Mutter ... alle erzählten ihr, sie müsste sich an die Tatsache gewöhnen, dass sich ihr Leben inzwischen verändert hatte, aber Ellen fiel das schwer. Für sie war es schmerzhaft, akzeptieren zu müssen, dass es sich so sehr verändern musste.

Sabine hatte recht, das Leben war nicht fair. Hätte Nick nicht aus einer Laune heraus entschieden, sich den Lotus seines Freundes auszuleihen und nach einem späten Mittagessen im Pub damit eine Spritztour über ruhige Landsträßchen zu machen, hätte er die Geschwindigkeitsbeschränkung nicht fast um das Doppelte überschritten, hätte er nur eine Sekunde *gedacht* an … Ellen stoppte diesen Gedankengang, bevor er sich noch weiter entwickeln konnte, von Gewissensbissen verzehrt, wie sie es zulassen konnte, auch nur einen Anflug von Wut auf ihren Mann zu empfinden. Nick hätte sie und Charlie niemals absichtlich in einem solchen Schlamassel zurückgelassen. Er war an jenem Sommertag nicht etwa losgefahren, um sich umzubringen, nur um ihr Ungelegenheiten zu bereiten. Er hatte sie geliebt, wie es kein anderer Mann je getan hatte oder jemals tun würde. Und Nick war ein Abenteurer gewesen, ein Forscher … er hatte zu jenem Schlag von Mann gezählt, der den Tag nutzt und bis zur letzten Sekunde auskostet, der ungern wertvolle Sekunden mit Schlafen vergeudet. Das war es gewesen, was Ellen zuerst an ihm geliebt hatte, seinen Tatendrang, seine Leidenschaft. Dies und die Tatsache, dass sie sich, wenn sie in seiner Nähe war, zum ersten Mal in ihrem Leben dynamisch gefühlt hatte, ein dreidimensionales Wesen aus Fleisch und Blut, das endlich in der Welt angekommen war, die Nick sich so begeistert zu eigen machte … sie hatte sich lebendig gefühlt. Das war ein Gefühl, das sie seit dem Augenblick, als sie von Nicks Tod erfahren hatte, nicht mehr hatte heraufbeschwören können.

Ellen biss sich auf die Lippe, stoppte den Gedankenstrom, der ihr ständig durch den Kopf ging, und griff nach dem Telefon.

»Ellen, gut, dass Sie da sind.« Simons Stimme klang tief und melodiös. Ellen stieß einen Seufzer der Erleichterung aus. Ihr Auftraggeber zählte zu den wenigen Menschen, die von ihr nicht verlangten, dass sie Maßnahmen ergreifen müsste, die ihr nicht unbedingt erzählen wollten, was sie alles falsch machte. Im Gegenteil, mit ein bisschen Glück hatte er eine schöne Arbeit für sie auf Lager … vorzugsweise die nächste Teillieferung von *Das aufgerichtete Schwert*, da sie die Seiten, die ihr bereits vorlagen, schon fast fertig gelesen hatte.

»Hallo, Simon«, sagte Ellen erfreut. »Ich bin zu Hause und habe gerade meine erste Untermieterin begrüßt.«

»Ach, ja, Sie haben mir in Ihrer letzten E-Mail von Ihrer neuen Karriere als Vermieterin berichtet. In Wahrheit ist das gewissermaßen der Grund meines heutigen Anrufs.«

»Tatsächlich?« Ellen war überrascht. »Wieso, suchen Sie ein Zimmer?«

»Nein, nein, meine Liebe … dazu komme ich gleich. Zuerst einmal erzählen Sie mir doch von Ihrer ersten Untermieterin.« Offensichtlich hatte Simon beschlossen, mit seinem Anliegen, worum es sich auch immer handeln mochte, nicht gleich ins Haus zu fallen. Das war der zweite Wesenszug, den Ellen an Simon schätzte: Während Hannah den Eindruck zu haben schien, es wäre ihre Pflicht, auf sie einzureden und sie herumzukommandieren, war Simon, ein Mann, mit dem sie selten sprach und den sie noch seltener zu Gesicht bekam, allem Anschein nach wirklich an ihr interessiert und wollte wissen, wie sie zurechtkam. Er war einer der wenigen Menschen, die sie jemals fragten, wie es ihr ging. Manchmal wollte Ellen aber gar nicht antworten. Manchmal hasste sie die Tatsache, dass er danach fragte, doch zugleich wusste sie es zu schätzen.

»Sie ist nett, denke ich.« Ellen erinnerte sich an die etwa zehn Minuten, die sie bis jetzt in Sabines Gesellschaft verbracht hatte. »Sie macht jedenfalls den Eindruck, und ihr gefällt das Zimmer, soweit ich das beurteilen kann. Es ist nur seltsam, wissen Sie … anders.«

»Ich weiß, Ellen, es muss schwer für Sie sein«, sagte Simon mit sanfter Stimme. »Ich würde es hassen, wenn ich meine Wohnung mit jemand anderem als Tibalt teilen müsste.«

Simon bezog sich auf seinen uralten und ergrauten Cockerspaniel, der ihn täglich ins Büro von Cherished Desires an der Fulham Palace Road begleitete und den ganzen Tag unter seinem Schreibtisch lag, schlechte Gerüche verströmte und lautes Schnarchen von sich gab. Simon liebte ihn mehr als jedes menschliche Wesen, zumindest, soweit Ellen informiert war.

»Ach, nein ... so schlimm ist es gar nicht. Und ich verdiene Geld damit, Geld, um dieses Haus zu halten und Charlie so wenig wie möglich durcheinanderzubringen ... Da wir gerade davon reden, haben Sie die nächsten Kapitel der neuen Allegra Howard für mich? Es passt gar nicht zu Ihnen, mir ein Manuskript in mehreren Teilen zukommen zu lassen.«

»Eigentlich nicht. Ich habe etwas Besseres.« Simon schien zu zögern. »Ellen, ich habe Allegra Howard höchstpersönlich für Sie, das heißt, falls Sie sie haben wollen.«

»Wie bitte?« Ellen blickte beim Geräusch von Möbeln, die über den Boden geschoben wurden, zur Decke.

»Allegra ... steckt in einer Klemme, und sie braucht eine schöne Maid, die ihr zu Hilfe kommt. Ich habe sofort an Sie gedacht, die schönste Maid, die ich kenne.«

»Ich ... aber wie könnte *ich* Allegra Howard helfen?«

»Tja, Sie haben doch von diesen schrecklichen Frühjahrsüberschwemmungen gehört, zu denen es vor einer Weile in Gloucestershire gekommen ist?«

»Oh ja, die waren fürchterlich«, antwortete Ellen, die an die Nachrichtenbilder im Fernsehen dachte, mit Häusern, die bis zur Hälfte im Wasser standen, und an einen Teddybären, der eine ehemals ruhige Straße hinuntergetrieben wurde. Ganz Twekesbury hatte praktisch unter Wasser gestanden.

»Na ja, Allegras Herrenhaus aus dem siebzehnten Jahrhundert hat es voll erwischt. Es wird Monate dauern, bis es restauriert ist, und ihre Versicherung ist offenbar nicht gerade darauf erpicht, sie in dieser Zeit in einem Fünf-Sterne-Hotel unterzubringen. Allegra weigert sich, irgendwo abzusteigen, wo die Einrichtung so geschmacklos ist wie etwa in einem Wohnmobil oder einem fremden Mietshaus, deshalb ist mir eingefallen, was Sie gesagt haben … dass Sie erwähnt haben, Sie suchten nach Untermietern … und ich habe mich gefragt, ob Sie Allegra bei sich aufnehmen würden.«

»Simon … es ist absolut unmöglich, dass Allegra Howard hier wohnt.« Ellen presste sich die Handfläche an die Brust und spürte, wie ihr Herzschlag sich beschleunigte. Das war ein merkwürdiges Gefühl. Sie hatte im Lauf der Jahre so viele Bücher von Allegra gelesen, dass sie den Eindruck hatte, diese Frau zu kennen, und seltsamerweise, als kenne Allegra auch sie, und zwar besser als vielleicht irgendjemand sonst. Sie konnte kaum glauben, dass sie Simon richtig verstanden hatte.

»Bitte, Ellen, sie braucht wirklich eine schöne und gemütliche Unterkunft, während sie versucht, *Das aufgerichtete Schwert* zu vollenden. Das ganze Drama hat ihre Kreativität ziemlich blockiert, sie hat ihre Zuversicht ein wenig eingebüßt, und sie braucht jemanden, der ihr den Rücken stärkt. Mir fällt niemand ein, der geeigneter wäre als Sie, um sie aufzunehmen, genau der Mensch, der ihre Bücher so sehr liebt und versteht.«

»Allegra Howard in meinem dritten Zimmer, Simon! Sie braucht eine viel bessere Unterkunft als ein schäbiges altes Haus in Hammersmith … außerdem haben Sie gesagt, dass sie keinen Fuß in ein Mietshaus setzt!«

»Da täuschen Sie sich aber, mein Engel. Und Ihr Haus ist alles andere als ein seltsames und abstoßendes Mietshaus. Ihr schäbiges, altes, schönes, heißgeliebtes Heim ist *genau* das, was sie braucht, die Ärmste. Und Sie wären ja nicht nur ihre Vermieterin. Das neueste Buch spielt, wie Sie ja wissen, während des Englischen Bürgerkriegs, und Allegra braucht ein bisschen zusätzliche Hilfe … eine Rechercheassistentin, wenn Sie so wollen. Um zeitgenössische Landkarten ausfindig zu machen, die Geschichtskenntnisse aufzupolieren … solche Sachen.

Allegra hat nie zu denen gezählt, die zulassen, dass Fakten einer guten Geschichte im Wege stehen, aber die Leserinnen wollen, dass diese Fakten zumindest annähernd korrekt sind. Allegras letzte Privatassistentin hat wegen … wegen künstlerischer Differenzen gekündigt, deshalb ist die Stelle zum Glück gerade unbesetzt. Außerdem wird Allegra nur mit dem Füller schreiben … mit einem fliederfarbenen Füller, um genau zu sein. Eine Ihrer Aufgaben würde darin bestehen, ihre Arbeit in den Computer einzugeben. Stellen Sie sich nur einmal vor … Sie wären der erste Mensch der Welt, der die neue Allegra Howard lesen würde! Und sie würde Sie bezahlen … das Honorar wäre nicht hoch, aber es würde Ihre Mieteinnahmen immerhin verdoppeln, und ich könnte es noch ein bisschen aufstocken … das wäre es mir wert, wenn Sie mir das Leben retteten.«

Ellen schwieg und spürte ihr Herz pochen. In Wahrheit gab es nichts, was sie sich vorstellen konnte, mehr zu genießen, als der großen Allegra Howard bei ihrem neuen genialen Werk zu helfen. Aber konnte sie das wirklich?

Gewiss war sie in der Lage, bei den Hintergrundrecherchen für den Roman behilflich zu sein, schließlich besaß sie einen Universitätsabschluss in Englischer Geschichte – selbst wenn sie diesen in den vergangenen zehn Jahren nur dazu genutzt hatte, um subtil auf die besonders krassen historischen Fehler in Allegras Büchern hinzuweisen. Sie war gut im Maschinenschreiben, und ihr Job als freiberufliche Redakteurin (auf dem Arbeitsmarkt eher »Freiwild«, wie Hannah sie unentwegt neckte) brachte es mit sich, dass sie in Sachen Zeichensetzung und Grammatik versiert war … auch etwas, was Allegra allem Anschein nach ziemlich lästig fand.

Aber hier ging es um *die* Allegra Howard … die Frau, die Ellen das andere Universum geliefert hatte, in dem sie sich in den letzten Jahren, auch schon bevor Nick sie so plötzlich verlassen hatte, so gerne aufgehalten hatte. Allegra, die die Heldinnen erschuf, in die Ellen sich in den wenigen kostbaren Stunden, die sie, völlig in Anspruch genommen von diesen Manuskriptbogen, so gerne verwandelt hatte. Allegra, die jene Art von unwiderstehlich männlichen Helden erdachte, die Ellen, wie sie beschämt zugeben musste, in ihrer Fantasie genauso leidenschaftlich liebten wie die wohlgestalteten jungen Mädchen, die Allegras Bücher bevölkerten. An ruhigen Nachmittagen, wenn Charlie in der Schule und Nick bei der Arbeit war, ertappte Ellen sich ziemlich häufig dabei, dass sie sich vom Augenblick mitreißen ließ, wenn einer von Allegras Schwerenötern eine dralle junge Frau vielleicht gegen einen Schiffsmasten, einen Baumstamm oder, wie in einem von Ellens Lieblingsbüchern, *Der zügellose Hengst,* auf einen Pferderücken presste, und da er sein Verlangen nach dem schönen Körper der Heldin keine Sekunde länger zügeln konnte, ihr die Kleider vom Leib riss. Vom hinreißenden Anblick ihrer nackten Brüste sogleich berauscht, würde er sie nehmen, mit seiner Männlichkeit tief in sie eindringen und diese süße, geheiligte Stelle finden, sodass sie endlich die wahren Freuden der körperlichen Liebe kennenlernen und bereit sein würde, sich in ihn zu verlieben, falls nicht auf der Stelle, so doch spätestens nach drei oder vier Vergewaltigungen. Nachdem Ellen eine Szene wie diese gelesen hatte, manchmal sogar *während* sie eine Szene wie diese las, fühlte sie sich veranlasst, ihre eigene süße, geheiligte Stelle zu finden und sich auszumalen, dass es ihre vollen, kecken Brüste waren, die die Lippen des Helden so fest umfassten, und ihre schlanken, aber dennoch wohlgeformten Hüften, die er mit seinen kräftigen Händen packte, während er wieder in sie eindrang. Und wieder. Und wieder.

Die körperliche Seite ihres Zusammenlebens mit Nick war schön gewesen, aber es war eher zärtlich und angenehm als befriedigend gewesen … er war immer so behutsam mit ihr umgegangen, als wäre sie aus geschliffenem Glas und könnte in seinem Arm zerbrechen. Im vergangenen Jahr hatte sie viele Nächte damit zugebracht, aus Trauer um den Verlust der

Intimität, die sie miteinander geteilt hatten, in ihr Kopfkissen zu weinen. Aber die Orgasmen, die Ellen mit Allegra Howards Helden erlebt hatte, waren leidenschaftlicher und intensiver gewesen als alle zuvor, selbst die mit Nick. Und Ellen war sich keineswegs sicher, ob sie der Frau in die Augen blicken konnte, die so lange ihr Fantasie-Sexleben befeuert hatte. Die Vorstellung schien unmöglich zu sein, fast so, als begegnete man Gott und teilte ihm mit, was man von seiner Schöpfung hielt.

»Verstehen Sie, Ellen.« Simons Stimme schreckte sie aus ihrer Träumerei. »Ich weiß, dass der Gedanke Sie beunruhigt, viele Ihnen unbekannte Menschen in Ihrem Haus aufzunehmen. Niemand versteht das besser als ich, weiß Gott. Hätte ich keine Rechnungen zu zahlen, würde ich als Einsiedler leben, meine Bruchbude von einem Cottage in Suffolk renovieren und mit Ausnahme von Ihnen und Tibalt mit niemandem mehr reden. Sie würden mir einen großen Gefallen erweisen, wenn Sie Allegra aufnähmen. Um ehrlich zu sein, ihr Name ist einer der wenigen auf der Liste, der dem Verlag garantiert Gewinne einbringt. Allegras Verkäufe unterstützen viele unserer weniger etablierten Autoren, ganz davon zu schweigen, dass sie meine Hypothek und ihre finanzieren. Deshalb ist es für mich unerlässlich, dass sie dieses neueste Buch lieber früher als später abschließt. Ihre Leserinnen sind daran gewöhnt, dass drei Bücher pro Jahr erscheinen, und *Das aufgerichtete Schwert* ist schon lange überfällig. Sie lieben Allegras Werke, Sie wissen genau, was ihre Leserinnen von ihren Büchern erwarten; ich bin schon lange der Meinung, dass Sie ein viel größeres Potenzial besitzen, um eine andere Karriere anzustreben als nur die der Redakteurin, und ich weiß, dass Sie sich um sie kümmern werden, wie man sich um eine dreiundsiebzig Jahre alte Frau eben kümmern muss …«

»Sie ist dreiundsiebzig?«, unterbrach ihn Ellen, »Auf ihrem Autorenfoto sieht sie mindestens zwanzig Jahre jünger aus.«

»Weil sie auf ihrem Autorenfoto zwanzig Jahre jünger *ist*«, erklärte ihr Simon. »Jedenfalls fällt mir niemand ein, der geeigneter wäre als Sie, ihr über diese Dürreperiode hinwegzuhelfen.«

»Sie wollen damit also sagen, dass ich sie wieder zu Feuchtgebieten führen soll?«, scherzte Ellen, was ganz untypisch für sie war.

Simon kicherte. »Ellen! Haben Sie schon tagsüber Alkohol getrunken?«

»Ich weiß nicht, das muss an *Das aufgerichtete Schwert* liegen … das ist ganz besonders schlüpfrig, Simon. Ich kann nur hoffen, dass die Arbeit daran mich nicht gänzlich verdirbt.«

»Sie sagen also, dass Sie es machen?«, drängte Simon. Ellen hörte die Besorgnis in seiner Stimme. Offenkundig war sie sein Plan A, und er hatte keinen Plan B, und der Gedanke, Simon aus der Patsche zu helfen, bereitete ihr eine unerwartet große Freude.

»Okay, okay … ich mache es!«, rief Ellen aus, der durch den Rausch des Unbekannten ganz schwindelig wurde. Das war ein Gefühl, das sie seit langer Zeit nicht mehr verspürt hatte. Allegra aufzunehmen würde kein Problem darstellen. Laut Simons Aussage war sie eine obdachlose alte Dame, nicht irgendeine Wahrsagerin mit übernatürlichen Kräften, die einem Menschen in den Kopf schauen konnte.

»Ellen Woods … Sie sind eine großartige Frau«, sagte Simon herzlich.

»Na ja …« Ellen stellte fest, dass sie vor Freude rot anlief, während sie allein in ihrem Flur stand. In letzter Zeit kam es so selten vor, dass ihr jemand Komplimente machte.

»Da ist noch etwas: Allegra braucht ein Zimmer im Erdgeschoss mit einer Toilette in unmittelbarer Nähe … ist das ein Problem? Sie tut sich mit dem Treppensteigen schwer, was sie Ihnen aber nicht sagen wird, und Sie sollten es lieber nicht erwähnen.«

»Tja, wir haben das Esszimmer, das wir eigentlich kaum

benutzen, und es hat Verandatüren zum Garten. Ich könnte Charlie und ein paar seiner Freunde beauftragen, den Tisch in die Garage zu stellen. Aber was ist mit einem Bett?«

»Ach, ich kaufe Ihnen ein neues, Allegra ist in diesem Punkt ganz pingelig und schläft nur auf jungfräulichen Matratzen, wie sie sie bezeichnet«, erklärte Simon. »Also, wenn Sie das Zimmer fliederfarben streichen würden, vorzugsweise mit geruchloser Farbe, und ein paar fliederfarbene Einrichtungsgegenstände besorgen könnten, sodass alles für ihren großen Auftritt in etwa einer Woche fertig ist, dann haben wir alles geregelt.«

»Fliederfarben?«, fragte Ellen und machte ihre große Verwirrung an diesem einen Wort fest.

»Ja, und eine Chaiselongue, sie braucht eine Chaiselongue, um sich auszuruhen, während sie sich neue Ideen einfallen lässt. Da gibt es diese Website, auf der man solche in allen möglichen Farben bestellen kann. Ich bestelle sie, übernehme die Rechnung und lasse sie Ihnen liefern, okay? Außerdem werde ich ihren Schreibtisch zu Ihnen transportieren lassen müssen … der zählt zu den wenigen Dingen, die die Überschwemmung überstanden haben, und sie hängt sehr daran. Machen Sie sich um die Kosten keine Sorgen, schicken Sie die Rechnungen einfach alle an mich, und ich regle das dann umgehend. Wie auch immer, meine Liebe, ich muss los. Ich habe einen Termin mit Bernadette Darcy für ein Redaktionstreffen. Offenbar hat sie Probleme mit ihrer Landhausorgie. Ihr fallen nicht genügend Positionen für jedes Kapitel ein.«

Ellen legte das Telefon nieder, starrte es einen Augenblick an und fragte sich, ob dieses Gespräch tatsächlich stattgefunden oder ob sie es sich nur eingebildet hatte.

Allegra Howard in einer Woche in *ihrem* Haus. Ellen fragte sich, wo sie auf die Schnelle fliederfarbene Wandfarbe auftreiben konnte.

4

Charlie beäugte Sabine über den Küchentisch hinweg, an dem sie saß und ein Schinkensandwich aß, das sie sich selbst gemacht hatte. Sabine hatte Ellen gefragt, wann sie die Küche benutzen dürfe, und Ellen, der klar wurde, dass sie keinen einzigen Gedanken an die Verpflegung beziehungsweise das Arrangement der Küchenbenutzung verschwendet hatte, hatte ihr gesagt, sie könne die Küche benutzen, wann immer sie wolle. Sabine hatte das Haus für eine Stunde verlassen und war mit mehreren Tüten vom Supermarkt zurückgekommen, und dann hatte sie Ellen höflich gebeten, ob sie ein Fach im Kühlschrank belegen dürfe, am liebsten eines weit oben.

»Das erspart uns die Kennzeichnung«, erklärte Sabine, doch Ellen hatte keine Ahnung, was sie damit meinte.

»Es ist praktisch, einen großen Supermarkt in unmittelbarer Nähe zu haben«, stellte Sabine fest, während sie ihr Sandwich kaute.

»Vermutlich schon«, sagte Ellen lächelnd. »Aber ich muss zugeben, dass ich mir alle meine Lebensmittel einmal in der Woche liefern lasse. Ich habe gelesen, dass das für die Umwelt besser ist, weil die CO_2-Bilanz des Lieferwagens günstiger ist oder so. Außerdem fahre ich nicht Auto.«

»Sie haben keinen Führerschein?«, wollte Sabine wissen.

»Doch, den habe ich gemacht, aber es ist einfach so: Wenn man in London wohnt, braucht man ihn eigentlich nicht, und seit Charlies Geburt habe ich in dieser Hinsicht irgendwie mein Selbstvertrauen verloren. Ich hätte sagen sollen, dass ich lieber nicht Auto fahre.«

»Du hast Dads Auto aber immer noch angemeldet und

versichert«, stellte Charlie fest, der gerade von der Schule nach Hause gekommen war, mit zerzausten Haaren und einer Schuluniform, die wie immer am Freitag schmutzig war. Normalerweise hätte ihn nur seine am Küchentisch sitzende Mutter begrüßt, die ganz vertieft war in irgendein Buch oder dergleichen, aber heute wurde er von einer blonden Deutschen empfangen, die auf seinem Stammplatz saß. Er hatte gewusst, dass die erste Untermieterin heute einziehen würde. Ellen hatte mit ihm gesprochen beziehungsweise hatte noch am gleichen Tag, als Hannah ihr den Vorschlag unterbreitet hatte, versucht, ausführlich mit ihm darüber zu sprechen, was er von der Idee hielt, aber Charlie hatte einfach mit den Achseln gezuckt.

»Gut, also okay.« Ellen war perplex gewesen.

»Nun mal langsam, Charlie ... wir müssen das gut überlegen. Ein Haus voller Menschen würde wirklich große Veränderungen mit sich bringen ... dann würden nicht mehr nur wir zwei hier wohnen.«

»Ich weiß.« Charlie hatte genickt.

»Und das macht dir nichts aus?«, hatte Ellen gefragt und sich überlegt, ob sie darüber pikiert sein sollte, dass er das Ende ihrer ruhigen kleinen Familie so entspannt nahm.

Charlie hatte den Kopf zur Seite geneigt. »Mum, du möchtest doch wirklich nicht aus diesem Haus wegmüssen, oder?«

»Nein ... aber du doch auch nicht ... oder?«

Charlie hatte nachdenklich dreingeblickt. »Die Sache ist die, dass du nicht ausziehen willst, gar nicht ausziehen kannst. Du musst hier sein, und ich weiß, dass du glaubst, ich wüsste nicht, was los ist, aber ich weiß, dass wir knapp bei Kasse sind, ich weiß, dass wir etwas verdienen müssen. Also nehmen wir Untermieter auf, das ist in Ordnung.«

»Aber bist du damit glücklich?«, hatte Ellen ihn weiter bedrängt.

»Ich bin glücklich!«, hatte Charlie ausgerufen, sich ein

Stück Brot genommen und es sich in den Mund gesteckt. »Außerdem sagt Tante Hannah, dass es eine gute Idee ist.«

»Ach, sie hat dir also schon davon erzählt?«

»Ja, und wenn sie es cool findet, dann ist es cool. Tante Hannah kennt sich mit diesen Dingen aus … hat sie mir gesagt.«

»Ach, hat sie das? Tja, dann ist natürlich alles in Ordnung.« Ellen hatte nie zur Sprache gebracht, wie ärgerlich sie den Spaß fand, den Charlie und Hannah sich angewöhnt hatten, kaum dass er drei Jahre alt gewesen war, nämlich einander ganz förmlich anzusprechen. Oder dass es sie schier in den Wahnsinn trieb, dass Charlie so großes Interesse an jedem Wort zeigte, das Hannah von sich gab, und dass er Respekt vor ihrem Lebensstil, ihrer Karriere, den Reisen und materiellen Gütern hatte, die ihre Arbeit ihr einbrachten, während er Ellen immer mehr behandelte, als wäre sie diejenige, um die man sich kümmern müsste. Früher war Nicks Wort Gesetz gewesen. Wenn er sagte, etwas sei gut, schlecht oder egal, dann hatte Charlie sich seiner Meinung angeschlossen. Jetzt war es Hannahs Meinung, auf die er vertraute. Ellen fragte sich, ob jemals wieder ihr Wort für ihren Sohn das größte Gewicht haben würde.

»Sie hat gesagt, dass wir das Geld brauchen«, erklärte ihr Charlie. »Klar, es wird schon ein bisschen abgefahren sein … aber ich sehe das eigentlich ganz cool, ehrlich.«

Ellen beschloss, dass jetzt nicht der richtige Zeitpunkt war, Charlie daran zu erinnern, dass er ein englischer Schüler aus der Mittelschicht war, kein New Yorker Gangsterrapper.

»Gut, Hauptsache, du weißt, dass du dir keine Sorgen machen musst, okay?«

»Ich mache mir keine Sorgen«, beharrte Charlie und kaute beim Sprechen an seiner Daumenspitze herum.

Ellen beobachtete ihren Sohn scharf und hielt nach Anzeichen von Kummer Ausschau, während er Sabine musterte. Um den Küchentisch standen drei nicht zusammenpassende Stühle. Als sie in das Haus eingezogen waren, war Nick mit ihnen zu einem nahen Trödelladen gefahren, wo er einen großen, alten ramponierten Kiefernholztisch entdeckte, von dem er meinte, er wäre perfekt für ihre neue Küche. Ellen hatte beklagt, dass es keine passenden Stühle dafür gab, und Nick hatte gelacht und eine ausladende Armbewegung in Richtung der Sammlung von gebrauchten Stühlen in allen Formen und Größen gemacht.

»Ich weiß«, hatte er geantwortet und dem verzückten Charlie zugeblinzelt. »Kommt, wir suchen uns jeder einen anderen Stuhl aus. Einen, der uns gefällt und der unser Stuhl ist, wann immer wir am Tisch sitzen.«

Ellen hatte sich einen Stuhl ausgesucht, der ihrer Meinung nach am besten zum Tisch passte, ein einfaches Ding aus Kiefernholz mit einer schlichten Lehne und geraden Beinen. Nick hatte es geschafft, einen geschnitzten Stuhl aus dunklem Holz aufzustöbern, der mit seinen gedrechselten Armlehnen und den stabilen, gedrungenen und geschwungenen Beinen aussah, als hätte er einst zu einer viel großartigeren Garnitur gehört und hielte sich für etwas Besseres. Charlie, damals noch viel jünger, eigentlich fast noch ein Baby, hatte einen bunt lackierten Stuhl gefunden, der einmal einem Hobbykünstler gehört haben musste. Jedes Stuhlbein war mit einer anderen Grundfarbe und die Lehne leuchtend grün lackiert und mit einem aufgemalten Auge verziert. Seit jenem Tag hatte bis zu Nicks Tod jeder immer auf seinem eigenen Stuhl gesessen, und danach war Nicks Stuhl stets leer geblieben, da selbst Hannah sich hütete, darauf Platz zu nehmen. Heute jedoch saß Sabine auf Charlies Stuhl, und er nahm auf dem seiner Mutter Platz. Ellen lehnte sich gegen die Arbeitsplatte und beobachtete die beiden, während sie sich überlegte, wie sie ihren Untermietern beibringen sollte, dass einer ihrer Küchenstühle absolut tabu war.

»Das Sandwich war wirklich köstlich«, stellte Sabine fest,

nachdem sie hinuntergeschluckt hatte. »Charlie, magst du Schinken? Ich liebe den dänischen.«

»Ich esse keinen Schinken«, erklärte ihr Charlie. »Ich esse Fischstäbchen, Weißbrot, Tomatenketchup und Frosties.« Er gab seine Erklärung ab, als handelte es sich um eine Kampfansage.

»Ach … du bist also wählerisch.« Sabine nickte, als wäre an dem, was Charlie gesagt hatte, überhaupt nichts ungewöhnlich. »Als ich ein kleines Mädchen war, habe ich nur Milch getrunken und Gemüse überhaupt nicht angerührt.«

»Selbst als Sie beinahe zwölf waren?«, erkundigte sich Charlie, was Ellen nervös machte, weil sie sich fragte, ob er sich wie sie Sorgen um seine Essgewohnheiten machte oder ob die Kinder in der Schule dazu Bemerkungen hatten fallen lassen.

»Oh ja, bis ich viel älter als zwölf war. Ich mochte kein Gemüse, bis ich über zwanzig war und ich einige Jahre geraucht und Alkohol getrunken hatte. Deine Geschmacksknospen sind jung und empfindlich, unverdorben von Nikotin und Alkohol … es ist für einen Jungen normal, wenn er nur wenige Sachen isst.«

»Genau das habe ich mir auch gedacht.« Charlie grinste sie an, und seine Schultern entspannten sich, zumal er geschickterweise den Heißhunger auf fast alles Essbare vergaß, den er vor dem Tod seines Vaters gehabt hatte.

»Und, Charlie«, meldete Ellen sich von ihrem Überwachungsposten aus zu Wort. »Heute hat sich unser zweiter Gast angekündigt. Sie ist Schriftstellerin, genau genommen Mummys Lieblingsautorin, und sie kommt am Dienstag hier an … deshalb haben wir, du und ich, viel Arbeit vor uns, um das Esszimmer in ein Schlafzimmer zu verwandeln und es über das Wochenende fliederfarben zu streichen.«

»Fliederfarben! Igitt!« Charlie und Sabine sahen einander an, rümpften die Nasen und gingen eine ungezwungene Kameradschaft ein, um die Ellen die beiden nur beneiden konnte. Schon lange war das Verhältnis zwischen ihr und Charlie nicht mehr so ungezwungen gewesen, und er hatte stets den Eindruck vermittelt, von ihr sehr enttäuscht zu sein.

»Ich weiß, aber das Beste daran ist, dass ich ihre Rechercheassistentin werde, was mehr Geld bedeutet … das heißt, ich kann Tante Hannah das Geld für deinen Skiausflug zurückzahlen!«, erzählte ihm Ellen stolz. Ob sie wirklich wollte, dass er mitfuhr, oder nicht, spielte im Augenblick keine Rolle, das Wichtigste war die Tatsache, dass sie Hannahs Geld nicht mehr brauchte.

»Aber Tante Hannah hat ihn schon bezahlt.«

»Ich weiß, aber das war nur ein Kredit … jetzt kann ich ihn ihr zurückzahlen.«

»Ja, aber Hannah ist stinkreich, und du bist pleite, warum lässt du also nicht …«

»Ich bezahle das, Charlie, Ende der Diskussion.« Ellen fühlte sich verletzt, weil Charlie ihre Ankündigung rundweg abgelehnt hatte.

»Ja, aber das ergibt keinen Sinn. Wie sieht es mit den Rechnungen aus, der Hypothek …?«

»Charlie …« Ellen hörte, dass ihre Stimme lauter wurde, obwohl sie das gar nicht beabsichtigt hatte.

»Kann ich Ihnen am Wochenende beim Streichen helfen?«, erkundigte sich Sabine, die eine Packung Zigaretten aus ihrer Hemdtasche zog, sie ziemlich wehmütig betrachtete und dann wieder wegsteckte. »Ich habe hier noch keine Freunde und kein soziales Leben. Ich würde die Gelegenheit gerne nutzen, um Sie besser kennenzulernen, außerdem bin ich eine hervorragende Malerin. Ich kann sehr gerade Linien ziehen. Das liegt daran, dass ich Deutsche bin, wissen Sie … wir sind sehr präzise.«

Sabine zwinkerte Charlie zu, der kicherte, und Ellen brauchte eine Sekunde, bis ihr klar wurde, dass ihr Gast nur Spaß gemacht hatte.

»Tja, Sabine, das wäre wunderbar, wenn Sie wollen«, sagte Ellen lächelnd. Fürs Erste schien es jedenfalls gar nicht so schrecklich zu sein, eine Untermieterin zu haben, wie Ellen befürchtet hatte.

Auf einmal ertönte ganz unerwartet die Türklingel.

»Gut, ich gehe kurz auf eine Zigarette raus.« Sabine nickte in Richtung Küchentür. »Da raus, okay?«

»Ja, genau«, antwortete Ellen und wappnete sich, die Haustür zu öffnen, obwohl sie genau wusste, wer davor stand, nämlich Hannah.

»Charles.« Hannah nickte ihrem Neffen zu, als sie in die Küche kam.

»Tante Hannah«, antwortete Charlie und machte eine leichte Verbeugung. »Es ist wie immer eine Freude, dich zu sehen.«

»Ich bin entzückt«, erwiderte Hannah hoheitsvoll.

»Hannah.« Ellen beobachtete, wie ihre Schwester sich auf ihrem inzwischen leeren Stuhl niederließ. »Es ist sehr nett von dir, dass du vorbeischaust, aber du hast gar nicht gesagt, dass du heute Abend kommst, und ich habe eine Menge zu tun, muss alles Mögliche für die nächste Mieterin regeln.«

Ellen wollte Charlie zu verstehen geben, dass sie einige Dinge auch allein bewerkstelligen konnte.

»Oh, mein Gott, bitte sag nicht, dass du die Zimmer im zweiten Stock vermietet hast!«, rief Hannah aus.

»Falls du die Zimmer im Dachgeschoss meinst, dann nein … ich wandle das Esszimmer in ein Zimmer für eine ältere Dame um. Genau genommen handelt es sich …« Ellen wollte die große Nachricht unbedingt überbringen, aber Hannah kam ihr zuvor.

»Ach, gut, da bin ich aber froh. Ich bin aus zwei Gründen vorbeigekommen. Erstens dachte ich, ich könnte Sabine Hallo sagen und ihr anbieten, mit ihr am Montag zum Essen auszugehen und ihr die Gegend zu zeigen.« Hannah blickte sich um. »Wo ist Sabine eigentlich? Hast du sie in ihr Zimmer verbannt? Ich brenne darauf, zu sehen, wie sie aussieht.«

»Sie ist wirklich sexy«, versicherte Charlie Hannah, was seine Mutter und seine Tante veranlasste, ihn entgeistert anzustarren. »Sie ist draußen beim Rauchen, und sie ist wirklich eine heiße Braut.«

»Ach, Charles, du wirst ja erwachsen!«, platzte Hannah lachend los. Ellen dagegen schwieg.

Insgeheim litt Ellen. Da kam Hannah hereingerauscht, und schon drehte sich wie gewöhnlich alles um sie, ungeachtet einer sich anbahnenden Freundschaft, die Ellen mit Sabine hätte knüpfen können. In Ellens Leben war es immer so gewesen, dass Hannahs strahlende Erscheinung, sobald jemand sie kennenlernte, Ellens ruhigere Persönlichkeit fast augenblicklich in den Schatten stellte. Nick war der einzige Mensch, den Ellen je gekannt hatte, der allem Anschein nach keinerlei Interesse an Hannah hatte, und das war einer der Gründe gewesen, wieso Ellen ihn so unbändig geliebt hatte.

»Nun, der andere Grund, wieso ich gekommen bin, ist der, dass eine Antwort auf die Annonce bei *Time Out* vorliegt«, fuhr Hannah nahtlos fort. »Die schlaue und schöne Tante Hannah hat einen weiteren Untermieter für euch gefunden!«

»Bitte sag, dass es keine kleine alte Dame ist, die auf Zartlila steht«, bettelte Charlie und rappelte sich hoch, um das Kinn auf die Tischplatte zu legen, während er seine Tante mit strahlenden Augen ansah, als träte sie gerade in einer besonders unterhaltsamen TV-Show auf.

»Nein, viel besser … es ist ein Mann! Er heißt Matt Bolton, ist sechsundzwanzig, Nichtraucher, und er zieht gerade von Manchester hierher, um eine Stelle als Journalist bei *Bang It!* anzutreten.«

»Krass!« Charlie riss die Augen auf.

»Was in aller Welt ist *Bang It!*?«, fragte Ellen mit einer Miene, die von vornherein Missbilligung verriet.

»Das ist ein Männermagazin … weißt du, Fotos mit vollbusigen Puppen, Artikel über Computerspiele, wie man in sechs Wochen ein Sixpack bekommt, diese Art von Schwachsinn eben. Jedenfalls hatte Matt in der *Manchester Evening Post* eine Kolumne über das Dasein als männlicher Single, die in der feministischen Gemeinde von Manchester offenbar zu so etwas wie einem Aufruhr geführt hat, und er stand kurz davor, seinen Job zu verlieren, als der Herausgeber von *Bang It!* auf ihn aufmerksam geworden ist und ihm einen Job angeboten hat, nämlich diese Kolumne fortzusetzen. Die Redaktion befindet sich in Hammersmith, deshalb ist das Haus hier ideal für ihn. Er war vor allem von der Idee begeistert, seine eigene Toilette und Dusche zu haben.«

»Du hast ihm also schon gesagt, dass er das Zimmer haben kann?« Ellen wurde angst und bange. »Ohne das zuerst mit mir abzusprechen, wie du es versprochen hast, erinnerst du dich?«

»Ich habe gesagt, dass ich die Bewerber überprüfe und die Spinner aussortiere, und Matt ist kein Spinner, er hat am Telefon sogar einen wirklich netten Eindruck gemacht. Außerdem hat er das nötige Geld und arbeitet in unmittelbarer Nähe, und ich vermute, er wird als junger Single in London die meiste Zeit außer Haus sein … du wirst seine Anwesenheit also kaum bemerken.«

»Nein, tut mir leid … da stelle ich mich quer«, erklärte Ellen entschieden, der ganz schwindelig war, weil ihr Leben so schnell außer Kontrolle geriet. »Du wirst ihm sagen müssen, dass er nicht kommen kann.«

»Ach, Mum!«, rief Charlie enttäuscht aus. »Ich wäre in der Schule der Coolste, wenn einer unserer Untermieter bei *Bang It!* arbeitet. Das wäre ein Ausgleich für die alte Dame!«

»Warte mal, Ellie«, meldete Hannah sich zu Wort. »Lass uns kurz überlegen. Warum lehnst du Matt ab?«

»Weil meine anderen Untermieter Frauen sind, und eine von ihnen ist eine ältere Dame, eine Schriftstellerin, der man einfühlsam begegnen muss. Das Letzte, was Allegra Howard möchte, ist, dass irgendein Mann hier herumpoltert, flucht und redet von … Gott weiß wovon. Das ist ein Haus voller Frauen, und wir wollen hier keine Männer haben.«

»Na, besten Dank!« Charlie warf ihr einen finsteren Blick zu.

»Allegra Howard … ist das nicht die Frau, deren Bücher du so magst?«, fragte Hannah und brachte Ellen damit völlig aus dem Konzept, deren entschiedene Haltung schon ein wenig ins Wanken zu geraten drohte.

»Ja, das ist sie … sie braucht eine Unterkunft, während ihr von der Überschwemmung beschädigtes Haus renoviert wird, *und* sie braucht eine Rechercheassistentin und Privatsekretärin – und die bin ich. Ich habe den Job bekommen. Ich werde bezahlt und so weiter.« Ellen nickte begeistert.

»Ehrlich … Ellie, das sind ja fantastische Neuigkeiten … gut gemacht. Siehst du, was du alles hinbekommst, wenn du es dir nur in den Kopf setzt?«

Ellen nickte, von Hannahs Begeisterung und Lob überrumpelt. Schließlich hatte sie eigentlich noch gar nichts getan … außer telefoniert. Doch das konnte Hannah ja nicht wissen.

»Aber ehrlich, ich verstehe nicht, warum das bedeutet, dass du Matt nicht als Untermieter aufnehmen kannst. Wie gesagt, er wird die meiste Zeit außer Haus sein, und wenn er hier ist, sind er und Allegra durch ein ganzes Stockwerk voneinander getrennt! Im Übrigen steht sie, den Umschlägen ihrer Bücher nach zu urteilen, auf stramme junge Männer mit bloßem Oberkörper, und es würde Charles nicht schaden, wenn ein Mann im Haus wäre …« Hannah verkniff es sich wohl, »da Nick tot ist« hinzuzufügen. Ihre Miene versteinerte und verdüsterte sich ganz kurz. »Weißt du, um mit ihm Fußball zu schauen und über Mädchen zu reden.«

»Bitte, Mum«, flehte Charlie sie an. »Ich würde in der Schule total respektiert werden.« Ellen schaute ihn verdutzt an. War er wirklich darauf erpicht, noch einen Mann im Haus zu haben, oder wollte er nur Hannah gefällig sein?

»Du bittest mich wirklich, einen Mann als Untermieter aufzunehmen?«, fragte Ellen.

»Wie Tante Hannah sagt, wäre es doch toll, einen Typen hier zu haben, sonst wären ja nur ich und ein Haufen alter Frauen da. Und Sabine.«

»He, du, Sabine ist nicht viel jünger als ich«, protestierte Ellen und schob sich verlegen eine Strähne ihres dunklen Haars hinters Ohr.

»Ach, mach schon, Ellie … gib Matt zumindest eine Chance … ich sage ihm, dass es zunächst einen Monat auf Probe ist, und wenn du ihn nicht magst, kannst du ihn danach rauswerfen. Überleg doch, wenn du Matt aufnimmst, brauchst du nicht nach weiteren Mietern Ausschau zu halten, du kannst dich auf deinen Job konzentrieren, und Charles wird sich im Nu an das neue Arrangement gewöhnen.«

»Stimmt«, pflichtete ihr Charlie bei.

Ellen spürte, dass sie die Schultern hängen ließ. Allem Anschein nach wurde sie vor vollendete Tatsachen gestellt.

»Okay, ich gebe ihm eine Chance, aber wenn er stinkt oder flucht oder in irgendeiner Weise einen schlechten Einfluss ausübt, dann fliegt er raus.«

»Klasse! Er nimmt am Montagmorgen einen frühen Zug von Manchester und bringt seine Sachen nach seinem ersten Arbeitstag hierher.«

»Hallo.« Sabine kam aus dem Garten zurück, wo sie zwischen den zerzausten Rosenbüschen, um die sich Ellen seit dem letzten Sommer nicht gekümmert hatte, geraucht hatte.

»Ach, hallo, du musst Sabine sein. Ich bin Hannah … wir haben miteinander telefoniert.«

»Ach, Hannah, hallo, nett, dich persönlich kennenzulernen.«

»Na ja, ich dachte, vielleicht würdest du dich morgen gern mit mir zum Essen treffen und ein bisschen was vom Insidertratsch hören«, sagte Hannah strahlend. »Im Ernst, wenn ich es nicht weiß, lohnt es sich nicht, es zu wissen.«

»Das wäre sehr nett.« Sabine lächelte. »Ich stelle fest, dass ungeachtet, wie alt oder weitgereist ich bin, der Arbeitsantritt in einer neuen Stadt trotzdem noch immer ist, als käme man in die Schule. Ein freundliches Gesicht erleichtert die Sache sehr.«

»Genau das habe ich mir gedacht«, antwortete Hannah, und Ellen bekam sogleich Gewissensbisse, weil sie ihrer Schwester den Besuch übel genommen hatte. Hannah versuchte doch nur, ihr zu helfen, redete sie sich ein. Hannah war eine gute Schwester. Was auch immer es sein mochte, welcher Groll auch immer unablässig an Ellen nagen mochte, ob es sich nun um ein Überbleibsel aus ihrer Kindheit handelte oder um etwas Neues, das sich in der Folge entwickelt hatte, sie musste es unbedingt abschütteln. Sie musste sich daran erinnern, dass sie sich glücklich schätzen konnte, Hannah zu haben, und ihre irrationale Verärgerung beiseiteschieben.

»Als ich in Ihrem schönen Garten geraucht habe, habe ich gedacht, was für ein angenehmer Abend das heute ist, und ich habe vorhin bei meiner Einkaufstour einen ziemlich hübsch aussehenden Pub ein Stück die Straße hinunter gesehen. Ellen, ich habe mich gefragt, ob Sie mich vielleicht auf meinen ersten britischen Drink begleiten?«

»Oh, können wir?« Charlie schaute Ellen mit erwartungsvollem Blick an. Es war für ihn seit langer Zeit das erste Mal, dass zu Hause irgendetwas, na ja, irgendetwas Neues oder Interessantes passierte, wie Ellen klar wurde, als sie die plötzliche Erkenntnis traf, wie sein Leben im vergangenen Jahr verlaufen war. Diese Veränderungen, diese Neuerungen, die sie so gefürchtet hatte, waren genau das, was er brauchte. Vielleicht war es das, was auch sie brauchte.

Ellen warf einen Blick auf die Wanduhr. Es war erst kurz nach sieben, das Wochenende lag ja vor ihnen, und sie überlegte, dass sie problemlos eine Stunde opfern könnte. Es wäre nett, Charlie wenigstens ein Mal etwas Besonderes zu gönnen. Außerdem schien Sabine die wunderbare Gabe zu besitzen, genau im richtigen Augenblick die Gemüter zu beruhigen und mit ihrer Frische die Spannung, die sich stets zwischen Ellen und ihrer Schwester aufbaute, abzuschwächen.

Ellen dachte an den Pub am Ende der Straße. Gerade jetzt würde dort viel los sein, weil die Pendler auf ihrem Heimweg einen kalten Drink genießen und in der Abendsonne stehen würden. Gelächter würde die Luft erfüllen, eine Kakophonie an Stimmen, der Geruch von Rauch, der sich mit dem Duft des sommerlichen Laubwerks vermischte. Im Pub würde es von glücklichen, entspannten Menschen nur so wimmeln. Aber sie hatte so viel für Allegra Howard zu tun, und ihr blieb dafür nur so wenig Zeit. Eigentlich hätte sie sich umgehend an die Arbeit machen müssen.

»Geht ihr drei«, beschloss Ellen. »Ich muss im Internet nachschauen, ob ich jemanden finde, der mir morgen die Farbe liefert, und ich muss anfangen, im Esszimmer Ordnung zu machen. Ich möchte aber, dass ihr in einer Stunde zurück seid, okay?«

»Fantastisch! Was für eine Freude, meinen Neffen zu seinem ersten illegalen Drink auszuführen!«

»Hannah!« Ellen reagierte genau, wie es ihre Schwester vorhergesehen hatte.

»Ich mache doch nur Spaß, Ellie.« Hannah kicherte und zwinkerte Charlie zu, der sie im Gegenzug erfreut angrinste.

»Tante Hannah«, hörte Ellen Charlie fragen, als sie aus dem Haus und in den hellen Juniabend hinausgingen, wo die Sonne die Straße mit ihrem warmen Schein in Gold tauchte, »darf ich einen Apfelwein haben?«

»Du träumst wohl, mein Lieber«, lachte Hannah. »Wir

wollen deiner Mum doch nicht noch mehr Gründe liefern, böse auf mich zu sein, oder?«

Sobald sie gegangen waren, lauschte Ellen eine Sekunde in die Stille hinein, dann ging sie ins inzwischen selten genutzte Wohnzimmer und hoffte, einen Blick auf die drei werfen zu können, wie sie an der Hecke vorbeischlenderten, die eigentlich so dringend gestutzt werden musste. Daran hatte ein Nachbar, dem sie noch nie begegnet war und mit dem sie noch nie gesprochen hatte, sie auf einem Zettel höflich erinnert, der vor etwa einem Monat unter der Haustür hindurchgeschoben worden war.

Ellen nahm sich einen Augenblick, um sich die Rabatte anzuschauen, die sie so liebevoll vor dem Fenster gepflanzt hatte: großer blauer und violetter Rittersporn, gezackte gelbe Sterne des Sonnenhuts, eine Vielzahl verschieden pink- und malvenfarbiger Purpursonnenhüte. Seit dem letzten Sommer hatte sie sich nicht um die Pflanzen gekümmert oder Unkraut gejätet … genau genommen hatte sie das Gefühl, dass ihre Gartenhandschuhe wahrscheinlich noch immer genau an der Stelle lagen, wo sie sie zurückgelassen hatte, zusammengerollt und weggeworfen schimmelten sie wohl irgendwo in der Rabatte vor sich hin, an der sie gerade gearbeitet hatte, als ihr die Nachricht überbracht wurde. Und trotzdem hatten die Blumen, von Unkraut und wild wucherndem Gras halb erstickt, sich ihren Weg gebahnt und waren wieder aufgeblüht.

Einen Augenblick presste Ellen ihre Handfläche gegen die Glasscheibe, erinnerte sich an den Geruch, das Gefühl der Erde zwischen ihren Fingern, die Freude, zu sehen, wie das angelegte Beet sich entwickelte und Gestalt annahm. Und für einen Moment vermisste sie es, sich dort draußen im Freien aufzuhalten, hin und wieder ein freundliches Wort mit Passanten zu wechseln und die Hitze der Sonne auf ihrem Nacken brennen zu spüren. Ellen beobachtete, wie eine dicke Hummel sich den Weg zuerst an der pollenschweren

Blüte eines Rittersporns hinauf und dann hinunter bahnte und damit klarmachte, dass er bald verblüht sein würde. Sie war sich nicht sicher, ob sie dafür schon bereit war, ob sie bereit war, noch einen weiteren Sommer zuzusehen, wie ihre Pflanzen blühten und verwelkten. Sie war seit fast einem Jahr dazu nicht bereit, seit sie zum letzten Mal an dieser Rabatte gearbeitet hatte, als die beiden sehr freundlichen Polizistinnen den Gartenweg heraufgekommen waren und sie gefragt hatten, ob sie ins Haus kommen würde, damit sie sich miteinander unterhalten konnten.

Ellen drehte dem goldenen Abend draußen den Rücken zu, angezogen von dem leeren Raum, in dem sie und Nick sich fast immer aufgehalten und jeden Abend, wenn er nicht bis spät arbeitete, auf dem Sofa gesessen hatten. Sie hatten sich an der Hand gehalten, Tee getrunken, Schokolade gegessen und über Charlie gesprochen oder darüber, wohin sie fahren oder was sie als Nächstes unternehmen wollten. Ellen wusste, ohne hinzuschauen, dass die Straße jenseits der Hecke in Sonnenlicht getaucht war, und sie konnte sich die Hitze des Tages vorstellen, die vom Pflaster gespeichert worden war und jetzt ausstrahlte, dass sie es durch die dünnen Sohlen ihrer Sandalen hätte spüren können, wenn sie mit den anderen in den Pub gegangen wäre. Vielleicht hätte sie doch mitgehen sollen, überlegte Ellen und fuhr mit der Hand über die kühle lackierte Fensterbank, aber irgendwie fühlte es sich nicht richtig an. Selbst als Nick noch am Leben gewesen war, waren sie kaum einmal zusammen ausgegangen und immer zufrieden gewesen, zu Hause zu bleiben, sich auf das Sofa zu kuscheln, dem Ellen jetzt mit ihrem Blick auszuweichen versuchte. Das Zuhause war Nicks Zufluchtsort gewesen, wo er sich nach seinen eigenen Worten vom wirklichen Leben erholen konnte.

Jetzt war die Lage schwierig, schmerzhaft und belastend, dachte Ellen, die das Gesicht vom blendenden Sonnenlicht abwandte, damit sich ihre Wangen im schattigen Zimmer abkühlen konnten. Aber zumindest veränderte sie sich jetzt. Zumindest gab es eine Unterbrechung in dieser unablässigen Trauer, die seit Nicks Tod jede einzelne Minute ihres Daseins gekennzeichnet hatte. War es falsch, wegen der jüngsten Wende des Schicksals optimistisch, ja sogar aufgeregt zu sein? Vielleicht war es zu früh, den Versuch zu wagen, wieder weiterzumachen? Vielleicht bedeutete es, wenn sie jetzt anfing, sich zusammenzureißen, dass sie Nick nicht genug geliebt hatte? Königin Victoria hatte mehr als fünfzig Jahre den frühen Tod ihres Ehemanns betrauert. Sie hatte nie mehr eine andere Farbe als Schwarz getragen. Sie hatte aus dem Rest ihres Lebens ein Mausoleum für ihren Mann gemacht. Sollte sich eine trauernde Witwe so verhalten, eine leere Hülle, die nur existiert, weil sie existieren muss?

Nein, Nick würde sich wünschen, dass sie etwas unternahm, er würde sich wünschen, dass es ihr gut ging. Er wäre dermaßen erstaunt, dass sie es ohne ihn überhaupt so weit geschafft hatte; er hatte immer gescherzt, dass man sie nicht allein aus dem Haus lassen dürfe. Wenn es ihr gut ging, wenn sie etwas hatte, worauf sie sich freuen konnte, wenn sie etwas zu tun hatte, hieß das ja noch lang nicht, dass sie nicht weiter ein brennendes Loch in ihrer Brust trug, wo einst ihr Herz zu schlagen pflegte.

Ellen gestattete sich allmählich den Gedanken, dass das Leben noch immer schön sein konnte, während ihr Blick über das leere Sofa wanderte, auf dessen Kissen sie immer noch Spuren von Nick wahrnahm. Selbst ohne ihren Mann konnte ihr Dasein noch immer erträglich sein, vielleicht auf gewisse Art sogar wieder glücklich. Das war bislang ein unvorstellbarer Gedanke gewesen, der sie jetzt, da sie ihn fasste, mit großer Erleichterung erfüllte. Bei der Vorstellung, dass die Last der Trauer, an die sie sich so sehr gewöhnt hatte, eines Tages zumindest ein bisschen leichter werden könnte, werden *würde,* wurde es Ellen ein bisschen schwindlig, und sie spürte die allerersten Regungen von etwas, was länger, als sie sich zurückerinnern konnte, in ihr geschlummert hatte: Die Freude, ihre Unabhängigkeit zu entdecken.

Ellen stellte fest, dass sie vor sich hinlächelte, während die Sonne durch die Fensterscheibe ihren Rücken anstrahlte. Wenn zwei neue Menschen in ihrem Leben die Lage für sie so sehr verbessern konnten, dann konnte ihr ein dritter zumindest keinen Schaden zufügen. Ellen würde, wie Hannah gesagt hatte, wahrscheinlich kaum etwas mit Matt Bolton zu tun haben.

Es war noch nicht zu spät, die anderen einzuholen, sie konnte noch immer in den Pub gehen, wenn sie wollte. Die Wärme der letzten Sonnenstrahlen des Tages in ihrem Nacken spüren.

Ellen überlegte einen Moment, dann zog sie stattdessen im Wohnzimmer die Vorhänge zu, ging ins Esszimmer hinüber und machte sich daran, das Sideboard auszuräumen.

5

Matt Bolton blinzelte und zwickte sich selbst. Er wollte seinen Augen nicht trauen. Da war er an seinem ersten Arbeitstag bei *Bang It!* und beobachtete ein Fotoshooting. Ein Fotoshooting mit zwei Glamourmodels, die sich gerade mit den Vorzügen der jeweils anderen besser vertraut machten, als sie es bei ihrem Erscheinen vor wenigen Minuten noch gewesen waren.

»Das Leben ist super, nicht?«, fragte Pete Grossman Matt. Er war der Kulturredakteur der Zeitschrift und Matts direkter Vorgesetzter und Mentor. Pete, der gute zehn Zentimeter kleiner war als Matt, war dennoch ein attraktiver und gut gebauter Mann Mitte vierzig. Mit seinem journalistisch geschulten Auge konnte Matt erkennen, dass Pete früher wohl als gut aussehend gegolten haben musste und in seiner Jugend wahrscheinlich so etwas wie ein Beau gewesen war. Doch ein Leben mit Alkohol- und Nikotingenuss und zumindest zwei teuren Scheidungen hatte seinen Tribut gefordert: Petes Haut war uneben und gerötet, und seine möglicherweise gefärbten schwarzen Haare lichteten sich an den Schläfen. Früher war er ein schneidiger junger Enthüllungsjournalist gewesen, der sich mutig auf jedem sich bietenden Schlachtfeld getummelt hatte. Als er in seinen Dreißigern den Job des jüngsten Chefredakteurs aller Zeiten bei Englands meistverkaufter Zeitschrift ergattert hatte, hatte er eine goldene Zukunft vor sich gehabt. Doch irgendetwas war geschehen, was alles verändert hatte. Matt hatte von bösen Gerüchten gehört, dass es zu irgendeinem Vorfall zwischen Pete und einem unbedeutenden Mitglied der Königsfamilie gekommen war, woraufhin er sich gezwungen sah, seine Stellung zu kündigen, und seitdem um jede Arbeit dankbar sein musste, die er finden konnte. Und das war in den vergangenen beiden Jahren eben der Job als Kulturredakteur bei *Bang It!* gewesen.

Pete hatte Matt eingeladen, zum Fotoshooting mitzukommen, kaum dass er an diesem Morgen die Redaktion betreten hatte. Er hatte gerade noch Zeit gehabt, seine Koffer unter seinem Schreibtisch abzustellen, als Pete ihn schon aus dem Büro gewinkt hatte.

»Zeitschriftenregeln«, hatte Pete auf dem Weg zum Shooting erklärt. »Wir nehmen die Neulinge immer so schnell wie möglich zu so was mit, weil das verhindert, dass sie Zeit darauf verschwenden, sich zu fragen, was hier genau vor sich geht. Die Wahrheit ist, dass es nach einer Weile ziemlich langweilig wird, wenn man ein Modelpaar gesehen hat, hat man sie alle gesehen ... weißt du, was ich meine?« Pete warf den Kopf in den Nacken, während er lachte. »Nein, das weißt du natürlich nicht, es ist der beste Job der Welt! Wenn du dich gut anstellst, hole ich dich beim nächsten Casting dazu, da kommen die Models ins Büro, und wir lassen sie sich für uns ausziehen. Manchmal, wenn einer Geburtstag hat oder ein armer Trottel seinen Junggesellenabschied feiert, halten wir für ihn ein Casting ab, selbst wenn es gar kein Fotoshooting geben soll. Brillant, wenn alle diese Mädchen gratis ihre Kleider ausziehen und tun, was wir ihnen sagen, ohne einen Schimmer zu haben, dass wir uns nur amüsieren und am Schluss gar kein Job zu vergeben ist. Brillant. Wann hast du Geburtstag?«

»Morgen?«, scherzte Matt. Das war sein Traumjob: London, Frauen, Journalistentätigkeit für ein landesweites Magazin. Dafür hatte er gearbeitet, für einen Raum voller barbusiger Mädchen und mit einer Minibar in der Ecke. Manche Leute mochten Matt ja für ein bisschen oberflächlich halten – und er zählte selbst dazu –, aber das war ihm egal. Das war vielleicht nicht die Art von Berichterstattung, die er am Beginn seiner Journalistenkarriere im Kopf gehabt hatte, vielleicht hatte er sich selbst als Verfasser harter Nachrichten mitten aus dem Gazastreifen vorgestellt, aber das Leben, sein Leben, hatte ihm ein Fotoshooting für das Magazin *Bang It!* eingebracht, und so weit er sehen konnte, würde sich kein heißblütiger Mann darüber jemals beklagen.

Matt war tatsächlich ein bisschen besorgt gewesen, als er das beengte Set eines Fotostudios am Ladbroke Grove betrat, dass er sich gehen lassen, dass er sabbern, lüstern schielen und sprachlos werden könnte – oder schlimmer noch, ungewollt einen Steifen kriegen könnte, was bedeuten würde, dass er die Beine würde überschlagen und sitzen bleiben müssen, bis er wieder abklang. Wie damals, als er fünfzehn war und Miss Clements im Unterricht ein besonders tief ausgeschnittenes Top getragen hatte. Als die Glocke geläutet hatte, war er gezwungen gewesen, im Klassenzimmer zu bleiben und mit ihr ein Gespräch über Geschichte in die Länge zu ziehen, obwohl die Lage mit jedem Lächeln von ihr und jeder ihrer Bewegungen nur noch schlimmer wurde.

Doch sobald er am Set war, wurde Matt klar, dass er der Einzige wäre, dem es etwas ausmachen würde, sollte irgendetwas davon eintreten. Die Mädchen schlenderten mit nichts als einem String bekleidet herum, lachten und unterhielten sich miteinander, als wären sie richtig angezogen, der Fotograf interessierte sich nur für sie, wenn sie vor der Kamera standen, und die Visagistin, eine hübsche Rothaarige namens Carla, bepuderte ihre Brüste mit Glitter und tat dies mit einer erotischen Spannung, als marinierte sie einen Truthahn. Selbst Pete schien mehr Interesse daran zu haben, auf seinem Handy E-Mails zu checken, als zu beobachten, was da vor sich ging.

Der echte Test kam, als Lindsey, eine Einundzwanzigjährige aus Doncaster, während einer Pause zu Matt herüberkam, um sich mit ihm zu unterhalten.

»Du bist auch aus dem Norden, stimmt's?«, fragte sie und

zeigte ein hübsches Lächeln. Matt bemühte sich sehr, nicht auf ihre Brüste zu starren, was schwierig war, weil sie groß und nackt waren. Und eben Brüste.

»Ja, aus Manchester … bin gerade heute Morgen mit dem Zug angekommen. Bist du schon lange hier?« Er versuchte, locker zu klingen.

»Seit vergangenem September, seit ich auf die Uni gehe.« Lindseys Stimme war süß und hell, was nicht zu ihrer ausdrucksstarken Statur zu passen schien, die natürlich sein musste, wie Matt wusste, weil bei *Bang It!* nichts gefälscht wurde … das war der Grundsatz des Magazins. »Das ist schon in Ordnung, wenn man sich erst mal daran gewöhnt hat … eigentlich fast wie zu Hause, allerdings haben alle einen komischen Akzent!« Lindsey lachte, und ihre natürlichen Brüste wippten am Rand von Matts Blickfeld auf und ab. Er flehte sämtliche Götter an, die ihm in den Sinn kamen, dass er nicht rot anlaufen möge. Als er jünger gewesen war, hatten ihn alle Frauen, zu denen er sich wirklich hingezogen fühlte, von Kopf bis Fuß erröten lassen. Dann hatte er buchstäblich vor Verlegenheit gekocht und festgestellt, dass es ihm unmöglich war, sich mit einem Mädchen, das ihm gefiel, zu unterhalten, weil er nicht glauben konnte, dass irgendeine Frau ihn ernst nehmen könnte, nicht einmal als Kandidat, um ihr einen Drink zu spendieren, geschweige denn als möglichen Sexualpartner. Matt hatte bis lange nach seinem zwanzigsten Geburtstag gebraucht, bis ihm endlich klar wurde, dass die Frauen ihn tatsächlich mochten und dass er sich dafür nicht einmal allzu sehr anzustrengen brauchte. Sie fanden ihn lustig, wie seine Freundinnen ihm sagten, charmant, und, was das Beste von allem war, gut aussehend. Sie schwärmten von seinen dichten blonden Haaren und seinen tiefblauen Augen. Offenkundig besaß er auch jene Art von Hinterteil, die vielen Frauen gefiel, und ein Mädchen hatte ihm sogar einmal gesagt, seine Hände wären so sexy, wie sie noch nie welche gesehen hätte. Allerdings war es Matt unbegreiflich, wie Hände sexy sein konnten.

Nach und nach hatte Matt an Selbstvertrauen gewonnen, und damit waren seine Erfolgschancen beim anderen Geschlecht gestiegen. Ihm gefiel es, sein Glück zu testen, zu sehen, wie weit er mit Mädchen gehen konnte, die eigentlich außerhalb seiner Liga spielten … und fand heraus, dass die meisten Frauen doch zu haben waren. Man brauchte nicht mehr zu tun, als sie zum Lachen zu bringen, ihnen in die Augen zu blicken und ihnen wirklich zuzuhören. Oder zumindest so zu tun, als hörte man ihnen tatsächlich zu. Er hatte angefangen, für die Zeitung, in deren Musikredaktion er arbeitete, eine Kolumne über seine Eroberungen zu schreiben. Es hatte mit einem Lückenfüller auf der Musikseite begonnen, in einer Woche, in der sie nicht genügend Spalten zusammenbrachten und Werbeflaute herrschte. Eigentlich sollte es eine einmalige Sache sein, doch es waren Unmengen von Mailzuschriften eingegangen, in denen die Leser schrieben, dass die Kolumne ihnen gefallen und sie zum Lachen gebracht hatte. Im Handumdrehen hatte sie sich zu einem regelmäßigen Beitrag entwickelt. Freitags und samstags war er mit seinen Freunden unterwegs und versuchte, Mädchen aufzureißen. Und am Montag schrieb er das dann für die Zeitung nieder. Selbstverständlich verwendete er nie die richtigen Namen der Mädchen. Manche Dinge, die passierten, reichten aus, um selbst einen erwachsenen Mann erröten zu lassen … nur ihn nicht. Nicht mehr … seit dem Tag nicht mehr, als ihm klar wurde, dass ihn seit Monaten keine Frau mehr hatte erröten lassen, und er glaubte, geheilt zu sein. Doch die Mädchen, die er traf, waren selten fast nackt, und er war sich nicht sicher, ob eine leicht wippende natürliche Körbchengröße G keinen Rückfall hervorrufen könnte.

»Schau sie dir ruhig an«, sagte Lindsey lachend, über sein Dilemma sichtlich amüsiert.

»Wie bitte?«, fragte Matt.

»Meine Titten … du weißt, dass du es willst … mach schon, gaff sie an. Du hast sie ja schon den ganzen Vormittag beäugt … schau jetzt genau hin, dann können wir uns weiter unterhalten, ohne dass du aussiehst, als würdest du gleich platzen. Fass sie an, wenn du willst.« Lindsey lachte, und dabei bebten ihre Schultern und alles andere ebenfalls.

Matt zuckte zusammen und schüttelte den Kopf.

»Ehrlich, ich will gar nicht …« Lindsey legte die Hände auf seine Wangen und schob seinen Kopf so kraftvoll nach unten, dass ein Muskel in seinem Nacken gezerrt wurde.

»Mir ist das egal, mein Lieber«, sagte sie und hielt Matts Kopf ein paar Sekunden in dieser Position, sodass sich ihm der beeindruckende Anblick unweigerlich bot. »Ihr Typen dreht wegen denen alle durch, aber für mich ist das nur Fleisch … genauso sexy wie meine Ellenbogen. Meine Möpse finanzieren mir mein Studium, damit ich am Ende nicht mit einem Berg Schulden dastehe, das ist alles.«

»Wa… was studierst du denn?« Matt war überrascht, dass er erleichtert war, als er ihr wieder in die Augen blicken durfte.

»Quantenphysik, ich möchte einmal Zeitreisen erfinden«, erklärte ihm Lindsey. »Bis jetzt habe ich nur Bestnoten bekommen, habe also nicht nur optisch etwas zu bieten. Möchtest du sie anfassen?«

Matt war ungeheuer erleichtert, als sie unterbrochen wurden.

»Zurück aufs Set, Mädels, jetzt müsst ihr eure Schulkrawatten umbinden«, bellte der Fotograf.

»Gott, wie ich es hasse, wenn ich ein Kostüm tragen muss«, scherzte Lindsey und verdrehte die Augen. »War nett, dich kennenzulernen, Matt, und ganz unter uns, du solltest Carla auf einen Drink einladen … seit du hereingekommen bist, hat sie ein Auge auf dich geworfen.«

Matt beobachtete, wie Lindsey zum Set zurückschlenderte, sich eine Krawatte über den Kopf streifte und dann ihre Kollegin begrapschte, als prüfe sie die Reife zweier Melonen.

»Und, bist du geheilt?«, fragte Pete.

»Wovon geheilt?«, wollte Matt wissen.

»Von Glamourmodels.« Pete nickte in Richtung der Mädchen, die sehr professionell schwungvoll miteinander herumtollten. »Gewöhnlich sind die besser ausgestattet als die meisten anderen Mädchen, aber es sind trotzdem nur Mädchen. Die werden dir nicht die Kleider vom Leib reißen und dich zu einem Dreier auf dem Rücksitz einer Limousine einladen … jedenfalls nicht diese beiden. Lindsey ist verlobt, und die andere, Donna … die zieht sich zwar aus, aber sie wird nicht mit dir vögeln, wenn du sie nicht zumindest mehr als einmal zum Essen einlädst! Manchmal ist es, als leide man umgeben von Wasser Durst, wenn man den ganzen Tag Titten vor Augen hat, die aber nicht zu fassen kriegt.«

Matt dachte an Lindseys Angebot und schmunzelte in sich hinein. »Das heute ist ein Geschenk für dich«, fuhr Pete fort, »die Geschichte, die du deinen Kumpels zu Hause erzählen kannst … aber dein Job ist, ein Durchschnittstyp zu sein und über Sachen zu schreiben, über die Durchschnittstypen Bescheid wissen wollen, Autos, Fußball, Musikgruppen, Elektronikgeräte und wie man Mädchen aufreißt, und bei einer Wochenzeitschrift wie *Bang It!* bedeutet das, dass du gleich heute in die Gänge kommen musst. Wir müssen jetzt zu einer Sitzung der Kulturredaktion, und du darfst da nicht ohne frische Ideen auftauchen, sonst reißt dich dein neuer Gott, unser Herausgeber Dan, in Stücke. Du musst bis Mittwoch dein ganzes Textmaterial, das heißt, deine Kolumne und zwei Artikel, im Artikelordner abspeichern. Wir geben die Zeitschrift am Donnerstag in Druck, am Donnerstagabend lassen wir uns volllaufen, und am Freitag fangen wir wieder von vorn an. Also denk dran, obwohl dein Job darin besteht, der Durchschnittstyp zu sein, bist du das nicht. Durchschnittstypen verbringen nicht den ganzen Tag mit nackten Frauen, die denken den ganzen Tag an nichts anderes … was der Grund dafür ist, dass unser Magazin Marktführer bei den Wochenzeitschriften ist und dem Boss deine Kolumne so gefallen hat. Du weißt also, wo du stehst, bis deine Probezeit rum ist? Schufte wie ein Pferd, sonst fliegst du raus, da gibt es keinen Mittelweg.«

»Ja … natürlich, das schaffe ich schon«, antwortete Matt mit mehr mutiger Überzeugungskraft, als er eigentlich verspürte. »Ich bin so begeistert, dass ich die Chance habe, für ein landesweit erscheinendes Magazin zu schreiben. Ich werde alles geben, Pete … das schwöre ich.«

»Gut, dann lass uns zum Büro zurückfahren und ein bisschen richtige Arbeit erledigen. Ich brauche noch fünf Minuten, um mich kurz mit der talentierten Sekretärin zu besprechen. Ich sage immer, nichts geht über ein halbnacktes Mädchen, das an einem Kuli saugt.«

Während Matt wartete, bemerkte er Carla, die sich, den Puderpinsel in der Hand, an ein Fensterbrett lehnte. Die Mittagssonne entfachte um ihren Kopf einen feuerroten Schein. Sie war etwa so alt wie er, vielleicht ein paar Jahre jünger, schlank, mit einer schönen Figur unter ihrem Jerseykleid. Klar, es war sein erster Tag hier, und er musste später noch seine Bude beziehen, aber zusätzlich zu den anderen Artikeln, die er zu schreiben hatte, musste er den ersten Teil seiner Kolumne in zwei Tagen fertig haben … er brauchte also Material. Er konnte etwas Altes wiederaufbereiten oder sich etwas ausdenken, aber Pete hatte gerade absolut klargestellt, dass er von Anfang an Eindruck machen musste, und was konnte eindrucksvoller sein, als seine erste Bekanntschaft in London am Tag seiner Ankunft flachzulegen? Ein Mädchen bei der Arbeit anzubaggern war vielleicht fast Betrug, aber Matts Motto hatte schon immer gelautet, dass man das Eisen schmieden muss, solange es heiß ist. Lasst euch nie eine Gelegenheit entgehen, hatte er seine treuen Leser belehrt.

»Hallo!« Er ging mit einem herzlichen und offenen Lächeln locker und freundlich auf sie zu.

»Oh, hallo.« Carla sah ihm kurz in die Augen, bevor sie den Blick senkte und den abgeplatzten Nagellack auf ihren Fingernägeln betrachtete.

»Das ist alles ein bisschen verrückt hier, nicht wahr?« Matt nickte in Richtung der Models. »Man könnte meinen, dass das einen antörnt, aber um ehrlich zu sein, ich finde es interessanter, wenn es ein bisschen geheimnisvoller ist, Frauen, die ein bisschen weniger offenherzig sind.« Er bemerkte ein paar vereinzelte Sommersprossen auf Carlas Nasenrücken. Sie hatte ihre hellen Wimpern schwarz getuscht, aber er konnte trotzdem ihr natürliches helles Gold an den Wurzeln sehen, dort wo sie aus der beinahe durchscheinenden Haut ihrer Lider herauswuchsen. Es waren diese kleinen Schwachstellen, die ihn wirklich zu einer Frau hinzogen, nicht wie sie gebaut war oder wie sie aussah. Es waren nicht die Tricks, die ein Mädchen einsetzte, um besser auszusehen, worauf Matt stand, es waren die Schwächen, die zu kaschieren ihr misslungen war, die ihn wirklich ansprachen. Alle hatten solche Schwächen, selbst Lindsey aus Doncaster, denn so sehr sie ihn auch mit ihrem ungezwungenen Auftreten überrumpelt hatte, es waren die weißen Flecken hinter ihren Ohren gewesen, die zu überschminken sie vergessen hatte, die Matt an ihr ganz besonders gefielen.

»Das denkst du doch nicht wirklich.« Carla blickte ihn skeptisch an und kniff ihre hellblauen Augen zusammen. Matt versuchte, sie sich am Morgen vorzustellen, ohne Make-up im Gesicht. Es war erstaunlich, wie anders manche Frauen im natürlichen Licht und ohne irgendwelche kosmetischen Mittel aussehen konnten. Trotz ihres Berufs trug Carla kaum Make-up, und das gefiel Matt an ihr.

»Hör mal, das ist heute mein erster Abend in der Stadt. Ich beziehe später meine neue Behausung –, aber dürfte ich dich zuerst auf einen Drink einladen? Es wäre toll, jemanden zu haben, der mich ein bisschen herumführt.«

»Tatsächlich? Ich meine, ja, okay, warum nicht? Ein Drink, ja, das wäre nett. Wunderbar ... ich meine, schön, wie auch immer.« Carlas Gesicht verriet innerhalb eines Sekundenbruchteils eine Reihe verschiedener Gefühle von Erstaunen über Freude bis hin zu gespielter Gleichgültigkeit.

Matt sah Carlas Handy aus der Tasche ihres Kleids herauslugen, er zog es heraus, achtete aber darauf, sie nicht zu berühren. Er gab seine Nummer ein und speicherte sie unter seinem Namen.

»Schreib mir eine SMS, ja? Lass mich wissen, wo wir uns treffen können.« Er steckte das Telefon wieder in ihre Tasche und spürte in diesem Augenblick mehr Feuer zwischen ihnen als in der ganzen Zeit, in der er sich mit Lindsey unterhalten hatte.

»Dann tschüs.« Carla fuhr mit den Borsten des Pinsels über ihre Fingerspitzen und bedeckte sie so mit Glitter.

»Bis später«, sagte Matt. »Ich freue mich darauf.«

Matt folgte Pete die Betontreppen des Studios hinunter und hinaus auf die sonnenbeschienene Straße, wo es von lärmenden Büromenschen auf dem Weg zur Mittagspause oder einem kurzen Verschnaufen in der Sonne nur so wimmelte, bevor sie sich anschließend wieder an ihre Schreibtische ketten würden.

»Du hast also ein Auge auf Carla geworfen?« Pete nickte zustimmend. »Die hat einen hübschen kleinen Hintern und keine schlechten Hupen für eine, die so dürr ist.«

»Es ist ja nur auf einen Drink«, antwortete Matt lachend, während er hinter Pete in den Fonds eines schwarzen Taxis stieg.

»Mehr sollte daraus auch nicht werden! Du und ich, wir wissen, was gespielt wird, und Matt, lass es dir gesagt sein, du wirst deine Nachmittage vielleicht nicht damit verbringen, dich mit nackten Models herumzuwälzen, aber wenn du jeder kleinen hübschen Blondine, die du im Pub kennenlernst, erzählst, für wen du arbeitest, dann stehen die Chancen gut, dass die meisten von ihnen dir nur allzu gern zeigen, was sie zu bieten haben, und zwar in der Hoffnung, dass du sie aufs nächste Titelblatt bringst.«

»Pete … das entscheidest doch nicht du!« Matt grinste.

»Ich weiß das, du weißt das … die aber nicht.« Pete kicherte. »Der beste Job der Welt, Kumpel. Der beste Job der Welt, verdammt.«

Matt blickte auf seine Uhr und richtete sich auf. Es war beinahe zwanzig Uhr. Er hatte der Frau am Telefon gesagt, dass er spätestens gegen sieben bei seiner neuen Unterkunft ankommen würde. Es war also höchste Zeit zu gehen. Vorsichtig erhob er sich, in der Hoffnung, Carla nicht aufzuwecken, vom Bett.

»Wo gehst du hin?« murmelte sie, rollte sich herüber und entblößte eine kleine Brust mit rosafarbener Brustwarze.

»Ich beziehe heute Abend meine neue Wohnung, erinnerst du dich?« Matt lächelte, beugte sich hinab und küsste sie auf die von Sommersprossen übersäte Schulter. »Wir wollten ein paar Drinks miteinander nehmen, dann wurden daraus Doppelte, und wir sind zu dir gegangen, um Kaffee zu trinken und wieder nüchtern zu werden und …«

»Tja, wir sind doch nüchtern geworden.« Carla stützte sich auf die Ellenbogen, den Wirrwarr ihrer roten Haare schmiegte sich an ihre Schultern, die schwarze Wimperntusche war unter ihren Augen verwischt, was deren blassblaue Farbe zusätzlich betonte. Sie streckte ihre schlanken Arme nach ihm aus, neigte den Kopf zur Seite und verzog den Mund zum süßesten Lächeln, das sie auf Lager hatte. »Musst du wirklich gehen?«

»Ja«, antwortete Matt. »Ich muss mein Zimmer beziehen und bin schon spät dran.«

»Tja, dann komme ich mit dir«, bot Carla ihm an, schob

bereits die Bettdecke zurück und griff nach ihrem BH. »Ich helfe dir beim Umzug.«

»Ich habe nur zwei Koffer«, sagte Matt und nickte in Richtung seines Gepäcks, das er im Flur abgestellt hatte. Es gab zwei Gründe, wieso er nicht wollte, dass Carla ihn begleitete: Er wollte auf keinen Fall, dass irgendjemand mitbekam, dass er bei einer Witwe und deren Sohn wohnen würde. Das war nicht gerade cool, das passte nicht gerade zum Lebensstil des *Bang It!*-Typen, den er laut Pete zu verkörpern hatte. Aber es war die einzige Unterkunft in der Nähe seines Arbeitsplatzes gewesen, die er auf die Schnelle gefunden hatte und die er sich leisten konnte, auch weil sie keine Unsummen an Fahrtkosten erforderlich machte. Fürs Erste würde sie es tun, zumindest, solange er noch in der sechswöchigen Probezeit war. Sobald er die Stelle fest hatte und wusste, dass er nicht wie ein begossener Pudel wieder zurück in den Norden ziehen musste, würde er nach … einer richtigen Junggesellenbude Ausschau halten.

Der zweite Grund war, dass er nicht wollte, Carla könnte glauben, das, was eben geschehen war, hätte irgendetwas zu bedeuten, dass der Sex, den sie gerade gehabt hatten, zu größerer Intimität führen würde. Matt hatte seine eigenen Regeln gebrochen. Er hatte Carla nicht von vornherein gesagt, dass er nicht auf eine Beziehung aus war. Er hatte ihr nicht klipp und klar mitgeteilt, dass er nicht auf der Suche nach einer Freundin war, wie er es sonst gewöhnlich offen und ehrlich tat, wenn er sich an eine Frau heranmachte. Theoretisch hätte seine unverblümte Ehrlichkeit die Mädchen abschrecken müssen, aber bis jetzt war das selten passiert. Frauen hörten, was er sagte, und zuckten mit den Schultern, als wäre es ihnen egal … aber fast alle schienen insgeheim zu denken, dass er seine Meinung ändern würde. Jede dachte, sie wäre das Mädchen, das ihn verändern könnte, eine Nacht mit ihr, und er würde auf einmal ganz wild darauf sein, sesshaft zu werden und sich ein paar Kinder und einen Hund zuzulegen. Fast ausnahmslos waren sie dann sehr verärgert, wenn ihnen klar wurde, dass Matt nie länger als höchstens ein paar Wochen bei ihnen blieb. Wenn er sie dann an seinen Hinweis erinnerte, blickten sie ganz verwirrt und verletzt drein, als hätten sie tatsächlich geglaubt, dass ein paar Nächte mit Sex, ein paar Tage mit Lachen und Küssen automatisch den Beginn einer großen Liebesbeziehung bedeuteten. Manchmal fühlte Matt sich schlecht, wenn er sie verließ, aber er hatte zumindest stets seinen Hinweis, hinter dem er sich verstecken konnte – der Beweis, dass er sie nicht hinters Licht geführt hatte. Doch nach reichlichem Wodkagenuss hatte Matt in der Hitze des Gefechts ganz vergessen, Carla seine Absichten klarzumachen.

»Du solltest liegen bleiben, dich entspannen«, sagte er.

Carla ließ sich auf das Bett zurückfallen und streckte die Arme über den Kopf.

»Wenn du darauf bestehst«, sagte sie und lächelte glücklich. »Der Tag hat sich jedenfalls als viel besser entpuppt, als ich erwartet hatte. Nicht, dass ich so etwas ständig mache … eigentlich nie. Du hattest nur etwas an dir, das … das richtig zu sein schien.«

»Mir ist es genauso gegangen.« Matt schlüpfte in seine Jacke und setzte sich kurz auf den Bettrand. »Du bist ein fantastisches Mädchen, Carla.«

Er meinte es ernst. Carla war lustig, schön und im Bett angenehm und faszinierend. Sie hatte einen viel besseren Typen als ihn verdient.

»Und man muss das Leben genießen, nicht wahr? Ich meine, wie langweilig wäre es, wenn man nie ein Risiko eingehen würde …« Matt antwortete nicht, obwohl er wusste, dass Carla auf irgendeine Art von Bestätigung wartete. Offenkundig war es normalerweise nicht ihre Art, mit einem Mann ins Bett zu steigen, den sie erst ein paar Stunden kannte, deshalb wünschte sie sich, dass er ihr versicherte, dass sie keinen schlimmen Fehler begangen hatte.

»Und, wann möchtest du, dass wir uns wieder treffen?«, fuhr Carla nach kurzem Schweigen fort. »Eigentlich hatte ich vor, morgen mit meinen Freundinnen auszugehen, aber ich könnte das verschieben, wenn du willst.«

Tu das nicht, dachte Matt. Du solltest meinetwegen nicht alle deine Pläne über den Haufen werfen.

»Ich muss arbeiten«, antwortete er und blickte auf seine Uhr. »Neue Anstellung … muss mich beweisen. Muss eine Wahnsinns-Kolumne abliefern.«

»Ach, okay, macht nichts … tja, dann ruf mich einfach an, wenn du Zeit hast«, sagte Carla, und eine feine Falte zeichnete sich zwischen ihren Augenbrauen ab.

»Klar. Wir sehen uns.« Matt stand auf, griff nach seinen Koffern und verzog sich fluchtartig. Er wusste, dass sie, die Finger in ihrem Haar, auf das Bett zurücksinken und sich fragen würde, was sie bloß getan hatte.

»Hallo.« Ein Junge öffnete die Haustür und begrüßte Matt ohne den geringsten Ansatz eines Lächelns. Es war ein hübscher Junge mit strahlenden Augen und einem komischen Fleck zartlila Farbe auf dem Nasenrücken. »Sind Sie Matt Bolton, denn wenn Sie das sind, kommen Sie reichlich spät.«

»Ich weiß, tut mir leid«, sagte Matt, erstaunt über den Jungen, und auf einmal war er sehr froh, dass die letzten Reste des Wodkas, den er mit Carla getrunken hatte, nur noch eine leichte Benommenheit in der Schläfenregion hinterlassen hatten. Irgendwie hatte er den Eindruck, dass er seine Gedanken jetzt beisammenhaben musste. »Weißt du, ich bin bei der Arbeit aufgehalten worden.«

»Was haben Sie gemacht?« Der Junge musterte ihn eindringlich mit leicht zusammengekniffenen Augen. »Haben Sie Chloe Brand, Großbritanniens schärfste Schnitte, interviewt … und hat sie einen BH getragen?«

»Wa… was?«, stotterte Matt und blickte sich um, als wäre

das eine Falle mit versteckter Kamera. »Woher weißt du was von Chloe?«

»Mein Klassenkamerad Harvey fischt die *Bang It!*-Exemplare seines Vaters aus der Altpapiertonne und bringt sie mit in die Schule. Ein Pfund verlangt er von uns, damit wir sie anschauen dürfen. Aber das ist es wert.«

»Du lieber Himmel!«, lachte Matt. »Weiß deine Mum das?«

»Nein, und sie würde mich umbringen, weil sie immer noch meint, ich wäre ein kleiner Junge. Also … haben Sie?«

»Nein.« Matt schüttelte den Kopf. »Solche Sachen mache ich nicht … das tut in Wahrheit niemand. Die nehmen diese Fotos irgendwo auf, weit entfernt vom Büro, und dann denkt sich ein Redakteur das Interview aus.«

»Tatsächlich?« Der Junge wirkte enttäuscht. »Sie meinen, Chloe ist nicht wirklich ein großer Fan von Arsenal, und sie schaut die Spiele nicht wirklich gern nur mit dem Trikot und Stilettos bekleidet an?«

»Wie alt bist du eigentlich?«, fragte Matt und spähte durch den Türspalt, um das zu erblicken, was wie der Eingangsflur eines normalen Hauses aussah.

»Zwölf, beinahe«, erklärte ihm das Kind. Matt erkannte, dass das »beinahe« für den Kleinen sehr wichtig war.

»Das ergibt Sinn. Ich vermute, ich habe mich in deinem Alter für die gleichen Sachen interessiert. Vermutlich seitdem.« Matt senkte die Stimme. »Wenn du bereit bist, ein Pfund zu bezahlen, um einen Blick in die Magazine deines Kumpels zu werfen, ist das deine Sache, aber ich schreibe bloß die Texte, die vielen Wörter, die du wahrscheinlich nie genau anschaust, genauso wenig wie deine Freunde. Kumpel, mein Job ist langweilig, das schwöre ich dir.«

»Ach.« Charlie wirkte ehrlich enttäuscht, dann heiterte sich seine Miene ein wenig auf, und er fügte hinzu: »Haben Sie die PlayStation3?«

»Nicht dabei«, antwortete Matt. »Ich habe mir eine mit

meinem ehemaligen Mitbewohner geteilt, aber ich musste sie bei meinem Auszug zurücklassen. Ich habe aber eine tragbare PlayStation und eine Spielkonsole … reicht das aus, dass du mich reinlässt?« Matt nickte in Richtung Tür.

»Denke schon.« Das Kind zuckte mit den Schultern, trat zur Seite und brüllte: »Mum, er ist da!«

Eine Frau, die ein übergroßes Männerhemd und weite Jeans trug, kam aus einem hinteren Zimmer geeilt, die dunklen Haare hatte sie zu einem Knoten zusammengebunden. Wie der Junge war sie mit zartlila Farbe beschmiert. Sie hatte höchst bemerkenswerte grüne Augen, grün wie eine Sommerwiese.

»Ach, Sie müssen Matt sein«, sagte sie und streckte ihm zur Begrüßung die farbverschmierte Hand entgegen. »Wir haben uns Sorgen gemacht, dass Sie überfallen und ausgeraubt worden sind oder sich verlaufen haben, das da draußen ist ja ein wahrer Dschungel. Ich bin Ellen, und das ist Charlie.« Sie legte die Hand auf Charlies Schulter, und er schüttelte sie reflexartig ab.

»Nein, nein … nichts so Interessantes …« Matt dachte kurz an Carlas geschlossene Augen, als er sie geküsst hatte, und daran, dass die untergehende Sonne ihre Haut in Blassgold getaucht hatte. »Musste nur meine Arbeit fertig machen, das war schließlich mein erster Tag und so. Tut mir leid, Ihre Schwester heißt Hannah, nicht wahr? Sie hat mir Ihre Nummer gegeben, ich hätte anrufen und Ihnen sagen sollen, dass ich später komme.«

»Nein, natürlich nicht … ich möchte nicht, dass Sie glauben, Sie müssten mich über alles, was Sie tun, in Kenntnis setzen. Ich zähle nicht zu dieser Art von Vermietern. Um ehrlich zu sein, ich habe keine Ahnung, worum eine Vermieterin sich eigentlich alles zu kümmern hat. Ich werde es mit der Zeit wohl schon herausfinden.«

Während sie sprach, machte sie sich daran, die Treppe hinaufzusteigen, und Matt ging davon aus, dass er ihr folgen sollte. »Tja, ich weiß nicht, was Hannah Ihnen erzählt hat. Sie wissen, wie hoch die Miete ist und dass die Nebenkosten inbegriffen sind. Sie bekommen natürlich einen Hausschlüssel und ein Fach im Kühlschrank in der Küche, wenn Sie das wollen … das erspart offenbar die Kennzeichnung … aber in Ihrem Zimmer ist Platz für einen Kühlschrank und eine Mikrowelle, wenn Sie wollen. Ansonsten kommen und gehen Sie, wie es Ihnen gefällt.«

Ellen, die ein klein wenig außer Atem war, als sie oben an der Treppe ankamen, schob die Tür zur Dachgeschosswohnung auf und trat zur Seite, damit Matt das Zimmer als Erster betreten konnte.

»Es gibt ein großes Schlafzimmer, eine Toilette und ein Bad. Mein Mann und ich dachten immer, dass …« Ihre Gedanken wanderten eine Sekunde in eine Zeit zurück, von der Matt keine Ahnung hatte, bevor sie in die Gegenwart zurückkehrten. »Ich hoffe jedenfalls, dass es Ihnen gefällt.«

Matt ging in das Zimmer und blickte sich um. Es war groß, nahm fast den ganzen Grundriss des beachtlichen Hauses ein, mit Mansardenfenstern auf der einen Seite, die auf die Straße blickten, und Fenstern in der Dachschräge auf der anderen, wodurch reichlich Licht hereinfiel. Es war mit einem etwas altmodisch aussehenden Doppelbett, einem ziemlich abgenutzten roten Sofa, einem Schrank aus dunklem Holz und einem Schreibtisch möbliert. Durch eine Tür auf der rechten Seite konnte Matt in das Badezimmer sehen. Es war mit dem Nötigsten ausgestattet; es war perfekt.

»Es ist großartig«, sagte er, dabei wandte er sich Ellen zu und setzte ein Lächeln auf.

»Ach, schön … gut.« Ellen senkte den Blick und fasste sich zögernd in die Haare, als wäre ihr eben erst eingefallen, dass sie sie vor ein paar Stunden nachlässig zu einem Knoten zusammengebunden hatte. Matt bemerkte, dass ihre Ohrläppchen durchstochen waren, sie aber keine Ohrringe trug.

»Hm, Matt …« Matt beobachtete, wie sich Ellens Mund unsicher verzog.

»Ja?«, sagte er und warf ihr ein aufmunterndes Lächeln zu. Sie war wahrscheinlich in den Dreißigern und wirkte sympathisch … so wie die Frauen, die, nachdem sie geheiratet und Kinder bekommen hatten, irgendwie die Bemühung, Männer anzulocken, einstellen, weil sie das einfach nicht mehr nötig haben. Matt musste zugeben, dass er erleichtert war. Nachdem er mit der unverhohlen flirtenden Schwester gesprochen hatte, war er ein bisschen besorgt gewesen, seine neue Vermieterin könnte so etwas wie eine Versuchung sein, jene Art von Versuchung, auf die sich einzulassen eine sehr schlechte Idee wäre, und die Art von Versuchung, der er unweigerlich erliegen würde. Aber so nett sie auch wirkte, diese Frau hatte nichts an sich, was ihn reizte. Sie war Witwe und Mutter: Und soweit Matt erkennen konnte, waren das die beiden Dinge, die sie ausmachten. Hier bestand keine Gefahr für Verstrickungen.

»Ellen, ich bin nicht so leicht zu erschüttern … sagen Sie mir, was Sie beunruhigt.«

»Na ja, Sie haben Charlie ja gerade kennengelernt.« Ellen fand endlich den Mut, wieder zu ihm aufzublicken. »Er ist in einem Alter, in dem er leicht zu beeinflussen ist, und na ja, es ist erst ein Jahr her, dass sein Vater gestorben ist. Ich glaube nicht, dass er bis jetzt auch nur angefangen hat, das zu verarbeiten.«

»Muss hart sein.« Matt nickte. Sein Vater hatte ihn und seine Mutter verlassen, als er nur wenig jünger gewesen war als Charlie jetzt. Die Tatsache, dass sein Dad irgendwo noch immer lebte, linderte das Gefühl des Verlusts keineswegs, das Matt sehr lange gequält hatte.

»Sie werden doch nicht … ich meine, es wäre nicht …« Ellen kämpfte darum, einen richtigen Satz zu formulieren. »Es ist nur, dass Hannah mir ein bisschen von Ihrer Arbeit erzählt hat …«

»Sie wollen wissen, ob ich mit barbusigen Models durchs Haus laufen und Charlie vom rechten Weg abbringen werde?«, erkundigte sich Matt und dachte an die Fragen, die Charlie ihm vor wenigen Minuten gestellt hatte.

»Nun, ehrlich gesagt, ja.« Ellens Lächeln war verlegen, und Matt fielen die ganz feinen, reizenden Fältchen auf, die sich um ihre Augenwinkel abzeichneten.

»Nein, das mache ich nicht. Ich verspreche es.«

»Sie sind ein junger Mann, klar«, sagte Ellen, als lägen nicht zwölf Jahre Altersunterschied zwischen ihnen, sondern einhundertzwölf. »Sie werden Freunde mitbringen wollen. Hin und wieder ein Mädchen, vielleicht sogar mehrere.« Sie betonte das letzte Wort mit gerunzelter Stirn.

Matt konnte sich ein Grinsen nicht verkneifen, als Ellens Wangen erröteten.

»Ich bitte Sie nur darum, diskret zu sein … wissen Sie, in den Gemeinschaftsräumen des Hauses.«

»Selbstverständlich«, versicherte ihr Matt. »Ellen, das ist Ihr Zuhause. Das weiß ich. Ihre Schwester hat mir erzählt, was geschehen ist und warum Sie Untermieter aufnehmen. Ich möchte Ihnen das Leben nicht schwer machen. Sie werden kaum merken, dass ich da bin, das schwöre ich.«

»Danke«, sagte Ellen. »Tut mir leid. Ich möchte nicht unhöflich sein oder Sie vergraulen oder dergleichen.«

»Seien Sie nicht albern.« Matt griff nach einem der Koffer und warf ihn mit solchem Schwung auf das Bett, dass er einmal hochhüpfte. »Sie sind Mutter und passen auf Ihr Kind auf. Ich würde gar nichts anderes erwarten.«

»Gut. Tja, wenn Sie herunterkommen und sich etwas zum Essen oder Trinken machen wollen, dann zögern Sie nicht. Ich muss das Esszimmer für meine dritte Untermieterin fertig streichen, ich glaube, Hannah hat Ihnen von ihr erzählt. Sie wird in ein paar Tagen einziehen.«

»Die alte Dame, die Sexbücher schreibt, nicht wahr?«, fragte Matt, während er den Reißverschluss seines Koffers aufzog, den Kleiderschrank öffnete und eine Sammlung wild zusammengewürfelter Kleiderbügel vorfand.

»Na ja, es sind eher historische Romane, aber auf jeden Fall sind Charlie und ich … und Sabine, das ist unser deutscher Gast … im Esszimmer, falls Sie uns brauchen.«

Matt warf einen Blick auf seine Uhr. Es war kurz nach neun.

»Sie kommt in ein paar Tagen, sagen Sie?«

»Ja, ich weiß.« Ellen sah verzweifelt aus. »Ich kann von Glück reden, wenn die Farbe bis dahin getrocknet ist. Ich hatte keine Ahnung, dass wir so lange brauchen würden. Das Problem ist, dass die Farbe die gemusterte Tapete nicht abgedeckt hat. Wir sind jetzt bei der vierten Schicht, und wir brauchen mindestens noch eine, und das Zimmer darf offenbar auf keinen Fall nach Farbe riechen, wenn sie ankommt. Da fällt mir gerade ein, dass Simon mir nicht einmal gesagt hat, wann ihre Chaiselongue geliefert werden soll …«

Ellen runzelte die Stirn, und die kleine Falte zwischen ihren Augenbrauen vertiefte sich.

Matt zog sich sein Bürohemd über den Kopf, warf es achtlos aufs Bett, dann fischte er ein verwaschenes T-Shirt aus seinem Koffer.

»Klingt ganz so, als bräuchten Sie einen Helfer.« Er grinste Ellen kurz an und streifte dann das T-Shirt über seinen nackten Oberkörper. »Das ist das Zimmer nach hinten, richtig?«

»Nur, wenn Sie wirklich wollen.« Ellens Lächeln wirkte unsicher.

»Klar will ich.« Matt trottete die Treppe hinunter, und Ellen wartete einen Augenblick, bevor sie ihm folgte.

Aus irgendeinem Grund hatte sie den Eindruck, nach dem Weg hinunter noch mehr außer Atem zu sein als nach dem Gang nach oben.

6

Es war eine mondlose Nacht, und auf der Straße war es stockdunkel, sodass Eliza gezwungen war, langsam zu gehen und mit den Füßen nach Furchen und Steinen zu tasten. Sie war jetzt seit fast einer Stunde unterwegs, doch sie hatte kaum mehr als eine Meile zurückgelegt.

Immer wieder hatte sie das Bild vor Augen, wie ihr Onkel in seiner Schlafkammer lag, wo das Blut sich zu einer großen Lache gesammelt hatte und in den Spalten der gebohnerten Holzdielen geronnen war.

»Ihr habt ihn ermordet!«, hatte Eliza gekeucht, und ihre Brüste wogten, während sie ihn mit aufgerissenen Augen anstarrte.

»Das war unumgänglich.« Der Captain steckte sein Schwert wieder in die Scheide. »Ich habe Eure Ehre verteidigt, meine Liebe.«

»Ihr!« Eliza spuckte ihm das Wort entgegen und war sich dabei nur allzu bewusst, dass sie halbnackt war, und ihr Unbehagen wurde durch seine musternden Blicke noch verstärkt. Verzweifelt bemühte sie sich, sich mit den Fetzen ihres zerrissenen Kleides und ihren bloßen Händen zu bedecken. »Ihr habt mich zuerst genommen und befleckt, und jetzt wollt Ihr meine Ehre schützen! Pah! Ihr seid wie alle Ritter, ein Heuchler und Lügner!«

Der Captain trat einen Schritt auf sie zu, während sie vor ihm zurückwich und sich nach etwas umschaute, womit sie ihre Blöße vor seinen begehrlichen Blicken bedecken könnte.

»Eliza … ich weiß, dass ich mich an Euch und an Gott versündigt habe. Ich schwöre Euch, als ich Euch zum ersten Mal zu Gesicht bekam, habe ich mehr Leidenschaft in meinem Blut und

Körper verspürt, als ich jemals für möglich gehalten hätte. Ich hatte einen Feldzug zu führen, einen Kampf auszufechten, und trotzdem konnte ich an nichts anderes denken als an Eure süße Verlockung. Ihr habt mich verschlungen, und ich habe mich bemüht, ich schwöre auf mein Leben, dass ich versucht habe, Euch zu widerstehen … aber es ist mir misslungen. Ich weiß, dass ich wegen der Art und Weise, wie ich Euch misshandelt habe, in der Hölle schmoren werde, aber Eliza … das bedaure ich nicht. Für ein paar weitere Augenblicke mit Euch würde ich ewige Qualen auf mich nehmen.«

»Das freut mich, Sir, weil ich mich lieber umbringe, als dass ich mich noch einmal von Euch berühren lasse!«, schrie Eliza.

»Ist das wirklich wahr, meine Liebste?«, fragte der Captain mit leiser und kehliger Stimme. »Als ich Euch in meinen Armen hielt, war ich mir sicher, auch in Euren Augen Verlangen und Leidenschaft zu erkennen. Ja, ich habe Euch Leid angetan, aber Ihr seid eine Frau, Eliza … und Ihr habt die Bedürfnisse einer Frau.«

Eliza rang entsetzt nach Luft. Niemals, niemals würde sie ihre Gefühle eingestehen, die sich so unerwartet in ihren Lenden regten, als sich der Captain mit ihr vergnügt hatte. Zu ihrem Entsetzen hatte sie begonnen, sich auf seine Besuche zu freuen. Das heißt, bis ihr Onkel gekommen war, um sie zu »retten«.

»Das ist nicht wahr«, flüsterte Eliza unglücklich und war auf einmal erschöpft und verwirrt von den Gefühlen, die sie nicht verstehen konnte.

Der Captain blickte enttäuscht drein.

»Nun, Euer Onkel hat einen Captain der Königlichen Armee angegriffen … darauf steht die Todesstrafe. Er ist tot, und Ihr habt von ihm nichts mehr zu befürchten und auch nicht von seiner herzlosen Frau. Dieses Haus ist jetzt das Meine, und ich bin hier der Herr und auch der Eure, ob Ihr es wollt oder nicht. Ich habe Euch unrecht getan, Eliza, aber jetzt möchte ich die Dinge in Ordnung bringen. Ich schwöre, ich werde Euch nicht mehr berühren, bis Ihr vor Gott mit mir vermählt seid. Geht in

Euer Zimmer und kleidet Euch an. Morgen früh werde ich Euch zu meiner Frau machen.«

Eliza entriss sich seinem Griff und floh zur Tür.

»Euch heiraten!« Ihre Augen funkelten wütend. »Niemals!«

»Das werdet Ihr«, antwortete der Captain. »Euch bleibt keine andere Wahl, erkennt Ihr das nicht?«

Sobald es im Haus still geworden war, war sie aus dem Fenster ihrer Schlafkammer gekrochen und an der Glyzinie hinabgeklettert, wie sie es immer getan hatte, als sie noch ein sorgenfreies Kind gewesen war. Ungeachtet dessen, was der Captain gesagt hatte oder wie verzweifelt die Lage war, Eliza hatte noch immer die Wahl, und wenn es auch nur der Tod war. Doch vorläufig war sie im Begriff, ihre Freiheit zu erlangen, und ihr Herz pochte vor übermütiger Freude. Eliza hatte keine Ahnung, was sie tun sollte, eine junge Frau ohne Geld oder Schutz mitten im Krieg, aber sie schwor sich, dass alles besser wäre, als mit dem Mann verheiratet zu werden, der sie ins Unglück gestürzt hatte, mit einem Mann, den sie hasste.

»Halt, stehen bleiben!« Mit einem Aufschrei fuhr Eliza zusammen, als sie plötzlich angehalten wurde. Aus der Dunkelheit tauchte ein Mann auf einem großen schwarzen Hengst auf.

»Was hat eine junge Dame wie Ihr des Nachts auf der Straße zu suchen?«, fragte er mit leiser und heiserer Stimme. »Wenn Ihr nach einem Handel Ausschau haltet, habt Ihr Glück, ganz in der Nähe ist eine Taverne, und mir steht der Sinn nach einem guten Fick.«

»Nein!«, keuchte Eliza. »Ich bin keine … Ich bin nur eine Reisende.«

»Allein und ohne Schutz?«, fragte der Reiter interessiert. »Wie unglaublich dumm. Jetzt weiß ich zumindest, dass ich für deine Dienste nicht bezahlen muss, oder?«

Als der Wecker schrillte, schreckte Ellen hoch, sodass die Seiten, die sie gelesen hatte, zu Boden rutschten und ein Blatt nach dem anderen anmutig hinunterflatterte. Ihr Wecker war auf sechs Uhr dreißig gestellt, aber seit Ellen ihren Mann verloren hatte, konnte sie selten länger als bis fünf Uhr schlafen. Sie blieb abends immer lange auf, so lange sie konnte, und kämpfte bis zur allerletzten Sekunde in der Hoffnung gegen ihre schwer werdenden Lider an, irgendwann so erschöpft zu sein, dass sie bis zum Morgen durchschlafen würde. Aber egal, wie sehr sie sich bemühte, die Nächte hatten sich für Ellen zu einer aufreibenden Routine entwickelt. Meist schlief sie gegen zwei Uhr über einem Buch ein, schlief leicht und unruhig ein paar Stunden, und kurz vor fünf riss ihr Gehirn sie mit dem panischen Gefühl, etwas vergessen zu haben, wieder aus dem Schlaf. Dann hörte Ellen ihren Herzschlag in ihren Ohren pochen, sie riss die Augen weit auf, damit sie sich an die Dunkelheit gewöhnten, und ihr erschöpfter Geist versuchte gegen ihren Willen, sich an die schreckliche Wahrheit zu erinnern. Schließlich sollte ihr alles wieder einfallen, und in diesen ersten Sekunden sollte es sie wieder genauso intensiv und schmerzhaft treffen wie damals, als die arme junge Polizistin ihr die Nachricht hatte überbringen müssen. Nick war tot, erinnerte sie sich. Nick war gestorben, er schlief nicht im Bett neben ihr und würde es nie wieder tun. Sie würde seine Stimme nie mehr hören, nie mehr seine Berührung spüren, nie mehr dem Geräusch seines Atems lauschen. Und während ihr die Realität wieder mit der kalten Gleichgültigkeit einer Welle, die sich an einem Felsen bricht, zu Bewusstsein kam, würde Ellen ein paar Momente verbringen müssen, in denen sie nach Luft schnappte und sowohl für das Leben kämpfte als auch dagegen, bis ihr Herzschlag sich wieder verlangsamte und sie an Charlie dachte, der in seinem Bett schlief. In knapp zwei Stunden würde er sein Frühstück haben wollen, und sie würde einen Grund haben, den einzigen Grund, aufzustehen.

Es waren diese Momente, in denen Ellen nach ihrem neuesten Buch griff, sich mit Erleichterung in seinen Seiten verlor, bis der Wecker offiziell den Tagesbeginn ankündigte.

Ellen beugte sich aus dem Bett, sammelte die Blätter von Allegra Howards jüngstem Werk auf und ordnete sie sorgfältig. Mit Entsetzen fiel ihr ein, dass Donnerstag war. Heute war der Tag, an dem Allegra um elf Uhr ankommen sollte, genauer gesagt gegen Mittag, wie Simon versprochen hatte. Allegra hatte es sich offenbar zur Gewohnheit gemacht, stets eine Stunde zu spät zu kommen. Ellen war darüber jedoch erleichtert, weil es bedeutete, dass der Farbgeruch bis dahin hoffentlich verflogen war und die Chaiselongue pünktlich an ihren Platz geschoben werden konnte. Wider Erwarten hatte sie alles für ihren VIP-Gast vorbereitet, und auch wenn dazu die Hilfe buchstäblich fremder Menschen notwendig gewesen war, so war sie dennoch stolz auf sich.

Das Timing von Allegras Ankunft hätte nicht besser sein können, da Ellen gerade die letzten Seiten fertig gelesen hatte, die Simon ihr hatte zukommen lassen. Sie strich die Blätter auf ihren Oberschenkeln glatt und dachte über das Buch nach. Ellen konnte nicht leugnen, dass es ihr gefiel, dass sie sich in jeder Sekunde, die sie in Elizas Geschichte eingetaucht war, in sie hineinversetzt und das sündige Vergnügen genossen hatte, sich mit der überschwänglichen jungen Frau mit dem wunderbaren Körper und der außerordentlichen Schönheit zu identifizieren. Trotzdem, in *Das aufgerichtete Schwert* hatte die Heldin mehr Vergewaltigungen über sich ergehen lassen müssen als in allen früheren Romanen von Allegra Howard und genau genommen in jedem anderen Buch, das Ellen für das Verlagsprogramm von Cherished Desires bisher redigiert hatte. Ellen hatte bis jetzt erst bis zur Seite dreiunddreißig gelesen, doch der Körper der armen Eliza war im Zeitraum von kaum einer Woche bereits von drei verschiedenen Männern missbraucht worden!

Hannah täuschte sich nur teilweise, wenn sie scherzte, dass diese Art von Büchern nach einer Formel von einer sexuellen Begegnung alle zehn Seiten verfasst wurde. Was die Leserinnen erwarteten, was Ellen erwartete, waren sexuelle

Leidenschaft und erotische Fantasie –, aber all die anderen Dinge, die sie an Allegra Howards Büchern so sehr liebte, fehlten hier bislang. Ellen erwartete Abenteuer, Gefahr sowie Beschreibungen, Gerüche und Geräusche einer vergangenen Welt, die Allegra so hervorragend heraufzubeschwören verstand und die ihre Romane zu mehr machten als dem durchschnittlichen schwülstigen Nackenbeißer. Simon hatte berichtet, dass Allegra mit diesem Buch Schwierigkeiten habe, und er wollte, dass Ellen ihr half, wieder in die Spur zu kommen. Das Problem bestand darin, wie brachte man einem Menschen, den man so sehr bewunderte, bei, dass er es falsch anging? Insbesondere, wenn alles, was einen zu einem Kommentar qualifizierte, die Tatsache war, dass man gerne Bücher las?

Ellen seufzte, während sie sich gegen ihr Kissen lehnte. Man stelle sich vor, drei Mal in einer Woche von verschiedenen Männern entkleidet zu werden, dachte sie mit einem Anflug von Wehmut, der sie überraschte. Für die arme Eliza musste das große Interesse an ihrem Busen schrecklich zermürbend sein, doch wenn Ellen Allegra richtig einschätzte, konnte sie sich ziemlich sicher sein, dass ihre Heldin den Fängen des letzten Wüstlings nach ein paar unerwünschten Küssen und Liebkosungen entkommen würde. Allegra setzte alle ihre Heldinnen sexuellen Übergriffen aus, aber diese hatten genau genommen Sex nur mit einem Mann, und am Ende der Bücher hatten sie sich nicht nur in ihn verliebt, sondern heirateten ihn auch, sodass sie von dem gewöhnlich nicht angemessenen Verhalten, sich zuerst körperlich nähergekommen zu sein (Allegra verwendete nie das Wort Vergewaltigung), auf wunderbare Weise freigesprochen wurden. Dennoch, dass innerhalb einer Woche drei Männer nur durch die Anwesenheit der Heldin in rasende Begierde getrieben wurden, bedeutete zumindest, dass Eliza wusste, dass sie lebendig war und die Welt von ihr Notiz nahm. Die Welt drehte sich vor Ellens Fenster weiter, und sie hatte mit ihr sehr wenig zu tun. Meistens war das genau das, was ihr gefiel, doch hin und wieder fragte sie sich, wie es wohl wäre, mehr wie Eliza – oder sogar Hannah – zu sein. Das Leben zu leben, als drehte sich die Welt um sie und als habe sie alles Recht der Welt zu erwarten, dass sie nach ihrer Pfeife tanzte. Inzwischen war dieses Haus ihre Welt, weil es auch Nicks Welt gewesen war … und in vielerlei tröstender Hinsicht noch immer war.

Ellen blickte sich in ihrem Schlafzimmer um. Es war genau so, wie es vor einem Jahr gewesen war, abgeschliffene und versiegelte Bodendielen, hier und dort mit verblassten Teppichen mit Rosenmotiven bedeckt, ein von Nick gekaufter verzierter ovaler viktorianischer Spiegel über dem stabilen Frisiertisch aus Kiefernholz, für dessen Aufarbeitung er kurz nach ihrem Einzug eine halbe Ewigkeit gebraucht hatte. Im Schrank hingen noch immer seine Kleidungsstücke, die Schubladen waren noch immer voll von seinen Sachen. Im Wäschekorb lag noch ein schmutziges Hemd, das zu waschen Ellen einfach nicht über sich brachte. Und nicht nur in diesem Zimmer war Nick allgegenwärtig, jeder Raum in diesem Haus war von einer Präsenz geprägt, die noch immer so stark war, dass man sie fast mit Händen greifen konnte. Nick hatte lange und hart an diesem spätviktorianischen Haus gearbeitet, hatte seine ganze Freizeit hineingesteckt, um Schicht um Schicht der unpassenden Tapeten zu entfernen und genau die richtigen Beleuchtungskörper und Deckenrosetten aufzustöbern, um das, was im Laufe der Zeit verändert worden war, weil es in der jeweiligen Epoche als nicht modern gegolten hatte, zu ersetzen. Nick war es gewesen, der die drei kleinen gusseisernen Kaminroste angeschleppt hatte, die jetzt die ehemaligen Kamine zierten, auf die er nach der Entfernung der Rigipswände gestoßen war. Er hatte diesem Haus die gleiche Aufmerksamkeit gewidmet wie einst Ellen, als sie sich kennenlernten, und sie erinnerte sich, dass sie eine Weile ein bisschen eifersüchtig gewesen war, weil er so viel Zeit damit verbrachte, die neu erworbenen Kaminroste schwarz zu lackieren und mit den Fingern liebevoll über deren schöne Bogen zu fahren, so wie sie einst ihre Kurven gestreichelt hatten, aber jetzt war sie froh, dass er so viele Monate aufgewendet hatte, um diesem Haus seinen Stempel aufzudrücken. Es war, als existierte er hier noch immer in allen Ecken und Winkeln.

Ellen dachte an die Welt vor ihrem Fenster, die Thornfield Avenue, eine recht ruhige, von Bäumen und viktorianischen Häusern gesäumte Straße nur einen Steinwurf von Shepherds Bush Market und dem inzwischen größten Einkaufszentrum, Westfield, entfernt. Allerdings hatte Ellen bislang nie den Wunsch verspürt, dorthin zu gehen, obwohl Charlie immer wieder von den zahllosen Geschäften und Imbissläden schwärmte, die er und seine Freunde entdeckt hatten. Nick hatte das Haus in dieser Straße nicht nur deshalb ausgewählt, weil er sich in das heruntergekommene alte Gemäuer verliebt hatte, sondern auch, weil hier nur Anwohner parken durften und ein Bus, der direkt zu einer guten Schule fuhr, regelmäßig unten am Ende der Straße bei der Haltestelle anhielt. Nachdem sie hier eingezogen waren, hatte Ellen Charlie in seinem Buggy an jedem Markttag über den Platz geschoben, in erster Linie, um die Farben zu sehen, die Geräusche zu hören und die Gerüche einzusaugen. Es war lange her, dass sie das zusammen getan hatten. Inzwischen war Ellen froh, dass ihr alles, was sie brauchte, direkt ins Haus geliefert wurde.

Plötzlich wehte eine Brise durch den Spalt im Schiebefenster, das Ellen wegen der drückenden Hitze über Nacht offen gelassen hatte, und trug den Duft der Ligusterhecke und des heißen Asphalts herein, was sie sogleich wieder an den letzten Morgen mit Nick denken ließ.

Er hatte auf dem Bettrand gesessen und sich überlegt, welche Unterhose er anziehen sollte.

»Was spielt das für eine Rolle?«, hatte Ellen gelacht und

ihm über den Rücken gestreichelt. »Wer sieht die schon außer mir?«

Nick hatte sich umgedreht und ihr über die Schulter zugelächelt. »Ich habe meiner Großmutter immer versprochen, dass ich, wenn sie mich je von einer Straße kratzen müssen, keine Schande über die Familie bringe. Im Ernst, ich habe heute diesen wichtigen Termin ... ich denke, ein Mann sollte mit seiner Kleidung von innen heraus Eindruck machen.«

»Musst du jetzt gleich aufstehen?«, hatte Ellen vorsichtig gefragt. Verführungskunst zählte nicht zu ihren angeborenen Stärken, und sie war von Nick in der Vergangenheit schon so häufig gedankenlos zurückgewiesen worden, dass sie mit ihrem Vorschlag, sie könnten noch ein bisschen zusammen kuscheln, zögerte.

»Ja«, hatte Nick geantwortet, war aufgestanden und hatte sich die ausgewählten Boxershorts über den Hintern gezogen. »Habe heute jede Menge zu tun, meine Liebe.« Er hatte sich heruntergebeugt und ihr einen Kuss auf die Stirn gedrückt, bevor er ins Badezimmer gegangen war, um sich zu rasieren.

Hätte er die Andeutung bloß verstanden, dachte Ellen wehmütig. Wäre sie nur ein bisschen dreister und verwegener gewesen und hätte er, als er sich zu ihr umdrehte, um ihr ein Lächeln zuzuwerfen, den Ausdruck in ihrem Blick erkannt. Hätte er sie auf die Lippen anstatt auf die Stirn geküsst, hätte sie die Arme um seinen Hals geschlungen und ihn ebenfalls geküsst. Dann hätte sie zumindest eine weitere Erinnerung an ihn, eine weitere Erinnerung, wie es sich anfühlte, seine Arme um sich zu spüren, seine Lippen an ihrem Hals, das Geräusch seines Atems an ihrem Ohr. Aber nichts davon war geschehen, er war ein paar Minuten später aus dem Haus gegangen und nie mehr zurückgekehrt.

Ellen hob den Ausschnitt ihres Nachthemds an und spähte unsicher auf ihre Brüste hinab. Sie waren ziemlich üppig, wenn auch nicht genau jene perfekten, kecken Rundungen, mit welchen Allegra alle ihre Heldinnen auszustatten pflegte. Sie hatten noch immer eine schöne Form, waren noch immer fest und hingen nicht, dank der vernünftigen BHs, die sie ihr Leben lang getragen hatte, und Ellen war insgeheim stolz auf sie, obwohl sie nicht das Bedürfnis hatte, sie wie ihre Schwester ständig durch ein möglichst tiefes Dekollete zur Schau zu stellen. Nick hatte ihre Brüste geliebt, hatte ihren ganzen Körper geliebt, und als sie frisch verheiratet gewesen waren, hatte sie seine Bewunderung für ihr rundes Hinterteil, ihre breiten Hüften und den Umfang ihrer Schenkel genossen. Ellen schloss die Augen, während sie sich an die Berührung durch die Fingerspitzen und die Lippen ihres Mannes erinnerte, wenn sie ganz langsam über ihre sich hebenden und senkenden Kurven strichen. In den letzten Jahren, die sich als die letzten ihrer Ehe erwiesen hatten, hatten sie längst nicht mehr so häufig miteinander geschlafen, aber das hatte Ellen, wenn auch mit Bedauern, akzeptiert, weil sie davon ausgegangen war, dass die Leidenschaft und Dringlichkeit, die Nick einst an den Tag gelegt hatte, nach zehn Jahren zwangsläufig etwas nachlassen würden, auch wenn sie ihn noch immer genauso begehrte wie damals, als sie sich kennenlernten. Wenn Ellen sich richtig erinnerte, und dessen war sie sich sicher, dann war an dem Tag, an dem die Polizeibeamtin Henderson und ihre Kollegin durch den Vorgarten gekommen waren, um ihr die traurige Nachricht zu überbringen, das letzte Mal genau genommen fast sechs Monate her gewesen. Und jetzt, jetzt würde es kein nächstes Mal mehr geben.

Langsam ließ Ellen die Fingerspitzen über dem dünnen Stoff ihres Nachthemds aufwärts wandern und gestattete sich zum ersten Mal seit einem Jahr für einen kurzen Moment, sich auszumalen, Nick wäre derjenige, der sie berührte, seine Finger, die ihren Körper sanft massierten, seine Lippen, die ihre Haut kitzelten, seine Augen, die zu ihr aufblickten …

Abrupt setzte Ellen sich auf, nahm die Hände von sich und

sprang aus dem Bett, als hätte sie gerade herausgefunden, dass sich darin irgendetwas Schreckliches verbarg.

Verlegen streifte sie zu der Jeans, die sie schon gestern getragen hatte, eines von Nicks Hemden über und fuhr sich, weil sie ihre Haarbürste nicht finden konnte, mit den Fingern durch das zerzauste Haar. Kaffee, beschloss sie, was sie brauchte, um richtig wach zu werden, war Kaffee, denn das, was gerade geschehen war, war eine Art Wachtraum gewesen, keineswegs bewusste Gedanken … nichts, was sie unter Kontrolle haben konnte. Ellen blickte finster drein, als sie wütend und verlegen barfuß die Treppe hinunterging.

Es war nicht Nicks Gesicht gewesen, das zu ihr aufgeblickt hatte, als sie die Augen schloss. Es war das Gesicht ihres neuen Untermieters gewesen – das von Matt.

Matt starrte auf seinen Computerbildschirm und wartete. Es war erst sein dritter voller Arbeitstag, und schon hatte er keine Zeit mehr für besondere Ausflüge – heute war Redaktionsschluss. Er hatte seinen Artikel über die Heldentaten einer Gruppe von Fußballfans, die die englische Nationalmannschaft überall hin begleitete, fertig, und eine Rezension über den jüngsten Superhelden-Streifen geschrieben, den er sich gar nicht richtig angeschaut hatte. Aber er hatte seine Kolumne noch immer nicht gespeichert, und der Abgabetermin rückte unaufhaltsam näher. Offenbar hatte Dan, der Herausgeber, gesagt, der Titel, unter dem Matts Kolumne in der *Manchester Evening Post* erschienen war, wäre nicht griffig genug und würde den Geist von *Bang It!* nicht vermitteln. Pete und Matt hatten ein paar Ideen entwickelt, und dann war Pete etwas eingefallen, was ihm so sehr gefiel, dass sich jede weitere Diskussion erübrigt hatte. Matts neue Kolumne für *Bang It!* sollte den Titel haben: »Quickie! Führer eines Singles durch Sex and the City.«

Matt redete sich ein, dass das ironisch gemeint sein musste, aber um ehrlich zu sein, bei *Bang It!* gab es nicht allzu viel Ironisches, vielleicht mit Ausnahme der Politik der Chancengleichheit. Dennoch war Pete, wie er gesagt hatte, ganz für Chancengleichheit, solange es Mädchen gab, die sich gegen Geld auszogen.

Der Cursor blinkte auf Matts leerem Computerbildschirm. Matt schaute sich um: Im Büro war es ruhig, weil ausnahmsweise alle Kollegen konzentriert bei der Arbeit waren und darum kämpften, bis Redaktionsschluss fertig zu werden. Pete hatte erzählt, das Muster sei immer das gleiche. Am Montag waren alle locker und entspannt. Häufig hielten sie die wöchentliche Redaktionssitzung im Pub ab oder ließen sich zumindest Bier bringen, saßen mit auf den Schreibtisch gelegten Füßen da und brachten Ideen zur Sprache. Die Belegschaft alberte herum, recherchierte im Internet und erfand eine neue Art von Bürospiel – Matt hatte bereits an seinem ersten olympischen Zehnmeter-Schreibtischstuhl-Rennen teilgenommen. Am Dienstag fing man gewöhnlich an, sich in Bewegung zu setzen. Am Mittwoch fiel jedem ein, dass er einen Job hatte, und am Donnerstag war keine Zeit mehr, um noch herumzualbern, man machte sich ernsthaft an die Arbeit, und kurz vor Redaktionsschluss drehten offenbar alle beinahe durch.

»Wenn du die Probezeit überstehen willst, solltest du keinen deiner Beiträge zu spät abgeben«, hatte Pete ihn gewarnt. »Dan lässt sich das nicht gefallen.«

Das Problem war, dass Matt sich genau darum Sorgen machte. Seit ihrer Begegnung am Montag hatte er befürchtet, Carla über den Weg zu laufen … aber dann war ihm eingefallen, dass sie Freiberuflerin war, nicht etwa zur festen Belegschaft zählte und dass sie, sollte sie jemals wieder für *Bang It!* arbeiten, gewiss bei irgendeinem Fotoshooting sein würde, an dem er hoffentlich nicht anwesend sein musste. Die Chance, ihr zufällig zu begegnen, war gering. Aber was sollte er mit ihr tun? Eigentlich sollte er sie anrufen, ihr zumindest erklären, dass er, obwohl es ihm mit ihr sehr gefallen hatte und obwohl sie ein hübsches Mädchen war, nicht bereit war für eine feste Beziehung, vor allem nicht so kurz nach seiner Ankunft in London. Das Problem bestand darin, dass sie, wenn er sie anrief und ihr das erklärte, wahrscheinlich behaupten würde, sie sähe das völlig entspannt, und ihm womöglich vorschlagen würde, dass sie sich ohne irgendwelche ernste Absichten treffen könnten, und dass sie dann nach einer Woche oder zwei mehr erwarten würde. Dann würde sie Pläne schmieden, Verabredungen mehr als vierundzwanzig Stunden im Voraus vereinbaren wollen. Sie würde ihn ihren Freunden vorstellen wollen, sie würde davon ausgehen, dass er jeden Samstagabend zur Verfügung stand und den Sonntag mit ihr verbrachte. Und wenn er sie daran erinnern sollte, dass das überhaupt nicht das war, was sie vereinbart hatten, würde sie losheulen, sich aufregen und ihm sagen, sie wäre davon ausgegangen, dass die Dinge sich verändert hätten, dass sie ihm etwas bedeuten würde. Am Ende würde er ihr unweigerlich wehtun.

Nein, wenn er sie anrief, wenn er diesen Fehler beging, würde er sein oberstes Gebot brechen und sie weiter ermuntern. Und bevor man es sich versah, würde sie glauben, man zähle zu den Einfältigen, die sich an die Kette legen lassen, egal, wie klar man gesagt hatte, dass man keine feste Bindung eingehen wollte.

Er hatte genau vor Augen, was er in seiner ersten Kolumne schreiben sollte: Der großspurige Bursche steigt aus dem Zug und direkt ins Bett einer heißen Braut. Er sollte seine Technik schildern, welche Schritte er bei Carla unternommen, wie er sie glauben gemacht hatte, es wäre ihre Absicht, sich im Junisonnenschein zu betrinken, und ihre Idee, ihn in ihre Wohnung abzuschleppen. Er würde lügen müssen, wie unersättlich sie im Bett gewesen wäre, und ihre kurze Begegnung, die zärtlich und zögerlich gewesen war, in einen von Leidenschaft angefachten Rausch des lustvollen Sex verwandeln müssen. Er würde Carlas Brüste um ein paar Körbchengrößen vergrößern und sie außerdem in bestimmten Bereichen als viel erfahrener darstellen müssen.

Dennoch kam es selbst ihm ein wenig zu niederträchtig vor, so kurz nach der Begegnung über ein Mädchen zu schreiben. Vor allem über ein Mädchen wie Carla, die wahrlich nicht der Typ zu sein schien, der auf Gelegenheitssex aus war, vielmehr überrumpelt und zu dem verleitet worden war, was Matt als eher untypische spontane Entscheidung betrachtete.

Nachdem er zu einem Entschluss gelangt war, holte Matt seinen Laptop aus der Tasche und öffnete den Ordner, in dem er sämtliche Beiträge für seine Kolumne gespeichert hatte. Er fand einen seiner allerersten Artikel und mailte ihn an seine Büroadresse. Eigentlich hatte er nicht vorgehabt, seine Karriere bei *Bang It!* mit einem überarbeiteten alten Artikel zu beginnen. Und er war sich durchaus im Klaren, dass diese Karriere, wenn Pete oder Dan davon Wind bekamen, zu Ende sein könnte, bevor sie überhaupt begonnen hatte, aber ob er Carla wieder treffen wollte oder nicht, er mochte sie. Er mochte sie immerhin so sehr, dass er sie nicht verheizen wollte. Noch nicht.

»Du hast die kleine Visagistin also an deinem ersten Tag gevögelt?« Pete trat in einer Wolke aus Schweiß- und Zigarettengeruch an seinen Schreibtisch. »Beeindruckend.«

»Ein Gentleman genießt und schweigt.« Matt warf ihm ein einstudiertes Grinsen zu, das besagte »selbstverständlich«.

»Es gibt keinen Grund, sich deshalb zu zieren, weil es überall die Runde macht. Sie hat es Suze erzählt, Dans Assistentin, und Suze hat es weiterverbreitet.«

»Tatsächlich?« Matt rutschte auf seinem Stuhl herum. Offenbar unterhielt Carla viel direktere Kontakte zur Redaktion, als er gehofft hatte.

»Sie hat von dir geschwärmt, Kumpel ... du hast in deinen Lebenslauf gar nicht reingeschrieben, dass du ein ›zärtlicher und rücksichtsvoller Liebhaber‹ bist.« Pete kicherte in sich hinein und erregte damit die Aufmerksamkeit von Raffa, der mit einem Grinsen reagierte.

»Schwachsinn!«, antwortete Matt instinktiv. »Sie war ganz wild darauf, Kumpel, hat mich quasi von der Straße abgeschleppt. Ich hatte gar keine Gelegenheit, zärtlich und rücksichtsvoll zu sein, in weniger als einer Minute hat sie mir die Hose ausgezogen … und ihre! Das Mädchen war ausgehungert!«

»War sie gut?«, fragte Pete ihn unverblümt. »Du wirst es Keith von der Produktion erzählen müssen, denn er versucht seit Wochen vergeblich, an sie ranzukommen, der arme Kerl. Vermutlich *mag er sie wirklich.*«

»Bestnoten, was Begeisterung anbelangt, Kumpel.« Matt zwinkerte. »Außerdem wissen wir alle, dass es ein paar Dinge gibt, die man kaum missverstehen kann … du weißt, was ich meine?«

Pete und Greg, der Layouter, lachten los.

»Du wirst dich also wieder mit ihr treffen?«

»Nein, das war nur Spaß, und das weiß sie.«

»Bist du sicher?«, fragte Pete. »Carla scheint der Meinung zu sein, dass du in ihrem Leben eine große Rolle spielen wirst.«

Matt zuckte mit den Schultern. »Ich bin gerade erst hier angekommen, ich bin nicht auf der Suche nach einer festen Beziehung, das habe ich ihr gleich gesagt.«

»Tja, hier im Büro wartet jeder darauf, deine Zusammenfassung zu lesen. Weißt du was? Du solltest ihr Noten zwischen eins und zehn geben … das wäre ein Lacher.«

»Tolle Idee«, sagte Matt. »Das mache ich.«

Er blickte dem davonschlendernden Pete nach und schloss gleich darauf die Kolumne, die er hatte umschreiben wollen. Jetzt blieb ihm keine andere Wahl. Er musste ganz von vorne anfangen.

7

Sie ist ein Freak«, zischte Charlie, als er Allegra Howard durch das Küchenfenster beäugte. »Und sie verbreitet einen komischen Geruch im Haus.«

»Sie ist kein Freak, und du sollst dieses Wort nicht benutzen!«, schimpfte Ellen. »Sie ist eine alte Dame und duftet nach Lavendel. Zugegebenermaßen ziemlich stark nach Lavendel.«

Sie rümpfte die Nase. Allegras Duft tat mehr, als in einem Zimmer haften zu bleiben, wenn sie es verlassen hatte – er schien sich einen Stuhl hervorzuziehen und es sich gemütlich zu machen.

»Nach einer irren Menge Lavendel, könnte man wohl sagen, was, Charles?«, warf Hannah ein und grub die Finger in Charlies Rippen, und beide kicherten verschwörerisch los.

Ellen spitzte den Mund und sah ihre Schwester an. Hannah war kurz nach fünf Uhr gekommen, gleichzeitig mit Sabine, und hatte angeboten, allen etwas zum Essen zu holen, was Charlie zu der Frage veranlasste, wen genau sie mit allen meinte, und ob das zum Beispiel auch Matt und die alte Frau mit einschloss? Und ob es in Ordnung wäre, wenn er trotzdem Fischstäbchen haben wollte?

Hannah hatte das großzügige Angebot auf jeden ausgedehnt, der Lust hatte, sich ihnen anzuschließen. Ellen wusste, dass der einzige Grund, warum ihre Schwester vor einundzwanzig Uhr Feierabend machte, in der Tatsache bestand, dass sie Matt noch nicht persönlich begegnet war, und Ellen hatte häufig den Eindruck, dass ihre Schwester entschlossen war, jedes Exemplar der männlichen Spezies auf dem Globus kennenzulernen. Abgesehen davon würde sie unbedingt sehen wollen, wie Ellen mit Allegra Howard zurechtkam, die ein Wirbelwind zu sein schien. Darüber hinaus vermutete Ellen, dass Hannah, weil die Idee, Untermieter aufzunehmen, von ihr stammte, das Gefühl hatte, einen gewissen Besitzanspruch zu haben, eine gewisse Verantwortung, sicherzustellen, dass alles glatt lief, damit Ellen nicht plötzlich überlastet war. Wieso sollte sie sonst alle fünf Minuten hier aufkreuzen? Ellen spielte mit dem Gedanken, von ihr Miete zu verlangen, sollte sie noch häufiger vorbeikommen.

»Sie ist alt und hat ihre festgefahrenen Gewohnheiten«, wiederholte Ellen. »Und allem Anschein nach ist sie eine sehr begeisterte Gärtnerin. Sie ist jetzt schon eine ganze Ewigkeit da draußen. Beim Rosenschneiden.«

Ellen war mit den Nerven fast am Ende gewesen, als Allegra und Simon gegen drei Uhr am Nachmittag schließlich angekommen waren.

»Ellen, Liebes.« Simon hatte sie in die Arme geschlossen und ihr flüchtige Küsschen auf beide Wangen gedrückt. »Tut mir leid, dass wir so spät kommen. Allegra hatte ein kleines Problem, zu entscheiden, was sie mitbringen und was sie eingelagert lassen soll, und wir haben zwei Stunden gebraucht, bis wir zu einem Entschluss gekommen sind, was mit ihren Porzellanhunden von Royal Staffordshire geschehen soll.« Er zwinkerte Ellen zu und trat zur Seite, um ihr einen Blick auf ihre neue Arbeitgeberin zu ermöglichen.

»Darf ich Ihnen Miss Howard vorstellen?«

Allegra Howard sah ganz anders aus, als Ellen erwartet hatte. Das Foto, das die Umschläge all ihrer Bücher zierte, war veraltet und außerdem extrem weichgezeichnet. Es zeigte eine Blondine undefinierbaren mittleren Alters mit glattem Teint, die sich zärtlich eine einzelne Rose an die Wange hielt, während sie mit verträumtem Blick in die Ferne sah, als denke sie sich genau in dieser Sekunde ihren nächsten Bestseller aus.

Simon hatte Ellen schon immer gewarnt, dass dieses Foto vor langer Zeit aufgenommen worden sei, trotzdem war sie davon ausgegangen, dass Allegra von Kopf bis Fuß in Chiffon gewandet, ihre alternde Haut mit zu viel Make-up abgedeckt und ihr Haar vom Färben und Haarspray spröde sein müssten. Das war ein Klischee, und zwar ein unfaires.

Allegra war eine ordentliche, elegant wirkende Frau, die ein fliederfarbenes Kostüm und dazu niedrige beige Pumps trug und ihr silberblondes Haar im Nacken zu einem kleinen Knoten zusammengebunden hatte. Hätte Ellen die auffällige dreireihige Perlenkette mit Rubinverschluss und die drei großen Diamantringe nicht bemerkt, wäre sie vielleicht nie auf die Idee gekommen, dass sie eine Bestsellerautorin schwülstiger Liebesromane vor sich hatte, mit welchen diese kommerziell so erfolgreich war, dass jeder Schriftsteller sie nur beneiden konnte. Zumindest wies nichts an ihrer Erscheinung, die etwas ziemlich Aristokratisches hatte, darauf hin.

»M… Miss Howard«, stammelte Ellen. »Ich freue mich wahnsinnig, Sie kennenzulernen, ich bin ein großer Fan von Ihnen.«

»Unsinn, Sie sind kein Fan, Schriftsteller haben keine Fans. Sie sind Leserin, Anhängerin beziehungsweise Bewunderin. Ich bin nicht für Fans, das ist ein so protziges Wort. Und ich bestehe darauf, dass Sie mich Allegra nennen. Man erwartet keine Sonderbehandlung, nur weil man großartig ist. Darf ich jetzt mein Zimmer sehen? Ich hoffe, es geht nach Süden raus, ich habe Simon angewiesen, dass es nach Süden gehen muss, aber das scheint er vergessen zu haben.«

»Hm, ich *glaube* schon«, antwortete Ellen nervös, während sie Allegra ins ehemalige Esszimmer führte. »Hier scheint es jedenfalls immer sonnig zu sein.«

Ellen hielt den Atem an, während Allegra sich in dem

frisch gestrichenen Zimmer umsah, und fürchtete, die Fliederfarbe könnte falsch sein, die Chaiselongue könnte den Erwartungen nicht entsprechen oder Allegras elegante, leicht gebogene Nase könnte trotz der Tatsache, dass sie die Terrassentüren seit sieben Uhr morgens hatte offen stehen lassen, einen ganz feinen Farbgeruch wahrnehmen.

»Ich würde sagen, nach Südwesten, meinen Sie nicht auch, Simon?« Allegra zog die mit einem Stift nachgezeichnete Augenbraue hoch, und ihre Mundwinkel sanken ein klein wenig. »Es wird trotzdem gehen, es wird schon gehen … was ich über diese Rosen allerdings nicht sagen kann, die sind wirklich eine Schande!« Sorgenvoll hatte Ellen von der Tür aus zugesehen und war entsetzt, als Allegra auf die Terrasse hinaustrat, in deren Fugen Gras und Unkraut wucherten, und den Kopf beim Anblick der ungepflegten und verwahrlosten Rosenbüsche schüttelte, die einst die Fenster so schön gesäumt hatten, jetzt aber noch immer die verwelkten, schimmelnden Blütenköpfe des längst vergangenen Sommers trugen.

»Ich brauche Schönheit und Ordnung, um arbeiten zu können … das geht bei dem Chaos hier einfach nicht. Bringen Sie mir Ihre Rosenschere, meine Liebe, ich muss das sofort in Ordnung bringen. Zum Glück habe ich meine Gartenhandschuhe mitgebracht. Sehen Sie, Simon, mein Lieber, dass ich recht hatte … man weiß nie, wann es nötig ist, sich mit Grünzeug zu befassen.«

Ellen stand eine Sekunde wie versteinert da und konnte sich nicht einmal erinnern, ob sie überhaupt eine Rosenschere besaß oder worum es sich dabei eigentlich genau handelte. Als ihr gelähmtes Gehirn die Verknüpfung endlich herstellte, wurde ihr klar, dass die Schere wohl an einem rostigen Nagel im Schuppen am Ende des überwucherten Gartens hängen musste, dessen Tür sich wahrscheinlich wegen des hohen Grases und der ins Kraut schießenden Winden gar nicht mehr öffnen ließ und in dessen modrigem

Inneren inzwischen wohl viele große Spinnen ganz unbehelligt hausten. Ellen hatte sich seit einer Ewigkeit nicht mehr dort hineingewagt, weil sie keinerlei Wunsch verspürt hatte, ihre Rosen zu schneiden. Da sie auf keinen Fall in den Schuppen gehen wollte, fiel ihr die Küchenschere ein, die ebenfalls geeignet sein könnte, und lief davon, um sie Allegra zu holen, die bereits ihre Gartenhandschuhe übergezogen hatte.

Allegra beäugte die ihr dargebotene Schere und presste ihre schön geschminkten Lippen enttäuscht und missbilligend zu einem schmalen Strich zusammen, griff aber dennoch danach.

»Ich wäre dankbar, wenn Sie mir Tee bringen würden«, instruierte sie Ellen. »Ach, bevor Sie gehen, sollten Sie noch wissen, dass ich jeden Morgen um sieben Uhr dreißig in meinem Zimmer frühstücke, ein weichgekochtes Ei und Vollkorntoast ohne Rinde, dünn mit ungesalzener Butter bestrichen. Vor zehn trinke ich nur englischen Frühstückstee mit Vollmilch, nach zehn Earl Grey. Um zehn Uhr beginne ich mit der Arbeit, mache um eins eine Pause für ein leichtes Mittagessen und arbeite dann bis fünf Uhr weiter. Zwischen achtzehn und neunzehn Uhr dreißig esse ich zu Abend und gehe jeden Abend um einundzwanzig Uhr dreißig zu Bett. Simon wird Ihnen eine Kopie meines Speiseplans aushändigen, aber Sie sollten wissen, dass ich kein rotes Fleisch esse. Wir haben uns die Freiheit genommen, die Zutaten für die heutige Mahlzeit mitzubringen, aber ab jetzt erwarte ich, dass Sie sämtliche Einkäufe übernehmen.« Sie blickte Ellen an, als erwartete sie eine Antwort.

Ellen starrte sie entgeistert an, während sie Allegras Anweisungen langsam verarbeitete.

»Ach! Sie meinen, ich soll auch für Sie kochen?«

»Sie haben die Position meiner persönlichen Assistentin angenommen, oder nicht?«, fragte Allegra.

»Ja, aber ich dachte …« Ellen zögerte eine Sekunde,

während ihr klar wurde, dass es zwecklos war, mit Allegra herumzudiskutieren. Entweder sie akzeptierte die alte Dame mit all ihren Bedürfnissen und Marotten, oder sie würde sie bitten müssen, wieder zu gehen, und das war undenkbar.

Ellen sah Simon an, der ihr einen reumütigen Blick zuwarf und sich stumm dafür entschuldigte, dass er ihr nicht alle Informationen weitergegeben hatte.

»Natürlich, wie Sie wünschen«, gab Ellen klein bei. »Es ist nur … na ja, ich brauche auch etwas Zeit, um an den anderen Manuskripten zu arbeiten, die Simon mir schickt.«

»Wie bitte?« Allegra wirkte entsetzt. »Sie meinen, Sie arbeiten am Material anderer Autoren, während Sie an meinem arbeiten? Oh nein, nein, nein. Das kann ich nicht zulassen … Simon, das geht auf gar keinen Fall.«

»Ach, nein … Allegra, Ellen hat das missverstanden, und das ist ganz allein meine Schuld. Ich glaube, ich habe ihr nicht erklärt, dass es sich ab jetzt bei sämtlichen Aufträgen, die sie für Cherished Desires übernimmt, ausschließlich um Manuskripte von Allegra Howard handelt.« Er lächelte Ellen an. »Das ist Ihnen doch recht, nicht wahr, Ellen? Sie werden keine finanziellen Einbußen erleiden, und Sie müssen sich natürlich ganz auf Allegras laufende Arbeiten konzentrieren.«

»Ja, warum sollten Sie sich mit Schrott abgeben, wenn Sie doch mit Gold arbeiten können?«, fügte Allegra hinzu.

»Allegra will damit nicht etwa andeuten, dass meine Autoren nicht ausnahmslos wunderbar sind«, konterte Simon.

»Will ich das nicht?« Allegra zwinkerte Ellen zu, die darüber so verdutzt war, dass es ihr für einen Augenblick die Sprache verschlug. Allem Anschein nach schlummerte hinter dieser großartigen Fassade so etwas wie Humor.

»Natürlich würde ich mich freuen, nur an Ihren Manuskripten zu arbeiten. Das sind schließlich meine Lieblingsbücher.«

»Ausgezeichnet.« Allegra lächelte zustimmend. »Also kochen Sie bitte Tee, während ich mich daranmache, diese

Wildnis zu zähmen, die Sie im Garten vorsätzlich haben wuchern lassen.«

Simon folgte Ellen in die Küche, wo sie ihre Teebeutel aus dem Supermarkt betrachtete und sich fragte, ob diese es wohl tun würden, bis sie Earl Grey besorgen konnte.

»Schauen Sie nicht so beunruhigt drein«, sagte Simon, legte die Hände sanft auf ihre Schultern und drehte sie um, sodass sie ihn ansah. »Diese Frau, das ist nicht die echte Allegra. Sie ist eben alt, ein bisschen verloren und ein wenig von der Rolle. Sie vermisst ihr Zuhause und ihre Routine, die Ärmste, und kaschiert das alles, indem sie sich als Schreckschraube gibt. Das Ganze ist für sie ebenso beängstigend wie für Sie. Ich bin mir sicher, dass Sie beide, sobald sie sich eingewöhnt hat, gute Freundinnen werden, und sie aufhören wird, mit Ihnen zu reden, als wären Sie ihre Hausangestellte.«

Ellen entspannte sich, als sie in Simons freundliche bernsteinfarbene Augen blickte. Er verstand es, sie mit ein paar einfachen Worten zu beruhigen und zu besänftigen. Das war einer der Gründe, wieso sie so gern für ihn arbeitete. Nichts schien ihn aus der Fassung zu bringen, und seine Zuversicht und sein Optimismus waren irgendwie ansteckend und machten die anderen glauben, die Welt wäre viel einfacher als vermutet … zumindest, solange man sich in seiner Gesellschaft aufhielt.

Es war eine Schande, dass Simon noch immer keinen Partner fürs Leben gefunden hatte, überlegte Ellen. Ein großer, gut aussehender Mann wie er, elegant gekleidet, mit noch dichtem Haar, und der sogar in diesen schwierigen Zeiten finanziell abgesichert war, verdiente die Liebe des zu ihm passenden Menschen. Vielleicht hatte Hannah recht, vielleicht wollte Simon das alles gar nicht. Vielleicht zog er eine Reihe kurzer Affären etwas Ernsthafterem vor, hatte es auf Umarmungen im Dunkeln und auf leidenschaftliche heimliche Küsse im Mondschein abgesehen, suchte lediglich ein paar Augenblicke des Vergnügens mit Fremden, und dann …

»Du meine Güte, Ellen Woods, woran denken Sie?«, fragte Simon und zog amüsiert die Augenbraue hoch.

»Was, warum?« Ellen wich von ihm zurück und drückte den Handrücken gegen ihre Wange.

Simon musterte ihr Gesicht eingehend. »Eine Sekunde lang haben Sie ausgesehen wie eine heißblütige Femme fatale mit Smokey Eyes, die ihre nächste Verführung plant!«

»Ich? Quatsch. Ich habe daran gedacht, wie ich für Allegra kochen soll, Sie Idiot!« Ellen lachte nervös. »Ehrlich, Simon, wir beide haben zu viele Liebesromane gelesen. Wir müssen daran denken, dass es im wahren Leben viel nüchterner zugeht.«

Ellen wandte sich um, um das kochende Wasser in die Teekanne zu gießen, die sie ganz hinten im Geschirrschrank entdeckt hatte, und hoffte, der aufsteigende Dampf würde Erklärung genug sein für ihre geröteten Wangen. Was war bloß über sie gekommen? Zuerst dieser Vorfall heute Morgen und jetzt das? Was war mit ihr los? Monate-, jahrelang war sie ein im Grunde geschlechtsloses Wesen gewesen, selbst wenn man ihr alles andere als wildes Sexleben mit Nick dazuzählte, und jetzt überrumpelte ihr rebellischer Geist sie bei jeder Gelegenheit, zog in Gedanken jeden Mann in Sichtweite mehr oder weniger aus, deren Zahl sich zum Glück auf lediglich zwei beschränkte.

Es lag an dem Durcheinander, redete Ellen sich ein. Die ganzen Veränderungen brachten sie aus dem Gleichgewicht, diese Neuerungen und die besonders große Zahl an sexuellen Übergriffen in *Das aufgerichtete Schwert.* Sobald sie sich mit Allegra an die Arbeit machen würde, würde ihr Gehirn richtig beschäftigt und von all dem Kummer und den Sorgen abgelenkt sein, die es so lange überschattet hatten. Vielleicht würde sich ihr Geist wieder beruhigen und sich nur mit den unbedeutenden Dingen beschäftigen. Mit den Kleinigkeiten, die so vielen anderen Menschen entgingen, mit denen Ellen sich aber so gern befasste.

»Glaubst du, Allegra hätte gern gebratenen Reis oder Nudeln?«, unterbrach Hannah Ellens Gedankengang.

»Weder noch, sie bekommt …« Ellen griff nach einem der Rezepte, die Allegra ihr gegeben hatte, » … gegrilltes Hühnchen mit gedämpftem Brokkoli und neuen Kartoffeln. Und wir ebenfalls, weil Simon so viel mitgebracht hat, dass es für eine kleine Armee reichen würde … deshalb dachte ich mir, das könnte ich auch für Charlie und mich kochen.«

»Nicht für mich«, erklärte Charlie. »Ich esse Fischstäbchen.«

»Ja, aber ich dachte, du könntest heute Abend mal für eine Abwechslung sein?«, schlug Ellen vor. »Du weißt, dass wir ein neues Kapitel in unserem Leben aufschlagen, und ich dachte, dir könnte der Sinn danach stehen, auch etwas Neues zu essen, zur Abwechslung.«

»Ich dachte, du hättest gesagt, es sei kein Problem, was ich esse?«

»Genau, und es ist kein Problem, es ist nur …«

»Nein, du weißt, dass ich Hühnchen und Brokkoli und dieses Zeug nicht mag. Ich möchte Fischstäbchen essen. Ich kann sie mir selbst braten, wenn es dir zu große Umstände macht.«

»Natürlich macht es mir keine Umstände, ich dachte eben nur, du …«

»Das ist doch keine große Sache, oder?«, fragte Hannah und schlang den Arm um Charlies Schultern.

»Ich habe gerade gesagt, dass es das nicht ist, klar?«, schnauzte Ellen. Sie holte Luft und zwang sich, einen heiteren Ton anzustimmen. »Ich mache dir gleich ein paar Fischstäbchen. Sabine, wollen Sie sich zum Abendessen zu uns gesellen? Es ist jede Menge da.«

»Oh ja, gern«, sagte Hannah, bevor Sabine antworten

konnte. »Ich hole noch ein paar zusätzliche Stühle aus dem Schuppen.«

»Schnell, sie kommt zurück!«, zischte Charlie, als erwartete er, dass sie sich alle versteckten.

Allegra öffnete die Hintertür, zog ihre Handschuhe aus und blickte sich im Raum um.

»Ich habe mein Bestes getan, aber irgendjemand wird die Abfälle wegräumen müssen«, erklärte sie Ellen. »Ich bücke mich nicht.«

»Vielen Dank, Allegra, das hätten Sie nicht tun müssen.«

»Doch«, antwortete Allegra vorwurfsvoll.

»Darf ich Ihnen meinen Sohn Charlie vorstellen? Und das ist Sabine, sie bewohnt das Zimmer über dem Ihren, und das ist meine Schwester Hannah.«

Allegra nickte jedem steif zu. »Ich esse in meinem Zimmer zu Abend. Ich höre abends gern Radio.«

Als sie gerade hinausgehen wollte, prallte sie mit Matt zusammen, der die arme Frau beinahe umgestoßen hätte und sie nur vor einem Sturz rettete, indem er sie in die Arme schloss.

»Ach, tut mir leid«, sagte Matt und half ihr, sich wieder aufzurichten. »Das wollte ich wirklich nicht.«

Ellen beobachtete ungläubig, wie Allegra Matt anstrahlte und sich ihr Gesicht mit einem Lächeln erhellte, das sie gleich gute zwanzig Jahre jünger aussehen ließ.

»Machen Sie sich bitte keine Sorgen, es kommt nicht jeden Tag vor, dass eine Frau meines Alters von den Beinen gerissen wird«, antwortete sie mit neckischem Tonfall.

»Was, mit fünfunddreißig?« Matts Kompliment hatte gar nichts Arglistiges. Allegra klimperte mit den Wimpern.

»Sie sind also der junge Mann, von dem Ellen mir erzählt hat? Matthew Bolton?«

»Das muss wohl ich sein, es sei denn, Sie müssen sich vor dem jungen Charlie hier in Acht nehmen.«

»Und Sie sind ebenfalls Autor?«, fragte Allegra. »Das sind Sie, das erkenne ich an dem kreativen Feuer in Ihrem Blick.«

»Das könnte allerdings an den zwei Gläsern Bier liegen, die ich auf dem Heimweg getrunken habe.« Matt grinste sie an.

»Wie wunderbar männlich«, stellte Allegra fest und legte die Hand flach auf seine Wange. »Man vermisst den Duft von Testosteron im Leben. Ellen, ich denke, wir könnten diesen schneidigen jungen Mann als Vorbild für unseren Helden heranziehen, ich denke, er könnte eine gute Inspiration sein.«

Ellen dachte an Captain Parker, dunkelhaarig, launenhaft und schneidig, und sah Matt an, blond, sexy und unbekümmert, und sie konnte keinerlei Übereinstimmung erkennen.

Allegra tätschelte Matts Wange und sah ihn dann, kokett wie ein junges Mädchen, über die Schulter an und winkte ihm zu, als sie aus dem Raum ging.

»Klasse, die alte Dame.« Matt sah die anderen grinsend an.

»Sie mag Sie, das steht fest«, erklärte Hannah lachend und streckte ihm die Hand entgegen. »Sie sind ein richtiger Charmeur. Ich bin übrigens Hannah, Ellens Schwester, wir haben miteinander telefoniert.«

»Jetzt sind wir also komplett.« Sabine lächelte erfreut.

Matts Blick wanderte zwischen Hannah und Sabine hin und her. Eine große, langbeinige Rothaarige, sexy gekleidet und mit jener Art von Blick, den er, hätte er sie in einem Pub oder einer Bar getroffen, als Aufforderung verstanden hätte, und eine kleinere, kurvenreichere Blondine mit einem allem Anschein nach umwerfenden Körper, der sich unter ihrer nüchternen Bürokleidung verbarg. Und beide waren tabu, das heißt, wenn er an seiner zweiten Regel festhielt, was er dieses Mal in jedem Fall vorhatte. Lass dich nie mit Frauen ein, die du regelmäßig triffst: Mitbewohnerinnen, Kolleginnen (zu denen er Carla nicht zählte) und Freundinnen von Freunden. Vor allem nicht mit Freundinnen von Freunden, wie er aus bitterer Erfahrung gelernt hatte. Das war nämlich einer der Gründe, wieso seine PlayStation3 noch immer in Manchester war.

»Essen Sie mit uns zu Abend, Matt?«, fragte Hannah. »Es ist genügend da.«

»Wirklich? Das wäre großartig, wenn Sie sich sicher sind. Ich hatte nämlich noch keine Zeit, zum Supermarkt zu gehen.«

»Das ist doch in Ordnung, Ellie, oder?«

Ellen spitzte die Lippen. »Tja, nicht, wenn du bleibst, Hannah … ich habe mit der kleinen Armee vielleicht ein bisschen übertrieben. Ich habe nur vier Portionen.«

»Sie könnten wie ich ein Sandwich mit Fischstäbchen essen«, schlug Charlie vor.

»Hervorragend. Wenn es Ihnen recht ist?« Matt sah Ellen an.

»Selbstverständlich. Ich stelle gleich den Herd an.«

»Wissen Sie was? Ich brate die Fischstäbchen als Entlohnung für die Sandwiches.« Matt grinste sie an, nahm ihr die Pfanne aus der Hand und steuerte auf den Gefrierschrank zu.

Ellen beobachtete ihn verstohlen, während er die Schubladen des Gefrierschranks durchsuchte, und bemühte sich, ihn sich in engen Reithosen und einem bis zum Nabel offenen weißen Hemd vorzustellen, dessen Spitzenmanschetten über seine Fingerknöchel reichten. Es zeigte sich, dass es gar nicht so schwierig war, wie sie gedacht hatte.

8

Samstagnacht saß Ellen auf ihrem Stuhl am Küchentisch und sah zu, wie die Zeiger auf drei Uhr zugingen, während sie im Schein der Leuchte unter dem Hängeschrank ihren Kamillentee schlürfte.

Sie überlegte, ob sie in ihrer neuen Funktion als Vermieterin etwas Praktisches zu tun hatte, vielleicht einen Badezimmernutzungsplan aufstellen sollte, um den Anschein zu erwecken, sie wäre kompetent und hätte die Führung dieses Hauses im Griff, in dem es neuerdings vor Fremden nur so wimmelte, aber ihr wurde klar, dass ein solcher Zeitplan sinnlos wäre. Matt hatte seine eigene Dusche, sie ihr eigenes, an ihr Zimmer angrenzendes Bad, und Allegra, die ihrer Knieprobleme wegen ungern Treppen stieg, erledigte ihre Toilette am liebsten im Badezimmer im Erdgeschoß, in das Nick ebenfalls eine Dusche eingebaut hatte, damit er, wenn er von seinen Joggingrunden zurückkehrte oder manchmal abends sehr spät nach Hause kam, Ellen nicht stören musste. Und was das große Badezimmer anbelangte, so nutzte Charlie es so selten freiwillig, dass Sabine es gut und gern als ihr eigenes hätte bezeichnen können.

Trotzdem hatte Ellen das Gefühl, etwas tun zu müssen, anstatt sich lediglich zurückzulehnen und diese Leute einfach da sein zu lassen. Aber ihr fiel nichts ein, und vielleicht war das ein Segen, weil sie eindeutig das Gefühl hatte, dass die Arbeit für Allegra Howard fürchterlich viel Zeit in Anspruch nehmen würde. Die alte Dame war ziemlich … anspruchsvoll.

Den warmen Teebecher mit beiden Händen umklammernd, ließ Ellen ihren ersten Arbeitstag für Allegra Howard und das, was darauf folgte, Revue passieren. Er war nicht ganz so verlaufen, wie sie erwartet hatte …

Sie hatte Allegra ganz pünktlich das Frühstück gebracht und sie bereits auf ihrer Chaiselongue ausgestreckt angetroffen, ordentlich bekleidet mit einem blasslila Rock und einer weißen Bluse mit offenem Kragen. Ihre feinen Haare waren gekonnt zu einem Knoten zusammengesteckt, ihr Gesicht gepudert und die Lippen mit jener Art trockenem orangeroten Lippenstift nachgezogen, der aussah, als zählte er zu jenen Produkten, die seit den 1950ern nicht mehr hergestellt wurden. Ellen konnte sich nicht vorstellen, wann und wie Allegra die Zeit hatte finden können, sich so glamourös herzurichten. Sie selbst war seit sechs Uhr dreißig auf den Beinen, hatte Charlie geweckt und für die Schule fertig gemacht und dann etwas zum Anziehen gesucht, was der Rechercheassistentin von Allegra Howard angemessen zu sein schien. Sie war zu dem Schluss gelangt, dass billige Jeans aus dem Supermarkt und ein Männerhemd aus zweiter Hand einfach nicht das Richtige waren. Schließlich hatte Ellen sich für einen ausgewaschenen khakifarbenen Leinenrock entschieden, den sie ganz hinten im Schrank entdeckt hatte, und für ein ehemals weißes T-Shirt, das inzwischen ziemlich grau, aber zumindest ein Damenshirt war.

Sie hatte sich befangen gefühlt, als sie unter der Dusche gestanden hatte, und war sich der anderen Menschen in ihrem Haus bewusst gewesen, der Geräusche von Sabines Fernseher, weil sie sich über die Finanzmärkte rund um die Welt informierte, bevor sie zur Arbeit ging. Und sie hatte Charlie gehört, der in seinem Zimmer herumhing und erst herauskam, als er eigentlich schon vor fünf Minuten hätte loslaufen müssen, woraufhin er ein Stück Toast von Ellen entgegennahm und es unterwegs mampfte. Besonders irritierend waren, wie ihr klar wurde, während sie unter der Dusche stand und das warme Wasser über ihre Schultern und Brüste laufen ließ, die Geräusche von Matts Dusche über ihr gewesen und die Erkenntnis, dass er genau in diesem Augenblick nackt direkt über ihr stand.

Daraufhin hatte Ellen die Dusche auf Kalt gestellt und sich dann in der Hoffnung hastig abgetrocknet, zusammen mit den abgestorbenen Hautzellen auch ihre ganze Dummheit abrubbeln zu können. Die Tatsache, dass Matt im Haus war, in Verbindung mit der Lektüre von Allegras neuestem Werk, hatte diese … diese sehr dummen, sehr albernen Gefühle hervorgerufen. Das waren nicht einmal Gefühle, nicht einmal ansatzweise. Aber Matt war eben ein junger, attraktiver Mann und sie eine schöne Frau, die schon lange vor Nicks Tod keinerlei ernsthaften Kontakt mehr zu einem Mann gehabt hatte.

Ihr Körper hatte auf Matts Nähe genauso reagiert wie eine Blume, die ihre Blütenblätter öffnet und der Morgensonne entgegenstreckt. Diese leichten Anflüge von Verlangen, die sie verspürte, wenn sie ihn ansah oder an ihn dachte, waren physiologische Reaktionen, nichts Ernsteres als das Niesen, wenn einen etwas in der Nase juckte. Das war die Ursache dieser ganzen Albernheit. Das und die Tatsache, dass sie seinen nackten Oberkörper gesehen hatte.

Sie würde jedenfalls in Kürze gegen ihn immun werden, redete sie sich ein, genau wie gegen die Katze ihrer Mutter, damals, als sie jedes Mal, wenn sie zu Besuch in ihr Elternhaus zurückgekehrt war, zumindest in der ersten Stunde unentwegt hatte niesen müssen. Die Röte, die ihr jedes Mal, wenn Matt sie ansah, in die Wangen schoss, und die vagen, kaum erinnerlichen Träume würden verschwinden wie ein Nesselausschlag.

Ellen hatte ihr gerötetes Gesicht im Spiegel betrachtet, ihre vom kalten Wasser noch immer geröteten Wangen, ihre Augen, die durch die Aussicht, etwas zu tun zu haben, strahlten. Sie konnte das genauso gut genießen. Die harmlose heimliche Schwärmerei für einen Mann, der in einer ganz anderen Liga spielte als sie, tat niemandem weh, und obwohl ein Teil von ihr den Eindruck hatte, dass sie Nick untreu war, wenn sie nur an einen anderen Mann dachte, war ein anderer winziger dunkler Teil von ihr, dessen sie sich kaum bewusst gewesen war, unglaublich erleichtert, dass sie noch fähig war, überhaupt etwas zu fühlen.

Allegra hatte das Frühstück kommentarlos begutachtet und Ellen mit einer Handbewegung entlassen.

»Kommen Sie um zehn wieder, dann fangen wir an«, hatte sie Ellen angewiesen.

Ellen war wieder in die Küche gegangen, wo sie schweigend dagesessen hatte, während Matt herumhastete, mit einem einzigen Schluck eine Tasse Kaffee hinunterstürzte und hektisch nach seinem Handy suchte, bis sie es auf dem Fensterbrett entdeckte. Und genau in dem Augenblick, als Sabine den Kopf zur Tür hereinstreckte, um Tschüss zu sagen, und Charlie hereingeplatzt kam, um sich wie jeden Tag seinen Toast zu holen, hatte Matt sich zu ihr hinabgebeugt, ihr einen Kuss auf die Wange gedrückt und gesagt, sie wäre ein Schatz.

Dann war die Küche auf einmal wieder leer gewesen, und Ellen war allein mit dem Geräusch ihres stark pochenden Herzens zurückgeblieben. Sie konnte nicht sagen, ob es an dem Kuss auf die Wange, dem Kompliment oder der Tatsache lag, dass sie in wenigen Minuten ihren neuen Job antreten würde. Vielleicht lag es auch am Schock, ihr friedliches Haus wieder mit Leben und mit Fremden angefüllt zu sehen, die redeten, aßen und laut lachten. Nein, Schock war nicht das richtige Wort. Was sie verspürte, war vielmehr Erstaunen, das Erstaunen über die Feststellung, dass ihr das wirklich gefiel.

»Also.« Allegra hatte wieder auf ihrer Chaiselongue Platz genommen, die Beine hochgelegt und an den Knöcheln artig überschlagen. Sie machte eine Geste, dass Ellen sich an den Schreibtisch aus Nussbaum setzen sollte, den Simon eigens hatte hierher transportieren lassen. »Sie haben die ersten Kapitel von *Das aufgerichtete Schwert* gelesen? Ihre Meinung dazu?«

»Oh.« Ellen nahm ziemlich nervös auf dem bernsteinfarbenen Leder des stark gepolsterten Schreibtischsessels Platz und dachte an die Kündigung der letzten Privatassistentin wegen … was war der Grund gewesen? … künstlerischer Differenzen? »Sie möchten *meine* Meinung hören? Zu … zu *Ihrem* Buch?«

»Na ja, natürlich nicht bis ins letzte Detail.« Allegra sah sie finster an. »Selbstverständlich möchte ich Ihre Meinung über mein Buch hören. Simon hat mir erzählt, dass Sie alle meine Bücher gelesen haben – wie schneidet *Das aufgerichtete Schwert* im Vergleich ab?«

»Nun …« Ellen zögerte und war sich bewusst, dass sie ihre Finger aus Unsicherheit verknotete wie eine Schülerin, die eine schwierige Mathematikaufgabe zu lösen hatte. Sie spürte, dass ihr Mund auf einmal trocken war und ihr die Zunge am Gaumen klebte. Seit Jahren hatte niemand ihre Meinung zu irgendeinem Thema hören wollen, und dass Allegra Howard Ellen fragte, was sie von ihrem Buch hielt, das war, als würde Shakespeare hereingeschneit kommen und fragen, ob ihr seine Reimpaare gefielen.

»Du lieber Himmel, das ist doch eine einfache Frage«, schnauzte Allegra sie ungeduldig an.

»Tut mir leid … es ist nur, na ja, wissen Sie, ich bin ein bisschen … unsicher, denn was weiß ich denn schon?« Ellen biss sich auf die Lippe, während die Frage weiter unbeantwortet in der Luft hing.

»Wir wollen doch hoffen, dass Sie etwas wissen!«, rief Allegra aus. »Simon hat mir erzählt, dass Sie ein ausgezeichnetes Auge und einen Instinkt für die Feinabstimmung einer Geschichte haben. Er hat mir versprochen, dass Sie mir, wenn ich hier in diesem … *Haus* wohne, nützlich sein werden. Also, machen Sie sich nützlich. Sagen Sie mir, was Sie bis jetzt von dem Buch halten.«

Ellen holte tief Luft und fühlte sich in etwa so nervös wie nur einmal zuvor in ihrem Leben, nämlich damals, bevor sie Nick mitgeteilt hatte, dass sie mit Charlie schwanger war. Es war ein Unfall gewesen, eines jener Dinge, die trotz der vielen ergriffenen Vorsichtsmaßnahmen passierten, und Charlie war mindestens zwei Jahre früher gekommen, als in Nicks Lebensplan vorgesehen. Bevor sie das Haus gekauft, den Betrieb gegründet und ihr gemeinsames Leben richtig in den Griff bekommen hatten. Ellen hatte sich Sorgen gemacht, Nick könnte es bedauern und ihr irgendwie Vorhaltungen machen, aber schon nach wenigen Minuten, als er die Nachricht verarbeitet hatte, hatte er sich riesig gefreut. Damals waren ihre Ängste unbegründet gewesen, und Ellen war sich sicher, dass das auch jetzt der Fall sein würde. Die Menschen waren bei Weitem nicht so furchterregend, wie sie häufig vermutete, nicht einmal geniale Künstler wie Allegra.

»Es ist wirklich ein fesselndes Buch, das steht fest«, platzte Ellen heraus. »Ich habe es nicht zur Seite legen können, und als ich den mir vorliegenden Teil gelesen hatte, war ich sehr enttäuscht. Ich möchte unbedingt wissen, was Eliza in den Händen des schrecklichen Mannes zustößt, der sie angesprochen hat …«

»Aber?«, fragte Allegra mit hoheitsvoller Miene.

»Aber? Es gibt kein Aber, ich halte es in jeder Hinsicht für brillant.« Ellen strahlte Allegra an, als könnte die Intensität ihres Lächelns Allegra ebenfalls eines entlocken.

»Ach, Ellen, bitte beleidigen Sie meine Intelligenz nicht. Natürlich gibt es ein Aber. Ich weiß es, Simon weiß es, und Sie wissen es auch. Die Sache ist nur die, dass Simon und ich nicht genau sagen können, worin das Aber besteht. Der Schwarze Peter ist an Sie weitergegeben worden, fürchte ich. Sie müssen mit Ihren scharfen Augen die Mängel erkennen. Worin bestehen sie?«

Ellen schluckte und ließ sich einen Augenblick Zeit, ihren Satz zu formulieren. »Na ja … ich weiß, dass es Ihre erste

Fassung ist … und wahrscheinlich lese ich normalerweise Ihre zweite oder sogar dritte Fassung, um sie zu redigieren …«

»Das tun Sie nicht. Ich schreibe immer nur eine Fassung«, erklärte Allegra.

»Ja, nun, es ist nur, diesem Buch fehlt es allem Anschein nach ein wenig an …« Ellen verlor den Mut.

»Woran fehlt es ihm? Spucken Sie es aus!«

»Gehalt.«

Ellen sprach das Wort leise aus, als enthüllte sie ein unerfreuliches Geheimnis.

»Gehalt?« Allegras Tonfall war neutral, ihr Gesichtsausdruck unerbittlich. Mit Entsetzen wurde Ellen klar, dass sie das genauer erläutern musste.

»Na ja, was Ihre Bücher von den anderen abhebt«, stammelte sie weiter, »ist der historische Kontext, die Berücksichtigung der Details, die Art und Weise, wie Sie die Schauplätze und Geräusche früherer Zeiten zum Leben erwecken. Die Figuren … der Plot ist hervorragend, aber … korrigieren Sie mich, wenn ich mich irre … aber ich glaube, *Das aufgerichtete Schwert* ist das erste Buch, das Sie im Englischen Bürgerkrieg spielen lassen. Das ist eine so ereignisreiche und interessante Zeit, aber Sie bewegen sich darin, als wäre das ganz nebensächlich, und …« Ellen zögerte. Für einen Augenblick hatte sie sich von ihrer Leidenschaft und ihrem Interesse hinreißen lassen, aber jetzt fiel ihr wieder ein, dass sie in ihrem ehemaligen Esszimmer saß und einer der größten Autorinnen von historischen Liebesromanen aller Zeiten erzählte, wie sie ihre Arbeit zu machen hatte. Wie konnte sie, Ellen Woods, die nie etwas anderes getan hatte, als Bücher zu lesen und Grammatikfehler zu korrigieren, sich je anmaßen, Allegra zu erklären, was sie falsch machte?

»Das ist natürlich nur meine Meinung, und meine Meinung zählt eigentlich nicht, genau genommen bin ich mir, wenn ich es mir genauer überlege, nicht einmal sicher, ob das überhaupt richtig ist.«

»Und?«, fragte Allegra.

»Und?«, wiederholte Ellen wie ein leises Echo.

»Sie haben mir gesagt, dass ich den Hintergrund des Englischen Bürgerkriegs behandle, als ob er nebensächlich wäre, und dann wollten Sie noch etwas hinzufügen. Was?«

»Das spielt wohl kaum eine Rolle.« Ellen wand sich und wünschte sich, die voluminösen Falten des dick gepolsterten Ledersessels würden sie ganz verschlingen und sie in *ihrer* Welt wieder ausspucken, der Welt, in der sie wie eine Scheintote lebte, in der sie las und Tagträumen nachhing und darauf wartete, dass ihr Mann wieder nach Hause kommen und mit einem Kuss auf ihre Wange ihr wahres Leben wieder weitergehen möge.

»Ellen.« Allegra sprach ihren Namen so betont aus, dass er klang, als bestünde er aus viel mehr Silben. »Wenn Sie und ich zusammenarbeiten wollen, dann müssen wir offen zueinander sein. Ich weiß, dass Sie da sitzen und sich fragen, wie Sie mir nur etwas über das Schreiben beibringen können, und ich verstehe, warum Sie diesen Eindruck haben. Aber ich darf Ihnen versichern, dass man nicht so erfolgreich wird wie ich, wenn man Kritik nicht beherzigt. Ich mag Kritik hassen, aber ich verkrafte sie, und ich erschieße den Boten gewöhnlich nicht, sondern quäle ihn nur ein bisschen. Ja, Sie sind wenig mehr als eine Hausfrau mit geringer Erfahrung auf dem Gebiet des Kulturschaffens, aber Sie sind meine Leserin, und Sie sind der Mensch, für den ich schreibe, und jetzt, da ich die Gelegenheit habe, Ihnen von Angesicht zu Angesicht gegenüberzusitzen, möchte ich wissen, was Sie denken. Sie brauchen keine Angst zu haben.« Allegras Mund deutete ein Lächeln an. »Jedenfalls keine große Angst.«

Ellen wappnete sich.

»Ihre Figuren, insbesondere Ihre weiblichen Charaktere, besitzen gewöhnlich noch etwas anderes. Scharfsinn, Intelligenz … Mut. Etwas anderes als nur ihre Schönheit und ihren perfekten Körper, die die Leserin mit dem Wunsch erfüllen, so zu sein wie sie. Ich weiß, dass für Eliza am Schluss alles gut ausgehen wird, dieses Wissen ermöglicht es einem gewissermaßen, die anderen Dinge, die ihr zustoßen, mit Vergnügen zu lesen, aber im Augenblick frage ich mich, ob sie nicht einfach ein bisschen zu passiv ist. Denken Sie an Helga in Ihrer Wikinger-Trilogie – obwohl sie als Sklavin verkauft und von ihrem neuen Herrn vergewaltigt wurde, hat sie sich immer ihre Würde bewahrt, bis ihm keine andere Wahl geblieben ist, als sich in sie zu verlieben. Und zum Beispiel Caroline in *Freibeuter der Liebe.* Beaumont entführt sie von den Docks, in denen sie sich verlaufen hat, und sperrt sie in seiner Kabine ein, um wochenlang seine bösen Spiele mit ihr zu treiben, aber sie weist ihn ständig in die Schranken. Sie lässt nicht zu, dass sie sich durch die Umstände verändert. Zwar setzt auch Eliza sich ein bisschen zur Wehr und läuft davon, aber sie scheint einfach einen sexuellen Übergriff nach dem anderen über sich ergehen zu lassen. Sie hat mir allmählich schon leidgetan, und dieses Gefühl hatte ich noch bei keiner Ihrer Heldinnen.«

Allegra nickte einmal und schwieg. Nicht ein paar Sekunden oder Minuten, sondern fast eine halbe Stunde lang. Fast eine halbe Stunde saß Ellen in dem Sessel und wartete darauf, dass Allegra etwas sagte, und war sich nicht sicher, ob sie bleiben oder gehen sollte … ob sie ihren Job überhaupt noch hatte. Schließlich machte sie Anstalten, aufzustehen, da ihre Oberschenkel, weil sie längere Zeit angespannt gewesen waren, allmählich Krämpfe bekamen. Aber gerade, als sie sich rührte, fing Allegra zu sprechen an, wodurch Ellen gezwungen war, sitzen zu bleiben.

»Sie haben recht«, sagte sie schlicht. »Sie haben ganz recht. Ich habe mich auf all die Klischees verlassen, auf all die Dinge, die ein Kunstwerk nicht besser machen als Groschenhefte. Sex sells, das weiß ich. Ich bin nicht besser als ein Zuhälter.«

»Ach, so weit würde ich nicht gehen …«, hob Ellen an.

Allegra richtete sich langsam und mühsam, Wirbel für Wirbel, auf.

»Ellen, darf ich Ihnen etwas anvertrauen?«

Ellen hielt sich an den Armlehnen des Sessels fest, weil sie sich keineswegs sicher war, ob sie die Verantwortung, Allegra Howards Vertraute zu sein, auf sich nehmen wollte. Da sie das aber nicht ablehnen konnte, nickte sie.

»Selbstverständlich.«

»Ellen, ich bin dreiundsiebzig. Letztes Jahr ist mein Haus durch eine Überschwemmung zerstört worden, fast alles, was mir am Herzen lag, alle meine Erinnerungsstücke, alle meine Fotos, meine Kunstwerke ... alles ist von einem Strom aus Schlamm und Dreck fortgespült worden. Ich habe nicht gedacht, dass das wichtig sein könnte. Ich habe geglaubt, dass Gegenstände einen Menschen nicht zum Menschen machen ... dass es die Gefühle, Erfahrungen und Erinnerungen sind, die einen Menschen ausmachen. Aber als ich allein in meinem Hotelzimmer gesessen habe, ist mir klar geworden, dass mir meine Erinnerungen ohne meine Sachen, meine Fotos, die ich mir anschauen, oder meine Bücher, die ich in die Hand nehmen kann, entgleiten. Und ich entgleite mit ihnen, jeden Tag ein bisschen mehr. Ich entschwinde.«

»Nein, nein ... Sie könnten gar nicht lebendiger und rüstiger sein«, versicherte ihr Ellen.

»Rüstig.« Allegra spitzte den Mund. »Auf den Älteren liegt stets der Fluch, entweder gebrechlich oder rüstig zu sein. Ich glaube nicht, dass ich an Demenz leide, ich meine einfach, dass ich in meinem Leben an einem Scheideweg angekommen bin. Nachdem ich mich nun dreiundsiebzig Jahre kenne und weiß, was ich will und was ich *tue,* bin ich mir auf einmal nicht mehr sicher und habe plötzlich Angst. Bei diesem letzten Buch habe ich auf Schema F gesetzt, habe die Mängel vertuscht und gehofft, dass es niemand bemerken oder beachten wird –, aber wenn Sie es erkennen, dann erkennen es auch alle anderen, und ich werde als Betrügerin geschmäht werden! Die Leute werden erkennen, dass ich mich nicht mehr als Schriftstellerin fühle. Sie werden erkennen, dass ich keine Schriftstellerin mehr bin. Meine schöpferische Kraft ist zusammen mit allem anderen in dieser Flut untergegangen. Ellen, ich bin erledigt.«

Ellen saß Allegra Howard gegenüber und sah ihr in die blassblauen Augen.

»Nein«, sagte sie. »Nein, Sie sind nicht erledigt. Sie haben einen Schlag hinnehmen müssen, einen Rückschlag, und wenn Sie ... ein reiferer Mensch, na ja, reiferen Menschen fällt es schwerer, nach einem solchen Unglück wieder weiterzumachen. Als mein Mann gestorben ist, konnte ich mir nicht vorstellen, wie ich ohne ihn einen weiteren Tag, eine weitere Stunde leben sollte. Wäre mein Sohn nicht gewesen, dann hätte ich mich einfach zusammengerollt und gewartet, dass mein Herz zu schlagen aufhört. Aber das konnte ich nicht, ich musste weitermachen, und irgendwie habe ich das erste Jahr überstanden, und dann sind die Mieter gekommen und die Arbeit für Sie, und zum ersten Mal habe ich den Eindruck, als ... als gäbe es eine Zukunft.«

»Sie haben eine Zukunft.« Allegra blickte auf sie hinab. »Sie sind jung und schön. Aber ich? Meine Zukunft liegt inzwischen hinter mir, und auf einmal stelle ich fest, dass ich keine Energie mehr habe, um weiterzumachen. Ich habe keinen Ehemann oder Sohn, für den ich da sein muss. In all den Jahren, in denen ich große Liebesromane geschrieben habe, habe ich vergessen, mir die Zeit zu nehmen und selbst eine Liebe zu finden. Ich kann das einfach nicht mehr. Ich will das einfach nicht.«

»Aber Sie haben jemanden, für den Sie weitermachen müssen.« Ellen stand auf, ihre eingeschlafenen Beine kribbelten, sie ging um den Schreibtisch herum und unterdrückte mit Mühe den Wunsch, die alte Frau zu berühren. »Sie haben mich und die vielen Zehntausend Menschen, die

Ihre Bücher gelesen haben. Wir brauchen Sie, Allegra. Wir brauchen das nächste Buch von Allegra Howard, und dann wieder eines. Sie schenken uns … Hoffnung. Und selbst wenn das, was ich über *Das aufgerichtete Schwert* gesagt habe, wahr ist, heißt das noch lange nicht, dass es ein schlechtes Buch ist, ich konnte es trotzdem nicht zur Seite legen. Ich konnte trotzdem kaum erwarten, herauszufinden, was aus Eliza geworden ist.« Ellen lächelte. »Es hat mich trotzdem veranlasst, meinem Tagtraum nachzuhängen, dass mein eigener Captain Parker sich vor Begierde nach mir verzehrt. Das heißt nichts anderes, als dass das Buch – noch – nicht so gut ist, wie es sein könnte.«

Allegra verzog den Mund zu einem verkniffenen Lächeln.

»Lassen Sie mich Ihnen helfen, diese Punkte in Ordnung zu bringen«, fuhr Ellen fort. »Ich kenne mich mit Geschichte ein bisschen aus, und was ich nicht weiß, kann ich herausfinden. Ich kann die Fakten und Hintergrundinformationen beitragen, und Sie können sie in die Geschichte einflechten und Eliza zu einer wahren Allegra-Howard-Heldin machen. Furchtlos, aufmüpfig und unbesiegt, was ihr im Leben auch immer zustoßen mag … genau wie Sie.«

Allegra blickte Ellen in die Augen, und eine Hand hob sich langsam, um Ellens Wange mit der papierenen Handfläche federleicht zu berühren. »Ich glaube, dass Sie möglicherweise ein sehr leidenschaftlicher Mensch sind, Ellen Woods«, sagte sie feierlich.

»Wer, ich? Nein, ich bin nur … durchschnittlich.«

»Ein leidenschaftlicher Mensch, der ein ganzes unentdecktes Universum in sich verborgen hält.«

»Im Ernst?«, fragte Ellen skeptisch.

»Im Ernst, und ich hoffe, dass Sie und ich gut zusammenarbeiten werden. Die Frage ist nur, wo fangen wir an?«

»Hier«, antwortete Ellen. »Na ja, nicht hier in meinem Esszimmer. Hier in London während des Bürgerkriegs. Sie wissen, dass es während des Krieges eine Hochburg der Parlamentarier war. Da Eliza unbedingt vor Captain Parker flüchten will, würde sie selbstverständlich hierherkommen, an einen Ort, an dem sie sich sicher fühlen würde. Stellen Sie sich vor, welchen historischen Figuren sie begegnen könnte, vielleicht sogar Oliver Cromwell persönlich. Sie könnte eine Art weibliches Aushängeschild für die Sache der Parlamentarier werden. Und ich dachte mir, wenn der Captain ihr in die Höhle des Löwen folgen würde, um sie zurückzugewinnen, dann …«, Ellen bremste sich. »Tut mir leid, es steht mir natürlich nicht zu, den Plot auszuhecken.«

»Unsinn. Reden Sie weiter«, sagte Allegra, die vorsichtig wieder Platz nahm. »Reden Sie weiter. Ich möchte die Bilder vor Augen haben.«

Bis in den Nachmittag hinein unterhielten sie sich über Ideen, Allegra zeichnete mit ausladenden Handbewegungen Handlungsstränge in die Luft, und Ellen unterbreitete Vorschläge zu historischen Figuren und Ereignissen, die sie in den Plot einflechten konnten.

Schließlich hob Allegra die Hand.

»Sie müssen mir verzeihen, Ellen, aber ich bin nicht mehr so unerschütterlich wie früher. Wir haben das Mittagessen ausgelassen, und ich fürchte, ich muss bald etwas essen, sonst gehe ich ein.«

»Ach, nein!« Ellen warf einen Blick auf ihre Uhr. Es war kurz nach drei, und in Kürze würde Charlie schon durch die Haustür geschlendert kommen. »Wie schrecklich!«

»Überhaupt nicht, es war vielmehr wunderbar.« Allegra lächelte freundlich. »Genug fürs Erste. Heute haben wir den Grundstein gelegt. Morgen machen wir uns ans Schreiben.«

Als Ellen Allegras Tür hinter sich zugezogen hatte und in Richtung Küche gegangen war, war ihr klar geworden, dass sie seit Langem nicht mehr so aufgeregt, so optimistisch oder dergleichen gewesen war. Es war beinahe, als hätte sie gerade erst angefangen zu leben.

* * *

Charlie war in die Küche gestürmt, als Ellen für Allegra gerade einen Salat aus Räucherlachs zubereitete, einem Bestandteil ihres Ernährungsplans, der im Laufe des Vormittags zusammen mit Earl-Grey-Tee vom Supermarkt geliefert worden war.

»Der stinkt«, stellte er fest und spähte kurz über Ellens Schulter.

»Und, was hast du heute in der Schule gegessen?«, fragte Ellen.

»Das Übliche, das weißt du doch«, antwortete Charlie und riss eine frische Brotpackung auf, obwohl noch immer fast ein Drittel Laib in der Brotbüchse lag.

»Nein, das weiß ich nicht, weil du es mir nicht mehr erzählst.« Ellen wandte sich ihrem Sohn zu, der dabei war, die Brotscheibe auf der Hand mit Butter zu bestreichen. »Als du ein kleiner Junge warst, da konnte ich dich gar nicht mehr zum Schweigen bringen, du hast mir erzählt, was du gelernt hast, welche Spiele du gemacht hast … du bist an meiner Hand nach Hause gehüpft und hast unentwegt geredet.« Sie lächelte ihn an und hatte diesen strubbelköpfigen kleinen Jungen vor Augen, der einst ihr bester Freund gewesen war. »Jetzt kann ich dir meist kaum zwei Wörter aus der Nase ziehen. Ich weiß, dass du erwachsen wirst und dich veränderst, aber … na ja, ich bin trotzdem deine Mum. Komm schon, es muss heute doch *irgendetwas* passiert sein.«

Charlie stopfte sich einen Bissen Brot in den Mund und sah Ellen an, während er kaute.

»Eigentlich nicht«, antwortete er, nachdem er den Bissen hinuntergeschluckt hatte. »Ach, warte … James Ingram hat Emily Greenhurst zu einer Verabredung eingeladen, und sie hat abgelehnt.«

»James hat sich mit einem Mädchen verabreden wollen!« Ellen war beunruhigt. »Echt, ihr verabredet euch jetzt alle und sucht euch Freundinnen und so?«

»Nein, nicht alle.« Bei dem Gedanken blickte Charlie erfreulicherweise entsetzt drein. »Die meisten Mädchen in meiner Schule sind echt hässlich … nur James. Er mag Emily, weil sie in seiner Band spielt, und sie ist cool, weißt du, nicht wie die anderen Mädchen … sie kichert nicht ständig herum und redet über blödes Zeug. Sie hat feste Ansichten, und sie ist lustig, und sie hat lange, fast honigfarbene Haare, die ihr bis zur Hüfte reichen, und … na ja, jedenfalls … James mag sie, aber sie hat ihm einen Korb gegeben. Das war lustig.«

»*James* mag sie.« Ellen schmunzelte und war von dem seit langer Zeit längsten Redeschwall ihres Sohnes ganz benommen.

»Ja«, sagte Charlie. »Er war sauer. Es war wirklich lustig.«

»Und ihr habt ihm euer freundschaftliches Mitgefühl entgegengebracht, oder?«

»Nein! Wir haben ihm gesagt, dass er schwul ist, weil er Mädchen überhaupt mag.«

»Ich glaube, das ist wahrscheinlich ein Widerspruch in sich«, stellte Ellen lächelnd fest.

»Ein was?« Charlie sah sie verständnislos an.

»Ist egal … Du hast also vorläufig nicht vor, dich mit irgendwelchen Mädchen zu verabreden? Nicht beispielsweise mit dieser Emily?«

»Um Himmels willen, nein, Mum … ich bin doch nicht schwul!«, rief Charlie empört aus, bevor er die Treppe hinaufstieg, um sich zweifellos an seine Spielkonsole zu setzen, und ließ Ellen mit ihrem Salat allein zurück, die sich fragte, seit wann schwul eigentlich angefangen hatte, das Gegenteil von … na ja, von schwul zu bedeuten. Und sie überlegte, ob sie in ihrer Entschlossenheit, ihn weiter als ihren kleinen Jungen zu betrachten, den Kopf ein wenig in den Sand gesteckt hatte. Natürlich interessierte er sich allmählich für Mädchen, selbst wenn er das noch nicht zugeben wollte. Wäre Nick noch am Leben, wäre das ganz einfach gewesen. Nick hätte ihn den steinigen Pfad der Pubertät entlang geführt, ihm geholfen, seinen Weg vom Jungen zum Mann zu finden. Aber Nick war nicht mehr da, wie Ellen sich täglich erinnern musste … sie war die Einzige, die Charlie als Führung hatte, und sie war sich ihrer Unzulänglichkeiten nur allzu bewusst. Sie kannte sich ja kaum mit dem Dasein als Frau aus, geschweige denn dem eines Mannes.

Später, als er wieder aufgetaucht war, um seine Fischstäbchen zu essen, die Augen noch immer auf sein Videospiel geheftet, hatte Ellen versucht, mit ihm zu reden.

»Charlie, du und ich, wir haben uns nie wirklich unterhalten über … na ja, über die Dinge, für die du dich allmählich interessierst …« Sie schob ihm den mit Ketchup garnierten Teller Fischstäbchen hin. »Die Sache ist die, du lernst allmählich, erwachsen und zu einem Mann zu werden, und ich lerne ebenfalls, ich lerne, die Mutter eines jungen Mannes zu sein. Aber du weißt, wenn du mit mir über diese *Dinge* reden willst, dann kannst du das natürlich, und ich werde versuchen, dir so gut ich kann zu helfen.«

»Dinge?« Charlie blickte von seinem Computerspiel auf. »Redest du schon wieder über Sex?«

»Ja, vermutlich. Als du neulich davon gesprochen hast, habe ich das nicht ernst genug genommen, denke ich. Aber du wirst erwachsen, und es gibt Dinge, die du wohl wissen willst und, na ja … ich will ja nur sagen, dass du mich fragen kannst. Das macht mir nichts aus.«

Charlie griff nach seiner Gabel und stieß sie in ein Fischstäbchen. Er blickte zu Nicks leerem Stuhl hinüber und sagte: »Ich wünschte, Dad wäre da.«

Bevor Ellen antworten konnte, erschien Matt mit einer Packung Fish and Chips und ließ sich, nachdem er Charlie durch die Haare gewuschelt hatte, prompt auf den freien Stuhl fallen. Auf Nicks Stuhl.

»Muss das nur schnell hinunterwürgen, dann bin ich gleich wieder weg, habe eine Verabredung«, erzählte Matt einer versteinerten Ellen, während er sein Essen auspackte.

»Mit einem Mädchen von dem Frauenmagazin ein Stockwerk tiefer, sie wohnt gleich hier um die Ecke, deshalb treffe ich mich mit ihr unten an der Straße … Was ist?«

Endlich bemerkte Matt, dass die anderen ihn anstarrten.

»Es ist nur …«, hob Ellen an.

»Sie sitzen auf dem Stuhl von meinem Dad!«, brüllte Charlie ihn an.

»Echt?« Matt sprang auf, schüttete dabei die fettigen Pommes frites auf seine Hose und sah sich um, als erwartete er tatsächlich, dass er sich auf den Schoß eines Toten gesetzt hatte. »Das tut mir wirklich leid, Kumpel, das wusste ich nicht.«

»Du kannst nicht einfach hierherkommen, einziehen und dich auf den Stuhl meines Dads setzen!«, schrie Charlie und stieß mit einer ausladenden Handbewegung seinen Teller vom Tisch, sodass er auf den Fliesenboden krachte und zersplitterte.

»Ich hasse dich!«, schrie er, und Ellen war sich nicht sicher, ob er zu ihr, zu Matt oder zu seinem abwesenden Vater sprach. Keine Sekunde später war er verschwunden, stapfte die Treppe hinauf und knallte die Tür hinter sich zu.

»Oh, verdammt! Da bin ich voll ins Fettnäpfchen getreten, nicht wahr?«, sagte Matt, während er neben Ellen in die Hocke ging und anfing, das verschüttete Essen aufzusammeln.

Von Charlies Explosion wie erstarrt, brauchte Ellen eine Sekunde, bis sie antworten konnte.

»Nein, woher hätten Sie das wissen sollen? Ich wollte es erwähnen, aber ich wusste nicht recht, wie … das ist schließlich etwas, was man nicht einfach in ein Gespräch einfließen lassen kann.« Aufgewühlt holte Ellen tief Luft, zog Schaufel und Kehrwisch unter der Spüle hervor und ging neben Matt auf die Knie, um die Scherben des zerbrochenen Tellers zusammenzufegen. »Das war meine Schuld, ich habe ihn gereizt, weil ich versucht habe, mit ihm darüber zu reden, dass er ›ein Mann wird‹. Ich wusste nicht, dass er darauf so empfindlich reagiert. Mir kommt es vor, als wäre es gestern gewesen, dass er ganz verrückt nach den Power Rangers war und seinen Teddy mit ins Bett genommen hat.« Ellen senkte den Kopf und ließ die Haare über ihr Gesicht fallen, während sie gegen die aufsteigenden Tränen ankämpfte. »Und es ist ja nicht so, als hätte er noch einen Dad, mit dem er reden oder von dem er etwas lernen könnte.«

»Elf, fast zwölf, das ist für einen Jungen ein merkwürdiges Alter«, erklärte ihr Matt. »Alles verändert sich, wissen Sie … der Körper, wie man sich fühlt … sogar die Art und Weise, wie man spricht. Alles wird auf den Kopf gestellt, und keiner versteht einen. Ich erinnere mich daran, als ich entdeckt habe …« Matt verstummte und steckte sich hastig eine Fritte, die er gerade vom Boden aufgehoben hatte, in den Mund.

»Als Sie was entdeckt haben? Mädchen?«

»Gewissermaßen.« Matts Lächeln hatte etwas Reumütiges. »Als ich … Sie wissen schon … die Freuden meines eigenen Körpers entdeckt habe.«

»Ach, ich verstehe.« Ellen legte Schaufel und Kehrwisch zur Seite, weil sie sich auf einmal erschöpft fühlte. »Aber da waren Sie viel älter als zwölf, nicht wahr?«

»Gar nicht so viel«, antwortete Matt, der ihr die Nachricht vorsichtig beizubringen versuchte. »Jedenfalls ist es für uns Männer schwer, wissen Sie. Wir müssen herausfinden, was das alles zu bedeuten hat, wie das alles funktioniert, sogar, wie wir eine Straße entlanggehen können, als hätten wir die Kontrolle über unsere Arme und Beine, und wir tun unser Bestes, damit niemand es merkt, vor allem nicht unsere Mütter.« Während sie beide auf dem Küchenboden knieten, streckte er den Arm aus, schob den Vorhang ihrer Haare hinter ihr Ohr und tätschelte sie unter dem Kinn, wie man es bei einem kleinen Kind macht. »Das ist nichts Persönliches, Ellen«, beruhigte er sie. »Es hat nichts damit zu tun, dass Sie etwas falsch machen würden. Das ist etwas, was er selbst durchstehen muss, und wenn Sie mich fragen, als ich in Charlies Alter war, war mein Dad längst auf und davon, und am Ende ist trotzdem etwas aus mir geworden.«

Ob es an seiner Berührung oder an seiner sanften Stimme lag, konnte Ellen nicht sagen, aber die Tränen, gegen die sie angekämpft hatte, ließen sich nicht mehr zurückhalten und rannen ihr über die Wangen.

»Er muss seinen Dad so vermissen.« Ihre Stimme war kaum mehr als ein Flüstern. »Und ich reiche nicht aus, ich reiche bei Weitem nicht aus, um ihn zu ersetzen.«

»Er vermisst seinen Dad«, pflichtete Matt ihr leise bei und wischte mit dem Handballen ihre Tränen weg, bevor er beim Aufstehen Ellen die Hand entgegenstreckte, um ihr auf die Beine zu helfen. »Und es schmerzt ihn sehr, und er ist wütend und verwirrt. Und Sie ebenfalls. Verstehen Sie, ich kenne Sie ja kaum, aber wenn Sie mich fragen, für mich sieht es ganz so aus, als machten Sie ihre Sache erstaunlich gut.« Matt senkte den Kopf und zuckte mit den Schultern. »Mein Dad hat uns verlassen, und meine Mum hat den Rest ihres Lebens im Wodkarausch verbracht. Sie halten hier alles für Charlie zusammen, und sobald sich das gelegt hat, sobald er das Licht am Ende des Tunnels sieht, wird ihm das auch klar werden, das verspreche ich Ihnen.« Matt fuhr sich mit den Fingern durch die Haare und zuckte zusammen. »Was bin ich doch für ein Idiot, platze hier herein und trete Ihnen auf die Füße. Es tut mir leid, dass ich mich auf den Stuhl Ihres Mannes gesetzt habe. Aber verstehen Sie, hören Sie auf zu weinen, ja? Schenken Sie mir ein Lächeln. Wenn Sie mich jetzt nicht anlächeln, wird es mir geradezu *unmöglich* sein, meine Verabredung mit einer langbeinigen blonden Korrektorin zu genießen.«

Ellen tat ihm trotz allem den Gefallen. »Ich bin mir absolut sicher, dass Sie keine Sekunde an eine verheulte Frau mittleren Alters denken werden«, sagte sie zu ihm.

Matt zuckte mit den Achseln. »Erstens sind Sie nicht mittleren Alters, und zweitens bin ich entgegen der landläufigen Meinung ein sensibler Mensch. Es ruiniert mir den Abend, wenn Sie, bis ich gehe, nicht mit dem Weinen aufhören.«

Ellen wischte sich mit dem Handballen über die Augen und lächelte ihn an. »Tja, ein vorübergehender Rückfall. Aber Sie brauchen sich über mich keine Gedanken zu machen. Ehrlich, ich bin mir sicher, dass Sie sich nicht vorgestellt haben, dass mit Ihrem Einzug hier in der Miete das Trösten Ihrer Vermieterin inbegriffen ist.«

»Na ja, darüber war in der Annonce bei *Time Out* nichts Näheres angegeben …« Matt grinste. »Verstehen Sie, ich mag Charlie, er ist ein netter Junge. Vielleicht bringe ich ihn, wenn ich das nächste Mal zu Hause bin, dazu, dass wir unsere Spielkonsolen verlinken und Mario Kart oder so etwas spielen.« Ellen blickte ihn verständnislos an. »Was ich sagen will, ist, dass wir, wenn er möchte, vielleicht Freunde werden können. Und wenn es möglicherweise irgendwelche Männersachen gibt, die ihm Kopfzerbrechen bereiten, dann kann er vielleicht mit mir darüber reden. Ich bin schließlich Experte für Männersachen. Ich habe eine Kolumne, die das alles beweist.«

»Ja, Ihre Kolumne … die würde ich gerne mal lesen.«

»Hm … das glaube ich eher nicht.« Matt blickte verlegen drein. »Ich meine, das sind nicht gerade meine besten Texte. Und sie sind wahrscheinlich nicht gerade nach Ihrem Geschmack. Aber trotzdem, wie gesagt, Charlie und ich können ja mal etwas zusammen unternehmen.«

»Das müssen Sie nicht tun.« Ellen schüttelte den Kopf.

»Ich weiß«, sagte Matt. Er blickte auf seine mit Fettflecken übersäte Hose hinab. »Aber wissen Sie, ich hätte jemanden zum Reden gebraucht, als ich in Charlies Alter war. Wie auch immer, ich sollte jetzt lieber schnell unter die Dusche gehen und mich umziehen. Ich möchte nicht, dass die

Korrektorin denkt, ich stehe auf Fastfood, ich habe ihr nämlich erzählt, dass ich die gehobene Küche mag und gerne koche.«

Ellen hatte gewartet, bis Matt das Haus verlassen hatte, bevor sie nach Charlie schaute, der in seinem Zimmer mit aufgesetztem Kopfhörer fernsah und sich zunächst eisern weigerte, ihre Anwesenheit überhaupt zu registrieren.

Ellen blieb einen Moment stehen und überlegte, ob sie den Fernseher abschalten sollte, aber dann beschloss sie, sich einfach neben ihn aufs Bett zu setzen. Nach einer Minute oder zwei seufzte er, nahm den Kopfhörer ab und warf ihn aufs Bett.

»Matt wusste es nicht«, erklärte Ellen. »Ich hätte es ihm sagen müssen, aber ich wusste nicht, wie …«

»Dann schreib halt einen Zettel oder so«, antwortete Charlie. »Das ist Dads Stuhl, Mum!«

»Ich weiß, ich weiß … Wir haben das jetzt geklärt … Matt hat es ganz furchtbar leidgetan. Und, Charlie, wie geht es dir?« Ellen streckte die Hand aus und strich mit dem Daumen über seine gerunzelte Stirn, so wie sie es immer getan hatte, als er noch ein kleiner Junge war. Zu ihrer Erleichterung wich Charlie nicht vor ihrer Berührung zurück.

»Alles in Ordnung«, sagte Charlie und sah zu ihr auf. »Wie geht es dir, Mum?«

»Ich bin okay«, antwortete Ellen. »Ich meine vielleicht sogar, dass es mir … gut geht.«

»Meinst du, es geht dir allmählich besser?«, fragte Charlie und musterte sie eindringlich. »Dass du nicht mehr so traurig bist?«

Ellen zögerte, weil sie nicht wusste, wie sie antworten sollte.

»Weil es okay ist, ich meine, ich würde mich freuen, wenn es dir besser gehen würde«, sagte Charlie.

Ellen sah ihn an und drückte die Fingerspitzen gegen ihren Mund. »Ach, du armer Junge, es war in den letzten Monaten wohl schrecklich, mit mir zusammenzuleben, was?«, fragte sie besorgt.

»Nein, nicht schrecklich, aber du warst nicht du. Es ist fast so, als wärst du gar nicht da«, bemühte sich Charlie, ihr zu erklären. »Als würdest du langsam verschwinden. Du stehst auf, machst mir das Essen, du wartest darauf, dass ich nach Hause komme, du kochst mir das Essen, ich gehe ins Bett, und am nächsten Tag ist es wieder das Gleiche. Mir gefällt es, dass Menschen hier sind, dass du an etwas anderes zu denken hast. Ich mag Matt sogar. Ich möchte, dass du wieder mehr du selbst bist, so wie du warst, bevor Dad gestorben ist. Wir haben zusammen etwas unternommen ... haben Ausflüge gemacht.«

»Ich weiß«, sagte Ellen. »Aber ich glaube wirklich, dass es mir ein bisschen besser geht, nur ein kleines bisschen. Ich glaube, es ist gut, Menschen im Haus und einen neuen Job zu haben. Das soll nicht heißen, dass ich deinen Dad nicht schrecklich vermisse, aber es ist gut, an etwas anderes denken zu müssen.«

»Ja, das stimmt«, pflichtete Charlie ihr zögernd bei. »Dann können wir also vielleicht bald wieder etwas unternehmen und Ausflüge machen?«

»Willst du wirklich Ausflüge mit mir machen?«, fragte Ellen ein wenig skeptisch.

Charlie zuckte mit den Schultern. »Solange keiner, der mich kennt, mich sieht.«

Ellen verpasste ihm mit der flachen Hand einen flüchtigen, liebevollen Klaps auf den Hinterkopf.

»Mum, erinnerst du dich, als du, ich und Dad zum Segeln in diese wirklich flache Gegend gefahren sind ... wie hieß die noch mal?«

»Die Norfolk Broads.« Ellen schmunzelte. Charlie sprach von einem Urlaub, den sie vor etwas mehr als zwei Jahren gemacht hatten. Nick hatte ein kurzes, aber leidenschaftliches Interesse am Segeln entwickelt und sogar kurze Zeit einen Anteil an einem Boot besessen. In jenem Sommer hatte er sie mitgenommen, damit sie es sich anschauen konnten, voller Begeisterung für das Leben im Freien, die frische Luft und den Wind in den Haaren.

Charlie kicherte. »Und Dad ist wirklich richtig seekrank geworden, und am Ende sind du und ich allein gesegelt. Er war buchstäblich grün im Gesicht … erinnerst du dich?«

Ellen nickte und hatte diesen geraden Horizont in Norfolk wieder vor Augen, den weiten Himmel, der so endlos gewesen war, dass es ihr den Atem verschlug, wenn sie nur an diese Weite dachte.

»Wir haben ordentlich gelacht, nicht wahr? Du und ich?«, fragte Charlie.

Ellen nickte. »Wir haben uns königlich amüsiert.«

»Und wir machen wieder solche Unternehmungen, ja? Wir sitzen nicht ständig nur im Haus und vermissen Dad, weil manchmal, wenn ich so denke und so fühle … dann mache ich mir Sorgen. Ich mache mir Sorgen, dass ich nie mehr so leben kann wie ein normaler Mensch. Weil ich das vielleicht nicht tun sollte, weil das vielleicht falsch ist. Als wäre es mir nicht erlaubt.«

Ellen spürte, wie sich ihre Bauchmuskeln anspannten. Hatte sie ihm das angetan? Hatte ihr Eintauchen in die Trauer ihn so tief mit hinuntergezogen, dass er Angst hatte, er dürfte nie wieder auftauchen?

»Das ist natürlich erlaubt, Liebling … mehr noch, es sollte so sein. Vor allem bei dir, weil du dein ganzes Leben noch vor dir hast.«

»Du doch auch«, erinnerte Charlie sie.

»Ja, vermutlich«, antwortete Ellen nachdenklich. Bis vor Kurzem war dieser Gedanke eine unerträgliche Aussicht gewesen, aber jetzt … jetzt war es gar keine *so* furchterregende Vorstellung mehr.

»Dann muss es dir also langsam besser gehen, und vielleicht könnten wir, du und ich, etwas zusammen unternehmen, zum Beispiel zum Segeln fahren. Ich glaube, wir würden Spaß haben«, stellte Charlie mit hoffnungsvollem Tonfall fest.

»Und wenn es mir allmählich besser geht, glaubst du, bei dir ist es dann auch so?«, fragte sie. Charlies Lächeln verschwand, er zog die Schultern hoch, und sein Körper schien auf die halbe Größe zusammenzuschrumpfen, während er die Frage verarbeitete.

»Manchmal, zum Beispiel in der Schule oder wenn ich mit der Spielkonsole spiele oder fernsehe, dann fühle ich mich gut, ich fühle mich normal, und dann fällt es mir durch irgendetwas wieder ein und …« Charlie schüttelte den Kopf und war nicht in der Lage, seinen Satz zu beenden. »Manchmal fühle ich mich ein bisschen besser.«

»Ich glaube, so ist das eben«, sagte Ellen. »Ich glaube, manchmal geht es einem besser, manchmal nicht, und ich denke, dass im Laufe der Zeit die Phasen, in denen es einem besser geht, länger und die Phasen, in denen es nicht so ist, kürzer werden. Und ich glaube, dass es in Ordnung ist, dass es okay ist, wenn es einem besser geht. Dad würde wollen, dass du glücklich bist, Charlie. Das würde er sich mehr wünschen als alles andere auf der Welt.«

»Er würde aber wollen, dass auch du glücklich bist«, stellte Charlie fest.

»Ich weiß«, antwortete Ellen. »Tja, dann lass es uns ihm zuliebe versuchen, ja?«

»Ja.« Charlie nickte. »Aber sagst du das allen mit dem Stuhl?«

»Das mache ich.« Als Ellen die Arme um Charlie schlang, lehnte er sich an sie und legte den Kopf kurz auf ihre Schulter, dann wich er zurück und griff nach seinem Kopfhörer.

»Ich weiß, dass du morgen keine Schule hast«, sagte Ellen

zu ihm. »Aber ich möchte trotzdem, dass du den um elf Uhr ausschaltest.«

Doch Charlie hatte den Blick bereits wieder auf den Bildschirm geheftet.

Erschöpft hatte Ellen sich auf ihr Bett gelegt, die Augen geschlossen und die Anspannungen des Tages endlich losgelassen. Die Ereignisse des Tages, ihre Unterhaltung mit Charlie, das Chaos auf dem Küchenboden, rückten allmählich in den Hintergrund, und sie ertappte sich dabei, dass sie an Matt und das Gefühl dachte, wie er mit dem Daumen über ihre Wange gestrichen hatte. Ellen, die ihren Gedanken freien Lauf ließ, malte sich aus, wie es sich wohl angefühlt hätte, wenn der Daumen weiter ihren Hals hinabgewandert wäre und ihren Brustansatz sanft gestreift hätte.

Als sie in ihre Fantasie davondriftete, sah sie sich als Eliza Sinclair, und ihr Körper verwandelte sich in Elizas nahezu unerreichbar perfekte Gestalt und Matt in den Captain, der die Augen nicht von ihr wenden konnte und dessen Verlangen nach ihr geradezu greifbar war, sodass die Luft zwischen ihnen knisterte, während sie allein in … in einer Scheune standen, wie Ellen entschied.

»Ich liebe Euch«, flüsterte Captain Matt und trat einen Schritt näher, sodass sie seinen heißen Atem an ihrem Ohr spürte. »Ach, Ellen, ich liebe Euch.«

»Und ich Euch auch«, flüsterte Ellen und gestattete ihrer lilienweißen Hand, sich kurz auf seine männliche Brust zu legen und dann kühn tiefer zu wandern, an Stellen, die keine Jungfer je berühren sollte.

»Ich begehre Euch«, stöhnte Matt, fasste ihre Hand und drückte sie an sich.

»Dann nehmt mich, denn ich bin die Eure, mein Liebster«, hauchte Ellen atemlos und stellte fest, dass sie eine geschickte Verführerin war.

Ellen bemerkte, dass ihr das dünne weiße Baumwollgewand innerhalb von Sekunden vom Leib gerissen war und ihre perfekten Brüste gegen Matts festen Körper gepresst wurden, während seine Hände und Küsse sie in einer Woge glühenden Verlangens verschlangen, in die sie mit Freuden eintauchte.

Stunden waren vergangen, als Ellen erwachte und feststellte, dass sie noch immer voll bekleidet zwischen ihren zerwühlten Bettlaken lag und auf einmal hellwach war. Sie warf einen Blick auf ihren Wecker, stieg seufzend aus dem Bett, zog sich aus und schlüpfte in einen von Nicks Schlafanzügen, einen aus leuchtend roter Baumwolle mit grünen Paspeln, den sie ihm einmal als Scherz zu Weihnachten geschenkt und den er nie getragen hatte. Trotzdem gefiel Ellen das Gefühl, wenn sie das übergroße Oberteil um ihren Körper schlang. Ihr wurde klar, dass es Schuldgefühle waren, die sie aufgeweckt hatten. Von einem anderen Mann zu fantasieren, schlimmer noch, von einem Mann aus dem wahren Leben, als hätte es Nick nie gegeben, als wäre er nicht ihr Liebhaber, die Liebe ihres Lebens gewesen. Als könnten schmutzige Fantasien das, was sie einst miteinander geteilt hatten, je ersetzen.

Ellen, die das taumelnde Entsetzen verspürte wie ein Betrunkener, der aufwacht und sich erinnert, was sich am Vorabend genau abgespielt hat, machte sich daran, die Treppe hinunterzugehen, um eine Tasse Tee zu trinken und mit sich ins Reine zu kommen. Vor Charlies Zimmer blieb sie stehen, schob die Tür auf und sah, dass der Fernseher trotz ihrer Anweisung noch immer flackerte und auf einen Musikkanal eingestellt war, den er in letzter Zeit allem Anschein nach ständig schaute. Ihr Sohn lag mit dem Gesicht nach unten auf dem Bett, die Decke hatte er auf den Boden gekickt. Ellen trat vorsichtig ins Zimmer, um keinen der vielen Gegenstände zu beschädigen, die er mit Vorliebe auf dem Boden liegen ließ, hob die Decke auf und breitete sie über den auf dem Bauch liegenden Charlie aus.

»Was zum …?«, murmelte er im Schlaf.

»Ich bin's bloß, Liebling«, flüsterte Ellen, und innerhalb von Sekunden war Charlie wieder in den tiefen Schlaf gefallen, der ihn in letzter Zeit ständig zu überkommen schien. Sie blieb ein paar Sekunden vor Charlies Zimmer stehen und lauschte. Leise Musik und das Geräusch gedämpften Frauenlachens drangen von der Treppe herunter. Matt musste seine blonde Korrektorin mit nach Hause gebracht haben, überlegte sie. Während Ellen sich ausgemalt hatte, wie er und sie sich im Heu wälzten, hatte er diesem Mädchen Drinks spendiert und sie mit dem süßen Lächeln verzaubert, mit dem er zuvor Ellen bedacht hatte. Und da diese Unbekannte nach dem ersten Rendezvous mit ihm hierher gekommen war, musste er seine Sache ziemlich gut gemacht haben.

Ellen schüttelte den Kopf, als sie in die Küche ging und mit ihren empfindlichen Fußsohlen auf die kühlen Fliesen trat. Dieser Tag, ein ereignisreicher Tag, war ihr zu Kopf gestiegen. Für einen Augenblick hatte sie vergessen, wer sie war und worin ihre Aufgabe bestand. Sie war Nicks Frau und Charlies Mutter, und sie war hier, um ihr Bestes für ihren Sohn zu tun. Und obwohl dies das sündhafte Vergnügen, für Allegra Howard zu arbeiten, einschloss, gehörte mit Sicherheit nicht dazu, Stunden ihres Lebens damit zu verplempern, von einem Mann zu träumen, der sie in tausend Jahren niemals ansehen würde. Ihre Fantasien waren keineswegs harmlos, wenn sie ihre Gedanken von wirklich wichtigen Dingen ablenkten.

Sie hatte sich eine Tasse Kamillentee gemacht, sich an den Küchentisch gesetzt, Nicks Stuhl angestarrt und sich gewünscht, sie könnte ihn allein dadurch, dass sie an ihn dachte, wieder zum Leben erwecken.

Ellen zuckte zusammen, als sie Schritte auf der Treppe hörte. In der Hoffnung, dass es Charlie war, der herunterkam, um sich ein Glas Wasser zu holen, ging sie zur Küchentür und öffnete sie einen Spaltbreit. Es waren jedoch Matt und seine Korrektorin. Sie hatte ihren Mantel an, während er … na ja, er trug nichts weiter als ein um die Hüfte geschlungenes Handtuch. Ellen schnappte nach Luft, dämpfte das Geräusch aber, indem sie die Hand auf ihren Mund presste.

»Ich kann's nicht fassen, dass du mich rauswirfst!«, kicherte die junge Frau und schlang Halt suchend den Arm um Matts Hals, da sie eindeutig beschwipst war und wankte. »Nicht nach dem, was wir gerade getan haben!«

»Ich weiß, und ich möchte es nicht«, gurrte Matt. »Es ist nur so, dass die Zimmerwirtin – sie ist vom alten Schlag, weißt du. Ein ziemlicher Drachen. Ich habe damit, dass ich dich überhaupt hierhergebracht habe, schon meinen Rauswurf riskiert, aber du bist so umwerfend, dass ich dir einfach nicht widerstehen konnte.«

Wieder kicherte die junge Frau und klammerte sich noch fester an ihn, sodass ihre Lippen sich berührten, und sie küsste ihn, wobei sie sich in der Umarmung sachte von einer Seite zur anderen wiegte wie eine Weide im Wind. Während sie sich küssten, nahm Matt die Hand von ihrer Taille und griff nach der Türklinke. Er öffnete die Tür ein Stück und schob die junge Frau hinaus.

»Gute Nacht«, flüsterte er.

»Rufst du mich an?«, fragte sie.

»Selbstverständlich.« Matt nickte.

»Versprochen?« Das Mädchen kicherte, aber in ihrer Stimme schwang Verzweiflung mit.

»Klar«, antwortete Matt und machte ihr vor der Nase die Tür zu. Er stand einen Augenblick da, die Hand auf der Klinke, als vermutete er, sie könnte zurückkommen. Und dann beobachtete Ellen entsetzt, wie er sich mit den Händen durch die Haare und über das Gesicht fuhr und direkt auf die Küche zusteuerte.

Sie geriet in Panik, schloss die Küchentür und lief zur Hintertür, weil sie instinktiv plante, in den Garten zu flüchten, aber dann überlegte sie es sich anders und ging zuerst zur Speisekammer und schließlich zum Kühlschrank, als ob sie sich darin verstecken könnte. Sie ging noch immer aufgeregt herum, als Matt den gnadenlos hellen Deckenstrahler anknipste, damit die Küche erleuchtete und Ellen in flagranti barfuß und in Nicks Schlafanzug ertappte.

»Oh, Mist!«, schrie Matt auf. »Sie haben mich zu Tode erschreckt!«

»Tut mir leid, ich war gerade aufgestanden, als ich Ihre … Freundin gehen hörte. Ich wollte nicht, dass Sie meinen, ich würde Sie belauschen.«

»Keine Sorge«, stellte Matt unbekümmert fest, dann runzelte er die Stirn. »Haben Sie gelauscht?«

»Nein«, antwortete Ellen. »Na ja, ein bisschen. Okay, ich habe alles gehört.«

»Oh nein!«, stöhnte Matt. »Hören Sie, das, was ich über die Zimmerwirtin gesagt habe, dass sie ein Drachen ist, wissen Sie, das habe ich ihr nur gesagt, damit sie geht, verstehen Sie? Ich halte Sie nicht für einen Drachen. Alles, was ich da eben gesagt habe … das denke ich nicht wirklich über Sie.«

»Das geht mich gar nichts an, ehrlich«, antwortete Ellen und legte eine Pause ein, weil sie verwirrt und unsicher war, was sie genau sagen wollte und wie. Sie hatte gewusst, dass Matt für eine Zeitschrift arbeitete, die als Männermagazin bezeichnet wurde, und dass er die ganze Zeit über Frauen schrieb, aber der Mann, den sie gesehen und im Laufe der vergangenen Tage ein wenig näher kennengelernt hatte, schien nicht von jenem Schlag zu sein, der sich mit einer jungen Frau im Pub traf und sie noch am gleichen Abend zu sich ins Bett holte. Törichterweise hatte sie ganz vergessen, dass er buchstäblich ein Fremder war, hatte sich von ihren albernen Fantasien hinreißen lassen und war jetzt von ihm enttäuscht, obwohl sie dazu gar kein Recht hatte. Jedenfalls nicht, was seine Wahl der Sexualpartnerinnen anbelangte.

»Matt, genau genommen geht es mich schon etwas an … wir haben ja über Charlie gesprochen, Sie erinnern sich? Dass er in seinem Alter leicht zu beeindrucken ist … und ich weiß, dass ich gesagt habe, es ist in Ordnung, wenn Sie Leute mitbringen, und das ist es auch. Aber wird das immer so sein … dass irgendein Mädchen da ist, das sie gerade aufgegabelt haben? Denn wenn das der Fall ist, dann müssen Sie wesentlich diskreter sein. Was wäre, wenn Charlie gerade in diesem Moment heruntergekommen wäre, um sich etwas zu trinken zu holen?«

»Mist, ich bin ein Idiot. Tut mir leid«, sagte Matt. »Ich habe einfach nicht nachgedacht.« Er schüttelte den Kopf und hielt sein Handtuch gut fest. »Das nächste Mal gehe ich zu ihr.«

»Sie mögen sie also?«, fragte Ellen.

Matt blickte verwirrt drein. »Oh nein, nicht zu *der.* Ich meine, in die Wohnung des nächsten Mädchens, wer immer das auch sein mag. Das nächste Mal gehe ich zu ihr.«

Ellen, die nicht wusste, wie sie reagieren sollte, griff nach ihrer Teetasse. »Na ja, dann gehe ich mal.«

»Ich vermute, dass Sie wissen wollen, warum ich sie fortgeschickt habe«, sagte Matt und veranlasste sie mit seiner Frage, stehen zu bleiben.

Ellen zögerte. Sie hatte noch nie mit einem Mann wie Matt zu tun gehabt, einem Frauentypen wie er im Buche steht, und sie wollte es eigentlich wissen. Aber sie musste in ein paar Stunden aufstehen und hatte sich erst vor Kurzem, genau genommen erst vor wenigen Minuten, selbst untersagt, sich abgesehen von den wesentlichen Dingen mit Matt zu befassen. Das letzte Mal, als sie ihn »gesehen« hatte, war er nackt mit einer Erektion vor ihr gestanden, die es mit der eines jeden wohlproportionierten Helden Allegras hätte aufnehmen können, im Begriff, sie auf einen Strohhaufen zu werfen und mit seiner unbändigen Leidenschaft direkt in ihre Seele einzudringen. Ellen hatte den Eindruck, dass es unter solchen Umständen nicht als wesentlich durchgehen konnte, nach drei Uhr nachts allein mit ihm in der Küche zu stehen, während er nicht mehr anhatte als ein Handtuch. Vor allem, da er eindeutig zu jenen Männern zählte, die flüchtigem Sex nicht abgeneigt waren.

»Nein, nicht unbedingt, es sei denn, Sie *wollen* es mir erzählen.« Ellen wartete ab und versuchte sich auszumalen, wie alt und prüde sie in Nicks Schlafanzug wohl wirken musste.

Matt holte sich eine Flasche Milch aus dem Kühlschrank und trank direkt daraus, dann setzte er sich auf ihren Stuhl, wobei das Handtuch zwischen seinen Beinen Falten schlug und gerade noch sein Geschlecht bedeckte.

»Zu einfach«, sagte Matt.

»Was, sie?«, fragte Ellen und lehnte sich gegen die Arbeitsfläche.

»Das Ganze. Ich bin ihr im Büro im Aufzug begegnet. Ich arbeite im fünften, sie im vierten Stockwerk. Auf der dritten Etage habe ich sie gefragt, ob sie sich auf einen Drink mit mir treffen würde, sie war einverstanden, und bevor sie aussteigen musste, hatte sie sich mit mir verabredet. Das hätte mir ein Hinweis sein müssen, wissen Sie. Vor Mädchen, die zu schnell bereit sind, muss man sich in Acht nehmen. Aber sie hat tolle Beine und wirklich schöne … Augen. Und Männer sind nun mal oberflächlich. Ich bin oberflächlich. Ich kreuze also mit ein bisschen Verspätung im Pub auf, und da ist sie und hat dieses Kleid an, das von hier bis da reicht.« Matt legte die flache Hand zuerst oben an seinen Schenkel und dann unmittelbar unter seine Brustwarzen.

»Ich wette, das hat ihre Augen hervorragend zur Geltung gebracht«, sagte Ellen und schmunzelte, als sie Matts erstaunte Miene bemerkte.

»Stimmt.« Er nickte. »Sämtliche Typen haben sie angestarrt, und es hat mir gefallen, dass sie mit mir unterwegs war. Und sie war wirklich lustig. Dann, nach zwei Gin Tonic, hängt sie wie eine Klette an mir, fummelt an mir herum und möchte mit zu mir nach Hause gehen.«

»Klingt ja fürchterlich«, stellte Ellen trocken fest. »Wie in aller Welt haben Sie das nur ausgehalten?«

»Um ehrlich zu sein, diese Art von Mädchen, die so darauf aus sind, sind echte Abtörner. Da bleibt keine Herausforderung, kein Geheimnis. «

»Und deshalb haben Sie Ihren freien Willen eingesetzt und ›Nein, vielen Dank, junge Dame‹ gesagt«, erklärte Ellen und verabscheute sich sogleich dafür, dass sie so klang, als wäre sie seine vernünftige ledige Tante.

»Ich weiß. Ich weiß, dass ich das hätte tun sollen. Aber sie ist eine Frau, eine heiße Frau, und sie wollte mit mir ins Bett. Wie gesagt, ich bin oberflächlich.«

»War er es wenigstens wert, der Sex?«, hörte Ellen sich fragen, während sie auf den Tisch zuging und sich hinsetzte.

»Es war gut«, antwortete Matt. »Es war nett, aber in dem Moment, als es vorüber war, wollte ich nicht mehr mit ihr reden. Ich wollte, dass sie geht. Deshalb habe ich mir das mit dem Drachen von Zimmerwirtin ausgedacht, tut mir leid.«

»Ich glaube nicht, dass ich diejenige bin, bei der Sie sich zu entschuldigen haben«, sagte Ellen und klang dabei viel prüder und älter, als sie wollte. »Ich meine, Sie müssen dem armen Mädchen den Eindruck vermittelt haben, dass Sie wirklich an ihr interessiert sind, Sie müssen ihr das Gefühl gegeben haben, dass es in Ordnung ist, mit Ihnen hierher zu kommen und ins Bett zu steigen.«

Matt musterte sie so lange, bis sie den Kopf senkte und den Blick abwandte.

»Halten Sie mich für einen Scheißkerl?«, fragte Matt.

Ellen zuckte mit den Schultern und fühlte sich auf einmal von Müdigkeit übermannt. Sie war sich nicht sicher, ob von ihr erwartet wurde, dass sie samstags für Allegra arbeitete, aber sie würde ohnehin aufstehen müssen, um ihr das Frühstück zuzubereiten.

»Ich gehe davon aus, dass das arme Mädchen, wenn es am Morgen aufwacht, sich dumm und verletzlich vorkommt, und es wird Sie bestimmt für einen Scheißkerl halten«, sagte Ellen und gähnte. »Aber Sie sind zumindest ehrlich. Sie spielen einem nichts von Gefühlen und Ansichten vor, Sie sind eher der Typ, der sich ein Handtuch umbindet und halbnackt herumsitzt.«

»Oh, verdammt.« Matt blickte an sich hinab, als bemerkte er jetzt erst, dass er fast gar nichts anhatte. »Mist. Ich bin jetzt ... wie lange hier ... fünf Tage? Und ich habe Ihren Sohn verärgert, Sie einen Drachen genannt und mich zum Narren gemacht. Werfen Sie mich raus?«

Ellen lächelte ihn an und war froh, ihn so zu sehen, jung, unverfroren, leicht betrunken, halbnackt und verlegen. Der wahre Matt, so entwaffnend und gut aussehend er sein mochte, war ganz anders als der Captain ihrer Träume. Vielleicht war es doch falsch, ihm aus dem Weg zu gehen; je besser sie ihn kennenlernte, desto weniger würde er in ihrer Vorstellung diesen perfekten Helden verkörpern.

»Gute Nacht, Matt«, sagte sie. »Gehen Sie schlafen.«

»Nacht, Ellen und ...« Matt hielt auf einmal verschämt inne. »Ich bin froh, dass Sie wach waren. Man trifft nur selten eine Frau, mit der man reden kann.«

»Im Gegensatz zu denen, mit denen man Sex haben kann«, entgegnete Ellen. »Die gibt es wie Sand am Meer.«

9

Meinst du nicht auch?« Pete kicherte in sein drittes Feierabendbier hinein. Mit jedem Schluck breitete sich die Röte in seinem Gesicht weiter über seine Wangen bis zu den Ohren aus. »He, Matt?«

Matt blickte von seinem unberührten Bier auf und realisierte, dass er Pete überhaupt nicht zugehört hatte, seit sie sich an den Tisch gesetzt hatten. Das war seine dritte Woche bei *Bang It!*, und er hatte die Hälfte seiner Probezeit hinter sich. Seine ersten beiden Kolumnen waren bei Dan und, was noch wichtiger war, bei den Lesern gut angekommen. Er hatte eine ganze Menge Leserzuschriften erhalten, was bei *Bang It!* nur selten vorkam. Gewöhnlich dachte sich Suze die Leserzuschriften während ihrer Mittagspause aus. Dan war mit ihm zufrieden, aber je mehr er mit Pete arbeitete, desto klarer wurde ihm, dass sein Job hauptsächlich darin bestand, bei seinem Boss den Babysitter zu spielen und ihn wenigstens halbwegs in der Spur zu halten. Natürlich hatte es keiner laut ausgesprochen, Tatsache war jedoch, dass Pete Alkoholiker war und mit Vorliebe mitten am Vormittag eine Linie Koks zog. Matt hatte keine Ahnung, wie Pete seinen Job behalten konnte, und er gewann den Eindruck, dass ihm als Anfänger in der Truppe die Pflicht zufiel, Pete zu helfen, dass es so blieb. Trotzdem, je häufiger er mit seinem Boss zu tun hatte, der ständig durcheinander war, desto öfter fragte Matt sich insgeheim, ob das tatsächlich sein Traumjob war. Und selbst beim Anblick von Dan, dessen gutes Aussehen und Elan von einem zerstörerischen Lebensstil bereits eingetrübt waren, beschlichen ihn diese Zweifel. War das wirklich das, was er sich in all den vergangenen Jahren erhoffte, als er sich für den

Journalismus entschieden hatte? Er hatte sich einen Job an Land gezogen, der bedeutete, dass er jeden Morgen verkatert aufwachte, der ihn eine beängstigende Laissez-faire-Einstellung gegenüber nackten Brüsten entwickeln ließ und bei dem der Gipfel der kreativen Brillanz, die von ihm erwartet wurde, darin bestand, sich zehn unterschiedliche Begriffe für »Blow Job« auszudenken. Er war sich sicher, dass er als Jugendlicher andere Ziele gehabt hatte, als eine Meldung in den Spätnachrichten über ein Massaker in Indien ihn in Tränen hatte ausbrechen lassen und ihn zugleich inspiriert hatte, das tun zu wollen, was dieser Reporter getan hatte, nämlich den Menschen die wirklich wichtigen Nachrichten in einer Weise nahezubringen, die sie persönlich erscheinen ließen und klar machten, dass sie eine Rolle spielten. Irgendwie war er hier gelandet, als Experte in Sachen Frauenaufreißen, der das Leben eines von Frauen umschwärmten Jungesellen lebte. Das musste sein Traumjob sein, was denn sonst? Selbst wenn sein betrunkener Boss diesen längst nicht mehr so traumhaft erscheinen ließ.

Um kurz nach halb eins war Pete, in einem zu engen Hemd und der fleckigen Krawatte verschwitzt und ungepflegt aussehend, vor Matts Schreibtisch aufgetaucht. Schweißperlen hatten ihm trotz der Klimaanlage im Büro auf der Stirn gestanden, und er hatte Matt wieder einmal aufgefordert, sich ihm zu einem Mittagessen in flüssiger Form anzuschließen.

»Ich muss für eine Stunde raus aus diesem Scheißloch«, hatte er seufzend gesagt und an seinem Hemdkragen herumgezerrt, während er sich zornig im Raum umblickte. Alle Mitarbeiter vermieden geflissentlich jeden Augenkontakt mit ihm. Matt hatte den deutlichen Eindruck, dass seine Kollegen hinter seinem Rücken über ihn feixten.

»Ich würde ja gern, aber die Sache ist die, dass ich diese Rezension noch fertig machen und meine Kolumne noch ein bisschen aufpolieren muss …«, hob Matt an.

»Was? Nein, das brauchst du nicht, die Fassung, die du mir

gegeben hast, war in Ordnung. Ich habe sie gestern Abend an den Beitragsordner geschickt.«

»Was? Pete!« Matt schüttelte den Kopf. »Ich dachte, ich hätte dir gesagt, dass das nur eine erste Fassung war, ich hatte sie … noch nicht überarbeitet.«

»Überarbeitet? Mann, du bist hier bei *Bang It!,* nicht bei *Woman & Home.* Du schreibst übers Vögeln, nicht, wie man einen luftigen Muffin macht …« Petes Kichern klang obszön. »Du musst der Meinung eines Experten glauben: Die Kolumne war perfekt. Jetzt hol deinen Mantel, mach schon.«

Widerwillig schob Matt seinen Stuhl zurück und folgte Pete hinaus ins mittäglich blendende Licht der Straße und in den Red Lion, den Pub direkt um die Ecke. Diese Kolumne war *tatsächlich* perfekt gewesen – das heißt perfekt für Pete. Matt hatte sie geschrieben und sich dabei auf den Abend mit der Korrektorin gestützt. Letzte Woche hatte er eine Kolumne aus seinen Tagen in Manchester aufbereitet, aber er kannte London noch nicht gut genug, um sie wirklich authentisch erscheinen lassen zu können. Er war davon ausgegangen, dass eine Stadt der anderen ziemlich ähneln würde, aber das stimmte nicht. Zwar war Manchester groß, pulsierend und voll prallem Leben, doch im Vergleich zu London kam es einem fast wie ein Dorf vor. Selbstverständlich fühlte er sich in Manchester mehr zu Hause, schließlich war es seine Heimat – dort war er aufgewachsen. Aber es war mehr als nur das. London war so riesengroß, zugleich schmutzig und schön, ein riesiger Ballungsraum, in dem es vor Menschen nur so wimmelte. Es bestand nicht nur aus Backsteinen, Zement und Stahl, sondern zugleich aus vielen Schichten des Lebens, dessen Oberfläche anzukratzen er kaum eine Chance hatte. Matt war sich nicht sicher, ob er je begreifen würde, was an diesem Ort tatsächlich vor sich ging, nicht einmal in dem kleinen Teil, den er bislang gesehen hatte.

Aber er wusste, dass er sich noch mehr anstrengen musste,

um in seiner Kolumne das Wesentliche seines »Jagdreviers« einzufangen, deshalb hatte er beim Schreiben seiner letzten Kolumne über die Korrektorin Pete vor Augen gehabt, und folglich war sie schmutzig und plastisch und behandelte den Schwerpunkt Frauen einmal als Lustobjekte, dann wiederum als Objekte der Lächerlichkeit. Um ehrlich zu sein, hatte Matt den Artikel innerhalb weniger Minuten hingeworfen, nachdem er eines Abends nach einem Glas Bier vom Pub in die Redaktion zurückgekehrt war, wild entschlossen und darauf erpicht, bei seinen neuen Chefs Eindruck zu schinden. Doch inzwischen hatten ihn Zweifel beschlichen. Zweifel, die auch die Korrektorin betrafen, die lustig und großzügig, leidenschaftlich und offen gewesen war. Er hatte sie als leicht zu haben beschrieben, aber leicht zu haben war eigentlich nicht der richtige Ausdruck. Vielmehr war sie bereit gewesen – bereit, es mit ihm zu versuchen, bereit, das Leben in vollen Zügen auszukosten –, und das war schließlich auch sein Motto. Das arme Mädchen hatte eigentlich nichts Falsches gemacht, außer ihm zu vertrauen, und es schien unfair zu sein, sie dafür an den Pranger zu stellen. Obwohl er ihr einen falschen Namen gegeben und ihre Berufsbezeichnung in Redaktionsassistentin verändert hatte, würde sie wissen, dass es um sie ging.

Und jetzt, da der Artikel in Umlauf war, konnte Matt nichts mehr unternehmen, es sei denn, er wollte sich zum Narren machen. Wahrscheinlich würde er ein wirklich nettes Mädchen völlig grundlos verletzen. Matt kämpfte gegen den jüngsten Anflug von Gewissensbissen an. Daheim hatte er einen Artikel nach dem anderen über Mädchen geschrieben, die er zufällig kennengelernt hatte, und es hatte ihnen allem Anschein nach nie etwas ausgemacht. Doch jetzt, vielleicht nach dem, was kurz vor seinem Weggang geschehen war, hatte er angefangen, die Konsequenzen seines Handelns zu erkennen und zu spüren. Das war eine neue Erfahrung, und zwar keine sonderlich nützliche für einen Verfasser von

Sonderbeiträgen für ein Männermagazin, und er würde diese verdrängen müssen, wollte er sich bei *Bang It!* wirklich einfügen. Matt konnte nicht genau sagen, wann diese Vorbehalte eigentlich angefangen hatten, sich ihren Weg in sein Gemüt zu bahnen, aber er war sich ziemlich sicher, dass es begonnen hatte, bevor er in den Zug nach London gestiegen war. Er war sich sicher, dass seine Vermieterin eine ganze Menge damit zu tun hatte, wie sehr ihn sein schlechtes Gewissen plagte, und das genau zum falschen Zeitpunkt in seinem Leben.

In den vergangenen Wochen waren seine nächtlichen Plaudereien mit Ellen in der Küche fast zur regelmäßigen Gewohnheit geworden, und Matt hatte zu realisieren begonnen, dass er sich darauf freute, Ellen in der Küche sitzend vorzufinden, wo sie trotz der anhaltenden Sommerhitze jedes Mal einen Becher dampfenden Tee mit beiden Händen umklammert hielt. Er würde in der Hoffnung, sie dort anzutreffen, in die Küche gehen und so tun, als sei er überrascht, sie zu sehen, und sie würde sich – wie immer – für nichts Spezielles entschuldigen. Er würde behaupten, dass er sich nur ein Glas Wasser holen wollte, während sie ihm erzählte, sie würde ihren Tee mit hinauf in ihr Zimmer nehmen. Dennoch würden sie sich zusammensetzen und darüber reden, was sie im Laufe des Tages erlebt hatten, zum Beispiel als er versucht hatte, eine Kolumne über den Urlaubssex eines Typen zu verfassen, und sie sich neue, gefährliche Situationen für die Heldin des Buches ausgedacht hatte, an dem Allegra schrieb. Ihre trockenen Kommentare und gespielt strenge Missbilligung seiner jüngsten Eskapaden würden ihn unweigerlich zum Lachen bringen – sie war erstaunlich geistreich.

Einmal hatte er ihr den Entwurf einer seiner Kolumnen gegeben und mit angehaltenem Atem darauf gewartet, zu hören, was sie von seinem Artikel hielt, und er war überrascht gewesen, wie wichtig ihm ihr Urteil war.

»Wow«, hatte sie nach einem kurzen Augenblick gesagt. »Mit Ihnen würde ich es mir nicht gern verscherzen.«

»Sie finden ihn nicht lustig?«, fragte Matt. Es hatte sich um einen aufbereiteten Artikel über eine Kosmetikerin gehandelt, die er zu Hause kennengelernt und die den Fehler begangen hatte, hastig ein brasilianisches Waxing ihrer Bikinizone vorzunehmen, während Matt im Wohnzimmer auf sie wartete und davon ausging, sie wäre nur schnell zur Toilette gegangen. Es hatte sich herausgestellt, dass die Enthaarung eine Sache war, die man besser nicht in Eile machte, und das arme Mädchen war schmerzverzerrt und an ziemlich delikater Stelle heftig blutend aus dem Badezimmer aufgetaucht. Sie hatte versucht, es zu kaschieren, aber schließlich hatte sie es gestanden, und Matt, stets Gentleman, hatte die betroffene Stelle mit einem Eisbeutel gekühlt. In seinem Artikel hatte er Witze über gerupfte Hühner und Stoppeln gerissen. Pete hatte ihn toll gefunden.

»Es war vermutlich lustig«, hatte Ellen unsicher geantwortet. »Aber es ist auch irgendwie … gemein. Muss Ihre Kolumne immer gemein sein?« Matt hatte einen Moment überlegt und war zu dem Schluss gelangt, dass sie es für *Bang It!* wahrscheinlich sein musste. Er hatte ihr keinen seiner Artikel mehr gezeigt, aber das hieß nicht, dass sie nicht jede Menge Gesprächsstoff hatten.

Obwohl er das bis jetzt für unmöglich gehalten hätte, fand er ihr Leben faszinierend, wenn er beobachtete, wie sie sich durch jeden Tag tastete und eine Welt in Angriff nahm, die ihr völlig fremd war, jede Minute neu erfand wie ein Schmetterling, der aus seinem Kokon schlüpft. Matt erkannte ihren Mut und bewunderte sie dafür.

Er konnte nicht direkt behaupten, dass er seit seiner Ankunft in London Freunde gefunden hatte. Ja, er hatte dank der Arbeit Kumpel, Typen, mit denen er sich amüsieren und etwas trinken gehen konnte, aber er hatte unterschätzt, wie wichtig es war, jemanden zu haben, mit dem man sich wirklich unterhalten konnte, ohne eine Show abziehen oder sich in Pose werfen zu müssen. Matt hatte seinen besten Freund aus Kindertagen zusammen mit seiner PlayStation in Manchester zurückgelassen, und es war seine Schuld, dass sie nicht mehr miteinander redeten. Ellen hatte sich zu dem entwickelt, was für ihn in der riesigen, ausufernden und gnadenlosen Stadt einer Freundin am nächsten kam. Nein, das war falsch, sie *war* eine Freundin, und ihre Freundschaft der frühen Morgenstunden war von zerknitterten Baumwollschlafanzügen, zerzaust abstehenden Haaren und dampfenden Teebechern in drückend heißen Sommernächten gekennzeichnet.

Als Matt an diesem Morgen zur Arbeit gefahren war, hatte er das Bild vor Augen gehabt, wie sie beide, als Charlie wegen des Stuhls seines Dads ausgeflippt war, auf dem Küchenboden knieten, wie ihr die Tränen aus den Augen quollen, sie ihre große Verletzlichkeit preisgab und nicht einmal stark genug war, diese vor ihm, einem buchstäblich Fremden, zu verbergen. Und dann konnte er das Bild nicht loswerden, wie sie später in der Küche in diesem albernen roten Schlafanzug stand, der eventuelle Kurven völlig verbarg, und ihr Gesicht vor Sorge verzerrt war. Er hatte in der Küche gesessen und gespürt, wie die Körperwärme der Korrektorin auf seiner Haut abkühlte, und in diesen wenigen Minuten hatte es ihm mehr Spaß gemacht, mit Ellen zu reden, als sich mit irgendeiner willigen Blondine im Bett zu wälzen. Und sie hatte ihm die Leviten gelesen, nur ein bisschen und so zurückhaltend, dass er es womöglich gar nicht bemerkt hätte, aber als er schließlich allein in sein Bett mit den bereits zerwühlten Laken fiel, wurde ihm klar, dass er bedauerte, was zwischen ihm und der Korrektorin vorgefallen war. Das war ein Gefühl gewesen, das er gar nicht kannte. Er beschloss, dass er sie anrufen würde, nicht etwa, um sich noch einmal mit ihr zu verabreden oder die Beziehung weiterzuführen, sondern nur, weil es anständig zu sein schien. Nach fünfzehn Minuten in Ellens

Gesellschaft hatte Matt festgestellt, dass er anständig sein wollte. Das war ein Gefühl, das sich verstärkte, je besser er sie kennenlernte. Trotzdem waren inzwischen zwei Wochen seit dieser Nacht mit der Korrektorin vergangen, und er hatte sie noch immer nicht angerufen. Allem Anschein nach war der Wunsch, anständig zu sein, noch nicht so stark ausgeprägt, dass er sein Vorhaben in die Tat umgesetzt hätte.

Was Matt inzwischen zu beunruhigen begann, war, wie häufig er an seine Vermieterin dachte, und die Frage, ob die Art seiner Gedanken oder Gefühle zu jenen Dingen zählten, die eine Freundschaft am Ende unweigerlich zerstörten. Selbst jetzt, während Pete weiter über irgendwelche Frauen faselte, dachte Matt wieder an Ellen, wie sie barfuß in diesem Schlafanzug dagestanden hatte. Es hätte kein sexuell weniger stimulierendes Bild einer Frau geben können, aber wenn er an sie dachte, stand Sex gedanklich überhaupt nicht im Vordergrund. Aus irgendeinem Grund konnte er dieses Bild nicht loswerden, das so fest in seinem Kopf verankert zu sein schien, dass es bei jeder Gelegenheit auftauchte und ihn völlig überrumpelte.

»Mein lieber Schwan – diese Brünette. Schau sie dir an, und du weißt, dass die auf Sex steht. Schau dir diese Hüften an, das sind die Hüften eines Mädchens, dem es nichts ausmacht, umgedreht, am Arsch gepackt und von hinten ordentlich durchgefickt zu werden.«

Matt blickte auf und richtete seine Gedanken wieder auf die Gegenwart im Pub. An der Theke saßen zwei Frauen, die einen Mittagsdrink zu sich nahmen, beide bekleidet mit der inoffiziellen Uniform der Büroangestellten: Bleistiftröcke und weiße Blusen, allerdings war die der Blondine rosa gestreift. Beide hatten lange, glänzende, glatte Haare. Die Blondine war ein wenig dünner und hatte scheinbar feste kleine Brüste, die keine Herausforderung für die Knöpfe ihrer Bluse darstellten, wohingegen die Brünette kurvig gebaut und an genau den richtigen Stellen rundlich war. Sie waren beide hübsch, dachte Matt, aber ihm gefiel besonders die Art und Weise, wie der Reißverschluss am Rock der Brünetten hinten am Po spannte. Sie war keineswegs dick, aber wie so viele Frauen hatte sie beschlossen, sich in einen Rock zu quetschen, der ihr eine Nummer zu klein war, was Matt persönlich aber gar nicht schlecht fand. Er malte sich die roten Striemen aus, die die Kleidung auf ihrer Haut hinterlassen würde und die man sah, sobald sie sich abends auszog, und dachte geistesabwesend, dass er gern mit dem Finger über diese Geisternähte streichen und herausfinden würde, wohin sie führten.

»Du nimmst die Blondine, ich hab es auf das kurvige kleine Luder abgesehen.« Pete hievte sich von seinem Stuhl hoch und plumpste sogleich wieder darauf zurück, als er feststellte, dass ihm weder seine Beine noch die Füße gehorchten. Er schimpfte in sein leeres Glas.

»Mist, das Bier ist hier neuerdings stärker.«

»Oder hast du heimlich ein paar Wodkas getrunken, bevor wir in die Mittagspause gegangen sind?«, fragte Matt in freundlichem Tonfall. Wie zum Teufel sollte er einen Mann unter Kontrolle halten, der überall im Büro Schnapsflaschen versteckt hatte?

»Bin gleich wieder in Ordnung, ich brauche bloß ein paar von diesen Nüssen, um meinen Magen zu beruhigen«, lallte Pete. »Das ist der Plan: Du gehst rüber und baggerst sie an, lass die Hände aber von der mit den großen Titten, die gehört mir. Sag ihnen, dass wir fürs Magazin arbeiten, biete ihnen ein Fotoshooting an, sag ihnen, dass du sie reich und berühmt machen kannst, und dann verabrede dich hier für später mit ihnen. Ich stoße dann als dein einflussreicher Bekannter zufällig dazu.«

Matt schaute zu den Mädchen hinüber, die inzwischen bemerkt hatten, welche Aufmerksamkeit sie erregten. Sie blickten weder beeindruckt noch geschmeichelt drein, und die Blonde winkte mit ihrer Kreditkarte in Richtung Barmann, eindeutig entschlossen, zu bezahlen und wieder zur Arbeit zu gehen.

»Ich glaube nicht, dass die Interesse haben, Kumpel«, stellte Matt fest. »Ich mach dir einen Vorschlag. Wie wäre es, wenn wir ins Büro zurückgehen und vor der Redaktionssitzung heute Nachmittag ein paar Tassen Kaffee trinken würden? Vielleicht könntest du noch ein kleines Nickerchen halten.«

»Nein, nein, nein – die haben Interesse«, beharrte Pete und schlug mit der Handfläche fest auf den Tisch, dabei sprach er so laut, dass sämtliche Gäste im Lokal ihn hören konnten. »Diese Blondine macht dir schöne Augen, mach schon, Kumpel, geh rüber, lass deinen berühmten Charme spielen, los, geh schon. Wärm die frigiden Schlampen auf.«

Die beiden Frauen erhoben sich, griffen nach ihren Handtaschen und gingen hocherhobenen Hauptes davon, wobei sie Matt einen verächtlichen Blick zuwarfen und etwas vor sich hinmurmelten, wahrscheinlich das Wort *Arschlöcher,* wie Matt stark vermutete.

»Die sind weg, Kumpel«, sagte Matt und warf erleichtert einen Blick auf seine Uhr. »Es ist Zeit, dass wir ebenfalls gehen.«

»Verdammte Scheiße!«, rief Pete und gestikulierte wütend, sodass Matts noch fast volles Glas über den Tisch schoss, auf dem Boden landete und sich auf den geschliffenen Dielenbrettern eine Bierpfütze ausbreitete. »Du hast sie entkommen lassen, verdammt! Scheiße, ich hatte seit Wochen keinen ordentlichen Fick mehr. Verdammte Scheiße, Matt, du …«

»Schaff ihn hier raus.« Der Barmann war hinter der Theke hervorgekommen und stand jetzt, die Hände in die Hüften gestemmt, vor ihnen und starrte den Betrunkenen wütend an. »Ich kann nicht dulden, dass er den Gästen Angst einjagt und wie ein Verrückter herumflucht. Es kostet mich meinen Job, wenn das meinem Boss zu Ohren kommt. Noch ein Auftritt wie dieser, und er hat Lokalverbot und der Rest von euch aufgeblasenen Typen ebenfalls.«

Er funkelte Matt zornig an.

»Tut mir leid ... wir gehen schon, ich sorge dafür, dass das nicht noch einmal vorkommt ...« Matt versuchte, sich die Reaktion von Dan und den Kollegen auszumalen, wenn sie herausfanden, dass sie in ihrem Lieblingspub Lokalverbot hatten, nur weil der Neuling Pete aus dem Ruder hatte laufen lassen. Das sollte zwar kein Grund sein, die Probezeit nicht zu bestehen, aber es hätte ihn trotzdem nicht überrascht.

Matt brauchte ein paar Minuten, bis er den wütenden, torkelnden Pete, der den Geruch von abgestandenem Alkohol und von etwas anderem verströmte, an das Matt gar nicht denken wollte, auf die Beine gehievt und dann zur Tür und hinaus in den drückend heißen Nachmittag geführt hatte. Die knapp hundert Meter entlang der verkehrsreichen Fulham Palace Road bis zum Eingang ihres Bürogebäudes und der angenehmen Kühle der Klimaanlage schienen eine endlos weite Strecke zu sein.

»Komm, wir gehen nicht zurück«, plärrte Pete Matt lallend ins Ohr. »Komm, wir gehen über die Straße in den irischen Pub. Die bedienen jeden ...«

»Pete, wir haben in weniger als einer Stunde Redaktionssitzung, und du bist total betrunken. Du musst zurück und schnell nüchtern werden«, erklärte Matt entschlossen.

»Ich bin schon in Ordnung«, erwiderte Pete und torkelte dabei gegen Matt, der wiederum gegen eine Passantin taumelte und sie beinahe umstieß, woraufhin sie eine Schimpftirade in einer Sprache vom Stapel ließ, die Matt glücklicherweise nicht verstand.

»Nein, bist du nicht. Wir gehen jetzt zurück.« Matt schlang den Arm um Petes Rücken, griff ihm stützend unter seine heiße und stinkende Achsel und führte ihn wild entschlossen die Straße entlang und ins Bürogebäude. Erleichtert sah er, dass die Aufzugtüren aufglitten, und bugsierte seine Fracht in die Kabine, bevor sie sich in Bewegung setzen konnte.

Erst als er Pete in eine Ecke geschoben hatte und ihn mit der Hand auf seiner Brust festhielt, und erst nachdem die Aufzugtüren sich geschlossen hatten, stellte Matt fest, dass sie nicht allein waren. Die blonde Korrektorin stand in der Ecke und starrte ostentativ auf die Leiste mit den Leuchtziffern. Matt, dem das Herz in die Hose rutschte, wünschte sich, er hätte sich die Zeit genommen und sie angerufen.

»Hallo …« Matt verstummte. Er hatte sie so häufig Korrektorin genannt, dass ihm entfallen war, wie sie wirklich hieß.

»Du bist also gut nach Hause gekommen?«, erkundigte er sich verspätet, während sie ihm den Rücken zukehrte. »Neulich Abend?« Ihre Schultern hoben und senkten sich, und sie stieß einen fast unmerklichen Seufzer aus, bevor sie ihm ihr hübsches Gesicht zuwandte und ihn mit entschlossener und angespannter Miene ansah.

»Ja, danke, zum Glück habe ich am Ende der Straße ein Taxi gefunden, dessen Fahrer weder Räuber noch Vergewaltiger war.« Es war keine Überraschung, dass sie wütend auf ihn war, aber noch lange nicht so wütend, wie sie sein würde, wenn sie die Kolumne zu Gesicht bekommen sollte, überlegte er. Er erinnerte sich an Ellen in der Küche, an ihre stumme Missbilligung, als er ihr von seiner Nacht mit dieser Frau erzählt hatte, und er zuckte innerlich zusammen.

»Und, ist alles okay …?« Matt verfluchte sich, weil ihm ihr Name einfach nicht einfallen wollte. Sie stieß ein freudloses Lachen aus.

»Lucy«, sagte sie ausdruckslos. »Ich heiße Lucy, und ja, alles ist bestens, außer dass ich zu jenen Dummköpfen zähle, die mit einem fürchterlichen Kater aufwachen, nachdem sie zugelassen haben, dass jemand, der offenkundig ein absoluter Arsch ist, mich mit zu sich nach Hause nimmt, mich ins Bett lockt und mich dann mitten in der Nacht vor die

Tür setzt, ohne mir auch nur ein Taxi zu rufen. Und du erinnerst dich nicht einmal an meinen Namen, du Arschloch!« Sie verdrehte die Augen. »Gott, wie ich mich hasse. Ich widere mich selbst an. Ich tue genau das, wovor die Zeitschrift, für die ich arbeite, ihre Leserinnen ständig warnt – und das ausgerechnet für *dich,* du Flachwichser. Ich meine, klar, du siehst gut aus, aber das ist auch schon alles. Du besitzt die Konversationskunst eines geistig behinderten Rottweilers, und deinen Fähigkeiten im Bett fehlt es, offen gesagt, an Raffinesse.« Sie seufzte, als der Lift bei ihrem Stockwerk anhielt. »Wann werden Frauen endlich begreifen, was für Schlampen Männer sind?«

»He, warte, das ist nicht fair … Lucy!« Matt, der sich gezwungen sah, ihr zu folgen und ein bisschen Anstand zu zeigen, allerdings mit ein paar Wochen Verspätung, entfernte sich kurz von Pete, der sogleich wie ein gefällter Baum umzukippen drohte, was Matt zwang, an Ort und Stelle zu bleiben und Pete weiter zu stützen. Gerade als die Aufzugtüren sich wieder zu schließen begannen, rief er ihr aus dem Lift nach: »Ich hab dich nicht rausgeworfen, es war so, wie ich es dir gesagt habe, meine Vermieterin … jedenfalls wollte ich dich demnächst anrufen …« Die Aufzugtüren schlossen sich, bevor Matt seine Erklärung beendet hatte, die ihm, wie ihm verspätet klar wurde, bei Ellen nicht gerade Sympathiepunkte eingebracht hätte.

Trotzdem fühlte Matt sich zu Unrecht beschuldigt. Woher wollte Lucy wissen, dass er nicht im Begriff gestanden hatte, sie anzurufen und sich wieder mit ihr zu verabreden, woher wollte sie wissen, dass er damit, dass seine Vermieterin ein Drachen sei, nicht die Wahrheit gesagt hatte? Natürlich hätte er ihr ein Taxi gerufen, wären der Akku seines Handys nicht leer und der Festnetzanschluss nicht gestört gewesen. Matt seufzte, als der Aufzug noch eine Etage höher fuhr und dabei ächzte, als würde auch er Petes widerliche Ausdünstungen wahrnehmen. Lucy hatte recht, er hatte sich wie ein Scheißkerl verhalten. Sie hatte ihm zu Recht die Leviten gelesen, und komischerweise mochte er sie in diesem Augenblick mehr als in jedem anderen Moment ihrer kurzen Bekanntschaft. Aus Fairness ihr gegenüber sollte er diese Kolumne aufspüren, sie aus dem Gemeinschaftsordner entfernen und durch eine andere ersetzen. Aber Pete und Dan hatten sie schon gelesen und sie gemocht, deshalb würde er wie ein feiger Schwachkopf dastehen, wenn er versuchen würde, einen Grund vorzuschieben, warum sie jetzt geändert werden sollte.

»Die hast du auch gevögelt? Du Schweinehund«, lallte Pete, als Matt ihn ins Büro zerrte. Nach kurzem Zögern, was er mit seiner benebelten Fracht anfangen sollte, bugsierte Matt ihn in die Herrentoilette und schob ihn in eine Kabine.

»Bleib da, rühr dich nicht vom Fleck, ich hol dir einen Kaffee.«

»Schweinehund«, murmelte Pete, lehnte die Stirn gegen die Kabinenwand, und sofort fielen ihm die Augen zu, und sein Kiefer klappte auf.

Matt blieb kurz stehen, um sich im Spiegel zu betrachten, dann hielt er die Finger unter das kalte Wasser und fuhr sich durch die Haare, bevor er sich mit den feuchten Handflächen gegen die heißen Wangen klopfte. Schließlich ging er los, um Kaffee zu holen.

»Ist der für Pete?«, fragte Suze gelassen, als er an der Kaffeemaschine zuerst einen und dann einen zweiten Plastikbecher füllte. Matt überlegte, ob er lügen sollte, aber als Dans Assistentin entging Suze hier gar nichts, außerdem war ziemlich offensichtlich, dass Suze ihn nicht mochte, was wirklich ungünstig war. Suze schien im Büro einen unverhältnismäßig großen Einfluss auszuüben: Sie war die einzige Frau, über die keiner der Kollegen redete, Witze riss oder zotige Anspielungen machte. Sie managte Dan wie eine Militäroperation und ließ ihn damit in seinem Job viel effizienter und besser aussehen, als er in Wahrheit war. Und jeder wusste, dass es, wenn man Suze nicht sympathisch war, nur eine Frage der Zeit sein konnte, bis man es sich auch bei Dan verscherzt hatte. Matt hatte seit seiner Ankunft immer wieder versucht, sie für sich zu erwärmen, aber weder Schmeicheleien noch Charme hatten diesen perfekten Schmollmund zu einem Lächeln veranlassen können. Vielleicht würde er sie irgendwie beeindrucken können, ihr zeigen, dass er mehr war als nur ein weiterer dreister und lauter Typ, wenn er bewies, dass er sich um Pete kümmerte (falls es als Kümmern bezeichnet werden konnte, wenn man einen erwiesenen Alkoholiker in den Pub begleitete.)

»Ja«, antwortete ihr Matt mit grimmigem Ernst. »Ich versuche, ihn wieder auszunüchtern. Das macht er häufig, nicht wahr? In einem so schlimmen Zustand habe ich ihn zwar noch nie gesehen, aber ich wette, es ist nicht das erste Mal.«

»Und auch nicht das letzte«, stellte Suze spitz fest. »Dan nimmt es hin, weil Pete ihm geholfen hat, als er Neuling war, und ihm ein paar Chancen eröffnet hat, die ihn dahin gebracht haben, wo er heute steht. Deshalb ist Dan praktisch der einzige Mensch in der Branche, der Pete noch einen Job gibt, aber er wird nicht mehr lange ein Auge zudrücken können. Der alte Dummkopf gerät allmählich außer Kontrolle.«

»Was soll ich machen?«, fragte Matt traurig, in der Hoffnung, dass sie, wenn er sich an ihren Sachverstand wandte, geschmeichelt fühlen und von ihm beeindruckt sein würde.

»Flöße ihm den Kaffee ein, dann schaff ihn in sein Büro, damit er seinen Rausch ausschläft. Was immer du tust, sorge dafür, dass er nicht zur Sitzung erscheint. Wenn er betrunken aufkreuzt, bleibt Dan keine andere Wahl, als ihn zu feuern, was ihn mies gelaunt machen würde – und das wäre für uns alle schlecht. Die Kunst besteht darin, dafür zu sorgen, dass Pete ruhig und vernünftig bleibt, damit es okay aussieht, ihn weiter zu beschäftigen.«

»In Ordnung«, sagte Matt und starrte auf die zwei Kaffeebecher, während er sich fragte, ob das wässrige graue Gebräu wohl ausreichen würde, um das erforderliche Wunder zu bewirken. »Aber wie halte ich ihn davon ab, dass er sein Büro verlässt, wenn ich bei der Sitzung bin …?«

Suze musterte ihn von oben bis unten mit einem schlecht kaschierten spöttischen Grinsen, das Matt mit der besorgten Frage erfüllte, womit er sich dieses eigentlich verdient hatte, und zuckte mit den Schultern.

»Du musst bei ihm bleiben«, erklärte sie. »Sei unbesorgt, Dan liebt deine Kolumnen, vor allem die über Carla – er hat laut gelacht, als er sie gelesen hat. Alle sind der Meinung, dass es die lustigste Geschichte ist, die sie seit Ewigkeiten gehört haben. Du hast sie wirklich fertiggemacht! Du brauchst an der Sitzung nicht teilzunehmen, um Dan zu beeindrucken.«

»Du weißt aber, dass es nicht wirklich um Carla ging, oder?« Matt zuckte zusammen, als er die kühle Atmosphäre zu bemerken begann, die hier herrschte, seit seine erste Kolumne erschienen war.

Suze spitzte den mit Lipgloss geschminkten Mund und hob das Kinn. »Lass mich nachdenken … wie hieß es da noch mal? ›Rothaarige sind im Schlafzimmer (und in jedem anderen Raum) angeblich temperamentvoll, und diese Schlampe von einer Visagistin hat in diesem Punkt keine Ausnahme gemacht‹«, zitierte sie wortwörtlich. ›Es war von der ersten Minute an klar, dass es nicht viel brauchen würde, um sie dazu zu bewegen, sich auszuziehen, was mich aber freudig überraschte, war die Geschwindigkeit, mit der sie mir meine Kleider vom Leib riss! Von der Sekunde an, als wir ihre Wohnung betraten, drückte sie mich gegen die Wand, und ich konnte nicht widerstehen, da sie ihren fantastischen Körper an meinen presste …‹« Suze hielt inne und schüttelte angewidert den Kopf. »Ich habe begriffen, dass ich für eine Zeitschrift arbeite, in der Frauen wie ein Stück Fleisch behandelt werden, das man begrapschen kann. Aber diese Mädchen auf den Fotos entscheiden sich wenigstens bewusst dafür, sich auszuziehen, und wünschen sich, dass ein Haufen

Männer, die sie nicht kennen, sich an ihnen aufgeilt. Das ist ihre Entscheidung. Bei Carla war das nicht der Fall.«

»Sie hat sich aber entschieden, mit mir auszugehen«, verteidigte sich Matt. »Und sie hat sich entschieden, mit mir ins Bett zu gehen, auch wenn das nicht ganz so abgelaufen ist. Es ist ja nicht so, als hätte ich sie gezwungen. Sie hat sich dafür entschieden, mit mir zusammen zu sein.«

»Ja … die Ärmste, verdammt«, stellte Suze verbittert fest. »Und das ist einzig und allein meine Schuld. *Ich* habe sie ermuntert, wieder auszugehen und sich mit Männern zu treffen. *Ich* habe ihr gesagt, dass nicht alle Männer Schweine sind wie ihr Ex und dass sie einen neuen Versuch wagen soll.« Suze schüttelte den Kopf. »Hast du eine Sekunde lang auch nur einen Gedanken daran verschwendet, abgesehen von ihrer Körbchengröße irgendetwas über sie herauszufinden? Seit einem Jahr versucht sie, von diesem Wichser von Fotografen loszukommen, der sie betrogen, bestohlen und geschlagen hat. Vor ein paar Wochen hat sie endlich den Mut aufgebracht, sich endgültig von ihm zu trennen, und das arme Mädchen war seitdem am Boden zerstört. Dann tauchst du auf und gibst dich nett und charmant und tust so, als hättest du Interesse an ihr, und sie macht den Fehler und nimmt das für bare Münze und geht zu schnell zu weit. Das beweist, dass sie naiv ist … aber das gibt dir noch lange nicht das Recht, sie als Lachnummer zu missbrauchen, und es gibt dir nicht das Recht, auf den Seiten eines landesweit erscheinenden Magazins über sie herzuziehen wie über eine dieser billigen Nutten auf dem Titelblatt. Sie war gerade dabei, ihr Leben wieder in den Griff zu kriegen, und deinetwegen ist sie wieder am Boden zerstört. Aber mach dir darum keine Sorgen, Matt … denn Pete und Dan und all die Arschlöcher da draußen auf dem Stockwerk finden es umwerfend komisch. Gut für dich, Matt. Bravo. Genieß das Babysitten bei Pete.«

Suze stürmte aus dem Büro und streifte im Vorbeigehen

Matts Ellenbogen, sodass etwas Kaffee aus den Plastikbechern schwappte, die heiße Brühe über seinen Handrücken lief und er beide Becher zu Boden fallen ließ.

»Verdammt«, murmelte Matt vor sich hin, während er Unmengen von Papierhandtüchern aus dem Spender zog, sie auf die sich langsam auf dem Boden ausbreitende Kaffeepfütze warf und darauftrat. »Verdammt, verdammt, verdammt.«

Was war mit den Frauen hier nur los, dass sie ihn heute alle fertigmachen wollten? Es musste etwas im Wasser sein, überlegte er, so etwas hatte er in Manchester nie erlebt. Aber zu Hause hatte er schließlich nie in seinem eigenen Hinterhof gewildert, bis auf diese eine sehr, sehr unbedachte Begebenheit. Wahrscheinlich lag es nicht daran, dass die Frauen in London angepisster waren als die im Norden, es lag eher daran, dass sie wussten, wo sie ihn finden konnten.

Und er hatte noch immer dieses Bild vor Augen, das er nicht vertreiben konnte und das seine Verlegenheit darüber, was er seit seiner Ankunft hier getan hatte, nur weiter verstärkte.

Ellen in ihrem roten Schlafanzug, wie sie barfuß auf diesen kühlen Küchenfliesen stand.

10

»Nun, meine schöne puritanische Maid, Gott muss mich wirklich lieben, wenn er mir einen solchen Schatz über den Weg laufen lässt«, schnurrte Elizas Entführer, während er sie im Schein der Kerze betrachtete.

Eliza spuckte ihn an und zerrte wieder an den Seilen, mit denen ihr die Hände über ihrem Kopf an einen Deckenbalken der Herbergskammer gebunden waren. Er hatte sie hierhergebracht, hatte den sie lüstern anschielenden Wirt ordentlich dafür bezahlt, dass er nicht in die Kammer kommen würde, egal ob daraus Schreie dringen mochten.

»Und noch dazu eine so feurige Maid«, fuhr er fort und musterte sie genüsslich von oben bis unten. »Welchen Spaß ich mit dir haben werde, meine Liebe, und wenn ich es mir recht überlege, werde ich dich für immer mitnehmen, wenn du mir gefällig bist. Ich hatte gar nicht erwartet, dass du so schön bist.«

»Lieber sterbe ich!«, zischte Eliza ihm zu, während die Wut wie vor einem Vulkanausbruch in ihr aufstieg. War sie etwa ein Tier oder ein Gegenstand, der einfach von Mann zu Mann weitergereicht werden konnte, ohne dass einer sie als menschliches Wesen betrachtete? Wieder riss sie an den Seilen über ihrem Kopf, und ihr Angreifer lachte, weil er davon ausging, dass sie sich vergeblich abmühte. Er hatte nicht bemerkt, dass mit jedem Schaben des Seils an dem scharfkantigen Balkenrand ein weiterer Strang riss. Inzwischen hatte sich Eliza etwa durch die Hälfte gekämpft.

»Ja, das wirst du«, sagte er, während er sein Messer aus der Scheide zog und die Klinge so hielt, dass sie im Kerzenschein glänzte. »Sei versichert, meine Liebe, dass du stirbst, wenn du mir nicht zu dem Vergnügen verhilfst, das ich haben will, denn *ich habe keine Zeit für ein wimmerndes Frauenzimmer, das nichts als Unglück bringt.«*

Mit einer flinken, katzenartigen Bewegung hielt er ihr die Klinge an den Hals, und Eliza würgte beinahe, so sehr stank sein Atem, und seine dunklen Augen funkelten nur wenige Zentimeter von ihren entfernt.

»Halt still, du Füchsin, es wäre doch eine Schande, ein so schönes Fell zu vernarben.«

Eliza zitterte mehr aus Wut als aus Angst, während der Schurke mit der Spitze seiner Klinge ihren Hals hinabfuhr und über ihren Brustansatz strich, bis sie zwischen den Schnürbändern ihres Mieders steckte.

»Lass mal sehen, welcher Schatz da begraben ist, nicht wahr?«, flüsterte er mit vor Verlangen rauer Stimme. Mit einer schnellen Bewegung stieß er die Klinge hinunter und durchtrennte die Bänder, die allein Elizas so sehr geschmähte Sittsamkeit schützten.

»Du Tier«, zischte sie ihm zu, als er zurücktrat, um sein Werk zu begutachten, und sie nutzte den Augenblick, um noch einmal wie wild am Seil zu reißen.

»Alle Männer sind Tiere«, erklärte er ganz unverblümt. »Wir haben lediglich Grundbedürfnisse, gutes Essen, guter Wein und so viel Beischlaf, wie ein Mann nur verkraften kann.«

Mit beiden Händen fasste er die offenen Ränder ihres Mieders, riss es auseinander und zerfetzte dabei auch ihr dünnes Baumwollhemd. Eliza schluchzte auf und war empört, dass sie schon wieder auf solche Weise missbraucht werden sollte. Das würde sie nicht noch einmal zulassen. Sie würde nicht zulassen, dass noch ein Mann sie so erniedrigte.

»Oh, meine Süße, meine Liebe«, brummte der Wüstling, und seine Augen funkelten vor Begierde, während er ihr den Rest des Kleides vom Leib riss. »Was für eine Schönheit!«

Eliza schrie, als seine schmutzigen Hände ihr weiches weißes Fleisch umfassten, es drückten und begrapschten, und seine fauligen Zähne in ihre wogenden Brüste kniffen und bissen.

»Nein!«, schrie sie und zerrte mit einer Kraft, von der sie selbst überrascht war, an dem immer dünner werdenden Seil. Endlich riss es. Sowohl Eliza als auch ihr Entführer stürzten zu Boden, er landete auf ihr, und ihre Hände waren an den Gelenken noch immer gefesselt.

»Du gerissenes kleines Luder«, sagte er eher bewundernd als wütend. »Du entkommst mir nicht!«

Eliza wand sich und kämpfte, während er sie weiter malträtierte und seine Knie zwischen ihre Schenkel zwängte. Ihr lief es eiskalt über den Rücken, als sie bemerkte, dass eine Hand sie nur deshalb losgelassen hatte, weil er seine Kniehose aufschnürte. Sie schluchzte verzweifelt in der Gewissheit, dass es nun kein Entkommen mehr gab. Und dann sah sie das Messer, mit dem er ihre Kleider aufgeschnitten hatte, fast in Reichweite auf dem Boden liegen. Es war nur ein paar Zentimeter von ihr entfernt, aber mit gefesselten Händen konnte sie damit nichts anfangen.

»Bindet mich los«, forderte Eliza auf einmal, und ihre ruhige Stimme kaschierte ihre Wut und ihre Angst.

Verdutzt sah das Monster sie an und hielt inne.

»Das lasse ich lieber sein, meine Liebe. Ich habe keine Lust, mit Kratzern übersät zu meiner Frau nach Hause zu gehen, und außerdem macht es mir mehr Spaß, wenn meine Gespielin … sagen wir … wehrlos ist.«

»Ihr habt gewonnen, Ihr habt mich besiegt.« Eliza zwang sich, ihm in die blutunterlaufenen Augen zu blicken. »Ich bin nicht so dumm, dass ich kämpfe, wenn die Sache verloren ist. Bindet mich los, dann verspreche ich, dass ich Euch nicht kratze und dass meine freien Hände Euch mehr Vergnügen bereiten werden als gefesselt. Ich bitte Euch, mein Meister, bindet mich los, und ich tue, was immer Ihr von mir verlangt.«

Die widerliche Bestie setzte sich rittlings auf sie, ließ sich einen Augenblick Zeit, um den Anblick ihres im Kerzenschein schimmernden Fleisches zu bewundern.

»Na schön. Und im Morgengrauen nehme ich dich mit nach Hause und erzähle meiner Frau, dass sie eine neue Magd hat,

und du wirst mir zur Verfügung stehen, wann immer ich dich haben will. Ich werde dein Beschützer sein, meine Liebe.«

»Dafür bin ich dankbar, Sir«, sagte Eliza, obwohl jedes dieser Worte ihr wie Säure auf der Zunge brannte. Er beugte sich vor und löste das Seil von ihren Handgelenken, und sie musste sich fast übergeben, als er ihre blutunterlaufenen und wundgescheuerten Hände eine nach der anderen an seine Lippen hob und sie küsste.

»Und jetzt, meine Süße, besiegeln wir unseren Handel.«

Eliza zwang sich, geduldig abzuwarten, als der Rohling sein Gesicht an ihren Hals drückte, sie mit der Hand weiter betatschte und begrapschte, während er sich von seinen Kleidern befreite. Den Blick auf das Messer geheftet, biss sie die Zähne zusammen, entschlossen, dass kein Mann jemals ohne ihre Zustimmung wieder in sie eindringen durfte. Mit größter Anstrengung griff sie nach dem Messer und stieß es ihm, ohne einen Augenblick nachzudenken, mit aller Kraft in den Nacken.

Ellen hielt inne, ihre Finger schwebten über der Tastatur. Allegra war verstummt. Sie hob den Kopf, um zu der älteren Frau hinüberzusehen, die mit geschlossenen Augen auf ihrer Chaiselongue lag. An diesem Vormittag hatten sie beschlossen, dass es angesichts der Tatsache, wie sehr Allegra mit diesem Buch im Verzug war, schneller gehen würde, wenn sie diktierte und Ellen den Text direkt in den Computer eingab. Ellen wartete ab, aber ihre Chefin rührte sich nicht.

»Allegra?«, fragte Ellen mit leiser Stimme. Vielleicht war die alte Dame eingenickt, obwohl Ellen das nach der atemlosen Aufregung der Passage, die sie gerade getippt hatte, eigentlich nicht für möglich hielt. Wahrscheinlicher war, dass sie gerade um eine kreative Eingebung rang – Ellen war sich, da sie bislang kaum Zeit in Gesellschaft wirklich kreativer Menschen verbracht hatte, nicht sicher, wie dieses Ringen um eine kreative Eingebung aussehen könnte. Simon hatte erzählt, dass Allegra an so etwas wie einer Schreibblockade litt oder zumindest ein Problem mit dem Erzählfluss hatte, aber Ellen konnte nicht erkennen, was er damit meinte. Wenn sie versuchte, ihre eigenen Geschichten zu schreiben, wozu sie sich seit Nicks Tod nicht mehr hatte aufraffen können, dann saß sie auf ihrem Stuhl am Küchentisch und kaute so lange am Ende eines Stifts herum, bis ihr etwas einfiel, gewöhnlich irgendwelches dummes Zeug über eine Frau, ihr Haus, ihren Mann und ihren Sohn. Dann ächzte und stöhnte sie und brachte höchstens ein paar Absätze zu Papier.

Ihre schriftstellerischen Versuche, wie Nick das nannte, hatten ihn immer zum Kichern gebracht. Er war hereingekommen, hatte ihr kurz über die Schulter gespäht, dann ihren Nacken gestreichelt und etwas gesagt, wie zum Beispiel: »Noch immer keine Inspiration, wie ich sehe?« Und vielleicht hatte er recht gehabt, vielleicht hatten ihre schwerfälligen Bemühungen, ihr Gekritzel und Geschwafel bewiesen, dass sie nicht das richtige Gespür für das Schreiben besaß. Man brauchte sich nur Allegra anzuschauen, sie hatte gerade mental auf einen Schlag zumindest ein paar Tausend Wörter abgerufen. Vielleicht war der Vorgang für echte Schriftsteller, für *echte* Künstler, wie Allegra zweifelsohne eine war, viel eher etwas Spirituelles, eher wie ein Gefühlsausbruch. In Sorge, Allegra zu stören, aber unsicher, was sie jetzt tun sollte, flüsterte Ellen erneut ihren Namen.

»Allegra?«

»Ellen.« Allegra sprach ihren Namen leicht resigniert aus, als wäre sie gerade aus einem wirklich schönen Traum erwacht.

»Das war … das war absolut brillant!« Ellen konnte sich gar nicht mehr bremsen. »Ich war gerade richtig in Schwung, mit Eliza. Es ist so aufregend und befreiend! Was passiert als Nächstes? Kommt Captain Parker und rettet sie und bringt sie ins Herrenhaus zurück?«

Allegras nahezu durchscheinende Lider öffneten sich flatternd, und sie betrachtete Ellen.

»Nein, meine Liebe, es ist für den Spannungsbogen der Geschichte zu früh für ein Happy End. Ich würde sagen, wir müssen Eliza zuerst noch weiteren Gefahren aussetzen.«

»Ja, natürlich«, pflichtete Ellen ihr bei. »Es ist nur, wenn ich zu entscheiden hätte, würde es überhaupt keinen Spannungsbogen geben, sämtliche Figuren wären am Anfang glücklich, würden glücklich bleiben und am Ende glücklich sein. Aber ich vermute, das würde eine ziemlich langweilige Lektüre ergeben.«

»Haben Sie je an einem von Melanie Loves Büchern gearbeitet, Ellen?«

»Ja, ein oder zwei Mal.« Ellen nickte und dachte an die zuckersüßen, in der Regency-Zeit spielenden Liebesromane, in denen das Fallenlassen eines Taschentuchs in etwa das Gefährlichste war, was die Figuren erlebten.

»Nun, dann wissen Sie, dass solche Bücher wirklich langweilig sind. Ganz davon zu schweigen, dass sie schwachsinnig sind, aber solange es Menschen gibt, die diese Art von Unsinn lesen, wird es immer Menschen geben, die ihn schreiben.« Allegras Lächeln wirkte überaus scharfsinnig. »Jetzt waren Sie diejenige, die die eingerosteten Zahnrädchen wieder zum Laufen und die Wörter wieder zum Sprudeln gebracht hat. Was glauben Sie, würde Eliza als Nächstes tun?«

Ellen überlegte einen Moment und dachte daran, wie Eliza über die Leiche ihres Angreifers gebeugt dastand. Wie würde sie sich fühlen? Verängstigt, aufgeregt, verwirrt? Allegra hatte bereits beschlossen, die Handlung nach London zu verlegen, deshalb bestand die Frage jetzt nur darin, wie eine Mörderin auf der Flucht dorthin gelangen konnte.

»Was wäre, wenn sie seine Kleider anziehen, sich die Haare abschneiden, sein Pferd nehmen und sich als Mann nach London durchschlagen würde?«, schlug Ellen vorsichtig vor.

»Ganz nach Art von Shakespeare«, sinnierte Allegra. »Es könnte aber funktionieren. Wie sehr macht mich das eigentlich zur Betrügerin? Ich frage mich, ob meine Assistentin diejenige ist, die auf alle diese Ideen kommt.«

Ellen stand von ihrem Sessel auf, ging um den Schreibtisch herum und widerstand dem Wunsch, sich auf den Rand der polierten Walnusstischplatte zu setzen, da sie sicher war, dass Allegra das missbilligen würde. Stattdessen lehnte sie sich dagegen, genoss die leichte Brise, die durch die offene Terrassentür hereinwehte und den Duft der voll erblühten Rosen hereintrug, vermischt mit dem Geruch des frisch gemähten Rasens im Nachbargarten und dem erdigen Aroma modernder Pflanzen, der toten Pracht des vergangenen Sommers, die nie entfernt worden war und langsam zu Erde verrottete. Jenseits des ungepflegten und nicht geschnittenen Kirschbaums am Ende des Gartens, dessen Früchte zwischen seinen Wurzeln verfaulten, erstreckten sich die ordentlich gestutzten und gejäteten Rabatten des angrenzenden Gartens, und des an diesen angrenzenden und so weiter und so fort in dem vorstädtischen Patchwork aus Liebe und Fürsorge. Ellen stellte sich vor, dass ihr eigener Garten als einziger ungepflegter und wuchernder Flecken aus dem Rahmen fiel und das ganze Bild zerstörte. Vielleicht, überlegte sie, *vielleicht* war es tatsächlich an der Zeit, sich wieder in den Garten zu wagen. Sie beobachtete zwei Kohlweißlinge, die um die offene Tür tanzten und flatterten, bevor sie in planlosem Zickzack in den blauen Himmel davonflogen. Vielleicht würde sie an einem der kommenden Tage hinausgehen und die Lage begutachten. Sie würde es jedenfalls in Erwägung ziehen müssen.

»Ich mag ja auf die Idee gekommen sein, Allegra … aber Sie haben sie in Worte gefasst«, sagte Ellen, und ihre Augen strahlten vor Aufregung, in diesen Prozess eingebunden zu sein. »Sie sind diejenige, die es so spannend und so real darstellt! Ich hätte das, was Sie gerade getan haben, nie geschafft, ich weiß einfach nicht, wie Sie das anstellen … wie die Wörter aus Ihnen herausströmen. Das ist faszinierend … Sie sind faszinierend. Und bloß weil Sie Schwierigkeiten mit dem Plot haben, heißt das noch lange nicht, dass Sie keine Schriftstellerin mehr sind. Sie sind mehr als das … Sie sind die geborene Geschichtenerzählerin. Ich bin so glücklich, dass ich Ihnen bei der Arbeit zusehen darf.«

Allegras Lächeln war schwach, aber sie richtete sich ein wenig auf und schob sich die Haare aus dem Gesicht, allem Anschein nach von Ellens Begeisterung ein wenig geschmeichelt.

»Also«, sagte sie, »wir haben unsere Heldin, die verkleidet eilig nach London flieht, wo sie hofft, beim Freund ihres Vaters aus Kindertagen Zuflucht zu finden.«

»Ja, ja!« Ellen nickte.

»Und dieser wird ausnahmsweise ein freundlicher und väterlicher Mensch sein, der sich um sie kümmern, sie beschützen und ihr nicht die Kleider vom Leib reißen will«, fügte Allegra hinzu. »Wir brauchen, abgesehen von unserem bald zum Guten bekehrten Helden, immer zumindest einen anständigen Mann pro Buch. Der Ausgewogenheit wegen. Nun, wie Sie zu Recht hervorgehoben haben, fehlt der Geschichte bislang ein wenig der historische Kontext … an welchem Ort sollen wir Eliza also Zuflucht suchen lassen, der dem Buch diesen Aspekt hinzufügt?«

»Na ja, ich habe überlegt … aber das ist bloß eine Idee, also sagen Sie es, wenn Sie es für Unsinn halten …, dass sie in den Tower von London fliehen könnte. Im Bürgerkrieg wurde er von den Parlamentariern als Waffenarsenal genutzt, und eine Garnison war dauerhaft dort stationiert. Außerdem hat er als Gefängnis für einige gefährliche Anhänger der Royalisten gedient. Ich dachte, wir könnten sie vielleicht zum Schützling des Garnisonsgenerals machen.«

»Perfekt … er könnte ein ehrlicher und offener Mann sein, der an die wahre Sache des Krieges glaubt und an eine Republik für das Volk.«

»Genau … die Bewohner Londons hatten Karl I. und

seinen bornierten Glauben an das Gottesgnadentum der Könige inzwischen dermaßen satt«, erzählte ihr Ellen. »Sie glaubten wirklich, dass England eine Republik werden könnte, in der alle Männer und Frauen gleich wären. Es ist bei genauerer Betrachtung ziemlich revolutionär, allerdings heißt das nicht, dass es jemals funktioniert hätte, vor allem nicht unter der Herrschaft Cromwells.«

»Und«, stellte Allegra gedankenverloren fest, »vielleicht kann Eliza, während sie in London ist, in irgendeine geheime Mission verwickelt werden, in irgendetwas, was mit der Sache der Puritaner zu tun hat? Das ist jetzt der Punkt im Spannungsbogen, an dem wir allmählich aufzeigen wollen, dass sie sich durch ihre Erlebnisse verändert hat.«

»Dass sie nicht mehr nur ein Mädchen ist … sondern dass sie sich zu einer starken, unabhängigen Frau entwickelt«, fügte Ellen hinzu und sah sich einen Augenblick selbst, als betrachtete sie sich durch ein Fenster. Eine alleinstehende Frau, die ihr eigenes Geld verdient, ihre Rechnungen selbst bezahlt. Das erfüllte sie mit unerwartet freudiger Erregung.

Allegra nickte. »Ja, ja … das ist perfekt. Dann muss unser lieber royalistischer Captain Parker direkt in die Höhle des Löwen gehen, um die Frau aufzuspüren, von der er noch gar nicht weiß, dass er sie liebt …« Allegra hielt inne. »Sagen wir einfach, dass er ihren Spuren gefolgt und zu dem Schluss gelangt ist, dass sie es gewesen sein muss, die unseren Bösewicht umgebracht hat … einen Bösewicht, den wir zu einer wichtigen Person für die Sache der Royalisten machen könnten … und vielleicht ist Captain Parker damit beauftragt worden, dessen Mörder ausfindig zu machen, und er muss am Ende seine große Liebe aufs Schafott bringen!« Während Allegra sprach, funkelten ihre Augen.

»Brillant!« Ellen klatschte in die Hände. »Sehen Sie? Jetzt sind Sie diejenige, die auf alle diese Ideen kommt. Bald werden Sie mich nur noch zum Tippen brauchen.«

»Da bin ich mir keineswegs sicher.« Allegra schmunzelte.

»Ich kenne Sie erst seit Kurzem, und trotzdem habe ich den Eindruck, dass Sie mein Amulett, mein Glücksbringer sind. Sie haben dieses alte Gehirn wieder zum Laufen gebracht, Ellen.« Die beiden Frauen lächelten einander an, und Ellen verspürte einen der seltenen Augenblicke reiner Freude.

»Ich habe eine hervorragende Idee«, fuhr Allegra fort. »Wir haben in den vergangenen zwei Wochen so schwer an diesem Manuskript gearbeitet, dass wir das Haus gar nicht verlassen haben! Wie wäre es, wenn wir zusammen einen Rechercheausflug zum Tower unternehmen würden, wissen Sie, um die Atmosphäre aufzusaugen und ein bisschen mehr über seine Geschichte in Erfahrung zu bringen? Danach könnten wir Simon veranlassen, dass er uns zum Mittagessen in dieses von Conran eingerichtete Restaurant einlädt … das unterhalb der Towerbridge … wie heißt es noch mal? Er hat mir schon vor Wochen ein gutes Mittagessen versprochen.«

»Pont de la Tour«, antwortete Ellen bedächtig. »Und ja, das wäre eine gute Idee … aber vergessen Sie nicht, im Moment ist Touristenhochsaison. Wir würden uns vor lauter Menschenmassen kaum bewegen können, sodass wir keinerlei Gespür für die Atmosphäre bekämen. Und bei dieser Hitze und den vielen Leuten bin ich mir nicht sicher, ob es Ihnen gefallen würde, Allegra.«

Ellen dachte an die Menschenmassen, die sich ständig in jedem Winkel der touristischen Sehenswürdigkeiten Londons drängten, und bei dem Gedanken, in diese große, teilnahmslose Menge Fremder zu geraten, bekam sie Herzrasen. Sie schluckte, verbannte dieses Bild aus ihrem Kopf und konzentrierte sich stattdessen lieber auf einen Marienkäfer, der an der Scheibe der offenen Terrassentür hinaufkroch. Da deren Rahmen an der Innenseite nun frisch lackiert war, fiel Ellen auf, dass die Außenseite rissig war und abblätterte. Sie fragte sich kurz, ob wohl alle äußeren Holzelemente eine ähnliche Auffrischung nötig hatten.

»Da haben Sie nicht ganz Unrecht.« Allegra rümpfte die Nase beim Gedanken an die Masse des Pöbels. »Allerdings ärgert es mich, dass ich für Menschenmengen allmählich zu alt werde. Im Laufe meines Lebens habe ich herausgefunden, dass die besten Dinge fast immer in Menschenmengen passieren, bei Partys, Orgien … und dergleichen. Trotzdem, wie sollen wir unsere Schauplätze kennen, wenn wir sie nicht besichtigen?«

»Ganz einfach!« Ellen schmunzelte. »Google Maps.« Sie öffnete den Internetbrowser ihres Notebooks und rief die Seite auf. Nach wenigen Minuten fand sie den Schauplatz und trug den Laptop zu Allegra hinüber, um ihn ihr zu zeigen. »Sehen Sie, Sie brauchen nirgendwo mehr hinzugehen, Sie können fast jede Straße entlanglaufen, ohne das Haus zu verlassen. Das ist fantastisch!«

»Du meine Güte.« Unsicher starrte Allegra auf den Bildschirm. »Bald wird keiner mehr sein Haus verlassen, und wir werden alle ein virtuelles Leben in einer virtuellen Welt führen.«

»Ja, aber wenn man es genauer bedenkt, dann ist das so etwas wie eine Neuerung, nicht wahr … eine virtuelle Realität«, stellte Ellen fest. »Ich glaube nicht, dass das so schlecht ist, oder? Es ist nichts Falsches daran, einen Ort zu haben, an den man sich flüchten kann. Einen Ort, an dem man sich sicher fühlt.«

»Möglicherweise.« Allegra beobachtete sie. »Aber ich glaube eher, dass das Leben aus dem Dreck und Schotter besteht, dem Schmutz und der Gefahr der realen Welt. Der Welt, in die wir hineingeboren wurden, strampelnd, schreiend und nach Luft schnappend. Der Versuch, dem täglichen Kampf zu entkommen, ist ein Vorwand, sein Leben nicht zu leben, oder? Sie wollen Schriftstellerin sein, Ellen, und um Schriftsteller zu werden, muss man das Leben leben. Nicht durchs Fenster beobachten, wie es verrinnt.«

»Ich möchte gar nicht Schriftstellerin werden!«, protestierte Ellen lächelnd. »Dafür fehlt mir die Begabung. Ich lese nur gerne, und manchmal probiere ich zum Spaß zu schreiben, aber das, was Sie tun, Allegra, würde ich niemals schaffen. Das steckt einfach nicht in mir.«

»Tja, darüber lässt sich streiten, aber wenn es nicht in Ihnen steckt, dann liegt das vielleicht nur daran, dass Sie nicht in sich ruhen.«

»Wie bitte?«, fragte Ellen, aber Allegra zuckte nur mit den Schultern.

»Also schön, einverstanden, dass wir den Tower nicht persönlich besichtigen, aber ich bin trotzdem entschlossen, mein gutes Mittagessen zu kriegen, und ich bestehe darauf, dass Sie mich begleiten. Schließlich haben Sie es sich genauso verdient wie ich, wenn nicht sogar mehr.«

»Na ja, vielen Dank«, antwortete Ellen und lächelte zögernd. »Vielen Dank. Ich bin mir sicher, dass es wirklich nett wäre, und ich würde gerne mitkommen … wenn ich kann.«

»Dann ist das abgemacht, ich rufe Simon in der Sache heute Nachmittag an«, erklärte Allegra. »Jetzt lassen Sie uns über Eliza und Captain Parker sprechen. Sie hasst ihn, und zwar aus gutem Grund, weil er ihr all das genommen hat, was eigentlich nur sie hätte verschenken können. Aber jetzt, nach den schrecklichen Erlebnissen mit ihrem Onkel und dem Mann, den sie getötet hat, erkennt sie vielleicht einen feinen Unterschied. Der Captain hat ihr nicht wehgetan und er hat das erwachende Verlangen in ihr geweckt, das sie nicht vergessen kann, deshalb sehnt sie sich nach ihm, obwohl sie ihn hasst.«

»Hmm«, sagte Ellen. »Die Sache ist die, dass ich alle Ihre Bücher gelesen habe und sie mir gefallen haben, aber ich habe noch nie begreifen können, dass der Mann, der sich am Anfang eines Buches einer Frau aufdrängt, der gleiche sein kann, in den sie sich am Ende verliebt. Ich meine, während ich lese, werde ich mitgerissen und das alles ergibt Sinn, aber danach frage ich mich … passiert so etwas wirklich?«

»Natürlich nicht, aber das hier ist Fantasie, meine Liebe … und ob wir es zugeben oder nicht, viele Frauen haben Fantasievorstellungen, von einem Mann überwältigt zu werden und von jeder Verantwortung für das sexuelle Vergnügen, das sie vielleicht verspüren, freigesprochen zu sein«, erklärte Allegra. »Vergessen Sie nicht, die meisten meiner Leserinnen sind verheiratete oder ältere Frauen, die in der Kunst der Verführung nicht geübt sind … im wahren Leben würden sie niemals vom rechten Weg abkommen, deshalb bleibt ihnen in ihren Fantasien häufig keine andere Wahl. In den dreißig Jahren, in denen ich nun schreibe, kocht die Debatte, ob meine Bücher Vergewaltigungen verherrlichen, weiß der Himmel jedes Jahr wieder hoch, aber das, was ich schreibe, ist nicht real, es ist eine sichere Welt, in der eine Frau gewissen Gedanken nachhängen kann. Ich habe noch keine Frau kennengelernt, die nicht insgeheim gern mit einem oder zwei Seidenschals an die Bettpfosten gefesselt und von ihrem Liebhaber ein wenig als Spielzeug benutzt würde.«

»Wirklich nicht?«, rief Ellen ehrlich schockiert aus.

Allegra schmunzelte spitzbübisch. »Tja, hätte Ihnen das nicht gefallen?«

»Mir? Gefesselt und … Nein, so war das nie bei mir und Nick.« Ellen bemerkte, dass sie rot wurde, als sie einen schmerzhaften Moment lang plötzlich Bilder vor Augen hatte, wie sie und Nick das letzte Mal Sex hatten, wie er sich mit geschlossenen Augen über ihr bewegte. Und wie sie ihn beobachtete und dazu veranlassen wollte, dass er sie ansah, nur für einen Augenblick, damit er sie so anschauen möge, wie nur er es je konnte. Es war etwas Stilles, Heiliges, Besonderes gewesen, dieses letzte Mal, als sie miteinander geschlafen hatten, und danach hatte sie den Kopf auf Nicks Brust gelegt und seinem Herzschlag gelauscht, während er schlief.

»Wie bedauerlich, und, wie war der Sex?«, fragte Allegra ganz direkt. Ellen zögerte. Sie hatte niemals mit irgendjemand anderem als mit ihrem Ehemann über ihr Sexleben gesprochen. Um ehrlich zu sein, nicht einmal mit ihm. Das war einfach kein Thema, über das sie sich jemals in aller Ruhe unterhalten hatten.

Als sie Nick kennenlernte, arbeitete sie als wissenschaftliche Mitarbeiterin beim British Museum, katalogisierte und datierte die Unmengen von Kunstgegenständen, die das Museum besaß, aber aus Platzgründen nicht ständig ausstellen konnte. Und wenn sie nach einem Abend, an dem sie mit ihm ausgegangen war, am nächsten Tag strahlend zur Arbeit erschien, dann fragten ihre Freundinnen und Kolleginnen sie über jedes kleinste Detail ihrer Verabredung aus, selbst über seine sexuelle Leistungsfähigkeit. Ellen hatte ihnen nichts verraten, einerseits, weil sie viel zu schüchtern war, um über so etwas zu reden, andererseits, weil es nur wenig zu erzählen gab. In den ersten Monaten ihrer Beziehung hatte Nick sie kaum angerührt, und ihr Körperkontakt war kaum über einen Gutenachtkuss hinausgegangen, bei dem er die Hand brav auf ihrer Taille ließ, was unweigerlich dazu führte, dass sich Ellen, kaum hatte sie die Haustür hinter sich geschlossen, fragte, was er eigentlich in ihr sah, wenn er sie allem Anschein nach so wenig begehrte. Einmal, nachdem sie sich schon Monate kannten, hatte sie ihn beim Abendessen, als sie schon ein Glas Wein zu viel getrunken hatte, ganz direkt gefragt, ob er scharf auf sie sei. Nick hatte gelacht, erinnerte Ellen sich, und ihr damit das Gefühl vermittelt, ziemlich dumm zu sein.

»Ob ich scharf auf dich bin?« Er hatte verdutzt geklungen. »Ellen, hast du dich einmal angeschaut, mit deinen schwarzen Haaren und den grünen Augen und diesen Kurven …? Mein Gott, ich glaube, es gibt keinen Mann auf der Welt, der dich nicht haben will.«

»Aber warum haben wir dann nicht … ich meine, wir kennen uns seit fast sechs Monaten, und wir haben nicht einmal … du weißt schon.« Ellen hatte sich über den Tisch gebeugt und bemerkt, dass sie viel zu viel Wein getrunken hatte, weil sie ein so seltsames Gefühl im Kopf verspürte. »Du hast nicht einmal versucht, die Hand unter meine Bluse zu schieben.«

Nick hatte ihr diesen Blick zugeworfen, als wäre er über sie und ihre Frage ein wenig enttäuscht. Es war ein Blick, der sie auf den Stuhl hatte zurücksinken lassen.

»Begreifst du es nicht, Ellen?«, hatte er sie gefragt und ein bisschen beleidigt dreingeblickt. »Du bist die Frau, die ich heiraten werde. Die Frau, die meine Kinder bekommen wird und mit der ich den Rest meines Lebens verbringen will. Was sind da schon sechs Monate? Wenn wir zum ersten Mal miteinander schlafen, möchte ich, dass du weißt, es ist etwas Besonderes, etwas für immer. Wenn ich dich nehme, will ich sicherstellen, dass du wirklich die *Meine* bist. Wir haben alle Zeit der Welt, Ellen. Schließlich haben wir unser ganzes Leben vor uns.«

Ellen erinnerte sich, wie atemlos sie gewesen war, als er die Hand über den Tisch ausstreckte und mit den Fingerspitzen ihren Handrücken berührte, als der elektrische Schock ihren Körper bei der geringsten Andeutung eines Kontakts durchfuhr. Sie war von der Romantik des Augenblicks überwältigt gewesen, von Freude erfüllt, dass sie so viel Glück hatte, einen Mann gefunden zu haben, der sie so sehr schätzte.

»Ja«, hatte sie glücklich geflüstert. »Oh ja, Nick, ich will dich heiraten.«

»Warte mal, Liebling.« Nick hatte losgekichert. »Ich habe dir noch keinen Antrag gemacht. Alles zu seiner Zeit. Du wirst es merken, wenn ich so weit bin … und bis dahin wollen wir uns einfach Zeit lassen, oder?«

Und nachdem Nick den Zeitpunkt gewählt und ihr bei einem Picknick am Ufer der Seine einen Heiratsantrag gemacht hatte, nachdem sie an dem von ihm bestimmten Tag geheiratet hatten, hatte Ellen beschlossen, Nicks Rat zu befolgen und die Arbeit im Museum aufzugeben. Nach und nach hatte sie ihre Freundinnen aus den Augen verloren, und mit der Zeit waren Nick und dann ein wenig später Charlie zum Mittelpunkt ihres Lebens geworden, eines Lebens, das sie sehr genoss. Es war komisch, dass Ellen in all den Jahren, bis zu diesem Augenblick, die Abende, an denen sie mit ihren Freundinnen angeheitert unterwegs gewesen war, nicht ein einziges Mal vermisst hatte. Aber irgendwie brachte das Gespräch mit Allegra ihr in Erinnerung, wie es gewesen war und dass sie mit ihrem Ehemann nicht mehr auf die gleiche Weise und nicht so viel gelacht hatte wie früher mit ihren Freundinnen. Und sie war sich keineswegs sicher, ob irgendwelche der Telefonnummern, die sie in ihrem ramponierten Adressbüchlein stehen hatte, überhaupt noch gültig waren. Ohne es zu bemerken, hatte sie all diese Menschen verloren, die ihr einst so wichtig gewesen waren, so gefangen war sie in ihrem neuen Leben mit Nick gewesen.

Einmal hatte Hannah sie mit hochgezogener Augenbraue gefragt, wie das Sexleben mit Nick sei, und Ellen hatte ihr gesagt, dass sie das überhaupt nichts anginge. Über solche Dinge hatte sie mit niemandem geredet, schon gar nicht mit Hannah. Nick wäre entsetzt gewesen. Und trotzdem fühlte es sich jetzt an, als sei es in Ordnung, mit Allegra darüber zu sprechen. Allegra war unparteiisch wie irgendeine griechische Göttin, die über ein Schachbrett voller Sterblicher herrschte. Ihr Interesse an Ellens Sexleben war nicht anzüglich oder indiskret, es war völlig unbefangen.

Ellen schob ihren Hintern auf die Schreibtischplatte, weil sie, während sie über Allegras Frage nachgrübelte, gar nicht daran dachte, was ihre Arbeitgeberin davon halten könnte.

»Es war ruhig … wissen Sie. Nick war immer so liebevoll mit mir, so zärtlich. Ich meine, er hat mir das Gefühl vermittelt, unglaublich schön zu sein. Er hat den Gedanken geliebt, dass er der einzige Mann auf der Welt war, der … na ja, der mich, Sie wissen schon … auf diese Weise anschauen durfte.«

»Sie sind unglaublich schön, das ist eine schlichte Tatsache«, erklärte ihr Allegra. »Sie müssen mit einer besonderen Schönheit gesegnet sein, wenn Sie selbst in diesen weiten Säcken, die Sie ständig tragen, mit streng hochgebundenen Haaren und ohne seit Jahren mit Make-up in Berührung gekommen zu sein, noch immer diesen Glanz ausstrahlen und das Aussehen einer Frau besitzen, um Margaret Mitchell zu paraphrasieren, die geküsst werden muss, und na ja, von jemandem, der etwas davon versteht.«

»Da bin ich mir nicht sicher.« Ellens Pupillen weiteten sich, da sie gerade an ihre Fantasievorstellung zurückdachte, in der Matt sie in einer Scheune fest umklammert hielt.

»Ihr Mann ist also zärtlich mit Ihnen umgegangen, war er auch leidenschaftlich?«, fragte Allegra hartnäckig weiter.

»Oh ja … na ja, ich meine, er hat mir die Kleider nicht vom Leib gerissen und mich aufs Bett geschleudert. So etwas hat nicht zu Nick gepasst, aber er war sehr leidenschaftlich mit Blick auf unsere Ehe, wie sie sein sollte.« Ellen lächelte verzückt bei der Erinnerung. »Er war ein altmodischer Junge mit altmodischen Vorstellungen. Er war der Mann, der in die Welt hinausging, der Ernährer … und ich war sein Heiligtum, seine Frau, die zu Hause auf ihn gewartet hat. Ich weiß, das klingt jetzt veraltet und archaisch, Allegra, aber in Wahrheit war Nick genau der Mann, den ich gebraucht habe. Ich bin keine tatkräftige Karrierefrau wie Hannah, ich funktioniere nicht … ich habe ganz auf mich allein gestellt nicht so gut funktioniert, ich habe nicht das Zeug dazu. Nick hat mich erkennen lassen, dass ich gar nicht in die Welt hinausgehen und mir meinen Platz erkämpfen wollte. Ich wollte für ihn da sein, und er wollte einen sicheren Ort für mich schaffen. Als wir dieses Haus gekauft haben, hat er hinter uns die Tür zugemacht und mir gesagt, dass ich jetzt zu Hause bin und mir um die Welt da draußen vor der Tür nie mehr Sorgen zu machen brauche. Ich habe mich so … so geschätzt gefühlt.«

»Und Ihr Mann war Ihr einziger Liebhaber?«, wollte Allegra wissen. »Waren Sie bei Ihrer Hochzeit noch Jungfrau?«

»Nein, natürlich nicht! Ich war vierundzwanzig, als ich ihn geheiratet habe. Davor hatte ich zwei ›richtige‹ Freunde gehabt, aber mit denen war es nichts Besonderes. Beim Ersten hatte ich Angst, weil ich ihm nicht gesagt hatte, dass ich noch Jungfrau war, und ich wollte nicht, dass er mich für unerfahren hielt, deshalb lag ich einfach völlig starr vor Angst da, bis er schließlich innegehalten und mich gefragt hat, was denn los ist. Da musste ich es ihm sagen, und er war wirklich sehr nett, und es stellte sich heraus, dass auch er Jungfrau war, und irgendwie haben wir es hinbekommen. Das war Graham … wir sind ein Jahr miteinander gegangen, und nach ihm kam dann der Mann aus dem Museum, mein Chef, wie ich beschämt zugeben muss.«

»Und, hat der Sie auf seinen Schreibtisch geworfen, ein Loch in Ihre Strumpfhose gerissen und Sie genommen?«, fragte Allegra hoffnungsvoll.

»Du liebe Güte, nein, er war ein ganzes Stück älter als ich, und er hatte ständig Probleme mit dem Rücken. Wir haben auf diesem Gebiet nicht wirklich harmoniert. Es ist sowieso nur ein paar Mal dazu gekommen, dann habe ich Nick kennengelernt, und mir ist zum ersten Mal in meinem Leben bewusst geworden, was es heißt, jemanden wirklich zu begehren.«

»Was hat Nick von Ihren Liebhabern gehalten? War er eifersüchtig?«, erkundigte sich Allegra.

»Nein … Nick hat mich nie danach gefragt, und ich habe ihm nie von ihnen erzählt. Es war, als hätten wir, als wir uns kennenlernten, eine neue Seite aufgeschlagen und als spielte nichts, was davor geschehen war, eine Rolle. Es hat nur uns zwei gegeben … gegen den Rest der Welt.«

»Verstehe«, sagte Allegra versonnen und beäugte Ellen. Der dunkle Teint ihrer Assistentin war durch die Unterhaltung ein wenig gerötet, und die leichte Brise, die durch die Terrassentüren hereinwehte, hob ein paar Strähnen ihrer dunklen Haare an. »Und jetzt?«

»Jetzt?«, fragte Ellen.

»Ellen, Sie sind noch immer jung, eine junge, attraktive und eindeutig leidenschaftliche Frau. Das wäre in jedem Fall der richtige Zeitpunkt, ein neues Kapitel in Ihrem Leben aufzuschlagen. Also … wer wird jetzt mit Ihnen schlafen?«

»Oh, Gott … niemand!«, stammelte Ellen. »Nein, niemand. Ich war, ich bin Nicks Frau. Das werde ich immer bleiben. Ich könnte nie … mit keinem anderen. Das wäre Verrat. Und übrigens, was wäre mit Charlie? Ich muss an ihn denken, das Letzte, was er brauchen könnte, wäre, dass ich … Sie wissen schon. Dass ich es tue.«

»Sind Sie sich sicher?«, fragte Allegra. »Eine ausgeglichenere und zufriedenere Mutter wäre vielleicht das, was er braucht … wie auch immer, für mich steht fest, dass Sie ein sehr sexueller Mensch sind, auch wenn Sie das anders sehen.«

»Ich? Allegra, haben Sie bemerkt, dass Sie ständig an Sex denken? Sie sind davon besessen!« Ellen lachte, aber sie bestritt Allegras Einschätzung nicht. »In Wahrheit kann ich mir einfach nicht vorstellen, jemandem zu begegnen, der Nick ersetzen könnte. Da gibt es keinen, so einfach ist das.«

»Na ja, vielleicht nicht als Lebenspartner oder Ehemann, dieser Schlag von Männern ist sehr schwer zu finden, was ja der Grund ist, wieso ich nie geheiratet habe. Aber Liebhaber? Liebhaber gibt es wie Sand am Meer. Wie wäre es zum Beispiel mit Ihrem gut aussehenden Untermieter?« Allegras Lächeln war verschmitzt, und ihre Augen funkelten schalkhaft. »Ich bin dreiundsiebzig und habe seit vielen Monaten keinen ›Verkehr‹ mehr gehabt, aber ich kann mir diesen jungen Mann noch immer in einer Reihe von eindeutigen Stellungen ausmalen.«

Ellen öffnete den Mund und schloss ihn wieder, während sie alle diese Informationen zu verarbeiten versuchte, die

Allegra ihr gerade gegeben hatte. Da sie zu dem Schluss kam, dass sie das nichts anging und sie lieber nicht nachfragte, konzentrierte sie sich stattdessen auf das Wesentliche. »Matt? Als ob der jemals Interesse an *mir* hätte!«

»Er ist ein Mann, meine Liebe, er interessiert sich mehr oder weniger für jedes lebendige weibliche Wesen … aber das war nicht die Frage, die ich Ihnen gestellt habe. Ich habe Sie gefragt, ob *Sie* an *ihm* interessiert wären.«

Ellen lief rot an, weil sie wieder an ihre Fantasievorstellung in der Heuscheune dachte, und ihr Gesicht verriet sie, ohne Loyalität seiner Besitzerin gegenüber zu zeigen.

»Na ja, er sieht sehr gut aus«, räumte Ellen ein. »Und, Sie wissen schon, sehr männlich … er hat sehr schöne Arme. Ach, verstehen Sie … ja, er ist ein Mann und wandert manchmal nur mit einem Handtuch um die Hüften durchs Haus, und er sucht gern Körperkontakt, nicht in sexueller Hinsicht. Aber seien wir doch ehrlich, jeder Mann, der einen berührt, erinnert den Körper, wenn das letzte Mal schon so lange her ist, daran, wie es war … und ich habe diesen Aspekt meiner Ehe genossen. Es ist schwer, die Tatsache hinzunehmen, dass das für mich alles vorbei ist. Aber Matt und ich … ich bin für ihn wie seine große Schwester, wir sind Freunde.« Ellen senkte den Blick und sah auf den Boden, weil sie nicht preisgeben wollte, wie sehr sie die Plaudereien mit ihrem Untermieter in der Küche genoss. »Ich kann in dieser Art und Weise nicht an ihn denken, das wäre einfach falsch!«

»Unfug«, stellte Allegra entschieden fest. »Matthew zählt nicht zu jenen Männern, die sich ein sexuelles Abenteuer entgehen lassen. Sie haben hier einen lebensstrotzenden, erfahrenen jungen Mann in Ihrem Haus. Das ist fast so, als hätten die Götter ihn zu Ihrem persönlichen Vergnügen zu Ihnen geschickt. Er könnte einer jener Männer sein, die Ihnen eine ganz neue Welt von Möglichkeiten eröffnen, und vielleicht möchten Sie in Anbetracht dessen ja in Erwägung ziehen, ihn zu Ihrem Geliebten zu machen.«

»Meinem … *was?*«, kreischte Ellen beinahe. »Allegra, das ist ja lächerlich, was Sie da sagen. Als ob ich das je tun würde, und selbst wenn ich es wollte, selbst wenn ich es könnte, ist es ja nicht so, als würde Matt mich zweimal anschauen, als würde *er* mich je haben wollen! Das würde er ganz bestimmt nicht … oder?«

»Selbstverständlich glaube ich nicht, dass er sich in Sie verlieben, Ihnen einen Heiratsantrag machen oder Sie auf Händen tragen würde, wie es Ihr verstorbener Mann allem Anschein nach getan hat«, antwortete Allegra nachdenklich. »Und ich bin mir sicher, dass das Interesse, das er möglicherweise an Ihnen hat, relativ bald nachlassen würde. Aber ich bin mir trotzdem ziemlich sicher, dass Sie, wenn Sie das begriffen haben und fest entschlossen sind, sich nicht in ihn zu verlieben, und wenn Sie es darauf anlegen, ihn in Ihrem Bett haben können, wann immer Sie wollen, zumindest für eine Weile.«

Ellen, der es die Sprache verschlagen hatte, stieß eine Art ersticktes Piepsen aus, und beim Blick auf die Uhr war sie froh, dass es schon nach siebzehn Uhr war. Sie war so vertieft in ihre Arbeit mit Allegra gewesen, dass sie Charlie gar nicht hatte nach Hause kommen hören.

»Tja, wie auch immer … das war's für heute«, sagte sie hastig und speicherte die Arbeit des Tages. »Ich gehe und frage, was Charlie essen will … Allegra, soll ich Ihnen noch etwas vor dem Abendessen bringen?«

Allegra lächelte, sichtlich zufrieden mit ihrer Einmischung. »Vielen Dank, ich habe noch keinen Hunger«, antwortete sie. »Ich glaube, ich mache jetzt ein Nickerchen und gebe mich meinen eigenen Tagträumen hin. Danke für die heutige Arbeit, Ellen, Sie wissen gar nicht, wie viel es mir bedeutet, Sie für unsere Zusammenarbeit gefunden zu haben.«

Ellen war so gerührt, dass sie ganz vergaß, schockiert zu sein, und sie strahlte noch wegen dieses Lobes, als sie zu Charlie die Treppe hinauf rief.

»Liebling? Möchtest du noch Tee trinken oder willst du lieber warten?«

Sie bekam keine Antwort. Wahrscheinlich hatte er die Kopfhörer irgendeines Geräts aufgesetzt und hörte auf dem iPod, den Hannah ihm geschenkt hatte, Musik oder spielte mit seiner heißgeliebten Spielkonsole. Müde stieg Ellen die Treppe hinauf und klopfte pflichtgemäß an die Tür, wie sie Charlie hatte versprechen müssen, bevor sie sie öffnete. Aber das Zimmer war leer. Er war noch nicht von der Schule zurück, stellte Ellen fest, und eine Woge der Panik breitete sich in ihrer Brust aus.

»Na ja, das ist schon in Ordnung«, sagte sie laut vor sich hin. »Ich meine, es ist erst kurz nach fünf, und er ist beinahe zwölf. Er wird im Park oder bei einem Freund sein. Das ist absolut in Ordnung. Nichts, worüber man sich zu sorgen braucht.« Trotzdem ging sie zum Fenster am Treppenabsatz und blickte über die Häuserreihen an der Straße hinweg auf den Park, der plötzlich so weit entfernt zu sein schien. Ellen legte die Handfläche an die Scheibe und zog sie schnell wieder zurück, als könnte sie irgendwie hindurchgesogen werden und im freien Fall hinabstürzen, so wie sie es einmal in einem Film über ein Düsenflugzeug gesehen hatte, dessen Kabinendruck abgefallen war.

»Er ist eben irgendwo unterwegs und hat vergessen, dass er mich anrufen soll, wenn er zu Freunden geht«, beruhigte Ellen sich, doch das Beben in ihrer Stimme strafte ihre gelassenen Worte Lügen. Hastig stieg sie die Treppe wieder hinunter, ging zum Telefon im Flur und wählte seine Handynummer.

Sie war auf ihre Schwester Hannah wütend gewesen, als diese Charlie kurz nach Nicks Tod ein Handy geschenkt hatte – als ob Geschenke ihm den Vater ersetzen könnten –, aber jetzt war sie dankbar dafür, dass sie ihn kontaktieren konnte. Beziehungsweise sie wäre dankbar gewesen, wäre nicht sofort die Mailbox angesprungen, was bedeutete, dass das Handy entweder ausgeschaltet war oder keinen Empfang hatte.

Ellen schluckte und starrte ihr nutzloses Telefon an, als handele es sich um eine Art mysteriöses Gerät, das mehr Antworten bereithielt, als es preisgeben wollte. Warum sollte Charlies Handy ausgeschaltet sein, und wo konnte er sich aufhalten, wo er keinen Empfang hatte? Hier in der Gegend gab es keine einzige Stelle, an der man keinen Empfang hatte. Sie wusste das, weil es in der Lokalzeitung eine Debatte über die Sendemasten gegeben hatte, die ein paar Straßen weiter auf Blocks mit Sozialwohnungen errichtet worden waren. Die Bewohner hatten aus Angst vor Gehirntumoren oder dergleichen eine Protestgruppe gebildet. Sie hatten am Ende verloren und behauptet, dass man die Leute in Privathäusern niemals solchen Gefahren aussetzen würde, und Ellen hatte sich deshalb schlecht gefühlt … Trotzdem wimmelte es in der Gegend geradezu von Sendemasten. Wo konnte Charlie stecken, dass er außerhalb des Sendebereichs eines Mastes war … es sei denn, er hatte sich tatsächlich weit entfernt? Und was war, wenn das Handy ausgeschaltet war? Ellen spürte, wie sich eine Schreckstarre wie ein Eisblock auf ihre Brust legte. Hatte jemand Charlies Handy ausgeschaltet, um zu verhindern, dass er Hilfe rufen konnte?

Mit zitternden Händen griff Ellen wieder nach dem Hörer, drückte die Wiederholungstaste und hinterließ eine Nachricht:

»Charlie, ich bin's, Mum. Liebling, es ist fast halb sechs, und du bist noch nicht zu Hause. Sei so lieb und ruf mich an, wenn du das abhörst. Ich weiß, dass du mich für einen dummen alten Angsthasen hältst, aber ich mache mir Sorgen.« Es war ihr gelungen, ihre Stimme heiter klingen zu lassen, aber kaum hatte sie den Hörer aufgelegt, packte sie wieder die Panik, und sie stand unsicher im Flur, blickte zur Haustür und wünschte sich ganz fest, Charlie möge in diesem Moment hereinkommen.

Vielleicht war er nur am Ende der Straße, überlegte sie. Wenn sie zum Gartentor ginge und die Straße hinunterschaute, würde sie ihn vielleicht kommen sehen, die Schultasche über das Pflaster schleifend, seinen Blazer um die Taille gebunden und bei jedem Schritt die Schuhe über den Boden schrammend.

Ellen ging zur Haustür und legte die Hand auf die Klinke. Ihr Herz machte einen Sprung, als sie hörte, dass der Schlüssel im Schloss gedreht wurde. Freudig riss sie die Tür auf. Sabine stand davor, den Schlüssel in der Hand, und war erstaunt, Ellen in der Tür zu sehen.

»Was machen Sie denn da?«, fragte sie. »Sie haben mich fast zu Tode erschreckt!«

»Oh, Sabine.« Ellen verbarg ihre Enttäuschung nicht, und ihr Blick wanderte über Sabines Schulter hinweg auf die vor Hitze flirrende Straße dahinter. »Ich warte auf Charlie … er ist spät dran, und ich mache mir Sorgen … haben Sie ihn die Straße heraufkommen sehen?«

Sabine warf einen Blick auf ihre Uhr. »Charlie ist fast zwölf, und es ist ein schöner Sommerabend … er wird mit seinen Freunden Fußballspielen oder so. Es gibt keinen Grund, sich Sorgen zu machen, da bin ich mir sicher.« Sie legte die Hand auf Ellens Schulter und runzelte die Stirn, als sie deren sorgenvolle Miene sah. »Ellen, Sie zittern ja … bitte, haben Sie keine solche Angst. Ich bin mir sicher, dass es Charlie gut geht. Ich weiß, dass Sie sich nach dem, was Ihrem Mann zugestoßen ist, mehr Sorgen um ihn machen, aber ich verspreche Ihnen, so schreckliche Dinge passieren nur sehr selten. Statistisch ist die Wahrscheinlichkeit, dass ein weiteres Mitglied Ihrer Familie einen fürchterlichen Unfall erleidet, sehr gering. Kommen Sie, ich mache Ihnen eine Tasse Tee.«

Ellen nickte, obwohl sie nicht wirklich beruhigt war, und ließ sich von Sabine in die Küche führen. Sie wusste, dass Sabine wahrscheinlich recht hatte, dass es Charlie wahrscheinlich gut ging und dass er sie möglicherweise deshalb nicht angerufen hatte, weil er ihr, wie bei allem, was er in letzter Zeit tat, unbedingt beweisen wollte, dass er kein Baby mehr war. Trotzdem hatte sie zu kämpfen, um den Anflug von Panik bei dem Gedanken an ihren Sohn da draußen an irgendeinem unbekannten Ort zu vertreiben.

Während das Wasser heiß wurde, breitete Sabine vor Ellen vier DIN-A4-Blätter auf dem Tisch aus. Jedes war von Hand beschrieben, in Abschnitte unterteilt und mit verschiedenen Leuchtstiften markiert.

»Sie haben es beruflich mit Wörtern zu tun, würden Sie einen Blick auf meine Liste werfen ... und mir sagen, was Sie davon halten?«, fragte Sabine, während sie zwei Becher vom Abtropfbrett nahm.

»Was ist das, hat es etwas mit Ihrer Arbeit zu tun?« Leicht zerstreut überflog Ellen die Listen. »Ich bin mir nicht sicher, ob ich das beurteilen kann. Hannah ist diejenige, mit der Sie darüber sprechen müssten.«

Sabine schnaubte, als hätte Ellen gerade etwas absolut Lächerliches gesagt. Als sie Ellens gerunzelte Stirn bemerkte, schüttelte sie den Kopf.

»Nein, das hat nichts mit der Arbeit zu tun. Das ist *meine* Liste. Mein widerlicher, betrügerischer Mann und ich haben letzte Nacht eine Ewigkeit miteinander telefoniert. Er will, dass wir es noch einmal miteinander versuchen, er will mit mir zusammen sein und Kinder haben und ein richtig verheiratetes Paar werden wie seine schauderhaften Eltern. Na ja, ich habe ihm gesagt, dass ich das nicht einmal in Erwägung ziehen könnte, solange er nicht alle unsere Eheprobleme zur Sprache bringt. Deshalb hat er vorgeschlagen, dass jeder von uns Listen schreibt, Listen der Dinge, die uns am anderen stören. Er meint, das wird eine Aussprache in Gang bringen und uns vielleicht in die Lage versetzen, uns wieder zu versöhnen, dieser ekelhaft herumhurende Ehebrecher. Und ich habe ihm gesagt: ›Ja, okay, das mache ich.‹ Wir sind inzwischen immerhin zwei Jahre verheiratet, und ich zähle nicht zu den Menschen, die nicht ihr Bestes versuchen, obwohl dieses widerliche Arschloch das eigentlich gar nicht verdient hat. Er hat mir nach unserem Telefonat seine Liste zugemailt, aber ich bin mit meiner noch immer beschäftigt. Bitte werfen Sie einen Blick darauf und sagen Sie mir, was Sie davon halten.«

Während Ellen die Blätter vor sich ausbreitete, warf sie einen Blick auf die Küchenuhr, deren Zeiger schon auf sechs zugingen. In Anwesenheit von Sabine fühlte sie sich ein wenig ruhiger. Es hatte kaum den Anschein, als sei es ungewöhnlich, dass Charlie noch nicht zu Hause war, und Sabine war sich so sicher, dass er bald auftauchen würde. Wenn Sabine unbesorgt war, dann wollte Ellen ihr Bestes tun und das ebenfalls sein, zumindest zwanzig Minuten lang. Schließlich konnte sie unmöglich weiterleben, sollte sie jedes Mal, wenn etwas Unerwartetes eintrat, davon ausgehen, zwei Polizistinnen durch den Vorgarten kommen zu sehen. Ellen schloss mit sich selbst einen Handel ab: Wenn er bis Viertel nach sechs noch nicht auftauchen sollte, würde sie sich gestatten, wieder Angst zu haben und in Panik zu geraten, aber bis dahin würde sie sich keine Sorgen machen. Sie riss den Blick von der Uhr los und schaute auf die Liste, während Sabine eine dampfende Tasse vor sie stellte und auf Charlies Stuhl Platz nahm.

»Die Seiten eins und zwei sind grün markiert und fallen unter die Kategorie Ärgernisse«, erklärte Sabine. »Kleinigkeiten, die mich stören, aber nicht notwendigerweise das Ende unserer Ehe bedeuten. In diesem Abschnitt sind siebenunddreißig Punkte aufgelistet. Bitte lesen Sie sie durch, ich habe das Ganze in Englisch geschrieben, damit ich Sie um Ihre Meinung bitten kann.«

»Warum gerade meine Meinung?«, fragte Ellen verdutzt.

»Weil Sie eine perfekte Ehe geführt haben, wissen Sie, was erforderlich ist, damit eine Beziehung funktioniert.«

»Tatsächlich?«, wunderte sich Ellen laut, während sie mit dem Finger die erste Seite der grünen Liste entlangfuhr. Punkt eins: Unfähigkeit, die eigenen schmutzigen Socken vom Boden aufzuheben, Punkt vierzehn: Weigerung, jemals im Kino einen Film anzuschauen, in dem keine Gewalt beziehungsweise Sexszenen vorkommen, Punkt sechsundzwanzig: Geizig, wenn es darum geht, das eigene Geld auszugeben. Und so weiter und so fort bis hinunter zu Punkt siebenunddreißig: Das Hinterlassen unschöner Flecken auf den Laken, ohne je den Versuch zu unternehmen, sich an der Arbeit mit der Wäsche zu beteiligen.

Ellen legte keinen Wert darauf zu erfahren, was das genau zu bedeuten hatte.

»Na ja, das sind *wirklich* eine Menge Ärgernisse«, stellte sie fest.

»Genau«, pflichtete ihr Sabine bei. »War Ihr Ehemann auch so nervig?«

Ellen überlegte. Es hatte sie immer gewurmt, dass Nick nie daran dachte, die Milch oder die Butter wieder in den Kühlschrank zu stellen, und dass er, anstatt das Geschirr in die Spülmaschine einzuräumen, die schmutzigen Teller in der Spüle auftürmte, in die er Wasser laufen ließ, das nach kurzer Zeit kalt und eklig war. Aber dann hatte sie sich stets daran erinnert, dass er den ganzen Tag bei der Arbeit war und die Haushaltsführung ihr oblag, deshalb hatte sie die Butter in den Kühlschrank zurückgestellt und die aufgeweichten Essensreste entfernt, die den Abfluss der Spüle verstopften, und ihre Verärgerung hatte sich bald wieder gelegt. Und sie würde liebend gern tausend weitere Packungen geronnener Milch wegschütten und tausend Mal den verstopften Abfluss frei machen, wenn das bedeuten würde, dass er wieder im Haus wäre.

»Nein, eigentlich nicht«, antwortete Ellen entschuldigend. »Und auch wenn diese Dinge zwar ärgerlich sind, na ja … wir sind doch alle nur Menschen, nicht wahr? Wir haben alle unsere kleinen Macken. Wenn man jemanden liebt, dann arrangiert man sich damit.«

»Das habe ich mir gleich gedacht.« Sabine klang empört, als sie Ellen das nächste Blatt hinschob.

»Das hier ist die gelbe Liste, die Dinge, die mich wirklich sehr aufregen, die aber, wenn er sich bereit erklärt, sich ernsthaft zu ändern, nicht verhindern werden, dass wir wieder zusammenkommen. Dieser Abschnitt enthält einundzwanzig Punkte.«

Punkt fünf: Mit jeder alleinstehenden Frau, die ihm über den Weg läuft, zu flirten, einschließlich meiner Mutter.

Punkt elf: Andere Frauen stets in Gedanken auszuziehen, selbst unattraktive … und das ganz ostentativ zu tun, selbst bei meiner Mutter.

Punkt sechzehn: Ungeniert Pornos zu schauen, während meine Lieblingssendungen laufen.

Punkt einundzwanzig: Mehr Geld für Stripteaseshows auszugeben als für mein Geburtstagsgeschenk.

»Oh, mein Gott.« Ellen blickte von der Liste auf und sah Sabine an. »Tut er das wirklich?«

»Ja, er ist Mitglied in einem Herrenklub, dessen Jahresbeitrag sich auf mehrere Hundert Euro beläuft, dazu kommen die Kosten für die Stripteaseshows. Und was hat er mir zum Geburtstag geschenkt? Eine Saftpresse.« Sabine kniff die Lippen fest zusammen und verschränkte die Arme. »Zugegeben, ich habe mir eine Saftpresse gewünscht, aber noch etwas Zusätzliches … etwas, was er selbst ausgesucht hätte, hätte mir viel bedeutet.«

»Es ist also die Tatsache, dass die Stripperinnen mehr kosten als Ihr Geburtstagsgeschenk, die Sie verärgert, nicht die Stripperinnen an sich?«

Sabine zuckte mit den Schultern. »Männer sind eben Männer. Für meinen widerwärtigen Ehemann ist der Gang in einen Stripclub am späten Abend in etwa das Gleiche wie für einen Engländer, ein Curry essen zu gehen.«

»Echt?« Ellen fragte sich, welches abscheuliche Verbrechen Sabines Mann wohl begangen haben musste, dass sie ihn so sehr hasste, wenn es nicht seine Besuche in Stripclubs waren.

»Und zum Schluss die rote Liste.« Sabines Miene verdüsterte sich, und ein schmerzvoller Ausdruck huschte über ihr Gesicht. Ellen wappnete sich.

»Auf dieser Liste steht nur ein Punkt.« Sie schob sie Ellen hin, sodass sie sie lesen konnte.

Punkt eins: Einer anderen Frau Liebesbriefe zu schreiben.

»Liebes … Sie meinen, Sie haben herausgefunden, dass er eine Affäre hat?« Ellen rang nach Luft.

»Ja«, antwortete Sabine und nickte traurig. »Keine sexuelle … eine sexuelle hätte ich verstehen, ihm vielleicht sogar verzeihen können. Nein, es war viel schlimmer. Er hat den Kontakt zu seiner Jugendliebe immer aufrechterhalten, das wusste ich. Aber dann habe ich vor ein paar Monaten diese Briefe von ihr entdeckt, so leidenschaftlich, so voller Liebe und Bedauern, dass sie niemals zusammen sein können. Deshalb habe ich in seinem Laptop nachgeforscht. Er dachte, er hätte sie sicher versteckt, aber er hat ein Geheimnis noch nie gut für sich behalten können. Ich habe Kopien von allen seinen Briefen im Ordner mit seinen Buchhaltungsunterlagen entdeckt. In denen er ihr schreibt, dass er sie immer lieben wird, dass alles anders gekommen wäre, hätten sie die Chance ergriffen, als sie die Gelegenheit dazu hatten … Er war so zärtlich, so romantisch … mir gegenüber ist er nie so.« Sabine presste die flache Hand an ihre Brust. »Ehrlich, Ellen, wäre ich nach Hause gekommen und hätte ihn mit einer anderen im Bett erwischt, hätte es mich weniger verletzt. Jetzt weiß ich, dass ich nur die zweite Wahl bin, dass er sich mit mir begnügt hat, weil er sie nicht haben kann. Wie soll ich darüber nur hinwegkommen?«

Ellen blickte auf die kleinlaut geschriebenen Worte auf dem vor ihr liegenden Blatt. Eine schlichte Ansammlung von Buchstaben, die, wenn sie auf diese besondere Weise angeordnet waren, geradezu brutal wirkten.

Sie verspürte einen leichten Schmerz in ihrem Herzen, als ihr erneut klar wurde, was sie verloren hatte. Nick war ihre erste Wahl gewesen und sie die seine. Ihre Ehe war wirklich von einem seltenen Glück gesegnet gewesen.

»Sabine, ehrlich, ich weiß es nicht. Ich kann nur sagen, dass er sich allem Anschein nach bemüht. Ich meine, wenn Sie ihm so wenig bedeuteten, würde er dann überhaupt versuchen, Ihre Ehe zu retten?«

»Sie ist Katholikin. Sie wird sich von ihrem Mann nicht scheiden lassen«, stellte Sabine niedergeschlagen fest. »Wäre sie frei, würde er dann trotzdem versuchen, unsere Ehe zu retten, oder würde er sich in ihre Arme stürzen?«

Darauf wusste Ellen keine Antwort. »Was hat er denn auf seiner Liste geschrieben?«, fragte sie stattdessen.

Sabine lachte humorlos auf. »Insgesamt stehen drei Punkte auf seiner Liste. Einer ist, dass ich nicht genug lache. Genug lachen! Ich würde ja lachen, wenn er einmal lustig wäre. Aber daran ist gar nichts lustig.«

»Nein, da haben Sie recht«, pflichtete ihr Ellen bei. Allegra ermunterte sie zum Beispiel, wieder in die Welt hinauszugehen, sich sogar einen Liebhaber zuzulegen, als wäre so etwas überhaupt möglich … und hier saß Sabine und lieferte den Beweis dafür, dass Männer wie ihr verstorbener Ehemann wirklich eine große Seltenheit waren. Sie konnte sich glücklich schätzen, einen Mann gehabt zu haben, der sie so respektiert und geliebt hatte, vielleicht glücklicher, als ihr bewusst war. Keiner würde sie je wieder so lieben.

»Er sagt, ich sollte spontaner sein, aber ich bin nicht gern spontan. Nicht, ohne zuerst nachzudenken.« Ellen dachte, dass Sabine einen Scherz machte, aber es gelang ihr, ihr Lachen zu unterdrücken, als sie sah, dass sie es todernst meinte.

»Und er sagt, dass ich zu viel Wert auf Äußerlichkeiten

lege. Würde er mich mögen, wenn ich dick oder grauhaarig wäre und weder auf meine Frisur noch meine Kleidung achten würde?« Unbewusst deutete Sabine auf Ellen, die beschloss, nicht beleidigt zu sein, denn schließlich legte sie wirklich keinen großen Wert auf ihr Aussehen.

»Also, was meinen Sie? Glauben Sie, dass diese Listen für unsere Versöhnung hilfreich sind?«

Ellen blickte zur Uhr; es war zwölf nach sechs.

»Ich muss ehrlich sein, Sabine, ich bin wirklich keine Expertin in Beziehungsfragen und habe nur eine langjährige Beziehung geführt. Aber wenn die Liste der Dinge, die Sie an Ihrem Mann nicht mögen, so lang ist und wenn ein Punkt darauf lautet, dass er eine andere Frau liebt, sehe ich wirklich keine Möglichkeit, wie Sie je darüber hinwegkommen können. Ich weiß, dass mir das nie gelingen würde.«

Sabine verzog das Gesicht und vergrub es in ihren Händen, als hätte sie die schlechte Nachricht eben zum ersten Mal gehört.

»Aber was weiß ich schon?«, fügte Ellen hastig hinzu und legte die Hand auf Sabines Schulter. »Wahrscheinlich täusche ich mich ja … nur Sie wissen, was Ihre Ehe Ihnen und ihm bedeutet.«

»Sie haben natürlich recht«, schluchzte Sabine. »Selbstverständlich kann ich ihn nicht mehr zurücknehmen, welches Ehrgefühl und welchen Stolz hätte ich dann noch, wenn ich es täte und wüsste, dass er ständig an eine andere denkt? Die Sache ist nur die, dass ich ihn liebe, Ellen. Ich liebe dieses böse, widerliche Schwein. Ich liebe ihn, ich habe ihn immer geliebt, und er hat alles kaputt gemacht.« Ellen schlang die Arme um Sabine und ließ sie an ihrem Hals weinen, während sie wieder auf die Uhr blickte. In zwanzig Sekunden würde sie offiziell wieder in Panik geraten.

Genau in diesem Moment knallte die Haustür ins Schloss, und Ellen hörte Stimmen im Flur. Die von Charlie und … Hannah. Ein paar Sekunden lang war sie von Erleichterung erfüllt, von einem Gefühl, das sie in von Angst angefachten Zorn ausbrechen ließ.

Ellen zog den Arm von Sabine zurück, die aufstand und zur Spüle trat, um sich Wasser ins Gesicht zu spritzen, dann kam sie an den Tisch und steckte im Vorbeigehen die Listen wieder in ihre Aktenmappe. Es war offensichtlich, dass sie nicht beim Weinen ertappt werden wollte.

»Hallo, Mum«, sagte Charlie unbekümmert, als er die Tür aufstieß und damit die Kerbe im Gipsputz weiter vertiefte, die er seit einigen Monaten in die Wand gegraben hatte, obwohl Ellen ihn wiederholt aufgefordert hatte, vorsichtiger zu sein. »Du wirst es nie erraten, es ist wirklich cool. Tante Hannah hat mir eine PlayStation3 und eine Unmenge von Spielen gekauft!«

»Charlie ... es ist nach sechs ... wo hast du bloß gesteckt?«, fragte Ellen mit leiser, angespannter Stimme, weil die Angst, gegen die sie angekämpft hatte, sich in ihrer Brust mit einem Mal zu einem schweren Klumpen zusammenballte.

»Er war mit mir unterwegs, Ellie«, informierte Hannah sie fröhlich. »Ich dachte, was für ein schöner Nachmittag, der ist zu schön, um ihn im Büro zu vergeuden, deshalb bin ich ein bisschen früher gegangen, habe Charles von der Schule abgeholt, und wir sind ins West End gefahren und haben ein bisschen eingekauft. Was für einen Sinn hat es schließlich, Geld zu haben, wenn man es nicht ausgibt? Es macht dir doch nichts aus, oder?«

»Ob es mir etwas ausmacht?« Ellen spürte, dass sie wieder zitterte, bis ins Mark erschüttert darüber, wie verängstigt sie gewesen war, weil sie nicht gewusst hatte, wo Charlie sich genau aufhielt, und geglaubt hatte, er sei allein da draußen unterwegs. Ihre Wangen liefen rot an, und ihre Stimme bebte. »Du nimmst meinen Sohn für fast drei Stunden mit, kaufst ihm teure Geschenke, ohne mich zu fragen, ohne mir überhaupt Bescheid zu geben, wo er steckt! Hannah, ich war ganz außer mir vor Sorge!«

Hannah blinzelte, rieb sich über die Nasenspitze und lachte. »Ellie, sei nicht so albern.«

»Das bin ich nicht, das bin ich nicht, ich bin NICHT albern!«, schrie Ellen und trat mit jedem Wort einen Schritt auf ihre Schwester zu, bis nur noch ein paar Zentimeter sie voneinander trennten. Hannah starrte sie an, ihre Miene verriet Verwirrung, als wäre sie über Ellens Ausbruch leicht amüsiert, was Ellen nur noch weiter verärgerte. »Kapierst du es denn nicht, Hannah? Du magst ja Charlies Tante sein, aber es steht dir nicht zu, ihn einfach mitzunehmen! Du nimmst ihn nirgendwohin mit und kaufst ihm Sachen, die er nicht braucht, ohne mich zuerst zu fragen. Ich bin seiner Mutter, nicht du!«

»Aber …« Hannah wirkte perplex.

»Ich hab ihr erzählt, dass du gesagt hast, es ist okay, stimmt's?«, brüllte Charlie und trat zwischen seine Tante und seine Mutter, um Hannah vor ihrer älteren Schwester zu beschützen. »Ich habe ihr gesagt, dass ich dich angerufen habe und dass du einverstanden bist, weil ich *wusste,* dass du Nein sagen würdest, wenn sie dich fragt, weil du immer nur willst, dass ich den ganzen Tag wie du hier im Haus hocke und *nie* irgendwo hingehe und *nie* Spaß habe. Und ich habe mein Handy ausgeschaltet, damit du nicht alles verderben konntest, wie du es *immer* machst. Außerdem haben alle anderen eine PlayStation, nur ich nicht, und wenn Tante Hannah mir eine kaufen will, dann sehe ich nicht ein, warum sie *dich* fragen soll, und sie geht wenigstens mit mir raus, wenigstens geht sie mit mir irgendwohin, was du ja nie machst!«

»Charlie.« Sabine war diejenige, die mit ruhiger und gelassener Stimme das Wort ergriff. »Es ist unfair von dir, so mit Ellen zu reden, denn sie hat sich nur Sorgen um dich gemacht.«

»Und Sie können den Mund halten … das geht Sie überhaupt nichts an, verdammt!«, brüllte Charlie Sabine an.

»Charlie Woods, du gehst augenblicklich auf dein Zimmer!«, wetterte Ellen los und war über die Lautstärke ihrer Stimme schockiert, die sie selten auch nur erhob. Charlie, der keine zweite Aufforderung brauchte, griff nach der Tüte, in der seine PlayStation steckte, und wollte gehen. »Und die kannst du gleich mal hierlassen«, sagte Ellen.

»Was?« Charlie fuhr herum und funkelte sie wütend an. »Die gehört mir. Ich baue sie oben auf.«

»Nein, das tust du nicht.« In diesen wenigen Sekunden konzentrierte Ellen ihren ganzen Ärger, ihre Panik und Sorge auf ihn und erkannte, dass sie froh war, als sie ihn unter ihrem wütenden Blick ein wenig zurückschrecken sah. »Du lässt sie in der Tüte, zusammen mit dem Kassenbon, bis ich entschieden habe, was wir damit tun.«

»Was zum Beispiel?«, fragte Charlie herausfordernd. »Willst du sie etwa in den Laden zurückbringen?« Ellen spürte, dass ihr kurzer Moment der Macht dahinschwand. »Das glaube ich kaum. Gut, mach damit, was du willst. Das ist mir schnurzegal.« Er trat gegen die Tüte, die durch die halbe Küche rutschte und mit einem dumpfen Schlag an einem der Küchenschränke hängen blieb, dann stampfte er wütend die Treppe hinauf.

Ellen wandte sich Hannah zu, die dastand und mit dem Riemen ihrer Handtasche herumspielte. Ihre Augen strahlten, und ein nervöses Lächeln umspielte ihren Mund, als würde sie nicht recht begreifen, was hier eigentlich vor sich ging. »Siehst du denn nicht, was du angerichtet hast?«, fragte Ellen.

»Ehrlich, Ellen, Charles hätte mich nicht anlügen dürfen, dass er dich angerufen hat, aber was ist denn so schlimm daran, wenn ich ihm hin und wieder etwas kaufe? Sein Leben ist weiß Gott deprimierend genug, und er hat ab und zu ein Vergnügen verdient. Und ich dachte … na ja, da jetzt beinahe ein Jahr seit dem Unfall vergangen ist, würde es ihm gut tun, etwas zu haben, was ihn ablenkt. Und du weißt ja, wie sehr er sich so eine gewünscht hat. Ich glaube wirklich nicht, dass es ihm schaden würde.«

Ellen schüttelte den Kopf. Es war, als lebe ihre Schwester in ihrer eigenen undurchlässigen kleinen Seifenblase und merke gar nicht, welchen Einfluss sie auf das Leben der anderen ausübte.

»Hannah, du solltest vielleicht lieber gehen«, sagte Sabine leise, aber falls sie versuchte, die Situation zu entschärfen, kam das zu spät.

»Wie kannst du es wagen«, knurrte Ellen ihre Schwester an. »Charlie und ich sind im letzten Jahr durch die Hölle gegangen, und wir haben sie noch nicht hinter uns gelassen. Glaubst du etwa, ich wüsste nicht, wie schwer es für ihn war? Es war auch für mich schwer. Aber ich bin seine Mutter, und ich tue wirklich mein Bestes, um für ihn alles zusammenzuhalten. Du weißt, wie schwierig es für mich ist, über die Runden zu kommen, und die Tatsache, dass du dich hier als die große Wohltäterin aufspielst, ist keine Hilfe! Es ist fast so, als wolltest du dafür sorgen, dass er dich mehr mag als mich!« Ellens Enthüllung sprudelte heraus, bevor sie sich bremsen konnte. War sie deshalb so wütend? War es reine Eifersucht darauf, dass Hannah die Zeit mit Charlie so verbrachte, wie sie es allem Anschein nach selbst nicht vermochte?

»Na ja, das wäre nicht schwer«, murmelte Hannah leise und verdrehte wie ein aufmüpfiger Teenager die Augen, was bei Ellen jeden anderen Gedanken in den Hintergrund drängte.

»Ich habe genug, Hannah. Ich möchte dich eine Weile weder hier noch mit Charlie zusammen sehen. Ja … ja, der Jahrestag von Nicks Tod rückt näher, und es wird für Charlie und mich schwer genug sein, auch ohne dass du versuchst, alles durcheinanderzubringen. Kannst du uns das also bitte einfach in Ruhe durchstehen lassen … schließlich sind wir diejenigen, die ihn geliebt, wir sind diejenigen, die ihn verloren haben. Du … du hast mit dem, was wir durchmachen, gar nichts zu tun.«

»Ach, du selbstsüchtiges, egozentrisches Weibsstück.« Hannahs Lachen klang freudlos und passte so gar nicht zu der ausgesprochenen Beleidigung. »Du glaubst wohl wirklich, die Welt dreht sich nur um dich und dieses verdammte Haus, nicht wahr? Es gefällt dir, die Märtyrerin zu spielen, was? Dass alle dir die Bude einrennen, um dir zu sagen, wie wunderbar du das alles hinkriegst, wie schrecklich es für *dich* ist. Und was ist mit mir, Ellen?«

»Mit *dir?*«, rief Ellen aus. »Was soll mit dir sein, Hannah? Ich bin seine Witwe, ich war seine Frau. Du … du warst seine Schwägerin, deren Anwesenheit er, offen gesagt, kaum ertragen konnte. Wovon zum Teufel redest du?«

»Wovon ich rede …?« Hannah hielt inne und fuhr sich mit der Zunge nervös über die Lippen. »Ich rede davon, dass du Charlie hier wie eine kleine Puppe, mit der nur du spielen darfst, einsperren willst, davon, dass du ihn nicht teilen möchtest und nicht zulässt, dass er ein eigenes Leben hat, nur weil du keines willst. *Das ist es* … das ist es, wovon ich rede.« Während Hannah sprach, hatte sich ihr Gesicht zu einer hässlichen, bösen Grimasse verzogen, und sie deutete mit dem Finger auf Ellens Gesicht.

»Du hast ja keine Ahnung, wie es ist, jemanden, den man liebt, zu verlieren … du hast keine Ahnung, wie es ist, jemand anderen als nur dich selbst zu lieben«, fauchte Ellen sie an.

»Ich habe keine Ahnung? Ich habe keine Ahnung … tja, wie lachhaft. Wenn du wüsstest …«

»Hallo, alle miteinander!« Matt kam hocherfreut, endlich zu Hause zu sein, durch die Küchentür und bemerkte sofort, dass er in eine Auseinandersetzung geplatzt war. Er blieb wie angewurzelt stehen. »Alles in Ordnung?«, fragte er unsicher.

»Hannah, komm.« Sabine griff ein, legte den Arm um Hannah und packte die Gelegenheit beim Schopf, sie zur Haustür zu führen. »Komm, wir gehen die Straße runter und nehmen irgendwo zusammen einen Drink. Ich muss dir ein paar Fragen stellen.«

»Ja … ja, lass uns etwas trinken gehen, lass uns ein bisschen Spaß haben wie normale Menschen«, sagte Hannah über ihre Schulter hinweg, während Sabine sie hinausführte.

Langsam stellte Matt seine Tasche auf den Tisch.

»Verdammt … worum ging es da gerade?«, fragte er. »Sie beide haben ausgesehen, als würden Sie sich gleich gegenseitig in Stücke reißen.«

Ellen sank auf ihren Stuhl und stellte fest, dass sie am ganzen Leib zitterte. »Ich weiß nicht«, antwortete sie und legte die Handrücken auf ihre heißen Wangen.

»Tja, wenn Sie es mir nicht sagen wollen, dann lassen Sie es, aber meiner Erfahrung nach verschlechtert Alkohol gewöhnlich eine schlimme Situation noch um ein Vielfaches …«

»Alkohol …«

»Ja, Hannah, sie war beschwipst, oder? Ich bin mir sicher, dass sie das, was sie gesagt hat, nicht so gemeint hat.«

»Meine Schwester hatte nichts getrunken«, erklärte ihm Ellen. »Das tut sie nicht, jedenfalls nicht, wenn sie sich um Charlie kümmert. Sie mag gedankenlos sein, aber sie liebt ihn.«

Ellen verspürte einen Anflug von Gewissensbissen: Sie hatte zugelassen, dass sie sich so in ihre Angst hineingesteigert hatte, dass sie, als Hannah und Charlie nach Hause gekommen waren, ohne zu überlegen, einfach zum Angriff übergegangen war. Das war alles wirklich nicht Hannahs Schuld gewesen, sie hatte geglaubt, Charlie hätte Ellen mitgeteilt, wohin er gehen wollte … und konnte sie es Charlie wirklich übel nehmen, dass er einen Nachmittag außer Haus verbringen und zur Abwechslung einmal ein bisschen Spaß haben wollte? Er hatte überdeutlich klargemacht, dass er mit ihr keinerlei Spaß hatte, und er hatte recht. Ellen sah sich einen Augenblick lang in ihrem Haus wie eine Fliege in poliertem Bernstein gefangen, aber selbst wenn das zutreffen sollte, selbst wenn sie gefangen war, brachte sie weder den

Willen noch den Wunsch auf, ihrem Gefängnis zu entkommen. Was hatte Hannah an sich, was sie sofort so wütend machte? Insgeheim konnte sie sich eingestehen, dass sie eifersüchtig darauf war, wie ungezwungen Charlie und Hannah miteinander umgingen, aber es steckte mehr dahinter. Etwas war seit Nicks Tod geschehen, was sie jedoch nicht genau benennen konnte, was aber bedeutete, dass sie sich, sobald Hannah in der Nähe war, zerrissen und unbehaglich fühlte. Sie hatten nie eine ungezwungene Beziehung gehabt, schon von Kindesbeinen an nicht, doch selten war sie so angespannt gewesen wie jetzt. Vielleicht lag es daran, dass Hannah sich bemühte, dass sie sich jetzt so anstrengte, für Ellen da zu sein.

»Nicht? Tja, dann habe ich mich wohl getäuscht.« Matt nahm ihre Reaktion locker hin. »Das liegt wahrscheinlich daran, dass ich im Moment zu viel Zeit unter Alkoholikern verbringe. Es waren nur ihre Augen … wissen Sie, ein bisschen trüb und rotgerändert. Sie sah aus wie die Leute, die zum Mittagessen einen Drink nehmen. Aber ich täusche mich wahrscheinlich. Das scheint heute meine Spezialität zu sein.«

Ellen blickte, noch immer in Gedanken versunken, auf den Tisch und ging alles, was Hannah gesagt hatte, noch einmal durch. Da war etwas gewesen, etwas, was sie nicht ausgesprochen hatte, das aber so real und unumstößlich zwischen ihnen im Raum gestanden hatte wie dieser Tisch. Hannah wäre mit Charlie nirgendwohin gegangen, wenn sie getrunken hätte, oder? Zugegeben, sie war dumm und egoistisch und eitel; wollte Ellen all die Dinge, die sie an Hannah ärgerlich fand, zu Papier bringen, würde die Liste deutlich länger werden als Sabines. Hannah war der irritierendste Mensch, den man sich vorstellen konnte, aber sie liebte Charlie … das hätte sie nicht getan, oder?

Ellen blickte Matt an, der ihr gegenüber am Tisch saß und aussah, als wüsste er nicht, was er tun sollte. Der arme Mann, dachte Ellen. Das ist das Letzte, was er nach einem harten Arbeitstag braucht.

»Ich sage Ihnen was, Sie erzählen mir, worum es bei dem Streit gegangen ist, und ich erzähle Ihnen, wieso ich heute offiziell zum beschissensten Mann auf Erden gekürt worden bin.«

Ellen lehnte sich auf ihrem Stuhl zurück und erzählte, was geschehen war, und blickte dabei zu Matt auf. »Ich habe alles aus dem Ruder laufen lassen, nicht wahr? Ich habe überreagiert.«

»Ich weiß nicht«, antwortete Matt. »Ich meine, ich habe keine Kinder, aber ich kann mir vorstellen, dass es einem heutzutage eine ziemliche Angst einjagen kann, wenn man nicht weiß, wo das Kind steckt.«

»Nick hat mir oft gesagt, dass ich zu Überreaktionen neige«, erzählte ihm Ellen. »Er sagte, dass ich ihm zu viele Fragen stellte und ihm manchmal den Eindruck vermittelte, er könnte nirgendwohin gehen und nichts tun, ohne dass ich darüber Bescheid wüsste. Er sagte, dass ich zu emotional wäre, ein zu dünnes Nervenkostüm hätte … dass ich auf jede Kleinigkeit mit dem Herzen statt mit dem Verstand reagierte.« Ellen reckte bei der Erinnerung ein wenig das Kinn. »Er pflegte zu sagen: ›Himmelherrgott, Ellen, das Zuhause sollte eigentlich ein Ort sein, an den ich gern zurückkomme, nicht einer, den ich meiden muss. Versuche, ein bisschen nachzudenken, bevor du den Mund aufmachst.‹«

»Tatsächlich?«, fragte Matt betroffen. »Ich bin mir nicht sicher, ob ich ihm in diesem Punkt zustimme. Wann immer Sie den Mund aufmachen, haben Sie in der Regel etwas ziemlich Interessantes oder Kluges zu sagen.«

Insgeheim dachte er, dass es fast so klang, als wäre Ellens verstorbener Mann ein Idiot gewesen, aber so, wie Ellen über ihn sprach, deutete nichts darauf hin, dass sie irgendetwas in dieser Richtung dachte.

»Ich sollte lieber gehen und mit Charlie reden, nicht

wahr?«, stellte Ellen fest. »Vielleicht sage ich ihm, dass er die PlayStation behalten darf, aber dass er sie erst zu seinem Geburtstag im September bekommt, was meinen Sie? Ich weiß, dass es Hannah gut gemeint hat und versucht, ihn von Nicks Todestag abzulenken … aber er braucht keine Geschenke und auch keine Ablenkung.«

»Klingt nach einer guten Idee.« Matt nickte.

»Ich möchte ihn nicht verlieren, ich möchte nicht, dass er von mir wegdriftet. Er ist mein Ein und Alles … ich versuche nicht, ihn einzuengen oder ihn gefangen zu halten. Ich liebe ihn einfach, ich liebe ihn wirklich … das muss er doch erkennen.«

»Ich wette, das tut er«, sagte Matt. »Ich wette, er sitzt im Moment in seinem Zimmer und erkennt, dass er unfair zu Ihnen war. Er tritt einfach um sich und testet die Grenzen aus. Er versucht, erwachsen zu werden, und für ihn wird es schwieriger sein als für viele andere Kinder. Es wird für Sie beide schmerzhaft werden.«

»Dann gehe ich also und rede mit ihm«, sagte Ellen und erhob sich ein Stück von ihrem Stuhl.

»Wissen Sie was?« Matt legte die Hand auf ihren Unterarm. »Lassen Sie ihm ein bisschen Zeit, ja? Lassen Sie ihm eine Chance, zur Ruhe zu kommen.« Er hob eine dünne Plastiktüte auf den Tisch, die er neben sich auf dem Boden abgestellt hatte. »Ich habe auf dem Heimweg ein paar Dosen Bier gekauft. Möchten Sie eins?«

Er öffnete eine Dose und trank direkt daraus. Nach kurzem Zögern machte Ellen es ihm nach.

»Und jetzt erzählen Sie mir, wie Sie zum beschissensten Mann der Welt geworden sind«, forderte Ellen ihn auf.

»Wissen Sie was«, antwortete Matt, der die Beine ausstreckte und sie anlächelte »Das kommt mir gar nicht mehr so wichtig vor.«

11

Matt beobachtete Ellen, die Charlie über den Küchentisch hinweg musterte. Ausnahmsweise einmal war Charlie rechtzeitig zum Frühstück heruntergekommen und für die Schule fertig gewesen, was interessant war, denn soweit Matt das erkennen konnte, redete er nach wie vor nicht mit Ellen.

»Guten Morgen, Liebling«, hatte Ellen gesagt, die ihre Überraschung und Freude über die Aussicht nicht verhehlen konnte, fünfzehn Minuten Zeit zu haben, um Charlie gegenüber Wiedergutmachung zu leisten, bevor er zur Schule aufbrach. »Hast du gut geschlafen? Ich bin gestern Abend zu dir hinaufgegangen, um mit dir zu reden, aber du warst schon im Land der Träume.« Vorsichtig streckte sie die Hand aus und berührte ihn am Oberkopf, als wollte sie ihm durch die Haare wuscheln, aber dann überlegte sie es sich eine Sekunde zu spät anders, um die Bewegung ganz abzubrechen. Charlie wich vor ihrer Berührung zurück und griff nach einem Stück Toast, das sie vor ihn gelegt hatte.

Ellen nahm ihm gegenüber Platz. »Charlie, es tut mir leid, dass ich gestern gebrüllt habe und so wütend geworden bin. Das lag daran, dass ich mir solche Sorgen gemacht habe … Ich habe mich da hineingesteigert, und als du nach Hause gekommen bist, hat sich die ganze Sorge in Wut verwandelt, und ich habe sie an dir ausgelassen. Das war falsch.«

Charlie antwortete nicht und hielt, während er kaute, den Blick gesenkt.

Ellen seufzte und lehnte sich auf ihrem Stuhl zurück. »Aber es war auch falsch von dir, einfach fortzugehen, ohne mir zu sagen, wohin du gehst und mit wem. Und es war falsch von dir, Hannah anzulügen.« Charlie reagierte noch immer nicht. »Ich habe also beschlossen, dass ich die Spielkonsole nicht zurückgebe …«

Charlies Schnauben war sarkastisch und höhnisch, als er die Augen zur Decke verdrehte und den Kopf schüttelte. Matt, der gegen den Kühlschrank gelehnt seine Cornflakes aß, beobachtete das Ganze mit Interesse.

»Und«, fuhr Ellen fort, »wenn du dich bei mir und Hannah für deine Lüge entschuldigst, dann können wir die Konsole als Geburtstagsgeschenk deklarieren, und du kannst sie im September haben. Was sagst du dazu?«

Charlie sah sie an, und seine blauen Augen strahlten im morgendlichen Sonnenlicht, während er seine Mutter mit geradezu unverhohlener Verachtung taxierte. Hätte Matt in diesem Moment eine Wette abschließen können, was der Junge gleich sagen würde, dann hätte er sein ganzes Geld darauf gesetzt, dass es etwas Bitteres, Vorwurfsvolles und Aufschlussreiches, etwas Grausames, aber Wahres sein würde, weil die grausamsten Dinge häufig die wahrhaftigsten waren. Aber Matt hätte sein ganzes Geld verloren, weil Charlie nur ein Wort von sich gab.

»Egal«, sagte er.

Matt beobachtete, wie sich Ellens Schultern anspannten und ihr ganzer Körper verriet, wie sehr sie mit ihrer Wut auf Charlie und ihrem Wunsch rang, sich wieder mit ihm zu vertragen.

»Also, was hast du dazu zu sagen?«, fragte Ellen.

Charlie stand auf und schrammte dabei seinen Stuhl über die Küchenfliesen, dass es quietschte.

»Bring sie ins Geschäft zurück«, sagte er gelassen. »Ich entschuldige mich nicht.«

Er nahm seine Schultasche in die eine und das restliche Stück Toast in die andere Hand und ging davon, dann warf er die Haustür mit solcher Wucht hinter sich ins Schloss, dass die Becher auf dem Abtropfbrett klirrten.

»Das habe ich nicht gerade gut gemacht, oder?«, sagte

Ellen mehr zu sich selbst als zu Matt. »Sie wissen, es ist mein Job, Mutter zu sein … das ist das Wichtigste in meinem Leben, und jetzt bekomme ich nicht einmal mehr das hin …«

Matt stellte seine Müslischale auf den Tisch und legte die Hand kurz tröstend auf ihre Schulter, bevor er nach seinem Schlüsselbund und seiner Laptoptasche griff. Er war am Vorabend zu Hause geblieben, hatte in seinem Zimmer ferngesehen und mitbekommen, dass Ellen früh zu Bett gegangen war. Infolgedessen hatten sie ihr nachmitternächtliches Treffen versäumt, und als er am Morgen gut ausgeschlafen und ohne Kater aufgewacht war, war Matt klar geworden, dass er es vermisst hatte.

»Wären Sie ihm nicht wichtig oder würde er sich für das, was Sie denken oder sagen, nicht interessieren, dann wäre er gleich zur Schule gegangen«, erklärte Matt, während er nach seiner Jacke griff. »Aber so ist es nicht. Er ist früh aufgestanden und hat sich fertig gemacht, damit er herunterkommen und Sie ignorieren und beleidigen konnte … Sie sehen also, so schlimm ist es gar nicht!«

Matt hielt inne, um Ellen anzusehen. Wieder trug sie ein Männerhemd, doch ihre langen, noch unfrisierten Haare hingen ihr ausnahmsweise lässig über die Schultern, würden aber gewiss bald wieder im Nacken zu einem Knoten zusammengebunden werden. Sie sah aus, als hätte sie die Nacht mit einem Liebhaber verbracht, wurde Matt mit einem Schlag klar, und er spürte dabei einen leichten Nervenkitzel. Er ließ seine Gedanken für einen Augenblick schweifen, in dem er sich Ellen in den Sekunden vorstellte, bevor sie dieses Hemd übergestreift hatte, und sich ausmalte, wie sie fast unbekleidet auf ihrem Bett lag, ihre schwarzen Haare auf dem Kissen ausgebreitet und zwischen ihre Brüste gerutscht, die … Es war schwierig zu erahnen, wie ihr Körper unter diesen Kleidern genau aussah, und das war zum Teil der Grund, warum es so interessant war, ihn sich vorzustellen. Im Gegensatz zu den vielen Frauen, die es sich allem Anschein nach zur Aufgabe gemacht hatten, durch tief ausgeschnittene Tops und kurze Röcke – und im Fall der Models, die die Seiten von *Bang It!* zierten, so gut wie unbekleidet – alles Geheimnisvolle preiszugeben, hielt Ellen alles bedeckt und versteckt. Sie kaschierte ihren Körper, was ihn, zu Matts großer Überraschung, wie er genau in dieser Sekunde erkannte, umso faszinierender machte. Und Matt wusste, dass er, wenn er dieses Hemd aufknöpfen würde und der darunter zum Vorschein kommende Körper bei Weitem nicht die Perfektion der am Computer bearbeiteten Bilder besaß, mit der er tagtäglich bombardiert wurde, dennoch diesen Rausch verspüren würde, Neuland zu erkunden. Er würde sie trotzdem begehren, trotz all der körperlichen Schwächen und Narben, die sie zu der Frau machten, die sie war, so empfindlich wie ein Stück Glas, das er gerade wegen seiner Zerbrechlichkeit in den Händen halten wollte.

Es gibt Tabus, von denen du dich besser fernhältst, Kumpel, erinnerte sich Matt eindringlich, als Ellen, die seinen Blick spürte, aufschaute und sich dann errötend schnell wieder abwandte, als hätte sie erraten, was ihm gerade durch den Kopf gegangen war. *Und deine verwitwete Vermieterin zählt in jedem Fall zu diesen Tabus.*

Die Frauen täuschten sich in ihm. Carla und Lucy, die Korrektorin, und all die wütenden, verbitterten jungen Frauen, die er in Manchester zurückgelassen hatte, hielten ihn für eine moralische Null, für eine Inkarnation des frauenfeindlichen Teufels. Und das, obwohl er ihnen gegenüber immer, fast immer, ganz offen und ehrlich im Hinblick auf seine Absichten gewesen war, wenn auch nicht über die Kolumne, in der sie mit großer Wahrscheinlichkeit erscheinen würden. Aber er hatte gewisse Standards, und Ellen war die Linie, die er nicht überschreiten würde. So sehr sie ihn inzwischen faszinierte, hier war noch etwas anderes im Spiel … er mochte sie. Er mochte sie zu sehr, um den Versuch zu unternehmen, mit ihr zu schlafen. Mehr noch, er wollte ihr helfen, er wollte etwas tun, um diese Falte mitten auf ihrer Stirn zu glätten.

»Ich sollte mich lieber sputen«, sagte Matt. »Heute ist Redaktionsschluss … da sind alle ganz aus dem Häuschen! Aber verstehen Sie doch, versuchen Sie, sich keine Sorgen zu machen, … das ist nur Jungenkram, das geht vorüber.«

Ellen blickte nicht zu ihm auf, als er hinausging, was bedeutete, dass sie wahrscheinlich noch immer herauszufinden versuchte, was er genau gedacht hatte, als sie ihn dabei ertappte, wie er sie anstarrte, als könnte er durch ihre Kleider hindurchsehen.

»He! Charlie!« Schweiß rann Matt den Rücken hinab, als er die Straße entlanglief, um den Jungen einzuholen, bevor er an deren Ende ankam. »Warte, Kumpel!«

Charlie blieb stehen und runzelte erstaunt die Stirn, als Matt neben ihm anhielt, sich nach vorn beugte und die Hände auf die Knie stützte, während er versuchte, wieder zu Atem zu kommen.

»Verdammt, ich muss unbedingt wieder ins Fitnessstudio gehen«, keuchte er und blickte in den strahlend blauen Himmel hinauf. »Sieht so aus, als würde es wieder ein heißer Tag werden.«

»Was haben Sie vor?«, fragte Charlie unverblümt.

»Na ja, wir haben mehr oder weniger den gleichen Weg«, log Matt. »Ich dachte, ich begleite dich ein Stück.«

Charlie musterte ihn unter den schwarzen Wimpern hervor, die er von seiner Mutter geerbt hatte, und zuckte mit den Achseln.

»Also«, sagte Matt, als sie langsam in die entgegengesetzte Richtung zu seiner Bushaltestelle gingen. »Das war ein ganz schöner Wirbel gestern Abend, oder?«

»Allerdings.« Charlie seufzte matt.

»Du weißt, dass sich deine Mum schreckliche Sorgen um dich gemacht hat, nicht wahr, Kumpel? Ist dir klar, dass es gestern Abend nur deshalb zu dem ganzen Geschrei mit dir und deiner Tante Hannah gekommen ist, weil sie dich so lieb hat? Und du weißt, dass du dich mit der Lügerei und dem Scheiß völlig danebenbenommen hast.«

Charlie kicherte über das Schimpfwort, wie es von jedem Jungen seines Alters zu erwarten war.

»Und, weshalb hast du das gemacht? Deiner Mum nicht gesagt, wohin du gehst?«

»Weil ich gewusst habe, dass sie mich nicht hätte gehen lassen, das tut sie nie. Sie möchte nicht, dass ich irgendwohin gehe. Es ist, als würde sie ausflippen, wenn ich nicht in der Schule oder zu Hause bin, selbst wenn ich sie anrufe und ihr sage, dass ich in den Park oder zu einem Freund oder sonst wohin gehe. Dann tut sie so, als würde sie cool reagieren, aber ich weiß, dass sie es nicht tut. Ich weiß, dass sie zu Hause sitzt, sich Sorgen macht und darauf wartet, dass ich wiederkomme, und das verdirbt mir alles. Ich kann keinen Spaß haben, wenn ich weiß, dass sie ganz ängstlich zu Hause hockt. Deshalb dachte ich, ich sage es ihr nicht … ich dachte, wenn ich es ihr nicht sage, macht sie sich keine Sorgen, verstehst du. Ich habe Tante Hannah gesagt, dass wir um fünf zurück sein müssen, aber sie kommt immer zu spät, so ist sie eben … weißt du, sie macht sich um gar nichts Gedanken. Sie amüsiert sich.« Charlie zog die Schultasche von der Schulter und nahm sie auf die andere, wobei er in einer geübten Bewegung zugleich aus dem Blazer schlüpfte.

»Okay, ich verstehe mehr oder weniger, warum du es ihr nicht erzählt hast«, sagte Matt. »Aber du musst doch gewusst haben, dass sie nicht gerade erfreut reagieren würde, wenn du mit einem großen, teuren Geschenk nach Hause kommst.«

»Dad hätte es mir gelassen«, murmelte Charlie und kickte mit der Schuhspitze gegen eine leere Coladose.

»Bist du sicher?«, fragte Matt vorsichtig. Er wollte mehr über Charlies Vater, über Ellens verstorbenen Mann, herausfinden, aber er wollte das Kind nicht verschrecken, indem er zu viele Fragen stellte. »Er hat gern Geschenke gemacht, oder … dein Dad?«

»Er hat mich gern überrascht.« Charlies Mund verzog sich kurz zu einem Lächeln. »Er war häufig unterwegs, auf Geschäftsreisen und so, und er hat mir immer etwas wirklich Tolles mitgebracht, nicht einfach etwas, was man am Flughafen kaufen kann. Einmal hat er mir ein BMX-Rad mitgebracht, und ich hatte vor allen meinen Freunden einen iPod, und das letzte Mal, das Letzte, was er mir geschenkt hat, war meine Spielkonsole. Es hat nie eine Rolle gespielt, ob ich gerade Geburtstag hatte oder nicht. Dad hat nie einen Grund gebraucht, um mir etwas zu schenken.«

»Klingt so, als wäre er ein ziemlich großzügiger Typ gewesen«, stellte Matt fest, der sich insgeheim fragte, ob die Geschenke eine Wiedergutmachung für die lange Abwesenheit des Vaters darstellten.

»Das war er«, bestätigte Charlie mit einem Nicken. »*Außerdem* war er lustig. Er war der lustigste Mann auf der Welt, er hat mich und Mum immer zum Lachen gebracht. Sie hat so gelacht, dass ihr die Tränen gekommen sind, ehrlich!« Charlie blickte zu Matt auf, entschlossen, dafür zu sorgen, dass er ihm das mit den unvergleichlichen Comedy-Talenten seines Vaters wirklich abkaufte.

»Das glaub ich dir gern«, sagte Matt und fragte sich, was nötig wäre, um Ellen wieder so zum Lachen zu bringen. »Und was vermisst du noch von ihm?«

»Seinen Geruch«, antwortete Charlie leise. »Er hatte diesen Geruch, der einfach Dad gehörte. Wenn er von der Arbeit nach Hause gekommen ist, hat er immer zu mir hereingeschaut, auch wenn es schon sehr spät war. Hat mir einen Kuss gegeben, weil, du weißt schon, weil ich damals noch ein kleines Kind war und Küsse gemocht habe. Und er hat nach Aftershave und Zigaretten gerochen, obwohl Mummy immer so getan hat, als wüsste sie nicht, dass er rauchte, und einfach … nach Dad. Selbst wenn ich schon fest eingeschlafen war, sobald er hereingekommen ist, um mir einen Gutenachtkuss zu geben, habe ich gemerkt, dass er da war. Ich habe ihn im Schlaf gerochen. Und ich vermisse seine Umarmungen. Und sonntags mit ihm im Garten Fußball zu spielen, wenn er zu Hause war, oder einen Fahrradausflug in den Park zu machen, und im letzten Mai, als er ein paar Tage Urlaub hatte, da hat er mich mitgenommen, nur mich, und wir sind für ein verlängertes Wochenende in den Center Parc gefahren und haben alle diese Sachen gemacht, Fahrrad fahren und Klettern und Schwimmen, nur wir beide. Und wir haben zusammen zu Abend gegessen und geredet und geredet, nur wir zwei. Und er hat gesagt, dass er mich immer lieb haben würde, egal was passiert. Ich sollte immer daran denken, dass er mich mehr liebt als alles andere …«

Charlie verstummte, und Matt versuchte nicht, ihn zum Weiterreden zu ermuntern, weil er durch diese Worte fünfzehn Jahre zurückversetzt wurde. Er hatte diesen Satz schon einmal gehört. »Egal, was passiert, denk daran, dass ich dich lieb habe, mein Sohn.« Sein Dad hatte ihm das eines Samstags bei McDonalds gesagt, nachdem er ihn zum Spiel seiner Lieblingsfußballmannschaft, Manchester United, mitgenommen hatte. Matt erinnerte sich, dass er rot angelaufen war und seinem Dad gesagt hatte, er sollte nicht so gefühlvoll sein, weil er sich Sorgen machte, jemand könnte sie belauschen. Was er nicht hatte wissen können, als er unter der Neonbeleuchtung auf diesem harten Plastikstuhl gesessen hatte, war, dass es der letzte Samstag, der letzte Tag war, den er je mit seinem Dad verbringen sollte. Am Sonntagmorgen war sein Dad verschwunden gewesen, Gott weiß wohin, und zwar mit dieser Frau, ohne die er nicht leben konnte, wie er Matts Mutter in einer Notiz mitgeteilt hatte. Matt hatte ihn nie wieder gesehen, und von diesem Tag an hatte er seinen Vater immer als Lügner betrachtet und war der Meinung gewesen, dass die Liebe eines Vaters wenig zu bedeuten hatte, wenn er ohne seine Kinder leben konnte.

Hatte auch Charlies Dad seinen Sohn auf eine Veränderung oder einen Umbruch vorbereitet? Der Jahrestag des Unfalls stand unmittelbar bevor, Matt war sich nicht sicher, wann genau, aber er wusste, dass er irgendwann im Juli war, weil Hannah ihn am Telefon gewarnt hatte, dass dies eine schwierige Zeit werden könnte. War es möglich, dass Nick Woods genau gewusst hatte, was er tat, als er mit diesem Auto einen Unfall baute? Vielleicht war die Lage in seinem Betrieb so verheerend gewesen, dass er in der Auszahlung seiner Lebensversicherung die einzige Möglichkeit gesehen hatte, Ellen und Charlie versorgt zu wissen, und er hatte Charlie auf einen letzten Urlaub mitgenommen, um dem Jungen ein paar Erinnerungen zu schenken. Allerdings hatte er das nicht gründlich durchdacht, überlegte Matt. Selbsttötungen schlossen jegliche Versicherungszahlungen aus, was ja der Grund war, wieso Ellen jetzt finanziell so in der Klemme steckte, und nach allem, was man so hörte, war Nick ein ziemlicher Kontrollfreak gewesen, kein Mensch, dem ein solch gravierender Fehler unterlaufen würde.

Abgesehen davon klang Selbstmord nicht glaubhaft. Nach dem Wenigen zu urteilen, was Matt über diesen Mann wusste, schien er nicht der Typ gewesen zu sein, der alles hinschmeißt, egal, wie nobel seine Motive gewesen sein mochten. Nick war ein riesiger Mann gewesen, wenn nicht im wörtlichen, so doch im metaphorischen Sinn. Er hatte im Leben seiner Familie eine immense Rolle gespielt. Ein solcher Mann hätte niemals aufgegeben, er hätte weitergekämpft, um sicherzustellen, dass seine Frau und sein Sohn ihn immer so sahen, als ihren Helden. Wenn Charlies Dad ihn also nicht auf seinen Tod vorbereitet hatte, worauf dann?

Wahrscheinlich, dachte Matt und legte tröstend die Hand auf Charlies Schulter, ließ er zu, dass er bei dem, was Charlie gerade erzählt hatte, von seiner eigenen Vergangenheit beeinflusst wurde. Höchstwahrscheinlich hatte Charlie einen

Vater gehabt, der ihn wirklich geliebt und der sich Zeit genommen hatte, um mit ihm zusammen zu sein, der einfach wollte, dass sein Sohn wusste, wie unglaublich wichtig er seinem Vater war. Charlie zuliebe, und auf gewisse Weise auch sich selbst zuliebe, wünschte Matt sich ehrlich, dies möge der Wahrheit entsprechen.

»Kumpel«, sagte Matt. »Das muss für dich verdammt schrecklich sein.«

»Das ist es.« Charlie unterdrückte ein Schluchzen, wandte sich ein wenig von Matt ab und stieß mit jedem Atemzug ein paar Worte aus. »Es ist verdammt schrecklich, weil er *tot* ist und nie mehr wiederkommt. Ich werde nie mehr mit ihm Rad fahren oder schwimmen oder sonst etwas … oder ihn nie mehr riechen und umarmen … oder?« Die Frage klang so traurig und verzweifelt erwartungsvoll, dass Matt spürte, wie ihm selbst Tränen in die Augen stiegen. Er führte Charlie zu einer Bank im Wartehäuschen der Bushaltestelle und drückte ihn darauf, dann stellte er sich vor ihn, um ihn vor den neugierigen Blicken der Passanten abzuschirmen.

»Hör zu, wenn du weinen willst, Kumpel, dann weine. Es tut einem Mann gut, seinen Tränen hin und wieder freien Lauf zu lassen. Ich bleibe hier stehen und sorge dafür, dass es keiner sieht.«

Matt nahm ein seltsames Gefühl in seiner Brust wahr, wie eine Träne, die langsam von seinem Brustbein zu seinem Bauch hinabrann, während er dastand und auf Charlie hinabblickte, der sein Gesicht in den Händen vergraben hatte und dessen Schultern vom stillen Schluchzen bebten. Matt schob die Hand in seine Hosentasche und zog neben etwas Münzgeld und einer halben Packung Kaugummi ein zerknülltes Papiertaschentuch hervor.

»Hier.« Er drückte es Charlie in die Hand. »Damit kannst du dir den Rotz abwischen.« Matt war sich nicht sicher, wie lange er da neben dem weinenden Charlie stand und jedem einen abweisenden Blick zuwarf, der in die Privatsphäre einzudringen drohte, die die Bushaltestelle bot, aber er wusste, dass es lange genug war, dass er zu spät zur Arbeit und Charlie zu spät zur Schule kommen würde. Jetzt würde er Charlie bis zur Schule begleiten müssen, obwohl das bedeutete, dass er noch später an seinem Arbeitsplatz erscheinen würde; er konnte ihn den Rest des Weges jetzt nicht allein zurücklegen lassen.

Nachdem sich eine Menschenschar an der Haltestelle versammelt und mit dem nächsten Bus davongefahren war, drückte Charlie die Handballen gegen die Augenhöhlen und schnäuzte sich in das vergammelte Taschentuch. Dann blickte er zu Matt auf.

»Sieht man mir an, dass ich geweint habe?«, fragte er besorgt, und das Blau seiner Augen wirkte durch seine rotgeränderten Lider noch intensiver.

»Ja, ein bisschen«, antwortete Matt. »Aber du kannst sagen, dass es am Heuschnupfen liegt. Auch Heuschnupfen lässt einen ganz verquollen aussehen und so.«

Charlie nickte, warf einen Blick auf seine Uhr und sprang auf. »Ich sollte lieber zur Schule gehen, sonst rufen die meine Mum an, und dann flippt sie wieder aus.«

»Ich begleite dich«, bot Matt an. »Ich sage denen, es ist meine Schuld, dass du zu spät kommst.«

»Das brauchst du nicht«, entgegnete Charlie.

»Ich weiß«, sagte Matt. »Aber ich will, einverstanden?«

Sie standen schweigend nebeneinander und warteten auf den nächsten Bus. Nach einer Weile stellte Charlie eine Frage.

»Wann hast du das letzte Mal geweint?«

Matt blickte auf den Jungen hinab. Das letzte Mal hatte er geweint, nachdem sein bester Freund aus Kindertagen, Gaz, ihn im Hinterhof eines Nachtclubs beim Sex mit seiner Freundin erwischt hatte. Sein Freund hatte ihm ins Gesicht geschlagen und seiner schluchzenden Freundin – dem Mädchen, dem Gaz eigentlich am selben Abend einen Heiratsantrag hatte machen wollen, wie Matt wusste, weil er ihm den Ring gezeigt und ihn gebeten hatte, sein Trauzeuge zu werden – gesagt, sie sei eine Hure und eine Schlampe und er wolle sie nie wieder sehen. Matt erinnerte sich, wie Angie ihn angeschaut hatte, wie ihr Tränen und Rotz über das Gesicht gelaufen waren und wie sie ihn verantwortlich gemacht und ihn gebeten hatte, die Sache wieder in Ordnung zu bringen und Gaz zu sagen, dass es allein seine Schuld war, dass er angefangen hatte. Aber so war es nicht gewesen.

Gaz hatte weder ihm noch Angie verzeihen können. Matt war klar geworden, dass er mit Gaz eine der wenigen Konstanten in seinem Leben verloren hatte, nur weil er nicht in der Lage gewesen war, der Versuchung zu widerstehen, das zu haben, was für ihn tabu war. Es spielte keine Rolle, dass Angie seit Monaten mit ihm geflirtet hatte, dass sie, wann immer Gaz nicht in der Nähe war, einen Grund fand, ihn zu berühren, ihn zu streifen und sicherzustellen, dass er bei jeder Gelegenheit in ihren Ausschnitt oder unter ihren Rock sehen konnte. Es spielte keine Rolle, dass sie mit ihm ein Spiel getrieben hatte. Er hätte das nicht tun dürfen. Er hätte die Linie nicht überschreiten dürfen, und als ihm bewusst wurde, dass er Gaz das Herz gebrochen hatte und damit auch sein eigenes, da hatte er geweint. Er hatte sich in der Wohnung des Kumpels, bei dem er hatte Unterschlupf suchen müssen, auf dem Boden zusammengerollt und Rotz und Wasser geheult.

»Wann ich das letzte Mal geweint habe?« Matt richtete den Blick zum Himmel. »Als Arsenal die Supermannschaft von Manchester United geschlagen hat … aber das ist eine Ewigkeit her, deshalb bin ich drüber hinweg.«

Charlie schmunzelte. »Da hast du aber Glück gehabt. Warte nur, sobald unsere Verteidigung reifer ist, werden wir wieder ganz oben sein.«

»Ja, wieder an der Tabellenspitze stehen«, neckte ihn Matt. »Diese Verteidiger reifen jetzt schon seit etwa fünf Jahren …

die brauchen alle bald einen Seniorenpass, wenn sie noch weiter reifen.«

»Haha.« Charlie boxte ihm leicht gegen den Arm. »Zumindest betrügen wir nicht.«

»Was? Es ist ein Wunder, dass einer von eurem Haufen die Straße entlanggehen kann, ohne eine Strafe zu riskieren, ihr schmutzigen Scheißkerle aus dem Süden.«

Matt freute sich, Charlie kichern zu hören. Zum Glück war darauf Verlass, dass ein deftiges Schimpfwort Jungs in einem bestimmten Alter amüsierte.

»Ich bolze gern ein bisschen herum ... also, wenn du Lust hast, dann könnten wir, du und ich, ja mal zum Kicken gehen. Wir könnten ein paar der großen Spiele nachmachen, bei denen meine Leute deinen eine ordentliche Klatsche verpasst haben, denn davon gibt es jede Menge. Das heißt, falls du Lust dazu hast.«

»Cool«, sagte Charlie und blickte zu ihm auf. »Danke, Matt, das wäre klasse.«

Der Bus hielt an, und sie stiegen aus.

»Und ich bin da, weißt du, falls du über irgendwelche Männersachen reden willst. Dann frag mich. Ich bin Experte.«

Charlie lächelte, nickte und verlangsamte den Schritt, als sie am Schultor ankamen.

»Bevor wir da reingehen, versprich mir was, ja?«, bat Matt Charlie, während er das Tor aufdrückte. »Sei nett zu deiner Mum, wenn du nach Hause kommst. Denk daran, auch sie liebt dich mehr als alles andere auf der Welt.«

»Ich weiß ... das mache ich.« Charlie schaute besorgt drein. »Ich werde immer wütend auf sie, ich werde wütend, weil sie feststeckt. Sie ist geknickt und steckt fest, und sie will nicht aus dem Haus gehen. Ich kann mich gar nicht mehr erinnern, wann sie das letzte Mal draußen war, jedenfalls seit Monaten nicht.«

»Tja, vielleicht ist es noch zu früh, Kumpel«, antwortete

Matt, der davon ausging, dass Charlie übertrieb. »Lass ihr Zeit … es ist noch nicht einmal ein Jahr her, seit dein Vater gestorben ist. Vielleicht braucht sie ein bisschen mehr Zeit.«

»Nein, du verstehst nicht«, sagte Charlie nachdrücklich. »Sie steckt fest und will, dass ich mit ihr feststecke, und das treibt mich in den Wahnsinn.«

»Tja, dann ist es unsere Sache, uns Möglichkeiten auszudenken, wie wir sie da rausholen, oder?«, stellte Matt fest, obwohl er sich nicht wirklich sicher war, ob es das war, was Charlie meinte.

»Wir? Im Ernst?«, fragte Charlie.

»Klar, versprochen. Du bist mein bester Kumpel hier in London. Außerdem bin ich ganz scharf auf Herausforderungen, obwohl ich glaube, dass es deiner Mum gerade jetzt ziemlich gut geht. Mit dem neuen Job, den neuen Mietern … wenn man feststeckt, sieht das doch eigentlich anders aus, oder? Sie strengt sich wirklich an.«

»Vielleicht.« Charlie blickte skeptisch drein.

»Genau. Jetzt sag mir … ist dein Lehrer ein Typ oder eine Braut?«

»Eine Braut«, antwortete Charlie lachend.

»Dann ist alles geritzt.« Matt zwinkerte ihm zu. »Meinem Charme hat noch keine Frau widerstehen können.«

12

Elizas Hand zitterte auf dem schweren Eisentürgriff, der sich unter ihrer warmen Handfläche kalt anfühlte.

Auf der anderen Seite der Tür befand sich der Mann, den ihr neuer Beschützer, der beste Freund ihres Vaters, General Robert Wright, Garnisonskommandeur des Tower of London, für einen Spion der Royalisten inmitten des Lagers der Parlamentarier hielt. Sein Name war James Malbeck, der mit einem Empfehlungsschreiben von Cromwell persönlich aus dem Norden gekommen war und dessen Referenzen nicht besser hätten sein können. Doch seit er sich in der Garnison aufhielt, in der sämtliche Waffen gelagert waren und alle Verteidigungsmaßnahmen Londons geplant wurden, schienen die Royalisten weit besser über den Feind informiert zu sein. Es hatte sogar einen Versuch gegeben, die Pulvervorräte in die Luft zu jagen, was im Erfolgsfall dazu geführt hätte, dass der große White Tower bis auf die Grundmauern zerstört worden wäre, was London wieder angreifbar gemacht hätte.

Robert sagte, dass nur jemand mit detaillierten Kenntnissen der Anlage wissen konnte, wo genau die Pulvervorräte gelagert und wie die zahlreichen Eisentüren und -schlösser, die die wichtigsten Geheimnisse des Towers schützten, zu durchbrechen waren. Der Missetäter war schnell und geschickt vorgegangen und nur durch Zufall in allerletzter Sekunde mit dem Streichholz in der Hand gefasst worden.

»Es muss Malbeck sein, Eliza«, hatte ihr Robert eines Abends ein paar Tage nach ihrer Ankunft gesagt. »Ich weiß, dass er es ist, aber ich kann ihn nicht einfach beschuldigen. Ich brauche Beweise, und ich bin mir keineswegs sicher, wie ich diese beschaffen kann, ohne ihn darauf aufmerksam zu machen, was im

Gange ist, und ohne dass er die Flucht ergreift, bevor er zur Rechenschaft gezogen werden kann.«

Eliza hatte, während sie ihm zu Füßen saß, den Kopf auf das Knie des alten Mannes gelegt, und er hatte ihr über das Haar gestreichelt. Sie wollte unbedingt eine Möglichkeit finden, um ihm für das, was er ihr geschenkt hatte, zu danken, das größte Geschenk, das sich ihr junges Herz vorstellen konnte: väterliche Freundlichkeit, eine Zuflucht vor jenen, die sie nach dem, was sie getan hatte, gewiss verfolgten, und vor allem einen ruhigen Schlaf. Endlich war sie in Sicherheit, kein Royalist würde es je wagen, ihr ins Zentrum des republikanischen Lagers zu folgen.

Eliza sehnte sich danach, Robert zu helfen, der Sache und dem Land dienlich sein und das Böse ausmerzen zu können, das innerhalb der dicken Mauern des Towers lauerte.

Sie hatte mehrere Tage gebraucht, um ihren Beschützer zu überreden, dass sie Malbeck befragen durfte.

»Nein, Eliza, was für ein Freund wäre ich deinem Vater, wenn ich dir, einem unschuldigen Kind, gestatten würde, dich erneut in Gefahr zu bringen?«

»Ich bin kein unschuldiges Kind mehr, Robert. Ich bin eine Frau von beinahe neunzehn Jahren, und ich habe mich sehr verändert.« Ihre dunklen Wimpern berührten ihre Wangen, als sie die Lider senkte. »Ich weiß viel mehr über die Männer, als mir lieb ist … aber das kann nicht ungeschehen gemacht werden. Ich weiß, dass James Malbeck den Blick nicht von mir wenden kann, sobald wir in einem Raum sind. Ich weiß, dass er mir, wenn ich ihn ein bisschen zu verführen versuche, viel verraten wird. Ich kann Euch Euren Beweis beschaffen, lieber Freund, bitte lasst mich. Lasst mich der Sache dienen, die ich mehr liebe als mein Leben, das inzwischen so wertlos ist.«

Robert blickte auf die junge Frau hinab, die eigentlich mit nichts anderem beschäftigt sein sollte als mit der Anfertigung schöner Bänder und Spitzenkragen und die von dem Mann träumen sollte, der eines Tages ihr Ehemann sein würde. Aber all das war für Eliza jetzt dahin, und er erkannte, dass die einzige

Möglichkeit, das in ihrer Brust brennende Feuer zu löschen, darin bestand, ihr ihren Willen zu lassen, denn er war sich sicher, dass sie die Wahrheit sagte … sie war so stark und entschlossen wie jeder Mann in seiner Garnison.

»Na schön, Tochter Englands«, hatte Robert ihr feierlich geantwortet. »Du sollst deinen Willen haben.«

Als Eliza jetzt die Tür aufstieß, hatte sie das Gefühl, ihr Herz würde gleich aus ihrer Brust springen, doch obwohl ihr vor Angst ein eiskalter Schauer über den Rücken lief, war sie einzig und allein auf ihr Vorhaben konzentriert.

»Was zum …?« Malbeck beendete seinen Satz nicht, als er sah, wer ihn zu so später Stunde in seinem Quartier störte.

»Madam? Ist etwas nicht in Ordnung, braucht Ihr Hilfe?«, fragte er, und sein Blick wanderte über ihren Körper, so wie ein Wolf ein Lamm begutachtet, das er zu reißen gedenkt.

»Ja, Sir.« Eliza lächelte verführerisch, als sie hinter sich die Tür schloss und den Riegel vorschob, sich dann mit dem Rücken dagegen lehnte, die Hände hinter sich gefaltet, mit denen sie das Messer umklammerte, um sicherzustellen, dass Malbeck das Gewand richtig bewundern konnte, das für eine schlankere Frau genäht war und über ihren vollen Brüsten spannte. »Was nicht in Ordnung ist, ist die Tatsache, dass keine Menschenseele in dieser großen Burg mich amüsieren oder unterhalten kann. Ich bin zu Euch gekommen, damit Ihr mich aus meiner misslichen Lage befreit.«

Malbeck zog die Augenbrauen hoch, und sie sah, dass er mit sich rang, als ihm klar wurde, dass der Schützling des Garnisonskommandeurs allein zu ihm in seine Kammer gekommen war, etwas, was ein ehrenwertes puritanisches Mädchen niemals getan hätte. Eliza wusste, dass die Soldaten der Garnison sich das Maul zerrissen über das, was ihr auf der langen Reise hierher widerfahren war. Sie wusste, dass viele sie, befleckt und missbraucht, wie sie war, für Freiwild hielten, und dass nur Roberts Schutz sie davon abhielt, sich selbst an sie heranzumachen. Jetzt sah Malbeck aus, als könnte er sein Glück kaum fassen.

»Also sagt mir, Mylady, wie könnte ich Euch am besten unterhalten?« Er kam zu ihr geschlendert, bis er direkt neben ihr stand, und sein Blick wanderte jetzt unverhohlen über die Rundungen ihrer Brüste.

»Sir, ich habe von all diesen Puritanern wirklich die Nase voll«, hauchte Eliza. »Ich schwöre, keiner von denen versteht es, glücklich zu sein. Ich bete zu Gott, dass Cromwell besiegt wird und dass im Land wieder Fröhlichkeit und Heiterkeit herrschen.«

Malbeck trat zurück und riss seinen Blick von ihren Brüsten los, um ihr in die Augen zu sehen, und Eliza fürchtete einen Moment, zu schnell zu weit gegangen zu sein. Aber Malbeck schien von ihrer Kühnheit amüsiert und fasziniert zu sein.

»Seid vorsichtig, was Ihr sagt, Madam, von Rechts wegen müsste ich Euch für diese Äußerung hängen lassen.«

»Sir.« Eliza sah ihn unter ihren gesenkten Wimpern hervor an. »Allem Anschein nach bin ich von Eurer Gnade abhängig. Macht mit mir, was Ihr wollt.«

Malbeck trat einen Schritt näher, seine Oberschenkel drückten sie gegen die Tür, und sie spürte seinen heißen Atem auf ihrer Haut.

»Malbeck, entfernt Euch von der Lady, wenn Euch Euer Leben lieb ist.«

Eliza rang nach Luft, als sie Captain Parker aus der Dunkelheit treten sah. Instinktiv wich sie vor ihm zurück, hielt die Arme vor ihren Körper und gab damit preis, was sie zwischen ihren Händen verborgen hatte.

»Ihr …!« Malbeck starrte auf das Messer und war vom Anblick der Waffe mehr schockiert als von dem Mann, den er offensichtlich gut kannte. »Ihr wolltet mich töten? Parker … habt Ihr mir das Leben gerettet? Aber eine solche Schönheit kann doch unmöglich einen Menschen umbringen.«

»Das hat sie schon zuvor getan, und ich bin mir sicher, sie würde es wieder tun, wenn sie es für nötig hielte.«

»Ihr!« Eliza spuckte das Wort aus und war von dem Strudel

der Gefühle überwältigt, der über ihr Herz hereinbrach. »Wie? Warum seid Ihr hier … habt Ihr vor, mich bis an mein Grab zu verfolgen?«

Captain Parker trat vor und sah sie an, wie ein Mann jemanden betrachtet, den er in jeder wachen Minute zugleich vermisst und nie mehr wiederzusehen hofft.

»Malbeck«, sagte er, ohne den Blick von Eliza zu wenden. »Ihr seid enttarnt, Ihr müsst auf Befehl des Königs noch heute Nacht mit mir aufbrechen und nach Oxford zurückreiten. Eliza, meine Liebe, es bricht mir das Herz, Euch das mitzuteilen, aber ja, es ist meine Aufgabe, Euch bis an Euer Grab zu verfolgen. Es ist meine Pflicht, den Mörder eines gewissen Sir Edward Clancy, Günstling des Königs, zu finden und an den Galgen zu bringen.«

»Ihr? Ihr, der Ihr mich zugrunde gerichtet, der mein Leben zerstört hat, Ihr kommt, um mich wieder von einem sicheren und freundlichen Ort zu verschleppen«, schluchzte Eliza, und Tränen standen ihr in den Augen. »Warum Ihr? Warum?«

»Weil ich nicht zulasse, dass ein Mann Euch noch einmal schlecht behandelt, meine Liebe. Ich muss meine Pflicht für König und Vaterland erfüllen, aber ich werde dafür sorgen, dass Ihr freundlich und anständig behandelt werdet. Ich werde Euch beschützen.«

»Beschützen, während Ihr mich zu meiner Hinrichtung zerrt?«, fragte Eliza unter Tränen.

»Das ist meine Pflicht, obwohl mich der Schmerz gewiss umbringen wird«, antwortete Captain Parker.

Mit einem Mal wurde wie wild an die Tür gehämmert.

»Hilfe!«, schrie Eliza und warf sich gegen die Tür, die sie selbst verriegelt hatte.

»Und jetzt«, sagte Captain Parker grimmig entschlossen, »müssen wir verschwinden.«

»Oh, das ist ja fürchterlich«, sagte Ellen und blickte zu Allegra auf.

»Ja, ich weiß … die Beschreibung ist viel zu skizzenhaft und halbherzig, die bringt es überhaupt nicht. Wir werden den Abschnitt neu schreiben müssen, sonst fühlen sich die Leserinnen betrogen.«

»Nein, das habe ich nicht gemeint … ich meinte, dass Eliza von Captain Parker gefangen genommen und verschleppt wird. Er will sie doch auf keinen Fall hängen sehen, jedenfalls nicht, wenn er sie liebt. Da würde er lieber selbst gehängt werden, oder?«

»Würde er das wirklich?«, überlegte Allegra laut. »Wir wissen bereits, dass er ein Schurke ist. Er mag ja gut aussehen und obendrein ein sensationeller Liebhaber sein … aber er hat sich Eliza aufgedrängt und wird jetzt von Gewissensbissen geplagt. Vielleicht würde er sie lieber tot sehen, um nicht weiter an sie denken zu müssen.«

»Wirklich?« Ellen war bestürzt. »Aber ich meine, würde er, wenn er sie liebt, nicht alles tun, um sie zu retten? Er wird sie am Ende doch retten, nicht wahr?«

»Wer weiß?« Allegra schmunzelte. »Aber eines kann ich Ihnen sagen, Ellen: Es ist am besten, wenn wir es nicht wissen, denn wenn wir es nicht wissen, dann weiß es auch unsere Leserin nicht.«

»Ach.« Ellen seufzte erleichtert auf. »Aber am Ende rettet er sie.«

»Vielleicht nicht. Im Leben gibt es nicht immer einen Helden, der eine Jungfer in Not rettet. Vielleicht wäre es besser, wenn wir Eliza klug und tapfer genug darstellen würden, sich selbst zu retten. Wissen Sie, Frauen brauchen nicht immer Männer, die sie retten.«

Allegra zog die Augenbraue hoch und sah Ellen eindringlich an, aber ihr Blick fiel auf Ellens Hinterkopf, da sie sich auf ihrem Stuhl umgedreht hatte, um aus dem Fenster zu schauen, zum Ende ihres Gartens, wohin ihre Gedanken in den letzten Tagen so häufig zu wandern schienen. Ellen erblickte zwischen dem ungezähmten Grün einen Farbklecks.

Das strahlende Blau der Iris, die sie kurz nach ihrem Einzug gepflanzt hatte, hob sich deutlich vom üppigen Grün des ungepflegten Rasens ab, und das grelle Orange ihrer Lilien leuchtete im hellen Sonnenschein, durch diese ungewöhnliche Hitzewelle im Juni früh erblüht.

Jenseits des Zauns, der zu verrotten begann und auf einer Seite bereits abgesunken war, seit die Frühjahrsstürme ihm böse zugesetzt hatten, sah Ellen die Wäsche ihrer Nachbarin auf der Leine hängen. Sie hatte ein neues Kleid, das schlaff und reglos in der Morgenhitze trocknete. Rote Baumwolle, vorne durchgeknöpft, mit Taillengürtel, jene Art von Kleid, die andere Frauen schick und sexy aussehen ließen. Manchmal sah Ellen ihre Nachbarin, wie sie in einem ihrer Outfits die Straße entlangging.

Sie war immer zielstrebig unterwegs, als hätte sie stets etwas wirklich Wichtiges vor. Ellen versuchte, sich daran zu erinnern, wann sie das letzte Mal etwas wirklich Wichtiges zu erledigen gehabt hatte.

»Hoffen Sie auf einen Helden?«, fragte Allegra aus heiterem Himmel.

Ellen drehte sich wieder um. »Ich? Auf einen Helden? Wie kommen Sie nur auf diese Idee?«

»Na ja, Ihr Mann hat sich so gut um Sie und Ihren Sohn gekümmert, und jetzt sind Sie ganz allein und müssen Fremde in Ihrem Haus aufnehmen, um über die Runden zu kommen. Wünschen Sie sich denn nicht, dass irgendein gut aussehender Mann daherkommt, der Ihr Herz im Sturm erobert und Sie aus allem hier herausholt? Vielleicht, um in einer Gondel durch Venedig zu fahren oder Sie an der Hand zu nehmen und in China an der Großen Mauer entlangzuführen. Oder um in Suffolk am Strand Kieselsteine übers Wasser hüpfen zu lassen. Wünschen Sie sich nicht, dass etwas passiert, etwas Unerwartetes und Wunderbares, das Sie aus diesem Haus führt?«

Vor Ellens innerem Auge tauchte kurz das Bild des sich bis

zum grenzenlosen Himmel erstreckenden Meeres auf, und sie spürte, wie sich ihr das Herz zusammenzog.

»Ich glaube nicht, dass ich ernsthaft daran gedacht habe, irgendwo hinzugehen«, sagte sie leise. »Ich vermute, ich habe im vergangenen Jahr nur überlegt, wie ich hier bleiben kann. Also nein, ich sehne mich nicht nach einem Helden …« Ellen hielt inne und dachte wieder an die Art und Weise, wie Matt sie heute früh angesehen hatte. Es war unmöglich, dass er sie auf *diese* Weise angeschaut hatte, das musste sie sich eingebildet haben. Junge, sexy Männer schauten schäbige ältere Frauen nicht *so* an. Das war einfach unmöglich … sie sah schrecklich aus, alt und ungepflegt, und er wirkte jung und frisch und als könnte er jede Frau haben, die er haben wollte. Und trotzdem waren sich ihre Blicke nur für den Bruchteil einer Sekunde begegnet, und sie hatte sich wie ihre Fantasieversion gefühlt, in einem weißen Kleid in einer Heuscheune stehend, im Begriff, sich hinreißen zu lassen.

»Dann vielleicht nur einen Liebhaber?«, fragte Allegra.

»Ach, Allegra … hören Sie auf!«, rief Ellen aus. »Ich bin mir nicht sicher, ob es sich für eine Frau Ihres Alters geziemt, ständig von Sex zu reden.«

»Eine Frau meines Alters! Pah!«, erwiderte Allegra verächtlich. »Ich kann es Ihnen sagen, meine Liebe. Der Körper mag ja rundum altern, schlaff werden und verfallen, aber im Inneren verspüre ich noch die gleichen Sehnsüchte und Impulse wie mit achtzehn. Und das ist der Grund, warum Sie das Beste aus dem, was die Natur Ihnen geschenkt hat, machen sollten, solange es noch geht, anstatt es zu verhüllen wie ein Museumsstück. Außerdem, wenn es jemandem gestattet ist, von Sex besessen zu sein, dann bin ich das … schließlich ist das mein Handwerkszeug.«

»Ich halte mich nicht verhüllt … ich mag es nur bequem, und außerdem, was hat es für einen Sinn, sich herauszuputzen, wenn man zu Hause arbeitet?«

»Ich würde sagen, es ist absolut sinnvoll, wenn ein sehr

begehrenswerter und wahrscheinlich williger junger Mann halbnackt vor einem herumspringt«, erklärte ihr Allegra und fuhr sich mit den Spitzen ihrer schlanken Finger vom Kinn bis zu ihrem Dekolleté hinab, als erinnerte sie sich an die Liebkosung eines Geliebten. »Ich hatte einmal einen jüngeren Liebhaber. Ich war dreiundsechzig, er zweiundvierzig. Ich kann das nur empfehlen, es war höchst beglückend. Sie können darauf wetten, dass ich es auf den jungen Matthew abgesehen hätte, wenn nicht so eindeutig feststünde, dass Ihre Bedürftigkeit größer ist als meine.«

»Ich bin nicht bedürftig«, erwiderte Ellen scharf und war erstaunt, als sie sich dabei ertappte, dass sie wie ein Schulmädchen kicherte. Sie blickte zu der älteren Frau auf, die sie mit einer Art wissendem Lächeln betrachtete, das Ellen ziemlich irritierend fand. »Außerdem, was für ein Interesse sollte er an mir haben? Er verbringt den ganzen Tag mit einer Horde halbnackter zwanzigjähriger Mädchen!«

»Sagen Sie mir, was das Beste an Weihnachten ist«, forderte Allegra sie auf.

»Wie bitte?« Ellen runzelte die Stirn.

»Das Beste an Weihnachten ist die Vorfreude. Die Geschenke anzuschauen, die alle so schön und verführerisch verpackt sind, und sich die Frage zu stellen, was in aller Welt wohl darin verborgen sein mag. In den meisten Fällen ist das Auspacken der Geschenke das Beste, denn gewöhnlich kommt irgendetwas absolut Langweiliges zum Vorschein, und man muss erfreut tun und Dankbarkeit heucheln. Aber ich glaube …« Allegra taxierte Ellen unangenehm lange. »Der junge Matthew würde unter Ihrer Verpackung Vorzüge entdecken, die es mit dem, was er bei der Arbeit zu Gesicht bekommt, aufnehmen können, es vielleicht sogar übertreffen.«

»Allegra.« Ellen lief rot an, während sie sich kurz Matts Hand auf den Knöpfen ihres Hemds ausmalte, die er langsam aufknöpfte … nein, sie schnell aufriss und das Gesicht an ihr weiches Fleisch schmiegte. »Es ist heiß hier drin, nicht wahr?«, sagte Ellen und blickte zu den offenen Verandatüren hinüber. »Ich glaube, ich muss wohl einen Ventilator kaufen, wenn sich das Wetter nicht ändert. Wahrscheinlich kann ich mir einen mit der nächsten Lieferung vom Supermarkt bringen lassen. Wir könnten uns natürlich auch eine dieser kompakten Klimaanlagen zulegen …«

»Ellen«, fiel ihr Allegra ins Wort. »Ellen. Es tut mir leid, wenn ich Sie in Verlegenheit gebracht habe. Ich kann nicht anders, es ist das Privileg einer alten Frau wie mir, sich einzumischen. Im Übrigen habe ich festgestellt, dass ich Sie mag, was höchst ungewöhnlich ist. Ich mag eigentlich sonst niemanden. Deshalb erteile ich Ihnen die Erlaubnis, es mir zu sagen, wenn Sie der Meinung sind, dass ich mit meiner Einmischung zu weit gehe.«

Ellen blickte Allegra in die wässrigen Augen und versuchte sich vorzustellen, dass sie sich mit ihrer Mutter so unterhielt, wie sie es mit Allegra tat, und erkannte, dass es unmöglich wäre. Wann immer sie mit ihrer Mutter sprach, redeten sie über das Wetter, über Charlie, Hannahs jüngste Erfolge, die Höhe der Ligusterhecke des Nachbarn und die Rückenprobleme ihres Vaters. Sie sprachen selten über irgendetwas … über irgendetwas, was mit ihren Gefühlen zu tun hatte. Wenn Ellen es sich genau überlegte, hatte sie eigentlich nie eine Freundschaft dieser Art gehabt. In der Schule hatte sie ganz am Ende der Beliebtheitsskala gestanden, das schüchterne, pummelige, ungeschickte Mädchen. An der Universität hatte sie mehr Zeit in der Bibliothek als in Bars und Kneipen verbracht, und als Nick dahergekommen war, waren die Freundschaften, die sie an ihrem Arbeitsplatz im Museum geschlossen hatte, bald überflüssig geworden. So war es, eine Freundin zu haben, wie Ellen bewusst wurde. Das war nicht unangenehm, das war gut. Es war gut, sich ihr Leben auf ihre eigene bescheidene Weise wieder aufzubauen, aus diesen vier Wänden ihren Weg hinaus in die Welt zu finden, indem sie

Freundschaften mit Menschen knüpfte, die sie vor wenigen Wochen noch gar nicht gekannt hatte. Als sie darüber nachdachte, stieg eine kleine Freudenblase in ihrer Brust auf. Nick war so davon überzeugt gewesen, dass sie es niemals schaffen würde, allein in der großen, bösen Welt zurechtzukommen, dass er auch sie davon überzeugt hatte, und trotzdem hatte sie es geschafft … allerdings nicht wirklich draußen in der bösen, weiten Welt. Aber sie kam zurecht, nein, mehr als das, sie *lebte.* Nick wäre so erstaunt gewesen und stolz, hoffte Ellen. Sie hoffte, er wäre stolz auf sie gewesen.

»Um ehrlich zu sein«, sagte sie bedächtig, »ich finde, Matt ist … Sie wissen schon … attraktiv, und manchmal frage ich mich, wie es wäre … aber selbst wenn er mich auspacken wollte …«, Ellen hielt kurz inne, als Allegra vor Lachen losschnaubte. »Und obwohl er mich heute Morgen in der Küche so angeschaut hat …«

»Hab ich es doch gewusst!«, stellte Allegra triumphierend fest.

»Selbst dann«, fuhr Ellen fort, »ist es noch kein Jahr her, dass Nick gestorben ist, Allegra. Der Jahrestag ist in zehn Tagen, und ich habe den Eindruck, es war erst gestern, dass die Polizei vor der Tür aufgetaucht ist und mich im Wohnzimmer gebeten hat, mich hinzusetzen. Ich liebe ihn. Ich liebe meinen Mann. Gedanken und Gefühle und Fantasien … die sind okay, selbst Spaß. Zum Beispiel Ihre Bücher zu lesen, weil das sicher ist, wie Sie gesagt haben. Aber in der Realität könnte ich so etwas niemals tun, niemals.«

»Niemals?«, fragte Allegra. »Niemals, das ist eine sehr lange Zeit, Ellen. Es gibt jede Menge Menschen, die Ihnen sagen würden, dass das Leben kurz ist, und vor allem Sie haben gute Gründe, das zu glauben. Aber ich verspreche Ihnen, wenn Sie allein sind, kann Ihnen das Leben sehr, sehr lang vorkommen.«

»Wenn man jemanden so sehr liebt, wie ich Nick geliebt habe, und wenn man weiß, dass er einen genauso geliebt hat, dann geht das nicht einfach weg, das löst sich nicht einfach in Luft auf. Das habe ich bei Nick vom ersten Moment an gefühlt. Ich glaube nicht, dass es möglich ist, jemals anders zu fühlen. Darum geht es schließlich bei der Liebe, nicht wahr? Sie währt ewig.«

Allegra lehnte den Kopf gegen ihre Chaiselongue zurück.

»Wie schön wäre es, wenn das wahr wäre«, sagte sie. »Aber Liebe ist wie alles andere, sie ist vergänglich, so fragil wie ein Spinnennetz an einem windigen Tag.«

»Aber in Ihren Büchern überwindet die Liebe alles«, stellte Ellen fest. »Sie haben einige der romantischsten Werke überhaupt geschrieben, Ihre Berufsbezeichnung lautet ›Autorin von Liebesromanen‹!«

»Ja, ich hatte immer leichte Gewissensbisse, mit diesem Mythos hausieren zu gehen, aber wie Sie sagten, schreibe ich Fantasiegeschichten, und Frauen wollen an die Liebe glauben.« Allegra zuckte mit den Schultern. »Wie Kinder an das Christkind und Christen verzweifelt an Gott glauben wollen.«

»Aber …« Bevor Ellen antworten konnte, ertönte die Türglocke und löste ein Gefühl der Angst aus, das sich in ihrer Brust ausbreitete, wie es immer der Fall gewesen war, seit sie am zwölften Juli vor fast einem Jahr die Klingel hatte läuten hören.

»Tja, Hannah kann es nicht sein«, sagte sie und blickte in Richtung Haustür, als wäre sie in der Lage, durch eine Backsteinwand und zwei solide Eichentüren hindurch zu erkennen, wer da vor der Tür stand. »Ich frage mich, wer das sein mag.«

»Sie könnten die radikale Methode wählen, die Tür aufmachen und es herausfinden«, stellte Allegra trocken fest. Es läutete ein zweites Mal.

»Ich erwarte niemanden. Die Lieferung vom Supermarkt ist schon gekommen«, sagte Ellen zögernd und blieb einfach sitzen.

»Herrgott noch mal ... gehen Sie zu der verdammten Tür, bevor Sie eine betagte Frau zwingen, aufzustehen und es an Ihrer Stelle zu tun.«

Ellen, die überhaupt keine Lust hatte, ihr Haus dem Besucher zu öffnen, wer immer auch vor der Tür stehen mochte, zwang sich, von ihrem Sessel aufzustehen und zur Tür zu gehen. Ihr Herz pochte wie wild, als sie sich überwand, die Hand auf die Klinke zu legen. Sie holte Luft, öffnete sie und wich vor dem starken Sonnenlicht zurück, das in den Flur flutete.

»Ellen!« Simon strahlte sie an und streckte ihr die Arme für die Begrüßung entgegen. »Ich dachte schon, Sie wären aus dem Haus gegangen!« Er zog sie kurz über die Schwelle in seine Arme, bevor er sie wieder losließ. »Schauen Sie sich an, Sie sehen hervorragend aus. Ich hoffe, es macht Ihnen beiden nichts aus, wenn ich Sie störe, aber ich habe die Seiten gelesen, die Sie mir gestern Abend zugemailt haben, und sie waren so fantastisch, dass ich dachte, ich komme vorbei und lade Sie und Allegra zur Feier des Tages zum Mittagessen ein. Ich habe für ein Uhr einen Tisch im River Café reserviert.«

»Sie haben ... aber Simon, schauen Sie mich an!« Ellen wich in den Flur zurück und deutete auf sich. »In dieser Aufmachung kann ich nirgendwohin gehen.«

»Meine Liebe«, sagte Simon lächelnd. »Eine Frau, die so schön ist wie Sie, kann überall in Sackleinen auftauchen und trotzdem jeden anderen Menschen in den Schatten stellen, aber es ist alles in Ordnung. Ich habe ein Taxi bestellt, doch das kommt erst in einer halben Stunde. Sie haben also jede Menge Zeit, sich unnötig zu verschönern, während ich Allegra mitteile, was für ein literarisches Genie sie ist.«

»Trotzdem ist noch keine Nominierung für den Booker Preis in Sicht ... wo bleibt bloß die Gerechtigkeit?« Allegra trat aus ihrem Zimmer, um Simon zu begrüßen, nachdem sie ihre Lippen noch einmal diskret nachgezogen und ein wenig von ihrem Lieblingsparfum aufgetragen hatte. Sie drückte ihm einen flüchtigen Kuss auf die Wangen und legte mit der geübten Anmut einer Frau, die es bestens versteht, mit Männern umzugehen, die Hand sanft auf seine Brust. Das war eine beeindruckende Gabe, dachte Ellen, der klar wurde, dass sie nur gelernt hatte, mit einem bestimmten Mann umzugehen. »Ich habe mich schon gefragt, wann ich von Ihnen wohl die Art von Aufmerksamkeit erhalte, die ich als diejenige Autorin verdient habe, die im Alleingang Ihre Rechnungen bezahlt. Habe ich richtig gehört, dass Sie das River Café erwähnt haben? Das ist natürlich nicht mehr so gut, wie es einmal war, und es zählt nicht zur Spitzenkategorie, aber es wird es vermutlich tun.«

»Dann ist das abgemacht.« Simon nahm Allegras Hand von seiner Brust und drückte einen Kuss darauf, bevor er sich an Ellen wandte. »Darling, hätten Sie ein kaltes Getränk für mich, bevor Sie gehen, um Vollendetes noch vollendeter zu machen? Draußen ist es höllisch heiß.«

Ellen blieb wie angewurzelt stehen, und ihr Blick wanderte zwischen Allegra und Simon hin und her.

»Simon, die Sache ist nur die … ich habe nichts anzuziehen. Ich habe wirklich keine Kleider, nichts Schönes. Ich habe mir seit … na ja, seit Nicks Beerdigung nichts Neues mehr gekauft, und … ich bin ganz schmuddelig und verschwitzt, und ich müsste unter die Dusche … also gehen Sie beide besser ohne mich. Allegra sieht immer so hübsch aus, ich würde Sie beide nur in Verlegenheit bringen.«

»Unsinn«, protestierte Simon, »das könnten Sie niemals … Ellen, ich habe schon gesagt, dass Sie fantastisch aussehen. Ich meine das ernst.«

»Außerdem, wenn Simon die neuen Seiten unseres Buches gefallen, dann ist das ebenso Ihr Verdienst wie meiner. Sie sind meine Muse, Ellen … und Sie haben die besten Ideen. Ich bestehe darauf, dass Sie mitkommen und die Lorbeeren einheimsen, die Ihnen zustehen.« Allegra warf ihr ein aufmunterndes Lächeln zu.

Ellen kaute auf der Innenseite ihre Lippe herum und verknotete ihre Finger, während sie die beiden in die Küche führte und Simon ein Glas Wasser aus dem Kühlschrank einschenkte.

»Es ist nur … hätten Sie angerufen und hätte ich gewusst, dass Sie kommen, dann hätte ich mich darauf einrichten können. Ich kann nicht einfach alles stehen und liegen lassen. Gehen Sie zusammen, Sie und Allegra. Bitte. Ich bleibe hier und … mache ein bisschen Ordnung.« Ellen deutete auf die picobello aufgeräumte Küche, die funkelte, als wäre sie neu.

Es folgten ein paar Sekunden verlegenen Schweigens, als alle drei dastanden und nicht recht wussten, was sie tun sollten.

»Genau genommen, Simon, mein Lieber«, sagte Allegra und hakte sich bei Ellen unter. »Wissen Sie was, ich glaube, Ellen hat womöglich recht. Es ist draußen schrecklich heiß, wahrscheinlich zu heiß für eine alte Dame wie mich, wissen Sie, wir sterben bei diesem Wetter wie die Fliegen. Ist es zu heiß oder zu kalt, dann schlägt der Sensenmann zu. Und da ich dieses Buch gerne fertig schreiben möchte, bevor ich das Zeitliche segne, wäre es vielleicht *wirklich* besser, wir würden hier zu Mittag essen, falls meine liebe Gastgeberin nichts dagegen hat.«

Ellen spürte, dass Allegras Finger ihren Arm kurz fester drückten, und fühlte sich beruhigt.

»Ach, ich habe jede Menge da … die Supermarktlieferung ist heute Vormittag gekommen.« Ellen ging wieder zum Kühlschrank und ließ sich von der kalten Luft die heißen Wangen kühlen. »Wir haben Räucherlachs und Brie … Trauben … ach, und kaltes Hühnchen von gestern, frisches Baguette, jede Menge Salat und einen kleinen Vorrat an Wein. Ich bin mir sicher, dass ich etwas zusammenstellen kann.« Sie drehte sich um und sah Simon an. »Wenn es Ihnen nichts ausmacht. Weil Allegra sich hier doch wohler fühlen würde.«

»Natürlich macht es mir nichts aus«, antwortete Simon und blickte ein wenig verwirrt drein. »Das River Café hat seine besten Zeiten sowieso längst hinter sich, wie Allegra sagte. Ich bestelle nur schnell das Taxi und die Reservierung ab, dann komme ich zu Ihnen und helfe bei den Vorbereitungen.«

Simon rollte Allegras Schreibtischsessel in die Küche, während Nicks Stuhl diskret unter den Tisch geschoben wurde, dann nahmen die drei zum Mittagessen Platz. Ellen freute sich zu hören, wie Simon in den höchsten Tönen von den neuesten Kapiteln von *Das aufgerichtete Schwert* schwärmte.

»Wer hätte gedacht, dass Sie sich in einem Vorort wie Shepherd's Bush so wohlfühlen würden, Allegra«, sagte Simon, der sich auf Charlies Stuhl zurücklehnte und an seinem Weinglas nippte. »Ich überlege mir, ob ich die Handwerker nicht anrufen und Anweisung geben soll, dass sie die Renovierung Ihres Hauses so lange wie möglich hinauszögern sollen.«

»Ich muss zugeben, dass es viel erträglicher ist, als ich gedacht hatte.« Allegra warf Ellen ein Lächeln zu. »Ich finde Ellen ziemlich erfrischend, eine gewaltige Verbesserung gegenüber dieser fürchterlichen Schande für die Menschheit, mit der ich es neulich zu tun hatte. Schade, dass sie nicht mit der Überschwemmung fortgespült wurde, das undankbare Stück.«

»Du lieber Himmel, bei Ihnen würde ich mich nur ungern unbeliebt machen«, sagte Ellen. »Was hat sie denn so Schreckliches getan?«

»Geatmet«, antwortete Allegra mit solcher Entschiedenheit, dass Ellen das Thema für beendet betrachtete.

»Und Eliza fängt wirklich an, lebendig zu werden. Wissen Sie, ich halte sie für Ihre beste weibliche Figur.« Geschickt wechselte Simon das Thema.

»Das liegt daran, dass Ellen vor meinem inneren Auge Eliza ist«, erklärte ihm Allegra. »Beziehungsweise wie Ellen sein könnte, wenn sie es nur zulassen würde.« Ellen erwartete, dass Simon laut loslachte, doch stattdessen betrachtete er sie über den Rand seines Weinglases hinweg, bis sie den Blick senkte.

»Ja«, sagte er leicht amüsiert. »Ja, ich kann mir Ellen vorstellen, wie sie auf dem Land wütet, Angreifer kaltmacht und die Situation rettet. Im Kielwasser ein Gefolge liebeskranker Männer.«

»Wussten Sie, dass Ellen einen Verehrer hat?«, fragte Allegra und hatte dabei wieder dieses verschmitzte Schimmern in ihren Augen.

»Einen Verehrer?« Simon richtete sich ein Stückchen auf. »Sagen Sie schon, wer?«

»Ihr junger Untermieter ist ganz fasziniert von ihr. Ich versuche sie zu überreden, ihn sich zum Liebhaber zu nehmen, aber sie weigert sich hartnäckig. Meinen Sie nicht auch, sie sollte die Gelegenheit beim Schopf packen?«

»Himmel, woher soll ich das wissen!«, antwortete Simon, der das Kinn anspannte und errötete. »Aber ich würde meinen, das ist etwas, was die liebe Ellen zu entscheiden hat ... nicht Sie oder ich. Ehrlich, Allegra, wann halten Sie wohl die Zeit für gekommen und hören endlich damit auf, einen so schlechten Einfluss auszuüben? Es schickt sich wohl kaum, in ...«

»Wenn Sie ›in meinem Alter‹ sagen, dann mache ich Sie persönlich mit diesem Brotmesser kalt«, drohte ihm Allegra an.

»Simon hat aber recht«, stellte Ellen fest. »Als Nächstes schlagen Sie noch vor, dass wir Miniröcke anziehen und durch die Clubs streifen!«

»Das würde ich nicht ausschließen«, erwiderte Allegra schmunzelnd.

»Nehmen Sie Allegra nicht ernst, sie ist wie Titania in *Ein Sommernachtstraum,* sie kann nicht anders, als Unruhe stiften«, sagte Simon und schüttelte den Kopf.

»Ich dachte immer, an dem ganzen Debakel wäre vielmehr Oberon schuld statt seine arme Königin«, stellte Allegra leise fest. »Aber da haben wir's, so ist der Lauf der Welt. Frauen werden für die Taten der Männer verantwortlich gemacht.« Allegra warf Ellen einen vielsagenden Blick zu »Das heißt bis auf Frauen, die selbst aktiv werden«, erklärte sie.

»Ist es schon so spät?« Simon blickte auf seine Uhr und seufzte. »Ellen, vielen Dank für das wunderbare Essen. Es tut mir schrecklich leid, dass ich Sie mit diesem alten Drachen allein lassen muss, aber ich muss dringend ins Büro zurück. Wir haben eine Präsentation unserer neuen Reihe, mit der wir etwas ganz Modernes ausprobieren. Hemmungslose Leidenschaft auf dem Kopiergerät, solche Sachen.«

»Klingt ja fürchterlich«, murmelte Allegra.

»Sorgen Sie nur dafür, dass sie das Buch fertig schreibt«, forderte Simon Ellen auf, dann nahm er ihr Gesicht zwischen die Hände und gab ihr einen flüchtigen Kuss, bevor er sich mit strengem Blick an Allegra wandte.

»Und was Sie betrifft, denken Sie daran, dass Sie Ruheständlerin sind.«

Simon verschwand, bevor Allegra Zeit hatte, ihr Messer zu zücken.

Nachdem er gegangen war, blieb Allegra am Tisch sitzen, während Ellen mit dem Abräumen beschäftigt war. Es war fast drei Uhr, und sie hoffte insgeheim, dass Charlie heute von der Schule direkt nach Hause kommen und es nicht wieder angespannte Minuten geben würde, in denen sie sich fragen müsste, wo er wohl steckte, und dass er vielleicht, nur vielleicht, lächeln würde, wenn er hereinkam, und vielleicht sogar mit ihr reden würde. Sie war wegen Nicks Todestag besorgt, der sich bedrohlich am Horizont abzuzeichnen begann. Sie war besorgt, was ihr Sohn wohl dachte und wie sie damit umgehen konnte, beziehungsweise ob sie damit überhaupt umgehen sollte.

»Haben Sie gewusst, dass Sie mit ein wenig Anstrengung

eine richtige Femme fatale werden könnten?«, fragte Allegra, während Ellen gerade die Spülmaschine einräumte und ihr eine Haarsträhne, die sich aus dem Knoten gelöst hatte, über den Rücken fiel. Ellen antwortete nicht, da sie in ihre eigenen Gedanken vertieft war. »Wohl eher nicht«, murmelte Allegra leise in sich hinein.

13

Gelegentlich laufen die Dinge genau so, wie man es sich wünscht, allerdings kommt das so selten vor, dass man freudig überrascht ist, wenn es tatsächlich eintritt, und genau so erging es Ellen, als Charlie kurz vor vier nach Hause kam, die Stufen hinaufhüpfte und sogar vor sich hin summte.

Da Allegra die Arbeit früh beendet hatte, weil sie zu dem Schluss gekommen war, dass sie sich ein bisschen müde fühlte (was soviel wie »beschwipst« bedeutete) und ihren Augen Ruhe gönnen musste (was soviel bedeutete wie »ein Nickerchen zu machen«), hatte Ellen aus einem Impuls heraus beschlossen, ihren Kleiderschrank durchzusehen. Auf ihrem Bett lag eine Auswahl an Kleidern und Röcken ausgebreitet, nichtssagende Überbleibsel ihres früheren Lebens, als sie sich noch Gedanken um ihr Aussehen zu machen pflegte. Sie griff nach einem der Kleider, die Nick besonders gemocht hatte, einem hellblauen Ding aus Baumwolle mit winzigen kitschigen Blümchen bedruckt, einem eckigen Ausschnitt, kleinen Flügelärmeln, vorn mit Knopfleiste und stoffüberzogenen Knöpfen. Ellen hob es hoch, hielt es vor dem Spiegel an sich und strich es über ihren Brüsten und Hüften glatt.

Komisch, dass es gar nicht mehr wie ihr Kleid aussah oder wie irgendetwas, was sie sich jemals aussuchen würde. Die Farbe passte überhaupt nicht zu ihrem dunklen Teint und den grünen Augen, und die Länge, bis kurz übers Knie, machte sie optisch ein ganzes Stück kleiner, als sie war. Und wenn Ellen sich recht erinnerte, spannten die kleinen bezogenen Knöpfe unangenehm über ihrer Brust und vermittelten ihr das Gefühl, einer nach dem anderen würde abspringen, sollte sie die Arme ruckartig bewegen. Sie hatte dieses Kleid nur ungern getragen, und trotzdem hatte sie es angezogen, weil Nick es für sie ausgesucht hatte.

Als durch den offenen Spalt ihres Schlafzimmerfensters Gelächter von der Straße zu ihr heraufdrang, ging Ellen hinüber, um nachzuschauen, und schob den dichten cremefarbenen Spitzenvorhang zur Seite, den sie gewöhnlich zugezogen ließ. Ihre Nachbarin stand in ihrem roten Kleid, das Ellen auf der Wäscheleine gesehen hatte, unten auf der Straße und unterhielt sich mit jemandem, möglicherweise einem anderen Nachbarn. Ellen spähte hinter dem Vorhang hervor auf den Mann, aber sie erkannte ihn nicht. Das wollte jedoch gar nichts heißen, überlegte sie … im vergangenen Jahr hätten die Häuser in der ganzen Straße den Besitzer wechseln können, ohne dass sie davon etwas mitbekommen hätte. Sie erinnerte sich, dass viele ihrer Nachbarn unmittelbar nach Nicks Beerdigung vorbeigeschaut hatten. Die meisten hatten Beileidskarten in den Briefkasten geworfen, weil sie ihr Mitgefühl kundtun, sie aber nicht stören wollten, doch manche hatten auch an die Tür geklopft und gefragt, ob sie etwas tun könnten (als ob sie irgendetwas hätten tun können!). Ellens Nachbarin im roten Kleid, Laura Soundso, war, wenn sie sich richtig erinnerte, mit einer gefüllten Kasserolle aufgekreuzt. Es war der erste Vormittag gewesen, an dem Ellen allein in ihrem Haus war, und sie wäre gar nicht an die Tür gegangen, wäre ihr in den Sinn gekommen, dass sie das gar nicht tun musste, aber die Gewohnheit hatte ihren Körper in Bewegung gesetzt, bevor sie nachdenken konnte.

Laura hatte müde und erschöpft ausgesehen, als sie ihr den Topf entgegenstreckte.

»Es ist nur ein Hühnchengericht«, hatte sie zur Begrüßung gesagt. »Ich erinnere mich, dass ich, nachdem mein Mann mich verlassen hatte, nicht die Energie aufbringen konnte, etwas zu essen. Sie haben einen kleinen Jungen, nicht wahr, deshalb dachte ich, Sie würden sich vielleicht darüber freuen.

Es ist nichts Besonderes und macht keine großen Umstände, fünfundvierzig Minuten bei hundertachtzig Grad im Ofen, das ist alles.«

Unsicher, was sie antworten sollte, hatte Ellen die Kasserolle entgegengenommen, aus der der leicht erdige Geruch von Hühnchen und Gemüse aufgestiegen war, was so gar nicht zu diesem Sommervormittag zu passen schien.

»Vielen Dank«, hatte Ellen gesagt und nicht gewusst, wie sie reagieren sollte.

»Keine Ursache«, hatte Laura geantwortet. »Bringen Sie den Topf einfach vorbei, wenn Sie ihn geleert haben.«

Als Ellen jetzt am Fenster stand, fiel ihr ein, dass sie das Tongefäß noch immer ganz hinten im Schrank mit den Töpfen stehen hatte. Sie hatte seitdem nicht mehr mit Laura gesprochen.

Wieder lachte Laura, und dann beugte sie sich vor und küsste den Mann, aber nicht auf die Wange oder den Mund, sondern auf den Hals, direkt unterhalb der Kieferpartie. Über diesen unerwarteten Augenblick der Intimität schockiert, zog Ellen sich ein Stück hinter den Vorhang zurück, schaute aber weiter hin. Es hatte den Anschein, als hätte sich im Leben von Ellens Nachbarin im Laufe des vergangenen Jahres viel mehr ereignet als nur der Verlust einer Kasserolle und der Kauf eines neuen Kleides. Ellen beobachtete, wie das Paar in einer letzten Geste der Vertrautheit die Finger ineinander verschränkte, bevor es sich langsam trennte, sich die Hände lösten und die beiden sich über die Schultern hinweg ein letztes Lächeln zuwarfen.

Während Ellen zusah, wie Laura in ihrem roten Kleid zielstrebig die Straße entlangging, fragte sie sich, ob ihr Leben je wieder so werden könnte; eine Welt voller Möglichkeiten, eine Aussicht auf einen weiten Horizont. Ihr Herzschlag beschleunigte sich ein wenig, als sie daran dachte, wie es sich angefühlt hatte, die Sonne im Haar oder den Puls ihres Mannes unter ihren Lippen zu spüren.

Ellen warf ihr hellblaues Kleid aufs Bett, betrachtete die magere Auswahl an Kleidungsstücken und fragte sich nur zum Spaß, ob sie etwas hatte, was sie anziehen könnte, falls sie Matt verführen wollte. Der Gedanke entlockte ihr ein Kichern, während sie ein vernünftiges und seriöses Kleidungsstück nach dem anderen zur Seite legte. Selbst vor ihrer Zeit mit Nick war ihr Kleidungsstil nicht gerade gewagt gewesen. Sie fragte sich, ob Matt je von einer Frau im abgesteppten Faltenrock und Rollkragenpullover verführt worden war. Hannah hatte es immer verstanden, sich schick zu kleiden, überlegte Ellen beim Blick auf eine hellrosa Strickjacke, an deren Kauf sie sich gar nicht mehr erinnern konnte. Hätte es das unsichtbare, unbestimmbare Hindernis zwischen ihnen nicht gegeben, dann hätte sie Hannah gebeten, ihr ein paar Tipps zu geben. Manchmal, dachte Ellen, während sie auf dem Bett saß und mit den Fingern durch die Kleider strich, drängte sich ihr die Frage auf, wie sie und Hannah nur miteinander verwandt sein konnten.

»Hier muss doch etwas zu finden sein, was man anziehen kann«, murmelte Ellen vor sich hin. Sie hatte noch nichts entdeckt, als Charlie in ihr Zimmer gestürmt kam.

Als er sie sah, blieb er wie angewurzelt stehen, als fiele ihm gerade wieder ein, dass sie miteinander gestritten hatten.

»Hallo«, sagte er.

»Hallo«, antwortete Ellen freundlich und verkniff sich das Wort »Liebling«, bevor es ihr herausrutschen konnte. »Hattest du einen guten Tag?«

»Ja, genau genommen war er nicht schlecht«, antwortete Charlie und klang, als wäre er über diese Erkenntnis selbst erstaunt.

»Das ist gut.« Ellen deutete auf das Bett. »Ich dachte, ich sortiere einiges für die Altkleidersammlung aus.«

»Dads Sachen?«, fragte Charlie und blickte auf die Hälfte des edwardianischen Eichenschranks, die noch immer voll war von Nicks Kleidungsstücken.

»Nein, nicht Dads Sachen. Noch nicht. Meine alten Klamotten.«

»Du solltest dir ein paar neue Kleider kaufen«, stellte Charlie fest und fingerte an einem zusammengefalteten Blatt Papier herum, das er aus seiner Hosentasche gefischt hatte. »Wenn du willst, könnte ich am Samstag mit dir zum Einkaufen gehen. Wir könnten ins Westfield fahren, da gibt es jede Menge Geschäfte, in denen du bestimmt etwas findest, was dir gefällt … du solltest dir das anschauen, Mum, das ist riesig.«

»Ich weiß, mit glänzendem Fußboden und einem Kino! Das hast du mir erzählt, und es klingt ganz danach, als ob man sich dort leicht verlaufen könnte.«

»Ich verlaufe mich nicht, wenn ich mit meinen Freunden dorthin gehe, ich kenne es wie meine Hosentasche!«, erklärte ihr Charlie. »Ich würde auf dich aufpassen.«

»Im Ernst?« Ellen lächelte. »Du würdest wirklich mit deiner alten Mum zum Kleiderkaufen gehen?«

»Wenn du willst.«

»Tja … wir werden sehen, wenn es soweit ist.« Charlies Schultern sanken nur ein ganz klein wenig, und er händigte ihr das Papier aus.

»Was ist das?«, fragte Ellen, während sie es auffaltete.

»Es geht wieder um einen Elternabend. Weißt du, wegen dem Schuljahresende … wie wir uns gemacht haben«, erklärte Charlie, als sie den Brief überflog. »Er findet nächste Woche statt, du musst die Uhrzeit eintragen, wann du kommen willst, und mir den Abschnitt mitgeben. Mrs Jenkins hat dir auf die Rückseite eine Mitteilung geschrieben.« Ellen drehte das Schreiben um. Klar, dass Charlies Lehrerin ihre Botschaft mit grünem Kuli in der großen, runden Handschrift geschrieben hatte, die allem Anschein nach sämtliche Lehrer ihren Schülern beizubringen versuchten.

»Liebe Mrs Woods – Schade, dass Sie im letzten Schulhalbjahr nicht gekommen sind – ich hoffe sehr, Sie dieses Mal zu sehen, es wäre wunderbar, mit Ihnen über Charlies Fortschritte sprechen zu können. Mit besten Grüßen, T. Jenkins.«

»Mein Gott, wie schnell schon wieder ein Elternabend stattfindet«, sagte Ellen. »Ich wusste gar nicht, dass die noch einen am Ende des Schuljahrs machen.«

»Du hast den letzten versäumt«, erinnerte Charlie sie. »Und den Eröffnungsabend unserer Kunstausstellung. Da bist du auch nicht hingegangen.«

»Ich weiß, Charlie, tut mir leid.« Ellen warf einen Blick auf das Blatt Papier. »Das Jahr ist wie im Flug vergangen.«

»Aber dieses Mal kannst du kommen, oder?«

»Selbstverständlich.«

»Wirklich?«

»Ja, natürlich«, antwortete Ellen. »Komm, wir gehen runter und schreiben es in den Küchenkalender.«

»Ich darf nicht mit dir kommen«, erklärte Charlie, während er ihr die Treppe hinunter folgte. »Weißt du, damit sie hinter meinem Rücken über mich reden können … aber ich habe mir überlegt, dass du Matt bitten könntest, wenn du nicht allein hingehen willst.«

»Matt?« Ellen runzelte die Stirn. »Warum sollte ich Matt bitten, mich zum Elternabend zu begleiten?«

»Weil es ihm nichts ausmachen würde, und wenn du nicht … also wenn du nicht allein hingehen willst, würde Matt mit dir kommen. Matt ist cool.«

»Ist er das? Ist Matt cool?«, fragte Ellen amüsiert. »Wann hast du das festgestellt?«

»Er hat mich heute Morgen ein Stück auf dem Schulweg begleitet.« Charlie zuckte mit den Achseln. »Wir haben ein bisschen geredet. Er ist ein Kumpel.«

»Tatsächlich?« Ellen war gerührt. Worüber sie auch immer geredet hatten, es hatte Charlie offensichtlich irgendwie gut getan, er machte jedenfalls einen viel fröhlicheren Eindruck.

Sie musste sich einfach daran erinnern, dass Matt sich die ganze Mühe um sie und Charlie machte, weil er ein anständiger junger Mann war, nicht etwa, weil er ihretwegen Hintergedanken hegte.

»Das freut mich, Charlie, aber ich glaube nicht, dass ich ihn wirklich bitten kann, mich zum Elternabend zu begleiten. Ich bin mir sicher, dass er Besseres zu tun hat.«

»Dann frage ich ihn«, beharrte Charlie.

»Aber es ist nicht nötig …«

»Mum, ich möchte unbedingt, dass du dieses Mal zum Elternabend gehst. Ich möchte, dass du *wirklich* hingehst«, sagte Charlie langsam und bedächtig, als würde er in einer Sprache sprechen, die Ellen nicht beherrschte.

»Ich gehe hin«, antwortete sie, zog eine Schublade auf und holte einen Stift heraus. »Gib mir den Kalender herüber.« Charlie nahm den Kalender »Sussex im Laufe der Jahreszeiten« von der Wand, den ihre Mutter ihr jedes Jahr zu Weihnachten schenkte, so wie sie Ellen bei ihrem Besuch zu Ostern jedes Jahr die gleiche Pralinenschachtel mitbrachte, und reichte ihn seiner Mutter. Es war noch immer das Kalenderblatt von Januar aufgeschlagen, auf dem unter einem stahlgrauen Himmel eine stürmische Uferlandschaft mit einer dünnen Schneeschicht auf dem nassen Sand zu sehen war. Ellen fröstelte, als sie es betrachtete, bevor sie die Kalenderblätter eines völlig ereignislosen halben Jahres durchblätterte, in dem jeder Monat fast unanständig nackt, ohne Notizen, Termine oder Ereignisse war. Schließlich hielt sie bei Juni an und blätterte dann, als ihr klar wurde, dass auch dieser Monat schon fast vorüber war, zum Juli weiter, auf dem ein Park mit Blumen in voller Blüte und Kinder mit Sonnenhüten dargestellt waren, die in einem Planschbecken herumtollten.

Ellen kritzelte das Wort ›Elternabend‹ neben den 2. Juli. »So. Jetzt vergesse ich ihn bestimmt nicht.«

»Und du musst den Abschnitt ausfüllen und angeben, zu

welcher Uhrzeit du kommen willst«, erinnerte Charlie sie und breitete das Blatt auf dem Küchentisch aus, das sie auf dem Bett hatte liegen lassen. »Mach es jetzt gleich, dann stecke ich es sofort in meine Tasche.«

»Gut«, sagte Ellen und fragte sich, warum sie sich allmählich von ihrem Sohn ein wenig unter Druck gesetzt fühlte. Schließlich war das genau das, was sie wollte: Zeit mit ihm verbringen, mit ihm reden. Sie gab eine Uhrzeit an, faltete das Schreiben entlang der durchbrochenen Linie und riss den Antwortabschnitt ab. »Ich habe acht Uhr angegeben.«

»Cool, bis dahin wird Matt von der Arbeit zurück sein.«

»Charlie, zum letzten Mal, ich werde Matt nicht bitten, mich zu begleiten!«, rief Ellen aus.

»Dann vielleicht Tante Hannah?« Charlie ließ nicht locker.

»Nein! Warum glaubst du denn, dass ich eine Begleitperson brauche?«

»Komm schon, Mum, du weißt genau, warum«, erwiderte Charlie mit vor Eifer geröteten Wangen.

»Und? Hast du vielleicht Angst, ich könnte dich in Verlegenheit bringen, oder was?«, fragte Ellen herausfordernd. »Dass ich mich betrinke und versuche, den Direktor zu verführen?« Sie hatte gehofft, Charlie zum Lachen zu bringen, aber er verzog keine Miene.

»Nein, ich habe Angst, dass du nicht hingehst«, erklärte er.

»Aber ich hab dir doch gesagt, dass ich hingehe, ich hab es mir hier notiert!« Zum Beweis wedelte Ellen mit dem Kalender herum.

»Du hast auch gesagt, du würdest bei meinem Probespiel für das Fußballteam der Schule zuschauen«, erinnerte Charlie sie.

»Darum geht es also? Du weißt, dass ich an dem Tag Migräne hatte, und ich dachte sowieso, dass es dir lieber wäre, wenn deine Mutter nicht an der Seitenlinie steht und dich in Verlegenheit bringt.«

»Und du hast versprochen, dass wir in diesem Schulhalbjahr zu Oma und Opa fahren und sie besuchen …«

»Ja, aber mit Opas Rücken ist es schlimmer geworden, und ich dachte, es wäre besser, ihnen keine Umstände zu machen. Sie werden langsam alt, weißt du. Außerdem sind sie ja am Ende hierher gekommen …«

»Wir waren in diesem Jahr nicht einen einzigen Tag fort. Wäre Dad noch da, dann hätten wir etwas unternommen. Vielleicht wären wir in den Freizeitpark gefahren … irgend so etwas.«

»Ich weiß, ich weiß, Charlie. Ich weiß, dass ich im letzten Jahr eine schreckliche Mutter war. Die Wahrheit ist, dass ich mich den Dingen einfach nicht habe stellen können …«

»Das ist nicht die Wahrheit!«, konterte Charlie wütend.

»Was dann? Charlie, sag mir, was ist die Wahrheit? Warum bist du immer so wütend auf mich?«

»Die Wahrheit ist, dass du *nie* aus dem Haus gehst. Dass du *nie* irgendwohin gehst. Du verlässt das Haus nicht, und das seit Dads Beerdigung! Das ist die Wahrheit, oder etwa nicht? Gib es zu, Mum, gib es einfach zu … du hast zu große Angst, um rauszugehen. Du hast diese Sache.«

»Welche Sache?«, fragte Ellen und fühlte sich, als wäre jedes Wort ihres Sohnes ein Schlag gewesen.

»Ich habe im Internet nachgeschaut, und das trifft es genau. Es trifft genau auf dich zu.«

»Was?«, fragte sie und lachte gereizt auf.

»Agoraphobie. Du bist eine Agoraphobikerin, Mum.«

Bevor Ellen darauf reagieren konnte, kam Sabine mit äußerst finsterer Miene in die Küche und stellte ihre Tasche auf den Tisch.

»Ellen, tut mir leid, aber ich glaube, Hannah steckt in Schwierigkeiten.«

Ellen brauchte eine Sekunde, bis sie verarbeitet hatte, was Sabine da sagte … sie war noch immer wegen der von Charlie gezündeten Bombe erschüttert. Das war also der

Grund, wieso er so wütend auf sie war und so abweisend. Er hatte sich in den Kopf gesetzt, dass sie ausgerechnet an Agoraphobie litt.

»Was ist mit Tante Hannah?«, wollte Charlie von Sabine wissen und kam mit seiner Frage Ellen zuvor.

»Ich bin heute zu ihr gegangen, um sie zum Mittagessen einzuladen … sie ist weder ans Telefon gegangen, noch hat sie auf meine E-Mail geantwortet, und als ich auf ihrer Etage war, saß sie nicht in ihrem Büro, deshalb habe ich ihren Assistenten gebeten, ihr eine Nachricht zu hinterlassen. Er sagte mir, Hannah sei nicht mehr da, sie sei vor über einer Woche fristlos entlassen worden. Wenn das ohne mündliche oder schriftliche Abmahnung passiert, heißt das, dass sie etwas … etwas Schlimmes getan haben muss.«

Ellen ließ sich auf den Stuhl plumpsen und hatte damit zu kämpfen, all die Dinge zu verarbeiten, die ihr soeben ins Gesicht geschleudert worden waren. Zuerst von Charlie und jetzt das … Sie blickte Sabine an.

»Was … warten Sie mal. Sie sagen mir, dass Hannah ihren Job verloren hat, dass sie, als sie gestern mit Charlie unterwegs war, ihn schon verloren hatte … aber warum? Warum sollte sie uns das nicht sagen, und was kann sie getan haben, das so schlimm ist, dass sie nicht einmal eine Abmahnung bekommen hat?«

Sabine zuckte mit den Schultern, während sie ihre Finger unter den Kaltwasserhahn hielt und sich dann das Gesicht und den Hals benetzte. »Der Assistent wollte es mir nicht sagen, aber ich habe mich umgehört. Es kursieren Gerüchte. Die besagen, dass ihre Konzentration nachgelassen und sie ein paar schlechte Entscheidungen getroffen hat, die große Verluste nach sich gezogen haben, und …« Sabine warf einen Blick zu Charlie hinüber.

»Was?«, fragte Ellen.

»Es heißt, sie sei … bei der Arbeit aufgetaucht unter Einfluss von …«

Ellen starrte auf ihre Hände hinab, die sie so fest flach auf die Tischplatte gedrückt hielt, dass die Fingerspitzen unter ihren Nägeln ganz weiß geworden waren.

»Unter dem Einfluss von Alkohol?«, erkundigte sich Charlie. Sabine blickte verlegen drein, antwortete aber nicht.

»Was meinen Sie damit?«, fragte Ellen.

»Ich habe gehört … ich habe gehört, dass sie erwischt wurde, wie sie während der Arbeit getrunken hat, aber wie gesagt, das sind nur Gerüchte. Ich weiß gar nichts mit Sicherheit.«

Ellen und Charlie tauschten gleichermaßen ungläubige Blicke aus. Hannah ging gern auf Partys und nahm auch gern einen Drink. Und Ellen war nicht so naiv, davon auszugehen, dass ihre Schwester nicht an dem einen oder anderen der Exzesse teilgenommen hatte, die in der City überhandnahmen. Aber es war ihr unbegreiflich, dass Hannah es so weit hatte kommen lassen und sogar bei der Arbeit trank. Ihre Karriere, ihre berufliche Reputation, ihr Aussehen – das alles waren Dinge, die für Hannah oberste Priorität hatten. Ellen konnte sich nichts vorstellen, was daran etwas hätte ändern können.

»Das kann nicht stimmen, das passt überhaupt nicht zu Hannah. Ihre Arbeit hat ihr immer alles bedeutet. Es muss etwas wirklich Schlimmes, wirklich Umwälzendes passiert sein, dass sie das alles über Bord geworfen hat.« Ellen dachte an die immer häufigeren Besuche ihrer Schwester in den vergangenen Monaten, ihren plötzlichen, ganz untypischen Wunsch, hier zu sein. Ellen war so in ihrem eigenen Gefühlsstrudel gefangen gewesen, dass sie gar nicht daran gedacht hatte, Hannah könnte ebenfalls Probleme haben. »Nein, sie hätte mir doch mit Sicherheit etwas gesagt, wenn etwas wirklich Schlimmes passiert wäre, oder?«

»Nein, das hätte sie nicht«, erwiderte Charlie. »Sie weiß, dass du sie hasst.«

»Unsinn! Wir streiten miteinander und zanken uns, und

sie treibt mich in den Wahnsinn, aber wir sind Schwestern. Hannah weiß, dass ich immer für sie da wäre. Ich meine, sie ist die Starke, sie ist die Robuste, die alles unter Kontrolle hat.«

Sabine schüttelte den Kopf. »Ich kann euch nur die Tatsachen mit Sicherheit sagen. Sie arbeitet nicht mehr für die Bank, das ist alles, was ich weiß. Es tut mir leid, die Überbringerin der schlechten Nachricht zu sein. Ich wusste nicht, was ich machen soll.«

»Ich rufe sie an«, sagte Ellen und holte das Telefon aus dem Flur.

Doch als Ellen Hannah auf ihrer Festnetznummer anrief, ging niemand ans Telefon, und bei ihrem Handy sprang sofort die Mailbox an.

»Vielleicht liegt es daran, dass sie sieht, dass du das bist. Ich versuch's mal«, erklärte Charlie, fischte sein Handy aus der Tasche und gab die Nummer seiner Tante ein. Wieder ging Hannah nicht dran.

»Vielleicht haben Oma und Opa mit ihr geredet?« Charlie wirkte enttäuscht, dass seine Tante allem Anschein nach auch mit ihm nicht sprechen wollte. »Ruf sie an, Mum … finde heraus, was sie wissen.«

Ellen schüttelte den Kopf. »Nein, ich sollte lieber nicht anrufen, nicht, bevor ich Genaueres weiß. Ich möchte sie nicht beunruhigen, nicht, wo Mums Blutdruck doch so hoch ist. Und Dad würde wahrscheinlich sofort hierherkommen und sie suchen wollen wie damals in dem Sommer, als sie mit diesem Straßenmusikanten ausgerissen ist. Nein, Hannah ist immer noch Hannah. Sie ist erwachsen. Ich meine, wir haben sie erst gestern gesehen, und sie war ein bisschen aufgedreht … aber es ist ihr gut gegangen. Wir warten ab, sie wird sicher auftauchen oder anrufen. Wenn nicht, dann wäre das der erste Tag seit Monaten, an dem ich nicht auf die eine oder andere Weise von ihr gehört habe.«

»Aber was ist, wenn sie in Schwierigkeiten steckt, was ist,

wenn sie nicht anrufen oder vorbeikommen kann? Wir könnten doch bei ihrer Wohnung vorbeischauen, oder?«, schlug Charlie vor. »Es sind doch nur ein paar U-Bahnstationen bis Ladbroke Grove.«

»Da ist sie nicht, Charlie, sie geht nicht ans Telefon«, erklärte Ellen gereizt und ärgerte sich darüber, dass ihr Sohn diesen Augenblick nutzte, um seine lächerliche Anschuldigung zu untermauern.

»Das heißt ja nicht, dass sie nicht dort ist«, beharrte Charlie. »Sie könnte auf dem Boden liegen und an ihrem eigenen Erbrochenen ersticken oder so. Sie könnte im Sterben liegen und ganz dringend Hilfe brauchen.« Während er sprach, füllten sich seine Augen mit Tränen. Ellen legte den Arm um ihn und zog ihn an sich. »Ich möchte nicht, dass Tante Hannah stirbt.«

»Charlie, Hannah kann besser auf sich aufpassen als jeder andere, den ich kenne«, erklärte ihm Ellen.

»Das war bei Dad das Gleiche«, entgegnete Charlie leise. »Können wir nicht einfach hinfahren und nachschauen?«

»Charlie«, sagte Sabine ruhig und gelassen. »Es tut mir leid, dass ich euch Angst gemacht habe. Ich bin mir sicher, es geht deiner Tante gut. Schließlich hat sie ihren Job schon vor einer Woche verloren, du hast sie gestern gesehen, und es schien ihr doch gut zu gehen, oder? Es gibt keinen Grund, warum es ihr heute nicht genauso gut gehen sollte.«

»Ja, vermutlich …« Charlie schniefte und wischte sich mit dem Handrücken über die Augen. »Sie hat sogar einen glücklicheren Eindruck gemacht als sonst, richtig fröhlich, voller Energie. Ich habe nichts gesagt, weil … na ja, weil ich wusste, dass du sauer warst, aber sie hat davon geredet, dass sie mich auf eine Reise nach New York oder sonst wohin mitnimmt.« Sabine und Ellen tauschten Blicke aus.

»Dann ist sie wahrscheinlich froh, vielleicht sogar glücklich, dass das passiert ist. Ich gehe davon aus, dass sie jetzt allein sein will, um herauszufinden, was sie nun tun möchte.

Sie wird dir und deiner Mum bestimmt alles erzählen, sobald sie sich darüber im Klaren ist. Deine Mum hat recht, dass sie abwarten will.«

Charlie sah seine Mutter an. »Aber wenn sie dich jetzt anrufen und bitten würde, bei ihr vorbeizukommen, würdest du es tun?«, fragte er sie herausfordernd.

»Selbstverständlich, Charlie«, antwortete Ellen gelassen. »Schau, ich probiere später noch einmal, sie zu erreichen. Und jetzt wollen wir das Abendessen zubereiten und uns um deinen Tee kümmern und versuchen, uns keine Sorgen zu machen, okay? Geh und beschäftige dich ein bisschen mit deiner Spielkonsole, ich rufe dich, wenn alles fertig ist.« Charlie, der scheinbar ihre Bestätigung brauchte, schaute zu Sabine hinüber, und sie nickte. Dann griff er nach seiner Schultasche und schlurfte aus der Küche.

»Wie ernst waren diese Gerüchte?«, fragte Ellen, sobald sie Charlies Schritte auf der Treppe hörte.

»Es wurde über irgendeine Aufnahme einer Überwachungskamera getuschelt, auf der sie bei einem Empfang nach Geschäftsschluss Whiskey direkt aus der Flasche trinkt. Aber Ellen, ich weiß nicht, das könnte einfach nur Klatsch sein. Das Büro ist groß, und es gibt viele Angestellte, die auf Hannah sehr neidisch sind und denen nichts lieber wäre, als dass sie mit Schimpf und Schande entlassen würde. Versuchen Sie weiter, sie zu erreichen. Mehr können Sie nicht tun.«

»Vielleicht hat Charlie ja recht, vielleicht sollte ich bei ihr vorbeischauen.« Ellen malte sich die Straße vor ihrer Haustür aus, die gähnende Weite der Straße bis zur U-Bahnstation, die vier Straßen, die man überqueren, und die Unterführung, die man darüber hinaus passieren musste. Ellen wollte nicht zu Hannah fahren, das stimmte. Sie wollte sich nicht der Hitze, dem Lärm und den Menschenmassen aussetzen, die sich in den stickigen und stinkenden U-Bahnzügen drängen würden. Sie blieb lieber zu Hause, genoss die ruhige Beschaulichkeit ihres Heims, und ja, die Welt, die sich hier um sie drehte, reichte ihr aus. So war es schon immer gewesen. Aber das hieß nicht, dass sie nicht zu Hannah gehen würde, falls Hannah sie brauchte. Das hieß nicht, dass sie nicht gehen konnte, wenn sie musste.

Weiß der Himmel, wie Charlie auf die Idee gekommen war, sie wäre Agoraphobikerin.

»Ellen, entschuldigen Sie, ich kenne Sie und Hannah nicht besonders gut. Aber ich kenne mich mit Schwestern aus, ich habe selbst eine ältere Schwester, und es gibt nichts, was ich mehr hasse, als dass sie zu mir kommt, um mir zu sagen, wie sehr ich mich irre und wie recht sie hat … Sie hätten sehen sollen, wie sie über die Sache mit Eric und mir hämisch frohlockt hat.« Sabine ging zum Kühlschrank und nahm zwei Flaschen Bier aus ihrem Fach. »Wenn Sie weiter ein gutes Verhältnis zu Hannah haben wollen, dann ist es das Beste, abzuwarten, bis sie zu Ihnen kommt. Schließlich hätte sie Ihnen, wenn sie Ihren Rat hören wollte, schon längst alles erzählt, und das hat sie nicht. Ein Bier?«

Ellen nickte, und Sabine schob ihr die Flasche hin. Ellen hoffte, ein Drink würde das nagende Gefühl des Unbehagens lindern, das sich in ihrem Inneren ausbreitete, und das Gefühl, dass mit Hannah irgendetwas absolut nicht stimmte. So bin ich nun mal, redete Ellen sich ein und drückte die Hand auf ihren Bauch, als könnte sie ihre Besorgnis damit vertreiben. Alles, wirklich alles, was sie aus ihrer Alltagsroutine riss, brachte ihr Herz zum Rasen, als balancierte sie auf einem Hochseil. Jedes schlimmere Ereignis, zum Beispiel, wenn Charlie zu spät nach Hause kam oder Simon androhte, sie zum Mittagessen auszuführen, veranlasste ihr Herz, wie wild zu schlagen und zu zucken und mit unverantwortlicher Hemmungslosigkeit einfach auszusetzen, und dann hatte sie eine Sekunde lang vor lauter Angst ein leeres, lebloses Gefühl in der Brust, bis ihr Herz wieder weiterpochte und sie atemlos und verängstigt zurückblieb. Aber das war ihre Schwäche, die Folge des Verlusts ihres Mannes, nicht etwa eine vorausschauende übernatürliche Kraft. Das war unmöglich, denn sie hatte an dem Tag, an dem Nick zu Tode gekommen war, nicht die geringste Vorahnung gehabt. Sie war im Vorgarten gewesen und hatte, als das Polizeiauto vorfuhr, gerade die verblühten Rosen abgeknipst. Nicht einmal in diesem Moment hatte sie Unbehagen oder Kummer verspürt, selbst als die beiden Polizistinnen den Gartenweg heraufgekommen waren und ihr nicht in die Augen hatten sehen können. Erst als sie sich im Wohnzimmer auf das Sofa gesetzt und der Polizistin in die Augen geblickt hatte, hatte die Wahrheit sie wie ein Vorschlaghammer getroffen. Seitdem hatte sie sich atemlos und erschöpft gefühlt.

»Mein Mann hat die Liste übrigens erhalten«, stellte Sabine fest und nahm auf Charlies Stuhl Platz.

»Und?«, fragte Ellen. »Was hat er dazu gesagt?«

»Er fand sie ein bisschen lang. Er meinte, wenn er gewusst hätte, dass wir uns auf Korinthenkackerei einlassen, dann wäre seine Liste viel umfangreicher ausgefallen. Er hätte Dinge hinzufügen können, wie zum Beispiel, dass ich nachlässigerweise meine Bikinizone nicht mehr rasiert oder dass ich aufgehört hätte, ihm zuliebe Make-up aufzulegen, was gar nicht stimmt. Ich will mich bloß nicht zukleistern wie eine Prostituierte, das ist alles.«

»Und, zu welchem Entschluss sind Sie beide gekommen?«, fragte Ellen, nippte an ihrem Bier und wünschte sich, sie hätte Make-up auf ihrer Bestellliste für den Supermarkt notiert.

»Ich habe ihm gesagt, dass er zu ihr gehen soll«, antwortete Sabine.

»Zu der Frau, an die er geschrieben hat?« Ellen schnappte nach Luft.

»Das musste ich, Ellen, ich habe lange darüber nachgedacht, und mir ist klar geworden, dass ich keine andere Wahl habe. Schließlich muss man jemanden, den man liebt, ziehen lassen, wie Sting in seinem Song so schön singt. Ich habe Eric gesagt, dass er, wenn er sie liebt, zu ihr gehen, ihr seine Gefühle offenbaren und versuchen muss, sie zu erobern, auch wenn sie verheiratet ist. Wie kann ich mit einem Mann glücklich sein, von dem ich weiß, dass er immer von einer anderen träumt? Das kann ich nicht, deshalb habe ich ihm gesagt, er soll zu ihr gehen.«

»Und wie hat er darauf reagiert?«, fragte Ellen. »Geht er zu ihr?«

»Ja.« Sabine nickte niedergeschlagen. »Nächste Woche reist er ab und besucht sie in Österreich. Sie ist *Österreicherin,* Ellen«, fügte Sabine hinzu, als verschlimmerte dies die Sache noch zusätzlich.

»Und das war's dann? Ihre Ehe ist definitiv beendet?« Ellen konnte das kaum fassen.

»Noch nicht ganz.« Sabine warf einen Blick auf ihre Uhr. »Wir haben gleich eine Verabredung zum Skypen«, berichtete sie. »Um über meine Entscheidung zu reden.«

»Er läuft also nicht davon, um mit dieser Frau zusammen zu sein, obwohl Sie ihm gesagt haben, dass er gehen soll?«, fragte Ellen, die genauso neugierig wie schockiert war. »Er will immer noch reden? Das ist ein gutes Zeichen.«

»Tatsächlich?« Sabine seufzte. »Oder will er sich nur selbst freisprechen? Schließlich hat er, nachdem ich ihm gesagt habe, dass er gehen kann, und ihm meinen Segen gegeben habe, keinen Grund mehr, sich schuldig zu fühlen, oder?«

»Du lieber Himmel«, antwortete Ellen. »Sind Sie sicher, dass Sie ihm so viel Freiheit geben wollen?«

»Eigentlich nicht. Aber was für eine Wahl habe ich denn? Wenn ich ihn zum Bleiben zwinge, werde ich mich immer fragen, ob er nicht lieber woanders wäre.«

»Und Sie denken nicht daran … ach, ich weiß nicht … hier nach jemandem Ausschau zu halten, um sich an ihm zu rächen oder so?«

Sabine blickte bei dem Gedanken entsetzt drein.

»Engländer lassen mich absolut kalt«, sagte sie und fügte nachträglich hinzu: »Na ja, Matt ist sehr sexy, und man erkennt auf den ersten Blick, dass er es versteht, mit dem Körper einer Frau umzugehen.«

»Meinen Sie?«, fragte Ellen und beugte sich ein Stück zu Sabine vor, und ihr wurde klar, dass das Drittel der Weinflasche, das sie zum Mittagessen getrunken hatte, in Kombination mit dem starken deutschen Bier sie ein wenig beschwipst gemacht hatte, beinahe so beschwipst, dass ihre körperlichen Regungen so gut wie betäubt waren. »Meinen Sie, er wäre ein leidenschaftlicher Liebhaber?«

»Und Sie?«, fragte Sabine amüsiert. Ellen wollte das Kinn auf den Handballen stützen, schoss aber am Ziel vorbei, sodass ihr der Kopf ruckartig auf die Brust fiel.

»Allegra meint, ich sollte ihn mir zum Liebhaber nehmen, als ob ich ihn einfach aus dem Supermarktregal holen und ihn dazu bringen könnte, mir jeden Wunsch zu erfüllen. Als der stets zur Verfügung stehende Hengst gewissermaßen.«

Sabine prustete Bier heraus, als sie loslachte. »Allegra hat wahrscheinlich recht. Matt würde mit Ihnen ins Bett gehen. Ich bin mir sicher, dass Sie sich keine große Mühe geben müssten, wenn Sie das wollten. Aber glauben Sie ja nicht, dass es dabei um Liebe ginge, Ellen, oder um irgendetwas in dieser Art. Für ihn wäre es ein sexuelles Abenteuer, mehr nicht. Lassen Sie es sein, wenn Sie nicht bereit sind, das zu akzeptieren.«

»Oh Gott, ich werde mich überhaupt nicht darauf einlassen«, sagte Ellen und lachte. »Mich auf Neues einzulassen ist das Letzte, was ich will, zumindest laut Aussage meines Sohnes! Nein, ich bin Witwe und Mutter. Ich bin achtunddreißig, langweilig und alt. Außerdem muss ich mir über viele andere Dinge Gedanken machen. Ich habe eine Schwester, die ihren Job verloren hat, und einen Sohn, der mich für eine Agoraphobikerin hält, können Sie sich das vorstellen?«

»Agoraphobikerin?«, wiederholte Sabine mit fragendem Tonfall. »Interessant.«

»Ja, wissen Sie, jemand, der Angst davor hat, aus dem Haus zu gehen. Charlie hat sich in den Kopf gesetzt, dass ich daran leide. Dass ich Angst habe, den Fuß vor die Tür zu setzen. Nur weil ich ein häuslicher Mensch bin und keine Menschenmengen oder Menschenansammlungen oder großen Lärm mag. Aber so bin ich nun einmal, ich bin ruhig und zurückhaltend. Ich bin ein sehr ruhiger und zurückhaltender Mensch, Sabine. Ich zähle überhaupt nicht zu den Frauen, die auf emotionslosen Sex mit einem viel jüngeren Mann stehen.«

»Echt? Sind Sie sich sicher?« Sabine blickte zuerst amüsiert, dann nachdenklich drein. »Ellen, ich wohne jetzt fast einen Monat hier, und ich hoffe, Sie nehmen es mir nicht übel, wenn ich sage, dass ich Sie kein einziges Mal aus dem Haus habe gehen sehen, nicht einmal in den Garten.«

Ellen zuckte mit den Schultern. »Na ja, ich weiß nicht mit Sicherheit, ob ich im letzten Monat ausgegangen bin. Aber das ist für mich nichts Ungewöhnliches. Ich meine, ich arbeite zu Hause, ich muss zu Hause sein, wenn Charlie aus der Schule kommt. Mein Leben spielt sich in diesem Haus ab, es ist nicht notwendig, dass ich irgendwohin gehe.«

»Vielleicht nicht notwendig, aber möchten Sie nicht einfach einmal einen Spaziergang durch den Park machen, auf einer Bank sitzen und den Sonnenschein auf Ihrem Gesicht genießen?«

»Das wäre ja alles schön und gut, wenn ich Zeit hätte, aber ich habe keine Zeit. Zeit ist etwas, was ich nicht habe«, beharrte Ellen. »Ich glaube wirklich nicht, dass es eine große Sache ist.«

Sabine warf wieder einen Blick auf ihre Uhr. »Vermutlich haben Sie recht. Jetzt muss ich aber gehen und mit meinem Mann reden. Ich hoffe, Sie schaffen es, Hannah zu erreichen. Es tut mir leid, dass ich Sie und Charlie so beunruhigt habe.«

»Das braucht Ihnen nicht leid zu tun. Ich bin froh, dass ich Bescheid weiß, es erklärt gewissermaßen ihr Verhalten in letzter Zeit. Das wird wieder ein typisches Hannah-Drama sein, das letztlich zweifellos wieder mit irgendeinem Mann zusammenhängt. Früher oder später werde ich herausfinden, was los ist, und es wird alles vorübergehen. Viel Glück mit Eric.«

»Danke«, sagte Sabine höflich und ließ Ellen allein in der Küche zurück. Nach einer Sekunde stand Ellen von ihrem Stuhl auf und heizte den Herd für Charlies Fischstäbchen vor. Dann fing sie an, die Zutaten zusammenzusuchen, die sie für Allegras Risotto primavera brauchte.

Während sie an der Spüle stand und einen Topf mit Wasser füllte, blickte sie in den Garten in Richtung Gartentor, das schon lange von Gestrüpp überwuchert war, und auf die Reihe von Dächern vor der Skyline, die sich als Silhouette vor dem noch immer makellos blauen Himmel abhob.

Wann hatte sie das Haus *tatsächlich* das letzte Mal verlassen?, überlegte sie, während sie reglos dastand und das Wasser über den Topfrand zu laufen begann und ihre Hände immer geröteter und tauber wurden. Ellen dachte an den leeren Kalender, der auf dem Tisch hinter ihr lag, ohne Eintragung irgendwelcher Termine oder Notizen. In Gedanken ging sie die vergangenen Monate durch und bemühte sich, sich an irgendetwas besonders Denkwürdiges zu erinnern. Es hatte Charlie, ihre Bücher und den Schmerz gegeben, diese schrecklich klaffende, nässende offene Wunde, die der Verlust von Nick bei ihr geschlagen hatte, mehr fiel ihr nicht ein. Jeder Tag, der ihr jeweils wie eine unüberwindbare Wüste vorgekommen war, durch die sie sich von Sonnenauf- bis Sonnenuntergang hindurchkämpfen musste, schien jetzt nur ein nichtssagender Zeitabschnitt zu sein. Sie hatte ein Dasein geführt, das von wenig mehr angefüllt gewesen war als dem hartnäckigen verräterischen Beharren ihres Körpers, am Leben zu bleiben, egal ob sie das überhaupt wollte.

In Wahrheit konnte Ellen sich nicht daran erinnern, wann sie sich das letzte Mal weiter gewagt hatte als bis zur Haustür. Sie ließ den Topf in die Spüle fallen, wodurch eiskaltes Wasser durch die ganze Küche spritzte, dann drehte sie sich um und griff mit tauben Fingern nach dem fast unberührten Kalender mit den Ansichten von Sussex. Sie besah sich jeden leeren Monat und wanderte in Gedanken so weit zurück wie nur möglich – bis zum letzten Weihnachtsfest.

Es waren düstere, trostlose Tage gewesen, die durch die Bemühungen der anderen um sie und Charlie, es ihnen zumindest erträglicher zu machen, nur noch schrecklicher wurden.

Hannah hatte ihre Eltern, die wegen Ellens Trauer verwirrt und verlegen waren, von Hove hierher gefahren, und sie hatten das schon zubereitete Weihnachtsessen fein säuberlich in den zwanzig Jahre alten Tupperschüsseln ihrer Mutter mitgebracht. Nachdem unerwünschte Geschenke überreicht und entgegengenommen waren, hatten sie sich zu fünft durch die Mahlzeit gekämpft, die schweigend eingenommen worden wäre, hätte Ellens Mutter nicht darauf bestanden, ihnen in allen Details von der operativen Entfernung der Gebärmutter bei Mrs Hopkins zu berichten. Hannah hatte mit der Zeit so viel Alkohol getrunken, dass sie nichts mehr mitbekam, Charlie hatte sich bei der erstbesten Gelegenheit in sein Zimmer verkrochen, und Ellen, von der Erinnerung gelähmt, wie es an Weihnachten immer gewesen war, wie es hätte sein sollen und wie es niemals, niemals wieder werden würde, hatte sich zusammen mit ihrer Mutter die Weihnachtsansprache der Königin angehört, während ihr Vater in der Ecke geschnarcht hatte.

Ellen war schockiert, als ihr klar wurde, dass sie auch damals nicht aus dem Haus gegangen war. Die wenigen Dinge, die sie zu besorgen hatte, hatte sie im Internet bestellt. Ihre Familie und eine Reihe wohlmeinender, aber unerwünschter Besucher waren zu ihr gekommen. War es tatsächlich möglich, dass sie in den vergangenen sechs Monaten nicht ein einziges Mal aus dem Haus gegangen war?

Ellen fühlte sich auf einmal stocknüchtern und von jener Art von Angst erfüllt, die sie stets verspürte, wenn sie etwas Wichtiges vergessen hatte, sich aber nicht sicher war, worum es sich handelte. Sie zwang sich, in ihrem Gedächtnis nach irgendetwas zu suchen, nach irgendeinem Detail in ihrem Leben nach Nicks Tod oder irgendeinem Vorfall, der es ihr ermöglichen konnte, sich irgendein Ereignis ins Gedächtnis zu rufen. So sehr sie sich auch das Gehirn zermarterte, sie konnte kein wichtiges Ereignis in ihrem Leben ausmachen, bis auf wenige Wochen zuvor, als Hannah ihr klargemacht hatte, dass sie nicht umhin kam, Untermieter aufzunehmen.

Ellen setzte sich wieder auf ihren Stuhl und sah sich, vor Schreck erstarrt, in ihrer Küche um, als die Wahrheit in ihr Bewusstsein einsickerte.

Sie hatte dieses Haus seit der Beerdigung ihres Mannes nicht mehr verlassen. Sie war fast ein Jahr nicht außer Haus gewesen, und was das Schlimmste daran war: Sie hatte es nicht einmal bemerkt.

14

Deine Runde, Frischling«, sagte Pete zu Matt und kam ihm mit seinem verschwitzten, versoffenen Gesicht viel zu nahe. »Los, hol sie, mein Sohn.«

»Ja, ja, okay … ab wann bin ich eigentlich kein Frischling mehr?«, fragte Matt und sammelte eine Reihe halbleerer Gläser ein, um eine neue Runde für die versammelte Belegschaft der Zeitschrift *Bang It!* zu bestellen.

Es war Donnerstagabend, die Wochenausgabe war gerade in Druck gegeben worden, doch diese Schlussphase ging, wie Matt allmählich realisierte, regelmäßig mit Panik und Gebrüll einher, und viele der Angestellten schworen Stein und Bein, dass die ganze Sache nur Scheiße wäre, was sie am Ende dann doch irgendwie nicht war. Selbstverständlich gingen alle, nachdem sie ihr wöchentliches Wunder vollbracht und *Bang It!* in Druck gegeben hatten, zum Feiern in den Pub, wo sie sich in kürzester Zeit so viel Bier wie möglich hinter die Binde kippten oder in Petes Fall den Whiskey, den er aus allen Poren auszudünsten schien. Das war ein anstrengendes und seltsam unbefriedigendes Ritual, sodass Matt noch immer zu kämpfen hatte, statt sich einfach als Teil des Teams zu fühlen. Er hatte erwartet, dass er den Adrenalinstoß bei der Zusammenstellung eines Wochenmagazins innerhalb weniger Tage genießen würde, doch sobald die ersten Exemplare hereinkamen, die fast genauso aussahen und auch fast den gleichen Inhalt hatten wie die der vorherigen Woche, ertappte er sich dabei, dass er sich fragte, was das Ganze überhaupt für einen Sinn hatte. Dann erinnerte er sich daran, dass dies sein Traumjob war und er durch den Alkoholkonsum schon bald genügend Hirnzellen abgetötet haben würde, dass er sich darum sowieso keine Sorgen mehr machen konnte.

»Du hörst auf, ein Frischling zu sein, wenn ich es dir sage«, erklärte ihm Pete, der ihn zur Theke begleitete, wo Matt einem der Angestellten einen Zwanziger entgegenstreckte, obwohl er genau wusste, dass er für die Drinks der ganzen Belegschaft mindestens einen weiteren Zwanziger berappen musste. »Du bist noch immer in der Probezeit, und bis jetzt hast du dich nicht besonders hervorgetan.«

»Was?«, empörte sich Matt. »Blödsinn!«

»Das ist mein Ernst, Kumpel, du strengst dich nicht richtig an … du wirkst faul.«

»Faul?«, protestierte Matt. »Ich habe mir, seit ich hier bin, den Arsch aufgerissen. Buchstäblich.«

»Dein Schreibstil ist gut, lustig und so … aber bis jetzt hast du nur zwei Mädchen abgeschleppt, die im gleichen Gebäude arbeiten wie du, und ansonsten hast du eine Menge alten Stoff aufbereitet. Wir brauchen mehr von dir, mehr Heldentaten und Abenteuer. Miezen aus dem eigenen Bürogebäude sind ja gut und schön, aber die sind leichte Beute. Unsere Leser wollen, dass du mehr bist als sie … der Jäger, der Meister, der Maestro … der Mann, der jederzeit jede Frau haben kann. Der finstere Zerstörer. Du brauchst eine gewisse Vielfalt beim Vögeln, Kumpel. Vielleicht mal eine Polizistin oder eine Krankenschwester.«

»Willst du mir damit etwa sagen, dass ich meine Kolumne um deine Top Ten der Lieblingskostüme von Stripperinnen herum aufbauen soll?« Matt schüttelte den Kopf.

»Das ist nicht meine schlechteste Idee.« Pete zuckte mit den Schultern und nahm so viele der bereitgestellten Gläser, wie er tragen konnte, einschließlich seines großen Single-Malt-Whiskeys, und schwankte in Richtung der Tische, wo ihn die wartende Horde johlend empfing, nachdem er nur eines der Gläser hatte fallen lassen. Matt leerte seinen Drink mit einem Zug und bestellte gleich einen neuen. Sie waren jetzt seit einer Stunde hier, und er spürte schon, wie sich ihm im Kopf wegen der Hitze und des Alkohols alles drehte, aber er wollte nicht, dass irgendeiner der Kollegen es mitbekam. Es war offenbar eine der Arbeitsplatzanforderungen, wie ein Verrückter saufen zu können und am nächsten Morgen trotzdem zur Arbeit zu erscheinen, doch aus irgendeinem Grund war Matt in letzter Zeit einfach nicht in der Stimmung gewesen. Im Pub fühlte er sich rastlos und unwohl, und mit einem leichten Schock wurde ihm klar, dass er genau in diesem Augenblick viel lieber in Ellens Haus wäre und während sie herumwerkelte, am Küchentisch sitzen, ein paar Tassen Tee trinken und versuchen würde herauszufinden, ob er sie zum Lachen bringen konnte. Matt riss sich am Riemen, bestellte noch ein Glas und leerte auch dieses. Er war viel zu jung, um zu Hause hocken zu wollen, anstatt auszugehen; er würde den Wunsch in Alkohol ertränken müssen, bevor dieser sich festsetzen, er sich ein paar Hausschuhe kaufen und anfangen konnte, sein Leben rund um das Fernsehprogramm einzurichten. Er gesellte sich wieder zu seinen Kollegen.

»Ich hab gerade gesagt«, rülpste Pete Dan entgegen, während er wieder zu seinem Platz torkelte, »dass ich glaube, wir brauchen eine größere Herausforderung für den jungen Matt hier. Damit er bei den Lesern Eindruck schinden kann. Ich meine, diese Carla, die hätte jeder haben können, der auf ein so drahtiges kleines Ding steht.«

»Die hat ja jeder gehabt«, scherzte Raffa und zwinkerte Matt zu.

»Haha«, sagte Matt trocken.

»Und diese kleine blonde Schlampe unten vom Weibermagazin … die lässt immer ihren Arsch und ihre Titten sehen und kommt wie eine Nutte daher. Die abzuschleppen hat in etwa so viel Mühe gekostet, wie im Drive-Through von McDonalds einen Burger zu kriegen.«

Matt kicherte und blickte in sein Bierglas, doch insgeheim

dachte er an Lucy, wie sie aus dem Aufzug gestiegen war und ihre Augen vor Wut gefunkelt hatten. Er hatte das untrügliche Gefühl, sie unterschätzt zu haben. Fast so, als hätte er sie nicht gesehen, selbst als sie zusammen im Bett gewesen waren.

»Drive-Through-Nummern, das ist eine super Idee«, stellte Dan fest und strich sich übers Kinn. »Schau mal im Internet nach, Raffa, jetzt gleich, mein Sohn. Wenn es in Nevada kein Drive-Through-Bordell gibt, geht die nächste Runde auf meine Rechnung. Falls ja, wovon ich überzeugt bin, dann möchte ich bis Montag einen Artikel darüber haben, Matt, klar? Interviewe ein paar der Mädchen und deren Freier, treib ein paar Fotos auf … das müsstest du alles übers Internet und per Telefon machen können.«

»Klar«, antwortete Matt und fragte sich, wie in aller Welt er das anstellen sollte, dabei malte er sich seine eigene Stimme bei folgendem Telefonat aus: »Ach, hallo, sind Sie die Puffmutter? Ich rufe aus England an, ich bin ein Journalist, von dem Sie noch nie gehört haben, und ich schreibe einen Artikel für ein Magazin, von dem Sie noch nie gehört haben. Darf ich bitte Ihre Nutten über die Freuden der Arbeit in einem Drive-Through-Bordell befragen, und würde es Ihnen etwas ausmachen, mir ein paar Bilder zu schicken? Aber nur wirklich sexy Fotos.«

Die traurige Wahrheit war, dass das Gespräch genau so ablaufen würde.

»Ich hab's!«, bellte Pete, und Matt zuckte zusammen. »Wir suchen sein nächstes Opfer aus. Wir alle, heute Abend. Wir wählen ein Mädchen aus diesem Pub aus, und das ist die Mieze, mit der er für seine nächste Kolumne ins Bett steigt, und die Herausforderung besteht für ihn darin, dass er es schafft, egal, wen wir aussuchen.«

»Also, warte mal«, begann Matt zu protestieren, aber er wurde niedergebrüllt.

»Was, wie bei dem Spiel, die hässlichste Tussi für einen

One-Night-Stand auszusuchen?«, meldete Raffa sich zu Wort. »Dass wir eine richtige Vogelscheuche auswählen, und er muss sie aufreißen, komme, was da wolle?« Die versammelte Horde brüllte vor Lachen über diese Idee.

»He, das glaube ich weniger«, entgegnete Matt, der spürte, dass es ihm wegen des Alkohols in den Fingern kribbelte und ihm vom Testosteronstoß ganz schwindlig wurde. Wenn er das überleben wollte, würde er seinen Mann stehen und gute Miene zum bösen Spiel machen müssen. Sie würden ihn in der Luft zerreißen, wenn sie wüssten, dass das Anbaggern irgendeines beliebigen Mädchens das Letzte war, was er heute Abend zu tun wünschte, und dass er am liebsten nach Hause gehen und mit Ellen Tee trinken würde. »Ich bin der Mann, der Meister ... der Maestro. Jeder kann eine alte Schachtel aufreißen, die für die Aufmerksamkeit jedes Typen dankbar ist. Wenn ihr mich herausfordern wollt, dann sucht mir etwas Besonderes heraus, etwas, was ein bisschen mehr Mühe verlangt, als einen Augenaufschlag zu machen und ihr ein Lächeln zu schenken.«

»Er hat recht, die Leser wollen Fantasie, keine Fakten«, stellte Dan fest. »Wir müssen etwas Passendes aussuchen. Ich sag euch was, um es interessanter zu machen, beschließen wir, wie dein erster Satz zu lauten hat.«

»Ja, und du musst es heimlich mit deinem Handy aufnehmen, damit wir wissen, dass du dich auch daran gehalten hast«, schaltete sich Greg grinsend ein.

»Und du musst mit deinem Handy ein Foto von ihren Titten machen.« Raffa nickte eifrig. »Nahaufnahme, ohne Gesicht und so weiter, nur die Titten ... dann können wir sie im Magazin abdrucken und ihnen Punkte zwischen eins und zehn geben.«

»Wow, das ist eine geniale Idee!« Dan klopfte Raffa auf die Schulter.

»Gut, okay«, sagte Matt lachend, um sein Unbehagen zu kaschieren. »Und wenn ich das schaffe?«

»Vielleicht schafft ja sie dich«, kicherte Raffa.

»Deine Probezeit läuft morgen ab«, erklärte ihm Dan. »Du gehörst zum Team.«

»Und wenn ich es nicht mache?«, erwiderte Matt.

»Dann ist es das Gleiche, nur dass du nicht mehr zum Team gehörst.« Dan zog eine Augenbraue hoch. »Hast du den Mumm, diese Wette anzunehmen?«

»Das braucht keinen Mumm. Ist kinderleicht, verdammt«, versicherte ihm Matt mit vom Bier angefachter Prahlerei, die ihm eigentlich gar nicht behagte.

»Also, okay.« Dan drehte sich auf seinem Stuhl um und suchte in der Bar nach einem möglichen Ziel. Matt fühlte sich unwohl, während er ihn beobachtete. Was Dan da tat, unterschied sich nicht von dem, was er selbst an vielen Abenden machte, nämlich nach einem Mädchen zum Anbaggern Ausschau zu halten … doch wenn er das tat, dann war das Zufall und eine Frage des Glücks, und es bestand stets die Möglichkeit, dass es nicht funktionierte. Dass Dan ein Mädchen für ihn auswählte, das definitiv Sex mit ihm haben sollte, verlieh der Sache tatsächlich den Anschein, als wählte er ein Opfer aus, und Matt gefiel der Gedanke überhaupt nicht, dass irgendeine der Frauen, mit denen er zusammen gewesen war, als ein solches galt.

»Die da.« Dan nickte in die Richtung einer Säule, wo sich zwei Frauen in kurzen geblümten Sommerkleidern, die viel nacktes gebräuntes Bein bis hinunter zu den High Heels sehen ließen, unterhielten und die Köpfe zusammensteckten, während sie durch Strohhalme ihre Cocktails schlürften.

Matt nahm das Gekicher und Ellenbogenstoßen nur dunkel wahr, als Dan seine Wahl traf. Es war eindeutig, dass er die geeignetsten Frauen in der Bar ausgesucht hatte, und mehr noch, echte Frauen. Gut gekleidet, selbstsicher, als wären sie alles andere als daran interessiert, von einem Mann angemacht zu werden. Das würde wirklich eine Herausforderung darstellen.

»Blond oder brünett?«, fragte Pete mit einer grinsenden Grimasse, die Matt verstörend fand.

»Brünett, Brünette haben immer die besten Brustwarzen«, stellte Dan nickend fest, woraufhin Raffas Schultern bebten, weil er gegen seine sonstige Gewohnheit sein Lachen unterdrückte. »Sind alle einverstanden?« Mit wildem Gejohle gab die Gruppe ihre Zustimmung, was die nichtsahnende Frau veranlasste, kurz in ihre Richtung zu schauen. Matt sah ihr in die Augen und hielt für eine Sekunde den Blickkontakt, bis sie die Lider senkte, sich wieder ihrer Freundin zuwandte und ihr etwas zuflüsterte, was die andere Frau zum Lachen brachte. Falls es um ihn ging, war es wenig schmeichelhaft, da war sich Matt ziemlich sicher. Sie sah aus, als wäre sie um die Dreißig und lege großen Wert auf ihr Äußeres, offenkundig gab sie sich viel Mühe mit der Pflege ihrer Haut und ihrer Haare und trieb, nach ihren leicht muskulösen Oberschenkeln und Armen zu schließen, eindeutig Sport. Kein Fältchen war auf ihrer Stirn oder um ihren vollen Mund zu sehen, sie war makellos, und trotzdem wäre sie, wenn Matt die Wahl selbst getroffen hätte, die letzte Frau gewesen, die er ausgesucht hätte. Er war sich sicher, dass es bei ihr keine Geheimnisse zu entdecken gab. Sie würde jeden Hauch eines Makels kaschieren.

»Ja, ich bin für sie«, sagte Dan. »Sie sieht heiß aus, wie ein richtiges Flittchen … Matt, bei der könntest du das eine oder andere noch lernen. Und sie hat zwei großartige Dinger, sie könnte gar nicht perfekter sein. Geh schon, mein Sohn.«

»Wartet mal. Ich kann hier drin nicht einfach losbaggern«, erklärte Matt. »Ich muss zuerst ein bisschen Vorarbeit leisten … flüchtigen Blickkontakt, schüchternes Lächeln, solchen Schwachsinn.«

»Äh, kommt gar nicht infrage, großer Macker«, sagte Dan. »Mach hin, und stell dein Handy auf Aufnahme. Dein Anfangssatz lautet: ›Ich habe noch nie so schöne Haut gesehen, wie Ihre, verwenden Sie Feuchtigkeitscremes?‹«

Rund um den Tisch brachen alle in schallendes Gelächter aus.

»Versucht ihr, mich wie einen verdammten Serienkiller daherkommen zu lassen?« Matt schüttelte den Kopf.

»Genau.« Dan nickte und griff nach Matts Handy, um zu überprüfen, ob es tatsächlich auf Aufnahme gestellt war. Zufrieden gab er es ihm zurück und nickte in Richtung der jungen Frau. »Los, geh schon.«

»Gut, aber schaut nicht alle hin, okay?«, bat Matt vergeblich. Er leerte sein Glas und steuerte auf sein Ziel zu.

Die Frau prustete in ihren Drink, als Matt seinen Satz aufsagte und kurz über seine Schulter zu seinen versammelten Kollegen blickte, die auf einmal alle verdächtig still waren.

»Ist das eine Mutprobe oder was?«, fragte sie und musterte ihn mit kaum verhohlener Verachtung von oben bis unten. Matt setzte sein selbstironisches Grinsen auf, das besagte: Ich weiß, dass ich ein linkischer Schwachkopf bin, aber schau nur, wie schnuckelig ich aussehe.

»Klar, das war ein schockierender Satz, nicht wahr, aber er entspricht der Wahrheit … Sie haben eine schöne Haut. Im Ernst, Sie sehen aus, als wären Sie sechzehn.«

Die Frau schmunzelte. »Sie ebenfalls«, antwortete sie. Das war alles anderes als ein Kompliment.

»Ja, ich wirke jugendlich, aber das ist gar nicht schlecht.« Matt versuchte es mit dem einstudierten Heben der Augenbraue, was besagte: Ich weiß, wo sich deine Klitoris befindet. »Das heißt, dass ich die Ausdauer habe, um einer Frau das zu geben, was sie will.«

»Was, ein Paar Schuhe von Gucci?«, erwiderte die Frau wie aus der Pistole geschossen.

Matt brauchte eine Sekunde, bis er sich wieder gefasst hatte, und war sich der bellenden Hundemeute hinter seinem Rücken nur allzu bewusst, die bereit war, ihn bei der erstbesten Gelegenheit zu zerfleischen. Er musste es mit einer anderen Taktik versuchen.

»Wissen Sie, dass Sie als Model arbeiten könnten?«, fragte er und erschauderte insgeheim.

»Ja«, sagte sie. »Ich weiß. Ich bin Model. Genau genommen Model und Moderatorin.«

»Klar, da sieht man's. Dann hatte ich also recht.« Matt hörte, dass trotz seiner Mühe Satz um Satz verpuffte. Er hatte sich immer für einen richtigen Charmeur mit dem gewissen Etwas gehalten … aber vielleicht lag das daran, dass die Frauen, die er normalerweise auswählte, wesentlich betrunkener und viel leichter zu beeindrucken waren als die hier, Mädchen, die jedes abgedroschene Kompliment begierig aufsogen, als wäre es das Evangelium.

Vielleicht klang er ja immer so geistlos und als hätte er seine Sätze chinesischen Glückskeksen entnommen, vielleicht hatte er sich bislang bloß selbst nicht richtig zugehört. Matt fragte sich, wie seine Chancen wohl standen, einen anderen Job zu finden. Vielleicht würde Lucy bei ihrer Zeitschrift ein Wort für ihn einlegen? Aber das war höchst zweifelhaft.

»Los, kommen Sie schon«, drängte ihn die Brünette. »Sie versuchen doch, mich abzuschleppen, nicht wahr? Geben Sie nicht gleich auf … Gott liebt die Menschen, die sich richtig Mühe geben, und ich ebenfalls.«

»Okay, Sie sind eine intelligente, gebildete Frau, Sie wollen diese Schmeicheleien und Komplimente gar nicht hören.« Matt holte Luft und knüpfte seine Karriere an die folgenden Worte: »Die Wahrheit ist, dass ich wirklich mit dir schlafen will, was sagst du dazu?«

Die Brünette tauschte mit ihrer Freundin einen ausdruckslosen Blick aus.

»Ich sage, wenn das dein bester Versuch war, dann hast du ihn vermasselt. Im Ernst, Kumpel, du hast mich nicht nach meinem Namen gefragt oder irgendwas über mich herauszufinden versucht. Stehst du unter Zeitdruck oder was? Ich habe den Eindruck, du versuchst einfach, irgendjemanden abzuschleppen, damit du darüber einen Artikel für irgendeine schmierige Zeitschrift schreiben kannst.«

»Ich ... aber ... okay, woher weißt du das?«, sagte Matt, und seine Worte gingen im Lärm des Gejohles hinter ihm beinahe unter. »Du warst im Magazin abgebildet, nicht wahr? Ich weiß, dass ich jetzt wie ein Arschloch dastehe, und ich habe keine Ahnung, warum ich mich nicht erinnern konnte, dass ich eine so schöne Frau schon mal gesehen habe, aber ich verspreche dir, darum geht es hier gar nicht.«

Die Frau musterte ihn langsam von oben bis unten, als begutachtete sie ein Zuchtpferd.

»Also okay«, sagte sie und nickte.

»Okay was?«

»Okay, ich vögele mit dir«, erklärte sie und sah ihm direkt in die Augen. Auf einmal war Matt ganz nervös und sich absolut sicher, dass der Körperteil, der für dieses Vorhaben die Grundvoraussetzung darstellte, gerade zu einem Nichts zusammengeschrumpft war.

»Tatsächlich?«, quiekste er.

»Ja, aber nur unter einer Bedingung.« Kokett zog sie die Augenbraue hoch, was Matt gleich an jede Menge unheimlicher und aufregender Dinge denken ließ.

»Und die wäre?«, flüsterte er.

»Du solltest davor lieber meinen Mann fragen«, antwortete die Frau. »Schließlich ist er dein Chef.«

»Er ist ... was?« Matt blickte sich um und sah die versammelte Belegschaft von *Bang It!* vor Lachen nach Luft japsen und auf die Tische schlagen, während Dan sein Glas hob und ihm zuzwinkerte.

»Ich habe dir schon gesagt, dass du mich nach meinem Namen hättest fragen sollen. Ich heiße Aimee ... Mrs Aimee Sutherland, und dieser Satz mit der Feuchtigkeitscreme, das war Dans erster Satz, den er zu mir gesagt hat. Bei ihm hat er deutlich besser funktioniert.«

Aimee stöckelte auf ihren Gucci-High-Heels an Matt

vorbei und ließ ihn fassungslos stehen. Sie beugte sich zu ihrem Ehemann hinab und packte ihn am Kragen. »So, jetzt schuldest du mir aber wirklich ein Abendessen. Komm schon … wir gehen.«

Als Dan aufstand und seiner Frau einen Kuss gab, liefen ihm buchstäblich Lachtränen über die Wangen. »Das ist das Lustigste, was ich seit Jahren gehört habe«, erklärte er. »Im Ernst, wir sollten das auf unserer Website einstellen. Schatz, du warst brillant.«

»Was meinst du damit, auf der Website einstellen?«, fragte Matt kläglich.

»Ich meine, dass ich, als ich dein Handy überprüft habe, mein Handy angerufen und dich aufgenommen habe. Das war brillant!«

»Du Mistkerl!«, rief Matt aus, griff nach Petes Glas und leerte es mit einem Zug. »Die ganze Sache war ein abgekartetes Spiel.« Er sah Aimee ganz elend an. »Oh, mein Gott, das ist mir so peinlich.«

»Das sollte es dir wirklich sein, mein Lieber«, erwiderte Aimee lachend. »Ich habe keine Ahnung, wie du zu dem Ruf gekommen bist, ein Frauenheld zu sein.«

Sie grinste ihrer Freundin zu, die sich neben den auf einmal schweigsamen Raffa setzte.

Auch Matt grinste; er hatte keine andere Wahl, als es mit Fassung zu tragen. Es war *tatsächlich* ziemlich lustig.

»Ich bin also gefeuert?«, fragte er Dan.

»Das müsstest du eigentlich sein, aber ich bringe es nicht übers Herz, du bist einfach zu unterhaltsam.« Dan blickte seine Frau an. »Ich bin zu betrunken, um essen zu gehen … wie wäre es mit einer Linie und einem Club?«

Matt schüttelte den Kopf, während alle anderen zustimmend nickten.

»Wisst ihr was, ich gehe zurück.«

»Wohin zurück, dahin, wo du deine Selbstachtung verloren hast?«, fragte Raffa lachend.

»Nein, ich …« Matt bremste sich und hielt sich gerade noch davon ab zu verraten, dass er nach Hause gehen, duschen und vor dem Fernseher einschlafen wollte. »Ich hab noch so etwas wie ein Projekt laufen.«

»Eine Frau?«, erkundigte sich Pete.

»Ja, eine echte Herausforderung, ein bisschen älter … aber wirklich sexy, wisst ihr.«

»Du meinst, eine heiße ältere Braut?«, fragte Raffa.

»Oder eine sexy Mutter?«, warf Greg ein.

»Ja, nein … sie ist eine Dame. Wisst ihr, gebildet, ruhig und schüchtern.«

»Und du meinst, du kannst sie knacken?«

»Ich vermute, dass sich unter diesen altmodischen Klamotten ein umwerfender Körper verbirgt«, erklärte Matt. »Es ist nur eine Frage der Zeit.«

»Warte mal … redest du etwa über deine Vermieterin?«, lallte Pete. »Diejenige, die Mieter aufnimmt, weil ihr Mann den Löffel abgegeben hat?«

»Wow, was für ein Tiefschlag … du bist hinter einer Frau her, die sich von einem Todesfall erholt? Kumpel, das übertrifft ja noch deinen Versuch, die Frau des Chefs abzuschleppen«, stellte Raffa anerkennend fest.

»Erstens wusste ich nicht, dass ich versucht habe, die Frau vom Chef abzuschleppen, und zweitens ist ihr Mann seit fast einem Jahr tot«, erklärte Matt verlegen.

»Du bist wirklich ein unheimlicher Schweinehund«, stellte Dan voll Hochachtung fest. »Matt, der finstere Zerstörer. Weiter so, Kumpel. Das ist eine Idee für einen Artikel: Wie tief lässt sich ein Typ absichtlich sinken, um zu bekommen, was er will, he, Raffa …«

Matt nahm seine Sachen und ging hinaus in die angenehm kühle Nachtluft. Es war noch nicht einmal ganz dunkel, obwohl es schon fast dreiundzwanzig Uhr war. Auf dem Heimweg zu seinem Zimmer, nach dem er sich inzwischen sehnte, revoltierte sein Magen, und in seinem Kopf drehte sich alles. Das lag nicht nur an der Mischung aus Bier und Whiskey; er fühlte sich zerrissen und aufgewühlt. Als wäre er nach einer wilden Nacht aufgewacht und wüsste, dass er jemanden verletzt hatte, könnte sich aber nicht mehr daran erinnern, was gewesen war.

Allerdings wusste er dieses Mal genau, was er getan und was er gesagt hatte, und er verachtete sich deswegen. So dachte er überhaupt nicht über Ellen. Er hatte sexuelle Fantasien … das war unvermeidlich, schließlich war sie eine schöne Frau mit einem verheißungsvollen Körper, und er war ein Mann. Natürlich dachte er auf diese Weise an sie, aber er hielt sie nicht für ein Projekt, ein leichtes Ziel. Das war das Allerletzte, woran er bei ihr dachte. Im Gegenteil, er empfand den ganz untypischen Wunsch, sich um sie zu kümmern und sie zu beschützen.

Als Matt in seine Straße einbog, hielt er den Kopf gesenkt und überlegte, ob er nicht umkehren, seine Freunde suchen und mit ihnen weiter durch die Kneipen ziehen sollte, aber dann hörte er in der Dunkelheit ein Geräusch, das ihn wie angewurzelt stehen bleiben ließ. Er lauschte und war sich nicht sicher, was er da gerade gehört hatte.

»Matt?« Eine Gestalt trat taumelnd aus der Dunkelheit unter die Straßenlaterne. Matt brauchte eine Sekunde, bis er verarbeitet hatte, was er da sah.

»Hannah?« Er ging auf sie zu und griff genau in dem Augenblick nach der Frau, als ihre Knie nachgaben. Als er hinabschaute, sah er, dass ihr Make-up verschmiert war, ihre Augen blutunterlaufen und verquollen waren, aber es gab noch Schlimmeres – ein dunkler Bluterguss zeichnete sich auf ihrer linken Wange unmittelbar unter dem Auge ab, und ihre Kleider waren schmutzig und zerrissen. »Verdammt, Hannah, was ist passiert?«

»Bringst du mich zu Ellen?«, fragte sie schläfrig. Sie stand eindeutig unter dem Einfluss irgendeines Mittels. »Ich muss zu Ellen, ich muss ihr etwas sagen. Ich versuche die ganze

Zeit, dorthin zu gelangen, aber es ist so weit … und ich, ich habe Schmerzen.«

Matt schlang den Arm um Hannahs Taille, und sie lehnte sich gegen seine Schulter.

»Hannah, was zum Teufel ist denn passiert?«, fragte Matt.

Hannah drehte hastig den Kopf, um ihn mit einem verschlafenen, benommenen Blick anzusehen, die Augenbrauen zu einem Stirnrunzeln zusammengekniffen.

»Ich weiß nicht«, sagte sie. »Ich weiß nicht, was passiert ist.«

15

In ihrem Traum befand Ellen sich in einer Bibliothek – nein, nicht in irgendeiner Bibliothek, sondern in der Bibliothek ihres ehemaligen Colleges, in der man die staubigen, vom Boden bis zur Decke reichenden Regale so eng zusammengestellt hatte, dass die mit Teppich belegten Korridore dazwischen sehr schmal waren. In der Bibliothek war es heiß und düster. Sie spürte, wie sich in ihrem Nacken Schweißtropfen sammelten, während sie nach etwas Ausschau hielt und zwar nach dem Ausgang.

Auf der Suche nach einem Hinweis, wo sich dieser befinden könnte, fuhr sie mit dem Finger an den Büchern auf dem Regal entlang, die ganz anders waren als diejenigen, die sie in der Universitätsbibliothek gesehen hatte, lauter dicke, abgegriffene Taschenbücher mit roten, lila- und pinkfarbenen Buchrücken, die der Länge nach gebrochen waren, als wären sie alle begierig gelesen worden. Ellen zog eines der Bücher heraus und sah auf dem Cover die Illustration einer Frau, deren Oberarme von einem muskulösen Mann mit nacktem Oberkörper gepackt und fest nach hinten gezogen wurden, sodass sich ihre Brüste nach vorn wölbten und den Spitzenbesatz dessen dehnten, was eine Art weißes Nachtgewand zu sein schien. Ellen runzelte die Stirn und fragte sich, was an diesem Bild so vertraut war. Sie bemühte sich, den Titel – in erhabener, geschwungener Goldschrift – zu entziffern, aber die Buchstaben schienen keinen Sinn zu ergeben, egal, wie konzentriert sie diese betrachtete. Sie starrte lange auf das Bild der Frau auf dem Cover, deren Gesichtsausdruck, eine Mischung aus Qual und Ekstase, aus dem inneren Kampf zwischen Verlangen und Schicklichkeit hervorgegangen, vom Pinsel des Künstlers gekonnt festgehalten worden war. Die Frau hatte etwas Vertrautes, ihre langen, dunklen Haare, die ihr über eine Schulter fielen, ihre vollen Lippen, die ihre zu einem Knurren oder einem ekstatischen Stöhnen gefletschten Zähne sehen ließen.

Dann errötete Ellen verlegen, als ihr klar wurde, dass sie eine Darstellung von sich selbst offenkundig mitten in einer leidenschaftlichen Szene betrachtete. Und der Mann, der sie festhielt und die Lippen an ihren Hals drückte? Sie konnte nicht erkennen, um wen es sich handelte. Er war blond und gut gebaut, aber sie konnte sein Gesicht nicht sehen. Vielleicht war es Nick, fragte sie sich und versuchte sich zu erinnern, ob Nick sie jemals so entschlossen gepackt hatte. Ellen stöhnte auf, als sie sich an den sanften Druck seiner Handfläche an der Innenseite ihres Oberschenkels erinnerte, der erste Hinweis, dass er mir ihr schlafen wollte. Das war immer seine erste Annäherung gewesen, sogar noch bevor er sie geküsst hatte. Oder vielleicht war es Matt, der sie aus der stillen Wohlanständigkeit entführte, und seine starken Finger packten sie so fest, dass sie ihre Abdrücke gewiss auf ihrem Fleisch zurücklassen und sie als die Seine brandmarken würden. Schließlich gelang es ihr, den Titel zu entziffern: *Ellens Flucht.*

Genau, das war es, das würde ihr den Weg aus diesem Labyrinth weisen, in dem sie feststeckte, in dem jeder Korridor, jeder Raum sie in immer engeren Runden nur im Kreis und zu ihrem Startpunkt zurückführte. Das Buch musste alle Antworten bereithalten.

Verzweifelt schlug Ellen es auf, begierig zu sehen, welche Geheimnisse die Seiten preisgeben würden, aber sie waren alle unbeschrieben. Vergilbendes cremefarbenes, etwas raues Papier, vollkommen leer.

»Was geschieht hier?« Ellens Stimme hallte zwischen den Regalen wider. »Was geschieht jetzt mit mir?« Vielleicht würde sie die Antworten selbst hineinschreiben müssen, dachte sie auf einmal. Vielleicht musste sie ihre Geschichte schreiben, um ihr zu entkommen.

»Ellen?« Sie fuhr herum. Matt stand mit nacktem Oberkörper hinter ihr, genau wie der Mann auf dem Cover ihres Buches, und sein muskulöser Torso glänzte, vielleicht, weil er schweißbedeckt war, aber er roch nach Rosenöl, und seine durchtrainierte Bauchmuskulatur hob und senkte sich mit jedem seiner tiefen Atemzüge.

»Da bist du ja«, flüsterte sie. »Du bist gekommen. Ich habe es mir überlegt, ich bin bereit, mit dir zu schlafen, lass uns jede Menge Sex haben.«

»Ellen?«, fragte er leise, aber nachdrücklich. »Ellen?«

»Ja, die Antwort lautet ja, ja ich will dich, ich will dich. Als starke, unabhängige Frau werde ich zulassen, dass du mich jetzt nimmst!« Sie warf sich nach hinten und drückte ihren Rücken gegen das Bücherregal. »Reiß mir die Kleider vom Leib, aber sei vorsichtig mit den Knöpfen dieses Oberteils, es ist mein Lieblingsstück.«

Matt trat einen Schritt auf sie zu und schüttelte sie sanft an der Schulter.

»Ellen? Ellen, wach auf. Wach auf!«

Benommen schlug Ellen die Augen auf und fokussierte den Blick auf Matt. Sie lächelte und hob träge die Hand, um über seine Wange zu streichen. Und dann wurde ihr klar, dass sie gar nicht mehr träumte und dass Matt sich tatsächlich über ihr Bett beugte.

»Verdammter Mist!« Sie versuchte, sich aufzusetzen, stellte aber fest, dass sie von verhedderten Laken daran gehindert wurde. Mit einiger Mühe machte sie sich mit der einen Hand frei, während sie mit der anderen versuchte, ihre Scham zu bedecken. Ausgerechnet heute Nacht hatte sie sich angesichts der sengenden Hitze schließlich geschlagen gegeben und Nicks Schlafanzug gegen eines seiner Baumwollshirts getauscht.

»Was machst du hier?«, fragte Ellen atemlos und zog das

Laken bis zu ihrer Brust hoch. Sie mochte sich täuschen, aber sie fand, dass sein Gesichtsausdruck nicht wirklich auf einen Verführungsversuch schließen ließ.

»Tut mir leid«, flüsterte Matt und achtete dabei darauf, sie nicht anzusehen. Er setzte sich auf den Bettrand, und wegen seines Gewichts rutschte ihr Bein ein wenig näher an seinen Oberschenkel. »Ich wusste nicht, was ich tun soll. Ich dachte, ich sollte dich lieber wecken. Du musst gerade ziemlich wild geträumt haben.«

»Habe ich verschlafen? Ist es schon Morgen?« Ellen war verwirrt, und dann blitzte ein Bild des Traums vor ihrem inneren Auge auf. »Oh, mein Gott, habe ich im Schlaf geredet?«

»Nichts, was ich verstanden hätte.« Was immer er auch gehört oder gesehen hatte, Matt schien keinerlei Interesse daran zu haben, was Ellen zugleich enttäuschend und beruhigend fand.

»Es ist noch nicht Morgen«, fuhr Matt fort. »Es ist etwa Mitternacht, glaube ich.« Er hielt inne, als wäre er unsicher, wie er den nächsten Satz formulieren sollte. »Hannah ist unten.«

Ellen spürte, wie sich ihre Schultern entspannten. Sie lehnte sich gegen das Kopfteil zurück.

»Das ist mal wieder typisch.« Ellen fuhr sich mit den Fingern durchs Haar. »Sie jagt uns allen eine Heidenangst ein, und dann taucht sie vor der Haustür auf, wann ihr gerade der Sinn danach steht. Im Ernst, diese Frau glaubt offenbar, die Welt dreht sich nur um sie. Sie muss lernen, dass sie nicht zu jeder Tages- und Nachtzeit Aufmerksamkeit heischend hier aufkreuzen kann.« Ellen schwang die nackten Beine aus dem Bett und schlüpfte hastig in Nicks Morgenmantel, den sie noch immer hinter der Schlafzimmertür hängen hatte. »Ich gehe und sage ihr, dass sie verdammt noch mal nach Hause gehen und am Morgen wiederkommen soll.«

Als Ellen gerade bei der Tür ankam, legte Matt die Hand

auf ihre Schulter und hielt sie zurück. Sie drehte sich zu ihm um.

»Ellen, du hast mich nicht richtig verstanden.« Matts Gesichtsausdruck war im Halbdunkel nicht zu erkennen, aber irgendetwas an den Schatten unter seinen Augen und der Neigung seines Kopfes ließ sie ahnungsvoll erschaudern. »Versteh doch, ich weiß nicht, was passiert ist, aber Hannah ist ziemlich übel zugerichtet.«

»Du meinst betrunken?«, fragte sie.

»Vermutlich, vielleicht hat sie etwas eingenommen oder eingeflößt bekommen.« Ellens Seufzer verriet Verzweiflung. »Aber warte, es ist nicht nur das. Irgendetwas ist ihr zugestoßen, sie ist verletzt, und sie kann sich nicht erinnern, wie es passiert ist. Du musst kommen und mit ihr reden, Ellen.«

Matt trat einen Schritt näher, und endlich konnte Ellen seine Miene sehen. Er war wirklich besorgt.

»Oh, mein Gott, was hat sie jetzt bloß wieder angestellt?«

Ellen wusste nicht, was sie zu sehen erwartete, als sie die Wohnzimmertür aufstieß, aber es war mit Sicherheit nicht der Anblick, der sich ihr bot. Matt hatte Hannah auf dem Sofa zurückgelassen, wo sie sich zusammengerollt hatte und zu schlafen schien. Ellen knipste eine Lampe an, um ihre Schwester besser sehen zu können, die gegen das helle Licht unwillkürlich und unbewusst die Augen zusammenkniff. Das Erste, was Ellen bemerkte, war das Blut in Hannahs Haaren, das in den rostroten Strähnen inzwischen zu schwarzen Klumpen geronnen war. Sie hatte eine Wunde auf ihrer linken Wange, und ihre Lippe war geschwollen und aufgeplatzt. Der Kragen ihres T-Shirts war zerrissen, und auf ihrem Rock, dessen Seitennaht aufgerissen war, sodass man ihre Oberschenkel sah, befanden sich Schmutzstreifen. Doch der Anblick, der das Blut in Ellens Adern gefrieren ließ, war das eingetrocknete verschmierte Blut an der Innenseite des Oberschenkels.

Ellen presste sich die Hand auf den Mund, um keinen Laut von sich zu geben, während sie auf ihre unruhig schlafende Schwester hinabblickte. Nach ein paar Sekunden nahm sie die Finger von ihren Lippen.

»Wo, hast du gesagt, hast du sie gefunden?«, fragte sie Matt mit angespannter Stimme.

»Am Ende der Straße, sie ist einfach so zugerichtet aus dem Nichts aufgetaucht. Sie schien völlig weggetreten zu sein, ich glaube, sie war in einem der Gärten, vielleicht ist sie dort ohnmächtig geworden. Ich weiß nicht, wie lange sie dort gewesen ist, aber ich glaube, sie hat versucht, zu dir zu gelangen. Nicht ich habe sie gefunden, sondern sie mich. Hätte sie mich nicht gesehen, dann wäre ich einfach an ihr vorbeigegangen.«

Zögernd kniete Ellen sich neben dem Sofa auf den Teppich und hielt unsicher, was sie tun sollte, die Hand über ihre Schwester. Dann biss sie sich auf die Unterlippe und berührte Hannah sanft an der Schulter.

»Hannah, Hannah«, sagte Ellen leise, als würde sie ihre Schwester nur ungern wecken, wüsste aber, dass es unumgänglich war. »Hannah. Wach auf. Hannah, ich bin's, Ellen.«

Mit einiger Mühe schlug Hannah ein stark geschwollenes Auge ein Stückchen auf und sah Ellen durch den schmalen Spalt an.

»Ellen.« Ihre Stimme klang heiser und trocken. »Ich hab Schmerzen.«

»Ich weiß, das sehe ich«, antwortete Ellen sanft. Instinktiv drückte sie den Handrücken gegen Hannahs Stirn, so wie es ihre Mutter immer bei ihnen getan hatte, wenn sie vermutete, dass sie Fieber hatten. Hannahs Haut war kühl, sie musste sich also eine Weile im Freien aufgehalten haben. Unsicher blickte Ellen zu Matt auf, der den Kopf schüttelte. Auch er hatte keine Ahnung, was zu tun war. Ellen musste versuchen, mehr herauszufinden.

»Okay, Hannah, Hannah?« Ellen wartete, bis Hannah die

Augen wieder aufschlug. »Du musst dich hinsetzen, okay? Ich muss dich gründlich anschauen.« Mit einem Mal erinnerte Ellen sich an das letzte Mal, als sie ihre Schwester gepflegt hatte, als sie noch Kinder waren und Hannah noch ihre wirklich kleine Schwester war, voller Ehrfurcht vor ihr und in fast allen Dingen von ihr abhängig. Damals, als die Freundinnen ihrer Mutter sie beide anzuschauen und zu sagen pflegten: »Was für eine fantastische kleine Mutter Ellen doch abgibt.«

Hannah stöhnte auf. »Ich will nicht, Ellie, ich will hier bleiben. Mir gefällt es hier. Ich will jetzt schlafen, halte meine Hand …«

»Ich weiß, ich weiß, dass du schlafen willst, und das kannst du auch gleich. Aber zuerst muss ich mir deine ganzen Wunden anschauen. Lass mich mal sehen …«

Hannah verzog vor Schmerz das Gesicht, als Ellen die Hände unbeholfen um sie schlang und ihren Körper in Sitzposition hievte. Hannahs Kopf fiel nach hinten, aber sie lächelte, als sie Matt neben der Tür stehen sah.

»Mein Held.« Sie grinste, und der Riss in ihrer Lippe platzte wieder auf. »Matt hat mich gerettet, Ellie, ich hatte mich verlaufen, und er hat mich gefunden. Er ist so tapfer und schön – wie ein Held in einem deiner Bücher …«

Ellen kniete sich vor Hannah hin und umfasste deren Kopf mit beiden Händen, sodass sie ihrer Schwester in die Augen sehen konnte. Eines war inzwischen fast komplett zugeschwollen, das Lid des anderen dick. Vor langer Zeit war Ellen im Museum für die Erste Hilfe zuständig gewesen, und jetzt versuchte sie verzweifelt, sich an mögliche Hinweise für Kopfverletzungen zu erinnern. Hannah konnte betrunken hingefallen sein oder einen kräftigen Schlag gegen den Kopf abbekommen haben. Vorsichtig tastete Ellen den Kopf ihrer Schwester nach weiteren Schnittwunden oder Beulen ab, aber sie entdeckte nichts weiter als diese offenbar ziemlich oberflächliche Schnittwunde auf ihrer Stirn. Ellen erinnerte sich, dass Kopfwunden immer stark bluten, aber in jedem Fall war klar, dass Hannah von jemandem oder etwas sehr hart getroffen worden war.

»Hannah?« Ellen bemühte sich, die Aufmerksamkeit ihrer Schwester zu wecken, deren Kinn auf die Brust gesunken war. »Hannah! Hast du dich mit jemandem geprügelt? Wer hat dich verletzt?«, fragte Ellen und betrachtete dabei die übrigen sichtbaren Verletzungen, die ihre Schwester davongetragen hatte. Ihre Knie waren aufgeschürft und schmutzig, an ihren Unterarmen zeichneten sich blaue Flecken von Fingerabdrücken ab, und unter den abgebrochenen Nägeln hatte sich Schmutz gesammelt.

»Ich weiß nicht«, sagte Hannah müde und neigte sich zu Ellen vor, die sie an den Schultern fassen musste, um sie aufrecht zu halten. »Ich will schlafen.«

»Nein, nein du darfst nicht schlafen. Sie darf doch nicht schlafen, oder, Matt? Was ist, wenn sie nicht betrunken ist, wenn sie eine Gehirnerschütterung hat? Es heißt immer, dass man nicht einschlafen darf, wenn man eine Kopfverletzung hat.«

»Soll ich ihr einen Kaffee machen?«, bot Matt sich an.

»Ja, das ist eine gute Idee. Mach ihr einen starken Kaffee.« Er wirkte erleichtert, dass er jetzt einen Grund hatte, aus dem Zimmer zu gehen, und Ellen konnte ihm das nicht einmal verdenken.

»Schau, Hannah, ich weiß Bescheid, okay? Ich weiß, dass du deinen Job verloren und dass du dich bei der Arbeit in Schwierigkeiten gebracht hast. Ich weiß das alles, du brauchst also nichts zu verbergen, deshalb sag mir einfach, was dir zugestoßen ist.«

Ohne Vorwarnung schlang Hannah die Arme um Ellens Hals und ließ den Kopf auf ihre Schulter sinken, sodass sie beide beinahe auf den Teppich gekippt wären. »Es tut mir leid, Ellie«, schluchzte sie, ohne Tränen zu vergießen. »Es tut mir so leid.«

Mit einiger Mühe schob Ellen ihre Schwester wieder gegen die Sofalehne.

»Es muss dir nicht leidtun«, antwortete sie, während sie gegen die Verwirrung und Angst ankämpfte, die sie mit dem Wunsch erfüllten, aus dem Zimmer zu flüchten. »Was immer auch passiert ist, es ist nicht deine Schuld. Bitte, Hannah, ich versuche herauszufinden, was wir tun sollen.«

»Ellie, versprichst du mir, dass du mich immer noch lieb haben wirst, versprich es mir«, bettelte Hannah kläglich. »Wenn du mich immer noch lieb hast, geht es mir gut, ich weiß, dass es mir dann gut geht.«

»Selbstverständlich, du Dummchen«, sagte Ellen und erinnerte sich mit einem Mal ganz deutlich, wie Hannah früher immer zu ihr ins Bett gekrochen war, wenn sie sich nachts fürchtete. Damals konnte sie kaum älter als drei gewesen sein und Ellen etwa elf. Ellen erinnerte sich, wie sie es geliebt hatte, Hannahs kleinen, warmen, zusammengerollten Körper an ihrem zu spüren, und welch starken Beschützerinstinkt sie gegenüber ihrer kleinen Schwester gehabt hatte, als sie ihre Arme um sie geschlungen und ihr versprochen hatte, dass ihr bestimmt nichts passieren würde. Als sie ihr versprochen hatte, dass sie sie immer lieb haben würde.

»Jetzt komm schon, Hannah. Komm, versuche, dich zu erinnern.«

Hannah hob den Kopf, und ihr Gesichtsausdruck war genau der gleiche wie der des kleinen Mädchens, das sie einmal gewesen war, wenn sie beim Stibitzen von Keksen erwischt wurde. »Mir war langweilig, deshalb bin ich ausgegangen.« Sie runzelte die Stirn, was ihr offenkundig Schmerzen bereitete. »Auf einen Drink zur Mittagszeit. Es war schön, wirklich schön und heiß, und ich habe mich ins Freie gesetzt und Apfelwein getrunken. Ich trinke gern, Ellen, denn wenn ich trinke, spüre ich den Schmerz ein Weilchen nicht mehr …« Wieder driftete Hannah in den Schlaf, und ihre Lider schlossen sich flatternd.

Ellen wollte sie fragen, welchen Schmerz ihre strahlende, schöne, erfolgreiche Schwester nur so verzweifelt im Alkohol zu ertränken versuchte. Aber sie hielt den Mund. Sie musste Hannah wach halten, so schwierig das auch sein mochte, und sie musste herausfinden, was ihr zugestoßen war.

»Hannah? Hannah, schau mich an.« Zögerlich schlug Hannah ihr nicht zugeschwollenes Auge auf. »Hast du den ganzen Nachmittag über getrunken?«, fragte Ellen. »Bist du vielleicht umgekippt, oder bist du von einem Auto angefahren worden?«

Hannah runzelte die Stirn. »Ich glaube nicht. Oder?«

»Okay.« Ellen wusste nicht, was sie sagen sollte. »Okay, du warst also im Pub, dann hast du dich in die Sonne gesetzt, und was ist dann passiert?«

»Ach! Ich habe ein paar Leute kennengelernt, wirklich nette Leute. Wir haben jede Menge Spaß gehabt.« Hannah lächelte bei diesem Gedanken und nickte. »Sie haben mir Drinks spendiert, das muss aber später gewesen sein, weil sie gerade Feierabend hatten. Geschäftsleute, weißt du. Mit Geschäftsleuten hat man immer am meisten Spaß. Sie haben mir Champagner spendiert, und wir …« Hannah zögerte, als wäre sie nicht gewillt, weiterzusprechen.

»Was? Was habt ihr gemacht?«

»Ich möchte darüber jetzt nicht reden, Ellie, ich will schlafen. Sei nicht mehr sauer auf mich.«

»Ich bin nicht sauer«, antwortete Ellen. »Bitte, Hannah, ich weiß, dass es dir schwerfällt, aber ich glaube, es ist wichtig … hast du irgendetwas eingenommen, das heißt, hat dir jemand etwas gegeben?«

»Ich hab getanzt.« Wieder runzelte Hannah die Stirn. »Ich hab für sie auf dem Tisch getanzt, und dann …« Hannah schloss für eine Sekunde das Auge, und ihre Miene entspannte sich, als sie kurz das Bewusstsein verlor. Ellen hatte Gewissensbisse, sie wieder wachzurütteln.

»Hannah!« Ellens Stimme klang scharf, weil sie auf einmal

große Angst hatte. »Was ist dann passiert?« Wieder fuhr Hannahs Kopf hoch.

»Wir sind rausgeflogen, wegen ungehobeltem Benehmen. Deshalb bin ich mit den Jungs woanders hingegangen … wo sind wir hin?« Sie schaute verdutzt drein. »Ich kann mich nicht erinnern.«

»Jungs? Du meinst, du warst mit Männern unterwegs? Wie viele waren es, Hannah? Wie hießen sie?« Hannahs Miene hellte sich auf.

»Einer hieß Nick! Nick … Ellen, kannst du dir das vorstellen? Ich meine, ich weiß, dass das ein gebräuchlicher Name ist, aber das war nett. Es war nett, einen Grund zu haben, ihn wieder laut auszusprechen. Nick. Nick. Nick.«

Ellen schüttelte den Kopf und kämpfte gegen ihre Frustration an. »Was ist mit Nick passiert, Hannah?« Sogleich verzog sich Hannahs Gesicht und nahm den Inbegriff einer traurigen Miene an.

»Ach, Ellen, es tut mir leid. Es tut mir so leid.«

»Es braucht dir nicht leidzutun, das habe ich dir bereits gesagt. Dir muss gar nichts leidtun, verstanden? Das alles ist nicht deine Schuld. Hatte dieser Nick mit dir Sex?«, fragte Ellen weiter und fürchtete sich sogleich vor der Antwort.

»Ja«, sagte Hannah, und Ellen schluchzte auf. »Ja, und es tut mir leid, Ellen. Es tut mir so unglaublich leid. Ich wollte es nicht, es ist einfach passiert. Mir war nicht klar, was ich da tat, und dass es alles verändern würde.«

»Hannah, ist es gegen deinen Willen geschehen? War es dieser Nick, der dir das angetan hat? Bist du … bist du vergewaltigt worden, Hannah?«

»Vergewaltigt? Sei nicht albern, er hätte mir niemals wehgetan.«

Ellen sank auf ihre Fersen zurück und konnte sich diese Informationen nicht zusammenreimen. Hannah hatte getrunken, irgendwelche Männer kennengelernt, wahrscheinlich etwas eingenommen und Sex gehabt. Aber nichts davon erklärte ihren Zustand und ihre Verletzungen. War ihr danach etwas zugestoßen?

»Was ist dann mit dir passiert, Hannah, wie hast du dich verletzt? Was war mit den anderen, was war mit den anderen Männern, die mit diesem Nick zusammen waren?«

In diesem Augenblick erschien Matt mit einem dampfenden Becher Kaffee.

»Tut mir leid, dass es so lange gedauert hat, ich dachte, ich mache lieber echten Kaffee, weil der besser wirkt als Instantkaffee«, murmelte er und konnte keiner der beiden Frauen in die Augen sehen. »Tja, ich lasse euch dann wohl lieber allein, oder?«

»Würdest du bleiben?«, fragte Ellen, und ihre grünen Augen waren weit aufgerissen. »Bitte.«

Matt wollte nicht, dass sie mit der Sache allein fertigwerden musste, so gern er sich auch zurückgezogen hätte, deshalb nickte er und setzte sich in den Sessel dem Sofa gegenüber, faltete die Hände und senkte den Kopf, als suche er Zuflucht im Gebet.

»Hannah, du musst versuchen, dich zu erinnern, was heute Abend passiert ist. Was ist passiert, nachdem du mit Nick und den anderen aus dem Pub gekommen bist?«

»Wir haben einen Spaziergang gemacht!« Hannah schien mit sich zufrieden zu sein. »Die Jungs haben gesagt, dass ich frische Luft bräuchte, und wir haben einen Spaziergang durch den Park gemacht. Ich vermute, da muss ich mich so schmutzig gemacht haben.«

»Und du hattest Sex mit diesem Mann?«, erkundigte sich Ellen wieder.

»Oh, nein, nein.« Hannah, die sich mit dieser Aussage komplett widersprach, schüttelte langsam den Kopf. »Nein, die wollten, aber ich nicht. Ich habe gesagt, dass ich müde bin und ein Taxi nehmen und heimfahren will, aber dann … ich glaube, ich bin eingeschlafen, genau, weil ich so müde war. Und als ich wieder aufgewacht bin, war ich allein.« Hannah seufzte. »Ich bin immer noch so müde. Darf ich jetzt weiterschlafen, Ellie? Nimmst du mich in den Arm, bis ich schlafe?«

»Nein, Hannah, hör zu, du musst mich anschauen und mir eine Minute zuhören, okay?«

Hannah fokussierte ihren Blick auf Ellen.

»Hannah, ich glaube ... ich glaube, dass du überfallen, zusammengeschlagen und vielleicht sogar vergewaltigt worden bist. Ich denke, wir müssen die Polizei und einen Krankenwagen rufen, okay? Das mache ich jetzt.«

»Nein, nein.« Hannah schüttelte wieder den Kopf. »Nein. Ellie, ich muss einfach nur schlafen. Ich bin so müde.«

»Ich weiß, aber wir müssen dafür sorgen, dass du untersucht wirst, und wir müssen herausfinden, wer dich so verletzt hat.«

»Warum?« Hannah blinzelte.

»Damit die Polizei die festnehmen kann!«, erklärte ihr Ellen.

»Nein. Ich bin okay, mir geht es gut. Mir machen die Schmerzen nichts aus. Ich habe die Schmerzen verdient, die sind bedeutungslos, weil du jetzt Bescheid weißt. Jetzt begreifst du, warum ich wollte, dass du mir versprichst, dass du mich trotzdem lieb hast, also ist alles gut. Damit ist alles gut. Jetzt geh schlafen. Weißt du, ich habe den Eindruck, als hätte ich seit fast einem Jahr nicht geschlafen. Seit ...« Hannah driftete davon.

»Nein, Hannah, es ist nicht gut. Hannah?« Hannah kippte zur Seite, und ihr Kopf sank auf die gepolsterte Armlehne des Sofas. »Wach auf. Ich rufe jetzt einen Krankenwagen und die Polizei.«

»Nein!« Mit einem Mal war Hannah wieder wach. »Nein, nein, nein. Ellie, bitte, lass das. *Bitte.* Ich möchte nicht ins Krankenhaus, ich möchte nicht, dass die Polizei kommt. Ich möchte nur schlafen. Ich möchte nur hier bei dir bleiben. Mir geht es gut, Ellie, mir geht es gut.« Hannah sah zum ersten

Mal an diesem Abend besorgt und verängstigt aus. »Bitte, Ellie. Bitte, lass mich hier bei dir bleiben und schick mich nicht ins Krankenhaus. Mir geht es gut, wirklich gut. Es ist genau wie damals, als ich vom Baum gefallen bin und du dachtest, ich wäre tot, auch damals ist es mir gut gegangen, oder? Mir ist es gut gegangen.« Ein trockenes Schluchzen entwich Hannahs Kehle. »Ich will nicht mehr darüber reden, Ellie. Zwing mich nicht dazu.«

Entschlossen steckte Hannah den Daumen in den Mund, schob ein Kissen auf ihren Bauch, zog die Beine an und schloss die Augen.

Ellen blickte zu Matt hinüber. »Ich weiß nicht, was ich tun soll«, sagte sie müde. »Schau sie an. Da ist eindeutig etwas Schreckliches passiert. Irgendjemand hat sie verletzt, und ich weiß nicht, wer das warum und wie getan hat. Sollten wir einen Krankenwagen rufen?«

Matt betrachtete die schlafende Frau.

»Vielleicht sollten wir lieber warten und sie schlafen lassen. Wir sollten warten, bis sie aufwacht und wir herausfinden, ob sie sich an irgendetwas erinnern kann. Möglicherweise hat sie zu viel getrunken und ist auf dem Heimweg immer wieder hingefallen. Sie sieht schlimm aus, aber sie kann problemlos sprechen und scheint keine allzu großen Schmerzen zu haben, und sie hat allem Anschein nach keine Probleme mit der Atmung.«

»Aber was ist, wenn sie innere Blutungen hat oder eine Gehirnverletzung?«, fragte Ellen besorgt. »Wir sollten einen Krankenwagen rufen, die würden sie ins Krankenhaus bringen, sie röntgen und so weiter.« Ihr wurde klar, dass sie erleichtert wäre, ihre Schwester in kompetente Hände zu geben.

Matt biss sich auf die Lippe, legte die Hände auf seine Knie und beugte sich vor.

»Wenn wir sie jetzt ins Krankenhaus bringen, dann rufen die die Polizei. Als junger Reporter bin ich einmal losgeschickt worden, um über den Fall einer Schülerin zu berichten, die von einer Horde Teenager überfallen worden war. Ich habe mit ihren Eltern geredet. Die sagten, das, was sie nach dem Angriff hatte durchmachen müssen, wäre fast so schlimm gewesen wie das, was die Kerle ihr angetan hatten. Wenn wir Hannah jetzt einliefern lassen, dann werden die zur Beweisaufnahme alle möglichen Tests mit ihr machen wollen. Sie wird mit der Polizei reden, eine Aussage machen müssen. Sie wird ihre Kleider abgeben müssen, und die werden nicht zulassen, dass sie sich wäscht oder schläft. Klar, sie ist übel zugerichtet, aber wir wissen noch nicht, ob ihr etwas Schlimmes zugestoßen ist. Möchtest du wirklich, dass sie das alles durchmachen muss, wenn vielleicht nichts weiter passiert ist, als dass sie zu viel getrunken und so etwas wie eine wilde Nacht mit einem Typen, den sie aufgegabelt hat, verbracht hat? Und sie will eindeutig nicht ins Krankenhaus, das hast du mitbekommen.«

Ellen deutete auf Hannah. »Das ist nicht bloß eine wilde Nacht gewesen, Matt. Schau sie dir doch an!«

Matt betrachtete Hannah, die den Kopf zwischen ihre angewinkelten Arme gebettet und ihre aufgeschürften, blutigen Beine angezogen hatte.

»Ich weiß nicht, was ich sagen soll, Ellen«, erklärte er. Ellens Gesicht verriet ihre Besorgnis und Unschlüssigkeit. Plötzlich verspürte er den Wunsch, zu ihr zu gehen, sie in die Arme zu nehmen und ihr zu sagen, dass sie sich keine Sorgen machen sollte, dass sie sich an ihn lehnen konnte und er sich um sie kümmern würde. »Ruf deinen Hausarzt oder einen Allgemeinmediziner im Bereitschaftsdienst an, die ins Haus kommen. Wenn der Hannah untersucht hat, wissen wir zumindest, was wir zu tun haben.«

Ein Gefühl der Erleichterung erfüllte Ellen, während sie ihre schlafende Schwester betrachtete. Selbstverständlich, wenn sie jetzt einen Krankenwagen rief, würde von ihr erwartet, dass sie mit Hannah mitfuhr. Sie versuchte, sich auszumalen, wie sie ihre Schwester in die feuchtkalte Nacht hinaus begleitete, wie sie neben ihr saß, während der Krankenwagen zum Hospital raste, sie dabei von einer Seite zur anderen geschleudert wurde und das Martinshorn in ihren Ohren heulte. Ellen spürte, dass sich jeder Muskel ihres Körpers panisch verkrampfte. Sie war schon einmal in einem Krankenwagen gefahren, und damals war sie diejenige gewesen, die auf die Trage geschnallt war, verängstigt und allein, während die Sanitäter über ihren Kopf hinweg miteinander redeten, und sie hatte gewusst, dass sie ihr Baby in der zwölften Schwangerschaftswoche verlieren würde, was auch immer nun passieren mochte. Aber das war Jahre her, redete Ellen sich jetzt ein. Fast sieben Jahre, seit wegen der Bauchhöhlenschwangerschaft ihr Eileiter durchgebrochen war, seit sie beinahe verblutet wäre und ihre Chancen, erneut schwanger zu werden, zunichtegemacht waren, als man herausfand, dass ihr anderer Eileiter einen Verschluss hatte. Sieben Jahre, seit sie allein im Krankenhaus aufgewacht war und verängstigt darauf gewartet hatte, dass Nick von einer Geschäftsreise aus Frankreich zurückkehrte, und sich davor fürchtete, ihm mitzuteilen, dass ihr Traum von einer Großfamilie ausgeträumt war, sich davor fürchtete, ihn wieder einmal zu enttäuschen.

Seit damals hatte Ellen das Haus viele Male verlassen, und sie hatte keine Angst vor fremden Menschen oder Orten gehabt, auch wenn ihre Ausflüge immer seltener wurden. Und selbst wenn Charlie recht hatte und sie fast ein ganzes Jahr im Haus verbracht hatte, hieß das noch lange nicht, dass sie nicht hinausgehen konnte. Sie konnte es, falls sie es wollte, falls sie *musste*.

Aber als Ellen auf ihre übel zugerichtete, verletzte Schwester hinabblickte, wurde ihr klar, wie froh sie war, dass sie diese Theorie keinem Test unterziehen musste. Jedenfalls jetzt noch nicht.

* * *

»Mir wäre es lieber, sie würde ins Krankenhaus gehen«, erklärte die Ärztin Ellen mit ernstem Tonfall, als sie zusammen im Flur standen. Es hatte mehr als eine Stunde gedauert, bis die Bereitschaftsärztin gekommen war, und das erst, nachdem Ellen den Mann am Notruftelefon angefleht hatte, der ihr, nachdem sie ihm Hannahs Verletzungen beschrieben hatte, sagte, sie müsste Hannah umgehend ins Krankenhaus bringen. Schließlich hatte Ellen die erwünschte Hilfe erhalten, jedoch erst, nachdem sie mit rechtlichen Schritten gedroht hatte, falls Hannah aufgrund unterlassener Hilfeleistung etwas passieren sollte.

»Aber ich kann sie nicht zwingen«, sagte die Ärztin und seufzte. »Die Entscheidung liegt bei ihr, wenn sie bei Bewusstsein und entscheidungsfähig ist. Sie ist angeschlagen, ja, aber es gibt, soweit ich das erkennen kann, keine Anzeichen für eine Gehirnerschütterung oder innere Blutung. Das heißt aber nicht, dass es keine gibt.« Sie händigte Ellen ein Rezept aus. »Es liegen keine Knochenbrüche vor, und dieses entzündungshemmende Mittel wird gegen die Prellungen und Schmerzen helfen, aber ich möchte nicht, dass Sie ihr in den nächsten sechs Stunden irgendetwas verabreichen, nur für den Fall, dass ich etwas nicht entdeckt habe. Falls sie das Bewusstsein verliert oder sich irgendetwas verschlimmert, haben Sie keine andere Wahl, als den Krankenwagen zu rufen. Und auch wenn es ihr nicht schlechter geht, sollten Sie versuchen, sie davon zu überzeugen, für eine gründlichere Untersuchung ins Krankenhaus zu fahren, sobald sie wieder nüchtern ist. Das empfehle ich ihr, aber ich kann nichts tun, wenn sie meinen Rat nicht befolgt.«

Ellen nickte und erkannte damit den Ausschluss jedweder Haftung an. Sie nahm das Rezept und faltete es einmal zur Hälfte, dann noch einmal. Sie war sich im Klaren, dass die erschöpfte und zerzauste junge Frau dringend gehen wollte, aber sie musste ihr unbedingt noch eine Frage stellen.

»Frau Doktor, meinen Sie, dass … meinen Sie, dass sie vergewaltigt worden ist?«

Die Ärztin senkte den Kopf. »Ich kann nur eine Beurteilung über die Bereiche abgeben, die Ihre Schwester mir zu untersuchen gestattet hat, deshalb kann ich dazu keine Meinung äußern. Ich würde sagen, dass ihr diese Verletzungen von einer anderen Person zugefügt worden sind. Das ist nicht die Art von Wunden, die auf einen Zusammenprall mit einem Auto oder einen Sturz zurückzuführen sind.«

»Sie möchte ein Bad nehmen«, sagte Ellen. »Aber dann gibt es keine Beweise mehr, oder?«

Die Ärztin musterte Ellen mit müden braunen Augen. »Verstehen Sie, ich arbeite normalerweise als Polizeiärztin in der hiesigen Polizeistation. Ich habe ständig mit solchen Dingen zu tun, und um ehrlich zu sein, weniger als fünfzig Prozent der Vergewaltigungsopfer erstatten Anzeige bei der Polizei, und bei denen, die es tun, führt das in weniger als zehn Prozent zu einer Verurteilung. Falls irgendwelche forensischen Beweise vorliegen, würden diese nur belegen, dass Ihre Schwester Sex hatte. *Falls* die Polizei den Eindruck haben sollte, dass ihr für eine Anklage genügend Beweismaterial vorliegt, und *falls* sie denjenigen ausfindig machen sollte, der dafür verantwortlich sein könnte, was ziemlich unwahrscheinlich ist, würde Ihre Schwester zu ihrem Alkohol- und Drogenkonsum befragt werden. Darüber, dass sie den ganzen Tag im Pub mit Leuten verbracht hat, die sie möglicherweise angegriffen haben, möglicherweise aber nicht. Und selbst dann steht ihr Wort gegen das der anderen, ob das wirklich passiert ist, und auch wir wissen es nicht mit Sicherheit. Ich bin mir nicht einmal sicher, ob sie es weiß.«

»Sie sagen also, dass ich sie ein Bad nehmen lassen und nichts weiter tun soll?«, fragte Ellen fassungslos. »Dass, wer immer ihr das angetan hat, weitermachen kann, als wäre nichts geschehen?«

»Ich sage, dass Ihre Schwester auf die eine oder andere Art einen fürchterlichen Abend hinter sich hat, und dass sie ernsthaft verletzt sein könnte. Lassen Sie sie tun, was immer sie will, wenn sie sich damit besser fühlt, aber haben Sie ein Auge auf sie, falls es Anzeichen für eine Verschlechterung gibt … wenn sie etwa anfängt, sich zu übergeben oder das Bewusstsein zu verlieren, wenn sie Probleme mit der Atmung oder Bauchschmerzen hat, und achten Sie vor allem auf Anzeichen, dass ihr Bauch sich verhärtet oder anschwillt.«

»Danke, dass Sie gekommen sind«, sagte Ellen höflich. Dann schaute sie der Bereitschaftsärztin nach, wie sie den Pfad auf dem Weg zum nächsten Einsatz hinunterhastete. Müde schloss sie die Tür zur Außenwelt und lehnte sich dagegen.

Matt tauchte aus dem Wohnzimmer auf und nickte in Richtung des Papiers in Ellens Hand. »Ist das ein Rezept?« Ellen nickte. »Im Sainbury's gibt es eine Apotheke, die rund um die Uhr geöffnet hat, nicht wahr? Ich gehe schnell und hole das Medikament.«

»Hast du gehört, was sie gesagt hat? Meinst du, ich soll keine Anzeige erstatten?«, fragte Ellen und gab ihm das Rezept.

»Ich glaube nicht, dass das deine Entscheidung ist, ich denke, das ist Hannahs Sache … und im Moment will sie nichts anderes, als ein Bad nehmen«, erklärte Matt. Er nahm seine Jacke vom Pfosten des Treppengeländers. »Ich bin in zehn Minuten zurück.«

»Matt?« Er blieb stehen, die Hand auf der Türklinke. »Vielen Dank, danke, dass du da bist.«

»Kein Problem«, antwortete Matt.

Nachdem er die Tür hinter sich ins Schloss gezogen hatte, stand Ellen da und blickte mehrere Sekunden auf die Stelle, an der er gestanden hatte, dann ging sie die Treppe hinauf und ließ Hannah ein Bad ein.

Hannah, die jetzt, nachdem die Ärztin sie untersucht hatte, ein bisschen wacher wirkte, hatte darauf bestanden, allein zu baden, während Ellen vor der Tür gesessen und alle paar Minuten flüsternd Fragen gestellt hatte, aus Angst, ihre Schwester könnte wieder das Bewusstsein verlieren und ins Wasser rutschen. Ellen war dankbar, dass Charlie sich angewöhnt hatte, mit den Hörstöpseln seines iPods in den Ohren zu schlafen. Wenn sie Glück hatte, würde er nicht aufwachen. Sie wollte nicht gezwungen sein, ihm das alles zu erklären.

Hannah war eine Stunde im Bad geblieben und hatte nicht herauskommen wollen, selbst als Ellen mit frischen Handtüchern und einem sauberen alten Baumwollschlafanzug von Nick ins Badezimmer gegangen war. Vom langen Sitzen auf dem Boden war ihr Hintern wie taub gewesen, und ihr Rücken schmerzte. Auf den Befehl ihrer Schwester hin hatte sie sich umgedreht, während Hannah sich abtrocknete und dabei immer wieder vor Schmerz nach Luft rang. Ellen hatte festgestellt, dass der Spiegel völlig beschlagen war, und sich dann dabei ertappt, dass sie in das schmutzige Badewasser blickte, das inzwischen eine blassrosa Farbe angenommen hatte. Als Hannah abgetrocknet und angezogen war, hatte Ellen sie bei der Hand genommen und sie in ihr Schlafzimmer geführt, hatte die Bettdecke zurückgeschlagen, sodass ihre Schwester sich hinlegen und sie sie zudecken konnte.

»Wie geht es dir?«, fragte Ellen Hannah, die sich auf die Seite rollte und ihr den Rücken zukehrte.

»Ich werde langsam wieder nüchtern, leider«, antwortete Hannah, als hätte sie nach einer wilden Nacht nichts weiter als einen Kater. »Und mir tut alles weh.«

»Es dauert nicht mehr lange, dann kannst du etwas dagegen einnehmen«, erklärte Ellen. »Hannah, glaubst du, dass du ins Krankenhaus gehen solltest, wenn du dich noch ein bisschen ausgeruht hast …?«

»Nein«, antwortete Hannah. »Nein. Wird schon okay sein. Ich will nur einfach hier bleiben. Ich will hier bleiben und nie mehr fortgehen.«

Ellen nickte. Zumindest das konnte sie verstehen.

*

»Das ist doch wieder einmal typisch Hannah«, sagte Ellen auf einmal. Die durch die Küchenjalousie einfallende Morgendämmerung tauchte alles in ein traumähnliches fahlgraues Licht.

»Was? Was ist typisch?« Matt schreckte aus seinem Schlaf auf. In den letzten Stunden, seit Hannah wieder eingeschlafen war, hatten er und Ellen schweigend in der Küche gesessen, und Matts Kopf war hin und wieder auf seine Brust gesunken. Ellen hatte nicht geschlafen, sondern war in regelmäßigen Abständen nach oben gegangen, um nach Hannah zu schauen, hatte das Heben und Senken ihrer Brust beobachtet, den Ausdruck auf ihrem geschwollenen Gesicht, hatte nach irgendwelchen Anzeichen Ausschau gehalten, ob ihr Zustand ernster sein könnte, als es zunächst den Anschein gehabt hatte. Und sie hatte sich an die unzähligen Male erinnert, als sie auf Hannah aufgepasst hatte, als sie noch ganz klein gewesen war.

Ellen war keineswegs erfreut gewesen, als ihre Mutter mit Hannah in den Armen aus dem Krankenhaus nach Hause gekommen war. Sie hatte sich über ihre neue kleine Schwester überhaupt nicht gefreut, ein hübsches Ding mit Pfirsichhaut, das vom ersten Augenblick seines Daseins makellos war und jeden verzauberte, noch bevor sie sprechen, ja sogar bevor sie lächeln konnte. Mit ihren acht Jahren war sich Ellen wie ein riesiger und schwerfälliger Wechselbalg vorgekommen, wie der Kuckuck im Nest, da sie in ihrer jetzt umgestalteten Familie mit ihrem dunklen Teint und den dunklen Haaren, die sie offenbar von einer ihr völlig unbekannten Großtante geerbt hatte, auffiel wie ein bunter Hund. Sie hatte gar nichts von diesem strahlenden kleinen Wesen, das so viel Licht ins Haus brachte, das jeden veranlasste, zu gurren und zu lächeln. Trotzdem hatte Ellen Hannah geliebt; es war ihr gar nichts anderes übriggeblieben, als sie zu lieben, und sie war ihr von dem Augenblick, als sie sie zum ersten Mal auf die Arme nahm, absolut ergeben gewesen. Von Anfang an hatten sie ein Zimmer miteinander geteilt, und Hannahs Gitterbettchen war in dem schmalen Raum neben Ellens Bett geschoben worden. Aus Angst, ihrer kleinen Schwester könnte etwas zustoßen, wenn sie nicht aufpasste, hatte Ellen sich gezwungen, wach zu bleiben und durch die Gitterstäbe von Hannahs Bettchen zu starren, das Heben und Senken ihrer Brust zu beobachten und auf ihrem makellosen Gesichtchen nach Anzeichen schlechter Träume oder Kummer Ausschau zu halten.

Als Hannah ein bisschen älter war, alt genug, um im Dunkeln Angst zu haben, hatte sie durch die Gitterstäbe stets Ellens Hand festgehalten, und ihre pummeligen Fingerchen hatten Ellens längere umklammert, bis sie eingeschlafen war, aber Ellen zog ihre Hand auch dann nicht zurück. Selbst wenn ihr Arm eingeschlafen war und fürchterlich kribbelte oder sie sich gern umgedreht hätte, ließ sie ihre Hand in Hannahs, solange ihre Schwester sie dort brauchte.

Als Ellen das letzte Mal nach oben gegangen war, um nach Hannah zu schauen, die reglos dalag und, wie Ellen hoffte, tief und fest schlief, hatte sie sich gefragt, wann diese Liebe und Hingabe zueinander ihr Ende gefunden hatten. Hannah hatte ihr nie irgendetwas wirklich Schreckliches angetan, außer schöner, klüger und erfolgreicher zu sein, und Ellen hatte schon vor langer Zeit akzeptiert, dass es ihr Schicksal war, von ihrer Schwester in den Schatten gestellt zu werden. Es war nicht wirklich Neid gewesen, was sie bei dieser Erkenntnis empfunden hatte – vor allem nicht, nachdem sie Nick kennengelernt und Charlie geboren hatte. Aus welchem Grund auch immer, sie hatten sich irgendwie entfremdet, und sie wünschte sich manchmal einfach, Hannah würde sie in Ruhe lassen, wie sie es lange Zeit getan hatte, weil sie immer eher das Gefühl hatte, mehr sie selbst zu sein, wenn Hannah nicht da war. Als würde Hannahs bloße Anwesenheit die Mängel in ihrem Leben hervorheben, die Ellen am liebsten verdrängte.

»Was ist typisch?«, wiederholte Matt seine Frage. Er richtete sich auf, rieb sich übers Gesicht und blinzelte verschlafen.

»Immer wenn etwas schiefgelaufen ist, wenn sie einen Fehler gemacht hat, dann hat sie sich, anstatt es zuzugeben oder etwas zu unternehmen, um die Sache wiedergutzumachen, in noch größere Schwierigkeiten gebracht, als könnte sie das wahre Problem damit irgendwie ausblenden. Selbst als sie noch ganz klein war, ist sie Risiken eingegangen. Als sie sechs war, hat sie diese Porzellanfigur, die unsere Mutter so geliebt hat, kaputt gemacht. Es war eine Tänzerin oder dergleichen, und Hannah hatte damit gespielt und sie fallen lassen. Anstatt es Mum zu beichten, ist sie auf den höchsten Baum, den sie im Garten finden konnte, geklettert. Nach oben hat sie es geschafft, aber auf dem Weg nach unten ist sie in Panik geraten und abgerutscht, auf eine der Wurzeln gestürzt und bewusstlos liegen geblieben. Ich dachte, sie wäre tot, wirklich, weil sie so reglos und blass war – ich musste loslaufen und es Mum sagen, und es war ein Riesentamtam, und selbstverständlich hat die Sache mit der Porzellanfigur überhaupt keine Rolle mehr gespielt, denn die Hauptsache war ja, dass es Hannah gut ging.«

»Ich glaube nicht, dass man das mit dem Klettern auf einen Baum vergleichen kann«, stellte Matt verdutzt fest.

»Dann, als sie acht war, wollte sie diese Puppe aus dem Spielzeugladen haben. Tja, sie hatte nicht Geburtstag oder so, deshalb hat sie eines Tages, als wir in der Stadt waren und uns mit unserem Taschengeld in der Hand in dem Laden umgeschaut haben, während Mum im Supermarkt war, beschlossen, die Puppe einfach zu nehmen und sie unter ihren Rock zu schieben. Und sie ist damit durchgekommen, allerdings ist ihr klar geworden, dass sie damit nicht nach Hause gehen konnte. Deshalb ist sie, während ich noch an der Kasse stand und mir ein paar Süßigkeiten oder so gekauft habe, in den Bus gestiegen, der unmittelbar vor dem Geschäft hielt, ohne Geld für eine Fahrkarte zu haben. Sie ist einfach in den Bus geklettert, hat sich hinten hingesetzt und wollte nicht mehr aussteigen.

Mum und Dad waren außer sich. Ich hätte eigentlich auf Hannah aufpassen müssen. Sie war bei der Endhaltestelle in Brighton ausgestiegen, und ein Polizist brachte sie nach Hause. Alle waren so erleichtert, sie zu sehen, dass außer mir keinem die Puppe unten in ihrer Spielzeugkiste auffiel. Es war seitdem immer das Gleiche. Wann immer sie etwas Dummes oder Falsches macht, zieht sie eine Nummer wie diese ab, bringt sich in Schwierigkeiten und verletzt sich, sodass alle vergessen, was sie getan hat, und Mitleid mit ihr haben.«

Ellen stand abrupt auf, um erneut den Wasserkessel auf den Herd zu stellen.

»Du glaubst aber nicht wirklich, dass sie das dieses Mal gemacht hat, oder?«, fragte Matt. »Hannah würde sich doch nicht absichtlich in solche Gefahr bringen, nur damit niemand sauer auf sie ist.«

»Nein, nein, vermutlich nicht. Ich weiß, dass das nicht das Gleiche ist … es ist nur … ich fühle mich schuldig, vermute ich. Irgendetwas hat sie beschäftigt, irgendetwas Wichtiges und Schlimmes, und sie war die ganze Zeit hier bei mir und Charlie, und es hat mich genervt. Ich wollte sie nicht hier haben. Dabei hat sie nichts anderes getan, als versucht, eine gute Schwester zu sein, und ich habe nichts anderes getan, als sie zurückzuweisen, was auch der Grund ist, wieso ich nicht bemerkt habe, dass sie mit ihren eigenen Problemen zu kämpfen hatte. Seit einem Jahr habe ich nichts mehr von der Welt da draußen mitbekommen.« Ellen nickte in Richtung der Fenster, während sie zwei frische Teebeutel mit kochendem Wasser übergoss. »Und jetzt das … diese schreckliche, brutale Sache. Wäre ich wirklich aufmerksam gewesen, hätte ich sie wirklich angesehen … ich dachte immer, wir sollten unzertrennlich sein, ich und Hannah. Dass Schwestern diese … diese feste Verbindung haben. Aber im Augenblick habe ich den Eindruck, sie weniger zu kennen als je zuvor.«

»Möglicherweise ist es eine Art von Schuld«, überlegte Matt laut. »Vielleicht bestraft sie sich selbst.«

»Was in aller Welt könnte sie denn getan haben, dass sie auf die Idee kommt, sie hätte das verdient?«, fragte Ellen und warf einen Blick an die Decke. »Sie hat zu viel getrunken und das, was sie beschäftigt hat, in Alkohol zu ertränken versucht … aber so überfallen zu werden? Dafür ist Hannah nicht verantwortlich. Irgendjemand … irgendwelche Leute haben gesehen, wie verletzlich sie war, und haben ihr absichtlich wehgetan, als sie nicht stark genug war, sie davon abzuhalten … und es bringt mich fast um, dass ich nicht weiß, was genau passiert ist. Und was am Schlimmsten ist, ich glaube, sie weiß es nicht einmal selbst.«

»Vielleicht ist das im Augenblick das Beste. Vielleicht braucht sie nur ein bisschen Zeit, um es herauszufinden.« Matt stand auf und streckte sich. »Ich muss mich für die Arbeit fertig machen, unter die Dusche gehen … ich würde zu Hause bleiben, wenn ich könnte, aber das ist absolut unmöglich.«

Ohne nachzudenken, ging Ellen zum ihm, schlang die Arme um ihn und drückte ihn an sich. Erst als er die Umarmung erwiderte, fiel ihr wieder ein, dass sie unter dem Morgenmantel nur ein T-Shirt trug. Sie verweilte noch einen Augenblick in seinen Armen, dann trat sie zurück.

»Tut mir leid«, sagte sie verlegen. »Ich bin ein bisschen übermüdet, das lässt mich aus der Rolle fallen. Was ich sagen wollte, war ›vielen Dank‹. Du brauchtest dich um die Sache gar nicht zu kümmern, aber du hast es getan. Ich habe letzte Nacht wirklich einen Freund gebraucht, und ich bin dir sehr dankbar. Also Dankeschön.«

Matt antwortete nicht sofort, weil er durch den kurzen Kontakt mit ihrem weichen Körper und die Gefühle, die das in seinem erschöpften Gehirn hervorrief, verwirrt war. Er hatte nicht gewollt, dass sie die Umarmung löste. Er hatte gewollt, dass sie genau da blieb, wo sie war. Er hatte sie festhalten wollen.

»Kein Problem«, murmelte er und blickte lieber aus dem Fenster als ihr in die Augen.

»Hier, nimm den mit, ich habe extra viel Zucker hineingetan.« Ellen reichte ihm einen Becher Tee.

»Weißt du was«, sagte Matt und blieb in der Tür stehen. »Eines ist an deiner Schwester offensichtlich.«

»Ach, und was?«

»Dass es für sie wichtiger als alles andere ist, was du von ihr hältst«, erklärte Matt.

16

Der letzte Mensch, den Matt erwartete, an seinem Schreibtisch sitzen – nein, lümmeln – zu sehen, als er schließlich an seinem Arbeitsplatz erschien, war Lucy, die Korrektorin, die ein Stockwerk tiefer arbeitete. Als er ins Büro gekommen war, hatte er gedacht, dass es eigenartig ruhig sei, ohne das übliche Geplänkel und Gelächter. Raffa, Steve und sogar Pete saßen an ihren Schreibtischen, allem Anschein nach konzentriert bei der Arbeit. Das war so kurz nach Redaktionsschluss noch nie da gewesen, vor allem nicht, wenn sich eine langbeinige Blondine in der Nähe aufhielt, die sich in diesem Fall auf Matts Schreibtischstuhl zurückgelehnt und die Füße auf seinem Schreibtisch gekreuzt hatte.

»Ach, hallo?« Matt verlangsamte seine Schritte, als er auf sie zuging. Wenn er sich nicht sehr täuschte, hatte sie ihm, als sie sich das letzte Mal getroffen hatten, das schlimmste ihm bekannte Schimpfwort an den Kopf geworfen, eines, das zu verwenden sogar er sich scheute. Was wollte sie jetzt wohl von ihm?

»Kommst du immer so spät?«, fragte Lucy schelmisch.

»Habe eine anstrengende Nacht hinter mir«, antwortete Matt misstrauisch.

»Hast du gestern wieder ein armes Opfer in deine Höhle gelockt?«

Matt dachte an Hannahs verletzten und geschundenen Körper, wie sie zusammengerollt auf Ellens Sofa gelegen hatte, und zuckte innerlich zusammen. Wie groß war eigentlich der Unterschied zwischen ihm, wenn er durch die Bars zog und nach beschwipsten Frauen Ausschau hielt, die er überreden konnte, mit ihm ins Bett zu steigen, und den

Männern, denen Hannah begegnet war? Dieser Gedanke hatte sich ihm aufgedrängt und verfolgte ihn nun.

»Versteh doch, Lucy, es war eine schwierige Nacht …«

»Ach, *jetzt* kannst du dich auf einmal wieder an meinen Namen erinnern!«, rief sie aus. »Ich dachte schon, du glaubst vielleicht …«, sie griff nach einer Ausgabe von *Bang It!* und schlug die Seite mit Matts Kolumne auf, »ich heiße ›langbeinige blonde Granate‹ oder vielleicht ›unersättliches kurviges Luder‹?«

»Du hast die Kolumne also gesehen«, stellte Matt müde fest und fragte sich, warum in aller Welt er es für eine gute Idee gehalten hatte, mit einer Frau auszugehen, die ein Stockwerk tiefer arbeitete – und was noch schlimmer war, warum in Teufels Namen er beschlossen hatte, über sie zu schreiben. Was hatte er sich dabei nur gedacht? Die Wahrheit war, dass er überhaupt nicht nachgedacht hatte, seit er hier in London angekommen war, zumindest hatte er sein Gehirn nicht eingeschaltet. Die Wahrheit war, dass er seit 1998 das Gehirn nicht eingeschaltet hatte, seit gewisse andere Körperteile die Führung bei Entscheidungen übernommen hatten.

»Ja«, sagte Lucy. »Und ich bin gekommen, um dir zu danken.«

»Mir zu danken?« Matt trat von einem Bein auf das andere. Warum wollte sie ihm danken? Plötzlich war er verwirrt und verängstigt, sehr verängstigt.

»Äh …«

»Du musst verstehen«, erklärte ihm Lucy, die mit einer eleganten Bewegung die Beine von seinem Schreibtisch schwang, sich im Sessel umdrehte und ihn ansah. »Hättest du deine Kolumne über mich nicht geschrieben, hättest du zum Beispiel nicht geschrieben …« Sie überflog die Seite. »›Diese kleine Granate hing von dem Moment an, in dem wir uns hinsetzten, an mir, und sie trug ein Kleid, das nichts der Fantasie überließ und mir offenbarte, was für eine Art von Spaß ich zu erwarten hatte. Ich bot ihr noch einen Drink an, aber sie war bereits startklar und zerrte mich praktisch zu meiner Wohnung …‹ Also hättest du das nicht geschrieben, dann wäre ich niemals auf die Idee gekommen, meinen eigenen Artikel zu schreiben. Und ich wäre nicht so zornig gewesen und hätte nicht den Mut aufgebracht, damit zu meiner Chefredakteurin zu gehen und sie um die Chance zu bitten, für das Magazin zu schreiben. Aber du hast es getan, und ich ebenfalls, *et voilà!*«

Lucy streckte ihm eine Ausgabe ihres eigenen Magazins entgegen. »Du hast dafür gesorgt, dass ich zum allerersten Mal als Verfasserin genannt werde.« Sie strahlte ihn an, und ihre hellen Augen funkelten. Matt riss den Blick von ihr los und schaute auf die Hochglanzseite hinab. Der Titel lautete: »Wie man schrecklich schlechten Sex vermeidet!«

Er las die ersten Zeilen. »Wir haben es alle schon einmal getan, wir haben uns alle ein wenig niedergeschlagen gefühlt, einen über den Durst getrunken und uns in einer kompromittierenden Situation mit einem fremden Mann wiedergefunden, den wir kaum kannten. Wir denken, das entfesselt uns, macht uns frei, aber am nächsten Morgen kommen wir uns unweigerlich dumm und ausgenutzt vor, und was am Schlimmsten ist, wir haben eine Nacht mit schrecklich schlechtem Sex hinter uns. Das letzte Mal ist mir das erst vor wenigen Wochen passiert …«

Matt blickte auf. »Du hast über mich und dich geschrieben?«, fragte er fassungslos.

»Genau.« Lucy nickte, und ein boshaftes Grinsen hellte ihre Miene auf. »Was? Du bist nicht fasziniert? Möchtest du nicht weiterlesen? Ach, mach dir nicht die Mühe, ich habe es mir gemerkt, lass es mich vortragen: ›Dieser Typ, wir wollen ihn Matt nennen, …‹«

»He, das ist mein echter Name!«, protestierte er.

»Ja, aber die Leserinnen wissen das ja nicht. ›Dieser Typ glaubte offenbar, er sei im Bett der Größte. Aber die Wahrheit ist, dass ich von dem Augenblick an, in dem wir in sein

Schlafzimmer kamen, nach einem Vorwand suchte, um mich wieder zu verdrücken. Waren es seine vorhersagbaren, abgeschmackten Komplimente, die mir die Lust nahmen? Wie oft hat man sie schließlich sagen gehört, sie hätten noch nie eine Frau mit so schönen Augen gesehen, ja genau, als ob die sich für deine Augen interessieren würden! Oder waren es seine ungeschickten, amateurhaften Küsse, die sich ein wenig anfühlten, als würde ich von einem Labrador angesabbert? Warum lernen Männer eigentlich nie, dass weniger mehr ist, wenn es um die Zunge geht? Nein, es war nichts davon, es war einfach so, dass mir in dem Moment, als ich mit ihm ins Bett stieg, klar wurde, dass ich mich langweilen, ganz entsetzlich langweilen würde, und dass ich in den folgenden fünf Minuten mein Bestes versuchen musste, es mir nicht anmerken zu lassen.‹« Lucy erhob sich und stolzierte auf Matt zu, bis sie mit vor Wut und Spott funkelnden Augen direkt vor ihm stand und ihm der berauschende Duft ihres Parfums in die Nase stieg. »›Und davon ist hier die Rede, meine Damen‹«, fuhr sie fort, aus ihrem Artikel zu zitieren. »›Deshalb sind wir alle dazu verurteilt, ein schreckliches Sexleben zu führen, es sei denn, wir unternehmen umgehend etwas dagegen. Kein Vortäuschen mehr, dass sein Gefummel an unseren Genitalien uns antörnt, kein lautes Ächzen und Stöhnen mehr, während man sich in Wahrheit fragt, ob man daran gedacht hat, die gerade laufende Folge von *Grey's Anatomy* aufzunehmen. Und vor allem, kein Vortäuschen mehr, dass man nach ein paar Minuten Gerammel einen Orgasmus hatte, wo wir doch alle wissen, dass es deutlich länger dauert und größerer Anstrengung bedarf, einen solchen zu erreichen. Beziehen wir klar Stellung! Sagen wir Nein zu schlechtem Sex. Es geht ja nicht darum, dass irgendein Typ sich gut fühlen soll. Wenn sie schlecht sind, dann sagt es ihnen. Und Matt, falls du das lesen solltest – nur damit du Bescheid weißt –, du bist entsetzlich schlecht im Bett.‹«

Als sie ihr Zitat beendet hatte, warf sie ihm das Magazin vor die Füße, machte auf dem Absatz kehrt und stolzierte, begleitet von stürmischem Applaus, aus der Redaktion.

»He, Kumpel?« Raffa klopfte ihm auf die Schulter. »Hast du ein bisschen Gewicht verloren?«

»Was?« Matt sah ihn verständnislos an.

»Es ist nur, ich glaube, diese Mieze hat dir gerade deine Eier geklaut!«

Matt blinzelte, als die Bürotür hinter Lucy ins Schloss fiel. Er hatte ja keine Ahnung gehabt, dass sie … na ja, dass sie so cool war.

»Wow, das ist mir ja noch nie passiert«, sagte Matt und sank auf seinen Sessel. Er fühlte sich verlegen, bloßgestellt und verletzlich. Er schloss die Augen. Was war er doch für ein Arschloch! Er hatte mehr als ein Jahr lang allen möglichen Frauen das angetan, was Lucy ihm jetzt angetan hatte. Und so klug und lustig Lucys Artikel auch sein mochte, er verletzte ihn, er schmerzte wie ein sehr harter Schlag. Wie viele Menschen hatte er, ohne nachzudenken, auf diese Weise verletzt?

»Noch nie in der Öffentlichkeit bloßgestellt worden?«, spottete Pete.

»Jedenfalls war ich noch nie Ziel eines Racheartikels. Das muss man ihr lassen, das Mädchen hat Eier.«

»Ja genau, deine«, wiederholte Raffa seinen Scherz, weil es ihn offenkundig wurmte, dass er beim ersten Versuch kein großes Gelächter geerntet hatte.

»Du musst dich zusammenreißen, mein Sohn«, erklärte ihm Pete. »Wo ist denn der finstere Zerstörer geblieben, he? Und was noch wichtiger ist, wo bleibt dein Beitrag über das Drive-Through-Bordell?«

»Jetzt mach mal halblang, ich hab den Auftrag erst gestern bekommen«, sagte Matt, obwohl der gestrige Abend im Pub schon eine Ewigkeit her zu sein schien. »Ich war mir nicht einmal sicher, ob Dan das überhaupt ernst gemeint hat.«

»Dan meint es immer ernst. Komm schon, Kumpel, du hast noch eine Woche, bis deine Probezeit vorbei ist, und ich muss dir sagen, du siehst gerädert aus. Bitte sag mir, der Grund dafür, dass du dich von diesem kleinen Flittchen hast fertigmachen lassen, ist der, dass du die ganze Nacht mit deiner Vermieterin beschäftigt warst!«

»Lucy ist kein Flittchen.« Matt hatte das Gefühl, seine Nemesis verteidigen zu müssen. Als er Petes Gesichtsausdruck sah, fügte er hinzu: »Und ja, ich war die ganze Nacht mit Ellen wach. Es stimmt, was man über ältere Frauen auf dem Gipfel ihrer Sexualität so sagt!« Matt grinste, aber zugleich spürte er ein Gefühl des Selbstekels. Lucy, Hannah, die Vorstellung, nach allem, was er letzte Nacht und an diesem Morgen erlebt hatte, einen Artikel über ein Drive-Through-Bordell zu schreiben … bei diesem Gedanken wurde ihm schlecht.

Halbnackte Mädchen, die nichts weiter waren als Brüste und Hintern, Woche für Woche über Sex zu schreiben, das war nicht sein Traumjob. Das war nie sein Traumjob gewesen, und Matt konnte sich gar nicht mehr erklären, warum er das überhaupt geglaubt hatte.

Lucy, Hannah … und vor allem Ellen. Sie erinnerten ihn daran, dass er Frauen mochte, dass er sie liebte. Er fand sie interessant und lustig und auf eine Weise schön, die irgendwie subtiler und komplexer war, als nur die Frage nach ihrer Körbchengröße und wie viel sie getrunken hatten. Wie in aller Welt hatte diese Freude und Faszination am anderen Geschlecht sich nur zu dem hier entwickeln können?

Matt seufzte. Jetzt, kurz vor Ende seiner Probezeit, war nicht der richtige Zeitpunkt, um Gewissensbisse oder den Wunsch nach etwas Besserem zu verspüren. Aber trotzdem waren diese beiden Impulse vorhanden, und er konnte sie nicht einfach abschütteln. Was war nur mit ihm los?, fragte er sich traurig. Und dann erinnerte er sich wieder an den Duft ihrer Haare, als sie ihn an diesem Morgen umarmt hatte, und mit einem Mal wurde es ihm klar. Ellen – Ellen widerfuhr ihm. Er hatte sich in seine Vermieterin verknallt.

»Und dann ist da deine nächste Kolumne«, fuhr Pete fort. »Mach dich an die Arbeit mit den Recherchen über das Bordell, und schreib heute einen ersten Entwurf deiner Kolumne, und was diese dumme Schnalle angeht, die gerade hier hereingekommen ist und uns alle niedergemacht hat …«

»Wer, Lucy?«, fragte Matt sorgenvoll.

»Das ist Krieg, Kumpel«, erklärte Pete. »Das ist Zeitschriftenkrieg. Lass dir möglichst schnell einen Angriffsplan einfallen.«

Als Pete davonschlurfte, sank Matt noch tiefer in seinen Sessel und überlegte, was passieren würde, wenn er einfach aufstünde, aus dem Büro ginge und nie mehr zurückkäme. Denn in diesem Augenblick, nach allem, was in jüngster Zeit geschehen war, nach allem, was letzte Nacht passiert war, waren die Redaktionsräume von *Bang It!* der allerletzte Ort, an dem er sein wollte.

Eliza wusste nicht, ob sie sich über den Vollmond freuen oder davor fürchten sollte. Sein gespenstisch heller Silberschein würde ihr zumindest den Weg weisen, aber andererseits machte er die Flucht umso gefährlicher. Seit dem Tag, an dem der Captain sie ins Gefängnis von Oxford gebracht hatte, hatte sie um ein Wunder gebetet, irgendwie frei zu kommen. Sie waren drei Tage schweigend nebeneinander her geritten, und der Captain hatte sie kaum angesehen, geschweige denn berührt. Eliza ging davon aus, dass sie für diese Schonung eigentlich hätte dankbar sein müssen, denn es war klar, dass das Verlangen, das der Captain einst nach ihr verspürt haben mochte, völlig erloschen war, seit er herausgefunden hatte, dass sie eine Mörderin war und darüber hinaus keinerlei Reue zeigte. Aber während sie dem Ort, der höchstwahrscheinlich ihren Untergang bedeutete, immer näher kam, stellte sie fest, dass sie sich nach der Berührung eines Menschen, selbst der des Captains, sehnte.

Zumindest hatte er dafür gesorgt, dass sie den Luxus einer Zelle für sich allein hatte und genug zu essen bekam, und er hatte unter Androhung der Todesstrafe Anweisung gegeben, dass sie von keinem der Wärter gestört oder belästigt werden durfte. Eliza hatte insgeheim erwartet, dass er sie selbst bewachen würde, aber sobald er sie im Gefängnis abgeliefert und eine großzügige Summe für ihre Verpflegung gezahlt hatte, war er verschwunden. Beim Weggehen hatte er sich nicht einmal umgeblickt. Ein endlos erscheinender, ereignisloser Tag nach dem anderen verging, und Eliza wartete auf Nachricht, was aus ihr werden würde, und in jeder Stunde empfand sie eine eigenartige Mischung aus Angst und Langeweile, fürchtete sich vor dem Ende ihrer Gefangenschaft und sehnte diesen Augenblick zugleich herbei.

Nach zwei Wochen der Einsamkeit erschien der Captain endlich wieder. Nachdem die Zellentür hinter ihm geschlossen worden war, sah er sie lange an, und Eliza war sich ihrer zerzausten Haare und ihrer schmutzigen und zerrissenen Kleidung nur allzu bewusst. Sie war kaum mehr mit der jungen Frau der ersten lüsternen Begegnung zu vergleichen, und jetzt konnte sie den Ausdruck in seinen dunklen, von einer Kapuze verdeckten Augen nicht erkennen. Sie stellte fest, dass sie sich danach sehnte, darin diesen Funken der Begierde zu sehen, den sie zuvor so häufig gefürchtet hatte, aber jetzt war nichts dergleichen zu erkennen. Allem Anschein nach hatte er mit ihr endgültig abgeschlossen, und nach der Anspannung seines Kiefers und seiner Schultern zu schließen, auch mit dem Leben.

»Sie werden Euch hängen«, informierte sie der Captain, der an der Tür stehen geblieben war. »Ihr seid für schuldig befunden, eine Mörderin und Spionin zu sein – sie betrachten Euch als eine sehr gefährliche Frau.«

»Mich?« Eliza rang nach Luft. »Gott weiß, dass ich, bevor ich Euch getroffen habe, vom Leben nichts anderes erwartete, als mich mit meiner Handarbeit zu beschäftigen und darauf zu warten, dass mein Onkel einen guten Ehemann für mich findet! Es ist alles Eure Schuld. Ihr habt mich missbraucht, mich zu-

grunde gerichtet, mich mit skrupellosen Männern zusammengebracht, und jetzt, da Ihr mit mir fertig seid, führt Ihr mich fröhlich zum Galgen.«

»Eliza, das ist nicht wahr …« Elizas Herz tat einen Sprung, als der Captain zwei Schritte auf sie zu machte, doch bevor er bei ihr ankam, blieb er stehen, wandte sich ab und trat stattdessen an das hohe, schmale Zellenfenster. »Eliza, Ihr sollt gehängt werden. Morgen, bei Tagesanbruch. Wisst Ihr, wenn ich irgendetwas, irgendwas tun könnte …«

Eliza spürte, wie ihre Beine unter ihr nachgaben, aber sie stützte sich an der Mauer ab, entschlossen, den Captain niemals sehen zu lassen, dass der Mut sie verließ.

»Ich soll also morgen früh im Alter von neunzehn Jahren sterben, weil ich mich gegen einen Mann zur Wehr gesetzt habe, der mich mit Sicherheit geschlagen, vergewaltigt und skrupellos ermordet hätte. Einen Mann, dem ich niemals begegnet wäre, wäre ich nicht vor Euch davongelaufen. Ihr habt mir die Schlinge um den Hals gelegt, Captain.«

»Wäret Ihr nur nicht davongelaufen, Eliza.« Der Captain drehte sich um, durchquerte mit wenigen Schritten den winzigen Raum und zog sie an sich. »Wäret Ihr nur geblieben, hättet Ihr mich Euch heiraten lassen, mich Euch lieben lassen, dann wäret Ihr jetzt meine Frau, dann wäret Ihr in Sicherheit.«

Eliza war ungerührt geblieben, während sie sah, wie dem Captain Tränen über das Gesicht liefen und seine breiten Schultern bebten. Er machte auf dem Absatz kehrt, verließ den Raum und schlug die Zellentür hinter sich zu. Eliza lauschte auf das Geräusch des Schlüssels und der Riegel, die ihr Schicksal besiegeln würden. Aber sie hörte nichts. Und dann bemerkte sie, dass der Captain in der Dunkelheit neben der Tür etwas auf dem Boden zurückgelassen hatte. Vorsichtig bückte sie sich, hob das Bündel auf und fragte sich, worum es sich wohl handeln mochte. Es war eine Stofftasche, darin befanden sich ein paar Goldmünzen und etwas, was in einen Seidenschal eingewickelt war. Behutsam rollte Eliza den Schal auf und ließ den

Schatz auf den Boden fallen. Es war der Dolch des Captains, auf dessen Klinge seine Initialen eingraviert waren und dessen Griff juwelenbesetzt war. Elizas Herz pochte wie wild, als sie nachsah, ob sonst noch etwas in der Tasche steckte, vielleicht ein Zettel, aber sie fand nichts. Er konnte sie also doch nicht so einfach aufs Schafott steigen sehen … vielleicht liebte er sie doch so sehr, wie er behauptete? Eliza legte die Hand auf ihre Brust, um ihr Herz zu beruhigen. Sie konnte nicht zu hoffen wagen, nicht davon träumen, dass dieser Albtraum ein Ende haben könnte, dennoch gab es jetzt einen kleinen Lichtschimmer in der Dunkelheit … der Captain hatte ihr die Möglichkeit zur Flucht eröffnet.

Ellen rieb sich über die Augen und blickte auf die Wörter auf dem Bildschirm, die Allegra ihr diktiert hatte. Zum ersten Mal, seit sie diesen Job angenommen hatte, war sie von dem, was Allegra gesagt hatte, nicht wirklich gefesselt.

»Und was meinen Sie, sollte als Nächstes passieren?«, fragte Allegra. Ellen blickte zu der älteren Frau hinüber. Sie war wie immer makellos gekleidet, aber sie hatte dunkle Schatten unter den Augen, und noch etwas an ihr war anders, was Ellen aber nicht genau benennen konnte.

»Ich weiß nicht«, antwortete Ellen müde. »Der Captain wartet mit einem Pferd vor den Toren der Stadt auf sie? Wird er sie überhaupt retten?« Sie blickte zur Decke und dachte an Hannah, die oben noch immer schlief. Als Matt zur Arbeit aufgebrochen war, war Ellen hinaufgegangen und hatte, nachdem sie den Kleiderhaufen von dem samtbezogenen Sessel neben dem Fenster weggeräumt hatte, dagesessen, hatte Hannah angesehen und sie genau beobachtet. Sie hatte friedlich geschlafen, vor allem, nachdem sie das Schmerzmittel eingenommen hatte, und so erleichtert Ellen auch gewesen war, ihre Schwester friedlich schlummern zu sehen, so sehr fürchtete sie, wie es ihr wohl gehen würde, wenn sie aufwachte und wieder nüchtern war. Ellen fürchtete sich davor, woran Hannah sich erinnern würde.

»Das würden meine Leserinnen jedenfalls erwarten«, pflichtete Allegra ihr bei, als wäre sie von dieser Idee enttäuscht.

»Vielleicht könnte er auf sie warten, und Eliza könnte ihn mit seinem eigenen Dolch ermorden, sein Pferd stehlen und am Ende nach Amerika auswandern. Wir könnten daraus den allerersten postmodernen feministischen Nackenbeißer machen«, schlug Ellen gereizt vor, während sie sich fragte, in welchem Zustand sich der Mann, der Hannah verletzt hatte, befunden haben mochte, als er an diesem Morgen aufwachte, falls er überhaupt eine Ahnung hatte, was er angerichtet hatte.

Allegra kniff die Lippen lächelnd zu einem schmalen Strich zusammen, und als Ellen sie konzentriert ansah, bemerkte sie, was nicht in Ordnung war. Zum allerersten Mal trug Allegra in ihrer Anwesenheit nicht ihren altmodisch orangeroten Lippenstift.

»Ein bisschen angespannt heute?«, fragte Allegra.

Ellen schüttelte den Kopf und konnte aus Angst, in Tränen auszubrechen, nicht antworten.

»Ich habe nicht gefragt, weil ich nicht neugierig sein will«, hob Allegra wohlüberlegt an. »Ich möchte nicht immer neugierig sein, aber Ellen, ich bin eine alte Frau. In einer guten Nacht schlafe ich kaum mehr als drei oder vier Stunden, und bei dem ganzen Kommen und Gehen vergangene Nacht habe ich kein Auge zugetan. Ich will nicht herumschnüffeln, aber ich weiß, dass Sie die ganze Nacht wach waren und sehr durcheinander sind. Und wenn Sie durcheinander sind, können wir nicht effektiv arbeiten. Außerdem mache ich mir Sorgen um Sie … ich mag Sie nämlich. Wollen Sie mir nicht erzählen, was passiert ist?«

Ellen blickte durch die offene Terrassentür in den Garten hinaus. Natürlich war Allegra in der vergangenen Nacht gestört worden, die arme Frau musste ja fast alles gehört haben. Es war Ellen nicht einmal in den Sinn gekommen, dass ihre

Mieterinnen beeinträchtigt werden könnten. Sabine hatte sie gar nicht zu Gesicht bekommen, weder gestern Abend noch heute Morgen, deshalb hatte sie keine Ahnung, ob die Frau von all dem Hin und Her geweckt worden war, oder ob sie beschlossen hatte, sich aus allem herauszuhalten. Aber Allegra hatte eine Erklärung verdient. Deshalb begann sie aufgrund ihres benebelten Gehirns und der seltsamen Traumhaftigkeit der vergangenen Nacht langsam, bedächtig und vorsichtig zu sprechen.

»… und darum weiß ich es nicht«, beendete sie ihren Bericht. »Ich weiß nicht, warum sie ihren Job verloren hat, den sie liebt, und warum sie dermaßen durchgedreht ist. Noch weiß ich, was vergangene Nacht wirklich mit ihr passiert ist, und was am Schlimmsten ist, sie weiß es auch nicht.«

Allegra nickte. »Und was ist mit Charlie? Weiß er Bescheid?«

Ellen schüttelte den Kopf. »Ich glaube nicht. Er hatte die ganze Nacht die Stöpsel seines iPods in den Ohren, und er hat Hannah nicht einmal erwähnt, als er heute Morgen in die Küche heruntergekommen ist.«

Charlie hatte, als er rechtzeitig zum Frühstück in der Küche erschienen war, einen glücklicheren Eindruck gemacht als in den letzten Monaten, wahrscheinlich weil er sich so lange Sorgen um sie gemacht und das Gefühl gehabt hatte, mit ihr nicht reden zu können, weil sie sich in ihrer Trauer abschottete. Die Vorstellung, dass er unglücklich und allein mit seinen Problemen gewesen war, quälte sie; erst jetzt, da er angefangen hatte, mit ihr zu reden, wurde ihr richtig bewusst, wie viel er in sich hineingefressen hatte und wie viel ihr entgangen war, weil sie sich so komplett von der Welt zurückgezogen hatte.

Ellen hatte gerade Hannahs zerrissene und verschmutzte Kleider vom Badezimmerboden aufgesammelt und sie in den Händen gehalten, weil sie sich nicht entscheiden konnte, ob sie sie in die Waschmaschine stecken oder sie als … was? …

als Beweisstücke? … zur Seite legen sollte. Dann hatte sie Charlie die Treppe herunterpoltern gehört und sie hastig in die Waschmaschine gestopft. Sie konnte sie ja später einschalten.

»Ist Matt schon weg?«, hatte er sie gefragt. Ellen hatte genickt und zwei Scheiben Brot in den Toaster gesteckt.

»Hast du gut geschlafen?«, fragte sie ihn.

»Glaube schon. Du hast also die Möglichkeit gehabt, noch ein bisschen länger nachzudenken, du weißt schon, worüber wir gestern geredet haben?« Charlies Stimme klang unbeschwert und heiter, und Ellen spürte, wie sich ihr das Herz zusammenzog … er versuchte sein Bestes, unbesorgt zu erscheinen.

»Über meine Agoraphobie?« Sie lächelte und setzte sich zu ihm an den Tisch. »Du hast mir einen Denkanstoß gegeben, Charlie. Ich habe im Kalender nachgeschaut, und mir ist etwas ziemlich Schockierendes klar geworden. Du hast in einem Punkt recht: Ich war seit Dads Beerdigung nicht mehr draußen. Ich war seit fast einem Jahr nicht mehr außer Haus, und das Beängstigende daran ist, dass ich es nicht einmal gemerkt habe.« Ellen hatte mit den Schultern gezuckt und war sich bewusst gewesen, dass Charlie sie genau beobachtete. »Aber ich bin keine Agoraphobikerin, Charlie.«

»Aber Mum …«

»Nein, warte. Ich war seit einem Jahr nicht mehr außer Haus, und das ist seltsam und falsch, und ich *habe* mich hier versteckt, aber das liegt nicht daran, dass ich eines Morgens aufgewacht bin und beschlossen habe, nicht mehr rauszugehen, weil ich Angst vor der Außenwelt habe. Für mich ist es, als wäre es erst gestern gewesen, dass wir von Dads Tod erfahren haben. Irgendwie hat sich das Jahr hingezogen und ist zugleich wie im Nu vergangen. Ich war von all der Trauer gefangen und habe mich für die Außenwelt nicht interessiert. Das brauchte ich nicht. Ich habe gar nicht bemerkt, dass ich in all den Monaten in diesem Haus festgesessen habe, aber ich habe keine Angst, hinauszugehen, Charlie. Ich bin es nur nicht mehr gewöhnt.«

Ellen legte die Hand auf seine und drückte sie. »Ich habe mich in der Traurigkeit verloren, aber ich glaube, ich komme da jetzt ein bisschen heraus, und ich schaue mich um und sehe, wie die Dinge sind und wie sie sein sollten. Also mach dir um mich keine Sorgen, okay? Es ist nicht so schlimm, wie du glaubst, das verspreche ich dir.«

»Du meinst, du könntest einfach deine Handtasche nehmen und mich gleich jetzt zur Schule begleiten?«, fragte Charlie.

»Ich glaube schon, wenn du wirklich willst, dass deine Mum dich zur Schule begleitet.« Ellen lächelte.

Charlie überlegte einen Augenblick, dann griff er in seine Schultasche und legte einen Stapel Broschüren und zahllose Blätter mit Informationen, die er offenkundig aus dem Internet heruntergeladen und ausgedruckt hatte, auf den Tisch und breitete sie mit der Handfläche vor ihr aus. »Ich glaube, du könntest eine Art von Agoraphobie haben, Mum. Das kommt nach einem traumatischen Ereignis häufig vor. Offenbar ist es nicht ungewöhnlich, dass der Betroffene die Augen vor der Wahrheit verschließt. Aber das ist gut behandelbar, du brauchst nicht einmal Medikamente, nur etwas, was kognitive Therapie heißt, und eine Selbsthilfegruppe.«

»Und wo findet man eine Selbsthilfegruppe für Agoraphobiker … die gehen doch bestimmt nicht häufig aus?«, versuchte Ellen zu spaßen, aber Charlie fand das überhaupt nicht lustig.

»Mum, ich versuche doch nur, dir klarzumachen, dass das Jahr unheimlich und schwierig war, es war, als wärst du die meiste Zeit auf einem anderen Planeten, das Haus ist voller Sonderlinge, und jetzt ist auch noch Tante Hannah total ausgeflippt. Ich vermisse Dad, ich vermisse ihn wirklich, aber ich bin jetzt dafür bereit, dass das Leben wieder ein bisschen normal wird. Ich bin dafür bereit, dass du wieder du bist. Mir würde es gefallen, wenn es wieder okay wäre, glücklich zu sein und zu lachen und zu stöhnen, wenn du mich in den Supermarkt schleppst und mich zwingst, den Einkaufswagen zu schieben. Ich möchte meine Freunde zum Tee mit nach Hause bringen, damit du ganz peinlich werden und ihnen Kekse anbieten kannst, als wären wir noch neun Jahre alt. Also bitte, rede nicht mit mir, als wäre ich ein Baby oder ein dummes Kleinkind, das gar nichts weiß. Ich habe viel darüber nachgedacht. Ich bin sogar zu den Ärzten gegangen und habe mir diese Broschüren besorgt, und ich glaube, dass ich recht habe. Deshalb möchte ich, dass du mich ernst nimmst. Ich möchte, dass du dir Hilfe suchst. Schließlich …« Charlie griff nach einer der Broschüren und las daraus vor: »Man braucht sich nicht zu schämen, wenn man zugibt, dass das Leben einem einen Schlag versetzt hat, von dem man sich nur schwer wieder erholt. Hilfe findet man durch einen Anruf oder einen Mausklick.«

Und in diesem Augenblick wünschte Ellen sich von ganzem Herzen, nicht so müde und verwirrt von allem anderen zu sein, das sich um sie herum abspielte, damit sie diesen Moment genießen könnte, in dem ihr Sohn zum ersten Mal seit Langem wieder richtig mit ihr redete. Und sie musste sich das, was er sagte, wirklich zu Herzen nehmen. Ellen legte die Hand auf die Blätter und nickte.

»Okay, in Ordnung … ich nehme dich ernst, ich werde das alles lesen, und wenn ich es für nötig halte, dann werde ich mich an jemanden wenden und um Hilfe bitten. Okay?«

Charlies Lächeln wäre schon Belohnung genug gewesen, aber sein Arm um ihre Schulter und der Kuss, den er ihr auf die Wange drückte, das waren Zugaben, mit denen sie nicht gerechnet hatte. Nachdem er sich auf den Schulweg gemacht hatte, hatte sie gelächelt, bis ihr wieder einfiel, dass ihre Schwester zusammengeschlagen und übel zugerichtet oben lag. Und Charlie hatte seine Schultasche auf dem Küchenboden stehen lassen, eine Tatsache, die Ellen, wie sie wusste, absichtlich ignorieren würde, weil der Gedanke, sie aufzuheben und ihm die Straße entlang nachzurennen, sie mit der gefürchteten Gewissheit erfüllte, dass ihr oder einem ihrer Lieben etwas wirklich, wirklich Schreckliches zustoßen würde, sollte sie aus der Haustür treten.

»Ich glaube, Charlie geht es gut«, erzählte Ellen Allegra. »Genau genommen denke ich, dass es ihm seit Langem zum ersten Mal besser geht. Ich glaube, er hat den Eindruck, ein bisschen Kontrolle darüber zu übernehmen, was sich in seinem Leben abspielt. Und das ist genau der Grund, warum ich nicht will, dass er Hannah zu Gesicht bekommt. Nicht in diesem Zustand.« Ellen zögerte einen Augenblick, bevor sie hinzufügte: »Es ist lustig, er scheint besserer Stimmung zu sein, seit er bei mir Agoraphobie diagnostiziert hat.«

Sie wartete darauf, dass Allegra spöttisch schnaubte oder über die Exzentrik ihres Sohnes lachte, aber die alte Frau nickte nur mit ausdrucksloser Miene.

»Sie scheinen gar nicht wirklich schockiert zu sein!«, lachte Ellen nervös.

»Sie vergessen, dass ich gesehen habe, wie verängstigt Sie auf den Vorschlag reagierten, zum Mittagessen auszugehen«, stellte Allegra fest. »Und ich habe bemerkt, dass Sie noch immer die ganze Wäsche im Trockner trocknen, obwohl Sie eine gute Wäscheleine hinten im Garten haben, und das war jetzt der heißeste Juli seit Beginn der Wetteraufzeichnungen. Ich weiß nicht, was Sie getan haben, bevor ich hierher gekommen bin, aber ich weiß, dass Sie im letzten Monat nirgendwo hingegangen sind, und infolgedessen ich auch nicht. Ich glaube also, dass Ihr Sohn womöglich recht haben könnte, er ist ein sehr aufgeweckter junger Mann.«

»Na ja, vielleicht hat er in einigen Dingen recht, aber … ich bin nicht krank. Ich trauere bloß. Ich trauere, das ist alles.«

»Ich frage mich …«, stellte Allegra nachdenklich fest.

»Was fragen Sie sich?«, erkundigte sich Ellen gereizt.

»Ellen, beschreiben Sie mir Ihre Ehe mit Nick.«

Ellen seufzte. »Warum?«

»Bitte, tun Sie mir den Gefallen«, drängte Allegra weiter.

Ellen überlegte einen Moment. »Nick war sehr fürsorglich und beschützend. Er hat mir das Gefühl vermittelt, sicher zu sein, und er hat darauf geachtet, dass ich mir nie über irgendetwas Sorgen zu machen brauchte. Er wollte, dass ich mich um unser Heim und um Charlie kümmerte, während er all die schwierigen Dinge geregelt hat. Ich brauchte mir nie über irgendetwas Gedanken machen, Nick hat sich um alles gekümmert. Er hat mich wirklich geliebt, mich geschätzt. Das werde ich nie mehr erleben.«

Allegra schwieg einen Augenblick. »Ellen, ich sage das bloß, weil ich Sie mag und weil ich Ihnen etwas Besseres wünsche als dieses abgeschottete Halbleben, das Sie derzeit führen. Wenn Sie Ihre Beziehung zu Nick beschreiben, habe ich ein ganz anderes Bild vor Augen als Sie. Das Bild, das sich mir aufdrängt, wann immer Sie über Nick sprechen«, fuhr sie vorsichtig fort, »ist das eines Mannes, der seine Frau kontrolliert und eingesperrt, der sie wie einen Vogel in einem goldenen Käfig gehalten hat. Der ihr gesagt hat, was sie denken und was sie anziehen soll, der ihr langsam und systematisch ihre Persönlichkeit geraubt hat, bis sie sich ihrer eigenen Gedanken und Gefühle nicht mehr sicher war. Sie wurde so abhängig von ihm als ihrem Gefängniswärter, dass sie, als er ihr plötzlich genommen wurde, keine Ahnung mehr hatte, wie sie in der realen Welt zurechtkommen soll, deshalb hat sie einfach aufgehört, es zu versuchen. Ich denke, Charlie könnte recht haben. Ich glaube, Sie leiden an Agoraphobie, und ich denke nicht, dass das erst am Tag von Nicks Beerdigung angefangen hat. Ich glaube, das hat viel früher begonnen, weil Ihr Mann Sie so haben wollte. Ob bewusst oder unbewusst, ob absichtlich oder nicht. Er wollte Sie festnageln. Er wollte Sie gefangen halten.«

»Was?« Ellen stand auf. »Wie können Sie es wagen, wie können Sie es wagen, so über Nick zu reden?« Sie war überrascht, wie wütend sie war. »Wie können Sie es wagen, Allegra? Nick hat mich geliebt, er hätte alles für mich getan, er war der netteste, freundlichste und zärtlichste Mann und der beste Vater, und Sie … Sie haben ihn nicht einmal gekannt!«

»Ich sage ja nur, dass Sie das aus einer sehr engen Perspektive betrachten und dass es, wie bei allem, auch andere Interpretationsmöglichkeiten gibt.«

»Ach, das ist ja lächerlich«, erwiderte Ellen. »Ich weiß nicht, was ich hier überhaupt mache, wenn ich heute Vormittag zu arbeiten versuche, während meine Schwester krankenhausreif geschlagen oben liegt und weiß Gott was passiert ist. Mir ist klar, dass Sie sich gern für eine weise alte Frau halten, Allegra, die alles weiß und alles sieht, aber Sie können nicht so clever sein, sonst wären Sie jetzt im Alter nicht allein.«

Ellen beendete ihre Tirade mit vor Wut blitzenden Augen, aber die Bedeutung der Worte, die sie gerade ausgespuckt hatte, wurde ihr erst mit einer Sekunde Verspätung bewusst.

»Ich vermute, Sie haben recht«, antwortete Allegra steif, und auf einmal verriet ihr Gesicht, dass sie über siebzig Jahre alt war. »Schließlich lebe ich hier im ehemaligen Esszimmer einer Frau, die ich kaum kenne. Und habe keinen Mann, keine Kinder, nicht einmal einen einzigen Verwandten, an den ich mich wenden konnte, nachdem ich obdachlos geworden war. Der einzige Freund, mit dem ich in Kontakt geblieben bin, ist Simon, und der einzige Mensch, dem ich innerhalb von Jahrzehnten begegnet bin und den ein wenig kennenzulernen ich recht interessant finde, sind Sie. Deshalb vermute ich, dass Sie recht haben, ich vermute, dass ich alles falsch gesehen habe. Wenn Sie mich jetzt entschuldigen würden, ich glaube, wir sollten für heute Schluss machen.

Ich denke, ich mache einen kleinen Spaziergang. Es ist schon so lange her, dass ich die Sonne auf meinem Gesicht gespürt habe.«

»Allegra, es tut mir leid …«, hob Ellen an, aber bevor sie noch etwas sagen konnte, ging die Tür zum Esszimmer auf, und Hannah erschien. Beim Anblick ihrer Schwester mit dem geschwollenen und blutunterlaufenen Gesicht spielte für Ellen alles andere im Zimmer mit einem Mal keine Rolle mehr.

»Entschuldigung, störe ich? Ich kann das Brotmesser nirgends finden.« Hannahs Stimme klang belegt, und die Worte kamen noch immer ein wenig gelallt heraus.

»Mein Gott, Hannah, schau dich nur an«, flüsterte Ellen. »Geh und setz dich, ich hole dir etwas zu essen.«

»Du meine Güte«, sagte Allegra, und das bisschen Farbe wich sofort aus ihren Wangen.

Vorsichtig betastete Hannah ihr Gesicht. »Ja, das war mal ein Saufgelage …«

»Saufgelage … Hannah, du bist angegriffen worden«, stellte Ellen fest und wünschte sich, kaum dass sie die brutalen Worte ausgesprochen hatte, sie wieder zurücknehmen zu können, aber ihr wurde klar, dass sie diese genauso laut ausgesprochen hören musste wie Hannah.

Hannahs Gesicht war durch die Schwellungen so bewegungsunfähig, dass schwer zu sagen war, wie sie reagierte, allerdings drehte sie den Kopf zur Seite, weil sie Ellen nicht in die Augen blicken konnte.

»Jedenfalls schäme ich mich zu sagen, dass die letzte Nacht insgesamt ein bisschen nebelhaft ist. Was habe ich eigentlich gesagt, als ich hierher gekommen bin? Ich habe mich doch nicht danebenbenommen, oder, Ellie?«

»Ist es das? Du hast dir nur darum Sorgen gemacht? Was du gesagt hast? Hannah, hör auf! Hör auf, so zu tun, als wäre es nicht geschehen!« Ellen nahm ihre Schwester am Handgelenk und führte sie in die Küche, wo sie die schmutzigen

Kleider aus der Waschmaschine zog und Hannahs Rock hochhielt.

»Schau dir den an, der ist zerrissen, da sind Blutflecken, und … und Sperma. Hannah, was immer passiert ist, du brauchst nicht die Tapfere zu spielen. Du darfst das nicht abtun, als hättest du dir nur das Knie aufgeschürft!« Ellen ignorierte, dass ihre Schwester zusammenzuckte, als sie sie bei den Schultern nahm und vor den Spiegel im Flur führte. »Schau dir dein Gesicht an! Irgendjemand hat dir das angetan, Hannah. Warum tust du so, als spielte das keine Rolle?«

Ellen stand hinter Hannah und beobachtete sie, während sie sie zwang, sich im Spiegel anzusehen. Hannahs gutes Auge starrte lange auf das Spiegelbild, dann bahnte sich eine Träne langsam den Weg aus ihrem geschwollenen blauen Auge und lief ihr über die gerötete Wange.

»Es spielt keine Rolle«, erwiderte Hannah mit angespannter Stimme. »Ich habe mich betrunken und etwas eingenommen, beziehungsweise man hat mir etwas gegeben, und ich hatte Sex mit irgendeinem Mann, vielleicht mit mehreren Männern, deshalb weiß ich nicht, wer mich ein bisschen grob angepackt hat. Es ist meine Schuld, Ellen, ich habe das verdient. Ich bin allein ausgegangen, hatte kaum etwas an, habe ordentlich einen über den Durst getrunken und bin unter die Räder gekommen. Ich bin erwachsen, ich wusste, was ich tat, ich habe es nicht anders verdient. Jedenfalls war ich ziemlich hinüber, als ich hier angekommen bin. Was genau habe ich noch mal erzählt?«

Ellen starrte auf das Spiegelbild ihrer Schwester und konnte nicht begreifen, was sie da sagte.

»Hannah, egal, was du anhattest, egal, wie betrunken du warst, du hast das nicht verdient, keine Frau verdient so etwas. Du bist so klug und schön und hast dein Leben im Griff. Du solltest besser wissen als irgendjemand sonst, dass das, was letzte Nacht passiert ist, falsch war.« Ellen ließ Hannahs Schultern los, schlang die Arme um sie und drückte sie von hinten an sich. »Bitte lass mich dir helfen. Ich weiß, dass ich ... in meinem eigenen Kopf und in meinem Leben feststecke, und nicht erst seit Nicks Tod, sondern möglicherweise schon seit Jahren. Und ich weiß, dass ich dich im Stich gelassen, dich von mir gestoßen habe. Aber ich hab dich lieb, Hannah, und ich kann das nicht ertragen. Ich kann es nicht ertragen, ausgerechnet dich in einem solchen Zustand zu sehen, als würde ... als würde es keine Rolle mehr spielen, was dir zustößt.«

»Aber begreifst du denn nicht, Ellie, dass es mir egal ist? Mir ist es egal, was mir zustößt«, erklärte Hannah niedergeschlagen, als Allegra aus dem Esszimmer kam und unsicher im Flur stand, weil sie über Hannahs Aussehen genauso schockiert war wie Ellen.

»Schau, ich glaube, du stehst vielleicht noch unter Schock oder so, aber obwohl du ein Bad genommen hast, ist es noch nicht zu spät. Wir haben noch immer Beweisstücke, ich habe deine Kleider nicht gewaschen. Ich kann noch immer die Polizei rufen ...«

»Ellen, bitte, bitte, sag mir, was habe ich gestern Nacht erzählt?« Unter Schmerzen wand Hannah sich aus Ellens Umarmung und drehte sich zu ihr um. »Habe ich ...? Habe ich von Nick erzählt?«

»Was?« Ellen hatte Mühe zu begreifen. »Nick? Ja, ja ... das stimmt. Du hast gesagt, dass einer der Männer, mit denen du unterwegs warst, ebenfalls Nick geheißen hat, das ist also etwas, worauf wir uns stützen können. Das ist etwas, was wir der Polizei mitteilen können. Bitte lass mich die Polizei rufen.«

Hannah schüttelte den Kopf.

»Und das ist alles? Sonst habe ich nichts von Nick, von deinem Nick, erzählt?«, fragte sie eindringlich.

»Hannah, warum ist das denn so wichtig, was wäre, wenn du es getan hättest? Wichtig ist jetzt, dass du dich dem stellst und etwas unternimmst. Was wäre, wenn sie heute Nacht über eine andere Frau herfallen würden? Du musst …«

Wieder schüttelte Hannah den Kopf und schleppte sich mit einiger Mühe in die Küche zurück, wo sie zur Spüle ging, um den Wasserkessel aufzufüllen. Ellen sah Allegra an und zuckte verzweifelt mit den Achseln.

»Lassen Sie ihr ein bisschen Zeit«, sagte Allegra. Die beiden Frauen folgten Hannah in die Küche, wo Ellen ein paar Augenblicke stehen blieb, weil sie nicht wusste, was sie sagen sollte. Wenn ihre Schwester wissen wollte, was passiert war, nachdem sie gestern Nacht hier angekommen war, dann würde Ellen es ihr erzählen.

»Matt hat dich gefunden«, begann sie. »Du bist irgendwie unten an die Straße gelangt, und dort hat er dich entdeckt. Er meint, dass du im Garten irgendeines Nachbarn das Bewusstsein verloren hast. Es war Glück, dass du gerade wieder zu dir gekommen bist, als er vorbeiging. Er hat dich nach Hause gebracht und mich geweckt, und als ich dich gesehen habe, war ich entsetzt, ich habe versucht, dich dazu zu bringen, dass du mir erzählst, was passiert ist, aber dazu warst du nicht in der Lage. Du hast mir gesagt, dass du Sex mit Nick gehabt hast und mich immer wieder gebeten, dir zu verzeihen. Und ich musste dir unbedingt versprechen, dass ich dich immer lieb habe. Nichts von dem, was du gesagt hast, hat irgendeinen Sinn ergeben, ehrlich …«

Ellen hielt mitten im Satz inne, als sie das Gesagte noch einmal Revue passieren ließ und die Worte hörte, als wäre es das erste Mal. »Du hast mich immer wieder um Verzeihung gebeten …«

Schließlich stellte Hannah den Kessel ab und drehte sich um. Als Ellen ihr in die Augen sah, erkannte sie die Wahrheit.

»Du hattest Sex mit Nick«, sagte sie bedächtig. »Du hattest Sex mit meinem Mann.«

»Oh, mein Gott.« Hannah vergrub das verletzte Gesicht in

ihren Händen. »Oh, mein Gott, ich hatte Angst davor, dass mir nach dieser langen Zeit etwas herausrutscht …«

Ellen kämpfte gegen die Worte an, die nach Wiederholung verlangten, und verlor. »Du hattest Sex mit meinem Mann. Meine Schwester hat mit meinem Mann geschlafen. Oh, mein Gott …« Sie schwankte vor und zurück, dann stützte sie sich schwerfällig auf dem Tisch ab. »Oh, mein Gott, mir wird schlecht. Du hast dich an ihn herangemacht, du hast dich an das Einzige herangemacht, das mir gehört hat!«

»Nein.« Hannah ging vorsichtig einen Schritt auf Ellen zu. »Nein, so war das nicht. Du musst mir zuhören. Es ging nicht nur um Sex … und es lag nicht daran, dass einer von uns dich nicht geliebt hätte. Es ging … Es ging nicht nur um Sex, Ellen, wir … Nick und ich, auch wir haben einander geliebt.«

Ellen starrte Hannah an, und jede Sehne ihres Körpers war angespannt, jede Faser wehrte sich gegen das, was sie da hörte.

»Raus hier«, sagte Ellen. »Verschwinde augenblicklich aus meinem Haus!«

»Ellen, bitte, ich habe es versucht. Ich habe versucht, es dir nicht zu erzählen. Jetzt weißt du zumindest Bescheid, jetzt können wir reden, wir können die Sache aufarbeiten, wir können uns gegenseitig unterstützen. Bitte, ich möchte doch nur, dass wir, du und ich, uns vertragen.«

In dieser Sekunde rastete Ellen aus. Sie packte ihre Schwester am Arm und zerrte und zog sie ungeachtet der Tatsache, dass Hannahs Miene schmerzverzerrt war, in den Flur und aus der Haustür und verpasste ihr auf dem Gartenweg in Richtung Straße immer wieder heftige Stöße.

»Hau ab! Hau ab! Hau ab!«, sagte Ellen immer wieder und zeigte sich taub gegenüber Hannahs Protesten. Schließlich standen sie beide auf der Straße, und die Mittagssonne brannte ihnen auf den Kopf.

»Du hast recht«, erklärte Ellen ihrer Schwester. »Ich hoffe, sie haben dir wehgetan, ich hoffe, sie haben dich missbraucht und verletzt, weil du recht hast: Du hast alles, was dir zugestoßen ist, verdient. Du bist nichts anderes als eine gemeine Hure.«

Ellen drehte ihrer Schwester den Rücken zu und spürte, wie die Welt auf einmal aus der Bahn sprang und sich neigte, und sie fühlte, dass die Gesetze der Schwerkraft für sie nicht mehr galten und sie im Begriff war, von der Erdoberfläche zu rutschen. Sie spürte, wie der Sauerstoff aus ihren kollabierenden Lungen entwich, ihr Herz raste und in ihrer Brust zu explodieren drohte, während sie auf die Knie sank und ihre nackte Haut auf den heißen Pflastersteinen brannte. Mit einem Mal schien die Haustür tausend Meilen entfernt zu sein, und die Welt drehte sich dennoch um ihre Achse, drehte sich immer weiter nach oben, als wäre Ellen ein Parasit, den sie unbedingt loswerden wollte. Ellen machte sich daran, auf allen Vieren, um jeden Atemzug ringend, in den Schatten und den Schutz des Hauses zu kriechen. Nach einer scheinbaren Ewigkeit wurde sie sich bewusst, dass jemand neben ihr war, dass schmale Finger sie unter den Achseln stützten und sie in Richtung der fernen Heimat zerrten und führten, in das, was einmal ihr Zuhause gewesen war, und endlich gelangte sie in den Schatten, und Ellen spürte die kühlen Keramikfliesen an ihrer Wange.

Während Allegra Hannah die Tür vor der Nase zuschlug, lag Ellen da und wartete darauf, dass die Welt wieder ins Lot kam, und dann begriff sie, dass das inzwischen unmöglich war. Nichts würde je wieder im Lot sein.

17

Matt brauchte lange, bis ihm klar wurde, warum er nach Hause gehen und es zugleich doch nicht wollte.

Seit er an diesem Vormittag zur Arbeit erschienen war und Lucy geladen und entsichert auf ihn gewartet hatte, hatten sich in Matts Kopf alle möglichen Bilder gedreht, von der übel zugerichteten Hannah, von den Fotos halb nackter Frauen, die überall um ihn herum an die Wand geheftet, geklebt und gepinnt waren wie eine obszöne Sammlung von Schmetterlingen, zu seinem Ergötzen aufgespießt, und vor allem von Ellen in den Augenblicken, bevor er sie aufgeweckt und sie in eine Welt von Verwirrung und Chaos gezerrt hatte.

Sie hatte schön ausgesehen, nicht auf interessante oder mit Makeln behaftete Weise. Nicht aufgrund der üblichen Schwächen, die ihn so häufig an Frauen faszinierten, sondern weil sie seiner Meinung nach einfach schön war. Ihre Haare waren über dem Kissen ausgebreitet, ihre Finger darin verfangen gewesen, ihre Lippen waren ein klein wenig geöffnet, als wollte sie jemanden küssen, und ihr nackter Hals hatte in dem Halbdämmer geglänzt wie ein leuchtender Pfad, der versprach, in ein unentdecktes Land zu führen. Aus ihm unerfindlichen Gründen hatte ihr Anblick ihn zwanzig Jahre zurückversetzt, in eine Englischstunde und zu einem Gedicht eines verstorbenen Dichters, an dessen Namen er sich nie und nimmer würde erinnern können. Und genau in diesem Moment fiel ihm auf einmal eine einzelne Zeile ein, die sich an jenem feuchten und kalten Wintermorgen vor so vielen Jahren irgendwie den Weg in sein ansonsten unaufmerksames Gehirn gebahnt haben musste und ihm jetzt so gegenwärtig war, als hätte sie all die Zeit nur darauf gewartet, sich zu präsentieren.

»Oh, mein Amerika, mein neues Land.«

Wenn Matt sich richtig erinnerte, dann war dieses Gedicht der Grund gewesen, wieso er überhaupt Interesse am Schreiben entwickelt hatte. Bis zu diesem Moment hatte er das völlig vergessen gehabt. Wie hatte er etwas so Ausschlaggebendes bloß vergessen können? Und was hatte Ellen an sich, das ihn an diesen Augenblick vor so vielen Jahren in einem kalten, schäbigen Klassenzimmer erinnerte, wo er ganz überraschend inspiriert worden war, ein Liebesgedicht zu verfassen beziehungsweise einfach zu schreiben?

Und inmitten all der Bilder von Hannah und der Reihe barbusiger Models, die ihn von allen Seiten bestürmten, ertappte Matt sich bei der Frage, was wohl passiert wäre, wenn er in Ellens Schlafzimmer gegangen wäre, um sie zu einem ganz anderen Zweck aufzuwecken.

Er kämpfte gegen seine Erschöpfung an und arbeitete an einem frei erfundenen Artikel für seine Kolumne darüber, wozu es zwischen ihm und Ellen gar nicht gekommen war, aber jedes Mal, wenn er versuchte, ihn wie eine lustige oder anzügliche Anekdote klingen zu lassen, wurde ihm klar, dass er romantisch und wunderlich ausgefallen war. Als versuche er, sich an dieses Gedicht zu erinnern und es in Prosa für ein Männermagazin umzuschreiben. Dennoch, Pete brauchte das nicht zu wissen, deshalb machte Matt weiter und gestattete sich, seinen Gedanken an Ellen freien Lauf zu lassen, sie bis ins kleinste Detail zu beschreiben und sich vorzustellen, wie er sie dazu überredete, sich vor ihm zu entblößen, Schicht um Schicht, ein langsames Enthüllen, das ihn, während er es sich ausmalte, mehr erregte als die vielen Fotos um ihn herum. Was komisch war, denn Matt behauptete immer, dass Männer einfach gestrickte Wesen wären, mit einfachen Sehnsüchten, doch nichts von dem, was er inzwischen für Ellen empfand, war einfach. »Auf das Zubettgehen seiner Dame«, das war der Titel des Gedichts; mit einem Mal war er ihm wieder eingefallen. Wie komisch, dass er sich jetzt, nach all den Jahren, plötzlich daran erinnerte. Matt hatte sich gestattet, noch ein paar Minuten mit der Vorstellung zu vertrödeln, wie er Ellen dieses Gedicht vorlesen würde, als wäre er dessen Verfasser und sie seine Herzensdame. Dann bemerkte er, dass Pete ihn von der anderen Seite des Büros ansah. Er musste sich mit der Tatsache abfinden, dass bei *Bang It!* kein Platz für Poesie war. Es sei denn, man zählte den Limerick als solche, den einer in der Männertoilette an die Wand gekritzelt hatte.

Sobald in Nevada die Sonne aufgegangen war, versuchte Matt, in Fifi's Cat House anzurufen, das ein Drive-Through-Bordell unterhielt, in dem die auf eigene Rechnung arbeitenden jungen Frauen sich entweder ein Zimmer im Haus mieteten oder ihre Freier in einer Reihe schäbiger Garagen in ihren Autos bedienten. Selbstverständlich schien der Sonnenaufgang zu bedeuten, dass die Belegschaft zu Bett ging, aber schließlich hatte Matt jemanden am Telefon und war keineswegs erstaunt zu erfahren, dass er mit seiner Bitte um Informationen bei Weitem nicht der Erste war. Eine sehr nett klingende Frau namens Angel Delight sagte, sie würde ihm ein Pressedossier zumailen und ein paar Interviews über Skype mit einigen ausgewählten Frauen arrangieren, aber er würde bis zwanzig Uhr, bis zu deren Arbeitsbeginn, warten müssen, weshalb er ein paar Stunden totzuschlagen hatte. Matt überlegte, ob er Ellen anrufen sollte, um herauszufinden, wie es ihr und Hannah ging. Dann fragte er sich, ob das angemessen war. Er fand, dass das eigentlich schon der Fall war, schließlich war er derjenige gewesen, der Hannah gefunden, der sie nach Hause gebracht hatte und mit Ellen die ganze Nacht durchwacht hatte. Er war derjenige, den Ellen umarmt hatte, aber irgendwie war Matt sich nicht sicher, ob sich daraus besondere Privilegien ableiteten. Er erinnerte sich, dass er einmal einem Mädchen, mit dem er daheim in Manchester eine oder zwei Wochen gegangen war, erzählt hatte, einer der Gründe, wieso er Schluss machen wollte, sei die Tatsache, dass sie zu sehr klammerte.

»Ich klammere? Du nennst es klammern, wenn ich dich nach fast einer Woche anrufe?«, hatte sie entsetzt gefragt. »Es macht dir nichts aus, mit mir zu schlafen, mich ein paar Mal pro Woche zu treffen, um Sex zu haben, aber nur, solange ich weiß, was mir zusteht, und ich nicht erwarte, dass der gemeinsame Sex mir das Recht gibt, hin und wieder mal mit dir zu reden? Diese Spielchen mache ich nicht mit, Matt. Entweder wir sind zusammen oder nicht. Und, wofür entscheidest du dich?«

Matt hatte mit einem klaren »Nein« geantwortet und war seiner Wege gegangen, ohne noch einen Gedanken an das Mädchen zu verschwenden. Doch inzwischen hatte er begriffen, dass Intimität, selbst die schlichte emotionale Intimität, einen Menschen zu der Annahme verleiten konnte, dass es in Ordnung sei, einen anderen Menschen anzurufen, um zu erfahren, ob es ihm gut ging. Aber was wäre, wenn der andere Mensch der Meinung war, dass er in seine Privatsphäre eingriff und neugierig war oder sogar klammerte? Matt wurde klar, dass er sich wegen Ellen wie ein Mädchen vorkam, und darüber war er alles andere als begeistert. Genau dieses Gefühl hatte er Mädchen seit Jahren vermittelt.

Als es auf den Abend zuging, hatte Pete ihn eingeladen, einem Casting zuzusehen. Ein paar Mädchen hatten sich in Dans Büro eingefunden und sich in der Hoffnung, einen Auftrag zu ergattern, bis auf die Unterwäsche ausgezogen. Aber während mehrere Mitglieder der Belegschaft, einschließlich des Jungen von der Poststelle, fadenscheinige Begründungen fanden, warum sie unbedingt dabei sein mussten, wurde Matt bewusst, dass er sich das gar nicht anschauen wollte. Im Gegenteil, er musste dem Wunsch widerstehen, einfach hineinzugehen und den Mädchen zu sagen, dass sie sich etwas anziehen und ein wenig Selbstrespekt an den Tag legen sollten. Das wäre im Hinblick auf seine Karriere natürlich Selbstmord gewesen, und obwohl er angefangen hatte, sich zu fragen, ob das die richtige Karriere für ihn war, konnte er es sich nicht leisten, sie einfach sausen zu lassen. Wie würde er Ellen dann die Miete bezahlen können?

Matt beschloss, die Zeit bis zwanzig Uhr im Pub totzuschlagen. Mit ein bisschen Glück würden die übrigen Kollegen, die es nicht in Dans Büro geschafft hatten, damit beschäftigt sein, sich mindestens eine Stunde lang die heimliche Aufnahme des Castings im Konferenzraum anzuschauen, und er würde die Chance haben, ein wenig nachzudenken.

Natürlich trat Lucy in den Aufzug, als er in ihrer Etage anhielt. Sie musterte Matt von oben bis unten, dann betrachtete sie sehr interessiert die Kabinenwand.

»Ich fand das heute ziemlich cool«, stellte Matt fest.

»Was ist das, Anmache?«, fragte sie, ohne den Blick von der Kabinenwand zu wenden. »Versuchst du, mich glauben zu machen, dass du gar nicht so widerlich bist, um den dummen Trotteln da oben zu beweisen, dass du mich wieder ins Bett kriegst?«

Matt lächelte. »Das wäre ein genial boshafter Plan, aber nein … genau genommen ist mir dieser Gedanke gar nicht in den Sinn gekommen. Im Ernst, ich … ich habe dich mies behandelt und dich ausgenutzt, und ich habe das alles verdient. Ehrlich.« Matt war über seine Beichte überrascht, vielleicht mehr als Lucy. Sie sah ihn argwöhnisch an.

»Hast du Gott entdeckt oder dergleichen? Denn selbst wenn das der Fall sein sollte, werde ich nie wieder mit dir schlafen.«

»Tja, ich würde dich auch ungern langweilen«, sagte Matt, als der Aufzug im Erdgeschoss anhielt und sie ins Foyer traten, und er freute sich zu sehen, dass sich ihre glänzenden Lippen zu einem schwachen Lächeln verzogen. »Oder dass du irgendwas vortäuschen musst.«

Lucy grinste ihn an, während sie in den noch immer heißen Abend hinausgingen.

»Ist es nicht komisch, dass zwei Menschen etwas so Intimes und so … Vertrautes tun können, ohne sich überhaupt richtig zu kennen?«, fragte sie.

»Vermutlich schon«, antwortete Matt.

»Ich meine, ich stehe hier und schaue dich an, und du bist hübsch und so weiter, aber mir drängt sich der Eindruck auf, als wäre es ein ganz anderer Mensch gewesen, der mit dir ins Bett gestiegen ist, jedenfalls nicht ich. Nie im Leben hätte ich mit *dir* geschlafen, wenn ich dich gekannt hätte.«

»Verdammt, Lucy.« Matt wand sich. »Du hast deine Rache in einer überregionalen Zeitschrift bekommen. Kannst du es jetzt nicht dabei belassen?«

»Nein, das ist nicht das, was ich meine«, entgegnete Lucy. »Was ich meine, ist, dass du viel zu hübsch bist, um Sex mit dir zu haben.«

»Oh, mein Gott«, stöhnte Matt auf.

»Du bist eigentlich eher wie ein Bruder«, fuhr Lucy fort.

»Halt den Mund!«, brüllte Matt.

»Ja, das ist es … wie ein kleiner schwuler Bruder.«

»Richtig, na schön … ich bin dein kleiner schwuler Bruder. Sex kommt überhaupt nicht infrage. Wie stehen jetzt, da wir die Fakten geklärt haben, die Chancen, dass du auf einen Drink mit mir kommst? Wir können über Mode und Schuhe reden und …«

»Was?« Lucy grinste ihn an. »Über Inneneinrichtung?«

»Erinnerst du dich an diesen Drachen von Vermieterin, von der ich dir erzählt habe?«, fragte Matt, der spürte, dass er Lucy trotz allem vertrauen konnte. »Tja, sie hat meine Gefühle ein bisschen durcheinandergebracht.«

»Ach, dann bist du also doch schwul. Erzähl der Kummerkastentante Lucy alles, ich biege dich irgendwie schon wieder hin.«

Matt erinnerte sich, dass Lucy Weißweinschorle mochte,

und stellte ein Glas vor sie hin, während sie an der Theke offen mit einem Mann in einem hautengen T-Shirt flirtete.

»Schlaf nicht mit dem«, riet ihr Matt. »Der ist ein noch schlimmerer Scheißkerl als ich.«

»Woher weißt du das?«, fragte Lucy. Matt nickte in Richtung der linken Hand des Mannes, an deren Ringfinger ein schwacher heller Abdruck zu sehen war.

»Oh, mein Gott«, stöhnte Lucy auf und vergrub das Gesicht in den Händen. »Warum habe ich bloß eine so schlechte Menschenkenntnis?«

»Geh zuerst mal von der Annahme aus, dass jeder Mann, dem du begegnest, darauf aus ist, dich zu kriegen. Halt sie dir vom Leib, bis du dich vom Gegenteil überzeugt hast, dann wirst du irgendwann einen kennenlernen, der all die tollen Dinge an dir sieht, nicht nur dein Gesicht und deinen Körper. Die werden ganz hin und weg sein von der Art und Weise, wie du Witze erzählst und wie deine Augen funkeln, wenn du wütend bist, und von diesem süßen, komischen Grübchen auf deiner rechten Schulter. Und sie werden unentwegt an dich denken müssen und auf dich gespannt sein, und du wirst sie im Nu um den kleinen Finger wickeln können, das verspreche ich dir.«

Lucy sah Matt eine ganze Weile lang an, dann sagte sie: »Bist du sicher, dass du nicht in mich verliebt bist, weißt du, weil du zwar nett bist und so weiter, aber ehrlich …«

»Nein, nicht in dich. In den Drachen von Vermieterin. Ich bin von ihr ein wenig besessen.«

»So wie ein Stalker? Auf diese verrückte Weise, weil du sie nicht haben kannst?«, fragte Lucy. »Ich kann dir sagen, nichts pisst mich mehr an als ein Mann, dem es nur um den Jagdkitzel geht und der dich fallen lässt, sobald er dich hat.«

»Nein, nein … nicht so. Eher von dem Wunsch erfüllt, ihr ein Liebesgedicht zu schreiben. Dass es mir wichtig ist, zu wissen, was sie denkt und fühlt und worüber sie sich Sorgen macht. Dass man sich neben sie legen und sie festhalten und ihr über die Haare streicheln will.« Matts Beichte sprudelte aus ihm heraus, denn sobald er angefangen hatte, über seine Gefühle für Ellen zu reden, stellte er fest, dass er gar nicht mehr aufhören wollte. »Sie besitzt diese innere Gelassenheit, weißt du. Eine Art Stille und Ruhe. Ich schaue sie an, und ich habe das Gefühl, sie würde mir … Frieden bringen.«

»Du meine Fresse, du bist ja tatsächlich schwul«, stellte Lucy grinsend fest, während Matt rot anlief. »Tut mir leid, so habe ich das nicht gemeint. Ich meinte, es klingt, als hättest du ihr gewissermaßen schon ein Gedicht geschrieben. Und es klingt, als würdest du sie wirklich mögen.«

»Ich mag sie, ehrlich«, antwortete Matt. »Und ich habe keine Ahnung, was ich tun soll.«

»Es ihr sagen?«, schlug Lucy vor.

»Das kann ich nicht … der Todestag ihres Mannes steht bevor, und sie hat ein Kind, und außerdem steckt sie mit ihrer Schwester gerade mitten in wirklich großen Schwierigkeiten. Ich kann nicht einfach auftauchen und ihr meine Gefühle offenbaren.«

»Vielleicht wäre das aber genau das, was sie braucht«, überlegte Lucy laut.

»Und außerdem würde ich eher sterben, als den Mumm dazu aufbringen«, fügte Matt hinzu.

»Weißt du, was ich nicht kapiere?«, fragte Lucy und sah ihn prüfend an. »Dass ausgerechnet du, Matt Bolton, Autor einer Schundkolumne, mit dieser ganzen Poesiescheiße daherkommst. Entweder passt das gar nicht zu dir, oder du scheinst einer zu sein, der nicht für *Bang It!* schreiben sollte.«

»Was komisch ist, weil das mein Traumjob ist«, erzählte ihr Matt mit grimmiger Miene.

»Was, es war von Anfang an dein Wunsch, die Lücken zwischen Fotos mit Titten zu füllen? Ich bewundere Männer mit Ambitionen.«

Matt lachte. »Das dachte ich jedenfalls, ich dachte, es könnte für mich keinen besseren Job geben. Aber nein, das

Erste, was ich je zu schreiben versucht habe, war ein Gedicht, und dann, als ich ein bisschen älter war, wollte ich Journalist werden, zum Beispiel Kriegskorrespondent. Dann sind aber die Mädchen gekommen und meine Kolumne. Ich habe mein Leben in Manchester vermasselt, weil ich Sex mit der Freundin meines besten Freundes hatte, und bin hier gelandet. Ich dachte, ich verfolge meinen beruflichen Weg, aber in Wahrheit habe ich mich nur treiben lassen. Und jetzt weiß ich nicht, was ich tun soll.«

»Entschuldige dich bei deinem besten Freund«, riet ihm Lucy.

»Und das löst dann alle meine Probleme?«, fragte Matt und seufzte. »Das kann ich sowieso nicht machen, er redet nicht mehr mit mir. Er hat mich rausgeworfen und die PlayStation in Verwahrung genommen.«

»Dann versuche es noch mal und versuche es weiter, bis du zu ihm durchdringst. Zeig ihm, dass er dir so wichtig ist, dass du hartnäckig bleibst. Es ist schwierig, gute Freunde zu finden, und wenn du im Begriff stehst, dich in jemanden zu verlieben, dann wirst du ihn brauchen, wenn alles fürchterlich schiefläuft und du am Boden zerstört bist. Außerdem geht es ums Karma. Du musst dein negatives Karma ablegen, und da es etwa eine Million Jahre dauern würde, all die Frauen ausfindig zu machen, die du in jüngster Zeit gekränkt oder beleidigt hast, besteht deine einzige Hoffnung darin, die Sache mit deinem Freund zu klären, bei deiner Arbeit Bilanz zu ziehen und dann deiner Vermieterin zu sagen, was du für sie empfindest.«

»Was ist, wenn sie davonläuft?«, fragte Matt.

»Mein Lieber, im Leben ist nichts bombensicher«, erklärte Lucy. »Es geht nicht darum, sich in einer Bar für zehn Minuten Spaß irgendein beschwipstes Weib auszugucken …«

»Warte mal, das waren eher zwanzig …«

»Es geht darum, Risiken einzugehen, es geht darum, sich für etwas einzusetzen und das Leben wirklich zu *leben.* Und ich habe nicht den Eindruck, dass du das zurzeit tust. Du trittst auf der Stelle, und du bist zu hübsch und zu nett und zu clever, als dass du es dabei belassen solltest.«

»Kannst du das ›hübsch und nett‹ von der Liste streichen?« fragte Matt. »Genau genommen bin ich nämlich der finstere Zerstörer.«

»Nein, das bist du nicht!« Lucy prustete in ihren Drink. »Du zählst zu den Netten. Was zweierlei bedeutet: erstens, dass es Zeit ist, das zuzugeben, und zweitens, dass ich nie mehr scharf auf dich sein kann. Alles hat auch sein Gutes.«

Es war nach zweiundzwanzig Uhr, als Matt seine Gespräche mit den Damen von Fifi's Cat House schließlich beendet hatte, die alle sehr nett gewesen waren. Zwei davon waren alleinerziehende Mütter, die herausgefunden hatten, dass dies einer der wenigen Jobs war, den sie mit der Betreuung ihrer Kinder in Einklang bringen und mit dem genügend Geld verdienen konnten, um die Rechnungen zu bezahlen. Es gab ein paar junge Mädchen, kaum zwanzig, die den Job einfach aus Spaß machten, und von denen eine damit ihr Studium der Kriminaltechnik finanzierte, und es gab eine Frau, der die Arbeit schlichtweg gefiel. Erst als Matt den Computer ausgeschaltet hatte, dämmerte ihm, dass er überhaupt nichts von dem Stoff erhalten hatte, den Dan von ihm erwartete. In seinen Notizen ging es immer um die Frauen, mit denen er gesprochen hatte, um ihren Hintergrund, ihre Motive, in einem Fall sogar um den Namen des Haustiers. Er hatte keine einzige von ihnen nach ihrer Lieblingsstellung gefragt. Vielleicht hatte Lucy recht, und er wurde schwul oder … Lucy hatte den Begriff, »sich verlieben« gebraucht. Matt bezeichnete es lieber als »Gefühle haben«. Gefühle zu haben schien weniger beängstigend zu sein als die beiden Alternativen.

Immerhin waren jetzt, da er seine Arbeit beendet hatte, alle Kollegen gewiss im Pub, und er konnte nach Hause gehen. Er konnte herausfinden, wie es Hannah ging, und Ellen treffen. Doch so sehr er das auch wollte, und er wollte es wirklich, beschloss Matt dennoch, wieder in den Pub zu gehen. Denn obwohl er Ellen wirklich gern wiedersehen wollte, wollte er diese Begegnung auch vermeiden. Er war sich keineswegs sicher, ob er bereit war, »Gefühle zu haben«.

Ellen starrte sich im Schrankspiegel an. Sie hatte sich schon eine ganze Weile angestarrt, wie lange, konnte sie nicht mit Sicherheit sagen. Es war, als lese sie einen vertrauten Satz immer wieder durch … je länger sie ihn ansah, desto weniger Sinn ergab er. Sabine war nach Hause gekommen und hatte sie auf dem Fußboden im Flur liegend vorgefunden, während eine besorgte Allegra versuchte, sie zum Aufstehen zu überreden.

»Was ist hier los?«, hatte Sabine konsterniert gefragt. »Warum liegt Ellen auf dem Boden?«

»Sie hat gerade herausgefunden, dass ihre Schwester Hannah, die allem Anschein nach vergangene Nacht ziemlich brutal angegriffen worden ist, eine Art sexuelles Techtelmechtel mit ihrem verstorbenen Mann hatte«, hörte Ellen wie aus sehr großer Distanz Allegra Sabine erklären.

Sabine musste auf die Uhr geblickt haben, denn Ellen hörte sie kurz darauf sagen: »Das ist nicht gut. Ellen, Charlie kommt bald nach Hause. Möchten Sie, dass er Sie so sieht? Sie müssen sofort aufstehen und sich das Gesicht waschen.«

Ellen hatte sich auf den Rücken gedreht und zu lachen angefangen, aber Sabine war eindeutig nicht in der Stimmung für Scherze gewesen. Sie hatte Ellens Hand gepackt und an ihrem Arm gezogen, bis Ellen begriff, dass sie entweder aufstehen musste oder ihr der Arm aus dem Gelenk gerissen wurde.

»Ellen, kommen Sie schon … Sie sind keine Geisteskranke, also hören Sie auf, sich wie eine zu benehmen.«

»Genau genommen bin ich schon eine«, kicherte Ellen. »Ich bin offiziell verrückt, schließlich hat es den Anschein, als wäre ich eine Agoraphobikerin. Ich habe versucht, meine Schwester hinauszuwerfen, und hätte draußen auf der Straße beinahe einen Herzinfarkt bekommen. Charlie hat recht, ich fürchte mich vor der Außenwelt, ich fürchte mich vor Gras und Blumen und Hummeln und … und Lärm und Menschen und Gedränge und Bussen. Kein Wunder, dass Nick … kein Wunder, dass er … ihr wisst schon, das ergibt jetzt alles Sinn. Zumindest ergibt jetzt alles Sinn.«

»Ich habe versucht, mit ihr zu reden, aber sie steht unter Schock, glaube ich«, erklärte Allegra besorgt. »Ich habe Simon angerufen, aber er ist nicht im Büro. Ich wusste wirklich nicht, was ich tun soll.«

»Ich sag Ihnen, was wir tun«, stellte Sabine entschieden fest. »Wir gehen jetzt in Ihr Zimmer hinauf und waschen Ihnen das Gesicht, und dann ruhen Sie sich aus. Wenn Charlie kommt, gehe ich mit ihm zum Abendessen in den Pub und erzähle ihm, dass Sie Kopfschmerzen haben oder so. Allegra bleibt bei Ihnen, und Sie können über alles reden, und dann werden Sie sehen, dass das Ganze nicht so schlimm ist.«

»Nicht so schlimm?« Ellen lachte. »Meine verkommene Schwester liebt meinen verstorbenen Mann. Und das soll nicht schlimm sein?«

Sabine überlegte eine Sekunde, bevor sie antwortete: »Tja, immerhin ist er bereits tot. Das erspart es Ihnen, ihn umbringen zu müssen.«

Sabine hatte Wort gehalten und Ellen die Treppe hinauf und in ihr Schlafzimmer begleitet, sie ins Bad geschoben, wo sie Ellen mit einem Schwamm über das Gesicht geschrubbt hatte … wie eine Katzenmutter, die ihr Junges putzt.

»Sie sind sehr verletzt«, informierte sie Ellen, während sie sie wieder in das dämmrige Schlafzimmer führte, in dem die Vorhänge noch immer zugezogen waren. »Und Sie sind sehr schockiert. Und Sie sind sehr müde. Sie sollten schlafen und sich betrinken und dann mit Hannah reden … um herauszufinden, was das genau zu bedeuten hat.«

»Glauben Sie, er hatte auch eine Liste von Dingen, die er an mir nicht ausstehen konnte?«, fragte Ellen. »Sie wissen schon: altmodisch, geschlechtslos, langweilig, lammfromm, geht nie aus dem Haus. Meinen Sie, dass er eine solche Liste hatte? Ich habe wirklich geglaubt, dass er der erste und einzige Mensch auf Erden war, der Hannah mir nicht vorgezogen hat, aber das hat er natürlich. Ich meine, schauen Sie sie an und schauen Sie mich an. Selbstverständlich hat er sie mir vorgezogen.«

»Ellen«, sagte Sabine, die Ellen auf den Rand ihres Betts niederdrückte und vor ihr in die Hocke ging. »Ich weiß, wie es sich anfühlt, wenn man herausfindet, dass der Mann, den man liebt, in eine andere Frau verliebt ist oder verliebt war. Ich weiß, dass es einem das Herz zerreißt. Aber denken Sie daran, Sie haben nur Hannahs Aussage. Nick ist nicht da und kann sich nicht verteidigen. Sie haben nur ihre Version der Geschichte, und wer weiß, vielleicht hat sie im Laufe des vergangenen Jahres aus etwas, was vielleicht gar nichts Ernstes war, aus etwas, was nie stattgefunden hat, eine große Affäre gemacht. Und was die Sache anbelangt, dass alle Welt Hannah Ihnen vorziehen würde, glaube ich, dass sich das nur in Ihrem Kopf so abspielt. Wenn Sie so wenig von sich erwarten, werden Sie auch nicht mehr bekommen.«

Ellen sah Sabine an. »Glauben Sie wirklich?«, fragte sie. »Glauben Sie, dass was auch immer geschehen sein mag, nicht wirklich ernst war?«

»Möglicherweise.« Sabine zuckte mit den Achseln. »Ich rate Ihnen ja nur, nicht gleich zusammenzuklappen. Noch nicht. Nicht, bis Sie irgendeinen Beweis gefunden haben.«

»Aber wenn es nicht wahr wäre, wenn sie sich das alles nur ausgedacht hätte, dann hätte sie nicht so viel getrunken, wäre an ihrem Arbeitsplatz nicht in Schwierigkeiten geraten … hätte sich nicht in Gefahr gebracht. Sie hätte das, was ihr vergangene Nacht zugestoßen ist, nicht zugelassen, wenn sie sich das alles nur ausgedacht hätte. Sie hätten sie sehen müssen, Sabine, sie sah aus wie eine kaputte Puppe. Sie hat mir immer wieder erzählt, dass es keine Rolle spielen würde, was immer ihr auch zugestoßen sein mochte, dass es genau das gewesen sei, was sie verdient hätte. Und ich habe ihr immer wieder gesagt, dass sie sich irrt, aber wissen Sie, was ich die ganze Zeit gedacht habe, noch bevor das passiert ist, bevor sie mir von Nick erzählt hat? Ich dachte, dass sie recht hat. Ich dachte die ganze Zeit, dass sie es *verdient* hat, weil sie durchs Leben schlittert und immer erwartet, dass sich um sie herum schon alles von allein regelt, und dass sie dieses Mal vielleicht würde lernen müssen, dass es so eben nicht funktioniert. Was verrät das über mich als Menschen, wenn ich so etwas denke, während sie so schwer verletzt ist?«

»Ellen, versuchen Sie zu schlafen. Ruhen Sie sich aus. Ich gehe mit Charlie zum Essen aus, und später, wenn Sie wieder einen klaren Kopf haben, dann reden wir. Wir können eine Liste erstellen, nach Beweisen suchen. Wir können die Wahrheit selbst herausfinden. Aber jetzt ruhen Sie sich erst einmal aus. Ich verspreche Ihnen, Schlaf ist eine willkommene Zuflucht selbst vor dem Schlimmsten, was die wache Welt einem antun kann.«

Sabine hatte Ellen beinahe auf ihr Bett gedrückt und war gegangen, während sie dagelegen und an die Decke gestarrt hatte und ihr vor Verwirrung ganz schwindelig gewesen war. Ellen dachte, dass sie am Ende zumindest ein Weilchen geschlafen haben musste, weil ihr Körper sich bereitwillig der Erschöpfung überließ, gegen die ihr Kopf ankämpfte, und sie hatte vage das Geräusch von Charlies Schritten auf der Treppe wahrgenommen und gehört, dass jemand die Tür geöffnet und nach ihr geschaut hatte. Als sie wieder erwachte, war es still im Haus. Sie setzte sich abrupt auf und war sogleich mit ihrem eigenen Spiegelbild im Schrankspiegel konfrontiert.

Ihre Haare, die sie seit gestern nicht gekämmt hatte, lagen ihr als dunkler Wirrwarr auf den Schultern. Ihr Gesicht war vom Schlaf faltig, da sich der Saum des Kissenbezugs auf ihrer Wange abgedrückt hatte, ihre Lider waren geschwollen und gerötet. Sie sah aus wie die trauernde Witwe, als die sie sich auch fühlte. Sie hatte den Eindruck, Nick noch einmal verloren zu haben, schlimmer noch, sie hatte alle Erinnerungen verloren, alle Momente, die sie zusammen verbracht hatten und die sie so liebevoll gehegt hatte. Wenn das, was Hannah ihr gesagt hatte, der Wahrheit entsprach, dann würde sie nie wieder daran zurückdenken können.

Während Ellen sich anstarrte, dachte sie an die Frau, für die sie sich gehalten hatte, die Frau, die ein bisschen schüchtern und zurückhaltend war, die Menschenmengen und Lärm aus dem Weg ging und nichts mehr liebte, als sich in ein gutes Buch zu vertiefen. Eine Frau, die von dem Mann, dem sie sich mit Freude hingegeben hatte, geliebt wurde, eine Mutter, die den Bedürfnissen ihres Sohnes stets Priorität einräumte. Eine Witwe, die nach dem schweren Verlust die Kraft zum Weitermachen gefunden hatte.

Doch als Ellen in ihre grünen Augen sah, wurde ihr klar, dass sie nichts davon war. Sie war eine Frau, die von ihrer eigenen Schwester betrogen, von ihrem Mann hintergangen und zum Narren gehalten worden war, der, falls man Allegra Glauben schenken konnte, in ihr nichts anderes gesehen hatte als seinen Besitz, den er kontrollieren konnte. Von einem Mann, der sie nicht geliebt hatte, zumindest nicht im letzten Jahr seines Lebens und höchstwahrscheinlich noch länger nicht. Sie war eine Frau, die ihren Sohn im vergangenen Jahr buchstäblich ignoriert hatte, so gefangen war sie in ihrer Trauer gewesen, eine Frau, die sich vor der Welt versteckte, die die Welt zusammen mit dem Leben aussperrte, damit sie ein virtuelles Dasein zwischen den Seiten eines Buches leben konnte. Sie war ein Feigling und ein Dummkopf. Ein fehlgeleiteter, törichter und egoistischer Dummkopf, der zugelassen hatte, dass er an der Hand in eine Gefängniszelle geführt wurde, und der jetzt, da die Tür weit offen stand, dieses Gefängnis noch immer nicht verlassen wollte.

Ellen stand da und presste die Fingerspitzen gegen die ihres Spiegelbilds. Das konnte nicht die Geschichte ihres Lebens sein, so konnte es nicht enden. Ihr kam ein Gedanke in den Sinn, und sie riss den Schrank auf und kramte darin herum. Irgendwo, irgendwo … Ellen zog das Kleid heraus, das sie bei ihrem ersten Rendezvous mit Nick getragen hatte. Es war ein flaschengrünes figurbetontes Kleid aus Baumwolljersey mit einem tieferen Ausschnitt, als sie je anzuziehen wagen würde, und dessen Saum kurz über dem Knie endete. Ellen legte das Kleid aufs Bett und strich es glatt. Sie hatte sich darin so wunderbar, so beeindruckend und sexy gefühlt. Sie erinnerte sich, wie sie nach dem Gang zur Toilette durch das Restaurant gegangen und an ihren und Nicks Tisch zurückgekehrt war und gespürt hatte, dass ihr die Leute nachblickten. Zum ersten Mal in ihrem Leben hatte sie das Gefühl gehabt, sie sei im Begriff, zu entdecken, wer sie wirklich war, die Frau, die sie sein konnte, die Frau, die nicht nur zuschaute, wie sich die Welt drehte, sondern an allem teilhatte, was das Leben zu bieten vermochte.

An diesem Abend hatte Nick ihr gesagt, dass sie das Schönste sei, was er je gesehen hätte, und das war der Grund gewesen, warum sie ein paar Wochen später so erstaunt gewesen war, als sie sich für dieses Kleid entschieden hatte, um zu irgendeiner von Nicks Veranstaltungen zu gehen, und er sie dann bat, etwas anderes anzuziehen.

»Ich dachte, ich gefalle dir darin«, erinnerte sich Ellen gesagt und mit den flachen Händen über ihre Hüften gestrichen zu haben.

»Das tust du, du gefällst mir darin«, hatte Nick ihr geantwortet und kurz von der Zeitung aufgeblickt. »Das heißt aber nicht, dass ich möchte, dass du auch dem Rest der männlichen Bevölkerung gefällst. Ellen, du gehörst jetzt mir, spare das für das nächste Mal auf, wenn wir allein sind.«

Obwohl sie das Kleid als Andenken an diesen ersten Abend mit Nick aufbewahrt hatte, hatte sie es nie mehr angezogen. Jetzt zermarterte sie sich das Gehirn und überlegte und überlegte, und dann wurde ihr klar, dass dies, wenn sie sich nicht sehr täuschte, womöglich das letzte Kleidungsstück war, das sie sich selbst ausgesucht hatte. Unsicher, was sie eigentlich tat, kniete sie sich auf das Bett und kramte ihre Schubladen durch. Eine zweckmäßige Unterhose nach der anderen flatterte auf den Boden, zusammen mit festen, stützenden BHs in Weiß und Beigetönen, bis sie endlich fand, wonach sie suchte. Ein Dessous-Set, das sie gekauft hatte, um Nick am ersten Valentinstag nach Charlies Geburt zu überraschen.

Nachdem Charlie auf die Welt gekommen war, war einiges schiefgelaufen. Ellen erinnerte sich, in dieser Anfangszeit den Eindruck gehabt zu haben, dass Nick eher verärgert gewesen war, wie sehr Charlie ihre Zeit und ihren Körper in Anspruch nahm, als dass er auf seinen neugeborenen Sohn stolz gewesen wäre. Mit Sicherheit konnte sie jedenfalls sagen, dass Nick sie nach der Schwangerschaft in einem anderen Licht gesehen hatte. Er hörte auf, sie so anzuschauen wie zuvor, ja, er berührte sie sogar nicht mehr auf die gleiche Weise und fuhr nie mit den Fingern über die Dehnungsstreifen auf ihrem Bauch und ihren Hüften, und sein Mund berührte kaum mehr ihre nun größeren und in der Form veränderten Brüste.

Ellen war ratlos gewesen, wie sie ihn wieder als Liebhaber an sich binden konnte, von dem sie inzwischen abhängig war, bis sie in einer Frauenzeitschrift einen Artikel gelesen hatte, in dem es darum ging, wie man am Valentinstag die Lust entfachen kann. Es wurden Ratschläge und Tipps gegeben, bei denen es unter anderem um Eiscreme und geschmolzene Schokolade beziehungsweise um verschiedene Arten von Kostümen ging. Angeregt durch ein verlockendes Foto war Ellen zu dem Schluss gelangt, sexy Unterwäsche sei für sie das

Beste. Sie machte sich auf die recht lange Suche nach genau der richtigen Lingerie, wobei sie einen Bogen um all die mit Federn verzierten BHs und die Sets aus leuchtend rotem Nylon schlug, die in jenem Februar allem Anschein nach die Läden beherrschten. Schließlich hatte Ellen, nachdem sie die Erniedrigung einer Anprobe mit Beratung durch eine sehr junge, sehr schnippische Verkäuferin über sich hatte ergehen lassen, für einen schwarzen Bügel-BH aus Spitze und einen passenden Slip entschieden. In den Augen der meisten Frauen war das Set wahrscheinlich sehr brav, aber Ellen fand es ziemlich frivol. Dadurch, dass sie Charlie genau zum richtigen Zeitpunkt fütterte und ins Bettchen brachte, sorgte sie dafür, dass sie an diesem Abend mindestens eine Stunde für sich haben würden, sobald Nick nach Hause kam. Sie hatte es perfekt getimt: Im Haus war es still, Charlie schlief, und als sie Nick die Treppe heraufkommen hörte, zog sie ihren Morgenmantel aus und legte sich in ihren neuen Dessous aufs Bett.

Nick kam herein und kicherte los. Das war nicht die Reaktion, mit der Ellen gerechnet hatte, aber trotzdem setzte sie ihr bestes Verführerinnenlächeln auf.

»Das Essen ist im Ofen, Charlie schläft tief und fest, ich dachte, vielleicht …«

Nick hatte sich aufs Bett gesetzt und sie auf die Wange geküsst. »Danke«, hatte er gesagt. »Aber Ellen, du brauchst das alles nicht für mich machen. Um ehrlich zu sein, ich bin müde und möchte unter die Dusche gehen, bevor ich esse. Warum ziehst du dich nicht an und unterhältst dich mit mir, während ich mich frisch mache, okay?«

Er war nicht grausam oder unfreundlich gewesen. Er hatte sich nicht über sie lustig gemacht oder sie beleidigt, doch als Ellen ihre Kleider überstreifte, war sie von einem Gefühl der Demütigung und Zurückweisung erfüllt gewesen.

Ellen spürte die Demütigung noch immer, als sie jetzt wieder daran zurückdachte. Das sollte es nicht gewesen sein, beschloss sie. Die Art und Weise, wie sie sich in den vergangenen zehn Jahren zurückgenommen und sich in ihrem Haus und ihrem Mann verloren hatte, würde nicht ihr ganzes Leben ausmachen. Das würde sie auf keinen Fall zulassen. Es stimmte, dass sie nicht genau wusste, was sich zwischen Hannah und Nick abgespielt hatte, aber sie wusste, dass etwas passiert war, weil Hannah keine Lügnerin war, was immer sie sonst auch sein mochte. Doch selbst wenn Ellen das nicht herausgefunden hätte, sie hatte sich in den vergangenen Wochen verändert. Sie hatte sich weiterentwickelt, und jetzt war sie entschlossen, dass das Dasein als Frau, Mutter, als mit Makeln behaftete Schwester, trauernde Witwe und … und Agoraphobikerin … nicht alles sein würde. Sie würde es nicht zulassen, dass noch eine weitere Minute ihres Lebens verstrich, ohne dass sie sie in vollsten Zügen auslebte.

Aus einem spontanen Impuls heraus schlüpfte sie aus ihren Kleidern und zog sich die Unterwäsche an, die sie vor so vielen Jahren gekauft hatte. Nachdem sie die Häkchen des BHs geschlossen hatte, drehte sie sich, um sich im Spiegel zu betrachten, scheute sich aber fürs Erste, sich direkt ins Gesicht zu sehen. Der BH war inzwischen ein bisschen zu klein, sodass ihre Brüste ein wenig über die Spitzenkörbchen wogten, aber Ellen war überrascht, als sie feststellte, dass es gar nicht so schlecht aussah. Sie fuhr sich mit den Fingern über den Körper zu ihrer Taille und dann über ihre Hüften. Ihr leicht gewölbter Bauch war noch immer von den silbernen Dehnungsstreifen der Schwangerschaft gezeichnet, und ihr Hintern war von Cellulitis-Dellen übersät und ein bisschen ausladender als früher, aber als Ellen sich zuerst zur einen, dann zur anderen Seite drehte, stellte sie fest, dass ihr Körper nicht annähernd so alt beziehungsweise abstoßend war, wie sie gedacht hatte. Dann zog sie sich das grüne Kleid über. Es passte ihr nicht mehr so gut wie damals, es spannte über ihren Brüsten und lag an ihren Hüften enger an, aber wenn Ellen sich nicht sehr täuschte, sah es gar nicht übel aus.

Kurz entschlossen setzte sie sich an ihren Frisiertisch und kramte in der Schublade herum. Gedanken und Gefühle rund um Hannah, Nick und alles andere heischten nach Aufmerksamkeit, aber Ellen ignorierte sie. Sie war sich sicher, dass irgendwo hier noch Mascara und Lippenstift zu finden sein mussten.

Nachdem sie ein paar Minuten gesucht hatte, entdeckte Ellen schließlich einen lange vernachlässigten Lippenstift. Mit zitternder Hand schminkte sie ganz langsam und sorgfältig ihre Lippen mit dem dunkelroten Gloss. Lippenstift hatte Nick an ihr nie gemocht, er hatte immer behauptet, der lasse ihren Mund zu groß erscheinen. Doch als Ellen ihr Spiegelbild betrachtete, war sie sich ziemlich sicher, dass das Ergebnis noch besser aussah, weil der Lippenstift ihrem bereits vollen Mund ein wenig mehr Kontur und Farbe verlieh.

»Du kannst mich mal, Nick!«, sagte sie laut, ohne sich dessen bewusst zu sein. Dann schraubte sie den Stift mit der fast eingetrockneten und klumpigen Mascara auf und strich mit dem Bürstchen über ihre Wimpern. Das Ergebnis war weniger erfreulich: Schwarze Klümpchen blieben hängen, die sie mit den Fingernägeln aus ihren Wimpern zupfen musste, und ein feiner Pulverstaub, der sich auf ihren Wangen sammelte und einen Fleck hinterließ, als sie versuchte, ihn wegzuwischen. Doch nachdem sie einige Minuten mit einem feuchten Pad darübergerieben hatte, fand Ellen, sie habe das Bestmögliche getan, und was von der schwarzen Mascara an ihren Wimpern haften blieb, schien das Grün ihrer Augen schön zur Geltung zu bringen.

Als Ellen sich das Haar gebürstet hatte, kniete sie sich nieder und zog eine Schuhschachtel unter ihrem Bett hervor. Sie entfernte das Seidenpapier und holte ihr einziges Paar schicker Schuhe heraus, schwarz und schlicht mit kleinem Absatz. Es waren ihre Beerdigungsschuhe.

Ellen schaute sie sich lange an, sie waren so gediegen und zweckmäßig, und das langweilige glatte Leder glänzte schwach. Mit einem Mal wurde ihr klar, dass sie diese Schuhe hasste, sie waren hässlich und altmodisch … jene Art von Schuhen, die Nick für sie ausgewählt hätte, aber diese hier hatte sie sich selbst ausgesucht und ohne sich bewusst zu sein, dass sie sie hasste, ein Paar gekauft, mit dem er einverstanden gewesen wäre. Ohne auch nur eine Sekunde zu überlegen, trat sie ans Fenster, warf sie unverzüglich hinaus und hörte sie unten auf dem Weg klappernd aufschlagen. Dann ging sie genauso zielstrebig zu Sabines Zimmer und klopfte an, obwohl sie wusste, dass Sabine noch immer mit Charlie unterwegs war.

Sabine besaß sehr viele Schuhe, und Ellen lieh sich das auffälligste Paar mit den höchsten Absätzen aus, das sie finden konnte, nämlich silberne Stiletto-Sandalen. Sie setzte sich auf Sabines Bett, fingerte an den schmalen strassbesetzten Schnallen herum und brauchte mehrere Minuten, bis sie es schließlich geschafft hatte, die Schuhe an ihren Füßen zu befestigen. Sie waren ziemlich eng, und die Riemchen schnitten ihr in die Zehen ein, aber Ellen war das egal. Sie waren das absolute Sahnehäubchen, das i-Tüpfelchen eines Plans, dessen sie sich selbst kaum bewusst gewesen war, bis sie die ersten staksigen Schritte auf diesen Sandalen machte. Als sie gerade hinausgehen wollte, erblickte sie auf Sabines Frisiertisch eine Flasche Wein, einen Rioja mit Schraubverschluss. Daneben stand ein benutztes Glas, und soweit Ellen erkennen konnte, fehlte in der Flasche etwa die Menge eines Glases. Ellen spitzte den Mund, zuckte mit den Achseln, griff nach der Flasche und dem Glas und nahm beides mit.

Gerade als sie wieder ihr Zimmer betrat, hörte sie Charlie und Sabine vom Pub zurückkommen. Als sie ihren Sohn die Treppe hinaufstürmen hörte, legte sie sich hastig ins Bett, zog die Decke über sich und hoffte, er würde ihr Make-up nicht bemerken, sollte er hereinkommen.

»Charlie«, hörte sie Sabine flüstern, »lass deine Mum schlafen, ja? Es dauert lange, bis eine Migräne vorbei ist. Wir könnten unsere Spielkonsolen miteinander verlinken und Mario Kart spielen, wenn du willst.«

»Du hast eine Spielkonsole?«, hörte Ellen Charlie vor der Tür fragen, und er klang wirklich beeindruckt.

»Selbstverständlich, und ich kann es ziemlich gut. Komm, gehen wir runter und schauen, ob wir auch Allegra beibringen können, wie man das spielt.«

»Okay«, antwortete Charlie nach kurzem Zögern. »Ja, also gut, vielleicht ist es am besten, wir lassen sie ausschlafen.«

Dann brauchte sie nur noch zu warten, und sie nahm noch einen Schluck von dem wärmenden, betäubenden Wein und wartete auf Charlie, der gegen zweiundzwanzig Uhr zu ihr hereinkam.

»Mum? Geht es dir gut?« Ellen, die sich die Decke bis zum Kinn hochgezogen hatte, nickte.

»Ja, Charlie, mir geht es gut. Ich glaube, es war heute nur ein bisschen zu heiß für mich, das ist alles.«

»Deine Kopfschmerzen, die hast du nicht wegen mir, oder? Wegen dem, was ich gesagt habe und weil ich dich gedrängt habe, dir die Broschüren anzuschauen?«

Ellen streckte den nackten Arm nach ihm aus, achtete aber darauf, ihn nichts von ihrer Aufmachung sehen zu lassen, die sie, samt Silbersandalen, unter der Decke noch immer trug. Der Lippenstift war inzwischen schon ganz verwischt, und sie vermutete, dass sie auch noch einmal Mascara würde auftragen müssen, der sich, während sie wartete, auf dem Kissen verteilt hatte. »Nein, nein … überhaupt nicht. Und weißt du was, Charlie? Du hattest recht. Du hattest vollkommen recht. Ich habe ein Problem und brauche Hilfe, das ist mir heute endlich klargeworden. Ich weiß nicht, ob ich das jemals begriffen hätte, wenn du nicht so tapfer gewesen wärst und mich nicht darauf hingewiesen hättest. Ich muss noch ein paar andere Dinge in Ordnung bringen, aber ich verspreche dir, dass ich mich bessern werde. Ich werde wieder eine gute Mum sein.«

»Du bist eine gute Mum«, beharrte Charlie und ergriff ihre Hand. »Und rate mal! Ich habe im Pub Scampi und Pommes frites gegessen. Hat gut geschmeckt.«

»Charlie, das ist ja großartig!«, sagte Ellen und setzte sich auf, um ihn zu umarmen, und vergaß dabei für einen Augenblick ihre besondere Aufmachung. Zum Glück waren für einen Elfjährigen ein grünes Kleid und ein altes T-Shirt buchstäblich das Gleiche.

»Beruhige dich, Mum. Das ist keine große Sache. Ich wollte heute nur mal was anderes, das ist alles.«

»Ich verstehe«, antwortete Ellen, »ich verstehe, was du meinst. Gute Nacht, mein Lieber.«

Sie drückte Charlie einen Kuss auf die Stirn und wartete auf Sabines unvermeidlichen Besuch. Es vergingen keine zwei Minuten, bis sie erschien.

»Sie haben sich meinen Wein geborgt, wie ich sehe?«, sagte Sabine und setzte sich an den Platz, den Charlie gerade frei gemacht hatte.

»Ja, macht es Ihnen was aus?«, fragte Ellen.

»Natürlich nicht. Ich glaube, unter diesen Umständen ist Alkohol wirklich die beste Medizin. Er wird Ihnen auch beim Einschlafen helfen.«

»Und Charlie, er weiß nicht, was passiert ist?«

»Nein, er war wirklich gut drauf. Ein bisschen besorgt um Sie, aber nicht übermäßig. Er wirkt … heiterer.«

»Ich glaube, das ist er wirklich«, stellte Ellen fest. »Ich glaube, er hat seine Sorgen monatelang allein mit sich herumgeschleppt, und jetzt, da er den Mut gefunden hat, mit mir darüber zu reden, fühlt er sich besser. Das ist auch der Grund, warum er nicht erfahren soll, was Hannah zugestoßen ist.«

Sabine nickte zustimmend. »Allegra hat sich zurückgezogen. Ich glaube, Charlie und ich haben sie sehr angestrengt.

Wäre es Ihnen recht, wenn ich Ihnen etwas zu essen mache, bevor ich in mein Zimmer gehe? Ich habe wieder eine Verabredung mit Eric zum Skypen, aber erst in zwanzig Minuten.«

»Nein.« Ellen brachte ein Lächeln zustande. »Ich könnte jetzt sowieso nichts essen. Das alles kommt mir so unwirklich vor. Als hätte ich es gerade in einem Buch gelesen.«

»Ich weiß«, antwortete Sabine. »Tja, wenn morgen die Sonne aufgegangen ist und Sie sich ausgeruht haben, können wir überlegen, was als Nächstes zu tun ist. Fürs Erste trinken Sie den Wein, schlafen sich aus und lassen das alles ruhig unwirklich erscheinen.«

»Vielen Dank, Sabine«, sagte Ellen. »Ich hatte, als ich Untermieter aufgenommen habe, nie erwartet, dass ich Freunde aufnehmen würde, aber du und Allegra und Matt, ihr seid echte Freunde.«

»Na ja«, antwortete Sabine. »Die meisten Menschen sind gut. Das heißt, die meisten Menschen bis auf meinen stinkenden, bösen, nichtsnutzigen Mann.«

Als Sabine gegangen war, warf Ellen einen Blick auf den Wecker. Es war fast dreiundzwanzig Uhr. Sie brauchte nicht mehr lange zu warten, dann würde es im Haus still sein und fast alle würden schlafen. Sie würde hinuntergehen, sich noch eine Flasche Wein holen und ihren Plan in die Tat umsetzen können.

Denn heute Abend hatte Ellen, von einem hemmungslosen Leichtsinn erfüllt, zu dem sie sich niemals für fähig gehalten hätte, beschlossen, keine weitere Minute ihres Lebens verstreichen zu lassen, ohne sie in vollen Zügen auszukosten. Heute Abend würde sie die Regie darüber, was mit ihr als Nächstes geschah, selbst übernehmen. Heute Abend plante sie, zum zweiten Mal in ihrem Leben einen Verführungsversuch zu starten.

Ellen hatte beschlossen, heute Abend mit Matt Bolton Sex zu haben.

18

Matt brauchte mehrere Sekunden, bis er es schaffte, den Schlüssel ins Schlüsselloch zu stecken. Er hatte sich keineswegs für besonders betrunken gehalten, zumindest nicht nach den bei *Bang It!* geltenden Maßstäben. Als er aus dem Pub gekommen war, waren die anderen gerade losgezogen, um in einen legendären und möglicherweise mythischen Drinking Club zu gehen, der angeblich die ganze Nacht geöffnet hatte und sich unter einem Sexladen in Soho namens Venus Videos befand. Matt hatte die Frage aufgeworfen, welchen Zweck es hatte, in eine illegale Kneipe zu gehen, wo es doch inzwischen jede Menge zugelassener Lokale gab, die ebenfalls rund um die Uhr geöffnet hatten, aber er war überstimmt und mit jeder Menge übler Beschimpfungen hinsichtlich seiner Sexualität und geschlechtlichen Orientierung bedacht worden. Weil sich die durchwachte Nacht schließlich bemerkbar machte, hatte er sich verabschiedet und seinen Ruf dadurch gerettet, dass er behauptete, er gehe nach Hause, um sich mit seiner Vermieterin zu befassen.

Trotz der Müdigkeit, die sich durch wilde Gedanken an Ellens auf dem Kopfkissen ausgebreitete Haare äußerte, hatte Matt sich entschieden, den halbstündigen Heimweg zu Fuß anzutreten, weil er die abendliche Wärme den überfüllten Nachtbussen vorzog, in denen immer ein solcher Lärm herrschte.

Er lebte ein bisschen gefährlich, weil er beim Gehen, in der Hoffnung, ein paar Sterne zu sehen, den Kopf in den Nacken legte, aber die Lichter der City machten jede Chance zunichte, mit dem Kosmos in Verbindung zu treten. Matt wusste nicht, warum er überhaupt den Wunsch danach verspürte, schließlich hatte er seine Kindheit nicht in einer ländlichen Idylle verbracht und war nicht eins mit der Natur gewesen. Er war in einer Sozialwohnung in Manchester aufgewachsen, wo die Natur aus Grünstreifen und hin und wieder einer Ligusterhecke bestand. Aber irgendetwas war mit ihm geschehen, irgendetwas, was dazu führte, dass er sich an eine Zeile eines Liebesgedichts aus dem siebzehnten Jahrhundert erinnerte, die ihn davon träumen ließ, eine glänzende, dunkle Haarsträhne um seine Finger zu wickeln, und ihn mit dem Wunsch erfüllte, die Sterne zu sehen und den Versuch zu unternehmen, in dem zufälligen Muster des Universums einen Sinn des Lebens zu entdecken.

»Verdammt«, murmelte Matt vor sich hin, als er erneut versuchte, das Schlüsselloch zu treffen. »Als Nächstes werde ich wohl mein Horoskop lesen.«

Er achtete sehr darauf, die Tür leise hinter sich zu schließen, und stand dann eine Sekunde in dem stillen, kühlen Flur, um die Lage einzuschätzen. Im Wohnzimmer brannte kein Licht, und auch in Allegras Schlafzimmer nicht. Aber aus der Küche drang ein schwacher grünlicher Schein, was bedeutete, dass Ellen dort saß und eine Tasse Tee trank, denn sie knipste immer die Lampen unter den Hängeschränken an, wenn sie allein war und ihren Gedanken nachhing. Matt dachte daran, wie müde und verwirrt sein Kopf und wie benommen sein erschöpfter Körper vom Alkohol war, und überlegte, dass er heute Abend wohl besser nicht in die Küche gehen sollte, um mit Ellen zu reden, nicht heute Abend und nicht in seiner aktuellen Verfassung. Ehe er sich's versah, würde er ihr ein Gedicht aufsagen und ihr erzählen, dass er sie liebte oder etwas ähnlich Verrücktes, er würde Risiken eingehen und sich für etwas einsetzen oder was immer Lucy da erzählt hatte. Doch noch während der letzte winzige rationale Teil seines Gehirns zu diesem Entschluss gelangte, lief sein Körper genau zu dem Ort, von dem er wusste, dass er dort nicht sein sollte.

Er schob die Küchentür auf, aber Ellen war nicht da.

Na ja, nicht so, dass Matt es begriff, jedenfalls nicht gleich. Sie saß nicht in einem übergroßen Männerhemd und mit zusammengebundenen Haaren am Tisch und umklammerte einen Becher Tee. Sie lehnte sich direkt gegenüber der Tür gegen die Arbeitsplatte … eigentlich räkelte sie sich eher dagegen, und sie trug ein Kleid. Und nicht nur ein Kleid, sondern ein Wahnsinnskleid, dunkelgrün und so figurbetont, dass sämtliche Geheimnisse, die Ellens Körper verhießen hatte, sich ihm fast auf den ersten Blick offenbarten, und er unfähig war, seinen Blick von der Wölbung ihrer Brüste zu lösen, von dem tiefen Dekolleté oder von ihren ausladenden Hüften, die von ihrer Taille abwärts eine herrlich dekadente Kurve bildeten. Matt hatte den Begriff *Prachtweib* schon viele Male gehört, aber er hatte nie wirklich Veranlassung gehabt, diesen zu verwenden, jedenfalls nicht so zutreffend.

Ellen neigte den Kopf ein wenig zur Seite, sodass ihr langes, glänzendes Haar über eine Schulter fiel, und lächelte ihn an. Sie hatte Lippenstift aufgetragen, registrierte Matt verwirrt. Warum trug sie Lippenstift und ein Kleid?

»Ein Glas Wein?«, fragte Ellen und schenkte ihm aus einer Flasche, die auf der Arbeitsfläche stand, ein Glas ein.

Sie hatte jemanden erwartet, wurde Matt klar, und er fragte sich, wer das wohl sein mochte. Und dann realisierte er auf einmal mit einem kalten Schauer, dass sie auf ihn gewartet hatte. Verdammt. *Verdammt!* Was sollte er jetzt tun? Er kam sich vor, als wäre er wieder fünfzehn und Charlotte Mackenzie hätte ihm gerade gesagt, dass sie Sex haben könnten, wenn er es wollte, solange er nur aufpasste. Zwar hatte er seit seinem elften Lebensjahr für Charlotte Mackenzie geschwärmt, und allein der Gedanke, mit ihr etwas so Intimes zu tun, hatte bedeutet, dass es für ihn vorüber war, noch bevor er sie auch nur berührt hatte. Charlotte Mackenzie hatte nie wieder mit ihm geredet, und er hatte gehofft, in seinem Leben nie mehr eine solche Demütigung zu erfahren. Doch jetzt fühlte Matt sich auf einmal wieder wie dieser Fünfzehnjährige, hocherfreut und zugleich verängstigt. Das konnte nicht passieren, nicht hier, nicht jetzt. Nicht so. Er war dazu nicht bereit, er wusste nicht, wie er zu ihr stand, und außerdem war er wirklich sturzbetrunken. Er war beim Sex nie gut, wenn er so betrunken war, und …

»Ich wollte dir danken, dass du gestern Nacht mit mir aufgeblieben bist«, sagte Ellen. Langsam ging sie durch die Küche auf Matt zu, und in diesem Augenblick bemerkte er ihre silbernen High Heels, eine Beobachtung, auf die sogleich unweigerlich das Bild von Ellen mit nichts am Leib außer genau diesen Schuhen folgte. Matt schluckte, wich zurück und betete darum, dass sie ihn nicht anfassen möge. Was war in den etwa fünfzehn Stunden passiert, die er außer Haus gewesen war? Waren irgendwelche abartigen außerirdischen Wesen mit einer Vorliebe für Push-up-BHs dahergekommen und hatten die Macht über Ellens Körper übernommen? Wo blieb das Angebot einer Tasse Tee und Kekse? Wo blieb die Besprechung des vergangenen Tages, bei der er ihr berichten würde, was er bei der Arbeit gemacht hatte, und sie ihm erzählen würde, was Charlie gesagt oder getan hatte?

Es würde viel schwieriger werden, sie aus der Ferne zu bewundern, wenn sie tatsächlich anfangen sollte, sich ihm an den Hals zu werfen.

Bitte fass mich nicht an, bitte fass mich nicht an, bitte fass mich nicht an, flehte Matt im Stillen, während Ellen auf ihn zukam. Sie reichte ihm das Weinglas, das er als taktische Abwehr entgegennahm, weil er davon ausging, dass ein Gefäß voller Flüssigkeit eine gewisse Barriere zwischen ihnen darstellen würde. Er täuschte sich.

Ellen trat auf ihren silbernen High Heels noch einen Schritt näher und legte die Hand auf seine Schulter. Sie blickte ihm in die Augen.

»Ich habe mich gefragt, ob ich zum Dank irgendetwas für dich tun könnte«, fragte sie und klimperte mit ihren schwarz getuschten Wimpern.

»Hm … na ja, ein Kaffee wäre großartig«, quiekte Matt, während Ellens Hand über seinen Oberkörper strich, über seinen Hosenbund und … Er packte sie am Handgelenk, bevor sie noch tiefer wandern konnte.

»Ellen«, sagte er und musterte ihr Gesicht aus unmittelbarer Nähe, wobei er die leicht geschwollenen Lider und die geröteten Augen bemerkte, die sich hinter der frisch aufgetragenen und ausgeflockten Mascara verbargen. »Ellen, was soll das alles?«

»Oh, mein Gott, du bist nicht scharf auf mich, oder?«, sagte Ellen, die leicht wankend zurückwich. Matt wurde klar, dass sie wahrscheinlich genauso betrunken war wie er, wenn nicht sogar ein bisschen mehr. »Ich wusste es, ich wusste, dass ich damit keinen Erfolg haben würde. Da bin ich einmal leichtsinnig und spontan, und mir ist überhaupt nicht in den Sinn gekommen, dass du einfach nicht auf mich stehst. Ich leide wohl unter Wahnvorstellungen, genau.«

Matt brauchte eine Sekunde, bis er das, was sie gerade gesagt hatte, verarbeiten konnte.

»Was, machst du Witze? Natürlich stehe ich auf dich, ich glaube, ich war noch auf keine so scharf wie auf dich«, erklärte ihr Matt und fühlte sich gezwungen, sie mit Komplimenten zu überschütten. »Du siehst umwerfend aus, dieses Kleid … Dein Körper sieht atemberaubend aus, Ellen. Es ist unmöglich, das nicht zu erkennen.« Matt schluckte. »Aber das passt nicht zu dir. Und das ist der Grund, weshalb ich mich frage, was das alles soll.«

»Im Ernst?« Ellen wirkte aufgemuntert, und sie lächelte ein wenig wie die alte Ellen. Wie diejenige, die keine sexbesessene, von Außerirdischen gesteuerte Femme fatale war. Matt war mehr als erfreut, sie so zu sehen. »Denn weißt du, man nimmt sich so lange selbst nicht wahr beziehungsweise schaut sich selbst nicht an, bis man quasi keine Ahnung mehr hat, wie man aussieht. Ich war einmal schön, früher einmal, meine ich. An einem Donnerstagabend 1998. Da habe ich dieses Kleid getragen. Das war das letzte Mal, dass ich schön war.«

»Das stimmt nicht, Ellen«, entgegnete Matt. »Du … du bist eine der schönsten Frauen, die ich je gesehen habe. Und ich weiß, das klingt jetzt wie Anmache, aber es ist wahr. Seit der Sache mit Charlotte Mackenzie habe ich mir nie … nie so sehr gewünscht … einfach nur das Haar einer Frau zu berühren.« Matt zuckte zusammen. »Das klingt wohl ein bisschen abgedreht, oder?«

»Du kannst meine Haare berühren«, sagte Ellen mit leiser, belegter Stimme und trat wieder einen Schritt auf ihn zu. »Du kannst mich berühren, wo du willst.«

Sie drückte sich an ihn, sodass sie Brust an Brust, Hüfte an Hüfte dastanden.

»Die Sache ist die«, sagte Matt, der es wirklich schwierig fand, seine Hände bei sich zu behalten und nicht auf Ellens schönen runden Hintern zu legen, »dass ich nicht kann. Ich kann nicht einfach von der Arbeit heimkommen und dich, Ellen Woods, aufgedonnert und ein bisschen beschwipst und zu allem bereit vorfinden und das ausnutzen. Das kann ich nicht.«

»Du meinst, du willst nicht?«, fragte Ellen, und ihr heißer Atem kitzelte ihn am Hals.

»Oh, mein Gott.« Matt stöhnte auf, weil er am Tonfall ihrer Stimme erkannte, dass sie genau wusste, wie sehr er sie begehrte. »Ich möchte ja, Ellen, ich möchte es … aber nicht so. Deinetwegen. Ich meine, als ich heute Morgen aus dem Haus gegangen bin, hast du in einer tiefen Krise gesteckt. Wie geht es Hannah, und was ist mit Charlie, wie kommt er damit zurecht?«

»Darüber will ich jetzt nicht reden«, hauchte Ellen, und ihre Hand wanderte an der Innenseite seines Oberschenkels nach oben. »Ich bin ein bisschen aus der Übung, genau genommen völlig aus der Übung, wenn es darum geht, die Initiative zu ergreifen, deshalb musst du mir sagen, wenn ich etwas falsch mache.« Sie umfasste Matts erigiertes Glied und drückte sanft zu. »Und, wie ist das für dich?«

»Oh Gott.« Matt, der nicht länger widerstehen konnte, stellte sein Weinglas ab, ohne darauf zu achten, ob es umkippen könnte, und zog Ellen an sich, legte eine Hand auf ihren Hintern, während die andere sofort den Weg zu einer Brust fand, die er fest drückte, währen er Ellen innig küsste. Er stieß ein leises Stöhnen aus, als er sie gegen die Arbeitsplatte presste, gegen die sie ihn wenige Sekunden zuvor gedrückt hatte, dann nahm er die eine Hand von ihrem Hintern und fuhr ihr damit in die Haare, zog ihren Kopf zurück, sodass ihr Hals gestreckt war, den er mit Küssen und Bissen bedeckte, er zerrte am Ausschnitt ihres Kleids, schob ihn und die Spitze ihres BHs unter die Wölbung ihrer Brüste, sodass sie sich seinen Lippen darboten. Mit einem Mal entschlossen und konzentriert, fasste Matt Ellen an den Hüften und hob sie auf die Arbeitsplatte, schob ihren Rock bis zu ihrem Slip hoch, den er ihr mit einer fließenden Bewegung herunterstreifte und auf den Boden fallen ließ.

Erst als seine Hand auf seinem Gürtel lag, bemerkte er ihren Gesichtsausdruck. Er verriet Verlangen, ja, eine leichte Röte, die sich über ihrem Nasenrücken und den Hals ausbreitete. Aber da war noch etwas anderes. Angst? Unsicherheit? Sogar Traurigkeit? Matt ließ seine Hand an seine Seite sinken, als er sie ansah, die Frau, die ihn an Poesie denken und die Sterne suchen ließ, deren Kleidung verrutscht, deren Unterwäsche zerrissen war. In diesem Augenblick sah sie umwerfender und begehrenswerter aus als jede andere Frau, die er je kennengelernt hatte. Aber zwischen ihm und Ellen sollte es nicht so laufen, nicht so schäbig wie auf dem doppelseitigen Bild in der Mitte einer Zeitschrift.

Sie blickten einander atemlos und schweigend einen

Moment an, dann nahm Matt Ellen in die Arme und hielt sie fest. Sie schmiegte sich an ihn und vergrub das Gesicht an seinem Hals. Matt verstärkte den Druck seiner Umarmung, als er spürte, dass ihr Körper schluchzend zu zittern begann.

»Ellen«, flüsterte er, während er sich auf einen der Küchenstühle setzte, sie auf seinen Schoß zog und in seinen Armen hielt. »Ellen, sag es mir. Bitte sag mir, was ist passiert?«

Ellen schob sich die Haare aus dem tränenüberströmten Gesicht und sah ihm in die Augen.

»Du musst mich für eine solche Idiotin halten«, sagte sie. »Was sollte einer wie du mit einer alten Frau jenseits von Gut und Böse wie mir anfangen wollen.«

»Ich glaube, du kannst genau erkennen, dass einer wie ich jemanden wie dich wirklich sehr begehrt«, antwortete Matt und strich ihr eine Haarsträhne aus dem Gesicht. »Aber erst wenn du bereit und sicher bist, dass du es auch willst. Und du bist dir nicht sicher, oder?«

Ellen blickte ihm eine Sekunde in die Augen, dann schüttelte sie den Kopf, und Matt war überrascht, wie sehr diese Reaktion ihn schmerzte und enttäuschte. Zum ersten Mal in seinem Leben begehrte er eine Frau, die ihn nicht ebenso begehrte.

Ellen stand auf und wandte ihm halb den Rücken zu, während sie ihre Kleidung in Ordnung brachte. Verlegen schnappte sie nach ihrem auf dem Boden liegenden Slip und steckte ihn, weil sie nicht wusste, was sie mit ihm anstellen sollte, schnell in die Schublade mit den Plastiktüten.

»Ich meine, ich will, ich will dich, aber ich bin mir nicht sicher, ob aus wirklich vernünftigen Gründen.« Sie schniefte und blickte Matt nervös an. Matt fühlte sich unbehaglich, während er so da saß, weil es ein Weilchen dauerte, bis sein Verlangen nachließ.

»Und was jetzt?«, fragte Matt. »Ich bin mir nicht sicher, was ich nach der verblüffenden Knutscherei und dann dem Abbruch zur Neubewertung der Situation tun soll. Außer vielleicht zu explodieren oder mit dem Kopf so lange auf die Tischplatte zu schlagen, bis ich so schwere Hirnverletzungen habe, dass ich nicht mehr zu dir gehen und dich nehmen kann.«

Wieder sahen sie einander einen Augenblick an, in dem Ellen sich fragte, was eigentlich genau zwischen ihnen ablief.

»Soll ich uns eine Tasse Tee machen?«, schlug sie vor.

»Ich mache ihn«, antwortete er. »Du setzt dich hin. Und erzählst, du erzählst und erklärst mir, was heute passiert ist, dass du zu dem Entschluss gekommen bist, mir die schwierigste Nacht meines Lebens zu bereiten.«

»Es ist nicht wirklich so schwer, mir zu widerstehen, oder?« Ellen lächelte schüchtern.

»Frau«, sagte Matt, der ihr den Rücken zukehrte und die Augen schloss. »Du hast ja keine Ahnung.«

*

Als Ellen zu Ende erzählt hatte und zu Matt aufblickte, fragte sie sich, wie sehr er sie wohl bemitleiden musste. Er hatte sie nicht einmal angesehen, während sie ihm von Hannah, von der angeblichen Affäre mit Nick und davon berichtet hatte, dass schon allein der Gang ans Ende des Weges durch ihren Vorgarten ihr das Gefühl vermittelt hatte, von der Erdoberfläche zu rutschen und zu sterben. Während sie sich gefragt hatte, wie sie Charlie erklären sollte, dass er seine Tante nie mehr wiedersehen würde, oder ob sie Gewissensbisse haben sollte, weil sie Hannah vor die Tür gesetzt hatte, obwohl sie doch so schwer verletzt war, hatte er den Blick nicht von der Tischplatte genommen. Denn ein paar Sekunden zuvor hatte Matt sie angeschaut, und er hatte nicht Ellen Woods gesehen. Er hatte eine Frau gesehen, der er die Kleider vom Leib reißen und mit der er hemmungslosen Sex haben wollte, ob sie es wollte oder nicht, genau wie Captain Parker, genau wie derjenige, der Hannah verletzt hatte, wer immer das auch sein mochte. Aber Matt war nicht wie diese Männer, ob fiktiv oder real. Er hatte den Ausdruck auf ihrem Gesicht gesehen, er hatte die Unsicherheit bemerkt, und er hatte innegehalten. Das war etwas, wofür Ellen ihm sehr dankbar war, aber trotzdem bedauerte sie, dass der zweite schöne Augenblick verstrichen war. Sie war sich nicht sicher, ob überhaupt noch ein dritter kommen würde, zumindest nicht mit Matt. Nicht jetzt, nachdem er alles über sie wusste.

Matt antwortete eine Weile nicht, aber seine Kiefernmuskeln spannten sich reflexartig an, als bemühte er sich bewusst, nichts zu sagen. Und dann zuckte er mit den Schultern.

»Tja, das ist ein ziemlicher Schlamassel, oder?«, fragte er schließlich.

»Ja.« Ellen nickte. »Die Sache ist die, dass ich das schreckliche Gefühl habe, ich habe die letzten zehn Jahre meines Lebens in dem Glauben verstreichen lassen, es gäbe da etwas, während es in Wahrheit ganz anders war. Ich dachte, ich führte mit Nick eine liebevolle und hingebungsvolle Ehe. Das hat Nick mich zumindest glauben gemacht, aber das stimmte nicht. Wenn überhaupt, dann war ich für eine Weile seine Trophäe, sein Kuscheltier, und dann … dann war ich eine Last, für die er zu sorgen hatte, während er sich die ganze Zeit danach gesehnt hat, mit einer anderen zusammen zu sein.«

»Das stimmt nicht«, warf Matt ein.

»Nicht?«, fragte Ellen. »Er hatte Sex mit meiner Schwester. Warum musste sie mir das sagen, Matt? Warum konnte sie mich nicht einfach an meiner traurigen kleinen Selbsttäuschung festhalten lassen? Dann bliebe mir zumindest mein …« Ellen wollte sagen »mein Stolz« oder »meine Würde«, aber keines dieser Wörter schien treffend zu sein. »Zumindest hatte ich bis dahin etwas. Ich war seine Witwe. Das war der Grund, warum ich nie in den Spiegel geblickt habe, nie ausgegangen bin, nie versucht habe, mein Leben zu leben. Und jetzt? Jetzt habe ich keinen Vorwand mehr. Jetzt bin ich nur noch eine bemitleidenswerte, betrunkene alte Vermieterin, die sich an ihre Mieter heranschmeißt. Jetzt bin ich wie eine Figur aus einer der Stitcoms der siebziger Jahre.«

»Hör zu.« Matt schien mit Gefühlen zu kämpfen, die Ellen nicht benennen konnte. »Wenn jemand je einen Grund hatte, angepisst zu sein, dann bist du das, okay? Du könntest dich in Lumpen kleiden und das Haus nie wieder verlassen, und selbst dann könnte dir niemand Vorwürfe machen. Aber das kannst du nicht zulassen, Ellen, ich werde das nicht zulassen. Nicht bei dir. Der verdammte, arrogante und egoistische Flachwichser hatte nicht genügend Grips, um zu erkennen, was für eine fantastische, wunderbare Frau er hatte, und ich kann dir versprechen, ich würde ihn umbringen, wenn er noch am Leben wäre. Und ich lasse nicht zu, dass er oder Hannah oder die Straße da draußen dich auch nur eine Minute länger davon abhalten, du selbst zu sein. Du bist fantastisch, Ellen, du bist lustig und stark und eine hervorragende Mutter und wahrscheinlich auch eine tolle … Korrektorin. Es gibt da draußen noch so viel anderes, was dich erwartet. Ab morgen fangen wir an, dich wieder auf den richtigen Weg zu bringen.«

»Im Ernst?« Ellen sah ihn an und versuchte zu erkennen, ob er noch immer betrunken war. »Aber wirst du nicht ein bisschen zu beschäftigt sein mit deiner Arbeit und dem Flachlegen von Mädchen und all dem?«

»Das mit der Arbeit kriege ich hin«, sagte Matt und grinste etwas verlegen. »Und was die Mädchen angeht … na ja, du bist das einzige Mädchen, an das ich denken kann, und selbst wenn du mich vorläufig nur als Freund brauchst, wird sich das nicht so schnell ändern.« Ellen senkte den Blick, weil sie nicht recht begreifen konnte, was sie da hörte. »Was ich zu sagen versuche, ist: mach dir keine Sorgen, Ellen, du bist nicht allein. Du hast mich, Sabine und Allegra. Und du hast

Charlie. Wir alle … wir alle haben dich gern. Ja, einer ist gegangen und hat eine verdammt große Lücke in deinem Herzen zurückgelassen und sie mit Verzweiflung gefüllt, aber das wird besser werden.«

»Ich weiß gar nicht, was ich getan habe, dass ich so nette Mieter verdient hätte«, sagte Ellen schläfrig, als Matt sie auf die Beine zog.

»Tja«, antwortete Matt, während er sie die Treppe hinaufführte, »du verstehst es, wirklich guten Tee zu machen.«

Als Matt aufwachte, war er in den ersten Sekunden verwirrt und fragte sich, wo er war. Es war ein vertrautes Gefühl, die Augen in einem fremden Zimmer aufzuschlagen und nach irgendeinem Anhaltspunkt oder Hinweis zu suchen, wo er nach einer durchzechten Nacht am Ende gelandet war. Der Druck hinter seinen Augen, der Schmerz in seinen Gliedern und sein staubtrockener Mund sagten ihm, dass er einen Kater hatte, und normalerweise war dieses Gefühl mit dem Blick auf das Fenster einer unbekannten Wohnung verbunden, der ihm sagte, dass er mit einer Frau in deren Wohnung gegangen war. Mit der vertrauten Mischung aus Erregung und Furcht, die diesen ersten nüchternen Blick auf eine Frau begleitete, mit der er gerade die Nacht verbracht hatte, drehte er den Kopf in Richtung des gleichmäßigen Atemgeräuschs. Und dann fiel ihm alles wieder ein.

Matt verspürte etwas wie einen stillen Riss in seiner Brust, als er die schlafende Ellen neben sich ansah. Als er sie irgendwann in den frühen Morgenstunden in ihr Zimmer geführt hatte, hatte sie ihn gebeten, sich hinzusetzen und ein Weilchen mit ihr zu reden, und sie hatte erklärt, dass sie nicht allein sein wollte, denn wenn sie allein wäre, dann fange sie an nachzudenken, und er sehe ja, was passiert war, nachdem sie dies das letzte Mal getan hatte: Sie hatte beschlossen, sich zu betrinken und sich an ihren Untermieter ranzuschmeißen.

Matt sagte ihr nicht, dass auch er aus fast dem gleichen Grund nicht allein sein wollte, allerdings hätte er darüber nachgedacht, was wohl passiert wäre, wenn er vorhin in der Küche nicht innegehalten hätte. Deshalb hatte er sich auf einen Stuhl neben das Bett gesetzt und versucht, die seltsam erotische Sammlung praktischer Unterwäsche nicht zu beachten, die auf dem Boden verstreut lag, und hatte ihr, während sie duschte, alles über seinen Auftrag in Sachen Drive-Through-Bordell erzählt. Er hatte die ganze Zeit gegen das Bild anzukämpfen gehabt, wie das Wasser über diesen Körper hinabrann, den er nur allzu kurz gespürt hatte. Als Ellen in ein großes Handtuch gewickelt, mit tropfnassen Haaren aufgetaucht war, war Matt gezwungen gewesen, seine Beine zu überschlagen und ein besticktes Kissen hinter seinem Rücken hervorzuziehen, um es sich auf den Schoß zu legen.

Ellen hatte in ihren bereits offen stehenden Schrank gespäht. »Ich weiß nicht, was ich anziehen soll. In den vergangenen zwölf Monaten habe ich Nicks Sachen getragen, damit ich mich ihm nahe fühlen konnte, aber jetzt will ich das nicht. Ich will nichts anziehen, was aus dieser Zeit stammt.« Sie wandte sich Matt zu, als wäre sie gerade auf eine sehr brisante Idee gekommen. »Vielleicht schlafe ich einfach nackt, warum nicht?«

»Dann gehe ich mal«, sagte Matt, der spürte, wie er errötete. Ellen sah seinen entsetzten Gesichtsausdruck, und ihre Miene verdüsterte sich.

»Oh, mein Gott, Matt, tut mir leid ... das klang, als würde ich wieder versuchen, dich zu verführen, nicht wahr? Ich verspreche dir, das habe ich nicht vor. Jetzt weiß ich's, ich ziehe das an, was Mum mir letzte Weihnachten geschenkt hat. Ich habe es nie getragen.« Sie verschwand wieder im Badezimmer und tauchte nach ein paar Minuten in einem bodenlangen weißen Nachthemd mit weißem Spitzenausschnitt wieder auf. »Ich habe keine Ahnung, was sie sich dabei gedacht hat, ich sehe ja aus wie eine Heldin aus einem viktorianischen Roman. Im Nu werde ich mir eine Erkältung einfangen und sterben!«

»Es steht dir gut, ehrlich«, sagte Matt und versuchte, nicht darauf zu achten, dass ihre feuchten Haare, die ihr auf den Rücken fielen, den Stoff leicht durchsichtig hatten werden lassen.

Ellen stieg ins Bett und zog die Decke über sich. Sie blickte sich um, als lasse sie jedes kleinste Detail des Zimmers auf sich wirken.

»Das war unser Zimmer, das von mir und Nick. Hier waren wir allein. Weißt du, ich hätte das nie vermutet, ich hatte ja keine Ahnung, dass er sich mit einer anderen Frau getroffen hat, vielleicht sogar in eine andere Frau *verliebt* war, ganz davon zu schweigen, dass es meine eigene Schwester sein könnte. Es gab nichts, keinen dieser Hinweise, von denen man immer liest. Er hat nicht angefangen, seine Unterwäsche häufiger zu wechseln oder ins Fitnessstudio zu gehen. Er hat sich mir gegenüber überhaupt nicht anders verhalten. Meinst du, dass die ganze Sache für sein Leben hier nebensächlich war und gar keine Rolle gespielt hat?«

»Möglicherweise«, antwortete Matt und dachte an diese Unterhaltung, die Nick mit Charlie darüber geführt hatte, dass er ihn lieb haben würde, egal was passierte. »Aber du hast vielleicht nichts bemerkt, weil du nicht argwöhnisch warst.«

Ellen legte sich auf das Kopfkissen zurück.

»Kommst du zu mir und setzt dich neben mich und unterhältst dich mit mir, bis ich einschlafe?«, fragte sie. »Du musst nicht, aber wenn du es tust, verspreche ich dir, dass ich dich nicht anfasse.«

»Selbstverständlich«, antwortete Matt gequält. Ellen klopfte neben sich auf das Bett, und Matt war etwas beklommen aufgestanden, zum Bett gegangen und hatte sich ganz an den Rand gesetzt, sich unbeholfen gegen das Kopfteil gelehnt und einen Fuß auf dem Boden gelassen, wie es einst die Zensoren, so hatte er einmal gelesen, in alten Filmen bei jeder Bettszene den Schauspielern vorgeschrieben hatten, um darauf hinzuweisen, dass kein Sex stattfinden würde.

»Erzähl mir das noch einmal von den Nutten in Nevada«, sagte Ellen. »Erzähl mir von derjenigen, die studiert und Gerichtsmedizinerin werden will, wie heißt die?«

»Lola Lagoona, das ist ihr Künstlername, aber in Wahrheit heißt sie Paige Anthony. Sie ist wirklich klug, hat es durch die Highschool geschafft, obwohl ihre Mutter Alkoholikerin war und ihr Vater nie anwesend ...«

Irgendwann waren sie beide eingeschlafen. Matt hatte keine Ahnung, wer zuerst davongedriftet war und wann, aber jetzt lag er ausgestreckt auf Ellens Bett, und sie schlief neben ihm. Ihr Anblick ließ ihn den Atem anhalten.

Lass meine Hände schweifen, sag nicht nein,
Hinauf, hinab, hinüber, zwischendrein.

Während er sich auf den Ellenbogen stützte, um sie besser betrachten zu können, tauchten auf einmal zwei weitere Zeilen jenes Gedichts, von dem Matt gar nicht gewusst hatte, dass er sich daran erinnerte, in seinem Gedächtnis auf. Ganz plötzlich fiel ihm noch etwas anderes ein, was er vergessen hatte. In der Unterrichtsstunde hatte er zusammen mit seinen Schulkameraden die Lehrerin völlig ignoriert, er hatte sich über sie unterhalten, Zettel geschrieben und den Mädchen, für die er schwärmte, zusammengeknüllte Papierkügelchen an den Rücken geworfen. Am Ende der Stunde hatte er die ausgeteilte Kopie in seine Tasche gestopft und sie später, als er nach etwas anderem suchte, herausgezogen und gelesen und wieder gelesen. Und dann war ihm langsam, ganz langsam klargeworden, was er da las. Da war ein Mann, der beschrieb, wie er seine Freundin entkleidete, und dann davon erzählte, wie er mit ihr Sex hatte. Matt hatte nicht glauben können, dass die Menschen in früheren Zeiten über Sex Bescheid wussten, ganz davon zu schweigen, dass sie so detailliert darüber schrieben. Und an jenem Abend hatte er das Gedicht wieder und wieder gelesen und sich genau auszumalen versucht, was der Dichter da beschrieb, und obwohl er es seinen Freunden gegenüber niemals zugegeben hätte, war das eine der erotischsten Erfahrungen in seinem Leben gewesen. Am nächsten Tag hatte er die Kopie zusammengeknüllt und in den Mülleimer geworfen und dann über das nackte Mädchen auf Seite drei der *Sun* gekichert, die einer seiner Freunde seinem Vater geklaut hatte, und nie mehr an das Gedicht gedacht. Das heißt, nicht mehr, bis er Ellen begegnet war, Ellen, für die, wie ihm schien, das Gedicht vor vierhundert Jahren geschrieben worden war.

Matt, dessen Kopf dröhnte und dessen Mund trocken war, stellte fest, dass er es unbedingt noch einmal lesen und jede Zeile wiedererkennen wollte und, was für ihn ganz besonders untypisch war, er wollte Ellen das Gedicht vorlesen. Es mit Ellen erfahren. Er drehte sich auf den Rücken und blickte zur Decke. Was geschah bloß mit ihm?

Dann passierte genau gleichzeitig zweierlei:

Ellen stöhnte im Schlaf ein wenig, sie drehte sich auf die Seite und schlang dabei den Arm um Matts Brust. Genau im gleichen Augenblick ging Ellens Schlafzimmertür auf, und Charlie kam herein.

»Mum, ich habe dir Früh…« Charlie blieb wie angewurzelt stehen, ein Tablett mit Toast, Tee und einer fast verwelkten Rose in einem Becher in den Händen.

»Was?«, Ellen setzte sich verwirrt auf.

»Charlie, Kumpel«, sagte Matt. »Es ist nicht so, wie du denkst.«

Ellen richtete sich kerzengerade auf, als sie sich ein paar Sekunden später als Matt und Charlie der Situation bewusst wurde. Schnell stieg sie aus dem Bett.

»Charlie, Matt und ich haben nur miteinander geredet, das ist alles, und dabei sind wir eingeschlafen.«

Charlie, der beim Klang der Stimme seiner Mutter plötzlich aufgerüttelt zu sein schien, stellte das Tablett hastig auf dem Bett ab und lief aus dem Zimmer. Ellen rannte ihm nach, und Matt rannte ihr hinterher, aber als er den Treppenabsatz erreichte, sah er, dass sie zu spät kam. Charlie hatte die Haustür in der Gewissheit hinter sich zugeknallt, dass ihm seine Mutter nicht ins Freie folgen würde.

19

Als Matt am Fuß der Treppe ankam, schlug Ellen frustriert mit den Fäusten gegen die Haustür, und Tränen liefen ihr über das Gesicht.

»Was zum Teufel stimmt mit mir nicht?«, schluchzte sie. »Ich kann ihm nicht nachlaufen. Ich will es, ich muss es unbedingt, aber ich kann nicht. Ich stecke fest … ich sitze hinter dieser verdammten Tür fest. Ich habe zu große Angst, um meinem eigenen Sohn nachzulaufen, wenn er durcheinander ist!«

Sie wandte sich Matt zu, und er war über die Panik schockiert, die ihr ins Gesicht geschrieben stand. Sie hatte tatsächlich panische Angst, hinauszugehen … er meinte, das bis zu diesem Augenblick nicht wirklich begriffen zu haben.

»Ich gehe«, bot Matt an. »Schau, er wird nicht weit gelaufen sein. Wahrscheinlich ist er nur am Ende der Straße oder unten bei den Geschäften oder so. Gib mir zehn Minuten.«

Matt öffnete die Tür und joggte mit nackten Füßen durch den Vorgarten auf die Straße hinaus. Für einen Samstagmorgen war es still, eine Mutter kam mit ihrem Kleinkind auf der gegenüberliegenden Straßenseite den Gehweg entlanggeschlendert, und ein paar Kinder kickten an der Kreuzung mit einem Ball herum. Matt joggte in der Hoffnung auf die Jungen zu, Charlie könnte unter ihnen sein. Aber er war nirgends zu sehen. Matt überlegte, wo ein Junge wohl hingehen würde, der meinte, soeben seine Mum mit ihrem Untermieter im Bett erwischt zu haben.

Tja, wo immer er auch steckte, er war weiter weg, als Matt ohne Schuhe laufen konnte. Er stemmte im blendenden

Licht der Morgensonne die Hände in die Hüften, atmete durch und ging zum Haus zurück.

»Wo ist er?«, fragte Ellen in der Sekunde, in der er zur Tür hereinkam, verzweifelt. »Was hat er gesagt?«

»Ich hab ihn nicht erwischt«, antwortete Matt. »Vielleicht ist er in einen Bus gestiegen oder so. Was macht er normalerweise am Samstag? Vielleicht ist er ja ins Stadtzentrum gefahren.«

»Normalerweise bleibt er hier bei mir«, stellte Ellen traurig fest.

»Was ist passiert?«, fragte Sabine, die gerade die Treppe herunterkam und ihr langes Haar mehrfach um eine Hand wickelte, bevor sie es im Nacken zu einem Knoten zusammenband.

»Matt und ich haben die ganze Nacht miteinander geredet«, erklärte Ellen und spürte dabei, dass ihre Wangen beim Gedanken, wie Matt ihr Kleid hochgeschoben und ihre Schenkel gepackt hatte, ganz heiß wurden. »Wir sind beide in meinem Zimmer eingeschlafen, und Charlie hat uns gesehen und die falschen Schlüsse gezogen.«

Sabine blickte besorgt drein. »Er hat es falsch verstanden und ist abgehauen?«

»Ja, und jetzt wissen wir nicht, wo er hin ist«, antwortete Ellen bestürzt. »Ich hätte ihm nachlaufen sollen, aber ich kann nicht … ich hasse das, ich hasse mich selbst, ich hasse mein beschissenes Leben!«

Ellen hämmerte immer wieder mit der Faust gegen die Tür, sodass sie in ihrem Rahmen klapperte, und ihr Herz raste bei der Vorstellung, auf der anderen Seite der Tür zu stehen. »Ich kann den Gedanken nicht ertragen, dass er da draußen ist und glaubt, ich hätte seinen Vater so betrogen. Ich kann einfach nicht.«

»Hast du versucht, ihn anzurufen?«, fragte Sabine.

Hektisch wählte Ellen Charlies Handynummer und war nicht überrascht, dass sofort die Mailbox ansprang. »Charlie, ich bin's, Mum. Ich schwöre, dass es nicht so war, wie du glaubst, okay? Matt und ich, wir haben nur miteinander geredet und sind eingeschlafen, das war alles, ich schwöre es. Bitte, Liebling, komm nach Hause.«

»Was hat Charlie gesehen?« Allegra tauchte aus ihrem Zimmer auf. »Ehrlich, wenn ich gewusst hätte, dass in diesem Haus ein größeres Kommen und Gehen herrscht als am Piccadilly Circus, hätte ich mich doch für den Wohnwagen der Versicherungsgesellschaft entschieden.«

»Er hat Ellen und Matt zusammen im Bett erwischt und ist ausgerissen«, erklärte Sabine, was Allegra ein verzücktes Lächeln aufs Gesicht zauberte. »Aber offenbar hat kein Geschlechtsverkehr stattgefunden.«

Sabine und Allegra musterten die beiden von Kopf bis Fuß, als suchten sie nach sichtbaren Anzeichen eines Fehltritts, die ihr ins Gesicht geschrieben sein mussten, da war sich Ellen sicher.

»Das ist ja wunderbar«, stellte Allegra fest. »Tja, gehen wir doch und trinken Tee, dann können Sie mir alles erzählen. Ich will sämtliche Details erfahren, Ellen; es ist viel zu lange her, dass ich in Reichweite eines lebensstrotzenden jungen Mannes war. Ich habe den Eindruck, dass Charlie ein sehr vernünftiger Junge ist, und ich bin mir sicher, dass es ihm gut geht …«

»Oh nein«, antwortete Ellen, der plötzlich ein Gedanke durch den Kopf schoss. »Ich weiß, wohin er wahrscheinlich gegangen ist.«

»Wohin?«, wollte Matt wissen.

»Zu dem Menschen, zu dem er immer geht, wenn er wütend auf mich ist«, antwortete Ellen besorgt. »Zu Hannah. Oh, mein Gott, was ist, wenn sie ihm das mit seinem Dad erzählt … Ich kann nicht zulassen, dass er das erfährt, vor allem nicht von ihr.«

»Richtig, dann lass uns gehen«, sagte Matt. Er blickte auf seine nackten Füße und Ellens Nachthemd. »Also, ziehen wir uns schnell an und gehen.« Er bemerkte ihren Gesichtsausdruck und korrigierte sein Angebot: »Ich ziehe mich an, und du sagst mir, wo Hannah wohnt, dann gehe ich. Vielleicht könnte Sabine mich begleiten? Sie kennt Hannah besser als ich.«

Sabine nickte. »Selbstverständlich.«

»Nein, nein«, erklärte Ellen, durch deren Körper mit einem Mal jede Menge Adrenalin flutete und die aufgrund der Notwendigkeit, ihren Sohn zu finden, alles andere ausklammerte. »Nein. Ich bin kein Mensch, der Angst hat, sein Haus zu verlassen. Das will ich nicht. Ich kann kein solcher Mensch und zugleich *ich* selbst sein. Ich kann kein Mensch sein, der seinen Sohn im Stich lässt, bloß weil er Angst hat vor … wovor eigentlich? Vor Bussen und Lärm und Menschen und dem sicheren Tod? So etwas macht eine Mutter nicht. Eine Mutter lässt ihr Kind nicht im Stich, bloß weil sie vor irgendetwas Angst hat. Ich gehe zu Hannah.« Ellens entschlossene Miene verriet ein kurzes Zögern, als sie Matt anblickte. »Aber du kommst mit mir, nicht wahr?«

»Natürlich«, antwortete Matt. »Gib mir fünf Minuten.«

Sabine legte die Hand auf Ellens Unterarm. »Ellen, bist du dir sicher? Agoraphobie ist nichts, was man einfach abstreift, bloß weil einem danach ist. Du wirst viel Hilfe brauchen, Therapie … vielleicht auch Medikamente. Wenn du dich jetzt zwingst, aus dem Haus zu gehen, könntest du es noch verschlimmern.«

»Ich muss jetzt gehen, ich habe keine Zeit für eine Therapie oder Medikamente. Ich muss Charlie finden, bevor Hannah ihm davon erzählt. Ich muss jetzt gehen, bevor ich den Mut verliere, basta.«

Während Ellen und Matt davoneilten, um sich anzuziehen, folgte Allegra Sabine in die Küche, wo Sabine sich anbot, ihr das Frühstück zu machen.

»Ich hoffe, sie weiß, was sie da tut«, stellte Sabine besorgt fest.

»Ich glaube schon«, antwortete Allegra. »Ich glaube, sie hat endlich beschlossen, die Heldin ihrer eigenen Geschichte zu werden, und sie ist stark, viel stärker, als ihr klar ist.«

»Das wird sie sein müssen, das steht fest«, erwiderte Sabine, während sie eine volle Tüte aus dem Mülleimer zog und sie draußen vor der Hintertür abstellte.

»Und, meinen Sie, dass gestern Abend hier außer Plauderei und Einschlafen sonst noch etwas passiert ist?«, fragte Allegra, während Sabine nach einer frischen Tüte für den Mülleimer suchte. Als sie die Schublade mit den Plastiktüten aufgezogen hatte, hielt sie einen Augenblick inne, dann holte sie vorsichtig einen schwarzen Spitzenslip heraus. Sie wandte sich Allegra zu und sagte: »Ich würde behaupten, das ist durchaus möglich.«

Ellen stand auf der Türschwelle ihres Hauses. Sie wusste genau, was sie vor der Haustür erwartete, nämlich eine Straße mit viktorianischen Backsteinhäusern und bescheidenen, zumeist gepflegten Vorgärten, die sich hinter ordentlich gestutzten Ligusterhecken verbargen. Sie wusste, dass das Pflaster aus einem Patchwork verschiedener Grautöne aus Asphalt bestand, je nachdem, welche Versorgungsfirma den Gehsteig zuletzt aufgerissen hatte, und dass es auf der Straße relativ ruhig sein würde, bis auf die Busse voller Samstagseinkäufer, die am Ende der Straße vorbeifuhren. Sie wusste, dass die Luft warm sein musste und nach Sommerblumen und Autoabgasen riechen würde und dass das Gefährlichste, dem sie da draußen höchstwahrscheinlich ausgesetzt sein könnte, eine wilde Wespe war. Verstandesmäßig wusste sie das alles, doch egal, welcher Anblick sich ihr beim Öffnen der Tür bieten würde, sie hatte den Eindruck, am Rand einer Klippe zu stehen, an einem Abgrund, der so tief war, dass sie nicht auf den Boden sehen konnte, und in den sie sich zwangsläufig würde stürzen müssen.

Matt machte die Tür auf und streckte Ellen seine Hand

entgegen. Ellen ergriff sie und trat mit ihm auf den Weg. Sofort presste es ihr die Luft aus den Lungen, und ihr wurde schwindelig.

»Ich kann nicht«, sagte sie, während sie die Augen schloss und sich an Matts Arm klammerte.

»Du kannst«, antwortete Matt. »Komm schon, wir gehen bloß bis zum Tor, lass uns bis zum Gartentor gehen, dann sehen wir, wie du dich fühlst.«

Ellen kniff die Augen zusammen, als säße sie in einer Achterbahn, deren Fahrt bald vorüber sein würde, und ließ sich von ihm zum Gartentor führen. Er legte ihre Hände auf das raue Holz.

»Das muss ersetzt werden, ehrlich«, stellte er mit sachlichem Tonfall fest. »Die Farbe blättert ab, und das Holz rund um die Scharniere verrottet. Wenn Charlie das Tor noch ein paar Mal zuknallt, ist es kaputt, meinst du nicht auch? Ellen, was denkst du?«

Langsam schlug Ellen die Augen auf und blickte auf das aus hüfthohen senkrechten Latten bestehende Gartentor hinab, das sie und Nick kurz nach ihrem Einzug grün gestrichen hatten. Es war ihm anzusehen, dass sich im vergangenen Jahr keiner darum gekümmert hatte. Ellen fuhr mit den Fingern über die raue und rissige Oberfläche, dann blickte sie zu ihrem Haus hinauf. Es war seit Monaten das erste Mal, dass sie es von außen sah. Die Glyzinie war, weil sie nicht geschnitten worden war, sehr gewachsen, und ihr Gewicht führte dazu, dass sie sich an einigen Stellen vom Haus weg zur Seite neigte, während sie an anderen begonnen hatte, über die Fenster zu wuchern, auch über das von Ellens Schlafzimmer. Irgendwo musste die alte gusseiserne Regenrinne mit Herbstlaub verstopft sein, denn auf dem Mauerwerk zeichnete sich deutlich ab, wo sie übergelaufen und das Wasser hinabgeronnen war. Der Rasen im Vorgarten, inzwischen gute fünfundzwanzig Zentimeter hoch, war völlig verwildert und durch die unerbittliche Sonneneinstrahlung gelb geworden und bot einen erbärmlichen Anblick, bis auf die Ritzen im Gartenweg, in die sich das Gras ausgebreitet hatte und dort allem Anschein nach prächtig gedieh.

Während Ellen das vernachlässigte Haus betrachtete, das sie so unbändig liebte, wurde ihr klar, dass einer der Gründe dafür, dass sie sich in seinen Mauern so sicher fühlte, darin bestand, dass es den Eindruck erweckte, als wäre die Zeit stehen geblieben. Als wartete sie darauf, dass die Uhren wieder zu ticken begannen, Herzen wieder zu schlagen anfingen und die Welt anhob, sich weiterzudrehen. Als wartete sie darauf, wiederhergestellt zu sein, darauf, dass Nick nach der Arbeit durch die Tür kommen und ihr altes Leben wieder beginnen würde. Ellen blickte Matt an. Ihr Herzschlag verlangsamte sich, Angst und Panik ließen ein wenig nach.

»Wir gehen ans Ende der Straße und nehmen uns ein Taxi«, sagte Matt zu ihr. »Um diese Zeit gibt es dort jede Menge.«

Lässig öffnete Matt das Gartentor, nahm Ellens Hand von den Holzlatten, hakte sie bei sich unter und machte sich daran, sie die Straße entlangzuführen.

»Tut mir leid«, sagte er. »Das ist alles meine Schuld. Ich hatte nicht vor, in deinem Zimmer einzuschlafen.«

»Das ist nicht deine Schuld«, erwiderte Ellen, die gegen die aufsteigende Übelkeit ankämpfte, weil sich ihr der Magen umdrehte und schmerzhaft verkrampfte. Sie blieb stehen und versuchte, zum Haus zurückzuschauen, aber Matt hielt ihre Hand auf seinem Arm fest und führte sie weiter.

»Und mir tut noch etwas leid, du weißt schon … dass ich dir ein paar Sachen ausgezogen habe«, fuhr Matt fort. Normalerweise hätte er das Thema nie zur Sprache gebracht, aber er beschloss, dass er Ellen unbedingt davon ablenken musste, was sie da gerade taten, und er war der Meinung, dass Smalltalk in diesem Fall nicht ausreichte.

»Oh, mein Gott.« Ellen blieb einen Augenblick stehen,

beugte sich vor und übergab sich. »Oh Gott, Matt ... Ich glaube, ich muss zurück. Ich kriege keine Luft mehr ... Matt, lass mich zurückgehen, das ist zu viel für mich. Das ist zu weit. Ich schaffe es nicht, ich bin nicht stark genug.« In ihrer Brust begann eine überdrehte Uhr loszuticken, die Zeit geriet außer Kontrolle, während sie nach Luft rang. Matt wollte sie nicht umkehren lassen.

»Es ist genauso weit ans Ende der Straße wie zurück«, erklärte er gelassen und rieb ihr zwischen den Schulterblättern über den Rücken. »Atme einfach tief durch, ein und aus, ein und aus.«

Er hielt inne, während er darauf wartete, dass ihre Atmung wieder ein wenig gleichmäßiger wurde. Ihr Blick schoss verängstigt nach links und rechts.

»Weißt du, ich habe in der Küche nicht etwa deshalb aufgehört, weil ich nicht weitermachen wollte. Ich wollte es wirklich, Ellen, unbedingt. Aber mir schien es nicht der richtige Zeitpunkt zu sein, ich meine, du warst beschwipst und hast dich mir quasi an den Hals geschmissen ...«

Ellen richtete sich auf, fuhr sich mit dem Handrücken über den Mund und sah ihn mit feuchten Augen an.

»Ich sterbe hier gleich an einem Herzinfarkt, und du erinnerst mich an den schlimmsten und schmachvollsten Augenblick meines Lebens«, sagte sie und schnappte unregelmäßig nach Luft. Matt schmunzelte. Sein Plan mit der extremen Ablenkung schien zu funktionieren.

Er legte den Arm um ihre Taille und schob sie vorwärts, während er weitersprach. »Du hast das Gefühl, du würdest sterben, aber das tust du nicht. Du hast eine Panikattacke, die ziemlich unheimlich und deutlich spürbar ist, aber sie bringt dich nicht um. Der Trick besteht darin, nicht daran zu denken. Was mich zur nächsten Sache führt, die ich dir sagen wollte.«

»Du brauchst mir das nicht zu sagen, das weiß ich«, erklärte Ellen und blickte sich ängstlich um, während Matt sie weiterschob. »Ich habe mich gestern Abend lächerlich benommen. Ich bin mir nicht ganz sicher, ob das wirklich hilfreich ist, wenn es darum geht, eine Panikattacke zu überstehen.«

»Nein. Versteh doch, ich denke schon ein paar Wochen unentwegt an dich«, stellte Matt fest. »Damit will ich sagen, dass ich mich von dir sehr angezogen fühle. Du hast gestern Abend fantastisch ausgesehen, aber du brauchst das Kleid und die Unterwäsche nicht, um mich anzutörnen. Ich habe mir schon lange vorgestellt, wie es wäre, mit dir Sex zu haben.«

»Du … wie bitte? Du versuchst wohl, mich auf den Arm zu nehmen, jetzt, wo ich im Begriff bin, mich zu übergeben, und ein Aneurysma im Kopf habe, das bestimmt gleich platzen wird?«, fragte Ellen entgeistert.

»Ich sage dir nur die Wahrheit«, antwortete Matt, und ihm war klar, dass das eigentlich nicht korrekt war. Er sagte die Wahrheit darüber, wie sehr er sie körperlich begehrte, aber die emotionale Seite, die zum ersten Mal in seinem Leben damit zusammenzuhängen schien, wie dringend er sie haben wollte, behielt er für sich. Diese Verbindung von emotionaler und körperlicher Leidenschaft hatte er bislang noch nie erfahren. Würde er zu viel über die emotionale Seite nachdenken, würde auch er eine Panikattacke bekommen, und was sollte dann aus ihnen beiden, zwei in Shepherd's Bush gestrandeten psychischen Wracks, werden? »Ellen, du bist eine sehr attraktive Frau. Und wenn … sobald sich der Staub ein bisschen gelegt hat und du nicht mehr so …«

»Verrückt bist?«, fragte Ellen mit weit aufgerissenen, wild flackernden Augen, da sie sich gerade der verkehrsreichen Hauptstraße näherten. Sie klammerte sich an ihn, schlang die Arme um seine Brust und drückte das Gesicht an seine Schulter. »Oh Gott, Matt, ich muss wieder zurück. Ich muss zurück. Ich kann das nicht, ich schaffe das nicht, ich kann nicht. Ich sterbe …«

»Du stirbst nicht«, erklärte ihr Matt, während er ein

schwarzes Taxi herbeiwinkte. »Was ich dir jedenfalls zu sagen versuche, ist, dass ich, wenn du mit mir schlafen willst, jederzeit bereit bin. Wann immer du dazu bereit bist.«

Wie Matt vorhergesehen hatte, war Ellen so schockiert, dass er sie ins Taxi bugsieren und die Autotür zuziehen konnte. »Ladbroke Grove, bitte«, sagte er dem Taxifahrer.

Ellen saß mit weit aufgerissenen Augen auf dem Rücksitz und wirkte wie eine in die Enge getriebene Wildkatze, und ihre Brust hob und senkte sich hektisch. Matt klappte den Sitz gegenüber um, beugte sich zu ihr, zog ihr den Sicherheitsgurt über die Schulter und ließ ihn einrasten, und für eine Sekunde waren ihre Gesichter nur wenige Millimeter voneinander entfernt. Matt lehnte sich zurück. Er hatte keine Ahnung, welche Gefühle sie für ihn empfand, ob die vergangene Nacht nur ein verrückter Ausrutscher gewesen war, ausgelöst durch die vorangegangenen Ereignisse, oder ob es auf etwas anderem beruhte, etwas, das vielleicht wahr werden konnte. Und jetzt konnte er sie nicht weiter bedrängen, aber er stellte fest, dass er es wissen wollte. Er hasste den Gedanken, nicht zu wissen, was sie von ihm hielt und für ihn empfand.

»Ein Londoner Taxi ist in etwa der sicherste Ort der Welt«, erzählte ihr Matt, als er in ihre verängstigt aufgerissenen Augen sah. »Keiner kennt die Straßen besser als diese Fahrer, und die alten Dinger hier«, er klopfte gegen die Karosserie des Taxis, »sind sehr stabil gebaut. Du hast das Schwierigste hinter dir, Ellen. Wir werden direkt vor Hannahs Haustür abgesetzt, und nachdem wir das erledigt haben … was immer wir erledigen müssen, rufen wir ein Taxi, das uns direkt zu deinem Haus zurückbringt. Du weißt jetzt, dass du ans Ende der Straße gehen kannst, ohne dass irgendetwas Schreckliches passiert, deshalb brauchst du dir jetzt wirklich keine Sorgen mehr zu machen.«

»Da bin ich mir nicht so sicher«, erwiderte Ellen und schob ihre Hände zwischen die Beine. »Du hast mir gerade gesagt, dass du mit mir schlafen würdest, wann immer mir danach ist. Weißt du denn nicht, dass ich eine agoraphobische Witwe bin, die gerade herausgefunden hat, dass ihre Ehe eine Lüge war? Ich bin der Inbegriff von … von verkorkst.« Eine Sekunde lang fokussierte sie ihren Blick auf ihn.

»Ach, du würdest staunen«, antwortete Matt und ignorierte ihre letzte Feststellung. »Wir stehen auf Verrückte, auf Komplizierte. Diejenigen, die uns jede Menge Kummer bereiten und sich am Ende, während wir schlafen, womöglich mit einem Tranchiermesser in der Hand über uns beugen. Der Sex ist mit Verrückten meist besser. Na ja, das hättest du letzte Nacht beinahe bewiesen. Was in der Küche passiert ist … das war für mich das Beste seit Langem.«

»Pah!« Ellen keuchte, aber dieses Mal vor Unglauben, nicht etwa, weil sie nach Luft japste. Während sie beobachtete, wie West London an ihr vorbeirauschte und die schmuddeligen viktorianischen Geschäftsfassaden aus rotem Backstein nach und nach von den ansprechenden georgianischen Villen im Shabby-Chic-Stil abgelöst wurden, dazwischen hin und wieder ein Ausrufezeichen der modernen Architektur der 1960er Jahre, stellte sie fest, dass sich ihr Herzschlag verlangsamt hatte und sie nicht mehr nach Luft schnappte. Sie fühlte sich beinahe wie immer und hatte deutlich weniger Angst, jede Sekunde tot umzufallen. Während sie im Taxi Matt gegenübersaß, fühlte sie sich sicher. Und besser noch, sie fühlte sich beschwingt. Gott allein wusste, was für ein Chaos sie in Hannahs Wohnung erwartete, aber immerhin hatte sie es bis hierher geschafft. Mit Matts Hilfe hatte sie es bis hierher geschafft … und dann dämmerte es ihr allmählich.

»Du hast mich abgelenkt«, sagte sie. »Das ganze Gerede, dass du mit mir schlafen willst, hat nur dazu gedient, mich abzulenken, mich an etwas anderes denken zu lassen.«

Matt zögerte, weil er unsicher war, was er ihr anvertrauen sollte. Aber er bemerkte die Erleichterung in ihrem Blick und wurde sich bewusst, dass sein Verlangen nach ihr, das so stark war, dass jede Faser seines Körpers schmerzte, das Letzte war, was sie jetzt brauchte. Deshalb grinste er einfach wie ein Kind, das bei einem Streich ertappt wurde.

»Es hat aber funktioniert, nicht wahr?«, sagte er und wich zurück, als Ellen ihm gegen den Oberschenkel boxte.

»Du Mistkerl!«, rief sie aus, aber sie lachte, vom Adrenalin ganz aufgekratzt.

»Wo genau, Kumpel?«, fragte der Taxifahrer, als sie in den Ladbroke Grove einbogen. Matt sah Ellen an und zog die Stirn in Falten.

»Etwa auf halbem Weg die Straße runter, gleich nach der U-Bahn-Station auf der linken Seite«, erklärte Ellen. Als das Taxi am Straßenrand anhielt, schaute sie Matt in die Augen, lächelte und legte die Hand auf sein Knie.

»Du bist nicht der Mann, der zu sein du vorgibst«, sagte sie zu ihm.

»Was meinst du damit? Dass ich schlecht küsse?«, zwang Matt sich zu scherzen, obwohl ihre Berührung dazu führte, dass er sie packen und gleich an Ort und Stelle küssen wollte.

»Nein, meiner zugegebenermaßen begrenzten Erfahrung nach küsst du ausgezeichnet. Aber du bist nicht der Mann, dem alles egal ist, der ohne nachzudenken eine Frau nach der anderen vernascht. Du bist ein sehr netter, großzügiger und kluger Mann, und ich habe großes Glück, dass du derjenige warst, der auf die Annonce geantwortet hat, weil ich nicht weiß, wie ich das alles geschafft hätte, wenn es ein anderer gewesen wäre.«

»Macht fünfzehn achtzig«, sagte der Taxifahrer ein wenig ungeduldig.

»Bist du bereit?«, fragte Matt, als er einen Zwanziger unter der Plexiglasscheibe hindurchschob, die sie vom Fahrer trennte.

»So gut es geht.«

Matt stieg zuerst aus und streckte ihr die Hand entgegen.

Ellen holte tief Luft und ergriff sie, und beide liefen auf Hannahs rot lackierte Haustür zu wie Kinder, die durch einen Gewitterregen rennen. Als sie an der Tür ankamen, warf sich Ellen dagegen und drückte ihre Handflächen auf die heiße, glänzende Oberfläche. Und während sie mit bebenden Schultern dastand und verschnaufte, fiel ihr ein, wieso sie gekommen war, und das Funkeln in ihren Augen verblasste ebenso schnell wie die Farbe auf ihren Wangen.

»Ich habe es bis hierher geschafft«, sagte sie mehr zu sich selbst als zu Matt. »Ich schaffe das.«

Matt nickte. »Ich warte hier eine Minute, damit ihr beide ungestört miteinander reden könnt.«

Sie drückte auf Hannahs Klingel und wartete.

Charlie war es, der ihr die Tür öffnete.

»Oh, Gott sei Dank, dass es dir gut geht«, sagte Ellen und schlang die Arme um seinen steifen Körper. »Wie lange bist du schon hier, was hat Hannah gesagt? Hast du meine Nachricht bekommen?«

Ellen ließ Charlie los, aber er blieb reglos stehen.

»Charlie, Charlie … schau mich an! Ich bin gekommen, um dich zu holen. Ich habe den ganzen Weg hierher zurückgelegt, um dich zu holen und dir zu sagen, dass zwischen mir und Matt nichts läuft. Überhaupt nichts! Freust du dich denn nicht darüber?«

Charlie schaute sie an und schüttelte den Kopf.

»Mum, es geht um Tante Hannah … ich kann sie nicht aufwecken«, sagte er, und seine Stimme klang tränenerstickt und angespannt. »Ich bin so froh, dass du da bist. Ich weiß nicht, was ich tun soll.«

Ellen schluckte und spürte, dass sich ihr die Kehle zuschnürte und es ihr vor Angst eiskalt über den Rücken lief.

»Charlie, wo ist sie?«, fragte sie.

»Da drin.« Charlie nickte in die Richtung von Hannahs Schlafzimmertür. »Als ich hier angekommen bin, hat niemand auf mein Läuten reagiert, und ich wollte nicht wieder nach Hause, deshalb habe ich den Schlüssel aus dem Blumenkasten gefischt und aufgeschlossen. Ich dachte, sie wäre fort, deshalb habe ich mich umgeschaut, und sie ist …« Er hielt inne. »Sie ist im Bett. Sie rührt sich nicht. Ich kriege sie nicht wach. Mum, ich glaube, dass sie vielleicht tot ist.«

Als Ellen mit dem Anblick ihrer Schwester konfrontiert wurde, die bäuchlings auf dem Bett lag, wurde sie in kurzer Abfolge von zwei unterschiedlichen Gefühlen erfüllt. Das erste war Erleichterung. Hannah war nicht tot; sie rührte sich, als Ellen ins Zimmer kam, und drehte sich auf den Rücken. Doch neben ihrem Bett lagen eine Packung Schlaftabletten und zwei leere Blisterstreifen, daneben stand eine Flasche Wodka, die zu einem Viertel geleert war. Hannah mochte versucht haben zu vergessen, aber sie hatte nicht versucht, sich das Leben zu nehmen. Das zweite Gefühl war Scham. Seit dem Augenblick, als Hannah ihre Beichte abgelegt hatte, war Ellen alles andere unwichtig erschienen: Nichts anderes spielte mehr eine Rolle, außer der Tatsache, dass Hannah sie betrogen hatte und ihr Leben zerstört war. Sie hatte ganz vergessen, dass Hannah angegriffen und verletzt worden war. Während sie ihre auf dem Rücken liegende Schwester betrachtete, deren Gesicht geschwollen und verunstaltet war, gezeichnet von Blutergüssen in allen Regenbogenfarben, die von ihrem Gesicht über den Hals verliefen und ein Farbenspektrum von Knallrosa bis Grünlichgelb aufwiesen, spürte Ellen, wie sich ihr der Magen zusammenkrampfte. Sie hatte Hannah im schlimmsten Augenblick ihres Lebens im Stich gelassen, und dabei war zwischen ihnen nichts, überhaupt nichts vorgefallen, was ihr Verhalten gerechtfertigt hätte.

Gestern war sie auf Hannah wütend gewesen, weil sie sich in diese Lage gebracht, weil sie zugelassen hatte, dass sie angegriffen wurde, und sie hatte ihr vorgeworfen, auf die ultimative Ablenkungstechnik gesetzt zu haben, um wegen der Tatsache, dass sie mit Ellens Mann geschlafen hatte, keine Schwierigkeiten zu bekommen. Ellen war entschlossen gewesen, ihre Schwester nicht so einfach aus der Verantwortung zu entlassen. So *einfach?* Niemand würde freiwillig so etwas durchmachen, um sich der Verantwortung zu entziehen. Das war etwas, von dem man sich möglicherweise nie mehr erholen konnte, befürchtete Ellen.

Mit Verspätung wurde ihr klar, dass Charlie in der Tür stand und den Saum seines T-Shirts um seine Finger wickelte.

»Sie ist nicht tot, Charlie. Sie schläft nur tief und fest.« Ellen überlegte kurz, dann drehte sie sich um und führte Charlie in den Flur.

»Du musst sehr erschrocken sein«, sagte Ellen, während sie die Hände auf seine Schultern legte und ihm in die Augen blickte. Es traf sie fast wie ein Schock, als sie bemerkte, dass Charlie inzwischen fast so groß war wie sie und es nicht mehr lange dauern würde, bis er sie überragte wie einst sein Vater.

»Ich dachte, sie wäre tot, ihr Gesicht ist so … verletzt«, flüsterte Charlie. »Und ich wusste nicht, was ich tun sollte. Ich wollte dich gerade anrufen … aber dann bist du gekommen. *Du* bist meinetwegen hierhergekommen. Das ist fantastisch, Mum.«

»Ich wollte nicht, dass du einen falschen Eindruck von mir und Matt hast«, antwortete Ellen und senkte den Blick. »Charlie, du hast recht, was mich betrifft, ich habe ein Problem. Wenn Matt nicht gewesen wäre, hätte ich niemals hierherkommen können. Er hat mich hierhergebracht, er hat mich mehr oder weniger hierhergeschleppt, und ich habe fast genauso große Angst, hier wieder wegzugehen und nach Hause zu fahren. Die Welt jagt mir eine Heidenangst ein, ich glaube, das war auf gewisse Weise schon immer so, aber als dein Dad gestorben ist, als eines der Dinge, von denen ich mir immer eingeredet habe, dass sie nie passieren würden, eingetreten ist, da hat das mit der Angst richtig angefangen.

Ich habe mir selbst etwas vorgemacht, und ich habe alle anderen belogen. Du warst der Einzige, der den Mut aufgebracht hat, sich damit auseinanderzusetzen.«

Während Ellen das sagte, blickte sie Charlie wieder an und sah, dass seine Augen sich mit Tränen gefüllt hatten, und ihr wurde klar, unter welchem Druck ihr Sohn gestanden hatte, welch großen Druck sie ihm unwissentlich aufgeladen hatte.

»Ich bin krank und brauche Hilfe, um wieder auf die Beine zu kommen, aber die gute Nachricht ist, dass ich Hilfe bekommen kann, dass es funktionieren und es mir besser gehen wird und dass ich dich im Nu durch die Geschäfte schleppen werde. Wir brauchen uns um mich also keine Sorgen mehr zu machen.« Ellen warf einen Blick über die Schulter auf Hannahs Schlafzimmertür. »Jetzt müssen wir uns zuerst einmal um Hannah kümmern.«

Matt schob die Wohnungstür auf und lächelte Charlie auf gut Glück an.

»Wie wäre der Vorschlag, dass du und Matt erst einmal eine Kanne Kaffee kocht, und ich schaue, ob ich Hannah wach kriege und herausfinde, wie es ihr geht?«

Charlie warf Matt einen finsteren Blick zu. »Kann ich nicht bei dir bleiben und nachsehen, wie es ihr geht?«

»Charlie, ich glaube, sie möchte ein bisschen Zeit haben, um sich herzurichten. Lass ihr ein bisschen Ruhe, okay?« Ellen beobachtete, wie ihr Sohn Matt beäugte. »Ich hab dir gesagt, dass zwischen mir und Matt nichts vorgefallen ist. Wir sind nur Freunde.«

»Also okay«, murmelte Charlie. »Mum … es wird doch wieder alles in Ordnung kommen, oder? Mit Tante Hannah, meine ich.«

Ellen verkniff es sich, reflexartig zu antworten. Wie konnte sie ihm versichern, dass alles wieder in Ordnung kommen würde? Wenn es einen Jungen gab, der wusste, dass manches nicht wieder in Ordnung kam, dann war das Charlie.

»Ich hoffe es«, antwortete Ellen. »Das Wichtigste ist, dass wir hier sind und uns um sie kümmern und ihr helfen, so gut wir können. Geh und brüh Kaffee auf und richte auch ein paar Toastbrote her. Wie ich Hannah kenne, hat sie bestimmt nichts gegessen.«

Matt legte die Hand auf Charlies Schulter und führte ihn durch den Flur in Richtung Küche. Ellen holte tief Luft und ging wieder in Hannahs Zimmer.

»Und wie zum Teufel funktioniert die?«, fragte Matt und starrte die orangefarbene Espressomaschine der Marke Gaggia an. Sie sah aus, als wäre sie noch nie benutzt und eher deshalb gekauft worden, weil sie so gut zu den anderen orangefarbenen Gerätschaften in der schicken Küche passte, als um für den täglichen Schuss Koffein zu sorgen.

»Ich weiß nicht, warum du hier bist«, schnauzte Charlie ihn an und griff in einen der Hängeschränke hinauf, um einen orangefarbenen Kaffeebereiter herunterzuholen. »Du hast damit gar nichts zu tun. Und Tante Hannah benutzt die nie. Sie nimmt den da, ich kann den Kaffee machen.«

»Der ist gut«, sagte Matt und fragte sich, während er zum Kühlschrank ging, um nach Milch zu suchen, warum er den Eindruck hatte, von einem strengen Vater befragt zu werden, was paradox war, weil er den größten Teil seines Erwachsenenlebens damit verbracht hatte, Vätern jedweder Art aus dem Weg zu gehen. Der Kühlschrank war leer bis auf drei Flaschen Wein, eine halbe Flasche Gin, zwei Flaschen Tonicwater und eine halbe Zitrone. Matt knallte die Tür zu, drehte sich um und beobachtete, wie Charlie vorsichtig kochendes Wasser in den Kaffeebereiter goss.

»Ich bin hier, um deiner Mum zu helfen, Charlie. Sie hat jemanden gebraucht, um hierherzukommen, aber ich schwöre, dass sie nichts davon hätte abhalten können, nach dir zu suchen. Sie wollte nicht, dass du einen falschen Eindruck gewinnst.«

»Und was ist mit dir?«, fragte Charlie. »Wolltest du, dass ich einen falschen Eindruck gewinne?«

»Ich bin mir nicht sicher, ob ich dir folgen kann«, stellte Matt verdutzt fest.

»Na ja, zuerst gibst du dich mir gegenüber ganz kumpelhaft, begleitest mich, bist lustig, und dann machst du dich an meine Mum ran. An meine Mum! Warum?« Charlie kniff die blauen Augen zu gefährlich schmalen Schlitzen zusammen.

»Ich würde nie … so ist es nicht. Charlie, ich habe mich mit dir angefreundet, weil du lustig bist und weil ich dich mag, obwohl du Arsenal-Fan bist. Und was deine Mum anbelangt, na ja … ich mag sie auch sehr.« Matt deutete auf den Kaffeebereiter. »Hast du Lust, mit mir runter zum Laden zu gehen und Milch zu holen, während der vor sich hin brüht?«

»Ich kann allein gehen«, sagte Charlie dickköpfig, und dann streckte er nach kurzem Zögern die Hand aus. »Gib mir ein bisschen Geld.«

»Kumpel … ich verstehe ja, dass du sauer bist«, sagte Matt. »Du glaubst, ich hätte versucht, mich an deine Mum ranzumachen. Darüber musst du dich natürlich ärgern. Das würde jeder, das ist ganz natürlich … du willst sie beschützen …«

»Tja, klar will ich das, aber das ist nicht der einzige Grund, wieso ich sauer bin.« Charlie zog die Hand zurück und verschränkte die Arme vor der Brust.

»Worüber noch? Du und ich, wir beide sind doch Kumpel, und weißt du was … du hast recht … das wichtigste Gesetz unter Kumpels lautet, dass man sich nie an die Frau des Kumpels ranmacht, vor allem nicht, wenn diese Frau zugleich seine Mutter ist.«

Charlie schüttelte den Kopf. »Arschloch«, sagte er und verzichtete absichtlich darauf, das Wort leise auszusprechen.

»Arschloch?« Matt lachte und bemerkte, dass ein Lächeln

um Charlies Mund zuckte. »Scheiße, nimm kein Blatt vor den Mund, Kumpel.«

»Tja, das bist du«, erklärte ihm Charlie. »Du bist ein echtes Arschloch. Schau, meine Mum mag dich sehr. Ich bin kein kleines Kind mehr, ich weiß, dass sie ganz begeistert von dir ist, und ich glaube nicht, dass es mir etwas ausmacht, wenn sie sich einen Freund suchen will. Ich möchte, dass sie glücklich ist und lacht und wieder ausgeht und sich herausputzt. Ich glaube, auch Dad würde sich wünschen, dass sie glücklich ist. Aber nicht mit dir, weil du sie nicht einmal lieben würdest, weil du ein Arschloch bist.«

»Würde ich das nicht?«, fragte Matt, obwohl er spürte, dass dies die falsche Frage war. »Warum nicht?«

Charlie ging zu seinem Rucksack hinüber, den er in die Ecke geworfen hatte, zog den Reißverschluss auf und holte die jüngste Ausgabe von *Bang It!* heraus.

»Ich habe deine Kolumne gelesen«, sagte er. »Du hast Sex mit Mädchen und dann schreibst du darüber. Wenn du das meiner Mum antust, dann bringe ich dich um, das schwöre ich dir.« Matt hielt den finsteren Blick, den Charlie ihm zuwarf, für absolut glaubwürdig. Er beobachtete, wie der Junge das Magazin bis zur Mitte durchblätterte, wo sich Lindsey aus Doncaster mit gespreizten Beinen räkelte und Teile ihrer Anatomie zusammendrückte, was dazu angetan war, einen erwachsenen Mann mehr als leicht erröten zu lassen. »Und *außerdem* verbringst du deine Zeit ständig mit jungen, nackten Mädchen. Meine Mum ist hübsch, aber *so* sieht sie nicht aus.« Er nickte in Richtung Lindsey, die auf dem Bild einen beleidigten Schmollmund zog und die Lippen leicht geöffnet hatte, und der knappe Text unter dem Foto lautete: »Ich habe Schläge verdient, ich bin ein sehr böses Mädchen.«

»Also tu nicht so, als wärst du mein Kumpel und der Freund meiner Mutter, wenn du dich über sie nur lustig machen willst.«

›*Oh, mein Amerika …*‹ Die Worte des Gedichts kamen Matt plötzlich wieder in den Sinn, und er dachte an seine unglaubliche Erregung, als er Ellens Kleid von ihren Brüsten gezogen hatte, die Aufregung, das Unbekannte zu entdecken. Er griff nach der Zeitschrift und blickte auf das Bild von Lindsey, das bis zur unmöglichen Perfektion digital bearbeitet und verfälscht war, sodass sie fast wie eine aufblasbare Puppe aussah.

Matt setzte sich an Hannahs glänzend weißen Tisch, auf dem nichts stand außer einem orangefarbenen Gewürzset.

»Männer sind einfach gestrickt«, sagte er. »Wir denken hauptsächlich an Sex. Und wenn wir an Sex denken, dann denken wir meistens an Brüste und Ärsche, und irgendwann hat es angefangen, dass es nur um Mädchen ging, die so aussehen.« Er deutete auf Lindsey. »Früher, da ging es um dicke, blasse und wabbelige Miezen.«

»Was?«, fragte Charlie skeptisch.

»Ja, ich habe einmal eine Sendung darüber gesehen, als der Kabelanschluss in der Wohnung kaputt war und wir nur noch BBC2 empfangen konnten. Ein Künstler namens Rubens hat immer wirklich dicke Frauen gemalt, und alle Welt hat sie für das Nonplusultra gehalten. Nacktbilder von fetten Miezen waren das *Bang It!* früherer Zeiten.«

»Igitt«, sagte Charlie und rümpfte die Nase.

»Und als ich aufgewachsen bin, waren sie alle spindeldürr. Keine Brüste oder Hüften oder Ärsche. Als sexy galten nur die Spindeldürren. Jetzt geht es nur darum.« Er klopfte Lindsey aufs Gesicht, das die einzige Stelle zu sein schien, die man berühren konnte. »Aber das ist nicht real. Es sind nicht die großen runden Brüste, die ein Mädchen schön machen oder dich dazu bringen, sie zu lieben.«

»Was ist mit dem Mädchen, mit dem du Sex hattest und über das du geschrieben hast? Du sagst, dass sie blond war und große Titten hatte.«

»Wirklich?«, fragte Matt verlegen und dachte an Lucy und

wie sie ihm zugehört hatte, als er ihr wegen Ellen etwas vorgejammert hatte, wie lustig und klug sie gewesen war, sobald er aufgehört hatte, ihr nur ins Dekolleté zu stieren, und anfing, ihr in die Augen zu schauen.

»Du schreibst, dass sie mehr als eine Handvoll hatte«, erklärte Charlie. »Genug in ihrem BH, dass du dir die Zunge verrenkt hast, behauptest du.« Charlie rang kurz mit seiner Verlegenheit, dann fragte er: »Wie verrenkt man sich die Zunge am … am Busen eines Mädchens?«

›*… mein neues Land.*‹ Matt wiederholte diese Zeile in Gedanken wieder und wieder. Früher einmal hatte er einen Roman schreiben wollen oder Gedichte. Wie hatte er nur so tief sinken können, dass er jetzt über verrenkte Zungen und Bordelle in Nevada schrieb?

»Das geht gar nicht, das ist unmöglich. Ich wollte lustig sein. Ich habe mir das ausgedacht. Das meiste davon habe ich mir ausgedacht, genau wie das meiste von diesem Foto künstlich ist. Lindseys Taille ist nicht so schmal, ihre Brüste sind nicht so groß und ihre Beine nicht so lang. Sie hat ein paar Aknepickel auf dem Kinn, und am Tag des Shootings hatte sie Ringe unter den Augen, weil sie die ganze Nacht durchgemacht hatte. Und ich sag dir noch etwas: Sie hat im wahren Leben tausend Mal hübscher ausgesehen als auf diesem Foto.«

»War sie oben ohne?«, fragte Charlie mit weit aufgerissenen Augen.

»Nein«, log Matt. »Sie war voll bekleidet.« Charlie war offensichtlich enttäuscht. »Und bei dem Mädchen, über das ich geschrieben habe, auch da habe ich gelogen. Im wahren Leben ist sie lustig und schlau und nett, aber darüber habe ich nichts geschrieben, nichts von den Sachen, die sie zu einem großartigen Menschen machen. Ich habe mir nur eine Menge Zeug ausgedacht, um selbst groß und clever zu erscheinen. Genau genommen fühle ich mich deshalb ziemlich beschissen.«

Matt seufzte; er begann sich inzwischen zu fragen, wer er wirklich war. Die Identität, die er so lange gepflegt hatte, war wie ein Mast ins Kippen geraten, und er war sich nicht sicher, ob überhaupt etwas dahintersteckte.

»Eines Tages wirst du feststellen, wenn du jemanden begehrst … du weißt schon … dich quasi verliebst, dann geht es nicht um Körperteile. Es geht um Anziehung, klar, aber nicht der offensichtlichen Art. Wie bei deiner Mum. Wenn sie denkt, dass du Blödsinn erzählst, dann saugt sie die linke Seite ihrer Unterlippe ein, aber nur ein ganz kleines Bisschen. Sie merkt das nicht einmal, aber es bringt dich auf den Gedanken …« Es bringt dich auf den Gedanken, sie zu küssen, bis sie lacht, wollte Matt sagen, aber er verkniff es sich. »Es lässt dich daran denken, wie schön ihr Mund ist, und wie sie das, was sie denkt, zum Ausdruck bringt, obwohl sie meint, sie täte das gar nicht.«

»Wie bei Emilys Haaren«, stellte Charlie nachdenklich fest.

»Wessen Haare?« Matt fragte, als handelte es sich um ein anderes Model von *Bang It!*

»Das Mädchen in der Schule, Emily. Sie hat lange Haare, die ihr bis zum Po reichen. Die Farbe ist eigentlich dunkelblond, aber wenn die Sonne darauf scheint, sehen sie bernsteingelb aus, als würde ihr Honig über den Rücken laufen. Und sie spielt in einer Band die E-Gitarre, und wenn sie auf der Bühne steht, sieht sie aus, als ob …« Charlie hielt kurz inne. »Als ob die ganze Welt loslaufen und in einen See springen könnte, ohne dass sie es bemerkt, weil ihr nur die Musik wichtig ist. Sie ist das coolste Mädchen, dem ich je begegnet bin.«

»Klingt für mich fast so, als hättest du diese Emily gern«, stellte Matt ernst fest, ohne einen Anflug von Belustigung oder Herablassung.

»Das tue ich wirklich«, gestand Charlie offen. »Aber jedes Mal, wenn ich versuche, mit ihr zu reden, werde ich ganz albern und rede bloß noch jede Menge Müll daher, und sie schaut mich an, als würde sie mich für verrückt oder bemitleidenswert halten.«

»Vielleicht solltest du ihr ein Gedicht schreiben«, schlug Matt vor.

»Was, damit sie auch noch glaubt, ich wäre schwul?«, rief Charlie entsetzt aus.

»Nein, glaub mir, Poesie kann eine der allerbesten Möglichkeiten sein, um ein Mädchen zu beeindrucken. Schau dir Shakespeare an oder diesen Typen, der das Gedicht geschrieben hat, das mir in letzter Zeit gar nicht mehr aus dem Kopf geht. Die wussten genau, wie man einer Dame durch die Macht der Worte den Hof macht.«

»Was für einer Dame? Verrenkt man sich die Zunge, wenn man einer Dame den Hof macht?«

Matt schüttelte den Kopf. »Das, was du über Emilys Haar gesagt hast, darüber, dass es wie Honig aussieht und so. Das ist romantisch. Du solltest das aufschreiben und ihr schenken, und ich wette, sie würde dich nicht für schwul halten. Sie würde dich für sensibel und romantisch halten, und nicht etwa, weil du tust, als wärst du sensibel und romantisch, damit sie mit dir herumknutscht, sondern weil du das wirklich bist, Charlie.«

»Tatsächlich?« Charlie blickte skeptisch drein.

»Das bist du, wenn du deiner Mutter nur ein bisschen ähnlich bist.«

»Ich weiß nicht«, sagte Charlie nachdenklich. »Ich kann nur daran denken, wie es wäre, den … den Busen eines Mädchens anzufassen.«

»Klar.« Matt nickte. »Und das wird sich wahrscheinlich bis zu dem Tag, an dem du stirbst, nicht ändern. Selbst nachdem du den Busen eines Mädchens berührt hast, wirst du dich fragen, wie es wäre, den eines anderen und wieder eines anderen Mädchens anzufassen. Das ist bei uns Typen nun einmal so. Damit müssen wir uns eben herumschlagen. Aber das bedeutet nicht, dass man ein Mädchen nicht gern haben oder, du weißt schon, lieben kann und so.«

Charlie sah ihn mit seinen blauen Augen direkt an, und Matt rutschte verlegen auf seinem Stuhl herum.

»Du behauptest also, dass du dich in meine Mutter verlieben könntest, obwohl sie alt und ein bisschen dick ist?«

»Sie ist keines von beidem«, entgegnete Matt und kicherte. »Sie ist … sie ist hübsch und mutig und auf eine Weise stark, von der sie gar nichts weiß, und sie ist schön. Und ja, ich könnte mich in deine Mum verlieben, vermute ich. Wenn die Dinge anders liegen würden.«

»Wenn welche Dinge anders wären?«, wollte Charlie wissen.

»Na ja, du weißt schon, es ist noch nicht lange her, dass dein Dad gestorben ist, und dann ist da dieses Problem mit ihrer Schwester und die Sache mit dem Ausgehen und … und so weiter.«

»Du hast ihr heute geholfen«, stellte Charlie fest.

»Ich hab sie hierhergebracht, ich weiß nicht, ob das wirklich als Hilfe bezeichnet werden kann. Es besteht die Möglichkeit, dass ich sie auf Dauer traumatisiert habe.«

»Sie redet gern mit dir«, sagte Charlie. »Du bringst sie zum Lächeln. Ich habe sie nicht lächeln oder lachen, nicht wirklich lächeln sehen, bis du gekommen bist.«

»Das ist eigentlich wenig überraschend. Ihr hattet beide ein beschissenes Jahr.«

»Ja, aber ich möchte nicht, dass auch das nächste Jahr beschissen wird. Ich vermisse meinen Dad und hab ihn lieb, aber ich will wieder glücklich sein. Ich will, dass Mum glücklich ist, und du bringst sie zum Lachen. Deshalb habe ich nichts dagegen, wenn du sie zu einem Date einlädst, wenn du versprichst, dass du nicht über sie schreibst und nicht gemein zu ihr bist. Aber ich denke, ihr solltet nicht gleich Sex miteinander haben.«

Matt drückte den Kolben des Kaffeebereiters hinunter

und beobachtete, wie die dunkle Flüssigkeit durch den Filter wirbelte und strudelte. »Ich glaube nicht, dass sie Ja sagen würde«, antwortete er. »Ich glaube nicht, dass sie das für eine sonderlich gute Idee halten würde. Ich meine, ich bin, wie du sagst, nicht gerade zum Freund geschaffen.«

»Du könntest ihr ein Gedicht schreiben«, schlug Charlie vor. »Ihr beweisen, dass du sensibel und romantisch bist.«

Matt stieß ein spöttisches Lachen aus. »Ich weiß nicht, ich habe jetzt schon so lange Mist geschrieben, dass ich mir nicht sicher bin, ob ich das hinbekäme.«

»Ich mach dir einen Vorschlag«, erklärte Charlie. »Du schreibst ihr ein Gedicht, und ich schreibe eines für Emily, und wir können sie uns gegenseitig vorlesen und herausfinden, ob sie schlecht sind oder nicht, und wenn sie nicht allzu übel sind, dann geben wir sie ihnen am gleichen Tag und laden sie ein, mit uns auszugehen. Das wäre ein Pakt.«

»Ein Selbstmordpakt?«, fragte Matt im Scherz, aber er sah, dass es Charlie todernst war, und er bemühte sich einen Moment, sich daran zu erinnern, wie es war, in Charlies Alter zu sein, in dem noch alles möglich war und die Zukunft versprach, alle Träume erfüllen zu können. »Weißt du was?«, sagte Matt und streckte die Hand aus. »Das machen wir.«

Charlie spuckte in seine Hand, nahm die von Matt und schüttelte sie.

»Abgemacht«, sagte er.

»Cool«, erwiderte Matt. »Aber das Spucken war des Guten ein bisschen zu viel, Kumpel.«

»Hannah?«, Ellen kniete sich neben das Bett, damit ihr Gesicht auf gleicher Höhe war wie das ihrer Schwester. »Hannah? Wach auf, Schwesterherz. Du musst etwas essen.«

Hannah rührte sich, murmelte etwas Unverständliches, stöhnte, während sie sich umdrehte und Ellen den Rücken zukehrte. Das erinnerte Ellen an die Tage, als es ihre Aufgabe gewesen war, ihre Schwester im Teenageralter aus dem Bett zu zerren und zu beschwatzen, dass sie tatsächlich zur Schule ging.

»Hannah … wach auf, jetzt komm schon.« Vorsichtig schüttelte Ellen Hannahs mit Blutergüssen übersäte Schulter, weil sie Angst hatte, ihr wieder wehzutun.

Langsam rollte Hannah sich steif auf den Rücken und schlug die Augen auf, allerdings ließ sich nur eines ganz öffnen. Sie drehte den Kopf zur Seite und sah ihre Schwester an.

»Ellen?«, flüsterte sie durch ihre trockenen, aufgesprungenen Lippen. »Du bist hier?«

»Ja«, antwortete Ellen verlegen. Sie hatte keine Ahnung, wie sie ihre Gefühle in Einklang bringen sollte, die Wut und Verärgerung, die sie darüber, was Hannah ihr angetan hatte, noch immer empfand, wenn sie ihre Schwester ansah, und das Mitgefühl und Entsetzen angesichts dessen, was sie hatte durchmachen müssen. Sie hatte den Eindruck, zwei Persönlichkeiten oder zwei Schwestern haben zu müssen, um rechtzeitig durch ein Loch schlüpfen und zeitgleich in zwei Parallelwelten leben zu können. Sie hatte keinen Schimmer, wie sie damit umgehen sollte. Es blieb ihr keine andere Wahl, als von Sekunde zu Sekunde zu reagieren. »Charlie ist heute Vormittag davongelaufen; wir hatten eine kleine Auseinandersetzung, und er ist hierhergefahren. Ich war mir nicht sicher, was du ihm erzählst.«

Ellen glaubte, Hannah könnte die Stirn gerunzelt haben, doch ihre Gesichtszüge waren durch die Schwellungen ruhiggestellt. »Du dachtest, ich würde ihm von Nick und mir erzählen?«

Ellen fühlte sich getroffen, als hätte Hannah ihr eine Ohrfeige verpasst. Sie hatte es sich also nicht ausgedacht; Ellen hatte sich das nicht eingebildet. Es entsprach tatsächlich der Wahrheit.

»Du hast mir noch gar nicht gesagt, was zwischen dir und Nick genau vorgefallen ist«, stellte Ellen sachlich fest. »Ich muss es wissen, bevor ich mich noch selbst in den Wahnsinn treibe. War das eine einmalige Sache? Wart ihr betrunken … wo ist es passiert?«

Hannah drehte sich mit einiger Mühe zur Seite, um Ellen anzusehen.

»Es war keine einmalige Sache … es war eine Beziehung. Wir waren fast ein Jahr zusammen.«

Ellen presste den Handrücken auf ihren Mund, um die Übelkeit, die in ihr aufstieg, zu unterdrücken. Sie nickte und machte eine Geste, dass Hannah fortfahren sollte.

»Du weißt, dass ich Nick nie wirklich gemocht habe, jedenfalls nicht, als ich ihn kennenlernte. Ich fand ihn aufgeblasen und überheblich und hatte den Eindruck, dass er dich veränderte. Ich fand dich immer so cool, so in dir ruhend, und dann ist Nick dahergekommen und … du warst nicht mehr meine große Schwester, du warst Mrs Ellen Woods, seine Frau. Dein ganzes Leben hat sich nur noch darum gedreht, dass du seine Frau warst.«

Ellen antwortete nicht, sie konnte nicht.

»Dann waren wir bei diesem Familienfest, an Weihnachten, und ich war ein bisschen niedergeschlagen. Weißt du, schon wieder ein neues Jahr, und noch immer kein Mr Right in Sicht. Ich war in der Küche von Mum und Dad, habe mir den Baileys hinter die Binde gekippt, und da ist er hereingekommen. Er hat mich gefragt, was denn los sei. Ich kann mich nicht erinnern, was ich geantwortet habe, wahrscheinlich irgendetwas Unverschämtes, dass er zum Teufel gehen soll oder so, und er hat sich einfach herabgebeugt und mich geküsst. Keine große Knutscherei oder so, nur ein Kuss auf die Lippen, und er hat gesagt, dass eine Frau wie ich nicht allein sein sollte. Da hat es angefangen, obwohl ich mich sehr bemüht habe, mich von ihm fernzuhalten, da hat es angefangen, dass ich mich mit ihm getroffen, mich in ihn verguckt habe.«

Hannah hielt inne und griff nach einem Glas mit abgestandenem Wasser neben ihrem Bett. Ihre Stimme klang rau und trocken.

»Ich habe versucht, mich von ihm fernzuhalten, ich schwöre es. Plötzlich habe ich es kapiert. Ich habe mit einem Mal kapiert, wie sehr du ihn geliebt hast und was er in mir gesehen hat. Er hat das Gute in mir gesehen, und ich wusste, dass das der Grund war, warum du ihn so geliebt hast. Und ich wollte nie, nie … aber dann, eines Abends, ist er einfach hier in der Wohnung aufgetaucht. Es war dunkel und regnerisch, und er ist einfach aufgekreuzt. Er stand da im Regen auf der Türschwelle, hat mich nur angesehen, und dann … dann haben wir uns geküsst. Er sagte, er hätte ebenfalls versucht, sich von mir fernzuhalten, aber er schaffe es nicht. Er sagte, er brauche mich. Da hat es angefangen, und ich … ich habe ihn geliebt, Ellen, ich habe ihn geliebt, und er mich auch. Wir wollten es dir sagen. Wir wollten uns allem stellen und zusammen sein, bis … Das letzte Jahr, das war die Hölle, weil ich heimlich um ihn trauern musste, weil ich doch wusste, dass ich dich betrogen hatte. Ich war hin und her gerissen zwischen dem Wunsch, bei dir zu sein, bei dir und Charlie, und wegzulaufen, damit ihr beide nie herausfindet, was ich getan habe.«

»Aber wenn Nick nicht gestorben wäre, wenn ihr beide zusammen davongelaufen wärt, dann hätte Charlie es sowieso herausgefunden. Das war dir wohl egal.«

Ellen beobachtete eine Sekunde, wie Hannah sich bemühte, sich aufzusetzen, dann schob sie die Arme unter Hannahs Achseln, half ihr, sich aufzurichten, und stopfte ihr zur Stütze das Kissen in den Rücken.

»Nein, das war es nicht, ich habe die ganze Zeit daran gedacht, und Nick ebenfalls. Wir haben uns ständig Gedanken darum gemacht. Nick wollte Charlie und dir nie wehtun. Wäre es nach ihm gegangen, dann hätte er es gelassen, wie es war. Er hätte weiter zu Hause mit dir gelebt und wäre zwei oder drei Mal die Woche bei mir vorbeigekommen. Wäre ich nicht so selbstsüchtig gewesen, hätte ich in der Lage sein müssen, damit zu leben, aber ich bin nicht wie du, Ellen. Ich zähle nicht zu den Menschen, die am Spielfeldrand stehen können. Ich wollte alles sein für ihn, deshalb habe ich ihn vor die Wahl gestellt. Ich habe ihm ein Ultimatum gesetzt. Ich habe ihm gesagt, dass er sich entscheiden muss, entweder für mich oder für dich. Kurz vor seinem Tod hat er mir versprochen, dass er sich für mich entschieden hat, dass er nur noch ein paar Wochen warten wollte, dann würden wir zusammenziehen. Wir haben beschlossen, gemeinsam mit dir zu sprechen, und dann wollte er mit Charlie reden. Ich habe ihm das Versprechen abgenommen, dass er für dich sorgt, finanziell. Damit du in der Lage wärst, das Haus zu behalten, und er wollte sicherstellen, dass es dir gut geht.«

»Wie großzügig von dir«, stellte Ellen kühl fest. Hannah brach in einen schmerzhaft klingenden Husten aus und griff sich bei jedem Hustenanfall an die Rippen.

»Ich weiß, wie das klingt«, sagte sie. »Ich weiß, das klingt, als wäre ich ein herzloses Miststück, aber Ellen, keiner hat mich je so geliebt wie er. Keiner hat mich je so angesehen wie er. Er hat mir das Gefühl gegeben, etwas wirklich Besonderes, wirklich schön zu sein.«

»Ja, darin war er gut«, stellte Ellen verbittert fest. Hannah hatte beinahe Wort für Wort wiederholt, was sie Allegra erst vor wenigen Tagen über ihren Mann erzählt hatte.

»Ich weiß, dass du ihn geliebt hast«, fuhr Hannah fort. »Und ich weiß, dass er dich einst auch geliebt hat. Aber die Menschen verändern sich und leben sich auseinander.«

»Ich weiß, dass er mich verändert hat«, sagte Ellen. »Ich weiß, dass er mich an einem Punkt in meinem Leben festgenagelt hat, an dem ich alles Mögliche hätte werden können, und er hat mich zu einer Frau gemacht, die nur seine Ehefrau war. Er hätte auch dich am Ende verändert, Hannah.«

»Tja, vielleicht habe ich eine Veränderung gebraucht«, antwortete Hannah. »Ich meine, schau dir mein Leben ohne ihn an. Schau dir an, was mit mir passiert, wenn man mich allein lässt.«

Ellen richtete sich auf und erhob sich. »Das … das ist nicht deine Schuld. Das hat nichts mit Nick zu tun.«

Hannah nickte und schwieg einen Augenblick. »Und was machen wir jetzt? Sehe ich dich und Charlie heute zum letzten Mal?«

Ellen blickte ihre Schwester an. »Davon darf Charlie niemals erfahren«, sagte sie. »Was immer Nick auch war, er war ein guter Vater, und Charlie hat ihn vergöttert. Wir dürfen ihm niemals einen Grund geben, seine Meinung über seinen Vater zu ändern.«

»Und was ist mit dir?«, fragte Hannah.

»Ich habe Nick geliebt, ich war gern seine Frau, und hätte ich das mit dir nicht herausgefunden, würde ich ihn vermutlich immer lieben. Du hast mir das genommen, Hannah. Das bekomme ich nie mehr zurück.«

Hannah wandte das Gesicht ab. »Ich weiß. Ich wollte es dir niemals sagen und hätte es nicht getan, wenn …«

»Aber ich bin froh, dass ich jetzt Bescheid weiß«, fiel ihr Ellen ins Wort. »Ich glaube, es war notwendig, dass ich das Leben, das ich mit Nick geführt habe, so sehen musste, wie es wirklich war, nicht, wie ich es mir vorgestellt habe. Ich denke nicht, dass er ein schlechter Mann war, ich denke, er war nur ein Mann, der alles haben wollte, und alles nach seinen Vorstellungen, und ich habe ihm das durchgehen lassen. Vielleicht hättest du das nicht getan, andererseits möglicherweise doch. Das können wir jetzt nicht mehr herausfinden. Wie auch immer, zumindest kann ich jetzt wieder nach vorn blicken, weil ich weiß, dass ich noch einen großen Teil meines Lebens vor mir habe. Dass das Beste noch kommt … Und eines Tages wirst du das auch so sehen.«

Hannah drehte sich wieder um und blickte Ellen in die Augen.

»Kannst du mir jemals verzeihen, Ellen? Wird es irgendwann zwischen uns wieder so sein wie früher? Als wir klein waren, hast du mir immer die Hand gehalten, bis ich eingeschlafen bin.«

»Ich hab dich lieb, Hannah, das ist alles, was ich dir im Moment sagen kann. Und ich werde nicht zulassen, dass du mit all dem allein fertigwerden musst.«

Als Hannah zu schluchzen begann, legte Ellen die Arme um sie und zog sie an sich.

»Ich versuche ständig, nicht … nicht daran zu denken, aber jedes Mal, wenn ich die Augen zumache, kommt es in Flashbacks wieder, jedes Mal ein bisschen mehr und … Ellen, was ist, wenn ich mich mit etwas angesteckt habe, was ist, wenn ich schwanger bin? Ich habe solche Angst.«

Ellen hielt ihre Schwester lange umschlungen, wiegte sie vor und zurück, ließ zu, dass die Tränen ihre Kleider durchfeuchteten. Nach einer Weile schob sie Hannah sanft zurück, damit sie ihr in die Augen schauen konnte.

»Hannah, wir müssen uns dem stellen. Wir müssen uns die Hilfe beschaffen, die du brauchst, dir die Pille danach verschreiben und dich untersuchen lassen … Hannah, du bist verprügelt und vergewaltigt worden«, sagte sie absichtlich schonungslos. »Du kannst nicht im Ernst der Meinung sein, dass das keine Rolle spielt oder dass du das verdient hast wegen Nick … weil es nämlich eine Rolle spielt und du das nicht verdient hast. Du musst ins Krankenhaus gehen, dich gründlich untersuchen und richtig behandeln lassen, und du musst bei der Polizei Anzeige erstatten. Denn wenn sie das einmal tun, dann tun sie es wieder. Du bist der einzige Mensch, der das vielleicht verhindern kann. Ich weiß, dass es schwer und furchtbar sein wird, aber ich glaube, du musst das auch dir zuliebe tun, und ich verspreche dir, dass ich dich bei jedem Schritt auf diesem Weg begleite. Weil ich dich lieb habe und es nicht ertragen kann, dass dir das zugestoßen ist und weil du der Meinung bist, du kämst einfach darüber hinweg wie über eine schlimme Erkältung oder …«

»Oder einen Todesfall?« Eine Träne lief Hannah über die geschwollene Wange.

»Gehst du ins Krankenhaus?«, fragte Ellen. Nach einem Augenblick nickte Hannah ein Mal.

»Wir werden dir jetzt gleich ein bisschen Kaffee einflößen und dir etwas zu essen machen, und dann fahren wir zur Notaufnahme, um dich untersuchen zu lassen, und wir erstatten Anzeige bei der Polizei. Das müssen wir, Hannah, wir haben keine andere Wahl.«

»Aber es gibt keine Beweise«, entgegnete Hannah. »Ich habe mich umgezogen, ich habe gebadet.«

Ellen dachte an das Kleiderbündel, das ungewaschen bei ihr zu Hause lag.

»Es gibt Beweise.«

»Die werden denken, dass ich es verdient habe, dass ich eine Säuferin und eine Schlampe bin.« Hannah schluchzte so herzzerreißend, dass Ellen beinahe die Hand ausgestreckt und sie berührt hätte. Doch stattdessen setzte sie sich aufs Bett und versuchte, sie mit sanfter Stimme zu beruhigen.

»Vielleicht, vielleicht denkst du das auch. Aber was immer auch geschehen ist, du hast es *nicht* verdient, Hannah. Vielleicht ist es unmöglich, die Typen zu fangen, die dir das angetan haben, aber wenn du nichts unternimmst, es niemandem erzählst, dir keine Hilfe holst, dann wirst du immer so fühlen. Und das wünsche ich dir nicht.«

»Die heilige Ellen«, flüsterte Hannah, und ein leichtes Lächeln umspielte ihre Mundwinkel.

»Nein«, antwortete Ellen. »Nur Ellen … Ellie. Nur ich. Zum ersten Mal seit langer Zeit bin ich wieder ich selbst.«

20

Ich gebe mich niemals geschlagen!«, schrie Eliza, als der royalistische Soldat sie vom Pferd stieß und sie auf den Boden fiel.

»Du wirst noch ganz anderes machen, bevor ich mit dir fertig bin, meine Hübsche«, spottete er, während er sich von seinem Pferd gleiten ließ und dann neben ihr im Schlamm stand. Eliza funkelte ihn wütend an.

»Gib alles«, forderte sie ihn heraus. Er leckte sich über die Lippen und blickte sich um, und da er sah, dass kein anderer Torwächter in der Nähe war, zuckte er mit den Achseln und beschloss, sich mit der puritanischen Schönheit zu vergnügen.

Eliza hielt den Atem an und wartete, und ihre Hand umklammerte den Griff von Captain Parkers Dolch, den sie in den Falten ihres zerschlissenen und schmutzigen Rocks verborgen hielt. Der Soldat, der davon ausging, dass sie keinen Widerstand leisten konnte, kniete sich rittlings auf sie und sah auf ihr vom Mond beschienenes Gesicht hinab.

»Du hübsches kleines Ding, mach …« Doch bevor er seinen Satz beenden konnte, stieß Eliza den Dolch nach oben zwischen seine Beine, in die empfindlichste Stelle eines Mannes. Er brüllte vor Schmerz auf, sodass die Pferde davonliefen und sich in Sicherheit brachten. In der Ferne konnte Eliza seine Wachkameraden rufen hören, die seine Schreie offenbar mitbekommen hatten. Eliza drehte die Klinge, bevor sie sie herauszog, dann schob sie ihn von sich und rappelte sich auf die Beine, doch sie ließ sich einen Moment Zeit, um ihn anzusehen, wie er sich zusammengerollt hatte und vor Schmerzen schluchzte.

»Mach dir nichts draus, dass du vielleicht nie mehr mit einer Frau schlafen kannst, der König liebt Fistelstimmen, wie ich höre«, erklärte sie und trat ihm als Zugabe in die Rippen,

während zu hören war, dass die Soldaten näher kamen. Da das gestohlene Pferd verschwunden war, rannte sie los, um im Schutz der Bäume Deckung zu suchen, wobei der helle Mondschein jetzt eher ein Fluch als ein Segen zu sein schien.

Eliza schnappte nach Luft, als sie entdeckte, was sie in der Dunkelheit erwartete. Sie spürte, wie sich eine Hand sanft über ihren Mund legte, und als sie Luft holte, wusste sie, wer neben ihr stand. Es war Captain Parker.

»Madame, ich war gerade im Begriff, Euch zu befreien«, flüsterte er ihr ins Ohr. »Aber es hat den Anschein, als könntet Ihr Euch durchaus selbst retten.«

Eliza wollte antworten, aber der Captain drückte die Hand fester auf ihren Mund. Sie sah, dass die Soldaten ganz in ihrer Nähe, nur wenige Meter entfernt waren, da sie ihrem verletzten Kameraden zu Hilfe eilten. Sie spürte, dass der Captain mit dem anderen Arm ihre Taille umfasste und sie an sich zog. Eliza kämpfte gegen den Wunsch an, sich an seinen muskulösen Oberkörper zu lehnen … wie konnte sie einen Mann begehren, den sie so gehasst hatte? Selbst jetzt, selbst nachdem er ihr die Flucht vor dem Galgen ermöglicht hatte, konnte sie sein lüsternes Verhalten nicht vergessen und dass er damit ihr ruhiges, friedliches Leben zunichtegemacht hatte. Sie standen schweigend da, Körper an Körper, bis die Wachen den brüllenden Mann auf einen Pferderücken gelegt hatten und ihn fortbrachten, und sie verharrten so noch mehrere Minuten, nachdem alles wieder ruhig war. Der Captain war derjenige, der als Erster etwas sagte.

»Milady, es hat den Anschein, als wäre Euch die Flucht gelungen«, flüsterte er an ihrem Hals. Eliza wich einen Schritt von ihm zurück.

»Nur vorläufig. Ich brauche ein Pferd und andere Kleider, denn als Frau gekleidet kann ich nicht nach London reiten.«

»London?« Der Captain blickte verblüfft drein. »Eliza, Ihr werdet es nicht bis London schaffen. Nein, ich habe einen Plan. Ich besitze ein kleines Haus ein wenig nördlich von Cambridge.

Ich werde Euch verkleiden und Euch dorthin bringen, und Ihr werdet dort leben und Euch als meine Dienstmagd ausgeben, bis der Krieg vorüber ist. Sobald der Krieg gewonnen ist, komme ich zurück und heirate Euch.«

»Das werde ich nicht tun, und Ihr genauso wenig«, entgegnete Eliza empört. »Ich mag ja einst eine Frau zum Heiraten gewesen sein, aber das bin ich jetzt nicht mehr, Captain. Und wenn ich einst auch eine Art Dienstmagd war, so bin ich das jetzt nicht mehr … und beides habe ich Euch zu verdanken. Außerdem wird Euer Kopf, wenn der Krieg gewonnen ist, höchstwahrscheinlich auf einem Spieß über dem Verrätertor stecken.«

»Wir können hier nicht herumstehen und uns streiten«, sagte der Captain und ergriff ihre Hand. »Kommt mit mir, ich kenne einen Ort, wo wir uns den Rest der Nacht ausruhen und frische Pferde finden können.« Er hob sie hinter sich auf sein Pferd und zwang Eliza damit, die Arme um ihn zu schlingen, um nicht herunterzufallen.

Sie musste erschöpfter gewesen sein, als sie gedacht hatte, denn es dauerte nicht lange, da hatten der Laufrhythmus des Pferdes und die Wärme des Körpers vor ihr sie in den Schlaf gelullt. Sie war sich nicht sicher, wie lange sie geschlafen hatte, als sie in seinen Armen erwachte, während er sie vorsichtig auf einen Heuhaufen bettete.

»Nein!«, sagte sie und kroch von ihm weg. »Nein, kein Mann darf mich ohne meine Zustimmung je wieder anfassen. Ihr habt gesehen, was ich mit denen tue, die das versuchen … ich würde bei Euch keine Ausnahme machen.«

»Das bezweifle ich nicht«, antwortete der Captain und zündete eine Öllampe an, die er vorsichtig ein Stück weit entfernt von dem zundertrockenen Heu abstellte. »Eliza, ich habe Euch zur Flucht verholfen, weil Ihr recht habt, ich habe Euch das eingebrockt. Aber aus einem anderen Grund, nämlich weil ich Euch liebe. Ihr seid die stürmischste, mutigste und wunderbarste Frau, der zu begegnen ich je das Vergnügen hatte. Ich

erwarte nicht, dass Ihr mich ebenfalls liebt ... wie könnte ich das nach unserem finsteren Start ... aber ich wusste, dass ich einen Weg finden musste, damit Ihr weiterleben könnt, und eine Möglichkeit, Euch zu sagen, dass Ihr mich verändert habt. Ihr habt mich zu einem Mann gemacht, der lieben kann, auch wenn diese Liebe nur einer einzigen Frau gilt, auch wenn genau diese Frau mich niemals lieben wird. Ich habe nicht erwartet, dass Ihr zulassen würdet, dass ich Euch mitnehme und in meinem Haus verstecke, geschweige denn, dass ich Euch heirate. Aber ich hatte es zu hoffen gewagt.«

Plötzlich zog Eliza den Dolch hervor und hielt ihn dem Captain blitzschnell an den Hals.

»Wenn Ihr ohne meine Erlaubnis auch nur atmet, bringe ich Euch um«, sagte sie.

»Das glaube ich Euch aufs Wort«, antwortete der Captain, aber er hielt ihrem Blick stand.

»Legt Euch hin«, befahl ihm Eliza und drückte ihn aufs Heu zurück. Sie betrachtete ihn von Kopf bis Fuß, und ein feines Lächeln umspielte ihre Lippen, als sie nach seinem Hemd griff. Sie schob die Dolchspitze zwischen die Bänder und schnitt sie auf, um einen Blick auf seine nackte Brust werfen zu können.

»Ihr werdet genau das tun, was ich Euch sage«, erklärte Eliza.

»Gewiss doch«, antwortete der Captain.

»Tja, es ist eindeutig anders«, stellte Allegra nachdenklich fest, sobald Ellen ihr den Abschnitt vorgelesen hatte. »Das ist keineswegs das Ende, das meine Leserinnen erwarten ...«

»Ich weiß«, antwortete Ellen. »Und ich habe das natürlich nur zum Spaß geschrieben. Nachdem wir am Abend vom Krankenhaus zurückgekommen waren, hat sich mir nach dem anstrengenden Tag alles im Kopf gedreht, und ich konnte einfach nicht abschalten. Ich musste mich von allem, was passiert war, ablenken, weil ich die Panik spürte, die nur darauf wartete, mich wieder zu überfallen und mir zuzusetzen.«

Ellen dachte an die Fahrt, die sie und Hannah ein paar Tage zuvor ins St. Mary's Krankenhaus in Paddington gemacht hatten. Charlie und Matt hatten ebenfalls mitkommen wollen, und Ellen hätte das auch begrüßt, andererseits wollte sie verhindern, dass Charlie noch mehr herausfand, zumindest vorläufig. Sie hatte Matt überredet, mit Charlie nach Hause zu fahren, jedoch erst, nachdem er die beiden Frauen in ein schwarzes Taxi verfrachtet und Ellen, während er ihr den Sicherheitsgurt anlegte, ins Ohr geflüstert hatte: »Denk dran, dass du am sichersten Ort der Welt bist.«

Als das Taxi losgefahren war, hatte Ellen den leuchtend gelben Handgriff umklammert und sich bemüht, ihre Atmung unter Kontrolle zu halten, aber dann hatte sie ihre Schwester angesehen und sich gezwungen, Ruhe zu bewahren. Sie streckte die Hand aus, um sie auf Hannahs geballte Faust zu legen. Sobald sie bei der Notaufnahme angekommen waren, blieb Hannah zögernd stehen, während Ellen sich an der Schlange vor der Anmeldung vorbeidrängelte und eine Krankenschwester anhielt, der sie erklärte, warum sie ihre Schwester hierhergebracht hatte. Schon nach wenigen Minuten saßen Hannah und sie in einem separaten Raum mit einer Ärztin zusammen, die Hannah freundlich einige Fragen stellte und sie dann um ihre Zustimmung bat, sie untersuchen zu dürfen. Während der Untersuchung hielt Ellen Hannah die Hand und heftete den Blick auf das übel zugerichtete Gesicht ihrer Schwester, der Tränen über die Wangen liefen. Sie waren stundenlang im Krankenhaus geblieben, bis zwei Polizistinnen kamen und Hannahs Aussage aufnahmen. Ellen berichtete ihnen von den Kleidern, die sie noch immer zu Hause hatte, und sie erklärten ihnen, dass sie die Aufnahmen der Überwachungskameras der Lokale überprüfen würden, in denen Hannah sich erinnerte, an jenem unglückseligen Abend gewesen zu sein.

Nachdem diese Tortur schließlich vorüber war, hatten Ellen und Hannah lange im Eingangsbereich des Krankenhauses gestanden und sich aneinandergeklammert, weil keine von ihnen wieder hinein- oder hinausgehen wollte. »Matt hat gesagt, dass er uns abholt«, beruhigte Ellen ebenso sich selbst wie ihre Schwester. »Er wird bestimmt gleich da sein.«

»Das ist schlimm für dich, oder? Diese vielen Menschen, dieser Lärm und der Geruch. Vor allem hier. Ich weiß doch, dass du Krankenhäuser nicht ausstehen kannst.«

»Das ist die Hölle auf Erden«, erklärte Ellen geradeheraus. »Ich möchte keine Sekunde länger hier sein, aber ich würde dich auch nicht alleinlassen.«

»Ich habe dir nie gesagt, wie leid es mir getan hat, dass du das Baby verloren hast und dass das alles passiert ist. Ich habe dir nie gesagt, dass ich um dich geweint habe … ich wusste doch, wie sehr du dir noch mehr Kinder gewünscht hast. Ich wünschte, ich hätte dir erzählt, dass ich um dich geweint habe.«

Ellen warf Hannah ein mattes Lächeln zu. »Ich wünschte, du hättest es mir damals gesagt, es hätte mir geholfen.« Sie atmete die heiße, abgasbelastete Luft tief ein. »Weißt du, ich musste hierherkommen, um Nick zu identifizieren. Sie haben mich an jenem Nachmittag hierhergebracht, damit ich ihn ansehe. Den ganzen Weg hierher habe ich gebetet, gebetet, dass sie sich irren, weil ich mir einfach nicht vorstellen konnte, dass er nicht mehr am Leben war … das war unmöglich. Ich war mir so sicher, dass sie sich irren, ich glaube, ich habe es gar nicht ernst genommen, bis ich ihn gesehen habe. Ich erinnere mich, dass draußen im Flur Leute gelacht haben. Ich erinnere mich, dass ich mich gefragt habe, warum sie nicht endlich aufhören. Und ich habe überlegt, wie es möglich war, dass das Leben für alle anderen weitergehen konnte, während meines zu Ende war. Vielleicht war das der Moment, an dem ich beschloss, nie mehr hinausgehen zu wollen. Vielleicht war es in diesem Moment.«

»Du hast das alles allein durchgemacht«, sagte Hannah und hakte sich bei Ellen unter.

»Ich glaube, das ist zwangsläufig so.«

»Wenn es dich beruhigt, ich fühle mich schon besser, obwohl alles, was gerade passiert ist, so furchtbar und entsetzlich war. Ich habe den Eindruck, etwas unternommen zu haben. Ich meine, mir tut alles weh, und es ist wahrlich kein Spaß, drei Rippen gebrochen zu haben, aber … danke. Ich muss die mieseste Schwester der Welt sein.«

Ellen blickte Hannah nicht an. Stattdessen sagte sie einfach, während sie Matts Gesicht hinter der Scheibe eines ankommenden Taxis erkannte: »Aber ich hab dich lieb, und ich werde dich weiter lieb haben. Was bleibt mir denn anderes übrig?«

»Setzt ihr mich bei meiner Wohnung ab?«, fragte Hannah.

»Sei nicht albern«, antwortete Ellen. »Du kommst mit zu mir nach Hause. Wo sollst du denn sonst hin?«

Zu Hause angekommen, hatte Sabine Ellen geholfen, Hannah in ihr Bett zu stecken, während Allegra für beide eine Suppe gekocht hatte. Ellen hatte bei ihrer Schwester gesessen und ihr die Suppe eingeflößt, bis die Wirkung der neuen Schmerzmittel einsetzte und Hannah seit langer Zeit zum ersten Mal fast entspannt ausgesehen hatte.

»Weißt du was«, murmelte sie schläfrig, »ich glaube, ich wusste, dass Nick sich nie für mich entscheiden würde, ich wusste, dass er mich herunterziehen und mir wehtun würde, aber das hat keine Rolle gespielt, nichts hat eine Rolle gespielt. Ich wollte nur einfach geliebt werden, und er hat mich geliebt. Vielleicht war das Ganze für ihn nur ein Spiel, und vielleicht hat er das gar nicht beabsichtigt, aber er hat mich glauben gemacht, dass er mich liebt, und ich dachte, ich bräuchte das mehr als alles andere. Seitdem habe ich mich nur daran festgeklammert.«

»Ich ebenfalls, bis jetzt«, sagte Ellen, während ihre Schwester in den glücklicherweise schmerzfreien Schlaf fiel. »Jetzt bin ich mir nicht mehr so sicher.«

Eine Reihe düsterer Bilder und Schatten, die sie jede Minute zu verschlingen drohten, schossen ihr durch den Kopf. Weil sie in dem ungewohnten engen Abstellraum nicht einschlafen konnte, war sie aufgestanden und in die Küche hinuntergegangen, sowohl in der Hoffnung als auch in der festen Erwartung, Matt dort zu finden, aber sie war leer gewesen. Ellen hatte ihren Schreibblock und den Stift aus der Schublade hervorgezogen, in der sie seit einem Jahr unberührt gelegen hatten, hatte sich hingesetzt und zu schreiben begonnen. Sie hatte geschrieben, um die Monster in Schach zu halten, und sie hatte sich den ganzen Sonntag über darauf konzentriert, es Hannah so behaglich wie möglich zu machen und sich selbst auf die Veränderung einzustellen. Aber sie war sich bewusst gewesen, dass der Block in dieser Schublade lag, und das, was sie geschrieben hatte, darauf wartete, vorgelesen zu werden. Jetzt war Montagvormittag, und Ellen war ein bisschen verlegen, dass sie überhaupt den Gedanken gehegt hatte, ihre amateurhaften Versuche könnten gut genug sein, um auch nur auf Allegras Stapel verworfener Entwürfe zu landen. Doch in ihrem neuen Leben ging es nicht darum, sich auf seinen Lorbeeren auszuruhen, sondern Disteln anzupacken … und Allegra konnte eine besonders stechende sein.

»Also«, führte Ellen ihre Erklärung fort, »normalerweise habe ich, wenn ich mich so erschöpft gefühlt habe, eines Ihrer Bücher gelesen, aber ich wollte unbedingt wissen, was mit Eliza geschieht, deshalb dachte ich mir, ich schreibe einfach meine eigene Version. Ich meine, warum sollte Eliza gerettet werden müssen, warum sollte sie immer das hilflose Opfer sein? Nach allem, was sie durchgemacht hat, müsste sie eine stärkere, weltgewandtere Frau sein, nicht wahr? Ich denke jedenfalls, das wäre sie, und es hat funktioniert, das

Schreiben hat die Panik vertrieben. Das wirkt jetzt alles ein bisschen albern. Ich lese es Ihnen nur deshalb vor, weil ich dachte, Sie würden es lustig finden. Also, dann wollen wir uns mal an die Arbeit am wirklichen Schluss machen. Ich weiß, dass Simon auf die nächste Allegra Howard wartet.«

»Ja, das tut er. Das tut er immer«, antwortete Allegra. »Und ich glaube, ich könnte sie gefunden haben.«

»Hm?«

»Ellen, haben Sie nicht bemerkt, dass in Wahrheit nicht ich dieses Buch schreibe, sondern Sie? Sie hatten eine Vorstellung, wie es sein sollte, es waren Ihre Gedanken und Ideen, die die Charaktere und Plots geschaffen haben. In Wahrheit ist das Ihr Buch.«

»Meines?« Ellen lachte. »Allegra, das ist doch Unsinn. Ich habe nichts weiter getan, als jede Menge getippt und ein paar Gedanken beigesteuert. Ich war hier und habe Ihnen zugehört, während Sie mir die Geschichte erzählt und die Wörter zusammengefügt haben. Ich selbst kann das nie und nimmer!«

»Aber das haben Sie doch gerade bewiesen«, stellte Allegra fest und nickte in Richtung der linierten Blätter, die Ellen vollgekritzelt hatte. »Dieser Schluss ist so gut geschrieben, besser hätte ich ihn nicht hingebracht. Das ist nicht der richtige Schluss für mein Buch, weil meine Leserinnen massenhaft Herzinfarkte erleiden würden, aber er könnte der richtige Schluss für ein *anderes* Buch sein … für Ihr Buch.« Allegra klopfte mit dem ausgestreckten Finger gegen ihren Oberschenkel.

»Nein, ich bin keine Schriftstellerin, ich bin nur ich, Ellen Woods. Ich lese Bücher, ich schreibe keine. Das kann ich nicht, Allegra, das ist zu schwierig und jetzt auch zu spät. Es ist sehr lieb von Ihnen, so nett über meine Bemühungen zu sprechen, aber ich kenne meine Grenzen.«

»Möchten Sie meinen richtigen Namen hören?«, fragte Allegra.

»Hm, klar, wieso nicht?« Ellen war verwirrt.

»Joan Fisher«, sagte Allegra. »In Wahrheit heiße ich Joan Fisher. Ich bin nicht als Allegra Howard auf die Welt gekommen. Ich heiße Joan Fisher, bin Tochter eines Zahnarztes und in Hull aufgewachsen. Ich bin Joan Fisher, die mit Müh und Not den Abschluss an der Sekretärinnenschule geschafft und einen Job bei einer Bank ergattert hat, die 1960 im Alter von dreiundzwanzig Jahren Graham Howard geheiratet, daraufhin ihre Arbeitsstelle aufgegeben hat und in eine Doppelhaushälfte nach Surbiton gezogen ist. Und die die folgenden zehn Jahre damit verbracht hat, das Haus in Ordnung zu halten, zu kochen, eine Schürze zu tragen und die wilden Sechziger an sich vorbeigehen zu lassen, während sie Bücher las, ihren Tagträumen nachhing und darauf wartete, Kinder zu bekommen. Aber die kamen nicht, und 1972 teilte mir Graham Howard mit, dass er sich in einen Mann verliebt hat. In einen Mann, Ellen! Er sagte, dass er seine wahren Gefühle nicht mehr vor mir verbergen könnte, dass er mich liebe, dass er mich aber niemals auf die gleiche Weise lieben würde. Wir kamen überein, dass wir verheiratet bleiben und eventuell ein Baby adoptieren würden. Dass er sein Leben und ich meines führen und wir keine Fragen stellen würden.« Allegra lächelte matt. »Graham war ein wunderbarer, freundlicher Mann. Er wollte mir nie wehtun, und zuerst dachte ich, ich könnte mich damit abfinden. Ich hatte so lange so gelebt, dass ich dachte, ich würde … zufrieden sein. Und dann wachte ich eines Morgens allein auf, und mir wurde klar, dass ich in meiner Doppelhaushälfte in Surbiton niemals glücklich werden würde, verheiratet mit einem Mann, der mehr Leidenschaft für meine kniehohen Stiefel empfand als für mich. Deshalb habe ich mein Leben verändert. Das ist eine lange Geschichte, es hat viele Höhen und Tiefen, Fehler und Triumphe gegeben, aber am Ende war ich Allegra Howard geworden, Autorin von Liebesromanen. Simons Vater hat mit mir den ersten Autorenvertrag mit

Cherished Desires geschlossen, und ich habe mich 1978 von Graham scheiden lassen. Schon 1980 bin ich in neunzehn Sprachen übersetzt worden. Ellen, ich habe mein Leben geändert, ich bin eine andere geworden und habe mich von innen nach außen umgekrempelt. Aber das Wichtigste ist, dass ich mein wahres Ich nicht abgestreift und eine falsche, vorgetäuschte Identität angenommen habe. Ich habe mich in mein wahres Ich verwandelt, in den Menschen, der ich schon immer sein sollte. Es ist ein Klischee, aber ich habe mich selbst gefunden, und es hat sich gezeigt, dass ich geradezu wunderbar bin.«

»Wow«, sagte Ellen. »Ich hatte ja keine Ahnung, ich dachte, Sie wären schon immer Sie selbst gewesen.«

»Keiner kommt wie die aus dem Meer geborene Aphrodite, der Inbegriff der Perfektion, auf diese Welt. Es ist ein Kampf, man selbst zu werden, seinen Lebensweg zu finden, der einem die größte Befriedigung und Freude bereitet. Viele Menschen versuchen es nicht einmal, sie lassen sich einfach treiben, auf welchen Pfad ihr Leben sie auch führen mag, und manche geben sich damit zufrieden. Aber das galt nicht für mich und sollte auch nicht für Sie gelten, Ellen. Vielleicht wissen Sie es noch nicht, aber in Ihnen steckt so viel mehr, als Sie ahnen. Ich erkenne viel von mir in Ihnen wieder, und Sie sind wie ein Schmetterling, der in einem Marmeladeglas gefangen ist. Jetzt ist der Zeitpunkt gekommen, sich zu befreien, die Flügel auszubreiten und sich selbst zu finden. Und übrigens haben Sie mir einen großen Gefallen erwiesen. Seit Jahren versuche ich, mich zur Ruhe zu setzen, aber jedes Jahr überredet Simon mich, noch ein paar Bücher zu schreiben, während er nach der ›nächsten Allegra Howard‹ sucht. Ich sage ihm ständig, dass ich bald sterben werde. Ich habe es satt, über schöne, halbnackte Neunzehnjährige zu schreiben. Ich möchte die Chance haben, etwas für mich zu schreiben, etwas über eine Frau meines Alters … etwas, was mir Freude macht und meine Eitelkeit befriedigt.«

»Sie wollen also, dass ich als Allegra Howard weitermache?«, fragte Ellen, der ganz schwindelig war vor lauter Gedanken und Gefühlen, die nicht recht zusammenpassen wollten. »Dass ich Sie werde?«

»Du lieber Gott, nein, Liebes. Wir wollen doch nicht losrennen, bevor wir laufen können.« Allegra schüttelte den Kopf. »Erstens sollten Sie die ganze Anerkennung – oder das Gegenteil – für alles, was Sie schreiben, selbst bekommen. Und ich gehe nicht davon aus, dass Sie Kopien meiner Bücher schreiben; ich glaube, Sie haben viel modernere und frischere Ideen als ich. Und zweitens habe ich mir diesen Namen verdient, der gehört mir, ich würde ihn nie einfach hergeben. Nicht einmal jemandem, den ich so sehr mag wie Sie. Es hat lange gedauert, bis ich mich selbst gefunden habe, Ellen, und ich habe vor, daran festzuhalten, bis ich unter der Erde bin.«

»Ja, aber … Ellen Woods, Autorin von Liebesromanen. Das klingt irgendwie nicht richtig, oder?«

»Natürlich nicht, Ihr Name hat überhaupt nichts Großartiges. Sie werden sich einen anderen ausdenken müssen. Wenden Sie am besten die Formel der Namen von Pornostars an. Der Name Ihres ersten Haustiers, kombiniert mit dem Namen der Straße, in der Sie aufgewachsen sind, das ist empfehlenswert.«

»Tja, wir hatten dieses Langohrkaninchen und haben in der Waters Crescent gewohnt, damit wäre ich also … Velvet Waters«, sagte Ellen unsicher. »Das klingt irgendwie eher nach einem Pornostar als einer Schriftstellerin.«

»Er könnte ein bisschen billig klingen«, überlegte Allegra. »Sie brauchen einen Namen, der Sie als eine Frau beschreibt, die sich aktive, starke und sexy Frauen in historischen Liebesromanen ausdenkt.«

»Und wie wäre es mit meinem richtigen Namen?«

»Ich dachte, wir wären uns einig …«

»Nein, nicht Ellen … Ellie. Man hat mich immer Ellie

genannt. Ich bin immer noch Ellie. Ellie Woods, so heißt die Frau, die ausgeht, die sexuelle Abenteuer erlebt und die lacht. Ellie Woods, genau, das bin ich.«

»Perfekt.« Allegra lächelte sie an. »Jetzt müssen Sie nur noch eine Idee haben und ein Exposé schreiben, das wir Simon vorlegen, und dann setzen Sie sich an Ihren ersten Roman. Sie werden ihn natürlich nebenher schreiben müssen, weil Sie mir ja helfen müssen, mein Meisterwerk zu verfassen, aber das sollte kein Problem sein … Sie scheinen ja eine Vorliebe dafür zu haben, die ganze Nacht aufzubleiben.« Sie schmunzelte verschmitzt.

»*Das* ist alles, was ich tun muss? Das ist *alles,* was ich tun muss!«, rief Ellen aus. »Allegra, das Leben ist nicht so einfach. Ich komme nicht so ohne Weiteres auf Ideen …«

»Doch, wenn Sie sich bemühen. Ach, ich weiß nicht, lassen Sie sich etwas einfallen.«

»Ich habe keine Ahnung, wie man ein Exposé schreibt …«

»Ich helfe Ihnen dabei«, bot ihr Allegra an.

»Und ich habe keinen blassen Schimmer, womit man bei einem Buch anfängt.«

»Wieso nicht? Sie haben Tausende gelesen, Sie hatten jede Menge Ideen für *Das aufgerichtete Schwert.* Warum sollten Sie nicht alle diese Erkenntnisse und ihre Vorstellungskraft in Ihr eigenes Projekt stecken?«

Ellen zögerte. Ihr fiel im Augenblick kein einziger Grund ein, mit Ausnahme, dass es so … so sonderbar klang, als unterbreitete Allegra ihr den Vorschlag, eine Zeitreise zu machen oder zum Mond zu fliegen.

»Tja, Simon wird mich als Autorin niemals ernst nehmen … wieso sollte er auch?«

»Weil er Sie kennt, er weiß, wie gut Sie Ihren Job machen und wie viel Sie zu einem Buch beisteuern, wie viel Kreativität und Fantasie Sie zu meinem Buch beigetragen haben. Und er ist kein Dummkopf, er würde sich ein Talent wie Sie nicht entgehen lassen.«

»Ein Talent wie mich?« Ellen blinzelte.

»Sie haben richtig gehört. Jetzt müssen wir überlegen, wie wir es schaffen, dass Ellie verlegt wird und ich vom Haken gelassen werde.«

Ellen saß absolut reglos hinter Allegras Schreibtisch und versuchte, ihre Gedanken zu ordnen und Allegras Einfall zu verarbeiten. War sie der Aufgabe wirklich gewachsen? Konnte sie wirklich eine Idee entwickeln und ein Buch schreiben? Sie verspürte eine schwindelerregende Begeisterung bei dem Gedanken an diesen unausgegorenen Kindheitstraum, bei dem sie davon ausgegangen war, dass er sich niemals in die Realität würde umsetzen lassen. Aber konnte sie sich geirrt haben? Denn wenn die große Allegra Howard sie für fähig dazu hielt … na ja, vielleicht war sie es tatsächlich, oder?

»Ich war immer von den ersten Siedlern in Amerika fasziniert. Wissen Sie, von den Pilgervätern auf der *Mayflower*«, überlegte Ellen laut. »Darüber habe ich meine Diplomarbeit geschrieben.«

»Perfekt«, stellte Allegra fest. »Damit hätten Sie auch den amerikanischen Markt im Visier.«

»Ich denke, ich könnte versuchen, mir etwas einfallen zu lassen, wissen Sie … einen Plot oder dergleichen, den ich um die Geschichte entwickeln kann.«

»Ich denke, das könnten Sie, Sie könnten die Gelegenheit nutzen, etwas ein wenig anderes zu machen, Sie könnten ein Risiko eingehen und herausfinden, ob es Ihr Leben vielleicht für immer verändert.« Allegras Lächeln war herzlich, doch es verschwand sogleich wieder. »Aber was mein Buch anbelangt … ich habe meinen Schluss fertig und denke, Sie werden mir zustimmen, dass er brillant ist. Wir sollten uns daranmachen, ihn in den Computer einzutippen und *Das aufgerichtete Schwert* endlich Simon zukommen lassen. Der arme Mann wird einen Schock erleiden und sterben, wenn ihm klar wird, dass ich das Buch tatsächlich endlich fertig habe. Bleibt allerdings zu hoffen, dass das erst passiert, nachdem er mir mein Honorar überwiesen hat.«

»Du zuerst«, sagte Matt, als er und Charlie im Park unweit des Hauses auf einer Bank saßen.

»Du solltest anfangen, weil du wirklich ein Autor bist«, entgegnete Charlie und fingerte an einem zusammengefalteten, schmuddeligen Blatt Papier herum, das aussah, als wäre es aus einem Schreibheft herausgerissen worden.

»Genau das ist der Grund, warum du den Anfang machen solltest«, erklärte Matt und klopfte auf seinen geschlossenen Laptop. »Ich möchte nicht, dass du dich durch mein Können eingeschüchtert fühlst.«

»Pah!« Charlie verdrehte die Augen. »Feigling.«

»Lies mir einfach vor, was du hast, und dann machen wir weiter. Keiner von uns will, dass jemand uns im Park sitzen und über Poesie reden sieht, habe ich recht?«

»Stimmt«, antwortete Charlie und spähte zu einer Gruppe Schulkameraden hinüber, die ein paar Meter entfernt Fußball spielten. Seufzend faltete er sein Blatt auf und strich es auf seinem Oberschenkel glatt.

»Im Sonnenschein wirkt dein Haar wie Honig,
der über den Griff eines Löffels fließt.
Und deine Haut ist so glatt und weich wie eine Rosenblüte.
Ich mag die Art, wie du lachst, als wäre es dir egal, was andere denken.
Und ich wünschte, ich könnte mehr wie du sein.«

Hastig faltete Charlie seinen Zettel zusammen und steckte ihn in seine Tasche.

»Es ist nicht gereimt, und ich bin mir über die letzte Zeile nicht sicher, weil sie vielleicht denkt, ich möchte ein Mädchen sein und mich das ein bisschen schwul rüberkommen lassen könnte.«

Matt schwieg einen Augenblick, dann klatschte er auf seinen Laptop.

»Genau, ich lese dir meins nicht vor«, sagte er. »Deins ist tausend Mal besser als meins.«

»Echt?« Charlie schien bei dem Gedanken ganz entsetzt zu sein.

»Ja, deins ist in Sachen Bildersprache und so ganz schlicht und aufrichtig. Meins ist Blödsinn. Ich lese es dir nicht vor.«

»Das musst du aber, so war es abgemacht!«, protestierte Charlie und beäugte Matts Laptop, als überlegte er, ihn sich einfach zu schnappen.

Seufzend klappte Matt seinen Laptop auf und hielt den Bildschirm so, dass Charlie nicht über seine Schulter hinweg mitlesen konnte. Er blickte eine Sekunde darauf, machte den Mund auf, als ob er etwas sagen wollte, dann knallte er den Laptop wieder zu.

»Nein. Tut mir leid, Charlie, ich weiß, dass wir das abgemacht haben. Aber die Sache ist die, dass ich mir wegen deiner Mum komisch und ein bisschen sentimental vorkomme. Dieses Gedicht ist total Scheiße; ich kann es niemandem zeigen. Dir nicht und vor allem deiner Mutter nicht. Sie würde mich mit ihrem Lachen aus London vertreiben.«

»Aber du lädst sie trotzdem zu einem Date ein?«

»Lädst du Emily trotzdem ein?«, fragte Matt ausweichend.

»Ich mach's, wenn du es tust«, antwortete Charlie. »Aber jetzt, da du beim Gedicht gekniffen hast, musst du es zuerst machen. Du musst es gleich heute Abend tun.«

»Heute Abend?« Matt schüttelte den Kopf. »Kumpel, man kann keinem Mann eine Deadline setzen, bis wann er eine Liebeserklärung zu machen hat. Das ist eine heikle Sache … man muss sich Zeit nehmen und den richtigen Augenblick abwarten.«

»Heute Abend«, beharrte Charlie. »Wenn wir nach Hause kommen. Wie schwer kann es schon sein, zu meiner Mum zu gehen und zu sagen: ›Ellen, möchtest du mit mir ausgehen?‹ Wie schwer ist das denn?«

Matt rutschte unbehaglich auf der Bank herum. Er hatte noch nie gezögert, sich mit einer Frau zu verabreden, genau genommen hatte er sich, ohne nachzudenken, mit jeder Menge Frauen verabredet. Aber dieses Mal war es etwas anderes, es war etwas ganz anderes. Es war ihm nicht gleichgültig, ob Ellen ihm einen Korb gab. Sollte Ellen ihm einen Korb geben, dann würde er … Matt wollte gar nicht daran denken, was er tun würde.

»Du machst es heute Abend, ich morgen. Nach der Musikstunde. Abgemacht?« Charlie streckte die Hand aus und sah Matt mit seinen blauen Augen fest an.

»Es ist toll, beinahe zwölf zu sein«, erwiderte Matt, während er den Deal mit einem Handschlag besiegelte. »Alles ist entweder schwarz oder weiß, richtig oder falsch, ob abgemacht oder nicht. Das Leben ist so einfach.«

Charlie seufzte. »Dazu kann ich nur sagen, dass du ein sehr schlechtes Gedächtnis haben musst.«

21

Ellen und Hannah standen, jede mit einer Kaffeetasse in der Hand, in der Tür, die von der Küche in den Garten führte.

»Du willst also nicht einmal da bis ans Ende gehen?«, fragte Hannah und nickte in Richtung der wilden Farbenpracht, die hinten im Garten leuchtete.

»Ich … ich hatte nicht die Energie, irgendwohin zu gehen, aber jetzt … jetzt will ich gehen. Ich kann … einfach nicht.«

»Wir könnten uns an den Händen halten«, schlug Hannah vor. »Wie du es mit Matt getan hast, als ihr gekommen seid und mich gerettet habt. Oder wäre das nicht ganz das Gleiche?«

Ellen warf ihrer Schwester von der Seite einen warnenden Blick zu, der jedoch von einem schwachen Lächeln begleitet war. Es war gut, dass Hannah hier war, es war gut, dass sie wieder miteinander redeten, dass Hannah sie wieder so freundlich necken konnte. Ellen wünschte sich nur, sich daran erinnern zu können, warum sie überhaupt aufgehört hatten, so miteinander zu sprechen.

»Als ich zu dir gekommen bin, war ich mit Adrenalin vollgepumpt und stand höchstwahrscheinlich noch immer unter Alkoholeinwirkung. Matt hat mich mehr oder weniger zu dir geschleppt und unterwegs allen erdenklichen Unsinn geredet, um mich abzulenken. Jetzt fühle ich mich ganz anders. Jetzt fühle ich mich … okay.«

»Wenn du dich okay fühlst, bedeutet das also, dass du nicht bis zum Ende des Gartens gehen kannst?«, fragte Hannah. »Das ist ja völlig irre.«

»Na, besten Dank, Schwesterherz, irre ... das fasst meinen Zustand perfekt zusammen«, antwortete Ellen leise. »Wenn ich es jetzt versuchen würde, würde sich die Welt von innen nach außen stülpen, ich würde eine Panikattacke bekommen, und du würdest ein nach Luft japsendes Wrack, das blödes Zeug daherbrabbelt, von der Terrasse aufsammeln müssen. Dass ich hier in der offenen Tür stehen kann, ist schon etwas Besonderes, und dass ich mir überlege, welchen Spaß es machen würde, diese Wiese zu mähen und das Unkraut zwischen meinen Pflanzen zu jäten. So etwas nennt man Fortschritt ... schließlich habe ich mir schon eine ganze Weile die Hände nicht mehr schmutzig gemacht.«

»Das ist nicht das, was mir zu Ohren gekommen ist«, murmelte Hannah in ihren Kaffee.

»Wie bitte?«, fragte Ellen.

»Ach, nichts.« Hannah hielt inne, dann zuckte sie mit den Achseln. »Es ist nur, dass Sabine mir etwas erzählt hat, um mich ein bisschen aufzuheitern, dass sie nämlich in der Schublade mit den Plastiktüten einen Slip gefunden hat, der weder ihr noch Allegra gehört.«

»Ach, den hab ich ganz vergessen!«, rutschte es Ellen heraus, bevor sie sich den Mund zuhalten konnte. »Wie peinlich!«

»Und?«, fragte Hannah. »Komm schon, es ist deine Pflicht, es auszuspucken. Um *mich* abzulenken. Was ist zwischen dir und Matt passiert, dass deine Unterwäsche am Ende ... ausgezogen war?«

Ellen zögerte. In Wahrheit wollte sie unbedingt mit jemandem über das Geschehene reden, damit sie es selbst begreifen konnte ... aber sie war sich nicht sicher, ob es ausgerechnet Hannah sein sollte, nicht, wo die Sache doch hauptsächlich ihretwegen passiert war. Und trotzdem ... vielleicht war Hannah genau der richtige Mensch.

»Ich hatte gerade das von dir und meinem Mann erfahren«, erzählte Ellen. »Ich war wütend und beschwipst und wollte einfach wieder angeschaut werden. So wie Nick mich immer angesehen hat, so wie Matt mich manchmal angeschaut hat. Deshalb habe ich gewartet, bis er nach Hause kam, und habe mich ihm in höchst unschicklicher Weise an den Hals geworfen. Und etwa eine Minute oder zwei … na ja, es hat ziemlich geknistert, und dann ist mir klargeworden, was passieren würde, und Matt hat gespürt, dass ich mir nicht sicher war, und hat ganz ärgerliche Gewissensbisse bekommen und war so gentlemanlike und nett. Deshalb wurde der Slip ausgezogen, aber das war schon alles, ehrlich.«

»Wow«, sagte Hannah. »Matt ist umwerfend. Ich hätte es getan.«

»Tja, wir wissen alle, dass *du* es tun würdest«, sprudelte es aus Ellen heraus, bevor sie es sich verkneifen konnte.

Ein verlegenes Schweigen hing zwischen den beiden Frauen. Seit der Rückkehr aus dem Krankenhaus hatte keine von ihnen noch einmal erwähnt, was mit Nick geschehen war, als hätten sie unausgesprochen einen Pakt oder Waffenstillstand geschlossen. Aber Ellen vermutete, dass sie so nicht würden weitermachen können, nicht, wenn sie sich jemals wieder wirklich nahe sein wollten. Es hatte keinen Zweck, dem Thema auszuweichen. Hannah und Nick hatten eine Affäre gehabt, vielleicht hatte Nick Hannah sogar geliebt … das konnte man jetzt nicht mehr herausfinden. Und Ellen musste damit leben, sie musste es genauso akzeptieren, wie Hannah akzeptieren musste, dass der Mann, in den sie sich verliebt hatte, niemals zu ihr gehören würde.

»Ich habe dir so schrecklich wehgetan«, sagte Hannah, die sich vom Garten abwandte und in die Küche zurückzog, um sich an den Tisch zu setzen, als wäre sie diejenige, die auf einmal Angst hatte. »Ich weiß nicht, wie du es überhaupt ertragen kannst, mich anzusehen, Ellie, ganz davon zu schweigen, mich hier bei dir aufzunehmen.«

Ellen folgte Hannah in die Küche und nahm ebenfalls

Platz. »Der einzige Grund, warum es mir schwerfällt, dich anzusehen, ist der, dass dein Gesicht so zugerichtet ist. Wenn ich daran denke, was dir zugestoßen ist ...« Ellen verstummte, als Hannah das Gesicht abwandte, und war sich bewusst, dass ihre Schwester noch nicht bereit war, darüber nachzudenken, und es vielleicht niemals sein würde. »Hannah, das Komische ist, dass ich dich jetzt, nachdem ich über den Schock und die Wut hinweg bin, nicht hasse, sondern dir in Wahrheit gewissermaßen dankbar bin.«

»Dankbar?« Hannah sah sie fassungslos an.

»Du hast mir den Schlüssel zum Weitermachen geschenkt. Ich war in dieser Erinnerung an meine Ehe gefangen, eine perfekte, glückliche, liebevolle Ehe, aber das war sie gar nicht. Sie war, soweit ich weiß, nicht schlecht, sie war nicht schrecklich. Aber sie war auch nicht perfekt. Ob er es wollte oder nicht, Nick hat mich geschwächt, er hat mich ausgesaugt. Er hat mich von sich abhängig gemacht und so viel Zeit damit verbracht, sich um mich zu kümmern, dass ich mich, als er gestorben war, kaum mehr um mich selbst kümmern konnte, geschweige denn um Charlie. Ich habe ihn geliebt, habe ihn von ganzem Herzen geliebt, und er war der beste Vater, den Charlie haben konnte, und ich vermisse ihn, und ich trauere für Charlie um das Familienleben, das er hatte und jetzt verloren hat. Aber jetzt kann ich mich weiterentwickeln, ich kann wieder ich selbst sein, sobald ich herausgefunden habe, wer ich wirklich bin. Und ich glaube, wenn du mir nicht erzählt hättest, was du getan hast, dann hätte ich dazu noch viel länger gebraucht. Also ja, ich bin dir gewissermaßen dankbar.«

Hannah nickte, sie kaute an ihrer Daumenspitze herum und wartete darauf, dass sich die Woge der Rührung legte, bevor sie etwas sagen konnte.

»Ich vermisse Nick«, flüsterte sie, und Tränen liefen ihr über das geschwollene Gesicht. »Ich habe ihn im letzten Jahr in jeder einzelnen Sekunde vermisst. Ich habe beobachtet, wie du all die Blumen und das Mitgefühl bekommen hast, und ich wollte schreien: ›Was ist mit mir? Wisst ihr, er hat mich geliebt. Auch ich habe ihn verloren!‹ Aber das konnte ich nicht, deshalb habe ich einfach versucht, denen nahe zu sein, die ihm nahestanden … dir und Charlie. Aber je mehr Zeit ich mit euch verbracht habe, desto klarer ist mir geworden, dass das, was ich mit ihm hatte … das war nichts im Vergleich zu dem Leben, das er mit dir und seinem Sohn geführt hat. Und je häufiger ich vorbeigekommen bin, desto verärgerter schienst du darüber zu sein, dass ich da war. Ich dachte immer, du wüsstest Bescheid, du wärst irgendwie dahintergekommen, obwohl ich niemandem etwas erzählt hatte. Meinst du, du hast es gespürt, gespürt, dass etwas im Busch war?«

»Das bezweifle ich«, antwortete Ellen. »Ich glaube nicht, dass ich im vergangenen Jahr irgendetwas gespürt habe, zumindest die meiste Zeit nicht. Ich glaube, ich war in meinem Schmerz einfach gefangen. Und ich vermute, ich wollte ihn nicht teilen.«

»Ich war auf deinen Schmerz eifersüchtig, eifersüchtig auf dich«, sagte Hannah nachdenklich. »Genau so, wie es seit unserer Kindheit immer war.«

»Auf mich eifersüchtig?«, rief Ellen aus. »Mach dich nicht lächerlich!«

»Warum in aller Welt sollte ich nicht neidisch sein auf meine schöne, kluge, nette große Schwester, die alle stets bewunderten, von der alle sagten, sie sei so hübsch, eine so wunderbare Mutter mit einer so wunderbaren Familie. Ich dagegen, ich tappe von einer schlechten Beziehung in die nächste, bin dann immer wieder Single, lebe allein und arbeite rund um die Uhr, weil ich niemanden habe, zu dem ich nach Hause gehen könnte. Natürlich habe ich dich beneidet.«

Ellen lachte. »Das ist einfach verrückt … weil ich immer neidisch war auf dich. Die Jüngere, Schlankere, Hübschere, mit dem geregelten Leben … zielstrebig, karrierebewusst … und unabhängig. Ich bin mir neben dir alt, schäbig und nutzlos vorgekommen.«

Die Schwestern schauten sich über den Küchentisch hinweg an, und nach einem Augenblick schob Hannah vorsichtig die Hand über den Tisch. Ellen betrachtete sie eine Sekunde lang, dann legte sie ihre darüber.

»He«, sagte Hannah. »Erinnerst du dich, als Charlie etwa fünf war und unten im Park seinen Lieblingsbären verloren hat … wie hieß der noch mal?«

»Midnight«, erinnerte sich Ellen. »Ein flauschiges schwarzes Ding. Charlie konnte ohne ihn weder essen noch schlafen oder auch nur aufs Klo gehen. Ich hatte Nick gesagt, dass er Charlie nicht erlauben sollte, ihn nach draußen mitzunehmen, aber er ist stur geblieben. Er meinte, es wäre schon in Ordnung. Typisch Nick, er meinte immer, alles komme schon wieder in Ordnung.«

»Und sie sind nach einer Stunde nach Hause gekommen, und Charlie hat sich die Seele aus dem Leib geschrien, weil sie Midnight verloren hatten und nirgends finden konnten. Ich war hier … warum war ich eigentlich da?«

»Weil Mum und Dad übers Wochenende kommen wollten«, erklärte ihr Ellen.

»Ich erinnere mich bloß, dass Charlie hier am Tisch gesessen und dich gefragt hat, ob Midnight tot sei, und du geantwortet hast, er sollte nicht so dumm sein, Midnight hätte nur eine kleine Reise unternommen, um den Weihnachtsmann zu besuchen. Du hast gesagt, dass er an Weihnachten wieder zurück sein würde. Und auf einmal hat Charlie aufgehört zu heulen und wieder übers ganze Gesicht gestrahlt, er lachte sogar darüber, wie viel Spaß Midnight mit den Elfen haben würde. Du hast alles wieder hingebogen.«

»Bis ich herausgefunden habe, dass diese Midnights nicht mehr hergestellt wurden und nirgends mehr zu kaufen waren«, stellte Ellen fest.

»Wir haben überall nach diesem verdammten Bären gesucht, nicht wahr?« Hannah lachte. »Weihnachten rückte näher, und Charlie wurde immer aufgeregter, und wir konnten nirgends einen solchen Bären auftreiben, und dann …«

»Und dann hast du etwa den zehnfachen Preis für einen solchen Bären bei eBay bezahlt«, erinnerte sich Ellen. »Du warst so stolz auf dich, und ich war so erleichtert.«

»Deshalb haben wir eine halbe Ewigkeit damit verbracht, einen Brief vom Weihnachtsmann zu schreiben, um zu erklären, warum Midnight so neu aussah, warum er wieder brummte und das fehlende Auge durch ein neues ersetzt worden war …«

»Und an Heiligabend bin ich in sein Zimmer geschlichen und habe Midnight neben Charlies Kopf auf das Kissen gelegt«, erklärte Ellen. »Ich glaube nicht, dass es mir je mehr Freude gemacht hat, ihm etwas zu schenken.«

»Und am nächsten Tag … hat Charlie nicht einmal bemerkt, dass Midnight wieder da war. Er hat nicht ein einziges Mal mit ihm gespielt. Weil es das Weihnachtsfest war, an dem er sich auf einmal statt für Bären für Eisenbahnen interessiert hat.«

Die Schwestern lachten.

»Ich komme gar nicht mehr mit, so schnell wird er groß«, sagte Ellen. »Mir wird davon ganz schwindelig. Mir kommt es vor, als wären gerade einmal fünf Minuten vergangen, seit er ein kleines Baby in meinen Armen war oder sich wegen Midnight die Kehle aus dem Hals gebrüllt hat. Und jetzt interessiert er sich für Mädchen, erteilt mir Ratschläge und kümmert sich um *meine* Probleme.«

»Er ist ein fantastisches Kind«, stellte Hannah fest.

»Ja, das ist er«, pflichtete ihr Ellen bei.

»Du befolgst also seinen Rat und suchst dir Hilfe … irgendeine Behandlung, damit du wieder ans Ende des Gartens gehen und Unkraut jäten kannst? Mit Matt vielleicht sogar Sex im Freien haben kannst?«

»Hannah! Der arme Matt muss inzwischen ja fürchterliche Angst vor mir haben. Ich glaube kaum, dass das noch infrage kommt. Und ja, ja, ich werde mir Hilfe suchen. Ich werde ans Ende des Gartens und auch wieder aus dem Haus gehen. Ganz bestimmt.«

»Gut«, sagte Hannah. »Denn dann kann ich dich endlich mitnehmen und dir ein paar ordentliche Kleider kaufen.«

Als die Türklingel ertönte, ging Ellen davon aus, dass es Matt und Charlie sein müssten, obwohl beide einen Schlüssel hatten, deshalb war sie ein wenig überrascht, einen Fremden vor der Tür stehen zu sehen, einen blonden, recht kleinen, untersetzten Mann in Bermudashorts und Flipflops.

»Hallo?«, sagte Ellen und musterte ihn von Kopf bis Fuß.

»Hallo. Bitte, ist Sabine da?«, fragte der Mann, und Ellen vermutete, dass sein Akzent deutsch war.

»Sie ist noch nicht von der Arbeit zurück. Kann ich ihr etwas ausrichten?«

Der Mann blickte sehr enttäuscht drein. »Ich bin Eric, Sabines Ehemann«, erklärte er.

»Ach, was!« Ellen war erstaunt. »Sollten Sie nicht in Österreich sein und einer verheirateten Katholikin Ihre Liebe erklären?«

»Ach, sie hat Ihnen also davon erzählt«, antwortete Eric, dessen Hals tiefrot anlief.

»Ja«, Ellen nickte und verschränkte die Arme vor der Brust. »Und darf ich Ihnen sagen, dass Sie sich wirklich glücklich schätzen können, eine Frau wie Sabine zu haben, und wenn ich Sie wäre, würde ich mich bessern, die Socken vom Boden aufheben, die Sache mit den Stripteasetänzerinnen sein lassen, diese Österreicherin vergessen und mein Bestes tun, um mit einer wirklich wunderbaren Frau zusammenbleiben zu können.«

»Sie hat Ihnen auch die Liste gezeigt?« Eric wirkte äußerst verlegen.

»Alle drei Kategorien«, versicherte ihm Ellen.

»Sie haben recht«, erklärte Eric. »Ich weiß, dass Sie recht haben. Sabine hat mir gesagt, dass ich zu der Frau gehen soll, die ich liebe. Das habe ich getan. Ich bin zu Sabine gekommen.« Genau in diesem Augenblick ging das Gartentor auf, und Sabine stand am Ende des Weges und starrte ihren Mann an. »Sabine ist die Frau, die ich liebe, und ich habe sie gar nicht verdient, aber ich hoffe, sie überlegt sich das noch einmal anders und verlässt mich nicht.«

»Fragen Sie sie selbst«, antwortete Ellen und nickte in Richtung Sabine.

Eric drehte sich um und wandte sich an Sabine. »Ich bin deinetwegen hier. Ich bin gekommen, um dir zu sagen, dass du die Frau bist, die ich liebe, und dass ich ein Idiot war. Ich möchte dich wieder zurückhaben, Sabine.«

»Du betrügerisches, du stinkendes, hässliches Schwein«, schimpfte Sabine, während sie den Gartenweg entlangging. Und dann küsste sie ihn.

»Mein lieber Schwan«, sagte Matt, als er wenige Sekunden später mit Charlie ankam. »Hier ist ja vielleicht was los.«

»Love is in the air, das ist der Grund«, stellte Charlie eindringlich fest und zwinkerte seiner Mutter zu, während er an dem sich küssenden Paar vorbeiging, als wäre das ein Anblick, der sich ihm tagtäglich bot.

»Zufallsbekanntschaft?«, erkundigte Matt sich bei Ellen.

»Zurückgekehrter Ehemann«, erklärte sie, bevor sie dem Paar zurief: »Ich lass die Tür einfach angelehnt. Kommt rein, wenn ihr Lust auf eine Tasse Tee habt.«

Sie lösten ihre Umarmung nicht, um zu antworten.

Als Ellen wieder in die Küche zurückkehrte, stellte sie fest, dass sich Allegra, Charlie und Matt zu Hannah gesellt hatten. Allegra machte sich gerade eine Kanne Earl-Grey-Tee.

»Ich glaube, ich habe mein Buch fertig«, erklärte Allegra und warf Ellen ein Lächeln zu. »Normalerweise feiere ich das mit einer Flasche gutem Champagner, aber wir sind hier in Shepherd's Bush, wo Schmalhans Küchenmeister zu sein scheint, also muss es Earl Grey tun. Ich habe mit Simon telefoniert, um ihm alles über unsere Pläne in deiner Sache zu erzählen, meine Liebe. Er war ganz aus dem Häuschen.«

»Welche Pläne?«, fragten Charlie und Matt im Chor.

»Ach, nichts«, murmelte Ellen.

»Es geht um *alles.* Ich habe herausgefunden, dass deine Mutter ein seltenes Talent zum Schreiben hat, das, wenn es richtig gefördert wird, es eines Tages fast mit meinem aufnehmen könnte. Deshalb habe ich vor, aus Ellie Woods die nächste große Sensation auf dem Buchmarkt zu machen!«, erklärte Allegra. »Ich liebe Herausforderungen!«

»Cool!«, rief Charlie aus.

»Hervorragend«, sagte Matt und lächelte Ellen an. Er fragte sich, wie es möglich war, dass sie jedes Mal, wenn er sie ansah, noch schöner zu sein schien. Sie war wie eine Blume, die vor seinen Augen erblühte, und darüber hatte er versucht, ein Gedicht zu schreiben, war aber gescheitert.

»Also dann los.« Charlie stieß Matt mit dem Ellenbogen in die Rippen.

»Was?« Matt sah ihn an.

»Frag Mum, was du sie fragen wolltest«, presste Charlie zwischen den Zähnen hervor.

»Worum geht es denn?«, wollte Ellen wissen.

»Ach … hm, es ging um … hm, das Klo. Mir ist der Toilettenreiniger ausgegangen.« Matt wand sich.

»Darum geht es gar nicht!« Charlie lachte. »Du bist dermaßen *schwul.*«

»Charlie, wie oft muss ich es dir noch sagen!«, rief Ellen aus. »Verwende das Wort schwul bitte nicht in diesem Kontext.«

»Aber das ist er«, murmelte Charlie.

»Es sind etwa tausend Menschen da«, erklärte Matt. »Ich mache es nicht vor Publikum.«

»Was?«, erkundigte sich Ellen verwirrt.

»Aha«, sagte Hannah, als sie Charlie in die Augen blickte. »Aha, ich verstehe … ich hab's kapiert. Allegra, wären Sie so freundlich und würden sich mir für einen kleinen Rundgang durch den Garten anschließen? Und du ebenfalls, Charlie?«

»Tja, wir könnten eine Machete brauchen, um uns den Weg durch dieses Gestrüpp zu schlagen, aber es wäre mir ein Vergnügen.« Allegra nickte und machte Charlie ein Zeichen, ihr zu folgen. »Komm schon, junger Mann. Ich werde dir die georgianische Kunst des Flirtens beibringen. Es geht dabei nur um den richtigen Winkel des Fächers, weißt du.«

»Was? Was ist denn los?« Ellen sah Matt sorgenvoll an. »Hast du schlechte Nachrichten oder dergleichen?«

»Das kommt drauf an.« Hannah zwinkerte Allegra zu. »Komm schon, Charles.«

»Immer verpasse ich das Beste«, jammerte Charlie und folgte den anderen widerwillig.

Plötzlich fand Matt sich in der Küche allein mit der Frau, die inzwischen irgendwie jeden seiner Träume verkörperte. Komisch, dass die Liebe so unvorhersehbar ist, dachte Matt, als er sie ansah, während die Abendsonne ihre Haut mit Gold überzog und ihre grünen Augen von innen heraus strahlen ließ. Er hatte nie geglaubt, dass die Frau, die sein Herz erobern würde, eine ältere, verwitwete Agoraphobikerin sein würde. Aber das war sie.

»Wieso grinst du so, was ist überhaupt los?«, fragte Ellen. »Hast du etwas angestellt, etwa ein Loch in meinen Teppich gebrannt, weil du deine Hemden auf dem Boden bügelst? Ich weiß das nämlich.«

»Nein«, antwortete Matt. »Ich … versteh doch, da ist dieses Gedicht. Ich hab es nicht geschrieben, ich hab versucht, eines für dich zu schreiben, aber da ist alles ganz falsch rübergekommen, und es gibt da dieses Gedicht, das mich an dich hat denken lassen. Es ist mir nicht mehr ganz eingefallen, deshalb habe ich es gegoogelt. Es ist von einem Typen namens John Donne.«

»Und?« Ellen sah ihn an, und die Intensität seines Blicks ließ sie den Atem anhalten. Matt trat einen Schritt auf sie zu.

»Komm, Freundin, meine Kräfte spornt die Ruhe.
Mich treibt es sehr zur Tat, bis ich es tue.
Wer lang dem Feinde gegenübersteht.
Wird müd vom Stehn, eh es ans Kämpfen geht«,

zitierte er, während er auf sie zukam.

»Wie bitte?«, fragte Ellen verwirrt. Matt stand vor ihr und strich mit dem Finger über den Bogen ihres Kiefers bis hinunter zur Kuhle an ihrem Halsansatz.

»Lass meine Hände schweifen, sag nicht nein,
Hinauf, hinab, hinüber, zwischendrein.
Oh, mein Amerika, mein neues Land,
Mein Staat, von einem Mann genug bemannt.
Mein Kaiserreich, mein Berg von Edelstein,
Dich zu entdecken, nenn ich glücklich sein.«

Er flüsterte die Worte und beugte sich vor, um Ellen ganz sanft auf die Wange zu küssen.

Sie blickte zu ihm auf, und sein Gesicht war nur eine Haaresbreite von ihrem entfernt.

»Hast du mir gerade gesagt, dass du auf mich stehst?«, fragte sie.

»Ja, aber in der poetischen Sprache des siebzehnten Jahrhunderts klingt es besser, nicht wahr?«, antwortete Matt. »Du bist mein neues Land, und durch dich habe ich mich selbst wiedergefunden. Der Typ, der ich zuvor immer sein wollte, bin ich am Ende wirklich geworden. Charlie möchte, dass ich dich zu einem Date einlade. Ich will das auch. Aber ich muss dich warnen, ich werde dich um mehr bitten als nur ein Date, weil ich … weil ich mich in dich verliebt habe, Ellen, heillos verliebt habe.« Ganz vorsichtig legte Matt die Hand über Ellens Herz. »*Der Abdruck meiner Hand mein Siegel sei! Ganz bloß und nackt, dich zu erfreun bereit.* Ellen Woods … bist du bereit, mit mir zum Abendessen auszugehen?«

»Du weißt, dass ich gute zehn Jahre älter bin als du, nicht wahr?«, fragte Ellen. Matt zuckte mit den Schultern.

»Und ich bin erst kürzlich Witwe geworden und habe einen anstrengenden Sohn und eine sehr komplizierte Vergangenheit, von einer Angsterkrankung ganz zu schweigen, die bedeutet, dass das Ausgehen zum Essen ein *kleines* Problem darstellen könnte, zumindest am Anfang.«

»Das habe ich bemerkt.« Matt nickte.

»Und nichts davon stört dich?«, fragte Ellen.

»Nichts davon bist du selbst«, erwiderte Matt. »Du bist die schöne, kühne, mutige und brillante Ellie Woods. Das bist du.«

Ellen lächelte und legte die Hand an seine Wange.

»Und was ist mit der Tatsache, dass ich keine Sekunde Zeit zum Nachdenken hatte, um herauszufinden, was ich wirklich fühle, beziehungsweise ob ich überhaupt einem Mann je wieder ernste Gefühle entgegenbringen kann? Stört dich das nicht?«

Matt zögerte einen Augenblick und spürte, dass sein Herz zitterte, als hätte er es auf eine Messerschneide gelegt. »Eine Freundin hat mir einmal gesagt, dass im Leben nichts bombensicher ist und es darum auch gar nicht geht. Es geht darum, alles aufs Spiel zu setzen und Risiken einzugehen. Ich bin bereit, mit dir ein Risiko einzugehen, weil es sich mehr als lohnen wird, wenn du herausfindest, dass du das Gleiche für mich empfindest. Und falls nicht, dann … na ja, dann werde ich nachts nicht wach liegen und mich fragen, warum ich es nicht riskiert habe, oder?«

»Tja, zum Essen ausgehen kommt gar nicht infrage«, sagte Ellen leise und bewegte ihre Lippen beim Sprechen an den seinen. »Aber ich denke, wir können auch zu Hause bleiben und sehen, was sich ergibt.«

Danksagung

Mein Dank geht an Kate Elton und Georgina Hawtrey-Woore und das ganze Team des Arrow Verlags, das mich unermüdlich unterstützt und mir die Treue hält und dessen gründliche und sorgfältige Arbeit mir Ansporn ist, mich umso mehr zu bemühen.

Der lieben Lizzy Kremer, meiner fantastischen Agentin, danke ich dafür, dass sie immer für mich da ist und mit mir durch dick und dünn geht.

Danke auch meinen Freundinnen Jenny Matthews, Rosie Woolly, Cathy Carter, Clare Winter, Sarah Darby, Margi Harris, Kirstie Robertson, Catherine Ashley, Natalie Jerome und Katy Regan. Euch ist es zu verdanken, dass harte Zeiten nicht ganz so hart waren.

Ein Dank geht auch an meine Mutter, die im vergangenen Jahr einfach großartig war und an die ich mich stets wenden konnte. Danke auch dir, Adam, dass du dir meine Ideen angehört und immer eine interessante und inspirierende Antwort parat hast. Und schließlich danke ich meinen reizenden Kindern, Baby Fred, der mir selbst um drei Uhr in der Nacht ein Lächeln entlockt, und meiner schönen Lily, meiner besten Freundin.